비평 문학의 이해

김혜니

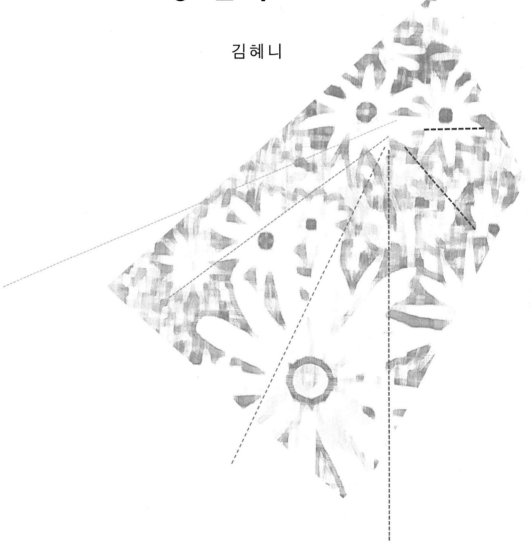

푸른사상
PRUNSASANG

책머리에

왜 '문학 비평'이 아니고 '비평 문학'이냐고 묻는 사람이 있을 것이다. 대학에서 비평 문학을 오랫동안 강의해온 저자의 경험적 지론으로는, 비평의 명칭은 '문학 비평'이라는 이름보다는 '비평 문학'이 더욱 적절하다는 것이다. 그 이유를 한 마디로 말하자면 문학 비평이나 비평 문학이나 간에 문학을 바탕으로 비평 행위를 하는 것임은 틀림없지만, 비평에 보다 주체성과 창의성을 부여해야 한다는 저자의 지론이 있기 때문이다.

문학 작품을 어떻게 읽고 이해할 것인가, 한 작가나 작품을 어떻게 분석하고 평가할 것인가 등의 문학에 대한 일체의 논의는 비평의 몫이다. 그만큼 문학 작품과 비평은 불가분의 관계에 있으면서도 각각 서로 다른 독립적인 관계를 지닌다. 문학이 사회나 인간의 현실을 반영한다고 해도 현실그 자체가 아니듯이, 비평 또한 문학 작품을 모델로 삼고 있지만 문학 작품 그 자체는 아닌 것이다. 그러나 문학이 인간의 정신적인 삶을 풍요롭게한다면, 비평은 그러한 문학 작품을 올바르게 평가하여 독자들에게 제시해줌으로써 역시 인간의 정신을 풍요롭게 해주고 있다. 따라서 문학을 공부하려는 사람은 필연적으로 비평에 대한 폭넓은 이해가 바탕을 이루고 있어야 한다고 생각한다.

본 저서는 문학과 비평의 관계를 바르게 이해하고 비평이란 무엇인가? 공부해 보려는 후학도들을 위해 쓴 비평 입문서이다. 먼저 제1부 비평 문학 원론에서는, 비평 문학의 개념을 비롯하여 비평 문학의 기준과 유형, 비평 문학의 단계, 비평의 가치 판단의 관점, 21세기 비평 문학의 당면 문제 및 비평가의 임무를 살펴보았다. 제2부에서는, 한국 비평 문학의 흐름과 양상을 1900년대부터 1980년대에 이르기까지 살펴보았다. 제3부에서는 세계 비평 문학의 흐름과 양상을 고찰하였는데, 먼저 고대 그리스 로마 비평을 비롯하여 고대 비평의 이론가와 이론을 살펴보고, 이어서 영미 비평 문학의 흐름, 프랑스 비평 문학의 흐름, 독일 비평문학의 흐름을 20세기까지 살펴보았다.

비평에 있어서는 다양성과 변화성이 필연적인 만큼 비평이란 글쓰기는 어렵다. 더욱이 오늘날과 같은 대중화 시대에 있어서는 창작의 가벼움만큼 비평의 글쓰기는 더욱 어렵다. 그래서 비평 문학의 폭넓은 이해가 더욱 절실히 요구되고 있는 현실이다. 비평을 공부함에 있어서는, 한국 비평을 중심으로 하여 세계적인 다채로운 추이를 두루 이해해야 한다. 한국 비평에 국한한 공부는 예리한 감식안이 너무 좁아질 위험이 도사리고 있기 때문이다. 수많은 지성과 석학이 꾸준히 외길을 걸어 오늘날 한국 현대 비평사를 지키고 만들어 왔다. 21세기의 오늘날, 전통적인 예술관과 문학관이 해체되고 있는 현실에 인문학의 위기와 함께 비평 또한 위기에 직면해 있다. 비평 문학 지망생들은 비평 문학의 새로운 탈바꿈과 튼튼한 자리를 위해서 부단히 노력해야 할 때라고 생각한다.

2003년 7월
압구정동 서재에서

김 혜 니

책머리에

제1부 비평 문학 원론

1. 비평 문학의 개념 ·· 13
2. 비평 행위의 두 가지 방향 ·· 15
   1) 순수 행위 ··· 15
   2) 목적 의식의 행위 ··· 18
3. 비평 문학의 기준과 유형 ··· 22
   1) 주관주의 비평 ··· 25
      (1) 인상 비평·25   (2) 창조 비평·28
   2) 객관주의 비평 ··· 31
      (1) 고전주의 비평·32 (2) 실증주의 비평·36 (3) 마르크스주의 비평·41
   3) 상대주의 비평 ··· 44
      (1) 낭만주의 비평·45   (2) 정신분석학적 비평·56
      (3) 신비평(新批評)·62
4. 비평 문학의 단계 ·· 68
   1) 작품 감상 ··· 68
   2) 작품 해석 ··· 69
   3) 작품 평가 ··· 70
      (1) 작품의 가치 판단·70   (2) 작품의 가치 판단에 대한 시비·71
5. 가치 판단의 네 가지 관점 ·· 74
   1) 모방론 ·· 75
   2) 표현론 ·· 76

3) 효용론 ··· 77
4) 객관론(존재론·구조론) ································· 79

6. 가치 판단의 혼란과 비평의 어려움 ················ 82

7. 21세기 비평문학과 비평가의 임무 ················ 87

제2부 한국 비평 문학의 흐름과 양상

1. 1900년대 – 서발비평·실천비평·이론비평 ················ 97
   1) 비평 문학의 전개 양상 ································· 97
   2) 1900년대 비평 문학 검토 ···························· 100

2. 1910년대 – 서구적 효용론·상징주의 시론·유미주의 소설론 ·· 104
   1) 비평 문학의 전개 양상 ································· 104
   2) 1910년대 비평 문학 검토 ···························· 107

3. 1920년대 – 효용론·프로문학론·민족주의 문학론 ········ 113
   1) 비평 문학의 전개 양상 ································· 113
   2) 프로문학 비평 ··· 117
   3) 민족문학 비평 ··· 122
   4) 1920년대 비평 문학 검토 ···························· 124

4. 1930년대 – 휴머니즘론·네오휴머니즘론·모더니즘 시론 ······ 129
   1) 비평 문학의 전개 양상 ································· 129
   2) 백철의 휴머니즘론·풍류인간론·사실수리론 ·················· 132

　3) 김오성의 네오 휴머니즘론 ································· 136

　4) 김기림의 모더니즘 시론 ···································· 139

　5) 최재서의 모랄론 ··· 141

　6) 이원조의 태도문학론 ·· 143

　7) 김남천의 고발문학론 ·· 145

　8) 김환태의 인상주의 비평론 ······························· 147

　9) 김문집의 예술주의 비평론 ······························· 149

5. 1940년대 – 세대 – 순수론 · 좌우익 민족문학론 ················· 152

　1) 전반기 비평 문학의 양상 ·································· 152

　2) 후반기 비평 문학의 양상 ·································· 154

　　(1) 좌익 문단의 주도기 · 154

　　(2) 좌 · 우익 문단의 논쟁기 · 158

　　(3) 우익 문단 정착기 · 161

　3) 김동리의 세대 – 순수론 ··································· 163

　4) 임화의 좌익 민족문학론 ·································· 166

　5) 조연현의 우익 민족문학론 ······························ 170

6. 1950년대 – 민족문학론 · 신인론 – 신세대 문학론 · 모더니즘
　문학론 · 실존주의 문학론 ····································· 173

　1) 비평 문학의 전개 양상 ···································· 173

　2) 민족 문학과 세계 문학 논의 ···························· 176

　3) 50년대 민족 문학과 전통론 논의 ····················· 180

　4) 신인론 – 신세대 문학론 ·································· 185

5) 전후 모더니즘 문학론 ································· 191
6) 실존주의 문학론 ································· 198

7. 1960년대 – 전통 문학론 · 리얼리즘 문학론·순수 – 참여 문학론 ··· 205
1) 비평 문학의 전개 양상 ································· 205
2) 60년대 전통 문학론 ································· 209
3) 60년대 리얼리즘 문학론 ································· 212
4) 순수 – 참여 문학론 ································· 216

8. 1970년대 – 리얼리즘 문학론 · 민족문학론 ························· 223
1) 비평 문학의 전개 양상 ································· 223
2) 70년대 리얼리즘 문학론 ································· 226
3) 70년대 민족 문학론 ································· 229

9. 1980년대 – 민족 · 민중 문학론 ························· 235
1) 80년대 비평 문학의 전개 양상 ························· 235
2) 80년대 민속 · 민중 문학론 ························· 239

제3부 세계 비평 문학의 흐름과 양상

1. 고대 그리스 로마 비평 ································· 247
1) 플라톤의 「이온」과 『국가』 ························· 248
(1) 플라톤의 생애와 저술 · 248
(2) 소크라테스의 영향과 이데아론 · 250
(3) 「이온」과 『국가』 · 252

　2) 아리스토텔레스의 『시학』 ···································· 259
　　(1) 아리스토텔레스의 생애와 저술·259
　　(2) 플라톤과 아리스토텔레스의 논의·262　(3)『시학』의 이해·265
　3) 호라티우스의 「시의 기술」 ···································· 272
　　(1) 호라티우스의 생애와 저술·272　　(2)「시의 기술」의 이해·274
　4) 롱기노스의 「숭고론」 ·· 281
　　(1) 롱기노스는 누구인가·281　　(2)「숭고론」의 이해·282
　5) 단테의 「속어론」 ·· 287
　　(1) 단테의 생애와 저술·287　　(2)「속어론」의 이해·292

2. 영미의 비평 문학 ·· 299
　1) 르네상스 시대의 비평 ·· 299
　2) 신고전주의 비평 ·· 302
　3) 낭만주의 비평 ·· 305
　4) 빅토리아 시대 비평 ·· 310
　5) 20세기 비평 ··· 312
　　(1) 신비평·313　　　　　　　　(2) 심리주의 비평·315
　　(3) 신화비평·319　　　　　　　(4) 독자반응 비평·323
　　(5) 페미니즘 비평·327

3. 프랑스의 비평 문학 ·· 332
　1) 르네상스 시대의 비평 ·· 332
　2) 신고전주의 비평 ·· 333
　3) 낭만주의 비평 ·· 340
　4) 자연주의·실증주의 비평 ······································ 342
　5) 상징주의 비평 ·· 344

6) 20세기 비평 ·· 346

(1) 상상력 비평·347　　　(2) 정신 분석 비평·350

(3) 의식 비평·주제 비평·351　　　(4) 문학 사회학 비평·354

(5) 문학 기호학 비평·355

4. 독일의 비평 문학 ·· 358

1) 인문주의 비평 ·· 358

2) 바로크 시대의 비평 ·· 361

3) 계몽주의 비평 ·· 363

4) 슈트름 운트 드랑 시대의 비평 ·· 366

5) 고전주의 비평 ·· 368

6) 낭만주의 비평 ·· 371

7) 사실주의·자연주의 비평 ·· 375

8) 전환기 비평─상징주의·인상주의·신낭만주의 ················ 380

9) 20세기 비평 ·· 381

(1) 표현주의 비평·382

(2) 바이마르 공화국·제3제국 시대 비평·385

(3) 로망스 문헌학 비평·387

□ **찾아보기** • 391

제1부

비평 문학 원론

1. 비평 문학의 개념

비평 문학이란 문학 작품이나 문학적 현상을 대상으로 그에 대한 정의, 분류, 분석, 평가 등 문학에 관한 일체를 논의하는 언어적 행위를 말한다. 또한 문학 비평이란 문학 작품에 대한 전문적인 독서 행위라고 할 수 있다. 다시 말해, 비평 문학이란 넓은 의미에서 문학에 관한 이론적이고 실제적인 논의를 일컫는다.

오늘날 우리가 사용하고 있는 비평 문학 criticism(英), kritik(獨), critique(佛)의 어원은 그리스어의 krinein, 라틴어의 criticus로부터 유래한 말이다. 그리스어 krinein은 '판정한다', '감정한다', '구별한다', '권위 있는 의견을 말한다' 등의 의미를 지니고 있다. 그리고 라틴어 criticus는 '재판관', '심판관', '감정가' 등의 뜻을 지닌다. 이것을 한자로 풀어보면 批評의 '批'는 '손으로 치다(擊)', '대다(觸)', '돕다(助)', '평하다(評)', '밀다', '바로잡다' 등의 뜻을 지니고 있으며 '評'은 '言'과 '平'의 합자로서 '공정하게 말함'을 뜻한다.

이상의 어원과 어의를 살펴 볼 때 비평 문학이란, 비평 문학가가 마치 재판관과 같은 위치에서 문학 작품을 판단하고 가치를 구별하여 평가하는 행위를 의미한다. 그리고 비평가가 그러한 행위를 할 때, 무엇보다도 공평하게 해야 한다는 것이다. 이때 공평하게 해야 하는 비평의 행위는 정당하고 객관적인 기준, 곧 이론적 근거를 제시하면서 작품을 평가하여 그 가치를 규정하고 작품의 문학사적 의의를 부여해야 한다. 여기서 비평 문학은 역사적 안목에서의 문학사적 기준이 필요한 것이다. 따라서 비평 문학은 문학사와 연결된다. 다시 말하자면, 한 작가나 작품을 분석하고 평가하는 행위가 비평 문학이며, 문학 형상을 개괄적으로 분석하고 종합하여 이를 역사적으로 서술하는 것은 문학사에 속한다고 할 수 있다.

비평문학은 그 대상이 되는 작품의 세계에 가까이 접근하여, 먼저 어떤 현실 세계가 어떤 상상력에 의하여 어떻게 형상화되었는가를 살핀다. 그런 다음 그것이 독자의 의식에 어떻게 전달되는가를 보여 주는 구체적인 과정이라고 할 수 있다. 따라서 문학에 관심이 있는 사람들은, 이러한 방법을 터득함으로써 문학을 보는 안목을 넓고 깊게 할 수 있다. 뿐만 아니라, 문학 작품의 가치 평가 능력을 높일 수도 있다.

그런데 비평 활동을 하는 사람 가운데는 그것을 즐겨서 전문적으로 행사하는 사람들이 있다. 그리고 특히 그 방면에서 우수한 실력을 발휘하고 동시에 사회적으로 그 실력을 인정받는 사람이 있다. 이러한 사람이 바로 전문 비평가가 되는 것이다. 이때 전문적이라 함은, 작품을 감상하고 해석 평가하는 비평 행위가 단순한 이해와 수용의 단계를 넘은 것을 의미한다. 전문 비평가는 지적인 방법을 동원하여 작품의 가치를 해명하고 평가하는 날카롭고 객관적인 눈을 갖추고 있어야 한다. 그리하여 문학 비평가는 작품과 독자 사이에 서서 양자를 연결시킴으로써 올바른 작품의 이해, 그 가치의 발견에 나서는 문학 행위 하는 데 의의를 지녀야 할 것이다.

2. 비평 행위의 두 가지 방향

1) 순수 행위

비평 문학의 행위는 언제, 어떻게 발생하는 것인가? 우리가 살고 있는 모든 현실 속에서는 항상 비판적인 행위가 따르고 있다. 그 가운데 문학 비평의 행위는, 문학 작품을 대상으로 삼고 비평가가 자기의 의견을 밝히는 작업이다. 그렇기 때문에 문학 비평이란 우선 대상이 되는 작품이 있고, 그 작품에 대한 의견을 제시하는 데서 시작된다고 할 수 있다. 문학 비평에서, 주어진 작품을 대상으로 작품의 가치를 논의하는 것은 바로 진실을 추구해 나가려는 것과 다름 아니다. 비평가의 문학 비평 행위야말로 진실을 추구하는 활동이기 때문이다. 이 때 비평가는 작가적 감각과 상상력을 갖고 작품에 임해야 한다. 이와 같은 진실 추구는 무상의 행위와 연계된다. 즉 어떠한 보상도 바라지 않는 순수한 행위인 것이다.

이와 같은 순수한 행위의 비평은 일찍이 우리의 조선 사회에서 선을 보인다. 가령 『시화총림(詩話叢林)』[1]은 그 대표적인 예가 된다. 이 시화의 자

---

1) 시화총림 : 조선 중기 효종 때의 학자 玄默子 홍만종이 시화를 모아 엮은 책. 필사본. 4권 4책. 권두에 1652년에 쓴 홍만종의 自序와 권말에 1714년에 쓴 임경·임방의 발문이 있다.

서(自序)에서 홍만종은 시평의 중요함을 말하고, 우리 나라에서 시로써 일가를 이룬 사람은 많으나 시를 평한 것이 매우 적음을 애석히 여겨 시평 가운데 볼만한 것을 가려 싣는다고 하였다. 또한 권말에서는 홍만종 자신이 여러 시화를 읽고 잘못 평한 부분이나 시구가 잘못 적힌 것을 바로잡아 '시화총림증정'이라 하여 부록으로 싣고 있다. 여기서는 시의 작자를 고증하여 바로 잡기도 하고, 시의 출처를 밝혀 표절 여부를 가려내는 등 그의 날카로운 감식안을 보여준다.

『시화총림』은 중국의 『역대시화』에 비견되는 우리 나라 시화의 집성이라 할 수 있다. 즉, 우리 나라 비평 문학의 조감도라 할 수 있을 만큼 그의 시학에 대한 심오한 조예를 담고 있다. 『시화총림』에는 이규보의 『백운소설』, 이제현의 『역옹패설』, 성현의 『용재총화』, 남효온의 『추강냉화』 등 모두 24종의 시화서가 수록되어 있다. 시에 대한 이와 같은 비평 작업은 오직 시를 사랑하고, 그 중에서도 시를 자주 대하며 담론하는 사람들끼리 자신들의 시에 대한 의견을 말한 것이다. 곧 자연발생적인 순수 행위인 것이다.

이러한 비평 문학의 순수 행위는 외국의 살롱에 해당한다고 할 수 있다. 살롱이란 객실 또는 응접실이란 뜻으로, 17~18세기 프랑스에서 유행한 사교적 모임을 가리킨다. 이 살롱에서 교양, 시가, 연예, 음악 등 많은 예술 분야와 사회생활에 관한 문제가 논의되었다. 살롱에서 행해진 문학 비평은 물론 비전문적인 사람들에 의한 것이었다. 때문에 그 비평 방법이나 비평 내용에 있어서도 우수한 것이었다고 보기는 힘들다. 그러나 서로 간에 의견이 상충되면서 열띤 논쟁이 전개되는 가운데 문학 작품의 참된 가치가 발견되었다고 볼 수 있다. 차츰 이와 같은 살롱 비평의 활동은 프랑스의 여러 작가들을 데뷔시키는 데 있어서 매우 중요한 역할을 했다. 모파상 (Guy de Maupassant, 1850~1893)이나 빅토르 위고(Victor Hugo, 1802~1885) 등도 모두 이런 살롱에 참석해서 자기 작품을 발표했다. 그리하여 점차 여러 전문적인 시인들과 소설가들이 모이기 시작하였다. 동시에 비평가로서의 전문적인 견해가 제시되기 시작하였다.

　이렇게 본다면 비록 살롱 비평이 비전문적으로 출발했다고 하더라도 살롱은 전문적인 비평들이 등장하는 하나의 온상이 된 것임은 틀림없다. 이런 점은 우리 나라에서 발달한 시화류의 비평과 매우 비슷하기도 하다. 우리 나라에서도 살롱과 같은 취미로서의 비평 활동을 한 곳으로 소위 '사랑방'을 들 수 있다. 사랑방이란 동네 마을 사람들이 자유롭게 드나들던 곳이다. 사랑방에 드나들던 사람들은 그곳에서 소설과 시를 낭독하고, 그 작품들에 대한 평가를 하기도 하였다. 사랑방은 다시 말하여 프랑스의 살롱과 같은 장소였던 것이다. 다만 살롱이 비교적 상류 사회의 구성원들이 참석한 폐쇄적인 공간이었다면, 사랑방은 신분을 따지지 않고 쉽게 드나들 수 있는 개방적인 공간이었다고 비교할 수 있다. 이와 같이 사랑방에는 마을의 시인 묵객들이 모이고, 또는 먼 곳에서 이름 있는 시인들이 모여서 서로 작품을 발표하고 문학에 대한 담론을 펼쳐 나간 곳이다. 여기서 시화라는 비평 문학의 형태가 발전한 것이다.

　동·서양을 막론하고 비평의 활동은, 문학에 대해 깊은 관심을 갖고 있는 사람들이라면 어느 누구든 모여서 문학에 대해 말하고 참된 문학의 방향을 모색한 데서 출발하고 있다. 이러한 행위는 어떤 보상을 바라고 한 행위가 아니고 오직 문학이 좋아서 그 가치를 탐색해 나간 창조적 활동이다. 이 점에서 비평 문학 행위의 한 방향인 순수 행위를 거론할 수 있다. 단, 무상 행위라는 것은 단순히 비평 활동을 함으로써 자기의 생계를 꾸려 나간다든가 하는, 대가를 바라지 않는다는 뜻을 의미하는 것은 아니다. 그것과는 달리 비평 활동을 통해서 어떤 사회적 개혁을 도모한다든가, 또는 어떤 도덕적 개선을 의도한다든가 하는 다른 목적이 개입하지 않는다는 의미이다.

2) 목적의식의 행위

비평 문학은 순수 행위에서 출발한 자연발생적인 것이다. 그러나 비평 문학은 매우 강한 영향력을 갖는다. 작품을 평가하여 발표함으로써, 작가에게 그리고 독자에게 큰 영향을 미친다. 비록 비평가가 어느 누구에게 영향을 미치자는 의도에서 비평을 한 것이 아니라 하더라도, 그것은 사회적으로 매우 큰 영향을 끼치게 되는 것이다. 사회적 영향이 쌓이면 역사적 영향으로 확대되어 역사를 바꾸는 힘을 행사하기도 한다. 이 점에서 비평 문학은 단순한 취미로서의 순수 행위가 아니라, 참여 의식을 가져야 하고 동시에 사회에 이익을 주어야 한다는 공리주의적 입장이 대두된다.

목적이 있을 때 비평가들의 목소리는 강해진다. 목소리가 강해질 경우, 비평 문학은 사회와 역사에 대하여 창조적 의지를 가하며 필을 휘두르게 된다. 때문에 유난히 어느 시대의 문학은, 그 흐름이 비평가들에 의한 강력한 이론적 활동에 의해서 전개되는 경우가 많은 것이다. 이것은 유럽만이 아니라 한국 근대문학사에서 두드러진 현상이기도 하다. 가령 1920년대 등장했던 사회주의 문학 운동, 그 문학이 붕괴된 후에 나타났던 순수 문학의 이론 전개, 해방 후의 좌·우익의 논쟁, 1960년대부터 강력하게 대두된 사회 참여 문학 운동 70년대 민족문학론, 80년대 민족·민중문학론 등은 대부분 문학 비평이 유도해 나간 문학의 흐름이었다. 그와 같은 비평의 이론적 활동이 전개됨으로써 그것이 당시의 문학사적 방향을 조정하게 되고, 여기에 많은 창작 활동이 참여하게 된 것이다. 그러므로 비평이 어떤 공리적 기능을 가지고 문학사의 창조에 관여한 사실은 역사적으로 부인할 수는 없다.

플라톤(Platon)의 『국가』(Politeia)에 나타난 '시인추방론'을 생각해 보자. 플라톤은 자기가 이상적으로 생각한 나라에서 시인의 존재를 인정하지 않고, 시인은 추방되어야 함을 주장하고 있다. 그는 시인을 추방하기 위해서 '침대'의 작가를 예로 들고 있다. 원래 그가 말하고 있는 신은 침대의 이념을 갖고 있는 존재다. 침대라는 이념 자체를 신이 창조했다는 것이다. 그 다음 목수가 신의 이념에 입각해서 침대를 만드는 행위자로 등장한다. 마지막 화가가 필요에 의해서 그 침대를 그리게 된다. 이렇게 본다면 최초의 창조자인 신은 1단계의 진리를 가진 존재이고, 목수는 진리로부터 한 단계 떨어져 있는 2단계에 있는 사람이고, 거기서 더 한 단계 떨어져 화가가 3단계에 있는 것이 된다. 즉, 화가란 진리로부터 가장 멀리 있는 사람인 것이다. 여기서 화가를 시인으로 대치시켜 본다면, 시인은 진리로부터 3단계에 속하는 사람이며, 그만큼 진리로부터 멀어져 있게 된다. 따라서 플라톤은 진리로부터 멀어져 있는 사람은 이상적인 나라에서는 존재할 필요가 없으므로 추방해야 한다고 주장한다.

플라톤의 '시인추방론'은 공리주의적인 입장에서 문학을 논한 것이며, 시인에게 매우 위협적인 주장이 아닐 수 없다. 플라톤은 당시 석학으로 유명한 인물이었고, 그 의견은 당시 큰 영향력을 행사했다. 그래서 고대 사회의 시인들은 빵을 해결하는 부류의 사람들이 아니었기 때문에 비생산적인 인물이 될 수밖에 없었다. 동시에 비평가가 이와 같은 이론으로 한 작품을 비평한다면, 그 비평은 작품에 매우 큰 위협적인 장애물이 될 수 있는 것이다.

플라톤의 '시인추방론'에 반기를 든 사람은 아리스토텔레스(Arisoteles)였다. 그는 『시학』 9장에서, 시인의 임무는 실제로 일어난 일이 아니라 일어날 법한 일, 일어날 수 있는 일을 묘사한다는 데 있다고 말했다. 실제로 일어난 일을 표현한다는 것은 플라톤이 말한, 실제로 존재하는 것에 대한 모방이라는 말에 해당된다. 존재하고 있는 어떤 사물을 화가가 그림으로 나타내거나 시인이 시로써 표현한다는 것은, 실제 사물을 새롭게 창조하는 것이 아니라 실제로 이미 존재하고 있는 사물을 모방하는 것이라는 플라톤의 해석이다. 이에 대해서 아리스토텔레스는, 시인은 그처럼 이미 일어난 어떤 일을 묘사한다는 것이다. 즉 시인의 세계는 개연성 또는 필연성의 법칙에 따라 가능한 새로운 세계를 말하는 것이다. 그것은 미래의 세계이며, 이미 일어났던 일들을 어느 정도 소재로 삼고 있다고 하더라도 그로 말미암아 앞으로 일어날 일을 표현하는 것이기 때문에 창조적이라는 의의가 발생하는 셈이 된다.

그리고, 보다 더 본질적으로 아리스토텔레스의 사상을 검토해 본다면 플라톤이 언급한 모방론은 실제로는 추방된 셈이다. 물론 아리스토텔레스가 모방이란 용어에 대해서 실제로 반박한 것은 아니다. 다만 그의 주장, '시인은 이미 일어난 일을 묘사하는 것이 아니라, 일어날 수 있는 일을 묘사한다는 것'은 시의 본질을 밝히는 발전적인 해석이라고 할 수 있다.

인간은 문학 작품을 통해 무한한 상상력을 넓힌다. 과거를 통해서 현재를 볼 수 있고, 미래를 상상할 수 있다. 때문에 일부 문학가들을 어떤 점에 있어서는 예언자라고 할 수 있다. 실제로 고대 사회에서 시인의 역할은 미래를 점치는 역할과 공통적인 데가 많았다. 이런 점에서 아리스토텔레스는 시인의 기능을 보다 더 본질적인 면에서 새롭게 해석하여 보여준 셈이다. 따라서 아리스토텔레스의 『시학』에 나타나는 이론은 플라톤에 의해 크게 상실됐던 시인의 위상을 되살리는 결과를 낳았다. 동시에 독자들에게는 그와 같은 문학 작품에 대하여 올바른 인식을 갖도록 만들어 주었다.

여기에 비평 문학이 갖고 있는 중요한 현실적 의미가 있다. 비평 문학이 공리주의적인 입장을 취할 때, 플라톤처럼 문학에 손상을 입히는 경우도 있고, 아리스토텔레스처럼 문학과 사회에 이익을 주는 경우가 있는 것이다. 아리스토텔레스의 비평은 실제로 많은 시인과 독자들에게 작품의 창작적 기술과 이해를 높여 주었다. 그런 의미에서 비평 문학은 현실적인 참여, 역사적인 창조의 역할을 담당하고 있는 것이다.

21세기에 당면하여 비평 문학의 평가를 저해하는 요인들이 산견해 있다. 오늘날 비평 활동은 비평가 스스로 쓰고 싶어서 자발적으로 쓰는 경우도 있지만, 온갖 문학 활동 영역 속에서 유기적 관계를 이루고 타인 혹은 타사의 요청에 의해서 이루어지는 경우도 많다. 각종 출판, 잡지, 신문사의 요청에 의해서 또는 전파 매체의 요청 등에 의해서 비평 활동은 다양하고 다각적으로 전개된다. 비평 작업 역시 작품평, 서평, 월평, 연평, 또는 전체적 문단의 흐름, 시대적 작품 경향 등 다양하다. 그리고 전문적인 비평가가 연달아 등장하고 있다. 그러나 비평이라고 하면 으레 문학 비평을 떠올리는 시대는 지나갔다. 대중문화에 대한 폭발적인 열정과 현란한 첨단 문화 이론으로 무장한 일련의 대중문화 비평과 그 비평가들이 이제 우리 문화의 새로운 주역으로 부상하고 있는 것이다. 이러한 대중화 시대 그리고 정보화 시대의 시점에서 문학 비평가의 임무는 매우 중요한 위치에 서 있는 것이다. 비평가는 무엇보다도 감정적 위화 관계(違和 關係)에 휘말리지 않아야 할 것이다. 작가의 참된 문학 발전을 위해서 조언하고, 독자의 참된 문학의 이해를 돕기 위해 새롭게 갱신해야 할 것이다.

3. 비평 문학의 기준과 유형

　비평 문학의 이론을 정립하고 유형별로 분류해서 고찰하고자 하는 것은, 결국 어떻게 하면 문학 작품을 가장 올바르게 감상·해석·평가할 것인가 하는 문제로 귀결된다. 이것은 아울러 비평 문학의 본질과 원리를 바르게 탐구하자는 작업이기도 하다. 그런데 비평의 갈래는 비평가에 따라서 여러 유형으로 나뉜다. 왜냐하면 비평가마다 각자 문학관이 다르기 때문이다. 그러므로 비평가는 작품에 따라 적절한 비평 문학의 방법을 취사 선택하여야 할 것이다. 그러나 작품에 따라서는 한 가지 이상의 비평 문학 이론을 선택해야 할 때도 있다. 그럴 경우, 기준이 없는 비평 태도라고 비난해서는 안 될 것이다. 또한 비평 문학의 갈래에는 작가별 세대, 사회적 시대, 지역의 특수성이 포함되어 있음을 간과해서도 안 될 것이다.

　그러므로 비평의 갈래는 여러 가지 기준과 유형을 찾아볼 수 있다. 가령, 비평가의 연역적 관점에 따라, 주관적 기준, 객관적 기준, 상대적 기준으로 나누고 있는 갈래가 있다. 여기서 각각 주관주의 비평, 객관주의 비평, 상대주의 비평이라는 유형이 생긴다. 또한 비평의 대상에 따라, 여러 가지 이론이 존재하는데, 그 이론을 크게 나누면 이론 비평과 실제 비평으로 나눌 수 있다. 이론 비평은 일명 원론 비평이라고도 한다. 실제 비평은 특정한 작가와 작품을 대상으로 하는 비평으로 실천 비평이라고도 한다. 비평을 어떠한 방식으로 기술할 것인가, 이러한 기술 방식에 따라서는 입법 비평, 심미 비평, 분석 비평으로 나눌 수 있다. 입법 비평은 비평가 나름대로 설정한 객관적 기준에 의한 비평 방법이다. 비평가가 이미 만들어진 기준에 작품을 재단하여 비평하는 것이다. 고전 비평이 아리스토텔레스의 이론을 기준으로 하거나 종족·시대·환경의 세 가지를 기준으로 내세운 테느(H. A. Taine), 계급 투쟁의 주제를 기준으로 내세우는 마르크스주의 비평도 이에 속한다. 심미 비평은 비평가의 주관적·감상적 기준에 의한 비평이다. 분석 비평은 신비평이라고도 하는데 작품의 외적 요건이 아닌 내적 요건의 기준에 의한 비평이다.

그리고, 학문적으로 논의가 되어 전통을 수립하고 비평 문학의 이론을 내세운 학문적 전통에 따른 갈래가 있다. 이 갈래로는 역사주의 비평, 형식주의 비평, 심리주의 비평, 사회·문화 비평 등의 갈래가 있다. 역사주의 비평의 핵심은 '문학 작품은 시대의 산물'이라는 관점이다. 형식주의 비평은 문학을 언어적 형식 또는 언어적 구조로 보고 작품의 형태적 유기성을 연구하여 미적 가치를 부여하는 비평이다. 흔히 '내재적 비평'이라고 한다. 이러한 형식주의 비평은 20세기에 들어와서 본격적으로 전개되었으며, 특히 영미 형식주의와 러시아 형식주의가 그 주류를 이루고 있다. 심리주의 비평은 문학 연구나 비평에 심리학적 이론들을 응용 고찰하는 방법이다. 심리주의 비평은 심리학의 여러 분야 중에서도 특히 정신분석학을 응용한다는 점에서 정신분석 비평 또는 정신분석학적 비평이라고도 한다. 심리주의 비평 방법은 작가의 창작 심리, 문학 작품의 내적 심리, 문학 작품을 수용하는 독자 심리 등 세 가지 영역을 인간의 심층 심리, 의식의 흐름, 리비도, 콤플렉스, 꿈 이론, 자동 기술법 등의 방법으로 해명하고 분석한다. 사회·문화 비평은 작품의 생산 환경과 문화, 작가의 세계관 및 사상, 사회 제도 등에 중점을 두고 작품을 연구하는 비평 방법이다. 다시 말하여 문학 작품은 그것을 낳게 한 환경과 문화들과 분리해서 해명할 수 없다는 것이다. 이 비평은 역사적 비평과 매우 유사하다고 생각할 수 있다. 그러나 역사주의 비평이 문학을 그 자체 목적이나 원천으로 보기보다는 하나의 과정으로 보고 강조한다면, 사회·문화비평은 어디까지나 문학의 개별적인 정체성을 강조한다.

근대 이후 문학계에서는 여러 가지 다양한 비평 문학 방법론이 연구, 개발, 발전되어 오고 있다. 그리하여 각 방법론에 따른 독특한 이론에 의해 장르, 테마, 소재, 구조, 환경, 내용, 문체, 언어 등이 거듭 평가되고 있다. 사실 문학이란 시간의 흐름과 함께 각 시대의 여러 조건에 따라 변모, 성장하기 때문에 연구 방법 또한 변모, 발전해야 할 것이다. 그러므로 어떤 한 종류의 기준이나 방법으로 문학 작품을 규명하기란 어려운 것이다. 따라서 비평 문학이나 작품 연구에 있어서는, 결국 인간의 정신적 창조물로서 나타난 작품이 어떻게 만들어지고, 어떻게 존재하며, 어떻게 교류되는가 하는 작품의 사회적·정신적 기능과 작품의 예술적 가치를 올바르게 파악하는 것이 우선되어야 할 것이다. 아울러 비평 문학은 작품에 대한 깊은 이해와 통찰을 통하여 독자들에게 문학에 대한 지식을 넓혀주고, 올바른 작품 이해를 통해 작품을 평가하고 가치를 판단함으로써 문학의 새로운 방향을 제시해야 한다. 그리하여 비평 문학은 보다 높은 차원의 문학적 이론의 정립에 기여해야 할 것이다. 또한 작품에 따라 필요한 여러 방법과 기준을 선택하여 작품의 본질과 성격을 탐색해 내는 것이 비평가의 바람직한 연구 태도라 할 것이다.

본 비평 문학 원론에서는 편의상 판단 기준을 개괄적으로 나누어 주관적 기준·객관적 기준·상대적 기준으로 나누기로 한다. 주관적 기준은 다시 인상적 비평, 창조적 비평 등으로 나눠지며, 이것은 특수한 기준 없이 비평가가 작품 자체에서 얻은 인상이나 자기의 주관적인 취향에 의하여 작품을 심미 평가하는 비평 태도다. 객관적 기준은 아리스토텔레스의 『시학』에 의한 재단비평으로 형식을 중시하는 비평 태도며, 상대적 기준은 작품의 외적인 것까지 작품과 연관시켜 작품을 비평하는 것으로 때에 따라서 얼마든지 수정, 변경될 수도 있는 기준이다. 이러한 기준에 의하여 그 유형이 각각 주관주의 비평, 객관주의 비평, 상대주의 비평으로 나뉜다.

1) 주관주의 비평

주관주의 비평은 비평의 객관적 기준을 인정하지 않고 비평가 자신의 취미와 개성, 기질, 교양에 의해 작품을 감상, 평가하는 비평 방법이다. 이러한 비평 방법은 근대 이후에 시작된 것으로 일종의 고전적이고 객관적인 도그마(dogma)에 대한 반동으로 일어났으며 근대의 개인주의, 낭만주의 사상에 근원을 두고 있다.

주관적인 기준은 비평가 각 개인의 특질에 따라 달라지는 것이므로 비평가 각자마다 서로 다른 기준을 가질 수도 있다. 그 기준은 개인에 따라 차이가 날 뿐만 아니라 시대와 장소에 따라서도 차이가 생긴다. 때문에 주관주의 비평의 특징은 개별적이고 분화적이라고도 할 수 있다.

근대 비평이 그 판단 기준을 개인의 주체적 감정에 두는 까닭은 근대 문학이 근대적 휴머니즘에 근거를 두고 있기 때문이다. 근대 비평은 개인주의를 옹호한다. 일체의 객관적 가치를 부정하고 오직 개인의 발견, 개성의 존중, 독창성의 강조, 자아의 확립 등 모든 것이 개인에 의해서 '주험적(主驗的) 감정의 만족을 얻는, 즉 주관적 기준에 의해 성립되는 것이다. 이 점은 낭만주의 비평과도 그 궤를 같이하는 점이기도 하다.

이러한 주관주의 비평은 인상적 비평과 창조적 비평으로 나뉜다. 비평가가 작품에서 받은 주관적 인상 그대로 작품을 평하는 것을 인상 비평이라 하고, 작품에서 받은 인상에 의해 비평가가 창조 의식을 발휘하는 비평을 창조 비평이라 한다.

(1) 인상 비평

인상 비평이란 글자 그대로 작품에서 받은 비평가 개인의 주관적인 인상에 의해 작품을 평가하는 비평 태도다. 이 비평을 처음 시도한 사람은 프랑스의 쌩트-뵈브(Sainte-Beuve)이며, 그의 영향을 받아 실천에 옮긴 대표적인 사람은 영국의 페이터(Walter Pater)이고, 그 뒤를 시먼즈(Arthur Symons)가 계승했다.

페이터는 아놀드(Matthew Arnold)와 같이, 비평 문학은 '실제로 있는 그대로 대상을 보는 것'이라 언급하고 있으나 실상 아놀드와는 달리 오히려 대상이 주는 인상에 치중하고 있다. 즉 아놀드는 비평 방법에 있어서 대상을 다른 고전적 작품, 가령 예를 들면 호메로스(Homeros), 셰익스피어(William Shakespeare), 단테(Alighieri Dante) 등과 비교하여 감상, 평가하였으나, 페이터는 완전히 그 작품 자체에만 치중하여 그 작품에서 받은 주관적 인상을 중요시하였다. 물론 페이터의 비평 문학 태도는 후에 변모된 점도 있으나 대체로 작품의 '있는 그대로'의 인상에 충실하였다.

페이터는 인상적 비평의 직능에 대하여 다음과 같이 말하고 있다.

> '대상을 실제로 있는 그대로 보는 것'이 모든 참된 비평의 목적이라고 말한 것이 옳은 생각이다. 그리고 심미적 비평에 있어 대상을 실제 있는 그대로의 모습으로서 본다는 것은, 다시 말하면 실제로 오는 인상을 깨닫는다는 것, 즉 그것을 분명히 식별하고 생생하게 느낀다는 것이다. 심미적 비평이 다루는 대상인 음악·시·인생의 예술적인 모든 형식은 실로 많은 취지를 간직하고 있는 꽃집이다. 그것은 자연계의 산물과 같이 여러 가지의 가치와 성질을 갖고 있다. 예술적인 작품이 자기와 어떤 관계를 가지고 있는가, 실제로 어떤 결과를 일으키는가, 또 어떤 쾌감을 주는가, 쾌감을 준다면 그 쾌감의 종류와 정도는 어떤 것인가, 예술 작품의 영향으로 자기의 감정이 어떤 변화를 일으키게 되었는가 등, 이러한 의문에 대한 답변을 하는 것이 바로 심미적 비평가가 해야 할 근본적 작업이다.[2]

페이터는 미를 더욱 구체화하기 위하여 쾌락으로 해석했다. 그래서 그의

---

2) Walter Pater, *Studies in the History of the Renaissance*, ed. by Donald L. Hill(California), pp. 25~26.

26 · 제1부 비평 문학 원론

비평 태도를 한편 쾌락 비평이라 부르기도 한다. 그리고 미는 경험에 의하여 구체적이고 감각적으로 느끼는 상대적인 성질을 가지고 있으며, 낭만주의적인 미는 다른 모든 예술에 있는 미의 욕구에 호기심을 더욱 첨가한 것이라고 한다. 다시 말해 호기심이 정렬을 발동하여 미를 더욱 적극적이고도 낭만적인 것으로 창조한다는 것이다.

다음은 페이터의 인상 비평의 예문이다.

> 물 언저리에 이처럼 기묘하게 머리를 든 자태는 인간이 1천 년 이라는 긴 세월에 걸쳐 희구해 온 것을 표현하고 있다. 그녀의 눈까풀은 조금 피로해 보이는데, 마치 머리 위로 모든 것의 종말이 닥쳐온 듯하다. 그러한 모습은 내부로부터 살[肉]을 뚫고 피어난 아름다움과도 같다. 진기한 사상과 환상적인 명상과 정묘한 감정이 세포 하나 하나에 서서히 침전되어 있는 자태이다. 잠시 모나리자를 그리스의 눈부신 여신들이나 고대의 미인 곁에 나란히 세워본다면, 그 여신들이나 미인들은 모나리자의 아름다움, 다시 말해서 온갖 고뇌를 지닌 영혼의 아름다움 앞에서 얼마나 고통스럽게 절망할 것인가! 지상의 모든 사상과 경험으로 겉모습을 순화하면서 또한 그것을 고스란히 표현하고 있는, 이러한 모나리자의 초상은 그리스의 수성(獸性), 로마의 음란, 영적 욕망과 상상적 애정을 구비한 중세의 신비주의와 이교의 세계 및 보르지아 가문의 죄악 등 모든 것을 포함하여 형상화하고 있다. 모나리자는 그녀를 둘러싸고 있는 바위보다도 더 늙어 있는 것이다. 모나리자는 흡혈귀처럼 몇 번 죽어 본 것이다. 그래서 그녀는 무덤의 비밀을 터득한 것이다. 그녀는 깊은 바다의 잠수부이기도 했기 때문에 바다의 흥망 성쇠를 너무나도 잘 알고 있는 것이다.[3]

이상의 예문처럼, 페이터는 레오나르도 다 빈치(Leonardo da Vince)의 그림 모나리자가 지닌 아름다움에다 자신의 풍부한 상상력을 불어넣어 평하고 있다. 페이터는 미를 추상적으로 또는 개념적으로 보지 않고 직접 눈으로 보는 것처럼 그리고 손으로 만지고 있는 것 같이, 다시 말하면 감각에

---

3) Walter Pater, 앞의 책, pp.98~99.

호소하고 있는 것이다. 이러한 페이터의 가치관은 찰나주의, 심미주의 사상과도 관련을 맺고 있다.

(2) 창조 비평

창조 비평이란 작품을 평가함에 있어 단순히 작품 평에 그치지 않고, 그 작품 평을 토대로 하여 비평가 자신이 문학에 대한 새롭고 독자적인 의견을 제시하는 비평이다. 다시 말하여 비평 문학 자체에 예술적인 창조성을 부여하는 비평을 말한다.

일반적으로 비평가는 비평의 기능을 통해 작가에게 조언하고 독자의 올바른 감상과 이해의 능력을 도와주는, 작가와 독자 사이의 매개자적 역할을 담당한다. 그래서 비평 문학을 창작 분야와 별개의 분야로 간주하고 있다. 그러나 창조적 비평가들은, 마치 작가가 창작의 근본이 되는 재료, 곧 자연물, 환경, 인물의 행동, 감정 같은 것을 소재로 하여 작품을 쓰듯이, 그들도 작품을 소재로 하여 창작을 하는 것이다.

창조적 비평의 한 유형으로 등장한 것은 미국의 비평가인 스핑간 (J.E.Apingan)의 「창조적 비평－재능과 취미의 조화에 관한 시론」(Creative Criticism－Essay on the Unity of Genius & Taste, 1971)이라는 논문이 발표된 이후부터이다. 그 이후 영국에서 와일드(Oscar Wild), 머리(John Middleton Murry)등의 창조적 비평가들이 등장했다.

스핑간은 논문 「창조적 비평」에서 주로 예술의 유기적 형식에 대해서, 예술 표현은 도덕이나 형식, 그 밖의 인생의 어떤 분야에서라 할지라도 독립된 자유로운 표현이라고 주장한다. 따라서 이러한 자유로운 표현에 객관적 기준을 적용하여 작품을 평해서는 안 된다고 언급했다. 계속하여 그는, 예술가가 인상을 통하여 작품을 내놓듯이 비평가도 인상을 통하여 비평하면 된다고 덧붙임으로써, 작품이 자유로운 표현이며 창조적인 것처럼 비평 또한 창조라는 견해를 제시했다.

스핑간은 다시 비평이란 작품에 드러난 천재성과 일치한다고 말한다. 이것은 작품과 그 창조 과정의 음미를 통하여 작품을 재생, 재현하는 성격을 띠고 있는 것으로서 일종의 인상주의적인 요소를 내포한 견해이기도 하다. 또한 이것은 비평이 작품의 창작 과정의 심미적 재현이라는 결과가 되는 것이기도 하다. 창조적 비평의 특징을 가장 단적으로 설명한 사람은 와일드다. 와일드는 그의 논문 「예술가로서의 비평가」(The Criticasan Artistr)」에서 비평의 예술적 창조성을 강조하고 있다. 즉 예술적 재능 없이 예술적 창조는 있을 수 없다고 말하면서 비평가가 지닌 선택 정신과 생략 정신이야말로 비평의 재능이라는 것이다. 따라서 이 비평적인 재능을 소유하지 않은 작가는 아무 것도 창작해 낼 수 없다는 견해를 강력하게 제시했다. 이 언급을 좀더 본질적인 의미로 해석해 보면, 비평 정신은 곧 창작 정신이라는 말로 풀이될 수 있을 것이다.

와일드의 가치관이 페이터에서 출발하고 있다는 점은 확실하다. 그러나 와일드는 작품이 주는 아름다움에 개성을 첨가하고 있다는 점에서 페이터보다 한 걸음 진전한 비평가라고 할 수 있다. 와일드의 예술 세계와 비평 태도는 그의 희곡 작품 『살로메』(Salome)를 통하여 살펴볼 수 있다.

> 아아! 그대는 그 입에 나의 입맞춤을 허락하지 않았다. 요카난. 자! 이제 나는 입맞추리라. 정말이다. 요카난, 나는 네 입에 입맞추리라. 내가 그대에게 분명히 말했지? 나는 그대에게 그렇게 말했다. 자! 그 말대로 나는 이제 입맞추리라. … 그러나 요카난, 왜 그대는 나를 보지 않는가? 그대의 눈은 조금 전까지 그렇게도 무서웠고, 노여움과 멸시로 넘쳐 있었는데 지금은 고요히 감겨져 있다. 왜 감고 있지? 그 눈을 떠라! 눈을 떠라. 요카난, 왜 나를 보려고 하지 않는가? … 그리고 그 혓바닥, 독을 내뿜는 붉은 뱀과 같던 그 혓바닥도 이제는 움직이지 않는다. 이제는 아무 말도 하지 않는가? 요카난, 나를 향해 독을 뿜은 그 새빨간 살무사. 이상하지 않는가? 그 새빨간 살무사는 왜 이제는 움직이지 않는 것일까? … 요카난, 그대는 나를 조금도 가까이하려 하지 않았다. 그대는 나를 뿌리쳤다. 심한 말을 내게 마구 내뱉었다. 나, 헤로디어스의 딸인 유대 공주 살로메를 마치 창녀나 바람둥이처럼 대했었다.[4]

희곡 작품 『살로메』는 신약성서에 나오는 세례자 요한의 죽음을 헤로디어스(Herodes)의 딸의 사랑을 중심으로 다룬 것이다. 성서에는 살로메라는 이름은 없고 헤롯의 왕비가 딸을 시켜서 요한의 목을 요구하는 것으로 기록되어 있다. 그런데 와일드는 독자적인 상상력을 가미시켜 살로메의 광적인 사랑의 모습을 그리고 있다. 살로메가 요한의 목을 얻음으로써 자신의 자존심을 상하게 한 사나이에게 복수하고 동시에 여인의 피를 끓게 한 사나이에 대한 사랑을 성취시키고자 한 것이다. "자! 이제 나는 입맞추리라. 내 이빨로 익은 과일을 씹듯이 깨물어 주리라"하고 외치는 살로메는 실로 와일드의 악마적인 환상의 산물이라고 아니 할 수 없다. 그리고 단막극으로서 템포의 조절이나 클라이맥스에서 일전(一轉)하여 급격한 결말에 이르는 극적 구성의 교묘함, 비유, 반복, 현란한 어휘, 음악적 효과, 색채적 효과는 달빛 아래 얽히는 관능적인 미와 공포를 자아내게 하고 있다.

이렇듯, 와일드가 말하고 있는 개성이란 종교적 훈련을 받지 않은 반고전적 개성으로서 예술 지상주의적 가치관에서 비롯한다. 다시 말해서 페이터와 와일드가 다함께 주관주의에서 출발하고 있다고 해도 페이터는 지적 유미주의에 접근하고 있고, 와일드는 관능적 쾌락주의에 더 가깝다고 할 것이다.

또한 창조적 비평가 머리(Murry)는 다음과 같이 문학 비평을 설명한다

> 참된 비평은 그 자체가 모든 예술 활동의 유기적인 일부다. 그것은 예술이 예술 자체에 대해 휘두르는 권력 행사다. 따라서 비평이란 결코 예술의 국외자의 과업이 아니다. (…) 예술이 생활의 의식인 것과 같이 비평은 예술의 의식이다. 참된 비평의 본질적인 활동은 예술에 의한 예술의 조화있는 통제다.5)

이상과 같이 머리는, 참된 비평은 비평 자체가 예술 작업이어야 하며,

---

4) 김희보(옮김), 『살로메』, (일맥사, 1974), pp.150~151.

5) J.M. Murry, *Aspects of Literature — The Function of Criticism,* p.24.

예술이 생활의 의식이듯 비평도 예술의 의식이라고 말함으로써 비평의 창작 기능에 대한 견해를 제시하고 있다. 머리의, 비평이나 이론 자체가 하나의 문학 작품이 된다는 주장을 주목할 만한 논의이다. 이와 같은 그의 견해는 상대주의적 입장에 접근하고 있다 할 수 있다.

따라서 창조적 비평은 하나의 작품 비평에 그치지 않고 한 걸음 더 나아가 비평가 자신의 독자적인 창조성을 확립하려고 한 것으로, 이는 자유스럽게 인생이나 문명에 접근할 수 있는 여러 비평의 유형 중에 가장 적극성을 지닌 비평이라 할 수 있다.

2) 객관주의 비평

객관주의 비평은 일정한 객관적 기준을 정해 놓고 그 기준 의에서 작품을 평가해 나가는 비평을 말한다. 이는 작가가 작품을 창작할 때도 이 기준을 떠나 임의대로 수정하고 변경할 수 없을 뿐더러 비평가 역시 자신의 주관적인 의도 아래 함부로 작품 비평을 할 수도 없다. 즉 객관적 비평 문학은 작가의 자유로운 창작을 허용하지 않으며, 따라서 비평가의 주관이나 기질도 허용하지 않는다. 다만 일정한 기준을 토대로 하여 그 기준에 의해 작품을 평가하는 것이 비평가의 태도인 것이다.

말하자면 객관주의 비평은 보편적인 타당성을 요구하고 있다. 비평가의 개인적인 독창성, 개인적인 자기 판단을 무시하고 시대를 초월하고, 유파를 초월한다. 이 점에 있어서 주관주의 비평과는 정 반대되는 대립 관계를 형성하고 있다. 객관주의 비평이 요구하는 절대적인 보편적 기준은 아리스토텔레스의『시학』에 의거한 기준을 말한다.『시학』이 제시한 법칙은 고대 그리스 시대 이후 18세기까지 보편적 기준으로 오랫동안 유럽의 문학 위에 군림해 오다가 근대 이후 주관주의 사상의 도래와 과학의 발달로 위력이 약화되었다.

사실 비평 문학에 있어 절대 유일한 보편적 객관 기준이란 존재할 수 없다. 따라서 비평문학사에 일찍이 절대적이고 유일한 기준이 존재했다고 언급하기에는 많은 문제점이 있다. 때문에 객관주의 비평을 절대 보편의 기준이라고 해석하기보다는 주관주의 비평과 대립의 위치에 있는 비평 기준이며, 비평의 기준을 비평가와 작품의 외부에 두고 있는 비평이라는 정도로 해석하는 것이 적절할 것이다.

세계적으로 불후의 명작이라고 알려진 셰익스피어, 단테, 호머 등의 작품도 여러 비평가들의 해석, 평가가 다양한 측면에서 다양한 기준으로 행해지고 있다. 그만큼 객관주의 비평이 요구하는 절대적 조건인 비평가의 의견일치란 있을 수 없는 성질의 것이라 할 수 있다. 다만 비평가들이 주장하는 절대 유일의 기준이란 그들의 이념과 같은 존재일 따름이다.

객관주의 비평 기준은 고전주의적 비평, 실증주의적 비평, 사회주의적 비평으로 나뉜다. 고전주의 비평은 17, 8세기 아리스토텔레스가 만들어 놓은 『시학』의 규준을 토대로 한 비평이고, 실증주의 비평은 테느(Hipolyte Taine)가 제시한 19세기 과학 문명의 발달에 의한 리얼리즘 비평의 기준이며, 사회주의적 비평은 마르크스(Karl Marx)가 주장한 변증법적 유물론을 근거로 한 비평 기준을 말한다.

(1) 고전주의 비평

고전주의는 넓은 의미로는 그리스와 로마의 고전적 문예를 계승하려는 경향을 일반적으로 일컫는 용어이지만, 좁은 의미로는 17세기 프랑스에서 발생하여 유럽의 여러 나라로 파급된 문학과 예술의 전반적 흐름을 말한다. 일찍이 아리스토텔레스는 그의 저서 『시학』에서 문학의 법칙을 세운바 있는데, 그 문학 법칙이 문예부흥기에 이탈리아를 중심으로 고전 부흥의 시대적 요청의 물결과 더불어 새롭게 각광을 받게 되었다. 그리하여 『시학』의 법칙은 17, 8세기까지 유럽 비평문학에 거의 절대적인 기준으로 군림했다. 이 비평의 기준은 주로 형식면을 강조하고 있기 때문에 이를 형식적 비평이라고 말하며, 또 마치 재판관이 법정에서 일정한 법률을 조문에 따라 단죄하는 것 같은 방법이라고 하여 재단 비평 혹은 기준 비평이라고도 한다.

아리스토텔레스의 『시학』은 전 26장으로서 1장부터 5장까지는 총론, 6장 이후 26장까지가 서사론으로 각각 분리된다. 이 『시학』의 개요를 살펴봄으로써 고전 문학 비평의 기준이 지닌 성격을 파악해 보면 다음과 같다.

첫째, 총론부에서는 모든 시는 인간의 모방 본능, 유희 본능에 의한 모방이라 언급한다. 시는 모방의 수단·대상·형식에 따라 구분된다는 것이다. 이때 모방의 매개체는 언어인데, 그 중 서사시는 언어만을 매체로 삼고, 비극과 희극에서는 음악·동작·무용 등의 매개체가 종합되어 사용되고, 기악에서는 동작이, 음악과 무용에서는 리듬이 각각 매체로 사용된다. 여기서 모방은 인간보다 더 훌륭하거나 그렇지 않으면 더 훌륭하지 못한 행위를 모방하는 것이다. 형식상으로 서사시는 서술이나 희곡의 방법을 취하고, 비극이나 희극은 어느 행위를 모방하는 것을 위주로 한다.

둘째, 비극론에 있어서, 비극은 일정한 형식을 가지고 질서 정연하게 짜여진 동작을 모방한다고 언급한다. 수식적으로 언어가 등장하고 동작에 의해 줄거리가 펼쳐진다. 비극의 목적은 공포와 연민을 통해 감정을 환기시켜 카타르시스(Catharsis)를 일으키는 데 있다. 비극의 요소는 줄거리·성격·사상·언어·하모니(Harmony)·장면 등이며, 이 요소 중에서도 줄거리를 가장 중요시한다. 줄거리는 전체가 유기적으로 통일된 보편적인 내용이어야 한다. 줄거리가 가지는 세 가지 형식은 급전·발견·고민이며, 이 세 가지가 잘 조화되어야만 관객들을 훌륭하게 공포와 연민 속으로 빠져들게 할 수 있다.

줄거리 전개는 현재 사건이 일어나고 있는 것으로 관객들이 착각할 만큼 생생하게 상연되어야 한다. 이것은 작가 또한 등장 인물과 혼연일체가 되어야 함을 말해준다. 그리고 보편적 형식에서 시작하여 사이사이 에피소드를 곁들이고 주인공으로 하여금 복잡 미묘한 갈등 속으로 빠져들게 유도한다. 그렇게 해서 관객들을 공포의 분위기에 몰아 넣고 결국은 연민의 정을 자아내는 결말에 이르게 한다.

셋째, 서사시에 있어서는, 서사시는 역사와 본질은 다르지만 줄거리에 있어서는 비극과 거의 같은 형식을 취함을 볼 수 있다. 단지 서사시는 비극에서처럼 음악적 효과나 무대의 장치가 없다는 것과, 또한 일정하게 통일된 길이가 아니어서 긴장, 감동, 감정의 정화가 비극보다는 못한 것이 다른 점이다.

이상에서 아리스토텔레스의 『시학』의 논지를 살펴보았다. 오늘날 이것을 기준으로 문학을 비평을 하는 사람은 없다. 오늘날처럼 과학적이고도 적절한 문학 연구 방법이 다양하게 제시되고 있는 실정에서는 더구나 『시학』의 비평 기준이 적용될 자리가 없다. 그러나 그렇다고 해서 이 비평 기준을 무용지물로 간주해서는 안될 것이다. 어쨌든 중세의 5~6세기를 제외하고 근 2천 년 동안 줄곧 이 비평 기준이 비평 문학계에 군림했던 것은 엄연한 사실이기 때문이다. 따라서 지금으로부터 약 2천 3백여 년 전에 벌써 비평 문학에 이렇듯 체계적인 연구가 있었다는 것은 놀라운 업적이 아닐 수 없다.

이 기준에 의한 대표적인 것으로는 애디슨(Joseph Addison)이 평한 밀턴(John Milton)의 『실락원(Paradise)』을 들 수 있다. 애디슨은 아리스토텔레스의 비극 구성의 4요소인 골자·성격·감정·언어 등 재래의 기성 기준에 맞추어 『실락원』을 평했다. 또한 프랑스의 볼테르(Voltaire)는 일찍이 셰익스피어의 희곡을 평하는 데 있어 아리스토텔레스의 『시학』에서 제시된 연극의 법칙을 무시한 점을 지적하여, 그의 작품을 '술취한 야인의 공상의 산물'이라고 비난하기도 했다.

고전주의적 비평 방법은 20세기에 들어와서도 신고전주의파의 시인과 이론가들에 의하여 그 일면이 다시 강조되었다. 신고전주의는 낭만주의 비평에 대한 반동으로 시작되었으며, 그 대표적 비평가로는 영국의 흄(T.E. Hulme)과 엘리어트(T.S. Eliot)를 들 수 있다. 신고전주의의 특징은 고전주의가 제시했던 법칙보다 전통과 역사성을 더 중시하는 것이다. 흄이 세상을 떠나자 그가 남긴 노우트를 허어버트 리드(Herbert Sir Read)가 『성찰-휴머니즘과 예술 철학에 관한 시론』이라는 표제를 붙여 출간했다. 『성찰』에서 신고전주의 비평의 선구자 흄은 다음과 같이 말하고 있다.

> 르네상스기에 대한 정확한 이해는 지금에 있어 긴급한 과제다. 역사적인 방법을 쓰지 않고는 그 주제를 논하기 어렵다. (…) 역사는 개인을 사이비한 범주(pesudocategories)의 영향에서 해방하기 위하여 필요하다. 우리들은 모두 몇 개의 추상적인 관념의 영향 밑에 있으나 사실상 그것은 우리의 의식에 지각되지 않는다. 우리들은 그 관념을 볼 수가 없다. 그런 관념을 통하여 외부를 보기 때문이다. (…) 마치 스펙트럼 위에 분석된 빛깔의 지식이 뉘앙스로 되어서 혼재한 약한 빛깔을 식별하는 데 도움이 되는 것과 같이, 말하자면 역사의 과정 위에서 객관화되고 전개된 그런 관념의 지식에 의하여 우리 자신 속에 가리어져 있는 관념을 지각할 수 있다. 한 번 그 관념이 표면에 떠오르게 되면 그 관념의 불가피한 성질은 없어져 버린다. 즉 그것은 벌써 범주가 아니다. 역사의 충분한 긴 기간을 재료로 해서 사용할 때에 우리들은 그 잘못된 범주를 갖기 쉬운 가능성에 대하여 예방주사를 놓을 수 있다.[6]

또한 엘리어트는 그의 논문 「전통과 개인적 재능」(Tresition and the Individual Talent)에서 다음과 같이 말하고 있다.

> 시인이나 다른 부문의 예술가나 혼자서 완전한 의의를 가진 자는 없다. 그의 중요성, 즉 그에 대한 평가는 그와 과거의 시인, 예술가와의 관계에 대한 평가다. (…) 그것은 다만 역사적인 비평의 원리일 뿐만 아니라 미술적 비평의 원리인 것이다.[7]

낭만주의가 지나치게 자유로운 분위기에 젖어 공상과 상상의 꿈을 펼쳐

---

6) T.E. Hulme, *Speculations; essays on humaniem & the philosrhy of art* ; edited by Herbert Read ; with a frontispiece and gore word by Jacob Epstein (London : Routledge & Kegan Paul), 1924, pp.35~37.

7) T.S. Eliot, *Selected Prose* ; edited by John Hayward : Penguin Books in association with faber and faber, 1921, p.23.

나가다 마침내는 쾌락만을 탐닉하게 되는 세기말적 현상에 부딪혔고, 사람들은 이러한 낭만주의 태도에 식상을 일으켰다. 이때 신고전주의는 '역사의 과정 위에서 객관화되고 전개된', 그리고 '과거의 시인·예술가와의 관계에 대한 평가 방법을 제시함으로써 전통과 역사성의 중요함을 강조했다. 이렇듯 20세기의 신고전주의 비평은 17, 8세기의 고전주의 비평처럼 어떤 기준을 법률 조문처럼 적용하는 것이 아닌, 과거에 존재했던 작품과의 상호 비교에 의하여 비판하고 순응하는 것으로, 즉 고전주의 비평을 수정 변경한 비평이라고 할 수 있다.

(2) 실증주의 비평

근대에 이르러 과학 정신이 정치·경제·사회·문화 등 모든 분야에서 투철하게 자리를 굳히자 자연스럽게 과학의 정신과 방법이 문학에 적용되고, 비평 문학에서도 실증적 비평이라는 과학적 성격을 지닌 비평 방법이 등장하게 된다. 이러한 사고 방식은 프랑스의 꽁트(A. Comte)의 『실증철학』과 영국 다윈(Darwin)의 『진화론』의 영향을 받았다. 이들 사상은 세계적으로 영향을 뻗쳐 과학 만능 시대를 이루었고, 이러한 물결의 영향으로 비평가 생트-뵈브는 그의 비평 생활 후반에 환경과 유전을 고려하는 사실적 비평을 시도했다. 생트-뵈브의 방법론을 다시 테느가 계승하여 인종·시대·환경의 세 가지 법칙으로 작품 연구의 방법론을 개척했다. 런던 대학 교수 딩글(Herbert Kingle)은 그의 저서 『과학과 문학비평』(Science & Literary Criticism)에서 다음과 같이 말하고 있다.

> 이미 알려진 바와 같이 최초의 대표적인 실증주의 비평파는 생트-뵈브에 의하여 시작된 것이다. 이 탁월한 프랑스의 비평가에 의하면 작가를 이해하는 것이야말로 정통 비평에 있어서 불가결의 선행 조건이다. (…) 따라서 생트-뵈브의 비평 방법은 될 수 있는 한 작가의 모든 전기적인 통계를 세밀하게 조사하고, 그 결과를 근거로 하여 그 작가가 쓴 작품을 정확하게 진단하는 것이다. 비평이란 하나의 정확한 과학이다.

과학의 모든 일반적인 방법은 비평 문학에도 전용될 수 있다.[8]

딩글 교수에 의하면, 생트-뵈브가 최초로 그의 비평 방법에 전기적인 통계 조사를 이용하여 작품의 명확한 해석과 평가를 하였으며, 비평은 정확한 과학 작업이라고 주장했다고 한다. 그런데 테느는 생트-뵈브의 과학적 비평 방법을 더욱 발전시켜 전개하고 있다. 그는 하나의 예술 작품은 독자적으로 존재하지 않는다고 본다. 그래서 그 작품을 둘러싸고 있는 외부의 상황을 조사 규명함으로써 작품을 세밀하게 이해하고 평가하고자 한다. 즉 다시 말하자면 '나'라는 존재를 이해하고 평가하는 데 있어 '나' 그 자체의 본질을 조사하는 것에 의해서가 아니라, '나'를 에워싸고 있는 '나'와 관련된 가계, 혈통, 형제 자매, 시대 환경 등을 탐색 조사함으로써 '나'라는 인간을 세밀하게 측정 규명하자는 것이다. 오스트리아의 웰렉(Rene Wellek)과 미국의 워렌(Austin Warren)은 그의 저서 『문학의 이론』(Theory of Literature)에서 이러한 접근 방법을 문학 연구상의 비본질적 태도이자 문학 외적인 태도로 간주하고 있다.

비평가는 모든 개인적인 것을 초월하여 예술 작품이 의존하는 인종·시대·환경 등을 규명해 나가는, 말하자면 각 비평가는 자신의 주관에서 탈피하여 객관적인 태도를 지녀야 하고, 작품 자체를 해석 비평하는 것이 아닌 작품의 외부 조건을 규명하는 것이 테느의 비평 방법이다. 이러한 방법을 사용하면 모든 비평가가 동일한 하나의 작품을 대상으로 하여 비평한다고 하더라도 결국 동일한 의견일치를 보리라 확신했다.

테느는, 그가 전개한 이론을 적용하여 다음과 같이 고대 그리스 문학을 조사 연구하고 있다.

> 이 민족의 지능 위에, 이 민족의 업적 및 역사 가운데 사람들의 발전하는 양상을 남긴 것은 역시 이 나라의 외적 구조다. 이 땅에 특별히 거대한 것은 하나도 없다. 외적인 사물도 법도 밖의 압도적인 용적을 갖고

---

8) Herbert Dingle, *Sciece & Literary Criticism*, p.5.

있지 않다. 거기에는 저 악마와 같은 히말라야나 무성한 식물의 무한한 분규나 인도의 시가(詩歌)가 서술하고 있는 저 막대한 하천과 비슷한 것은 하나도 없다. 무한한 삼림과 끝없는 평야와 북구의 음흉하고 끝없는 해양에 비할 것은 하나도 없다. 그런데도 땅에서는 사랑의 눈이 쉽게 사물의 형태를 포착하고, 그 정확한 영상을 얻을 수 있다. 이 땅에서는 모든 것이 중용이며, 정해져 있고, 쉽게 또 명쾌하게 관능에 인식되는 것이다. 고린토스·앗치카·베오치다·펠로폰네소스의 산들은 3, 4천 척의 높이가 된다. 6천 척의 산은 드물다. 피레네 산맥이나 알프스 산맥과 비견할 수 있는 높이의 봉우리를 보고 싶으면, 훨씬 북쪽인 그리스의 국경으로 가지 않으면 안 된다. 그곳은 올림프스이며, 사람들은 그곳을 여러 신들의 거처로 삼고 있다. (…) 그 사람들은 이러한 땅의 일정 명료한 도형에 습관이 되어 있으므로, 걷잡을 수 없는 풍부한 명상이나 내세를 미리 추측하는 일을 하지는 않을 것이다. 다만 그 외적 구조에 의해 자연스럽게 그와 같은 정신을 가진 인물 유형이 만들어지고 거기서 모든 사상이 선명하게 나오는 것이다.[9]

이상에서 테느는 고대 그리스 문학을 규명하는 데 있어서, 고대 그리스 민족의 정신을 형성한 국토의 외부적 구조를 적용하고 있다. 그는, 고대 그리스 예술의 형성은 이러한 자연적 환경의 영향 때문이라고 지적하면서 지리 연구가 못지않게 그리스의 지세, 국토의 구조를 상세하게 파헤치고 있는 것이다.

테느의 방법론을 적용하여 소설계에서도 졸라(Emile Zola)의 창작품이 등장하였다. 졸라는 의도적으로 『루공 마카르 총서』(Les Rougon-Macquart)를 펴냄으로써 유전과 환경, 개인과 사회의 상호 작용에 의해서 인간 진단을 감행했다.

1871년부터 1893에 걸쳐 쓴 전 20권으로 된 소설의 총 제목인 『루공 마카르』는 남 프라상(Plassan)[10]에 사는 아델라이데 푸크(Adelaide Fouque)라는

---

9) Hipolyt Taine, *Philosophie de l'Art*: 黃瀨哲士(옮김), 『예술철학』(동경:동경당, 소화 16), pp.437~438).
10) 에크스 부근의 가공적인 도시.

신경병을 가진 여인을 등장시킨다. 그 여인은 처음에 루공이라는 건강한 농부와 결혼하고, 그가 죽자 마카르라고 하는 술주정뱅이자 게으른 밀수군을 정부로 삼는다. 이렇게 하여 아델라이데 푸크와 그 두 남자와의 사이에서 태어난 자손들이 제2제정 아래의 파리와 시골 등 여러 사회에 진출한다. 그 자손들은 각각 저마다의 유전과 생리상의 결함에 의해 각기 다른 성격이 형성되며, 또한 각기 처한 환경 아래 저마다 다른 운명을 지니게 된다. 졸라는 자신의 소설 작품을 통해 이러한 과정과 형상을 실증해주고 있다.

가령 유전과 환경의 문제를 다룬 작품으로 『플라상스의 정복』(La Conquete de Plassans)의 경우를 들어보자. 여주인공 마르테(Marthe)는 이 집안의 원조인 아델라이데 푸크의 손녀로서, 격세 유전에 의해서 그 원조가 지녔던 정신병 인자를 지니고 태어난다. 그런 그녀가 자기와 흡사한 정신병을 지닌 프랑스와(Francois)와 결혼한다. 그런데도 이 두 사람의 유사한 정신병은 당장에 표출되지 않고, 평화로운 가정 생활의 외형을 갖추고 있다. 그것은 두 부부가 매일 장사를 하는 데 정신을 소모하고, 작은 도시의 한적하고 조촐한 마을 분위기가 그 정신병 인자를 잠들게 했던 것에 불과하다. 때문에 이 평화는 어디까지나 외형적인 것이다. 잠재된 유전 인자는 심연 깊숙이 휴화산처럼 잠복하고 있다가 어떤 계기가 생기면 폭발하고야 말 것이다. 이 계기를 이루는 것이 바로 포자(Faujas) 신부의 등장이다. 그 부부 집에 유숙하게 된 신부의 영향은 마침내 그녀를 광신자로 만들고, 드디어는 그녀에게 정신 착란이라는 극단적인 증상을 일으키게 만든다. 더불어 남편 쪽에서도 비슷한 증상이 일어난다. 즉 아내의 광신이 환경으로 작용하여 처음에는 자폐증(自閉症)을 일으키고, 끝내는 자기 집에 불을 지르는 광기로 귀착되는 것이다.

이 예는 단순하기는 하지만 유전과 환경의 작용을 제시하고 있으며, 따라서 유전과 환경의 작용은 반드시 일률적이거나 직선적인 것은 아니며, 그 두 요소의 종류에 따라 무수한 변종이 생길 수 있음을 보여주고 있다.

말하자면 졸라는 다른 유전인에 다른 환경이 겹칠 때 나타날 수 있는 여러 인간형의 배합을 시도한 것이다.

다음, 개인과 사회의 문제를 다룬 작품으로는 『목로주점』(L'Assommoir)을 들 수 있다. 이 작품에서의 문제는, 무엇이 서민이 참상을 당하는 원인으로 지적되느냐는 것으로 귀착될 수 있다. 졸라는 사회적 상승을 통한 자기 실현을 이루지 못한 하층민의 참상 원인을 환경에서 찾고 있다. 빈곤으로부터 탈피가 불가능한 생활 조건과 노동 조건은, 모든 선의와 인정에도 불구하고 여주인공 제르베르의 조촐한 이상을 현실시키지 못하게 한다. 하층민의 주거 환경은 성윤리의 문란을 초래하고, 그 환경에서 자라는 어린 딸 나나는 벌써 타락한다. 쿠포의 자포자기는 위험한 직업에 종사할 수밖에 없는 희생자의 입장이다.

그러나, 이 작품에서는 환경의 영향으로 말미암아 인간이 불행 속으로 떨어지는 것만을 그리지는 않는다. 주인공 제르베르를 위시하여 작품에 등장한 인물들에게서는 자기들이 처한 환경과 투쟁하여 바람직한 길을 개척하려는 의지가 엿보이지 않는다. 그들은 그저 그 환경에 질질 끌려가는 나약한 성격의 소유자들이다. 즉 하층민의 불행은 불리한 환경에 기인하기도 하지만, 그 환경을 이겨내지 못한 개인의 성격상 결함에 있는 것이다. 이것은 졸라가 변두리의 누추한 환경 속에서 사는 하층민의 불행을 사회 구조의 문제와 관련해서 살피고 있지만, 결국은 개인의 책임으로 귀착시키고 있다는 의미가 될 것이다. 때문에 이 소설에 있어서는 사회적 분노나 기계에 의한 인간의 소외가 나타나 있으면서도 그런 것이 주제로 발전되지 못하고 있다. 따라서 인물의 심리 및 행동이 그들의 성격과 변두리의 빈민굴 내에서의 대타 관계에 의해서만 설명되는 한계성을 지니고 있는 것이다.

이 실증주의 비평의 영향으로, 앙드레 지드(Andre Gide)는 문학의 영향을 식물의 이식에 비유한 바 있고, 오늘날 우리 나라에서 활발히 논의되고 있는 비교 문학의 여러 문제 또한 그 근원을 테느에게 두고 있다. 따라서 문학사, 고전 연구, 일반 문화 평론가들도 모두 이 방법론을 즐겨 적용하고 있다.

비평 문학과 연구가 사회 과학에까지 침투되어 관계를 맺고 있는 이유가 여기에 있는 것이다. 테느는 이 방법론을 문학에 적용하여 『영문학사』를 쓴 바 있고, 오늘날 그의 방법론이 문학의 주관적이고도 자의적인 해석 평가를 시정해 주었다는 점은 논할 가치가 있는 공적이라 할 수 있다.

(3) 마르크스주의 비평

이 비평은 마르크스의 경제 이론에서 나온 비평이다. 마르크스주의는 그 이전의 여러 사회주의에 대해 스스로 과학적 사회주의라고도 한다. 이는 19세기 전반에 일어났던 프랑스의 공상적 사회주의(Utopian Socialism), 독일의 고전 철학, 18세기경부터 아담 스미스(Adam Smith)를 중심으로 전개된 고전파 경제학(Classical School of Political Economy)을 종합한 것으로, 사적 유물론을 기초로 하여 모든 사회의 역사는 계급 투쟁의 역사라고 생각한다. 경제학설에서는 잉여가치설을 취하여 자본가는 노동자의 노동을 취하여 이윤을 얻는다고 주장하고 있다. 또한 대기업이 중소 기업을 흡수하게 됨에 따라서 사회의 생산 조직은 극히 소수자의 손에 집중하게 되므로, 조직 노동자가 이 생산 조직을 탈취하여 사회주의 사회를 쉽게 만들 수 있다고 한다. 마르크스주의 이론가들은, 자본주의가 극도에 달해서 사회주의 혁명이 일어나면 프롤레타리아(Proletarian) 독재 정권을 세워서 자본가들을 억압하고 공산주의 사회를 만들 필요가 있다고 주장한다. 이렇듯 공산주의 사회는 이미 자본주의 사회의 내부에서 준비되므로 공산주의 혁명은 필연성을 갖는다고 피력한다.

마르크스는 그의 『정치경제학 비판』(Zur Kritik der Politischen Okonomie, 1859) 서문에서 다음과 같이 말하고 있다.

> 인간 존재의 물질 수단인 생산 양식은 정치적·사회적·지적인 생활의 모든 것을 결정한다. 인간의 존재를 규정하는 것은 인간의 의식이 아니라, 그와 반대로 그들의 사회적 존재가 그들의 의식을 결정하는 것이

다. 인간의 발전이 어느 일정한 단계에 이르면 물질적 생산력은 기존의 생산 관계(소유 관계)와 충돌을 일으키게 된다. 생산력의 발전을 위한 조건의 측면에서 보면, 이러한 소유 관계는 속박이 된다. 그리하여 사회 혁명의 시기를 초래한다. 경제적 토대와 더불어 거대한 상부 구조가 송두리째 빠른 속도로 또는 느린 속도로 변형된다.[11]

이렇듯 마르크스주의 정치경제학은 물질 수단을 승리의 양상으로 형상화하고, 그것이 인간들을 설득시키는 데 어느 정도의 힘을 가졌느냐에 따라 가치가 결정된다. 비평도 마찬가지로 작품이 이러한 계급 투쟁의 현실을 다각적으로 반영하여 그러한 투쟁의 사상·행동·감정·생활을 얼마나 잘 그려내고 있으며, 이것이 무산 계급의 승리를 예견 또는 보장하는 것으로 형상화되었느냐, 되지 않았느냐에 따라 작품의 가치를 판단한다. 그 창작 방법으로서는 사회주의 리얼리즘이 제창되고 있으며, 그러한 투쟁에서 대표적이고 핵심적인 활동을 하는 사람이 전형적 인물이 된다. 이 이론은 차츰 레닌(Lenin), 스탈린(Stalin) 등의 정책 밑에 들어감으로써 정책의 일부 수단으로 화해 버렸다. 레닌은 위대한 문학과의 관계를 끊지 않고서 위대한 예술을 될 수 있는 한 정치적 의미로 정당화하려 했던 것이다.

마르크스주의 문학에서는, 예술 작품의 조직적이며 형식적인 근원을 개념에 두고 있다. 이때의 개념이란 주관주의자들이 이상으로 삼고 있는 관념과는 그 성격이 다른, 물질적이고 계급적인 관념이다. 관념은 당에 의해 조정된다. 관념은 곧 당의 강령과 노선인 것이다. 당이라는 조직적인 힘이 강령과 노선을 제정하여 강요성을 띠고 작가들에게 부여된다. 강요성은 문학의 내용, 양식, 장르에 이르기까지 침투하여 통제하고 규정한다. 문학의 내용은 어디까지나 계급적 현실이며 계급의 사회적 실천이어야 하는 것이다. 그러므로 여러 비평가들은 마르크스주의 문학이란 당의 과업을 도와주는 당의 문학 내지 계급 의식 문학에 불과하며, 순수한 예술로서의 문학이 아니라는 비판을 끊임없이 가하고 있다. 가령 소련의 작가 솔제니친(A.

---

11) Ralph Fox, *Marxism & Literature in Criticism*, p.134.

Solzhenitsyn)은 소설 『이반 데니소비치의 하루』(1962)를 통하여 스탈린 시대의 노동 수용소의 하루를 공개하고 있다. 이 작품의 주인공 슈호프는 순수한 러시아 농민으로 독일과 소련의 전쟁의 와중에서 독일군의 포로가 되었다가 탈출하지만 독일군의 첩자라는 누명을 쓰고, 10년형을 언도 받는다. 그리하여 시베리아 벌판에 자리잡은 죽음의 강제 노동소에 8년째 복역하고 있다. 그런데 그는 자기가 왜 감옥에 들어왔는지, 죄가 무엇인지도 모른다. 그러다가 슈호프는 자기 형기가 시작되는 날부터 끝나는 날까지 만 10년-3천 6백 53일을 하루같이 보낸 것이다.

이 작품에서 작가 솔제니친은 석방될 기약도 없이 보내야 하는 나날의 절망적인 수용소 생활의 실상을 단 하루의 시간으로 압축, 포착하여 그려내고 있다. 그리고 솔제니친은 슈호프가 보내는 하루의 생활을 유머가 풍기기까지 하는 담담한 필치로 묘사하고 있다. 이는 아무리 공포와 압제, 그리고 굴욕이 지배하는 수용소라 할지라도 인간적인 의리와 애정마저 앗아갈 수 없다는 휴머니즘과 인간미를 보여줌으로써 스탈린 치하의 부당한 압제를 비판하고 있음이다. 계속해서 작자는 스탈린 시대의 암흑상을 주제로 한 『암병동』과 『제1원』을 썼으나 국내 출판이 금지되어 외국에서 출판되었다. 이 작품이 서방에서 출판되자 당과 정부 및 작가동맹은 솔제니친에게 집중적인 지탄을 보냈고, 결국 솔제니친은 소련 작가 동맹으로부터 추방 명령을 받게 되었다.

또한 소련 작가 파스테르나크(Borisl. Pastemak)의 경우를 보자. 그의 소설 『의사 지바고』(1957)는, 의사이며 시인인 유리 안드레비치 지바고의 1905년 혁명 전야의 청년 시절부터 1929년 모스크바 가두에서 심장마비로 쓰러지기까지의 생애를 그리고 있다. 의사 지바고의 일생은, 말하자면 러시아 인텔리겐차(intelligentzia)의 생애와 죽음의 이야기며, 인텔리겐차가 혁명 속으로 들어가 혁명을 거친 과정과 혁명의 결과로서의 멸망을 보여준 이야기라고도 할 수 있다.

의사 지바고는 옛 러시아의 인텔리겐차의 하나의 전형을 대표하는 것이다. 지바고는, 틀에 박힌다는 것은 인간의 최후이며 인간에 대한 사형 선고라고 말하기도 한다. 이렇듯 파스테르나크는 인텔리의 입장을 옹호하고, 1930년대 이후의 소련의 현실, 즉 스탈린 정책을 날카롭게 비판하고 있다. 그래서 이 작품은 결국 자국의 출판을 거부당하고 이탈리아에서 출판하여 1958년 노벨문학상 수상작으로 결정됐으나, 소련 정부의 압력으로 사양하게 되었고, 작가동맹에서 제명되고 말았다. 『이반 데니소비치의 하루』, 『의사 지바고』와 같이 휴머니스틱한 작품이 러시아 국내에서 발행 금지를 당하고, 그 작가가 반동 작가라는 낙인이 찍힌 것이 사실이라면, 아직도 공산주의 사회에 있어서는 문학의 세계가 정치의 지배 아래 그 절대성의 심판을 받고 있는 것이 사실일 것이다.

마르크스주의는 모순 철학이다. 그러므로 마르크스주의 이론을 합리적으로 설명하려는 시도는 어떤 것이든 뚜렷한 모순에 부딪게 된다. 그 모순의 특징 가운데 하나가 물질적 상황의 우월성에 신념을 가지면서도, 그 상황을 변화시키는 인간의 역할에 역점을 두고 있다는 점이다. 즉 유물론과 영웅적 반항은 결코 조화될 수 없기 때문이다.

오늘날 현대 비평 이론이 다양한 양상을 띠고 전개되는 가운데, 마르크스주의 문학 이론 또한 공산권의 신조적인 비평에서 벗어나 이론 작업이 활발하게 이루어지고 있다. 헝가리의 루카치(Gyougy Lukacs)를 비롯하여 네오 마르크스주의(Neo Marxism)라는 이름 아래 여러 이론가들이 독자적인 비평 세계를 펼쳐 보이고 있고, 구조주의와 마르크스주의의 결합 양상 또한 현대 비평 이론의 중요한 한 흐름이 되고 있다.

3) 상대주의 비평

이 비평 기준은 절대성을 내포하지 않는 비평으로 작품과의 상호 관련에 의해 시간과 장소에 따라 적절히 비교되는 비평이다. 예를 들어 A라는 사물과 B라는 사물이 있다고 하자. 이 두 사물의 가치를 논할 때 A가 더 우수하다는 판단이 내려졌지만, 그 판단은 어디까지나 절대적인 것은 못된다. 다시 말해 A보다 더 훌륭한 C라는 사물이 만들어지거나 발견될 때는, 다시 C가 더 우수하다고 판단이 내려질 수 있다. 즉 이것은 사물을 평가할 때 절대적으로 보는 것이 아니라 상대적으로 보는 것이다. 이렇듯 어떤 판단이 내려져도 그 판단을 다른 것과 비교하여 보면 역시 상대적인 성격을 면할 수 없다는 것이 상대주의 비평가들의 지론이기도 하다.

그런데 상대주의 비평이, 비평 기준을 작품과 비평가의 외부에서 설정한다는 점은 객관성을 내포하고 있기도 하다. 그러나 작품과 상호 관련하여 언제든지 비평 기준의 수정이 가능하다는 점에서 객관적 기준과는 그 성질을 달리하고 있다. 상대적 기준의 법칙은 변하지 않으며 독단적인 성질을 띠고 있지도 않다. 따라서, 우선적으로 기준의 설정이 필요하나, 기준을 설정했다고 하여 그 기준이 고정 불변하는 것은 아니다.

상대적 비평은 시대·장소·유파에 두루 적용될 수 있는 비평 기준을 요구하지 않는다. 때문에 그 기준에는 여러 가지가 있을 수 있다. 또한 그 기준은 수정의 가능성을 갖고 있는 것이므로 다분히 시험적이라고 할 수 있다. 이 비평 기준의 범위에 수용할 수 있는 비평으로는 낭만주의 비평, 정신분석학적 비평, 신비평 등이 있다.

(1) 낭만주의 비평

고전주의 비평이 객관적 기준에 의하여 작품을 평가한다면, 낭만주의 비평은 주관적인 인상에 의해 작품을 이해하고 평가한다. 이 비평 방법은 특히 영국에서 활발하게 전개되었다. 즉 18세기 고전주의 비평에서는 포우(Alexander Pope)가 중심이 되어 시적 용어(Poetic diction)를 통하여 시평(詩評)을 했음에 반하여, 18세기말부터 대두하기 시작한 낭만주의에서는 워즈워스(William Wordsworth) 등이 자연적인 회화체의 용어(naturally spoken language)를 가지고 고전주의 비평과 맞섰다. 또한 프랑스에서도 위고(Victor

Marie Hugo) 등이 『에르나니』(Hernani, 1830) 상연을 계기로 해서 고전주의가 존중해 오던 3통일의 법칙에서 장소와 시간의 단일성을 부정하고, 장소를 한 장소로 한정하지 않고 시간도 하루로 제한하지 않고, 표현도 극히 자유롭게 함으로써 고전주의에 반대하고 나섰다.

낭만주의 비평의 기준은 작품이 독자에게 얼마나 쾌락(enjoyment)을 주느냐 하는 감정적인 척도에 두고 있다. 콜리지(Samuel Taylor Coleridge)는 그의 『자전적 문학』(Biographia Literaria)에서 시적 재능에 대해 다음과 같이 말하고 있다.

> 그것은 자연의 진실에 충실함으로써 독자의 감정을 북돋아 일으키는 재능이며 상상을 채색함으로써 신기스러운 흥미를 유발하게 하는 재능이다. (…) 이것이 또한 시의 특질이기도 하다. (…) 시가 목표로 하는 뛰어난 경지는 자연스럽게 그런 상황을 만들어서 진실을 느낄 수 있게 하고 어떤 정서에 대한 극적 표현을 통해서 그 감정을 돋구는 데 있다.12)

워즈워스와 콜리지는 『서정민요집』(Lyrical Ballads, 1798)을 출판하여 고전주의 문학에 의도적으로 반발했다. 이들 두 사람 모두 대상을 자연에 두고 있으나, 그들의 시는 각각 차이를 보인다. 즉 워즈워스는 평범하고 소박한 가운데 신기한 매력(the charm of novelty)을 찾데 반해, 두 살 아래인 콜리지는 신비한 초자연적인 것(supernatural agency)을 정서로써 극화(劇化)시키고 있다. 때문에 콜리지의 시는 더욱 환상적이고 신비적이며, 그 용어에 있어서도 암시적이며 상징적인 것을 사용하고 있다.

다음은 워즈워스와 콜리지가 각각 그들의 낭만주의 비평 이론을 적용시켜 쓴 시이다.

하늘 높이 골짜기와 산 위를 떠도는

---

12) S.T. Coleridge, *Biographia Literaria – The Great Critics* ; edited by J. Shawcross 〔s.l.〕; Oxford University Press, 1954, p.526.

구름처럼 외로이 떠다니다,
문득 나는 보았지,
한 무리의 금빛 수선화가;
호숫가 나무 아래
바람결에 한들한들 춤추는 것을.

은하수에서 반짝이는
별들처럼 한 줄로 연달아,
호반의 가장자리 따라 끝없이
뻗쳐 있는 수선화.
수많은 수선화들이
흥겨워 머리를 흔들거리며 춤추는 것을.

수선화 옆에서 호수물도 춤췄지만,
환희에 젖어 출렁이는 물결은 수선화를 따르지 못했지;
이렇게 정겨운 무리들 속에서,
시인이 어찌 흥겹지 않을 수 있으리!
나는 보고 또 보았지, 그러나 이 전경이
어떤 값진 것을 내게 가져왔는지 미처 생각 못했나니.

이따금, 멍하니 아니면 생각에 잠겨
자리에 누워 있을 때면,
수선화들이 반짝거리네.
고독의 축복인 마음의 눈에,
그러면 내 마음 기쁨에 넘쳐
수선화와 함께 춤을 추노라.

— 「수선화」, 전문

I wandered lonely as a cloud
That floats on high o'er vales and hills,
When all at once I saw a crowd,
A host, of golden daffodilis;
Beside the lake, beneath the trees,

Fluttering and dancing in the breeze.

Continuous as the stars that shine
And twinkle on the milky way,
They stretched in never—ending line
Along the margin of a bay:
Ten thousand saw I at a glance,
Tossing their heads in sprightly dance.

The waves beside them danced; but they
Outdid the sparkling waves in glee;
A poet could not but be gay,
In such a jocund company;
I gazed—and gazed—but little thought
What wealth the show to me had brought:

For oft, when on my couch I lie
In vacant or in pensive mood,
They flash upon that inward eye
Which is the bliss of solitude;
And then my heart with pleasure fills,
And dances with the daffodils.

— The Daffodils

해가 이젠 오른쪽에서 떠올랐소:
바다로부터 해가 솟았소,
여전히 안개에 가린 채, 그리고
왼쪽에서 바닷속으로 내려갔소.

그리고 이로운 남풍이 여전히 뒤에서 불었소,
그러나 귀여운 새 한 마리도 따라오지 않았소,
날마다 먹이와 즐길 곳을 찾아
수부들의 어어이 소리에 응해 오지 않았소!

나는 끔찍한 일을 저질렀소,
화가 수부들에게 미칠지니:
왜냐하면 모두들 말했지요, 내가
순풍을 불어오게 하는 새를 죽였다고.
아 빌어먹을 놈! 그들은 말했소, 새를 죽이다니,
순풍을 불어오게 하는!
(동료 수부들이 길조의 새를 죽였다고 소리치며 노수부를 나무란다.)

하나님의 머리처럼, 흐리지도 붉지도 않은,
찬란한 해가 떠올랐소:
그러자 모두들 말했소, 내가 안개와 농무(濃霧)를
가져오는 새를 죽였다고.
옳은 일이야, 그들은 말했소, 그런 새를 죽인 것은,
안개와 농무를 가져오는.
(그러나 안개가 걷히자, 그들도 노수부의 행위를 정당화한다. 그럼으
로써 그들도 범죄의 공모자가 된다.)

순풍이 불고, 흰 거품이 일고,
선미의 물이랑이 거침없이 따라왔소:
우리는 고요한 바다로 돌입한
맨 처음의 사람들이었소.
(미풍이 계속 분다 : 배는 태평양으로 들어와, 북쪽으로 향해 항해하
여 마침내는 적도에 다다른다.)

미풍은 그치고, 돛들도 쳐졌소,
이루 말할 수 없이 슬펐소;
우리들의 이야기 소리만이
바다의 정막을 깨뜨릴 따름이었소!
(배가 갑자기 움직이지 않게 된다.)
뜨거운 구리빛 하늘에,
피 같은 해가, 정오에,
바로 돛대 위에 우뚝 서 있었소,
달보다도 크지 않은.

날이면 날마다, 날이면 날마다,
우리는 움쭉달싹 못했소, 숨결도 동작도 없이;
그림의 바다 위에 뜬
그림배마냥 가만히 있을 따름이었소.

물, 물, 여기저기에는 물뿐,
마실물은 단 한 방울도 없었소.
(그리하여 알바트로스(信天翁)의 복수가 시작된다.)

바다는 썩었소 : 오 크리스트여!
이런 일이 있을 수 있다니!
그랬지, 끈적끈적한 것들이 다리로 기어 왔소
끈적끈적한 바다 위에서.

빙글빙글 광무하며
도깨비불들이 밤에 춤췄소;
물은, 마녀의 기름처럼,
푸르고, 파랗고 하얗게 불탔소.

그리고 몇 사람은 꿈에서, 우리를 이처럼
괴롭히는 정령을 똑똑히 보았소;
아홉 길 깊이 그 정령은 우리를 따라왔소
안개와 눈의 땅에서부터
    (한 정령이 그들을 따라왔다 ; 이 지구의 눈에 보이지 않는 한 사람의
주민으로, 죽은 사람의 영혼도 천사도 아닌. 그것에 관해서는 박학한 유
대사람 요셉과 콘스탄티노풀사람인 플라톤 학과 미카엘 프셀루스를 참
조하도록. 이러한 정령들은 매우 많이 있으며, 하나 혹은 그 이상이 없
는 지방이나 지역은 없다.)

그리고 모든 수부들의 혀는, 심한 갈증으로,
뿌리가 시들었었소,
우리는 말할 수가 없었소, 검댕으로

목구멍이 막힌 것처럼.
아! 슬프구나! 동료들의 증오하는 눈초리가
얼마나 이 늙은이에게 쏟아졌던가!
십자가 대신, 알바트로스가
내 목에 매달려졌소.
(동료 수부들은 몹시 괴로운 나머지 모든 죄를 늙은 수부에게 덮어씌우려 든다.)

— 「늙은 수부의 노래」 —제2부

The Sun now rose upon the right:
out of the sea came he,
Still hid in mist, and on the left
Went down into the sea.

And the good south wind still blew behind,
But no sweet bird did follow,
Nor any day for food or play
Came to the mariners' hollo!

And I had done a hellish thing,
And it would work'em woe:
For all averred, I had killed the bird
That brought the fog and mist.

His shipmates cry out against the ancient Mariner for killing the bird of goodluck.

Nor dim nor red, like God's own head,
The glorious Sun uprist:
Then all averred, I had killed the bird
That brought the fog and mist.
'Twas right, said they, such birds to slay,
That bring the fog and mist.

But when the fog cleared off, they justify the same, and thus make themselves accomplices in the crime.

The fair breeze blew, the white foam flew,
The furrow followed free;
We were the first that ever burst
Into that silent sea.

The fair breeze continues; the ship enters the Pacific Ocean, and sails northward, even till it reaches the Line.

Down dropped the breeze, the sails dropped down.
'Twas sad as sad could be;
And we did speak only to break
The silence of the sea!

The ship Hath been suddenly becalmed.

All in a hot and copper sky,
The bloody Sun, at noon,
Right up above the mast did stand,
No bigger than the Moon.

Day after day, day after day,
We stuck, nor breath nor motion;
As idle as a painted ship
Upon a painted ocean.

Water, water, everywhere,
And all the boards did sihrnl.
Water, water, everywhere,
Nor and drop to drink.

And the Albatross begins to be evernged.

The very deep did rot: O Christ!
That ever this should be!
Yea, slimy things did crawl with legs
Upon the slimy sea.

About, about, in reel and rout
The death−fires danced at night;
The water, like a witch's oils,
Burnt green, and blue and white.
And some in dreams assured were
Of the Spirit that plagued us so;
Nine fathom deep he had followed us
From the land of mist and snow.

A spirit had followed them; one of the invisible inhabitants of this Plant, neiter
departed souls nor angels; concerning whom the learned Jew, Josephus, and the Platonic
Constantinopolitan, Michael Psellus, may be consulted. They are very numerous, and there
is no climate or element without one or more.

And very tongue, through utter drought,
Was withered at the root;
We could not speak, no more than if
We had been choked with soot.

Ah! Well−a−day! what evil looks
Had I from old and young!
Instead of the cross, the Albatross
About my neck was hung.

The shipmates, in their sore distress, would fain throw the whole guilt on the ancient
Mariner: in sign where of they hang the dead sea bird round his neck.

Part II

「수선화」는 워즈워드가 여동생과 호숫가에서 본 수선화를 몇 년이 지난 후 회상하며 쓴 4연 24행의 순수 서정시이다. 「수선화」에서 워즈워드는 일상 용어를 통하여 자연이 우리에게 안겨주는 인상을 소박하게 그려줌으로써 우리를 잔잔한 낭만의 세계로 인도해 주고 있다. 워즈워스의 시에는 관념적인 어휘가 거의 없어 평이하다는 느낌을 준다. 전원에서 흔히 만나게 되는 금빛 수선화를 보며 시인은 흥겨움과 보배로움을 느낀다. 꽃이 미풍에 산들거려 춤을 추면, 호수물도 춤을 추고, 시인의 내면에도 흥겨운 춤이 시작된다. 문명사회에서는 달랠 수 없는 고독의 상처가 대자연과의 만남을 통해서 한꺼번에 치유되는 것이다.

이와 같이 워즈워스는, 시란 일상생활의 사건과 상황을 선택하고, 가능한 한 사람들이 실제로 사용하는 언어를 선택하여 사건들을 이야기하거나 묘사하고, 일상 사물들에 상상력을 가미시켜 우리 인간성의 근본적 법칙을 추적함으로써 사건과 상황을 흥미롭게 만들어야 한다고 생각했다. 그는, 자연 속에 사는 사람들은 자연의 아름다움들과 일체가 되기 때문에 매우 가치 있는 삶을 살아가는 것이라고 생각한 것이다. 그가 시를 두고 인공적 아름다움이 아니라, '힘찬 정감의 자연발생적 넘쳐흐름'이라고 정의한 것은 시 자체를 지성의 산물이 아니라, 상상력 및 감정의 산물로 보는 그의 믿음을 보여 주는 좋은 예이다.

반면 「늙은 수부의 노래」에서 콜리지는, 민요 형식을 따르고 있으나, 대화체 어조와 리듬을 사용해 시에 통일성을 부여하는 새롭고도 비형식적인 유형의 시를 전개해 나간다. 그만큼 이 시는 초자연적인 세계와 리듬을 통해 독자에게 공포와 매혹의 마력을 안겨 주고 있다. 구성은, 한 늙은 수부가 결혼식장으로 가는 세 사람의 하객 중 한 사람을 붙들고서, 알바트로스라는 길조를 죽이고 난 후 남해와 태평양에서 겪었던 끔찍스런 일을 이야기하는 것으로 되어 있다. 그 늙은 수부는 하객들에게 이야기를 다 해준 다음에야 그들을 풀어준다.

이 시의 줄거리는, 길조(吉鳥)인 알바트로스를 살해해 생명 원칙에 위배

되는 죄악을 저지른 늙은 수부가 신체적·정신적 고통을 겪으면서 자신의 죄의 본질을 알게 된다는 것이다. 뱃전에 떠도는 새를 죽임으로써 늙은 수부는 생명 과정의 한 연결고리를 깨뜨렸고, 결과적으로 자신의 의식도 그 영향을 받은 것이다. 알바트로스를 죽인 후 늙은 수부는, 이전에는 찬란했던 태양도 핏빛 태양으로 보이고 깊은 바다의 에너지도 부패한 것으로 보인다. 동료들이 죽은 후 홀로 남겨져 움직이는 느낌도, 심지어 시간이 흘러간다는 느낌도 없이, 그 수부는 생명과 아무런 연결 고리도 없는 지옥과 같은 상태에 빠져든다. 그러나 결국 암흑 속에서 황금빛처럼 번쩍이는 물뱀들을 우연히 보고 그의 마음에서부터 우러나오는 사랑에 힘입어 다시 생명의 과정이 시작된다. 즉 그는 모든 생명체들이 상호 조화된 가운데 그들의 근원을 찬양하는 우주의 내면적 통일성을 깨닫게 되는 것이다. 고향으로 돌아온 뒤에도 늙은 수부는 자신이 겪은 일로 계속 괴로워하지만, 최소한 악몽에서 깨어나 이제 인간 생활의 평범한 과정을 경이감과 자비심을 가지고 지켜볼 수 있게 된다.

낭만파의 특질은 문학의 본질을 감정에 두고 있다. 그리고 그것과 관련하여 신기성, 특수성을 중히 여긴다. 또한 문학의 효과는 쾌감을 주고받는 데 달려 있다고 보았다. 낭만주의 문학은 여러 가지 감정적 요소인 자유성·개인성·감각성·분방성·환상성·고독성·음악성을 그 특질로 삼고 있다. 이러한 낭만주의 문학의 성격 아래 낭만주의 비평도 두 가지 기준에 의하여 평가된다. 하나는 직접 사람의 감정에 치중하여 그 작품을 쾌락으로 받아들이는 것이고, 또 하나는 더욱 명상적인 과정에서 상상력에 호소하는 것이다. 따라서 낭만주의 비평은 작품을 해석하는 데 있어서 구체적인 방법으로 작품의 용어에서 암시성을 찾아내고, 그 암시성을 통하여 작품의 전체적인 흐름을 규명해 나가는 방법을 취한다고 할 수 있다.

낭만주의 예술가는 확실히 실재하는 그 무엇, 즉 그 자신의 상상력과 눈에 보이는 세계 사이의 연속성에 대한 그의 인식을 구체화시키려고 노력하였다. 그래서 약물에 의한 환각 상태, 아동기 지각 작용의 철저한 순결성에 관한 몽롱한 해설을 가능케 해주는 그러한 체험에 끌리게 된다. 그러나 그러한 체험은 특수한 것으로 전형성을 지니지 못한다는 데서 일시적인 것으로 귀착되고 만다. 즉 낭만주의가 부딪힌 난점은 꿈이 사라진다는 번뇌다. 그래서 마침내 붕괴되고 말았다.

낭만주의 이론가와 시인과 더불어, 또한 워즈워스의 「초원의 빛」 (splendour in the grass)이나 키이츠(John Keats)와 콜리지의 단장들과 더불어 우리의 낭만주의의 예술적 딜레머는 시작되었다. 이것은 마침내 예이츠 (William Butler Yeats)로 하여금 비잔티움(Byzantium) 황금새알의 말없는 영원성에 대한 갈망을 갖도록 하였고, 또한 현대 상징주의 후기파로 하여금 혼돈 자체의 심장부에서 불변하는 형식을 찾으려는 시도를 하도록 하였던 것이다.

(2) 정신분석학적 비평

정신분석은 프로이트(Sigmund Freud)에 의해 창시된 심층심리학이지만, 오늘날에는 프로이트나 그 직계인 아들러(Alfred Adler), 융(Carl Gustav Jung) 등의 학설을 넘어서 이른바 신프로이트주의까지 발전했다. 또한 이 방법을 극복하는 현존재분석(Kaseinanalyse), 실존분석(Existenzanalyse)이 프로이트류의 정신 분석을 대체하고 있다. 그리고 사르트르(Jean-Paul Sartre)는 현상학적 존재론의 입장에서 독자적인 실존적 정신 분석을 시도하였다. 정신분석학적 비평은 이러한 프로이트의 정신분석학을 작중 인물의 성격·행동·언어 등의 해석에 이용한 비평 방법론이다.

프로이트는 비인 대학에서 의학을 전공하고 파리에서 샤르코(J.M. Charoct, 1825~1893)의 최면술에 의한 히스테리 치료법을 배웠는데, 그 도중에 최면술 대신 자유연상법을 사용하여 잠재 의식(하의식, 무의식) 속에 감추어진 심리 과정의 존재를 발견했다. 그는 『정신분석에 있어서의 새로운 입문적 강화』(New Introductory Lectureson Psychoanalysis)에서 의식과 무의식의 정신 활동 단계를 다음과 같이 명백히 구별하여 설명한다.

‘무의식’이라는 말의 가장 근본적이고 타당한 의미는 묘사적인 것이다. 무의식에 대해서는 직접 접근할 수는 없지만, 가령 어떤 방법으로 그 결과로부터 그것을 추론할 수는 있을 것이다. 우리는 그 존재를 추정하는 어떤 정신 과정을 ‘무의식’이라고 부른다. 보다 정확하게 이야기하자면, 우리가 그 즉시에는 그 존재에 대해서 전혀 알아차리지 못한다고 하더라도 특정한 때에 무의식이 작용했었다는 것을 추정해야만 할 때에 ‘무의식’의 과정이라고 부르는 말에 의해 진술을 규정지어야 한다.

(…)

한 쪽은 쉽게 종종 일어나는 조건하에서 무의식의 자료로 변형되고, 이러한 변형이 어려운 경우인 다른 한쪽은 에너지의 현저한 소모로써만 이 생길 수 있거나 또는 전혀 일어날 수 없다. (…) 잠깐 잠재했다가 쉽사리 의식화될 수 있는 무의식은 ‘전의식(前意識)’이라고 부르고, 그 밖의 것을 무의식이라고 부른다.[13]

사람에게는 잠재의식 속에 하나의 힘과 그것에 반대되는 다른 하나의 힘이 있다는 것이다. 프로이트는 이 양자의 상극에 의해 모든 정신 현상을 설명하려 했다. 즉 그에 의하면 최초의 힘은 쾌감 원리에 의한 본능적 욕구로서의 리비도(Libido, 성적 욕구)며, 이것은 인격의 구성에 있어서는 에스(es) 또는 이드(id)라 부른다. 이 에스에서 현실의 저항에 의해 초자아(super-ego)가 분화된다. 이 초자아는 이상아(理想我) 또는 양심으로 불리며, 자아를 억압하거나 보통 때와는 다른 자극을 줄 때 자아 속에서 자책감이 생긴다. 모든 신경증은 이러한 잠재의식 속에 있어서의 에스와 초자아라는 두 힘의 상극에 기인한다. 따라서 신경증의 치료는 이 상극(相剋)을 완화하여 잠재의식을 의식면에 끌어냄이 필요하다.

프로이트는 이 이론을 확장하여 예술·종교·도덕 등 여러 문제에 적용하여 이것들을 리비도의 승화로서 설명하였다. 즉 무의식은 리비도, 오이디푸스 콤플렉스(Oidipus complex), 일렉트라 콤플렉스(Electra complex), 거세

---

13) S. Freud "*New Introductory Lectrues on Psychonalysis*", in *The Anatomy of the Mental Personality*(N.Y.: Norton, 1964), pp.99~101.

콤플렉스, 형매 콤플렉스 등을 일으킨다고 언급했다.

인간의 무의식 속에서 나온 소재는 인간의 의식을 받아들일 수 있도록 일정한 변형을 일으키고 있다. 가장 유명한 예로는 소포클레스(Sophocles)의 『오이디푸스왕』(Oedipous Tyrannos)을 들 수 있다. 프로이트는 소포클레스가 지은 작품의 주인공인 오이디푸스 이름을 빌려 모든 사람의 기본적 콤플렉스에 사용했다. 오이디푸스 전설에서 주인공 오이디푸스는 자기 아버지를 죽이고 자기 어머니와 결혼한다. 그러나 오이디푸스는 자신의 정체를 모른다. 이것은 어른이 자기의 오이디푸스적 경험을 의식하고 있지 않고 있다는 사실의 시적 표현이라고 프로이트는 말한다. 오이디푸스의 운명을 신화가 예언한 것은, 우리 모두가 이 경험을 겪지 않으면 안될 운명의 불가피성을 상징한다. 오이디푸스가 사실의 전모를 알았을 때 자기 손으로 자기의 눈을 멀게 한 것도 자기 거세(Self-castration)의 시적 형태로 볼 수 있다.

셰익스피어의 <햄릿>(Hamlet)의 플롯도 오이디푸스 콤플렉스로 해석된다. 햄릿의 아버지는 햄릿의 어머니 거트루드와 결혼한 그의 숙부 클로디어스에게 살해된다. 부친의 살해와 모친의 근친상간이란 두 범죄에 대한 햄릿의 태도는 아주 다르다. 그는 첫 범죄에 대해서는 증오하고 복수할 의무를 느끼지만, 그의 모친과 클로디어스 간의 근친상간적 관계는 절대적인 혐오감을 갖지 않는다. 그리고 그의 부친이 살해된 것을 알기도 전에 그의 모친과 클로디어스가 부부라는 생각에 풀이 죽어 자살할 생각을 한다.

> 아! 이 너무나도 더러워진 육체가 녹고,
> 녹아 흘러내려 이슬이 되어버렸으면!
> 차라리 자살을 금지한 신의 계명이 없었으면 아!
> 세상살이가 나에겐 모두 따분하고,
> 부질없고, 멋없고, 허무하게만 보이는구나!
> 에이 더럽고 치사한 세상! 이놈의 세상은
> 시들어 가는 잡초만 우거진 정원;

여기엔 천하고 상스러운 것들만이

판을 치고 있구나. 아, 이렇게 될 줄이야!

돌아가신 지가 두 달밖에 안되었는데! 아니야, 미처 두 달도 안되었어.

그렇게도 훌륭하셨던 왕이었는데, 지금 왕이 반수신이라면,

그 분은 태양신이었어; 바깥바람이 행여 얼굴에 거칠세라

어머니를 얼마나 끔찍이 위하셨는데, 아 맙소사!

차마 생각할 수 없구나! 그렇지, 아버지 곁에 착 달라붙어 있던 어머니였지.

마치 빨아먹으면 먹을수록

입맛이 더 나기나 한다는 듯이; 그런데도 한 달도 참지 못해서―

―생각을 말아야지! 약한 자여 그대의 이름은 여자니라!―

―겨우 한 달. 니오베처럼 눈물을 줄줄 흘리면서 불쌍한 아버님의 영구를 따라갈 때 신었던 그 신발이 미처 닳기도 전에―아, 어머니가, 글쎄 그 어머니가

(오! 사리를 분간 못하는 금수라도 그보다는 더 오래 슬픔을 간직했을 텐데) 자기 시동생한테 시집가다니:

아버지도 동생이라지만, 내가 헤라클레스와 닮은 데가 없듯이 아버지와 조금도 닮은 데가 없는 위인이지. 한 달도 참지 못해서.

울어서 벌겋게 된 눈에서

거짓된 눈물 자국이 채 마르기도 전에

시집을 가다니. 그 근친상간의 이부자리 속에

그렇게도 재빨리 달려들다니 괘씸도 하지!

이러고서야 잘 될 리가 절대로 잘 될 리가 없지.

그러나 입을 다물고 있어야 하니, 가슴이 터지겠구나!

― <햄릿> ―제1막 1장, 부분

O that this too too solid flesh would melt,

Thaw, and resolve itself into a dew!

Or that the Everlasting had not fix'd

His canon 'gainst self―salughter! O God! God!

How weary, stale, flat, and unprofitable

Seem to me all the uses of this world!

Fie on't! ah, fie!' Tis an unweeded garden
That grows to seed; things rank and grossin nature
Possess it merely. That it should come to this!
But two months dead! Nay, not so much, not two.
So excellent a king, that was to this
Hyperion to a satyr; so loving to my mother
That he night not beteem the winds of heaven
Visit her face too roughly. Heaven and earth!
Must I remember? Why, she would hang on him
As if increase of appetite had grown
By what it ed on; and yet, within a month —
Let me not think on't! Frailty, thy name is woman! —
A little month, or ere those shoes were old
Like Niobe, all tears — why she, even she
(O god! a beast that wants discourse of reason
Would have mourn'd longer) married with my uncle;
My father's brother, but no more like my father
Than I to Hercules. Within a month,
Ere yet the salt of most unrighteous tears
Had left the flushing in her galled eyes,
She mairred. O, most wicked speed, to post
With such dexterity to incestuous sheets!
It is not, nor it cannot come to good.
But break my heart, for I must hold my tongue!

— <Hamlet> Ⅰ-1

클로디어스가 자기 아버지의 살인자라는 사실을 확신했으나, 햄릿은 클로디어스를 차마 죽이지 못한다. 그는 복수를 지연시킬 구실을 찾는다. 즉 클로디어스를 죽일 수 있는 절호의 기회가 생겼을 때에, 햄릿은 그를 죽이지 못하고 무릎을 꿇고 기도하고 있는 듯한 클로디어스를 죽이면 그의 영혼을 천당으로 보낼 것이라고 함으로써 자신의 나약함을 합리화한다.

어네스트 조운즈(Ernest Jones)는 『햄릿과 오이디푸스』(1949)에서 햄릿의 이러한 행동은 햄릿이 무의식적으로 자기 자신을 클로디어스와 동일화하고 있다는 사실에 기인한다고 말한다. 왜냐하면 클로디어스가 햄릿의 가장 깊은 욕구를 현실에서 실연(實演)시켜 주고 있으며, 아버지를 죽이고 어머니와 사랑한 것은 바로 햄릿 자기 자신이기 때문이라는 것이다. 따라서 클로디어스를 죽이는 것은 심리적으로 자살하는 것과 같다고 말한다. 햄릿의 마음은, 숙부를 죽여야 한다는 생각과 자살해야 한다는 생각 사이를 끊임없이 방황하고 있다는 것이다. 이 희곡의 끝 부분에서 독이 이미 햄릿의 혈관에 들어갔을 때, 비로소 그는 자신의 대리 자아(surrogate self)인 클로디어스에게 칼을 들었던 것이다.

그렇다면 햄릿과 오필리아의 관계는, 햄릿이 그의 어머니로 하여금 질투를 느끼게 하는 한 방법으로 오필리아를 끌어들인 것에 불과하다. 햄릿이 아무런 주저 없이 오필리아의 아버지인 폴로니어스를 칼로 찌를 수 있었다는 것은 자기 아버지 상과 같은 부상(父像)에 지나지 않았기 때문이라고 어네스트 존스는 계속해서 분석하고 있다.

문학적인 관점에서 프로이트적 비평에 대한 가장 의미 있는 반론은, 이러한 비평 기준은 옛 장르 비평과 거의 같이 희곡이나 소설의 등장인물들을 전형화(type)하는 경향이 있다고 주장하는 것이다. 따라서 프로이트 이후에 생긴 여러 정신 분석 이론가는 프로이트의 학설을 변경함으로써 정신분석적 비평 문학을 변경했다.

예를 들면, 프로이트의 제자 아들러는 문학 작품에 나오는 등장인물의 성격을 분석하는 데 열등 콤플렉스와 우월 콤플렉스를 적용했다. 인간의 무의식 심리에는 열등감과 우월감이 있는데, 평소에는 무의식 속에 잠재해 있다가 고민, 불안, 고초 등의 사건이 발생할 때 열등감이 발동하여 아첨이나 야망 등의 원동력이 된다고 한다. 때문에 무의식의 세계는 보상 작용의 원리를 가지고 있다고 덧붙이고 있다.

또한 같은 제자인 융도 프로이트가 무의식의 세계를 리비도로 해석하고 있는 것에 반대하고 우월 본능을 강조했다. 즉 우월 본능이 손상당했을 때, 그것을 확보하려는 착각적 노력이 신경증이나 실수가 된다고 말한다. 따라서 등장인물에 나타난 종족의 집단 무의식(the collective unconscious)을 중하게 다루었다.

미국의 프레스코트(Frederick C. Prescott)는 프로이트의 정신분석학을 최초로 도입하여 그의『시적 정신』(The Poetic Mind)에서 직접 실험, 설명한 바 있다. 또한 영국에서도 허버트 리드(Herbert Read)가 이 정신분석학을 최초로 도입하여 비평 문학을 막연한 정서적 감상의 수준에서 과학적 수준으로 끌어올리려고 했다. 리드는 현대의 물리학은 사물을 보는 정서적 태도의 수정을 요구한다는 점에서 중요하나, 비평 문학에 있어서 심리학이 더 밀접한 관계가 있다고 보고 있다.

리드는『비평의 본성』(The nature of Criticism)에서 심리학을 비평에 도입할 경우에 있어서 방법의 한계를 명시하고, 정신분석학의 비평적 효용을 발견하기 위하여 질의응답을 하였다. 즉 정신분석학은 문학에 어떠한 보편적 기능을 주는가, 시적 창조나 영감의 과정을 어떻게 설명하는가, 어떤 점에서 비평의 기능을 확대 시키는가[14] 등의 질문을 정식화하고서, 이것에 명백한 응답을 함으로써 정신분석학을 비평의 기초에 확고히 심었던 것이다. 여기서 리드의 응답은 프로이트, 아들러, 융의 학설을 이용하고 있는데, 그가 내세우고 있는 비평의 기준은 상대주의 성격을 띠고 있다.

(3) 신비평(新批評)

신비평이라는 용어는 원래 1910년에 스핑간이 미국의 학문적 풍토가 보여주는 천박한 현학성을 비난하면서 비평도 창조적 작업이어야 한다는 소위 '신비평'이란 말을 만들어 낸 것이 출발점이었다. 본격적인 것은 랜섬(John Crowe Ransom)의『신비평』(The New Criticism, 1941)에서 비롯된다. 랜

---

14) H. Read, *Reason and Romanticism*, pp.4～5.

섬은 이 책에서 리처즈(I. A. Richards), 엠프슨(William Empson), 엘리어트(T. S. Eliot), 윈터즈(Arthur yror Winters) 등의 영미 현대 비평가들의 방법을 '새롭다'고 표현하고 있다.

이 비평은 흄의 주지적인 비평에서 시작된 것으로 영·미 양국의 역사적 배경에서 그 성립을 보았다. 즉 영국에서는 엘리어트, 리처즈 등의 비평 이론가의 저서를 통해서 시작되었고, 미국에서는 특히 엘리어트와 리처즈의 영향을 받아 랜섬, 테이트(Allen Tate), 브룩스(Cleanth Brooks), 버크(Kenneth Burke) 등의 비평가에 의해서 전개된 것이다.

신비평가들의 공통점은 철저한 작품 분석이다. 그 분석도 어디까지나 작품을 작품 그 자체로서 분석하는 것이며, 작품 외부에 있는 작가의 전기적 사실이나 심리, 시대 상황, 작자의 환경 등을 미루어 설명하는 것이 아니다. 그러한 연구가 작품의 외적 연구라 할 것 같으면, 신비평은 작품 자체의 언어나 문체를 분석하는 소위 내적 연구라 할 수 있다.

이 방법론에 의거하여 엠프슨은 다음과 같이 미국의 시인 나쉬(Ogden Nach)의 시 「여름의 유언서」(Summer's Last Will and Testament)를 분석 평가하고 있다.

> 미란 주름이 삼킬
> 다만 한 떨기 꽃이다.
> 광명은 공중에서 떨어진다.
> 여왕은 젊어 미인으로 죽었고,
> 먼지가 헬렌의 눈을 막는다.
> 나는 병나고, 나는 죽는다.
> 주여, 우리를 불쌍히 여기시라.
>
> — 「여름의 유언서」, 전문

이 시에서 삼키다(devour)는, 말살하다(vemove) 또는 교체하다(replace)를 의미하는 세련된 은유이지만 조금은 격렬하고 부자연스러운 의미를 지닌다. 시간이 사물을 삼키는 것이라면, 주름(wrinkles)은 시간의 이빨이 씹은 자취

일 수 있으므로 이것도 비유다. 이 시에서 아주 애매한 싯구는 제3행인데, 태양과 달의 빛이 사라지고 난 뒤 별빛이 떨어지는 것으로 해석할 수 있다. 또 아카로스와 사나운 매가 하늘에 높이 올라갔다가 떨어져 죽거나, 매·전광·운석이 하늘에서 떨어지거나, 혹은 광명(brightness)을 추상적으로 해석하여 하늘에서 빛을 방사하는 은혜로 생각할 수 있다. 혹시 나쉬는 에어(air)가 아니고 헤어(hair)를 잘못 썼을지도 모른다.15) 16)

엠프슨은 작품의 비유, 시행의 위치에 의한 전후 문맥적 연계, 두 개 이상의 관념을 내포한 복합어, 그리고 단어에 대한 각 시대의 의미와 차이와 변천, 작품의 플롯 등을 분석한다. 반하여 리처즈는 게스탈트(Gestalt) 심리학을 이용하여 종래의 미적 예술론을 비판하고, 미적 경험과 생활 경험의 동일성을 주장하는 예술론을 폈다. 또한 랜섬은 시는 감정보다도 지성의 것이며, 작품 세계의 부분이 아닌 전체를 파악할 것을 주장하였고, 브룩스는 문체와 용어, 구조의 정밀한 분석을 통하여 인상파의 주관적·자의적인 비평 태도를 떠나 과학적인 터전을 마련하려고 노력했다.

이리하여 모든 신비평가들은 예술 비평은 작품만을 대상으로 삼아야 하며, 문학 형식 또는 구조의 가능성에 대한 지식이 많아야 하고, 특수한 시대 또는 세대의 시인이나 소설가, 극작가 등의 매개물(언어)을 잘 이용함으로써 창작과 비평을 향상시켜야 한다고 말했다.

실천 비평가로 알려진 브룩스의 『잘 빚어진 항아리(The well wrought urn, 1947)』는 시를 '역설의 언어'라는 발상에 둔 일원론으로, 그 전에 쓴 『현대시와 전통』에서 부딪쳤던 난점을 극복했다. 브룩스의 저서는 '의도적 오류(intentional fallacy)'라는 유명한 비평 경향의 직전에 놓이는 것으로 획기적인 것이다.

다음은 워즈워드의 시 「웨스트민스터 다리 위에서(Composed upon Westminster Bridge)」이다.

---

15) W. Empson, *Seven Types of Amiguity*, pp.31~32.

16)

이보다 더 아름다운 광경 대지엔 없을 지니:
이처럼 감동적인 장엄한 광경
그냥 지나쳐 버리는 자는 영혼이 둔한 사람이리;
이 도시는 지금 옷처럼, 아침의
아름다움을 걸치고 있으니, 고요하고, 벌거벗은 채,
배들, 탑들, 지붕들, 사원들이
벌판을 향하여 펼쳐 있나니
연기없는 대기 속에 모두 찬란히 빛나며,
태양은 첫 햇살의 아름다움으로
이보다 더 아름답게 물들일 수는 없을지니, 계곡이며, 바위며, 언덕을;
이처럼 깊은 고요, 나는 본 적도 느낀 적도 없다!
템즈 강은 유유히 흐르노니:
주여! 집들마저 잠들어 있는 듯 싶사옵고;
그리고 저 거센 심장은 고요히 누어 있아옵니다!

— 「웨스터민스터 다리 위에서」, 전문

Earth has not any thing to show more fair:
Dull would he be of soul who could pass by
A sight so touching in its majesty;
This City now doth, like a garment, wer
The beauty of the morning; silent, bare,
Ships, towers, domes, theaters, and temples lie
Open unto the fields, and to the sky;
All bright and glittering in the smokeless air.
Never did sun more beautifully steep
Ne'er saw I, never felt, a calm so deep!
The river glideth at his own sweet will:
Dear God! the very houses seem asleep;
And all that mighty heart is lying styll!

— 「Composed upon Westminster Bridge」

브룩스는 위의 시를 다음과 같이 감상한다.

우리는 어떤 어렴풋한 인상을 얻게 된다. — 하늘을 배경으로 펼쳐져 있는 지붕들과 철탑들의 무수한 점들 같은 윤곽들이 모두 아침 햇살 속에서 반짝이고 있다. 더욱이 이 소네트는 전체적으로 보면 매우 평범한 기술(記述)과 몇 개의 진부한 비유들을 포함하고 있을 뿐이다.

독자는 이렇게 반문할 수도 있으리라. 그렇다면 이 시가 왜 좋다는 말인가? 내가 보기에는 이 시의 우수성은 배경의 역설적인 상황에서 생겨난다. 화자(話者)는 솔직하게 놀라움을 보여주고 시속에 어느 정도 경악감을 불어넣는다. 이러한 도시가 '아침의 아름다움을 지닐' 수 있다는 사실이 시인에게는 야릇하게 느껴지는 것이다. 스노우덴산(山지)이나 스키도나 몽불랑이라면 천연 그대로 아침의 아름다움을 지닐 수 있지만 더럽고 열병 같은 런던은 어림도 없는 것이다. 이것이 바로 거의 충격적인 외침에까지 이르게 한다.[17]

브룩스의 평은, 워즈워드가 도시를 단순히 기계적인 것이 아닌 유기적인 것으로 통찰하고 있다고 주장한다. 때문에 '집들마저 잠들어'라는 진부한 메타포(metaphor)가 새롭게 느껴지는 힘을 지닌다고 한다. 우리의 고정 관념 속에서는 도시의 집이란 기계적이고 죽어 있는 것이라고 생각되기 마련이다. 그런데 시인이 '잠들어'있다고 표현함으로써 마치 살아 있는 것처럼 느껴진다는 것이다. 물질문명에 의해 피폐해지고 병들어 가는 도시를, 대자연의 생명 활동에 참여하고 있는 생동감을 불어넣어 준 것이다. 마찬가지로 도시를 '거센 심장'이라고 표현한 것 역시 낡고 닳아빠진 메타포에 힘찬 고동 소리를 부여한 것이다. 브룩스는 도시가 죽은 듯한 모습을 띠고 있을 때만이 자연이라는 유기적인 생명을 잉태한 채로 실제로 살아 있음을 느낄 수 있는 것이라 분석 평가하고 있다.

이러한 신비평의 결점은, 첫째 문학 작품의 이해를 그 방법에만 국한시키고 있기 때문에 작품의 인생적 · 사회적 기능, 즉 도덕 · 종교 · 사회 · 기타의 사상적 · 정신적인 면의 가치를 심미적 가치와 결부시키지 못하고 도

---

17) C. Brooks, *The Well Wrought Urn*, 이 경수(譯)(서울 : 홍성사, 1983), p.10.

외시하는 점에 있다. 둘째로는 작품의 전기적인 면, 사회적·역사적인 면과의 관계가 단절되어 있으며 작품의 장르간, 문학 일반의 유사점, 또는 공통점 등이 전혀 고려되지 않고 있는 것 등을 결점으로 지적될 수 있다.

이러한 신비평이 비평 방법으로서 분석법을 중시하는 것은 현대 문학의 성격과 대조해서 당연한 이유를 갖는다고 볼 수 있다. 현대 문학은 이른바 콤플렉스의 의식을 표현한 면이 적지 않으므로, 그 작품 조건이 복잡해졌기 때문이다. 따라서 분석 방법을 수단으로 하지 않고서는 작품의 의미를 잘 파악하기가 어렵다. 현대 비평에서 분석 방법을 사용하는 것은 오직 신비평만이 아니라, 정도의 차이는 있지만 대부분의 비평에서 문학 연구 방법론으로 채택하고 있기도 하다. 가령 크루치(Joseph Wood Kruthch) 같은 보수적인 비평가도 비평의 방법으로 분석적인 것을 채용하고 있는 것이다. 말하자면 작품의 유기적인 조직체에 대하여 그것을 해체해서 복잡한 의미를 독자 앞에 제시하는 것이 현대 비평의 일반적인 목표라 할 수 있다.

4. 비평 문학의 단계

1) 작품 감상

각 장르의 작품들은 비평과는 아무런 관계도 없이 자신의 존재를 구현하면서 독자적으로 존재한다. 비평은 이러한 작품에 대한 이해와 감상에서 먼저 출발한다. 이때 비평은 작가가 나타내려고 의도했던 것보다는 작품을 통하여 실제로 나타난 것만을 대상으로 하여 작품을 감상해야 한다. 작품을 감상함에 있어서 작가의 의도를 미리 상정하고 출발한다면, 작품의 실재성이 왜곡되는 뜻하지 않는 결과를 낳을 수 있기 때문이다. 즉, 작가의 의도 그 자체에 집착하다 보면, 의외의 편견이나 오류의 포로가 될 위험성이 있는 것이다. 이 점에 대해서는 일찍이 엘리어트(T.S. Eliot)도, 정당한 비평은 작가의 개성보다도 작품 자체를 문제 삼아야 할 것이라고 말한 바 있다. 물론 작가의 의도를 전혀 무시하자는 것은 아니다. 적어도 작가의 기술이 그의 의도를 구상화시키는 데 어느 정도 효과적이었느냐 하는 것을 가려내기 위해서도 그 의도는 하나의 참조 사항이 될 수는 있다.

비평을 하기 위해서는 작품을 그 작가와 같은 정신으로 읽어야 한다. 그리하여 작가가 그 작품을 쓴 목적을 생각하고 작품을 내면에서부터 이해하고 공감을 가지고 읽어야 한다. 거기에서 작가와 정신적인 교류가 생겨나며 작품이 주는 교시적·심미적인 요소들을 향수(享受)할 수 있게 되는 것이다. 이러한 원초적인 접근이 없이는 작품에 대한 올바른 평가가 이루어질 수 없을 것이다. 따라서 비평은 대상에서 새로운 의미를 발견하고 부여하여 독자에게 그 의미를 발견할 수 있도록 하며, 나아가 필요에 따라서는 비평가 자신의 자기 세계를 표출하는 것을 목표로 하여야 한다. 이런 의미에서 비평가는 창작가라고 할 수 있다. 특히 와일드(Oscar Wilde)와 머리(John Middleton)는, 비평을 창작이라고 하고 비평가를 창작자라고 했다.

2) 작품 해석

해석은 작품의 내용이 어떤 것인가, 그 작품을 효과적으로 나타내기 위해서 어떠한 문학적 장치를 사용하고 있는가를 밝히는 작업이다. 그러기 위해서는 한 작품을 읽고 그 내용을 검토하고 그것을 이해하는 데 필요한 참고 사항을 알아보아야 한다. 그런데 한 작품을 이해한다는 것은 그 작품이 진술한 일차적 의미를 안다는 것이다. 그러나 해석이란 한 편의 완결된 글의 의미를 분명히 밝혀내고 그것을 독자에게 다시 정확하게 알리는 것이다. 이것을 전문적인 의미에서 해석이라고 한다. 에이브럼스(M.H. Abrams)는 문학 작품을 해석한다는 것은 분석과 페러프레이즈, 즉 뜻풀이와 주석에 의하여 언어의 의미를 분명히 하는 것이라고 한다. 이때 해석의 초점은, 모호하거나 애매하거나 비유적인 구절들을 풀이하는 데 맞춰진다. 이런 의미에서 해석 속에는 작품의 장르, 테마, 요소, 구조, 효과 등 제반 양상들에 대한 해명이 포함된다.

작품을 해석하는 근본적인 목적은 작품을 올바르게 이해하기 위함이다. 때문에 독자에게 그 작품에 대한 지식을 부여하는 것을 일차적인 기능으로 삼는다. 원본을 바르게 풀이하고, 단어는 물론 어구 해석, 수사, 문체 등을 밝히며 작품 전체를 정돈하고 질서화해야 하는 것은 작품 해석에 기본이 되는 것이다. 나아가 작품 해석에는 작자와 시대와의 관계, 사조나 동향 등을 밝히는 것도 포함된다고 할 수 있다.

창작 활동과 비평 활동은 서로 대립되는 관계에 있는 것 같지만, 사실은 상호 보존적인 관계에 있다. 창작력과 비평력은 서로 협력해야만 문학의 바람직한 방향이 탐색되고 문학의 발전이 이룩될 것이다. 사실 작가가 작품을 쓸 때는 비평가의 작업처럼 선택하고, 덧붙이거나 삭제하고, 정정하고 시험하는 무수한 노력을 쏟는다. 그래서 한 작품을 탄생시킨다. 그러면 비평가는 그 작가가 의도하고 있는 것을 설명하기도 하고, 작가가 알고 있지만 분석 설명하지 못한 부분까지 설명하게 된다. 그리하여 독자로 하여금 작품에 대한 편견을 수정하게 하고 취미를 교정시키면서 작품 세계에 참여하게 하는 것이다.

비평 문학은 작품이 주는 쾌락이나 감동을 향수하는 데 그치는 것이 아니라 작품에 대한 평가에 궁극적인 목적이 있다. 그러므로 작품을 객관적으로 바라볼 필요가 있게 된다. 이를 위해 작품의 구조, 의미 등을 분석하고 해설함으로써 그 작품이 어떤 것인가를 알게 해 주는 지식을 제공해 주어야 한다. 이와 같이 해석은 작품 자체에 내재해 있는 의미 구조와 작품에 영향을 줄 수 있는 작품 외적인 요소들을 객관적으로 분석하여 귀납하는 총체적 작업이라 할 수 있다.

3) 작품 평가

(1) 작품의 가치 판단

비평가는 위와 같은 작품 감상과 작품 해석의 단계를 통해 마지막으로 작품 평가에 들어간다. 평가란 어떤 가치 기준에 의한 작용을 의미하는데, 이것은 비평의 최종 단계이자 궁극적인 기능이기도 하다. 평가할 때는 작품에 대하여 얻은 충분한 자료들을 바탕으로 미적 가치 의식에 의한 판단을 해야 한다. 일반적으로 비평 문학은, 독서 능력은 있으나 반드시 학문적 입장을 지니지 않은 독자들에게 문학 작품이 갖는 의미와 영향을 기술하고 해석하며 평가해 주는 것이다.

문학에 있어서 비평이란 작품의 가치 발견이다. 그러면 가치란 무엇인가의 가치론(axiology)의 문제와 그 평가 기준에 대한 문제가 제기된다. 작품의 해석만을 의도할 때 이를 해석적 비평이라고 한다. 해석적 비평은 모든 비평의 전제적 바탕이 된다. 그런데 해석의 차원을 넘어서면 판단의 작용이 두드러지게 나타나고 판단 기준의 문제에 부딪치게 된다. 해석이 작품의 내용이 어떤 것인가를 밝히는 행위라고 한다면, 평가는 그 작품이 얼마만큼 그리고 어떠한 가치를 갖고 있는가를 검토하는 행위이기 때문이다. 그런데 우리의 현실은 가치관의 혼란을 일으키는 많은 원인들이 도처에 도사리고 있다. 문학 작품 또한 예외는 아니다.

사실, 해석과 비평은 근본적으로 다른 개념이다. 해석이 자연 현상 간에 인과 관계를 맺는다면 비평은 작품의 해설에 머물지 않고 오히려 거기서 출발하여 가치 판단으로 끝난다. 언제나 예술의 세계는 가치관을 반영하는 것이다. 비평이라는 행위 속에는 현실을 보는 안목뿐만 아니라, 그 방법이 포함되며 그 자체가 가치관으로 나타난다. 문학적 체험을 전반적인 인생 경험과 관련시키면서 적극적인 인생 태도를 세운다는 것 자체가 이미 가치 의식을 포함하는 것이다. 따라서 비평은 단순한 해석에만 머물 수 없고, 그 작품이 우리에게 무엇을 의미하는가, 또한 작품에서 얻은 예술적 체험이 우리 인생 체험에 대하여 어떤 의미를 지니는가를 전제로 하지 않으면 안 되는 것이다.

(2) 작품의 가치 판단에 대한 시비

비평 문학가는 자신의 문학적 소양을 가지고, 자기의 잣대로 작품의 가치를 평가한다. 그런데 이 문학적 소양 또는 취향은 개인에 따라 너무나 주관적이라는 데 문제가 있다. 즉 비평 문학가가 한 작품의 가치를 평가함에 있어서 기준이나 기초로 삼을 수 있는 것은 비평가 개인에 따라서, 그리고 시대의 요구에 따라서, 유행에 따라서 다른 것이다. 이처럼 문학 작품의 가치를 최종적으로 평가하는 데 있어서 절대적이며 가장 큰 기준이 되는 이 취향이 개인에 따라 다르기 때문에 한 작품의 가치를 객관적으로 평가한다는 것은 불가능한 일이다. 이 점이 바로 비평 문학의 마지막 단계인 작품 평가 문제에 시비를 만들고 있다.

비평 문학에서 마지막 단계인 가치 평가는 삼가야한다고 주장하는 일련의 문학가들이 있다. 그들은 비평 문학은 가치를 평가하는 대신 일반적인 작품의 갈래, 특성, 내용 풀이, 제재, 주제, 의의 등만을 독자에게 제시해 주자고 한다. 가령, 우리 나라의 고전소설『홍길동전』은 조선조 15대 광해군 때 교산 허균이 지은 최초의 국문 소설이라던가, 시의 내용에 따른 갈래는 서정시・서사시・극시로 나뉘고, 형식에 따른 갈래는 자유시・정형시・산문시로 나뉜다는 등이다. 이것은 비평 문학을 가능한 한 지식 또는 학문의 영역으로 만들어 버리는 주장이다.

한편 작품에 대한 가치 평가는 개인의 취향에 따른 주관적인 행위일 수밖에 없기 때문에, 비평가는 어느 누구의 제약도 받을 필요 없이 자유롭게 자신의 의견을 제시할 수 있다. 그런데 이는 자유와 방종을 혼돈할 수 있는 소지가 있다. 자칫 무질서한 비평 행위를 유발할 수 있으며, 작품을 왜곡되게 평가함으로써 비평의 질을 저하시킬 수도 있는 것이다. 나아가 비평 문학 자체를 지극히 하잘 것 없고 가치 없는 일로 전락시킬 수도 있다. 작품에 대한 가치 평가는 비평 문학의 가장 중점적인 영역이다. 가치 기준의 취향이 비평가 각자마다 다를 수 있고 그 수준 또한 개인에 따라 차이가 난다는 사실은, 가치 평가 자체를 처음부터 불가능하게 만들 수도 있고 동시에 작품에 대한 어떤 가치 평가도 가능하게 만들 수 있는 것이다.

여기에 독일의 철학자 칸트(I. Kant)의 '심미적 취향' 혹은 '미학적 취향'의 이론이 등장한다. 칸트는 일찍이 비평의 가치 평가의 문제에 착안하여 의견을 제시하였다. 그는 비평 문학의 가치 평가의 기준이 개인의 소양이나 취향과 관계된다고 말한다. 그리고 그는 예술 작품의 가치를 판단함에 있어서, 미리 정해진 기준이나 법칙에 의거할 수 없음을 밝히고 있다. 그래서 그는 가치 판단의 대안으로 '새로운 종류의 취향'을 제시하고 있는 것이다. 그가 제시한 '새로운 종류의 취향'이란 수준 높은 문학 작품을 읽고, 정상적인 정서를 가지고 있는 사람이라면 누구나 공통적으로 느끼는, 또는 느껴야만 하는 그런 것이다. 칸트는 이것을 심미적 취향 또는 미학적 취향이라고 불렀다. 심미적 또는 미학적 취향은 어떤 작품이 비평가의 입맛에 맞아 좋고 혹은 입맛에 맞지 않아 나쁘다는 그런 것은 아니다. 그렇다고 해서 '아침에는 해가 뜨고 밤에는 달이 뜬다', '봄 다음에는 여름, 여름 다음에는 가을, 그리고 겨울'과 같은 순환의 법칙도 아니다. 칸트가 말하는 취향은 극과 극의 중간에 위치하는 것으로서, 그것은 주관적이지만 동시에 객관적인 성격을 띤 것이다. 그래서 개인적인 이해나 고집, 편견 같은 것은 극복되거나 초월되어진다. 칸트의 '심미적 취향'에서 나온 반응은 어떤 특정인에 대한 반응이 아니고 인간성(humanity) 전체에 대한 반응이다. 그리고 비평가의 이상적이고도 총체적인 인격의 표현인 것이다.

이와 같이 문학 작품의 가치 판단이란 상대적인 것만도 절대적인 것만도 아니다. 또 주관적인 것만도 객관적인 것만도 아니다. 우리는 비록 어떤 주어진 경우에 있어서 주관과 객관 사이에 정확한 경계선을 그을 수 없지만, 칸트가 제시한 '미학적 취향'은 제시된 예술품의 가치를 판단함에 있어서 누구나 동의할 수 있는 어떤 공통된 그리고 정당한 기준이 존재 가능하다는 가정을 인정할 수 있다. 이와 같은 가정 위에 모든 예술 작품에 대한 가치 평가는 가능한 것이다.

5. 가치 판단의 네 가지 관점

　비평 문학은 한 작가나 작품을 분석하는 일종의 평가 행위이다. 그러나 작품을 분석해서 그 우열을 평가하는 것은 결코 쉬운 작업이 아니다. 비평 문학은 한 작품을 놓고, 왜 이 작품이 가치가 있는가, 또는 가치가 없는가에 대해 정확한 판단 근거를 제시해야 한다. 따라서 작품의 가치를 평가하는 데 가장 중요한 것은 평가 기준이다. 그런데 작품의 가치를 평가하는 데는 여러 가지 서로 다른 평가 기준이 있다. 왜냐하면 가치 판단의 기준을 마련하는 것은 비평가이며, 비평가는 저마다 작품을 보는 안목이 다르기 때문이다. 문학의 가치 평가는 네 가지 관점, 곧 그 기준을 작품에 둘 것이냐, 작가에게 둘 것이냐, 독자에게 둘 것이냐, 현실 세계에 둘 것이냐에 따라 각각 다르게 나타난다. 또한 비평 문학의 갈래에 따라서도 각각 어떤 유형을 취하느냐에 따라서 다르게 평가된다.

　에이브람스(M.H. Abrams)는 문학 행위가 성립되려면 네 가지 요소가 갖추어져야 한다고 말한다. 첫째는 작품, 둘째는 그 작품을 창출하는 작가, 셋째는 그 작품을 향유하는 독자, 넷째는 작품이 대상으로 하고 있는 현실 세계이다. 이 요소들이 동시에 존재하여 상호 관계를 맺어야만 문학 행위가 이루어진다. 에이브람스는 자신의 이론을 다음과 같이 도표화하고 있다.[18]

현실 세계(universe)

작품(work)

작가(artist)　　　독자(audience)

이 네 가지 요소 가운데 어느 관계에 관점을 두느냐에 따라 비평 문학의 이론도 크게 네 가지로 구분해 볼 수 있다. 즉 모방론(mimetic theories), 효용론(pragmatic theories), 표현론(expressive theories), 객관론(objective theories) 등이 그것이다. 이 네 요소의 관계를 바탕으로 하여 비평 문학의 관점을 살피면 다음과 같다.

1) 모방론

작품과 현실 세계와의 관계에서 생각해 보면, 작품이란 현실 세계를 모방해서 이루어진다는 것은 누구도 부인하지 못할 명백한 사실이다. 그리고 독자는 문학 세계를 이해함에 있어서, 현실 세계에서 일어나고 있는 일을 유추하는 것이다. 인간 세상에서 일어나는 여러 가지 사건들과 문제점, 자연 세계에서 일어나는 여러 가지 변화와 재앙, 인간이 느끼고 생각하는 심성들을 통해서 작품 세계를 이해하는 것이다. 설사 인간을 초월하는, 이를테면 신의 세계를 작품 속에 다루었다고 하더라도 그것은 우리 인간의 현실을 통해서 이해할 수밖에 없다.

이 모방 이론은 서양 문학사에서는 가장 오랜 역사를 지녔다. 기록으로는 플라톤의 『대화』(The Dialogues)에 처음 등장한다. 다음 아리스토텔레스의 『시학』에서 시를 모방으로 정의하고 있다. 그러나 아리스토텔레스는 현

---

18) M.H.Abrams, *The Mirror and the Lamp*, N.Y : Oxford University Press, 1971, pp.6~29.

재 존재하는 것만 모방하는 것이 아니라 있을 수 있는 것의 모방을 주장했다. 이것은 단순한 모방의 개념을 벗어나 창작에의 가능성을 열어 둔 것이다. 즉 아리스토텔레스에 의하면 인간에게는 모방 본능이 있다는 것과 다름 아니다. 다시 말하여 자연과 인간의 행동을 모방함으로써 즐거움을 느낀다는 것이다.

이와 같이 모방론의 비평 문학 관점은 문학 작품을 세계와 인간 생활의 모방, 반영 또는 재현으로 보고, 그것의 진실성 여부에 따라 작품을 평가하는 것이다. 이 모방론은 고전주의 이론이 그 토대를 이루고 있다. 그리고 사실주의도 형태는 다르지만, 모방의 관점이 그 주축을 이루고 있다. 상상력과 창조성을 아무리 강조한다고 하더라도 현실 세계와 단절된 문학 작품이란 있을 수 없기 때문이다. 이 모방론은 낭만주의가 개화하기 이전까지 작가에게나 독자에게 큰 영향을 미쳤다.

2) 표현론

이 관점은 작가와 작품의 관계가 강조된 견해다. 문학이란 작가의 창조적 상상물이라고 파악하고 상상의 세계를 자유롭게 펼치는 것이 문학 작품이라고 생각하는 관점이다. 고전주의는 대체로 문학을 이원적 관점에서 바라보았다. 그리고 표현하는 형식과 내용을 구분했다. 먼저 그 표현하는 형식을 충분히 배우고 익힌 다음, 작가는 그 형식 속에 자기가 보고 느끼고 경험한 내용을 담았다.

고전주의 시대에는 형식이 매우 중요시되어, 내용이 아무리 좋아도 형식에 맞지 않으면 좋은 작품으로 평가하지 않았다. 때문에 3통일의 법칙(the three unities)이 존중되었다. 그러나 낭만주의 시대가 도래하면서 문학에 있어서 모든 형식은 무시되었다. 작가는 자신의 상상 세계를 형식에 구애받지 않고 자유롭게 표현했다. 전통이나 형식에의 구속보다는 자유로운 표현을 원했으며, 모방보다는 독창을 높이 평가했고, 현실 세계가 아니라 신비한 세계, 먼 이국, 혹은 이상한 나라를 동경했던 것이다.

표현의 관점은 서양의 문예사조상으로 볼 때, 고전주의 시대에서 낭만주의로 전환할 때 특히 지배적이었다. 그러나 모방의 관점이 지배적인 문학관으로 군림하고 있을 당시에도 전혀 무시된 것은 아니다. 가령, 소크라테스도 시인 속에는 뮤즈(신)가 들어가 있어서 그처럼 아름다운 노래가 나온다고 생각했다. 뮤즈를 인정한 자체가 인간의 내부에 표현해야 할 욕구가 있다는 것을 인정한 것이다. 이후 표현의 비평 문학 관점은 롱기누스(Longinus), 베이컨(F. Bacon), 밀(J.S. Mill) 등에 의하여 모방의 비평 문학 이론과 함께 중요한 문학관으로 정립되었다.

이와 같이 문학 작품을 기본적으로 작가와의 관계 속에서 취급하는 것이 표현론이다. 즉 표현론에서는 문학 작품을 해석하거나 평가함에 있어 '표현(表現)'을 그 기준으로 한다는 것이다. 다시 말하면, 작가의 개인적 전망이나 마음 상태 또는 정서 및 사상이 얼마나 진지하고 순수하게 또는 적절하게 표현되었는가에 따라 작품을 판단하는 이론을 말한다.

3) 효용론

이 관점은 작가와 독자간의 관계에 역점을 둔 비평 문학 이론이다. 문학은 창작하는 주체, 곧 작가가 있다면 작품을 향수하는 객체 곧 독자가 있다. 따라서 작가가 독자에게 무엇인가를 전달하기 위하여 작품을 쓴다면 이것은 효용론적 관점으로 문학을 보는 견해이다. 다시 말하면 문학의 기능이 독자에게 얼마만큼 그리고 어떻게 영향을 미치느냐를 중시한 문학관이다.

문학의 교시적 기능을 중요시한 사람을 실용적 문학관을 가진 사람이다. 이것은 오랜 역사와 전통을 가지고 있다. 비극의 기능이 카타르시스(catharsis : 淨化作用)에 있다고 본 아리스토텔레스의 문학관도 실용의 관점이 내재해 있다. 왜냐하면 비극은 관객의 정신적, 육체적 건강에 도움이 된다고 보았기 때문이다. 로마의 서사시인 루크레티우스(Lucrtiuse)가 우주원자설을 읊은 「자연계」에서 말한 '문학당의정설(文學糖衣錠說)'도 교시적 관점이다. 루크레티우스는 교훈이나 지식을 전달하는 철학은 맛은 쓰나 좋은 약에 해당하고, 운문으로 된 달콤한 노래인 문학은 약효는 없으나 쓴 약을 감싸고 있는 당의정이라는 것이다. 이렇게 쓰디쓴 약(진리)을 달콤한 노래(문학)에 담아서 제공하고자, 자신은 시를 쓴다고 했다. 이는 문학은 어떤 특정 목적을 위한 당의정과 같은 도구라는 것으로, 곧 문학의 교시적 기능을 강조한 것과 다름 아니다.

문학의 효용적 관점이 보다 강조되기 시작한 것은 르네상스 이후, 산문 문학이 중요한 위치로 부상하면서다. 읊거나 노래하는 시, 혹은 운문의 문학 형태는 청자에게 즐거움을 주는 측면이 강했다. 따라서 그것은 시인의 표현적 욕구와도 밀접한 연관을 맺고 있다. 그러나 산문은 지식을 전달한다는 측면이 강하게 드러난다. 17, 18세기 서구 계몽주의자들의 견해가 대체로 이 실용적인 관점에 접근되어 있다. 그가 속한 사회가 지적으로 미숙한 상태에 있다고 보고, 그의 문학을 통해서 그 사회를 계몽해 나가겠다는 의도로 작품을 쓴다면 효용적 관점이다. 프랑스의 룻소(J.J. Rousseau), 볼테르(F.M.A. Voltaire), 몽테스키외(C.L. Montesquieu), 영국의 로크(J. Locke), 베이컨(F. Bacon), 독일의 라이프니츠(G.W. Leibniz) 등이 이 관점의 문학관을 실천한 사람들이다.

우리 나라 개화기의 작가들은 거의 이 관점에서 작품을 썼다. 개화 사상을 고취하겠다는 생각이 앞서 작품의 문학적 형상화는 소홀히 다루었다. 1910년대 춘원 이광수도 자신이 소설을 쓰는 동기에 대해 밝히고 있는 바 민족 의식을 심어주기 위한 '밀수입의 포장[19]이라고 말했다. 이것은 소설 그 자체의 문학성보다도 소설이 전달해주는 메시지를 중요하게 생각하고 있는 효용의 관점이다. 또한 일제의 검열을 피하기 위한 수단으로 소설을 쓴다는 뜻도 내포하고 있다. 또한 1920년대 후반부터 한국 문단에 뿌리를

---

19) 「余의 作家的 態度」, 『이광수 전집』 10, 삼중당, 1971. p.462.

내리기 시작한 프로문학 역시 효용의 관점에서 쓰여진 문학이다. 그리고 1930년대의 브나로드(Vnarod) 운동의 일환으로 쓰여졌던 농민 소설 역시 효용의 관점에서 쓰여진 것이다.

이와 같이 효용론은 작품을 독자에게 어떤 효과를 주기 위해 구축된 것으로 보며, 작품의 가치를 그런 목적의 성취도에 따라 판단한다. 이것은 전통적인 문학관의 하나로서 문학이 독자에게 주는 효과를 중시한 것이다. 이 효과는 주로 얼마나 가르침을 주는가 하는 실용적인 공리성과 얼마나 감정과 정서에 자극을 주는가 하는 정감적인 심미성으로 나누어진다.

4) 객관론(존재론 · 구조론)

이상의 세 관점은 문학 작품을, 작품 외의 다른 요소들과의 관계에서 찾으려는 이론이다. 이에 비해 객관적 관점은 작품 그 자체에서 문학의 의의를 찾으려는 이론이다. 객관적 관점은 아리스토텔레스의 『시학』이후, 가장 오래된 정통적 비평 문학의 방법이다. '문학은 작가의 인격과 환경의 반영이다', '작가의 의도와 텍스트는 일치한다'라는 모방론의 반명제로서, 객관적 관점은 문학의 문학다운 속성 곧 문학성을 철저하게 그 언어 조직과 일체화시켜 분석하고 기술하는 이론인 것이다.

객관론의 이론적 토대를 마련하게 된 것은 20세기 영 · 미의 '신비평가들인, 엘리어트(T.S. Eliot)와 리처즈(I.A. Richards)의 시론에 의해서다. 엘리어트는 시는 원칙적으로 그 자체를 생각해야 하며, 그 이외에 어떤 것으로도 생각해서는 안 된다고 주장했다. 그는 또한 시를 창작할 때 시인은 감정을 함부로 분출해서는 안 되며, 감정을 표출하기 위해서는 객관적 상관물(objective corelative)을 사용해야 한다고 했다.[20] 리처즈 역시 시를 읽을 때는 시 텍스트에만 주의를 집중해야 한다고 주장했다. 그의 저서 『실제 비평』(Practical Criticism, 1929)은 바로 이 관점에 의해 집필된 것이다. 그는 이 저

20) T.S.Eliot, *Selected Prose, Penguin*, 1958, p.107. Hamlet 참조

서에서 작품 자체의 구조, 언어 조직, 문학적 장치를 천착하고 있다. 은유, 이미지, 어조, 아이러니, 패러독스, 운율 등을 의미론적 혹은 심리학적 관점에서 예리하게 분석하고 있는 것이다.

신비평은 작품을 작품으로서 분석하여 이해하는 방법이다. 그만큼 자설적(自說的)이다. 그러므로 이 관점은 타설적 이해를 하는 사회·심리 등의 방법으로 작품을 이해하는 것을 반대한다. 뿐만 아니라 작품이 독자의 반응 속에서 어떤 도전적, 심리적인 변화를 일으켰는가를 검토하는 것 역시 거부한다. 문학 작품이 작자의 의도나 책략을 문제 삼으면 그것은 곧 의도적 오류(intentional fallacy)가 된다. 작가의 본래의 의도와 작품에서 성취된 의도 사이에는 근본적인 차이가 있으므로 그것들을 혼동하는 데서 작품의 이해와 평가가 잘못된다는 것이다. 그리고 작품의 본뜻은 작가의 의도도 아니고 독자의 반응도 역시 아니라는 데서 감정적 오류(affective fallacy)가 발생하는 것이다. 감정적 오류는 비평 문학의 기준을 심리적 효과에서 끌어내리는 데서 출발하여, 결국 인상주의나 상대주의에 머무를 경우가 많다. 이러한 신비평은 독자반응비평(reader response criticism)과 극단적인 대조를 이룬다.

신비평(New Criticism)이란 용어는 랜섬(J.C. Ransom)의 'New Criticism' (1941)의 『뉴크리티시즘』이라는 저서 이름에서 왔다. 이후 그의 제자들에 의하여 더욱 단단한 이론적 토대가 마련되었다. 테이트(A. Tate), 워렌(R.P. Warren), 브룩스(C. Brooks), 브랙머(R.P. Blackmur) 등이 바로 그들이다. 특히 브룩스와 워렌의 공저 『시의 이해』(Understanding of Poetry, 1938)는 유명하다. 이 저서가 출간됨에 따라 미국 비평계와 문학 교육계에 지대한 영향을 끼쳤다.

우리 나라 1930년대 시문학사를 장식했던 순수시 운동과 모더니즘 운동에 동참한 김영랑, 정지용, 박용철, 김광균, 장만영, 김기림 등의 작품에서 이 관점이 나타나고 있다. 이들은 당시 정치적·사회적 목적의식이 뚜렷한 프로문학, 즉 효용적 관점을 거부하고 출발한 시인들이다. 그리하여 이들은 문학의 계몽성, 선전성, 목적성 등을 배격하고 문학 자체의 예술적·창조적 세계를 옹호하였던 것이다.

6. 가치 판단의 혼란과 비평의 어려움

비평의 기능으로서 가장 중요한 것이 가치 판단이다. 그런데 비평 문학이 작품의 가치를 판단함에 있어서 현실적으로 혼란을 야기하는 많은 문제점들이 있다.

그 첫째가 선전 효과다. 문자, 전자, 영상 매체 등 매스미디어를 통해서 나타나는 선전 광고는 때때로 비평가나 독자들의 가치 판단에 큰 혼란을 일으키게 한다. 문학 작품은 출판이 되면 곧바로 상업적 가치를 지니며 상품화된다. 출판사는 그 작품을 통해 이익을 추구하려 든다. 그래서 모든 수단을 동원하여 과대 선전을 하게 된다. 그러다 보면 허위 선전이 내재하게 된다. 어떤 유명인사가 그 작품을 읽어보지도 않았으면서 격찬할 수도 있고, 선전의 빈도 수 또는 광고의 크기에 따라 그 작품의 가치가 결정되기도 한다. 따라서 독자는 선전된 작품은 선전되지 않은 작품보다 더 가치가 있다고 착각을 일으키게 된다.

영국의 서머셋 모옴(W.S. Maugham)의 일화가 있다. 그가 아직 유명해지기 전, 그는 자기 작품을 선전하기 위하여 구혼 광고를 냈다. 그 광고에서 그는 자기 소설 속에 등장하는 여자와 꼭 같은 인물이 있다면 그 여인을 자기 아내로 삼겠다고 한 것이다. 이에 많은 독자들이 소설 속의 여인상에 관심을 가졌다. 그리고 소설은 날개 달듯 팔려 나갔다. 그는 자기 작품을 선전하는 데 대단한 아이디어를 발휘했던 것이다. 또 빅토르 위고(V.M. Hugo)는 자신이 아직 유명해지기 전에, 살롱에서 자기 작품을 낭독하는 데 박수 부대를 동원했다고 한다. 근대 문학 초기의 프랑스에서는 작가가 직접 작품을 살롱에 들고 나와 여러 사람들의 박수를 받고 데뷔하는 절차를 밟았다. 위고는 자기 돈을 들여 박수 부대를 사들이고, 자신의 낭독 도중에 또는 낭독이 끝날 때마다 박수를 치도록 하였던 것이다. 그래서 우렁찬 박수를 많이 받은 위고는 단숨에 유명해졌다. 독자들도 박수를 많이 받은 위고의 작품을 아주 훌륭한 작품으로 판단하였음은 물론이다.

이처럼 출판사는 물론 예술가들도 모든 수단과 방법을 동원하여 자기 작품을 선전하고 있다. 그리고 그 선전 효과를 얻어서 유명해지기도 했다. 그러나 이러한 행동들은 참된 가치 판단을 흐려 놓는 원인이 되는 것이다.

둘째, 작가의 배경이나 그 작품과의 관계도 인간의 가치 판단에 혼란을 야기할 수 있다. 즉 작가가 어떠한 인생을 살아갔느냐에 따라서 작품에 대한 평가가 달라지는 것이다. 작가 이상의 경우, 사생활과 그 일생에는 많은 이야기가 남겨져 있다. 그는 3세 때 부모의 슬하를 떠나 큰아버지의 집에 양자로 갔다는 이야기로부터, 그의 본명은 김해경인데 '이상'이라는 필명을 사용하게 된 이야기, 1933년 각혈로 백천(白川) 온천에 요양 갔다가 기생 금홍을 알게 되어 그녀와 함께 서울로 돌아와 종로에서 다방 '제비'를 차려 경영했다는 이야기, 일본 동경 거리에서 굶주림과 병마에 시달리며 배회하다가 사상 불온 혐의로 구속되고 그로 인해 병이 악화되어 죽었다는 등 많은 이야기가 꼬리를 물고 있다. 그런 이야기들이 사람들의 입에 오르내리면서, 그의 작품과 관련시키고 그러한 흔적들을 찾으려 하는 가운데 이상의 작품들은 유명해졌다. 또한 6·25 전쟁 당시에 많은 고생을 하고 세상을 떠난 이중섭 같은 화가는, 그가 일생을 살아나가는 데 있어서 겪었던 희한한 일화로 말미암아 그 작품들이 유명해지기 시작했다. 그는 마침내 정신 질환을 일으켜 죽었는데, 그런 불행한 종말 또한 작품을 평가하는 데 큰 영향을 미쳤다.

물론 이상이나 이중섭은 다같이 뛰어난 예술가이다. 그러나 작가의 독특한 배경이나 작품과의 관계로 인해 한층 더 독자들의 관심을 모은 것만은 사실이다. 비록 개인의 환경이 그 작품에 영향을 미쳤다고 하더라도 작품은 어디까지나 순수하게 작품 그 자체만을 토대로 가치를 평가해야 한다. 그렇지 않으면 작품의 절대적 가치는 평가되기 어렵고 많은 오류를 범하게 될 것이다.

셋째, 작품이 지니고 있는 문제성, 혹은 작가가 지니고 있는 문제성이 있을 때 독자들의 호기심을 유발하여 작품 본래의 순수성이 왜곡될 수 있다. 즉 그 작품이 도덕적으로 사회에 물의를 일으켰거나, 작가가 어떤 스캔들에 휘말려 떠들썩하게 사람들 입에 오르내렸다든가 하는 경우이다. 이렇게 문제를 일으킨 작품은 너도나도 관심을 가지고 읽으려고 한다. 그리고 작품의 가치는 올라간 듯하다. 문학이 새로운 가치를 추구해 나가는 일련의 정신적 작업이라고 한다면 문제성이 전혀 없는 작품이란 좋은 작품이 될 수 없을 것이다. 그렇지만 문제를 가지고 있다는 것과 물의를 일으킨다는 것은 별개의 것이다. 작가가 지니고 있는 도덕적 타락이 물의를 일으킬 수가 있다. 또한 작가는 정치적 억압과 사회적 편견 등으로 물의를 일으킬 수도 있다. 그럼에도 불구하고 이 물의로 인해 그 작품이 유명해지고 그 작가가 유명해져서 가치 판단에 큰 점수를 준다는 것은 지극히 잘못 될 때가 많다. 그러므로 우리는 한 작품의 가치를 평가할 때, 이와 같은 물의를 일으켰다는 사건과는 별개로서 그 작품을 평가하도록 주의하지 않으면 안 된다.

로렌스(D.H. Lawrence)의 소설 『채털리 부인의 사랑』(Lady Chatterley's Love)이 출간되었을 때 영국 법정은 소위 '호색 문학과 외설'이라는 죄명으로 그를 법정에 세웠다. 이에 대해 포스터(E.M. Forster) 등 당대의 일류 작가와 평론가들이 로렌스를 변호하여 재판에서 무죄를 선고받게 하였다. 그는 외설죄의 항의문에서 '자유라고 하는 것은 사회적인 세계의 거대한 허위로부터 자기 자신의 해방이다'라는 견해를 제시했다. 이러한 사건은 세계적 물의를 일으켜, 그 작품의 판매 부수는 실로 계산하기 힘들 정도였다고 한다. 프랑스의 화가 마네(E. Manet)는 「풀밭 위의 식사」를 프랑스의 국전이라고 할 수 있는 '르 살롱전'에 출품하고 물의를 일으켰다. 물론 그 작품은 낙선되고 말았다. 그 그림은, 한 낮에 벌거벗은 여인이 남자들과 더불어 풀밭 위에 앉아서 식사를 하고 있는 장면을 그린 것이었다. 커다란 여인이 한 명 앉아 있고 그 배경 위에는 강물에서 갓 올라오는 여인이 한 명 있다. 한 낮에 완전히 발가벗은 여인과 옷 입고 있는 남자들이 앉아서 식사를 한다는 것은, 당시 풍속으로는 용납될 수 없는 파렴치한 작품으로 비난을 받게 된 것이다. 이 그림은 낙선되었고 낙선자들끼리 다시 '낙선전'을 열었다. 그런데 마침 나폴레옹이 그 살롱전을 구경 왔다가 마네의 그림을 보고 진노하여 낙선전을 금하게 했다. 어쨌든 마네는 이로 말미암아 유명한 화가가 되고 말았다.

로렌스의 소설이나 마네의 그림은 우수한 작품임에 틀림없다. 그러나 작품이 엄청나게 많이 팔리고 전 세계에 회자된 것은, 이렇듯 특별난 물의 때문이다. 따라서 한 작품의 예술적 가치를 공정하게 평가한다는 것은, 물의를 일으켰기 때문이 아니라 그 작품의 예술성을 놓고 순수하게 평가해야 할 것이다.

넷째, 베스트셀러와 작품의 가치는 반드시 일치하는 것은 아니라는 점이다. 물론 우수한 작품은 베스트셀러가 될 가능성이 많다. 베스트셀러가 베스트 북은 아니다. 한 작품이 베스트셀러가 되는 조건은 여러 가지 양상이 있다. 특히 현대 사회처럼 매스미디어와 상업주의가 발달된 사회에서는 우수작보다도 오히려 다른 작품들이 베스트셀러가 될 가능성이 얼마든지 도사리고 있다. 매스미디어의 선전 효과, 온갖 상업주의적 공략이 작품으로서의 문학적 가치를 앞지르게 된다. 그래서 많이 팔리면 우수한 책이라고 착각을 해버리는 경향이 있는 것이다.

이상 몇 가지 조건들은 독자들에게 문학 작품의 가치를 혼란하게 하고 비평가들이 비평을 하는 데 어려움을 제공한다. 그래서 참된 문학 작품이

사장되거나, 저질 문학이 우수한 작품으로 평가를 받게 되기도 한다. 그렇
다면 그 사회의 문학 작품은 문학의 전반적인 질을 저하시키게 하는 것은
물론이고, 문학 발전에 큰 걸림돌이 될 것이다. 여기서 비평가의 임무는 막
대하게 된다. 비평가는 온갖 가치 혼란에 질서를 부여하고 객관적인 입장
에서 공정하게 작품의 우열을 판단해야 한다. 그래서 가치 있는 작가와 작
품이 좋은 평가를 얻어 독자들에게 읽혀지도록 유도해야 한다. 이러한 연
유로 비평 문학 중에서 특히 비평가의 가치 판단의 임무는 중요한 사회적
기능을 지니게 되는 것이다.

7. 21세기 비평 문학과 비평가의 임무

오늘날 문학 현실을 바라보는 대부분의 비평적 목소리는 소위 문학의 위기에 초점을 맞추고 있다. 나아가 '문학의 죽음'이라는 극단적인 목소리도 나오고 있다. 정확한 시점을 지적하기는 어렵지만 문학 위기의 발언은 대체적으로 1990년대에 들어오면서 날이 갈수록 그 목소리가 높아간 것만은 사실이다. 그런데 이러한 문학의 위기의식이 곧 비평의 위기로 확대되고 있다는 점에서, 그 어느 때보다도 비평 문학가의 자세와 임무에 대한 문제가 중요 관심사로 부상되고 있다. 따라서, 이 시대의 문학이 위기에 처하게 된 가장 근본적인 요인 중에 하나가, 바로 비평이 제 구실을 못하고 있기 때문이라는 지적을 부인하기도 어렵다. 그러면 무엇이 오늘날 문학과 비평의 위기를 가능하게 한 것일까.

첫째, 과학 기술의 가치를 더욱 높게 평가하고 있는 후기 산업사회에 있어서, 상대적으로 인문학이 평가 절하되면서 덩달아 문학과 비평이 위기의 상황에 직면한 것이라고 할 수 있다. 과학 기술이 팽창함에 따라 철학, 예술, 문학 등과 같은 인문학의 가치와 의미는 상대적으로 위축될 수밖에 없는 것이다. 그런데 문학의 위기는 단순히 시와 소설 같은 문학 장르의 위기를 의미하는 것으로 생각할 수만은 없다. 이것은 과학 기술과 물신 숭배의 근대적 세계관의 팽배로 인한 교양적 이상주의와 정신적 인문학의 위기이고, 나아가서는 우리 문화 전체의 위기로 파악되어야 할 것이다.

둘째, 현대는 대중사회이다. 소비적인 대중문화의 범람과 문화 산업의 팽창에 따라 전통적인 문학 영역이 축소되고 소외되어 가면서 문학과 비평이 위기 상황에 직면한 것이라고 할 수 있다. 현대의 발달된 과학 기술을 바탕으로 대중 매체는 다양한 시청각적인 재생산을 통해 대중문화의 확산을 촉진했다. 이러한 대중 매체의 문화적 재생산은 자본주의의 시장 원리와 부합하여 자본 시장을 점유하고 주요 산업으로 성장함으로써 대중문화의 팽창을 더욱 가속화하고 있다. 따라서 문학은 이제 그 대중의 시장 속에 들어와 있는 하나의 제품으로 전락하고 만 것이다. 작가의 창작 행위에 무게를 두었던 문학관이 해체되고 문학 텍스트 그 자체와 독자의 수용 행위가 중시되는 경향으로 나아간 것이다. 독자는 더 이상 단순한 소비자(독자)로 머물러 있지 않다. 작가와 더불어 공동 생산자의 위치로 어깨를 나란히 하고 있다. 그래서 독자를 중심으로 하는 독자 반응 비평이 생겨났다. 따라서 작가는 대중의 의식의 흐름을 재빠르게 간파하여 이에 대응하는 게 출판문화의 현실인 것이다.

곳곳에서 비평가들은, 이러한 문학 혹은 비평의 위기를 진단하고 그 극복을 위한 제언들을 하고 있음을 본다. 비평계의 거장 백낙청은 이렇게 말한다.[21]

> 새로운 매체들의 비약적인 발달에 관해서도 그 대세를 몰라라할 길은 없다. 다만 이로써 문학의 위축과 궁극적인 몰락이 불가피해진다는 주장은 몇 가지 중요한 사실을 간과한 것이 아닌가 싶다. 우선 오늘날 매체 발달의 양상이 매체 자체의 내적 논리뿐 아니라 매체의 소유 관계에 의해 결정되고 있다는 점이며, 이것이 당분간 어쩔 수 없는 현실이라 할지라도 문학과 시각 매체·영상 매체를 상호 배타적인 것으로 설정하는

21) 백철, 「2000년대의 한국문학을 위한 단상」, 『창작과 비평』 107, 2000, 봄. pp.229~230.

사고 방식에 문제가 있다. 엄밀히 말하면 문자도 시각 매체려니와, 그런 '법률가적' 논리를 떠나서도 문학 예술과 문자 문화가 거의 동일시된 것은 서양에서도 인쇄술이 발달하고 시민 계급이 득세한 최근 수 백년의 일이다. (…) 셰익스피어 희곡만 해도 연극이라는 그 시대 '멀티미디어 예술'의 대본이 아니었던가. 이제 새로운 매체들의 발달로 문자 문학의 절대적 우세가 끝나게 되었다고 할 때, 우리는 먼저 언어 예술로서의 문학과 문자 문화로 국한되는 특정 문학 장르들은 별개라는 점을 상기할 필요가 있다. 영상 매체를 포함한 오늘의 뉴미디어에서 언어의 비중이 커지고 그 예술적 수준이 높아지는 가운데, 연극이나 영화는 물론 예컨대 뮤직비디오나 컴퓨터게임의 틀을 활용한 문학(=언어 예술)의 새로운 꽃핌이 없으란 법이 어디 있는가. 다만 이를 위해서도 주로 문자로 남은 문학 유산을 활기차게 간직하고 새로운 축적을 계속해야 할 것이며, 무엇보다 새 매체들과 언어 예술의 결합이 '각성한 노동자의 눈에 부합되게 진행되어야 할 것이다.

또한, 고은은 문학적 위기에 대해 이렇게 제언한다.[22]

나는 감히 두 가지를 말하고자 합니다. 위기를 말할 때, 그 위기에 파묻혀 버릴 것은 파묻혀 버리기를 바랍니다. 위기란 어떤 가치가 존속되는 과정에서 단련받는 시간입니다. 그런 단련을 견디지 못하는 가치란 미련 없이 새로운 가치에 일체를 인계하고 물러나야 합니다. 그래서 그동안 일정한 행운에 의해서 온존된 문학이 문명의 낯선 현실에서 도태되는 것은 당연하기도 합니다. 문학이 시대를 뛰어넘든 아니든 시대의 산물일 경우 다른 시대까지 욕된 생존으로 연장되는 일에 급급하다면 그것은 문학적일 수 없습니다. 만약 문학이 지구상의 생명 종(種)의 하나로 소멸된다면 가차없이 생명 자체를 내주어 마땅한 것입니다. 그러나 멸종으로 죽어 가는 문학이 아니라면 그것은 어떤 문명의 패권주의 앞에서도 살아남는 치열한 문학 의지를 발휘해야 할 것입니다.

김병익 역시 문학 비평이 새롭게 대항하여야 할 것을 다음과 같이 언급

---

22) 고은 「오늘의 문학을 생각한다」, 『창작과 비평』 110호, 2000, 겨울. pp.12~13.

한다.[23]

　　나는 새로운 세계에 문학 비평이 대항할 우선적인 항목은 과학이 우리의 삶과 사회에 가져다줄 갖가지 변화에 대해 그 의미를 천착하고 그것이 초래하는 반인간주의적 악덕을 폭로하며 새로운 사유와 윤리를 개발하는 일이라고 생각한다. (…) 그렇다면 이러한 변화들은 우리의 근원적인 안간다움에 어떤 의미를 가질 것인가, 사회와 개인이 행복을 향유할 수 있는 권리는 어떻게 획득될 수 있는가, 새로운 문명과 전래의 문화간의 갈등과 충돌은 어떻게 극복될 수 있는가, 여기서 인간의 내면적 가치란 무엇인가라는 갖가지 문제들에 대한 사유와 대응이 불가피하게 요구된다. 문학 비평은, 그것이 반성적 체계로서의 문자 예술이기에, 그리고 현상에 대한 메타비판적 정신 작업이기에, 그러한 요구들에 부응할 수 있어야 하고 또 해야 한다. 이러기 위해서는 문학 비평가는 과학의 인문주의화, 기술의 인간화를 위한 지식과 통찰이 필요할 것이며 새로운 윤리의 구성과 새로운 밀레니엄적 삶과 사회에 적합성을 가질 세계관을 모색해야 할 것이다. 이때의 문학 비평가는 단순한 문학 해석자가 아니라 문명사가이고, 사상가인 동시에 미학자이며, 과학적 이해력을 가짐과 동시에 그것의 존재에 대해서 비판을 가할 수 있는 철학자여야 할 것이다.

　한국 근현대 비평문학사를 살펴볼 때, 70년대와 80년대의 리얼리즘 문학론, 민족·민중 문학론 등은 그 시대의 창작에 큰 영향을 미쳤다. 그러나 90년대는 비평 정신과 인문주의의 퇴색 현상으로 위기 의식이 확산되고 있는 것은 사실이다. 포스트모더니즘 시대로 불리는 현재, 문학 비평은 현란한 외국 이론의 수입과 개념의 혼돈에 빠져 있기도 하다. 포스트모더니즘으로 가장한 고급 문화의 저급 문화 평준화와 함께, 하위 문화는 상위 문화를 밀어내고 상업주의에 편승하여 급속히 사회 전반으로 퍼져나가고 있다.
　그러나 문학의 경우 그 동안 많은 문학적 위기를 넘어온 경험들이 있다.

---

23) 김병익, 「21세기 한국 비평 문학의 과제」, 앞의 책, pp.28~29.

이미 고전주의와 낭만주의 이후의 모더니즘의 출현은 하나의 위기적 산물이다. 또한 한국의 경우, 조선 전기 한글이 창제된 것은 그때까지의 통치 언어인 한자만으로는 사회가 운행될 수 없기 때문에 언어의 피통치화로서의 한글이 나온 것이다. 그리고 한글의 창제는 한문학의 위기를 초래했다. 그러나 한문학의 위기는 계급적 해체와 함께 조선 후기의 눈부신 중인층의 한문학을 꽃피웠던 것이다.

따라서 인문학 전반이 그리고 비평 문학이 고도로 발달된 과학 기술과 후기 산업사회의 대중문화와 맞닥뜨려 적대적인 관계로 대치할 수만은 없다. 과학 기술의 발달로 물질의 풍요와 일상의 편의를 가져왔다면, 이는 인간에게 커다란 이익을 가져다준 것만은 사실이다. 또한 산업사회의 대중문화가 비록 상업주의의 파행을 조작하고 있다 하더라도 궁극적으로 인간의 본능적 욕구를 충실히 수행해주고 있는 것만은 사실이다. 하지만 문제는 그러한 것들이 오히려 인간 삶의 행복에 역기능을 하고 있다는 데 있다. 현대 기술 문명이 낳은 부정적 측면은 지구 자체의 존립을 위협하고 있는 실정이다. 근대 자본주의 사회는 그 동안 과학 기술이 인류에게 줄 수 있는 혜택을 지나치게 강조하고, 그것이 인류를 파멸의 구렁텅이로 몰고 갈 수 있다는 데 대한 반성에는 소홀했던 것 같다. 우리 사회를 행복된 삶의 터전으로 보전하기 위해서는 과학 기술의 가속 장치 이상으로 제동 장치도 필요하다는 점을 깊이 인식해야 할 것이다. 말하자면 과학 기술의 발전에 병행하여 이것의 왜곡과 파행을 제어할 수 있는 철학적이고 윤리적인 기초가 튼튼히 확립되어야 한다. 여기에 인문학의 중요한 몫이 있다.

오늘날 비록 문학이 상업주의 메커니즘 속에서 상품화되어 가고 있고, 책과 저자의 죽음이라는 예언이 미신으로 간주될 수 없다고 하더라도, 고급문화 혹은 순수 문학은 결코 사라질 수는 없다. 대중문화가 확대될수록 그것의 상업적 천박성이 노출될 수밖에 없으며, 문학의 위기적 징후가 짙어질수록 순수 문학의 의의를 재정립하려는 노력이 배가될 것이다. 인간의 삶을 보편성에 입각하여 총체적으로 인식하고 미적인 가치를 고양하는 것이 문학의 고유한 기능이라고 한다면, 오늘의 문학은 이를 실천할 새로운 방향을 모색하는 일에 주력해야 할 것이다.

인문학적 가치의 위축이 심화될수록 비평에 대한 위기의 목소리도 심화되는 것은 당연한 결과라 할 수 있다. 문학이 좋은 비평을 필요로 하는 것은 형편없는 작품이 있기 때문이다. 말하자면 타락하고 위기에 처한 삶의 현장이 있기에 비평의 존재 의의가 발휘되는 것이다. 간트와 마르크스 등도 모두 자신이 살았던 당대를 위기의 시대로 인식하고 바람직한 사회와 삶의 규범을 세우기 위해 분투한 훌륭한 비평가들이다. 이런 의미에서 비평의 위기적 담론은 비평이 자기 스스로에 충실하고자 하는 자발적인 노력의 일환으로 해석해야 할 것이다.

비평의 어원 'criticism'으로부터 파생한 'crisis'는 위기를 의미한다. 최재서는 그의 「현대 비평의 성격」에서, crisis는 이러한 위기의 상황 가운데 죽음을 맞이하느냐 회복의 단계로 나가느냐의 결정적인 변화가 일어나는 전환점을 의미한다고 말한다. 비평은 위기에 당면한 현실과 삶을 판단하고 비판함으로써 새로운 질서와 가치를 확립하는 것이 본연의 임무라고 할 수 있다. 훌륭한 비평 문학은 그 자체로서 사회 비평을 겸비할 때이다. 말하자면, 비평 문학은 반성적이고 비판적인 사색을 통해 한 문화의 인간학적 혹은 인문학적 가치를 보전, 계승, 발전시키는 기능과 역할을 담당해야 하는 것이다. 이와 같이 문학의 위기는 비평의 위기로 연결될 수 없다. 오히려 문학의 위기에 비평 문학의 소명감 있는 자리가 구축되는 것이다. 따라서 이 시대의 문화 전반에 걸쳐 확산되고 있는 위기의식은 비평이 새롭게 역할을 다할 수 있는 기회를 갖는 것이다.

그러면 비평가의 임무는 무엇일까. 일찍이 엘리어트가 말하기를, 비평가의 임무는 취향의 교정(the correctness of taste)에 있다고 했다. 비평가는 자기 시대의 문학 취향을 면밀히 검토해 보고 그것을 보다 더 바람직한 방향으로 유도하는 데 이바지해야 한다. 비평이란 한 작가나 작품을 분석하는 일종의 평가 행위다. 그러나 작품을 평가하는 작업은 결코 쉬운 일이 아니다. 어떤 한 작품이 훌륭한가, 훌륭하지 않는가에 대한 판단 근거를 어디에 둘 것인가. 그리고 그 판단 기준은 비평가마다 다르며, 그 판단 기준에 따라 평가가 각각 다르게 나타날 수 있다. 따라서 한 작품의 평가는 비평가의 '취향'에 따를 수밖에 없다. 이 취향이라는 것은 그 비평가의 타고난 성품, 성장 환경, 교육 수준, 그때그때의 기분 등의 요인에 의해 확정된다. 때문에 작품 평가에는 비평가의 주관성을 배제할 수 없다. 여기서 훌륭한 비평가의 임무는 우선 자신의 주관성을 배제하고 객관성을 유지하는 데 있다.

21세기를 일컬어 포스트모더니즘 시대, 후기자본주의 시대, 글로벌 자본주의, 탈산업 사회, 매체 사회, 정보화 사회, 소비 사회, 전자 사회, 하이테크 사회, 디지털 사회, 사이버 사회 등등으로 지칭하고 있다. 이 모든 명칭들이 각기 다른 측면을 강조하고 있지만, 그것의 공통점은 자본주의가 우리 인간의 삶을 주도하고 있다는 것이다. 따라서 상업주의적 경향이 상당히 우세한 것을 부정할 수는 없다. 오늘날 문학은 이전의 오래된 합의에 의해서 보호받던 것과 달리 문명의 다면적인 충격과 역경 속에서 그 적나라한 생명을 걸고 있다. 그래서 당분간은 비평계에서는 비평 문학에 대한 면밀한 자의식이 요구된다. 이런 상황일수록 비평가들은 비평 자체에 대한 자기 점검과 성찰을 해야 할 것이다. 비평적 글쓰기는 무엇인가, 비평은 왜 존재해야 하는가, 비평가로서의 자질과 사명은 무엇인가 등 끊임없는 질문과 회의를 통하여 비평의 당면한 현실을 직시하고 새로운 방향을 개척하기에 부단히 노력해야 한다. 이러한 자세야말로 비평이 문학에 종속된 존재로 머물지 않고 주체성을 확립하는 길일 것이다.

제2부

한국 비평 문학의
흐름과 양상

1. 1900년대—서발비평 · 실천비평 · 이론비평

1) 비평 문학의 전개 양상

1900년대는 일본제국주의에 의한 강제 합방이 거의 확정되어 가던 시기이다. 그에 따라 당대의 지식인들은 민족의 생존권 보존을 위해 그 대응책을 모색하기에 고심하였다. 이 시기는 먼저 전통적인 문학론이 새로운 시대정신을 받아들이기 위해 변혁을 시도했다. 거기에다 외래 문학론이 유입되어 전통적인 문학론과 섞이면서 혼탁한 양상을 빚었다. 이렇듯 문학관에 대한 광범위한 전환이 이루어지면서, 문학 이론에 대한 전반적인 검토가 시도되었다. 비평 문학 역시 위기를 타개하기 위하여 각성을 촉구하고, 새로운 문학의 지평을 열어 나름대로 가능한 전망을 제시해야 한다는 민족사적 과제가 주어졌음은 물론이다.

개화기의 비평은 장르적으로 전문화되지 않은 미숙한 형태로 출발한다. 이 시기의 대표적 비평 형식으로는 서발비평, 실천비평, 이론비평을 들 수 있다.[1]

서발비평이란 문학 작품의 서문 또는 발문에 문학에 관한 단편적인 이

---

1) 김복순, 「근대문학비평의 여명기」, 『한국현대문학사』, 현대문학, 2000, p.52 참조.

론을 제시한 것을 말한다. 1900년을 전후하여 발표된 역사·전기 문학, 신소설, 시작품들에는 서문과 발문에 비평문들을 싣고 있음이 상당수 드러난다. 우선 역사·전기 문학으로는 자보적 민족주의의 성격을 띤 『서사건국지』, 『천로역정』, 『라란부인전』 등을 들 수 있는데, 대체로 정치적 효용성을 강조하고 있다. 신소설의 경우, 서(序)는 서문(序文)·서언(序言)·셔언·증독자문(贈讀者文)·편두단언(編頭短言) 등으로 표기되어 있으며 발문(跋文)은 기자(記者)왈·긔쟈왈·저쟈왈 등으로 표기되어 있다. 서문은 주로 작품 소개, 집필 동기와 경위 등의 내용을 담고 있고, 발문은 주로 집필 목적과 독자 지도의 내용을 담고 있다. 신소설의 자료는 이해조의 소설 『화의 혈』, 『탄금대』 등을 위시하여 약 50년 종의 자료가 산견된다.

시 혹은 시가의 서발은 각종 신문이나 잡지에 나타난다. 서(序)보다는 발(跋)에 해당하는 평왈(評曰)의 형태가 대부분이며 거의 단평(短評)·자평(自評)의 형식을 취하고 있다. 장르상으로는 한시의 경우에 집중적으로 나타나고 있는데, 이것은 국시 개혁의 일환으로서 시대 변화에 적응하기 위해 한시를 변혁해야 한다는 당대의 시대 의지가 반영되어 있다. 그 대표적인 것이 『천희당시화』이다. 그밖에 자평(自評) 형식으로 '모르네 나는' (『대한학회월보』 1호, 1908. 2), '나는 가오' (『대한학회월보』 3호, 1908. 4) 등을 들 수 있다.

서발비평이 비평의 전문화 이전의 형태를 띠고 있다면, 실천비평과 이론비평은 장르적 초기 단계에 해당하는 비평이라고 할 수 있다. 실천비평은 시, 소설, 연극 등의 장르에 고루 나타난다.

먼저 시 분야의 실천비평은 시조·민요·가사·창가 등에 다양하게 나타나는데 그 중에서도 특히 시조와 민요에 관한 자료가 많다. 시조에 관한 해설로는 「색상곡(塞上曲)」 (『대한협회회보』 2호), 「율곡 시조 해설」 (『소년』 1호) 등을 들 수 있다. 또한 민요 부분에서는 주로 민요 개작 운동에 대한 비평문을 발견할 수 있는데, 금혜(琴兮)의 「가곡 개향의 의견」 (『대한매일신보』 1908. 4.10) 등이 이에 속한다.

소설에 대한 실천비평의 자료로는 필자 미상의 「근래 나는 책을 평론」(『경향신문』 1908. 4.10)을 비롯하여, 「독월남망국사」, 「독이태리삼걸전」 등이 있다. 이는 모두 서평 형태를 취하고 있다. 서평 형태가 바로 비평의 장르적 전문화의 초기적 양상이라고 할 수 있다.

연극의 실천비평은 주로 당대의 언론 매체를 통해 발표되었다. 그 내용은 주로 작가와 작품, 연희 단체와 극장, 관객 등을 비평하고 있다. 「연극계 이인직」(『대한매일신보』 1908.11.8)에서는 작가를, 「극계량론」(『대한매일신보』 1908.7.12)에서는 작품을 각각 비평하고 있다. 또한 「협률사비판」(『대한매일신보』 1906. 3.8)에서는 연희 단체와 극장을 비판하고 있고, 『대한매일신보』(1908. 5.15), 『황성신문』(1908. 5.1) 등에서는 관객을 비판하고 있다. 당시 우리 나라는 역사적 위기 상황에 봉착해 있었는데 소위 상류층 사람들은 기생까지 대동하고 연극 관람에 열을 올리고 있다고 비판하고 있는 것이다.

실천비평이 실제 작품을 대상으로 한 것이라면 이론비평은 주로 이론적인 측면을 언급한 비평을 말한다. 이론비평은 대체로 문학 이론·시론·소설론·희곡론·번역론 등으로 나눌 수 있다.

문학 이론의 비평문은 조용주·이만중·김용근의 「도덕과 문학의 관계론」(『장학월보』 2호, 1908. 2), 최재학의 『실지응용작문법』(상·하 : 1909), 이광수의 「문학의 가치」(『대한흥학보』 11호, 1909. 3) 등을 들 수 있다. 시론으로는 「천희당시화」를 들 수 있다. 이 비평문은 전대의 시화식(詩話式) 고전 문학의 비평 형태를 빌어 동국시계혁명을 주창하였는데 우리 나라의 민족 문학·민족 시론의 수립에 명확한 지표를 제시한 중요한 자료로 평가된다. 여기에서 시란 "국민 언어의 정화"로서 "환호(歡呼)·분규(噴叫)·처량(凄凉)·쇄읍(灑泣)·신음(呻吟)·광제(狂啼) 등의 정태(情態)로 결성한 문언"이며, 사람의 감정을 도융함을 목적으로 삼고 국민 지식 보급에 그 효력이 있다고 한다. 소설론으로는 신채호의 「근금소설저자의 주의」(『대한매일신보』, 1908. 7.8)와 「소설가의 추세」(『대한매일신보』, 1909. 12.2) 등이 있다.

연극에 관한 비평문으로는 「소설과 희대가 풍속에 유관」(『대한매일신보』 1910. 7.20)을 비롯하여 달관생의 「연극계 주인에게」(『서북학회월보』 16호), 작자 미상의 「연희장의 야습」 등이 있다.

그밖에 이론비평의 범주에서 제외시킬 수 없는 번역론·표기 형태에 관한 논의·문학사 정리 등의 글을 발견할 수 있다.

한마디로 계몽 사상의 큰 흐름 아래 펼쳐진 1900년대의 비평은, 아직 본격적인 근대 문학 비평이라고 칭하기에는 미숙한 감이 없지 않다. 하지만, 그런대로 당 시대의 이념을 철저하게 수행했다는 점에서 그 비평적 의미를 지닌다. 따라서 1900년대의 비평은 1910년대 근대 비평 문학의 기초를 다지고 기틀을 확립해주었다는 데 비평사적 의의를 둘 수 있다.

2) 1900년대 비평 문학 검토

개화기 비평 문학의 논리적 바탕은 개화기 사상의 양상에서 찾을 수 있다. 1890년대 이후 구한말의 세계관은 조선시대의 유교적 사상과 이에 도전하는 새로운 사상들과의 대결, 갈등, 수용의 과정에서 혼란의 양상을 빚었다. 당시 우리 나라는 국제 사회를 맞이하여 밖으로는 외국과 충돌하여 일본, 프랑스, 영국 등과의 수호조약을 맺고, 안으로는 갑신정변, 동학운동, 갑오개혁 등이 발발하여 국제화 혹은 근대화라는 시대적 대세에 직면하였다. 이러한 상황에서 당대를 주도했던 계층의 사상적 논리는 필연적으로 전통을 고수하려는 보수적 경향과 과감히 시대적 현실에 부응하려는 급진적 경향 그리고 과거와 현재를 절충하려는 중도적 경향으로 분류되었다.

그 하나의 경향인, 철저히 전통적 논리를 고수하려는 보수적 경향의 사상은 위정척사론(衛正斥邪論)인데, 이는 조선 왕조의 정치 이념인 송학(宋學) 혹은 주자학을 기본으로 삼은 것이다. 이러한 논리를 대대적으로 비판한 것이 바로 실학파의 실사구시론(實事求是論)이다. 그리고 또 하나의 경향은 동도서기론(東道西器論)인데, 이는 보수적 위정척사의 정학론(正學論)에 시대의 대세를 감안하여 자체내의 경직스러운 논리를 조정하여 기본적인 이념은 유지하되 서양의 새로운 기술은 부분적으로 받아들여야 한다는 것이다. 이는 즉, 동양의 유교를 근본적인 도기(道器)로 하고 서양의 기술을 결합한다는 절충론이다.

이러한 주장은 보수파 중에서 박은식, 장지연, 신채호 등이 그 대표적 인물이며, 정학(正學)을 비판하고 개화를 주도한 실학파의 계열 중 김홍집, 김윤식, 어윤중 등이 이에 속한다. 또 한편 급진 개화파가 있는데, 이는 동도 서기론을 주장하면서 유교 이념이나 통치 체제를 고수하려는 온건주의나 절충주의와 달리, 서양의 기술뿐 아니라 제도와 사상까지도 바꾸어야 한다는 기존 질서 변혁의 의지를 보였다. 동도 서기론의 대표적 인물들인 김옥균, 박영효, 유길준, 홍영식, 서재필 등은 실사구시적 사상과 서구지향적 논리를 계승했을 뿐만 아니라 직접 일본이나 구미에 건너가 선진 문물을 목격한 사람들이다. 그래서 누구보다도 서구적 사상이나 기술에 입각한 개화를 주도하고자 하였다. 결국 이들은 1884년 갑신정변을 일으켜 과감한 개혁을 시도했으나 실패하였고, 1894년 갑오경장으로 구체화하게 되었다. 따라서 이들의 급진론은 우리 나라에 개화 및 서구화를 가속화시켰으며, 이후의 근대사가 서구 지향적인 개화 계몽 시대를 맞는 결정적인 계기가 되었고, 일본의 침략을 정당화시키는 불행한 근대사를 맞이하기에 이르렀다.

이러한 와중에서 일본 제국주의에 의한 한일합병이 진행되었고, 1900년대 문학인들은 민족 모순을 주요 과제로 인식하기에 이르렀다. 문학인들은 역사적 위기를 타개하기 위하여 각성을 촉구하고, 새로운 가능한 문학의 전망을 제시해야 한다는 민족사적 과제를 인식하고 있었다. 그래서 전통적인 문학론에서 새로운 변혁을 시도하였으며, 한편으로는 전통적 문학론이 외래적인 문학론과 치열하게 맞부딪치면서 광범위한 전환이 시작되었다.

단재 신채호의 문학론은 애국 계몽 논설, 전기 소설, 언론 활동, 구국 투쟁 운동, 역사 연구, 사회주의, 무정부주의 운동 등과 더불어 총체적으로 이해해야 한다. 단재의 「근금국문소설저자의 주의」와 「소설가의 추세」라는 두 편의 비평문은, 소설의 도덕적 감화력과 그 사회적 기능을 강조하고 있다. 그는 이렇게 소설의 기능을 민족의 방향을 제시하는 교시성에 두기 때문에 애정 문학이나 통속 문학을 배제하였다. 신채호의 역사 인식은 철저히 민족주의 항일 투쟁이므로 그의 소설관이나 역사관은 당연히 민족 의식의 고취와 그 개혁에 있었던 것이다.

단재는 소설에서 시대가 요구하는 이상적인 인간상을 보여줌으로써 새 시대의 정신을 고취시켜 나아갈 것을 강조하였다. 그는 구소설이 단순히 낡았다는 의미에서가 아니라, 내용이 독자에게 나쁜 영향을 미칠 수 있기 때문에 혁파해야 한다고 주장한다. 이러한 구소설을 개혁하여 실재의 사실에 바탕을 두고 민중을 계도할 수 있는 신사상을 담은 신소설을 창작해야 한다는 것이 그의 소설관이다. 따라서 이러한 그의 소설 개혁의 방향은, 당대적 현실에 대응하기 위한 방법으로서의 의미와 전통적으로 지식인들이 지니고 있던 소설에 대한 부정적인 태도를 극복하고 있다는 점에서 중요한 의의를 갖는다.

1900년대 비평사를 장식하는 또 하나의 형식인 서발 비평은, 비평의 장르적 전문화가 이루어지기 이전의 비평 형태로서 단편적인 문학론의 양상을 보인다. 이해조의 『화의 혈』에 나타난 서발문은 비록 간단한 내용이지만 당대 작품들의 창작 의도와 소설관을 짐작할 수가 있다. 즉, 소설이란 재미있는 것이지만 과거의 소설처럼 허언낭설이 아니라 사실대로 기록하여 실감 있게 한다는 점을 강조하고 있는데, 이는 고대 소설과 개화기 소설의 전환점이라고 할 수 있다. 과거의 소설은 구성상 지나친 우연성으로 해서 비현실성을 강하게 드러냈는데, 개화기 소설은 이점에 있어서 근대 소설이 추구하는 사실성에 충실하고자 하는 기법에 동의하고 있는 것이다. 그러나 발문에서 나타난 소설의 목적과 기능을 풍속을 교정하고 사회를 경성하게 한다는 대목은, 결국 소설이란 사회 교화의 수단에 불과하다는 전통적인 공리주의 문학관을 벗어나지 못하고 있는 것으로 판단할 수 있다.

　1900년대 비평 문학은 아직 근대 비평 문학이라고 이름을 붙이기에는
미흡한 면이 많다. 그러나 당대 이념을 철저히 반영하고 수행했다는 점에
서 그 비평적 의미를 지닐 수 있으며, 1910년대 후반에 들어서 면모를 갖
춘 근대 비평 문학의 기초를 다지고 기틀을 마련해주었다는 점에서 그 비
평 문학사적 의의가 있다고 할 수 있다.

2. 1910년대―서구적 효용론·상징주의 시론·유미주의 소설론

1) 비평 문학의 전개 양상

1910년대는 한일합방과 더불어 일제의 무단 정치 기간은 우리 나라의 역사에 깊은 흔적을 남기고 있다. 이러한 일제 침략기의 한국은 중요한 두 가지 민족적 과제를 안고 있었다. 그것은 독립과 근대화의 문제였다. 독립이라는 과제는 주권을 회복하여 완전한 독립국이 되는 것이다. 한편 근대화라는 또 하나의 과제는, 보수적인 유교 윤리, 불합리한 사회 제도, 공허한 교육 내용, 비과학적인 생활 태도 등을 깨뜨리고 진취적 사상, 합리적인 사회 제도, 실질적인 교육 내용, 과학적인 생활 태도를 실현하는 것을 말한다. 이 두 과제는 당시의 문학에도 큰 영향을 끼쳤고, 비평 문학도 예외는 아니었다. 일제의 혹독한 압제와 질곡의 상황에서 건전한 민족주의 사상의 표현은 용납되지 않았고, 올바른 근대적 사상이 제대로 발표될 수 없었다.

그러한 상황 가운데 식민지 현실에 굴하지 않고 민족주의와 근대 사상에 접근한 인물들이 있었다. 박은식은 국외에서 『몽배금태조』(1911)를 집필하여 사대주의와 제국주의에 대항하였고, 한용운은 국내에서 『불교유신론』(1913)을 발표하여 불교의 근대적 개혁을 주장하였다. 박은식의 『몽배금태조』에서 결론적으로 강조하고 있는 것은 반제국주의 내지 평등주의의 사상이다. 우리 민족이 중심이 되어 나라와 인종을 없애는 제국주의·강권주의를 정복하고 세계 인권의 평등주의를 실천하여 세계의 행복을 이룩하자는 것이다. 또한 한용운은『불교유신론』에서, 불교가 구습을 과감하게 고쳐 새로운 방향으로 나가야 할 것을 역설하고 있다. 나아가 우리 민족의 시대적 상황에 대한 의식, 즉 반제국주의 내지 민족주의를 고취하여야 한다고 주장한다. 한용운의 이러한 반제국주의 사상은 그 뒤 3·1운동 후에 발표된「조선독립의 서」(1919)에 더욱 분명한 지론으로 나타난다.

한편 최남선과 이광수는 봉건적 사고방식이나 생활 태도를 개선하자는 데 매우 열성적이었다. 최남선은「왕학(王學) 제창에 대하여」[2]에서, 왕학 즉 양명학을 찬양하면서 거짓과 모함으로 병든 사회를 치유하는 하나의 방법으로 왕학을 내세우고 있으며,「풍기혁신론」[3]에서는 허례허식과 무위 나태의 양반 기풍을 혁신하고 서구 문명을 수용하기 위해서 그 방법의 하나로 실학을 주장하고 있다. 그러나 최남선이 전통을 부정한 것은 아니다. 그는 1920년대부터 한국 문화의 전통과 역사에 관한 많은 연구 결과를 발표하고 있는 것이다. 가령「조선 역사 통속 강화」(1922),「조선 국민문학」(1926),「조선 국민문학으로서의 시조」(1926),「시조 태반으로의 조선 민성과 민속」(1926),「불함문화론」(1928) 등 한국사와 시조 및 한국 문화의 연원에 관한 연구 등으로 우리의 전통을 두루 넓게 다루고 있는 것이다. 또한 이광수는 초기에 전통 문화 부재를 강조했다. 그는「교육가의 제씨」(1916)에서 유교를 비판하여, 유교는 실생활의 근본을 떠난 예악 형정(禮樂刑政)의 교(敎)이며 이로 인해서 중국과 우리 교육은 현실 생활과 유리된 교육이 되었다고 주장했다. 그리고「조선 가정의 개혁」(1916)에서는 비과학적이고 비윤리적인 조혼의 관습을 지적하고 서구 문명의 수용과 신문화 창조의 필요성을 강조하였다. 그런데 그의 신문화 창조는 서구 문명 혹은 서구 문화의 수입으로 가능하다는 입장이다.

---

2) 최남선,『육당 최남선전집』9권, 현암사, 1974, 참조.
3) 앞의 책, 참조.

이상에서 같이, 박은식과 한용운은 한국의 전통적 사상에 뿌리를 내린 민족주의 내지 근대화를 강조하였다. 따라서 그들을 전통적 개혁론자라고 칭하기도 한다. 반면 최남선과 이광수는 서구적 사상에 바탕을 두고 낡은 것의 혁신을 꾀하였다. 그래서 그들을 소위 서구적 개혁론자로 칭하기도 한다.

그 밖에 『독립신문』(1896),을 비롯한 여러 신문과, 교과용 도서 및 학회의 기관지인 『친목회회보』(1896), 『태극학보』(1906), 『소년한반도』(1906),『西友』(1907) 등도 당시 근대화 운동에 앞장선 간행물들이다.

그런데 1910년대의 한국 문학론은 전통적인 것보다 서구적인 것이 더 우위를 점하게 된다. 그것은 일반적으로 당시 한국 문화의 서구 지향적 경향에 따른 것이고, 구체적으로는 구미와 일본에 유학하는 한국 학생 수가 많아짐으로써 그만큼 더 많이 서구의 이론에 접할 수 있는 기회가 주어진 때문이다. 가령 이광수를 비롯하여 김억, 황석우, 양건식, 김동인 등의 비평 이론들은 모두 서구적 문학 이론의 영향아래 출발하고 있다. 이광수의 서구적 효용론, 김억과 황석우 등의 서구적 상징주의 시론, 양건식과 김동인의 서구적 유미주의 소설론 등은 이러한 영향아래 쓴 문학 비평론들이다.

비평의 관점에서 본다면 1910는 근대 비평 문학의 출발을 알리는 초창기라고 할 수 있다. 1910년대는 구한말에 시작되었던 자본주의적 근대화론이 꾸준히 지속되고 있었으며, 이에 바탕을 두고 실력양성론이 이론의 핵심에 자리하고 있었다. 또한 역사적으로 본다면, 이 시기는 정치적으로는 제국주의적 모순 아래에 있으면서도 시민사회를 형성하기 위한 과도기에 있었다. 또한 경제적으로는 자본주의적 산업사회의 성장기였다. 다시 말하면 이 시기는 분명히 근대적 시민사회를 지향하는 계몽주의 시대였고, 이런 관점에 그 역사적 의의가 분명하게 드러나는 시대이기도 했다.

2) 1910년대 비평 문학 검토

1910년대 한국 비평 문학들은 대체로 효용론, 상징주의론, 유미주의론 등으로 분류된다. 그 가운데 효용론을 살펴보면 전통적인 것, 서구적인 것, 그 둘의 절충적인 것 등의 내용을 담고 있다. 그런데 효용론은 이 세 가지가 서로 균형 있게 전개된 것이 아니고, 주로 서구적인 것에 기울고 있다. 그리고 상징주의론과 유미주의론 등도 서구적인 경향으로 크게 기울고 있다. 이러한 형상은 당시 문단이나 지식인들이 우리의 전통적 문학론보다도 서구 문학론에 훨씬 그 가치를 두고 있음에서 기인한다.

그 가운데 춘원 이광수의 「문학이란 하오」는 11개 항목의 내용을 담고 있는데 효용론이 중요한 비중을 차지하고 있는 글의 하나이며, 이 시기의 가장 주목되는 문학론의 하나이기도 하다. 그런데 이 글은 서구적 문학론을 강하게 의식하고 있음을 드러내고 있다. 즉 춘원은 문학을 정의하면서, 동양이나 한국에서 과거에 써 오던 것과는 달리 영어의 literature 혹은 불어의 littérature를 번역한 것임을 밝히고 있다. 또한 그는 '문학과 민족성'에서 우리가 고유한 정신문명의 유산을 가지지 못한 것을 안타까워하면서 우리는 이제 서양 신문화로 목욕하여 신문명·신문학의 창작에 착수하자고 말한다. 그리고 이 글의 여러 군데에서 재래의 한국 문학을 비판하여 서구 문학은 은근히 강조하고 있다. 이와 같이 춘원은 서구의 새로운 사상과 문학을 동경하고 있으며, 그것은 서구적 개혁 사상에 바탕을 두고 있는 것으로 해석할 수 있다. 이처럼 그는, 우리의 문학적 전통을 부정하고, 중국 사상에 의해 한국 사상이 소멸되었음을 주장하고, 서양 문화의 수용에 의해서 새로운 문명과 문학이 창조되고 발전되어야 한다는 것을 강조하고 있다.

그러나 그의 이러한 문학의 전통 부재론이나 중국 사상의 피해론, 그리고 서구 문화의 우위론 등은 재고의 여지를 남기고 있다. 아무리 한국의 문학 유산이 대단한 것은 못된다고 하더라도 그 전통적 가치를 무화시킬 수는 없는 것이다. 또한 중국 사상이 한국 사상에 꼭 부정적으로만 작용했다고도 보기 어려운 것이며, 우리의 전통 부재의 바탕 위에 외래 서구 문화의 수용으로 우리의 참다운 문학이나 문화를 창조할 수 있다는 것도 수긍하기 어렵다. 이렇게 볼 때, 춘원의 서구적 문학론이나 개혁 사상에 그 한계성이 드러난다. 이는 「문학이란 하오」에서 보여주는 체계 없는 주장과 견해의 뒤섞임 등과 함께, 그의 문학론의 약점으로 지적할 수 있다.

춘원 이광수의 「문학이란 하오」, 「현상소설고선여언」(1918)과 함께 최남선의 「예술과 근면」(1917), 백대진의 「현대 조선에 자연주의 문학을 제창함」(1915), 「신년 벽두에 인생주의파 문학자의 배출함을 기대함」(1916) 등도 서구적 효용론에 속한 문학론이라고 할 수 있다. 그 가운데 최남선의 「예술과 근면」은 해박한 자료와 정연한 논리가 돋보인다. 이 글에서 최남선은 예술가는 학문과 예업(藝業)과 품격을 닦기 위해서, 옛것을 지키고 새 경지를 열기 위해서, 그리고 뒤떨어진 한국 예술을 서구의 수준으로 끌어올리기 위해서 대근면이 필요하다고 주장하고 있다. 그러나 최남선의 이 글에서는 예술의 현실적 효용성과 의의를 말하면서도 당시 절실한 우리 민족적 문제에 관해서는 언급을 회피하고 있음을 본다.

1900년 전후 그리고 1910년대까지 서구적 효용론에 비해서 전통적 효용론은 열세에 놓여 있었다. 그 대표적 글이 신채호의 「문예계 청년에게 참고를 구함」(1914) 등이다. 이 글에서 신채호는 문예 운동 자체를 위험시하고 있음을 본다. 그러나 이 글은 문예 운동 자체를 거부한 것이라기보다는 연애 문예파와 그 젊은 독자들을 비판하고 있는 것이다. 곧, 시대 상황의 위급함을 외면하고 통속 문예에 심취하고 있는 글은 나라와 독자들에게 폐해만 끼치기 때문에 삼가야 한다는 것이다. 결국 신채호의 문학적 지론은, 민족이 처한 식민지 현실의 주체적 인식에 기초한 문학론 내지 정치 혁명과 사회 운동의 일환으로서의 행동주의적 글이라고 할 수 있다.

또한 1910년대 절충적 효용론으로서 안확의 「조선의 문학」(1915)을 간과할 수 없다. 안확은 서구 사상에도 그리고 전통적 개혁 사상 어느 쪽에도 치우치지 않은 입장에서 문학론을 전개하였다. 그는 유교와 한문을 배격하면서도 서구 사조에 휩쓸리는 것을 경계하여 동서 사상의 조화를 강조하고, 나아가 문학에 있어서 미적 감각의 중요성을 인정하면서도 정치나 사상에 작용하는 문학의 효용적 기능을 강조하는 절충적 입장에 섰던 것이다. 그의 「조선의 문학」은 문학은 하(何)오, 문학의 기원, 문학의 발달 기일 (其一), 문학의 발달 기이(其二), 한문학과 조선 민족성, 금일 문학가의 책임 등 여섯 부분으로 이루어져 있다. 이 글에서 안확은, 문학의 본질은 미적 정서에 있으며 그 발생과 기능은 쾌락에 있다고 주장함으로써 일종의 유미주의적 입장을 내보이고 있다. 그러나 그는 문학의 개념을 그것으로 한정하지 않고 효용적인 면을 더욱 중시하여, 현실의 정치를 부흥시키기 위해서는 문학으로 인민의 내적인 이상부터 부흥시켜야함을 강조하고 있다.

이밖에 이해조의 『화의 혈』(1911)과 『탄금대』(1912) 등의 각각 '서언'과 '후기'에 제시되어 있는 소설에 관한 견해도 일종의 절충적 효용론이라고 할 수 있다. 여기에 나타난 이해조의 소설에 대한 견해는 단편적이며 일정한 체계를 갖추지 않고 있지는 않다. 그러나 이해조는 우선, 소설의 사회 교화적 기능을 살리는 것이 소설을 쓰는 첫째 목적이라는 효용론적 입장을 분명히 하고 있으면서도, 사람으로 하여금 자기 잘못을 회개하게 하고 나쁜 일을 못하게 경계해야 한다는 소설의 교화적 기능, 그리고 독자로 하여금 진진한 재미를 느끼게 하는 소설의 쾌락적 기능을 두루 펼침으로써 일종의 절충적 효용론을 제시해 주고 있는 것이다.

1910년대 후반기 한국 상징론으로는 가장 활약이 컸던 김억을 비롯하여 황석우의 시론을 들 수 있다. 그 가운데 김억은 한국에 서구 상징주의 문학을 소개하고 수입하는 데 적극적인 활동을 한 인물이다. 외국의 상징 시론을 소개한 글로는 「요구와 회한」(1916), 「쏘로굽의 인생관」(1918~1919), 「프랑스 시단」(1918) 등이 있고, 그 자신의 창작 시론으로는 「시형의 음률과 호흡」(1919), 외국 문인을 소개한 글로 「영길리(英吉利) 문인 오스카 와일드」(1916), 「로서아의 유명한 시인과 19세기의 대표적 작물」(1918) 등이 있다.

그 가운데 김억의 최초의 창작 시론인 「시형의 음률과 호흡」은 시형에 대한 원론적인 것으로, 그 내용은 시의 음률이란 시인의 주관 곧 그의 호흡에 기초하여 이루어져야 한다는 것이다. 이 글에서 김억은 한국인에게 가장 알맞은 음률과 시형에 대해 언급하고 있다. 그러나 그 언급에 구체적인 해답을 제시하지 못하고 있다. 다시 말하여 그는 자유시의 정신에 기초하여 한국시 음률의 수립 방향을 제시하고 있으면서도, 한국 시형에 대한 구체적인 해답을 제시하지 못한 것이다. 또한 김억은 우리 시단에 프랑스 시단을 소개하고 상징 시론을 도입하여 한국시의 질적 변화와 시론 내지 문학론의 영역 확대에 상당한 영향을 미쳤다. 그러나 그의 이러한 작업들이 그 뒤 한국 문학에 감상주의 내지 패배주의를 조장하고 문학의 건전한 사회적 기능을 약화시켰음도 고려해야 할 것이다. 그리고 그의 상징주의 수입·소개는 우리 문학의 전통을 외면한 부정적 측면도 적지 않았다. 이러한 결과는 김억뿐만 아니라 당시 우리 문인들이 대체적으로 문학과 현실에 대한 이해와 인식 부족했고 동시에 외국 문학을 보는 안목과 그것을 소화 수용하는 능력이 미숙한 데 기인하는 것이라고 할 수 있다.

상아탑 황석우는 「시화(詩話)」(1919)와 「조선 시단의 발족점과 자유시」 (1919) 등 두 편의 글을 발표하고 있는데, 이 글들은 모두 상징주의 시론의 영향 아래 시의 형식 문제에 관심을 집중하고 있음을 본다. 「시화」에서의 시론은 너무 간결하여 의미를 충분히 파악하기 힘들지만 시의 표현 기교, 시의 회화성과 음악성, 그리고 시의 형식 등을 상징주의적 시각으로 설명하고 있다. 가령, 신비에 대한 감각, 시의 내용적 효과보다 형식적 내지 음악적 효과에 대한 강조 등이 그것이다. 또한 「조선 시단의 발족점과 자유시」에서 황석우는 신체시라는 말은 일본 명치(明治) 초기 시단에 일어난 것으로 한국 시단에 신체시가 유행하는 것은 옳지 않다고 주장한다. 그는 그 대신 자유시를 제창하면서 자유시란 무엇인가를 설명하고 있다. 나아가 그는 신체시는 물론이고 한문시와 우리의 민요체까지도 배격하면서 당시의 서문시(西文詩)나 일문시(日文詩)를 배우라고 권하고 있다. 말하자면 이 시론은 의타적 성향을 보인 것으로 우리의 전통을 부정하고 있는 것이다. 그러나 황석우의 자유시에 대한 설명은 그 전개에 있어서 큰 무리가 없다. 김억처럼, 자유시란 시의 모든 제약과 율격을 부정한 것이라고 말한 것과 같은 식의 부정확한 언급이 별로 발견되지 않는 것이다. 그러나 한국시의 운율을 논하면서 그 전통을 고려하지 않은 점을 올바른 평자의 태도가 아니다. 그리고 일문시를 시형의 본보기로 삼아 우리 시를 창작에 참고하자는 견해는 건전한 민족시의 확립과 발전에 도움이 될 수 없는 견해인 것이다.

한편 유미론 계통으로는 양건식, 김동인[4], 최두선[5] 등이 각각 한 편씩의 문학론을 남겨 놓고 있다. 양건식과 김동인은 소설의 심미적 가치를 주장하고, 최두선은 문학의 정의적 요소를 중시하는 입장을 표명하고 있다. 이들의 글은 모두 종래의 효용론과는 다른 문학의 자율적 가치를 내세운 점에서 새롭지만, 양건식의 글을 제외하고 아직 소박한 수준에서 벗어나지 못하고 있다. 양건식의 소설론 「춘원의 소설을 환영하노라」는, 그 이론이 주관주의적이고 유미주의적이지만 그 관점의 옳고 그름을 떠나 그 이론의 정연함이라는 데 주목된다. 또한 그의 유미주의는 상당히 유연성과 포괄성을 지니고 있기도 하다. 그의 소설론은, 소설의 미적 가치를 중요시하면서도 그 효용적 가치를 주로 들어 소설을 옹호하고 있는 것이다. 즉, 그는 자연과 인생의 결합을 보충하는 데 필요한 상상을 기르기 위하여, 세상의 인정을 후하게 만들기 위하여, 그리고 감동의 수사법을 배우기 위하여 소설을 읽어야 한다는 것이다.

김동인은 「소설에 대한 조선사람에 사상을…」(1919)에서, 한국인은 지금까지의 소설에 대한 오해를 고쳐서 우리 사회를 순예술화하여 문명과 행복을 찾자고 하는 일종의 유미주의를 제시하고 있다. 이 글은 국여의 글과도 비슷한 데가 있으나 국여의 글에 비하여 철저한 유미주의적 태도의 일

---

4) 김동인, 「소설에 대한 조선사람의 사상을」(『학지광』 총18호, 1919.1.3)
5) 최두선, 「문학의 의의에 관하여」(『학지광』 총 3호, 1914.12.3)

관성이 부족하다. 최두선의 「문학의 의의에 관하여」(1914)는 문학을 정의하는 정의적(情意的) 요소를 지닌 글이다. 그는 인간의 정신을 지(知)·정(情)·의(意)의 세 양상으로 나누어 문학을 정(情)과 의(意)가 있는 글이라고 한다. 정의(情意)의 만족 내지 정의의 쾌감이 있음으로 해서 문학에 생명이 있다는 주장이다. 따라서 이 글은 문학을 정의 만족 내지 정의 쾌감이 있는 글로 보는 입장이다. 이와 같은 일종의 쾌락주의적 감정론은 문학 작품이란 그 자체로서 가치 있는 것이며, 해롭지 않은 쾌락을 지니고 있다고 생각하는 유미주의적 견해와도 연결되는 것이다.

　이상에서 1900년대의 효용론들은 1910년대에 들어서면서 점차 상징론 내지 유미론으로 변모되는 경향을 보이고 있음을 볼 수 있다. 그러한 과정에서 김억의 상징 시론들은, 특히 프랑스의 상징주의를 소개하고 그 영향 아래 창작 시론을 발표함으로써 한국 시의 질적 변화와 시론의 발전에 공헌하였다고 할 수 있다. 그러나 김억의 자유시형에 대한 주장들이 전통적 맥락을 망각한 것은 시론으로서의 큰 한계로 드러나고 있다. 반면 양건식의 유미주의 소설론은 미적 가치를 주장하면서도 그 교화적 기능을 인정하여 대체적으로 자연스러운 논리를 전개하고 있다 할 것이다.

3. 1920년대-효용론 · 프로문학론 · 민족주의 문학론

1) 비평 문학의 전개 양상

구한말 내지 1910년대의 한국 비평 문학이, 고전 비평 문학으로부터 근대 비평 문학에로 옮아가는 과도기적 역할을 담당하였다면, 1920년대의 비평 문학은 우리 나라에 근대 비평 문학의 참모습을 보여주기 시작하였다. 이러한 이 시기의 비평 문학 양상은 3·1운동의 역사적 의미를 떠나서 파악하기란 거의 불가능하다. 즉, 이 시기는 1919년의 3·1운동 이후 일제의 문화 정치 표방에 의한 부분적으로나마 자유를 보장받았고, 또한 1931년의 만주사변으로 인해 고조된 강압적 분위기가 아직은 닥쳐오지 않았던 그 중간에 놓인 시기였다. 말하자면 일제의 식민 통치 기간 가운데, 마음 놓고 문화적 활동을 할 수 있었던 시기였다. 따라서 20년대 비평 문학은 3·1운동이 실패로 끝난 뒤의 좌절과 새로운 방향 모색에 긴밀히 대응되는 양상을 띠고 있다고 할 수 있다.

1920년대 초반에 대두한 우리 나라 비평 문학 이론은, 문학의 사회적 효용성을 바탕으로 한 이론들이 중심을 이루었다. 그 대표적인 인물로는 이광수와 신채호 등이다. 이광수는 1910년대에 이어 계속「문사와 수양」(『창조』 제8호, 1921.1),「예술과 인생」(『개벽』 1922.1)「민족개조론」(1922.5) 등을 통하여 문화적·개량적 민족주의를 내세워, 우리 민족은 심성이 열악하고 수양이 부족하며 생활 습성이 구태의연함을 깨우쳐야만 장래가 밝아진다고 말한다. 또한 생에 대한 공헌이 없고 생에 해를 끼치는 문예는 다 배격해야 하며 '삶을 위한 예술'만이 바른 길이라고 주장한다. 이처럼 이광수는 문학을 교화 수단의 일종으로 파악하여 계몽주의적 문학관을 강력하게 피력하고 있으며, 실제로 이 시기 대표적 계몽 소설인『무정』을 써서 자신의 비평관을 직접 창작으로 이끌어 낸다. 절대 독립을 주장하던 민족주의 문학가 신채호도 「조선혁명선언」(1923), 「문제 없는 논문」(1924), 「낭객(浪客)의 신년만필」(1925) 등을 통하여, 당시 현실 도피적인 문학 풍토에 대해 날카롭게 비판했다. 곧, 그는 3·1운동 이후 창작된 신시와 신소설의 성행은 민족주의 운동을 소멸시키는 작품들이라고 말하면서, 문학 무용론까지 주장하고 있음을 본다. 결국 신채호의 이러한 주장은 그 뒤 강력한 무력 투쟁을 동반하는 무정부주의의 사상 곧, 아나키즘(Anarchism)으로 흘러갔다. 철저한 민족주의자였던 단재가 아나키즘 운동에 관여하여 아나키스트로서의 면모를 보여주기 시작한 것이, 바로 1923년 의열단의 요청으로 「조선혁명선언」을 쓰면서부터라고 할 수 있다. 이 글에서는 아나키즘과 민족주의적인 사상이 혼합되어 나타나고 있다.[6]

한편 이들 두 사람과 다른 주장을 제기한 비평문들이 있었는데, 그것은 김동인, 현철, 김유방을 중심으로 한 유미주의적 문학론이다. 김동인은 이광수의 주장에서 나타나는 계몽론과 효용론 및 공리주의에 대해 비판하고 더불어, 예술 자체의 독자성을 주장하는 순수 예술적 이론을 제시했다. 김동인은 소설 창작과 실제 비평에 있어서 도덕적·윤리적 가치보다는 심미적 가치를 중시하는 예술관을 보여주고 있는 것이다. 김동인의 「소설작법」(『조선문단』, 1925.4〜7)은, 시점(視點)에 관한 논의를 비롯하여 소설 구조론 등은 서구 형식주의자들의 수준과 충분히 비견할 수 있을 정도라고 평가되기도 한다. 현철 역시 예술의 이해에 있어서 미적 가치에 대한 인식의

---

6) 신용하, '신채호의 혁명적 민족주의 사상', 『신채호의 사회사상 연구』, 한길사, 1984, 235〜266 참조.

필요성을 강조하고 있다. 이러한 그의 이해는 곧, 심미주의자의 그것과 동일한 것이라고 할 수 있다. 그가 정리 발표한 「소설개요」(『개벽』 창간호~2호, 1920.6)는, 소설 구조론이라는 측면에서 논리 정연한 수준 있는 이론이라고 할 수 있다. 김유방은 「우연한 도정에서」(『개벽』 2월호, 1921), 「작품에 대한 평가적 가치」(『창조』 6월호, 1921) 등을 통하여 자신의 예술 지상주의적 견해를 제시했다. 특히 이 비평문은, 우리 나라 최초의 비평 유형론을 제시하였다는 점에서 주목할 만하다. 그는 예술에 대한 미적 판단과 미적 경험은 그 미적 대상에 대한 사심 없는 관조를 통해서만 이루어질 수 있다고 주장했다.

20년대 비평 문학의 핵은 프로문학 비평이라고 할 수 있다. 3·1운동의 여파와 함께 세계사적으로 1917년 러시아 사회주의 혁명이 몰고 온 사회주의 사상과 이념은 우리 나라에서도 1920년대 중반 이후 약 10년간 프롤레타리아 문학 운동의 주도적 위치를 차지하게 되는 바탕이 된다.

20년대 한국 프로문학의 발생은 김기진의 선구적 역할과 그에 동조하는 박영희의 보조적 역할을 통해 시작된다. 이어 본격적인 프로문학 운동 시기에는 임화, 김남천, 권환, 안막 등이 그 대표적인 이론가로 활약했다. 또한 카프 해체 전 문학 창작 방법 논쟁기에는 한효, 안함광, 김두용 등의 대표적 이론이 두드러진다.

김기진은 「클라르테운동의 세계화」(『개벽』 39호~40호, 1923.9~10), 「바르뷔스 대 로망 롤랑 간의 논쟁」(『개벽』 40호, 1923. 10), 「금일의 문학, 명일의 문학」(『개벽』 44호, 1924. 2) 등의 비평문을 통하여 우리 나라에 최초로 프로문학 이론을 도입했다. 김기진은 일본 유학 당시 계급주의 사상의 깊은 영향, 특히 브나로드운동과 클라르테운동 등 사회 변혁 운동에 깊은 영향을 받고 이를 우리 나라의 현실과 결부시켜 국내 문단을 자극시켰다. 그 결과 1920년대 초반 문단의 핵심적 세력을 형성했던 『백조』파를 분해시켜 문단 재편성의 추진자가 되었다. 김기진의 영향을 받은 박영희는 「조선을 지나는 비너스」(『개벽』 54호, 1924. 12), 「문학상으로 본 이광수」(『개벽』

55호, 1925.1), 「신경향파 문학과 그 문단적 지위」(『개벽』 64호, 1925.12) 등을 통해 프로문학의 이론적 기초에 한 몫을 담당했다. 이러한 초기 프로문학론의 특색은, 그것이 문학과 현실과의 순환적 연계성에 대한 인식을 바탕으로, 현실의 개조 내지 변혁을 통한 문학의 새로운 면모를 추구한다는 데 목표를 두었다.

프로문학 운동이 전개되자, 기존의 문인들은 양주동을 중심으로 『조선문단』에 집결하여, 프로문학이 제시하는 마르크스주의에 대립하여 민족주의를 내걸고 반대적 입장을 표명하기 시작한다. 이 두 파의 대립이 가장 잘 드러난 비평문으로, 『개벽』지에서 특집으로 마련한 「계급문학 시비론」(1925.2)을 들 수 있다. 여기에 참석한 문인들을 살펴보면, 프로문학 측은 김기진, 김석송 등이고, 민족주의 측은 김동인, 나도향, 염상섭 등이다. 이를 기점으로 사실상 프로문학파가 문단의 핵심 세력으로 자리 잡고 문단은 이를 중심으로 완전히 개편되기에 이른다.

이후 프로문학은 소위 '내용—형식 논쟁'으로 일컬어지는 김기진과 박영희 간의 논쟁이 대두된다. 이 논쟁의 비평문은 김지진의 「무산 문예작품과 무산 문예비평」, 박영희의 「투쟁기에 있는 문예비평가의 태도」, 「예술의 형식과 내용의 합목적성」 등이다. 이 논쟁을 거쳐 프로문학은 본격적인 조직 운동으로서 발판을 구축하는 목적 의식론을 둘러싼 방향 전환 논쟁을 전개한다. 이 논쟁에서 박영희가 김기진을 제치고 주도권을 잡는다. 뒤이어 다시 일본 유학생 출신의 신진 비평가들인 임화, 권환, 안막 등이 '볼셰비키화'를 제창하며 김기진의 소위 '대중화론'인 「통속소설소고」, 「대중소설론」, 「프로시가의 대중화」 등을 공박하면서, 프로문학 운동의 새로운 단계를 전개한다. 그 대표적 비평문을 꼽으면 임화의 「조선 프로예술운동의 당면한 구체적 임무」, 권환의 「조선 예술운동의 당면한 구체적 과정」, 안막의 「조선 프로예술가의 당면한 긴급한 임무」 등을 들 수 있다.

뒤이어 신유인의 「문학창작의 고정화에 향하여」 등의 비평문을 중심으로 유물변증법적 창작 방법론이 제창되었으나, 1934년 일제의 군국주의화에 따라 프로문학 운동이 탄압을 받게 되었다. 이러한 조직 해체의 긴장 속에서 '사회주의 리얼리즘 논쟁이 시작된다. 그 대표적인 비평문은 한효의 「우리의 새 과제」(『조선중앙일보』, 1934.7.7~12), 안함광의 「창작방법 문제 신이론의 음미」(『조선중앙일보』 1934.6.17~30), 「창작방법 문제 재검토를 위하여」(『조선중앙일보』, 1935.6.30~7.4), 김두용의 「창작방법의 문제」(『동아일보』, 1935.8.24~9.3) 등이다. 이밖에 프로문학 진영의 주요한 논쟁으로는 이갑기, 신고송, 김우철 등의 동반자 작가를 둘러싼 논쟁, 백철, 안함광 등의 농민 문학 논쟁 등이 있다.

한편 민족 문학 진영은 양주동의 「문예비평가의 태도 기타」, 「문단 세분야」 등을 중심으로 '국민 문학론'을 제창하였다. 그들은 주로 민족 전통의 회복을 중점으로 삼고 시조 부흥 운동, 민요 부흥 운동을 펼쳤다. 대표적 비평문으로는 최남선의 「조선 국민 문학으로서의 시조」(『조선문단』 16호, 1926.5), 이병기의 「시조란? 무엇인고」(『동아일보』, 1926.11.20) 등이다. 또한 자체 내의 논쟁으로는 이광수와 양주동 간의 논쟁을 들 수 있다. 양주동은 「철저와 중용」을 발표했고, 이광수는 「중용과 철저」, 「양주동씨의 철저와 중용을 읽고」, 「여의 작가적 태도」 등을 발표했다.

2) 프로문학 비평

프롤레타리아 문학은 계급 사상에 그 기반을 두고 있으며, 1917년 러시아 혁명의 성공과 제1차 세계대전 전후의 불안한 현대사에 전 세계적으로 대두한 광범한 사상 문제와 관련되어 있다. 이 문학 운동은 경제 구조와 깊은 연관을 맺으며, 우리 나라에서도 이러한 성격과 무관하지 않다. 3·1 운동 실패로 인한 좌절 의식과 그 이후 일제가 우리 나라에 펼친 문화 정책은 우리 민중들에게 사회주의 사상을 받아들이게 했던 것이다. 즉, 1920년대의 한국 민족주의와 계급주의 사상은 겉으로는 서로 다른 이념을 나타내고 있는 것 같지만, 실지 이들의 대의명분은 모두 항일적 자세에 있었던 것으로 추정된다. 이러한 상황에서 우리 나라는 수많은 단체가 명멸하여 사회주의 운동을 전개하였고, 실제적으로 큰 영향력을 행사하였다. 그리하여 우리의 문학사에서는 병적 낭만주의 혹은 유미주의로 특징지어지는 백조파가 붕괴되면서 그 극단적인 예술지상주의적 경향으로부터 지극히 관념적이고 현실적인 프로문학론이 출범한다.

팔봉 김기진은 『백조』 3호에 참여하여 홍사용, 박종화, 나도향, 이상화, 박영희, 현진건, 노자영 등과 문학 활동을 하면서 실상 백조파의 유미주의를 파괴해 버릴만한 힘을 기른다. 일본 유학생인 김기진이 귀국 후 처음 발표한 글이 「프로므나드 상티망탈」(Peomeneade Sentimental)(『개벽』 37호, 1923.7)이다. 이 글은 일종의 감상문의 성격을 띠고 있는데 그는 이 글에서 "문학도 힘이 있어야 한다. 투쟁 속에서 힘을 노래하고 파괴 속에서 영성(靈性)의 음악을 찾아야 하고 건설의 미를 찾아야 한다"는 등 프로문학의 도래를 매우 선동적으로 예고하였다. 또한 이 글에서 제기된 몇 가지 문제들은 비평문 「클라르테 운동의 세계화」(『개벽』 39호, 1923.9)에서 구체화된다. 김기진은 이 비평문에서 프로문학 도입을 적극적으로 시도하고 있으며, 자신이 소속했던 백조파는 물론이며 창조파와 폐허파 등의 문학에 대하여 강렬한 비판을 가하고 있다.

이어서 김기진은 정신주의와 실제주의 가운데 어느 것이 중요한가 하는 문제를 논의하기 위하여, 당시 프랑스에서 전개되었던 세기말적인 대논쟁 앙리 바르뷔스와 로맹 롤랑간의 논쟁을 소개한다. 이 논쟁은 먼저 바르뷔스가 「로만티즘에 대하여」(『클라르테』지 2호, 1920)를 발표한 것을 계기로 『자유예술』지 및 『클라르테』 10호까지 계속된 세계적 논쟁의 비평문이다. 이 논쟁에서 바르뷔스는 실제적 현실 혁명을 통해서 예술을 살려낼 수 있다는 입장이고, 반면 로맹 롤랑은 예술의 절대적 자율권을 주장하여, 예술이란 사회적 환경에 지배되어서도 안 되고 따라서 예술이 사회 혁명의 선전자처럼 될 수 없다는 견해를 밝히고 있다. 이러한 앙리 바르뷔스와 로맹 롤랑간의 논쟁은 김기진의 「바르뷔스 대 로맹 롤랑간의 쟁논」(『개벽』 40

호)으로 이어진다. 그리고 김기진은 계속하여 「또다시 클라르테에 대해서」(『개벽』 41호, 1923.11)라는 비평문을 발표하여 바르뷔스의 예술 운동을 적극 지지한다.

김기진의 이러한 초기 프로문학 이론을 받아들이고 가장 먼저 공감을 표시한 사람이 회월 박영희다. 그는 「조선을 지나가는 비너스」(『개벽』 52호, 1924.12) 에서부터 본격적으로 프로문학의 의식에 눈을 뜬다. 그는 계속하여 「숙명과 현실」(『개벽』 66호), 「번뇌자의 감상어」(『개벽』 70호), 「향락화한 고통, 고통화한 현실」(『문예운동』 2호) 등을 통해 사회주의 문학 의식을 강조했다. 이들 김기진과 박영희 사이의 프로문학 비평론에 대한 상호 영향과 심화의 모습은, 초기 프로문학 이론을 거의 정리하는 시기에 발표한 글인 김기진의 「문단 최근의 일경향」(『개벽』 61호, 1925.7)과 박영희의 「고민문학의 필연성」(『개벽』 61호, 1925.7) 두 편이다. 이 글에서 김기진은 현실 개혁을 이야기하며, 문학을 통한 현실 개혁적 분위기의 조성을 논의하면서도 그가 궁극적으로 중요하게 생각하고 있는 것은 문학 그 자체였음이 드러난다. 박영희 역시 현실의 고통을 말하며 현실에 대한 부정과 파괴를 부르짖었지만, 그의 이론은 어디까지나 문학을 통해 시대의 새로운 가치를 찾고자 하는 노력으로 나타난다. 따라서 두 비평문을 통해 나타난 그들 초기 프로문학 이론의 바탕은, 문학을 통한 시대의 새로운 가치 추구 및 현실의 변혁을 통한 문학의 생명력 회복과 현실과 문학과의 순환적 연계성에 대한 인식과 집착이라 할 수 있다.

1920년대 중반 프로문학과 민족주의 문학이 최초로 견해의 차이를 드러내며 충돌한다. 그것은 1925년 2월 『개벽』지 56호의 특집 「계급문학 시비론」을 통해서이다. 이 특집은 프로문학 측에서 기획하여 마련하였는데, 그 목적은 종래의 백조파, 창조파, 폐허파의 문학관을 차단하고 사회주의 계급투쟁의 문학에 대한 세상의 관심을 불러일으켜 동조를 꾀하려는 것이었다. 이 특집에 발표된 글들은 김기진의 「피투성이 된 프로 혼의 표백」, 김형원의 「계급을 위함이냐」, 김동인의 「예술가 자신의 막지 못할 예술욕에서」,

박종화의 「인생 생활에 필연적 발생의 계급문학」, 박영희의 「문학상 공리적 가치 여하」, 염상섭의 「작가로서는 무의미한 말」, 나도향의 「부르니 프로니 할 수는 없지만」, 이광수의 「계급을 초월한 예술이라야」 등이다. 이 가운데 계급문학의 입장에 선 논자는 김기진, 박영희, 김형원(김석송), 이기영, 한병도(한설야), 조명희, 이익상, 송영, 이상화, 최승일 등이고, 그 반대 입장에 선 논자는 김동인, 염상섭, 나도향, 이광수, 주요한, 김소월, 양주동, 이병기, 오천국, 이동원, 양백화 등이다.

이와 같은 프로문학파와 그에 반대하는 문학파와의 앙케이트를 통한 이론적 대결은, 그 후에도 김동환이 주재하는 『삼천리』 창간호(1929.6), 그리고 『동아일보』(1932.1)를 통해 거듭되었지만, 이 대결에서도 프로문학파 측은 여전히 적극성을 띠면서 참가하였고, 민족주의 문학파 측에서는 소극성을 띤 것으로 나타난다.

그러나 프로문학 비평은 원론이 확립되지 않은 상태였기 때문에 심한 내적·외적 동요를 겪지 않으면 안 되었다. 그리고 이것은 프로문학 자체 내의 논쟁을 야기했는데, 곧 내용과 형식의 논쟁이다. 이는 프로문학 원론과 창작 방법, 작품 평가에 대한 이론에 관한 것이므로 문학 비평 논쟁사에서 중요한 의미를 지닌다. 즉 김기진과 박영희는 나란히 평단의 선봉에 서서 프로문학 확산을 위해서 활동하던 중, 내용과 형식 논쟁을 통해 최초로 견해 차이를 드러내면서 충돌하게 되었던 것이다.

논쟁의 발단은 박영희의 단편소설 「철야」(『별건곤』, 1926.11), 「지옥순례」(『조선지광』, 1926.11)에 대한 김기진의 비판적 평문에 있다. 김기진은 「문예시평」(『조선지광』 62호, 1926.12)을 통해 박영희의 작품을 철저히 비판했다. 그는 박영희의 소설화 실패 요인으로 첫째, 주제를 추상적으로 설명했다는 점. 둘째, 목적의 달성만을 생각했기 때문에 작가 의식이 결여되었다는 점. 셋째, 작중 인물의 성격 포착과 실감 있는 묘사에 실패했다는 점. 넷째, 문학의 선전성만을 생각했다는 점 등을 들었다. 이러한 논쟁은 진정한 프로문학 작품의 요건, 프로문학 문사의 작품 창작 태도에 대한 문제로 나타난다. 이 문제에 대한 답변이 바로 김기진의 프로 문예의 선전 문학도 '선전' 앞에서 '문학'으로서의 요건을 충족시켜야 한다는 것이다.

　김기진의 비판에 대해 박영희는 즉시 「투쟁기에 있는 문예비평가의 태도」(『조선지광』63호, 1927.1)라는 글을 통해 반론을 시도한다. 그는 이 글에서 프로문학 평자가 가져야 할 태도에 대해 주로 논의한다. 이 비평문에서 박영희의 반론은 대략 두 가지로 요약할 수 있는데 첫째, 현재의 상황은 문학을 독자적인 건축물로 볼 수 있는 것이 아니기 때문에 문학은 전문화라는 건축의 부속물로서의 기능만 담당하면 된다는 것이다. 둘째, 비평가는 자신이 속한 계급의 세계관에 투철해야 한다는 것이다. 나아가 그는 자신의 작품에 대한 김기진의 비판은 프로문학 작품을 부르주와의 세계관에 입각해 비평하는 데서 오는 오류를 범하고 있다고 말한다. 그러나 김기진이 제기한 문학의 내용과 형식에 관한 문제는 문학의 본질에 관한 물음인데 반해, 박영희의 대답은 문학의 기능 및 문학가의 태도에 관한 언급으로 일관되고 있음을 볼 수 있다.

　이어 다시 김기진과 박영희의 제2차 논쟁이 시작된다. 이 논쟁의 글은 김기진의 「무산 문예 작품과 무산 문예 비평」(『조선문단』19호, 1927.2)과 박영희의 「문예 비평의 형식화와 맑스주의」(『조선지광』, 1927.2) 등이다. 여기서 김기진의 글을 살펴보면, 그가 논쟁의 시발점에서 주장했던 것과 같이 '프로문학도 문학'이며 내용과 형식 모두에 관한 배려가 필수적이라는 것이다. 그러나 김기진은 글의 마무리에 가서는 자신의 태도상 잘못을 시인하는 것으로 끝을 맺는다. 이는 실제 논쟁 내용에 대해서는 양보하지 않으면서 단지, 겉으로만 잘못을 시인하는 모순된 태도를 보이고 있는 것이다.

　이러한 문학의 내용과 형식에 관한 논쟁의 의의를 살펴보면 첫째, 우리 비평문학사에 있어서 문학의 본질에 관한 최초의 핵심적인 논의라는 점에서 의의를 갖는다. 둘째, 이 논쟁의 이론상 충돌은 카프문학의 활동 방향을 새롭게 모색하는 전환점 내지 계기가 되었다는 점이다. 셋째, 목적의식을 중요시하는 카프의 제1차 방향 전환의 계기가 되었다는 점 등에서 의의를 갖는다고 할 수 있다.

당시 1931년 만주사변이 일어나자 일제는 식민지에 대한 문화 정치를 폐하고 다시 무단 정치로 방향을 급속히 바꾸었다. 따라서 일제는 카프파의 운동을 노골적으로 탄압했다. 이는 유산자의 착취에 반항하는 프로파의 노선이, 일제 식민지 착취에 반항하는 행동으로 나타났기 때문이다. 이에 일제의 제1차 검거 사건(1931.1.2~8)을 겪게 된다. 그리고 이어 제2차 검거 사건(1934.5)의 선풍이 불어 닥쳤다. 당시 병중이었던 임화와 제1차 검거 때 집행 유예를 받은 김남천을 제외한 박영희, 한설야, 백철, 이기영 등 23명이 기소되었다가 1935년 10월 공판에서 전원 집행 유예로 풀려났다. 이러한 사회적 정세에서 김기진, 김남천, 임화 등이 상의하여 경기 도경에 해산계를 제출했다. 이리하여 10여 년간의 카프 역사가 그 막을 내리게 되었다.

3) 민족문학 비평

한국의 프로문학론이 강력한 이데올로기인 것처럼 민족주의 문학론 역시 하나의 강력한 이데올로기에 속한다. 이 두 이데올로기야말로 1920년대 이후를 지탱하는 두 기둥으로서의 의의를 지닌다.

민족주의 문학 비평이란, 1926년 국민문학파의 문인들에 의해 전개된 문학론을 말한다. 이 운동은 계급 제일주의를 주장한 프로문학의 이론적 강화와 대공세에 맞서 일어난 민족문학 운동이다. 이 운동의 주동적 인물들은 염상섭, 양주동, 조운, 김영진, 이병기, 김성근 등이다. 국민문학파의 이론적 특징은 조선적인 것의 쟁취라고 할 수 있으며, 그 구체적인 것은 염상섭의 「시조에 관하여」(『조선일보』, 1926.12.6)에서 표명된다.

자기 민족이 처한 시대 환경, 자기 민족이 가지고 있는 사상 감정 호소 희망을 떠나서는 세계적일 소도 없고, 인생을 위한 것일 수도 없으며,

심하여는 예술적인 가능성도 없을 것이다.

이상에서 볼 수 있는 것처럼, 국민문학파의 이론적 토대는 조선의 시대상, 조선인의 생활·감정·사상·희망 등으로 집약될 수 있다. 이러한 조선적인 것의 추구와 촉진은 당연히 민족의 복고적 사상을 동반하게 되어, 그 결과 시조 부흥 운동이 일어나게 된다. 1925년을 기점으로 하여 그후 시조 문학의 재현을 위한 비평문이 계속 발표되었는데, 최남선의 「조선국민문학으로서의 시조」(『조선문단』 16호, 1926.5), 「시조 태반(胎盤)으로의 조선민정과 민속」(『조선문단』, 1926. 한국현대시이론집 7권), 손진태의 「시조와 시조에 표현된 조선사람」(『신민』, 1926.7), 이병기의 「시조란 무엇인고」(『동아일보』, 1926.11.20), 조운의 「병인년과 시조」(『조선문단』, 1927.2), 양주동의 「병인문단개관」(『동광』, 1927.1) 등이 그것이다.

특히 최남선은 이 글을 통해, 시조가 절대 최선의 문학 양식이 아니더라도 조선 국토·조선인·조선심·조선어·조선 음률을 통하여 모든 조선적 요건을 구비하고, 조선이라는 체로 걸러진 정수라고 규정하고, 민족 문학으로서 가장 알맞은 전통 양식이 시조임을 강조하고 있다. 또한 손진태는 이 글에서, 시조의 명칭·기원·형식 등을 간단히 소개하고 시조에서 본 우리 나라 사람의 생활과 사상성에 대한 견해를 제시한다. 그리고 조운은 정음 반포의 '가갸날'과 시조 운동을 국민문학의 이론적 근거로 내세웠으며, 양주동도 국민문학의 기초로 국어 연구와 보급 정리를 내세워 '가갸날'과의 관계를 논하였다.

그런데 프로문학파의 계급주의 사상과 민족문학파의 민족주의 사상은 각각 이념과 방법이 다를지라도, 일제 치하에서의 한국 민족 해방을 목표로 공동의 적과 투쟁하는 데는 합치점을 발견할 수 있다. 이러한 전제 아래 『동아일보』는 1925년 1월 2일부터 '사회 운동과 민족 운동'의 일치점, 차이점에 관한 명사들의 앙케이트를 특집으로 내었다. 이때 한용운, 주종건, 김찬, 최남선, 조봉암, 현상윤 등의 답변은 조금씩 차이가 나지만, 대체로 항일 투쟁이라는 면에서 양자가 부합한다거나 부합하도록 노력해야 한다고 주장하였다.

이상과 같이 국민 문학론은 1925년 육당 최남선의 조선주의로 대두되어 '가갸날과 시조를 이론적 바탕으로 하여 1927년까지 이어져 나갔으나, 프로문학 측으로부터 강한 공격을 받았고, 이론적 근거의 빈약으로 더 이상의 진전을 보지 못한 채 일부는 절충주의적 중간파로, 나머지는 춘원 이광수 중심의 민족주의 문학으로 분리되었다. 여기서 절충파란 민족 문학과 프로문학의 타협점을 찾으려 노력한 사람들을 말하는 것이지만, 협의로는 프로문학을 비판하는 입장이 강한 양주동과 염상섭만을 가리킨다. 여기에 정노풍이 가담하게 된다.

4) 1920년대 비평 문학 검토

한국 민족의 1920년대는 그 정신사적 측면에서 근대적 성격을 지향하면서 또한 그것을 한국 민족의 자주 독립의 문제로 수렴시켜 가던 시기였다. 구한말에서 1910년대에 이르는 비평문학사는 우리의 전통 이론에서 서구의 이론으로 대치되었고, 효용론에서 상징론 내지는 유미론으로 기우는 양상을 보여주었다. 이어 1920년대 비평 문학사는 효용론과 유미론의 이론이 활성화되고 각각 구체적으로 확립되어 가는 면모를 보여주고 있다. 결국 1920년대 한국 비평문학사 가운데 문학론의 전개 양상은 효용론과 유미론 등이 모두 전 시대의 성과를 계승하고 심화 발전한 것으로 드러나고 있는 것이다.

1920년대 김동인과 염상섭의 문학 이론은 서로 구별되는 문학관을 보인다. 김동인은 작품 자체만을 비평할 것과 작품의 조화된 정도를 논할 것을 주장하고 있다. 그러나 이에 반해 염상섭은 작품에는 작가의 인격이 반영되는 것이라는 전제를 내세우며, 작품을 평가할 때는 작가의 인격과 집필 당시의 상황에 대한 연구가 필수적임을 지적한다. 이것은 김동인이 작품 자체를 중시하는 내재적 형식주의적 비평관을 제시했다면, 염상섭은 그와 구별되는 외재적 비평관을 곧, 작가의 삶이나 인생관의 중요성을 강조한다고 할 수 있다. 김동인은 예술이란 결국 인간이 자기가 지배할 수 있는 자기의 세계를 창조하고 싶은 욕망의 충족을 위해 생겨났다는 입장에 서서 순수 예술적 문학론을 전개해나갔는데, 그 중 시점 논의에서 드러나는 소설 구조론의 수준 및 작품의 기교를 중시하는 문학 이론의 전개는 당시 서구 형식주의 비평의 수준과 견주어볼 수 있는 것이다. 또한 주목해야 할 것은, 염상섭이 '상용 일기'가 예술품이 될 수 없다는 주장을 전개하고 있는 점이다. 그것은 작가의 의지와 개성이 없이는 예술이 존재할 수 없음에 대한 강조로 『개성과 예술』(『조선문단』, 1927.2)의 중심 주제가 되는 것이다. 이때 개성은 자아 각성의 또 다른 표현이다. 자아의 각성이 있는 곳에서만 개성의 발현이 있을 수 있기 때문이다. 개성은 곧 생명력이 되며, 따라서 개성 있는 예술은 생명력이 넘치는 예술이 된다.

1923년경부터 30년대의 카프 해체기까지 약 10년간은 프롤레타리아의 해방을 위한 사회주의 문학이 우리 문단을 주도해나가던 시기에 해당한다. 우리 문학사에서 약 10년간 프로문학이 온 문단에 가장 강력한 영향력을 미치고 문예사조의 주류를 이끌어가게 된 것은, 무엇보다도 비평 문학이 사회주의 문학 이론을 소개하고 그 필요성을 우리 나라의 실정에 맞춰가며 강조함으로써 창작이 그 뒤를 따랐던 것이다.

특히 1920년 중반에 전개된 내용과 형식에 관한 논쟁은 그 자체의 이론 전개 과정에서 적지 않은 한계가 발견된다. 김기진의 무조건적인 사과로 마무리되는 논쟁에 해결의 과정 역시 바람직한 것이 못 된다. 그러나 이 논쟁에서 표명된 박영희의 내용 위주의 문학론은 그 후 목적 의식론으로 이어지고, 김기진의 내용과 형식을 함께 중시하는 문학론은 대중화론, 변증법적 사실주의론으로 이어지게 되었으며, 이것들은 다시 1930년대 한국 비평 문학의 중요한 흐름으로 이어져 창작 방법론으로까지 확대된다. 특히 김기진의 변증법적 사실주의에 관한 논의는 우리 비평문학사에서 지속적인 논의의 대상이 되는 리얼리즘의 문제를, 단순히 묘사 기교에 한정된 문제로만 보지 않고 작가의 세계관과 연관된 문학 본질론의 문제로 파악했다는 점에서 주목할 만하다. 따라서 프로문학 내에서 이루어진 내용과 형식에 관한 논쟁의 의의는, 그 논쟁의 결말이나 그 논쟁 자체의 수준보다는 그것이 계속해서 한국 비평문학사에 미친 영향의 측면에서 고려되어야 할 것이다.

민족문학론 혹은 국민문학론이나 절충주의 문학론이라는 용어는 1920년대 한국 비평문학사가 갖는 특수성 속에서 탄생된 독특한 용어이다. 원래 민족문학이나 국민문학이란 용어는 어느 한 나라의 문학적 특색을 대표적으로 집약시켜 보여줄 수 있는 문학을 지칭하는 것이었음에 반해, 이 시기에 사용된 민족문학 혹은 국민문학이라는 용어는 프로문학에 대립되는 문학을 지칭하는 한정적 의미로만 주로 사용되었다. 그리고 절충주의 문학론은 프로문학과 국민문학론 사이의 절충적 입장을 드러내는 것으로서, 이것역시 1920년대라는 시기에 한정하여 이해될 수 있는 용어이다.

염상섭과 양주동의 문학론은 프로문학론과 국민문학론의 절충적 입장을 견지하고 대두되었다. 그러나 그들의 절충론은 엄밀한 의미에서는 국민문학론 내지 민족주의 문학론 쪽으로 기울고 있음을 본다. 이러한 절충주의 문학론의 대두는, 그것이 1920년대 중반 이후, 일제하에서 민족주의 진영의 우익 세력과 사회주의 계열의 좌익 세력이 연합하여 유일한 민족 운동의 하나로 신간회를 조직했던 사실과 연계를 맺고 있기도 하다. 또한 신간회의 창립 취지가 우리의 역사 속에서 긍정적이었듯이 이들이 제시한 문학적 절충론 역시 긍정적인 의도로 평가할 수 있다.

그런데 이러한 긍정적 의도에도 불구하고 양주동의 절충적 문학론은 구체적인 이론의 체계를 갖추지 못하고 있다는 것이 그 한계점으로 지적된다. 그의 문학론은 좌·우익 양대 세력의 주장의 합치점을 찾아 절충 통합하고 그것을 진정한 민족문학의 장래를 위한 매체로 사용할 수 있을 만큼 구체적이지 못한 것이다. 양주동의 절충론은 미학의 본질과는 관계없이 소박한 입장과 상식론에서 벗어나지 못한 채, 다만 형식 논리에만 의존했다고 할 수 있다. 반면 염상섭의 절충론은 비교적 깊이가 있다. 그는 프로문학과 민족문학의 상치점뿐만 아니라 타협점에 관한 모색까지 시도하고 있으며, 개성과 그의 발현으로서의 민족성론에 기초한 일관된 문학적 신념을 펼침으로써 당 시대가 필요로 하는 성숙한 문학 이론가로서의 면모를 보여주었다.

1920년대 민족문학론 혹은 국민문학론의 대표적 주창자로는 최남선을 꼽을 수 있다. 그는 정신사적 흐름에서 볼 때, 문화적·개량적 민족주의자로서 시조야말로 조선스러움을 잘 표현해주는 문학 양식이라는 신념을 보여주고 있다. 이러한 그의 주장은 시조부활론을 통해 잘 드러나고 있는데, 우리 문학에 대한 민족적 자부심을 심어준다는 측면에서는 바람직한 주장이지만, 그 주장이 이론적 근거가 미흡하기 때문에 큰 성과를 거두지 못한 것으로 평가할 수 있다. 말하자면 진보적 전통관을 수립하지 못하고 보수적·감상적 태도에 머무른 점, 장르 인식에 대한 체계가 없이 장르 수행에만 관심을 가진 점 등은 육당의 시대와 세대가 안고 몸부림 칠 수밖에 없었던 한계가 될 것이다. 그러나 최남선의, 당시 어떤 형태로든 근대화의 세례를 받아 민족의 역사와 전통에 대해 새로운 자각을 보이고자 노력한 점 등은 높이 평가해야 할 것이다. 그가 시조의 가치를 재인식하고 시조를 우리 문학의 산 전통으로 계승·발전시켜야 한다고 본 주장은, 이 시기의 문학 현상을 이해하는 데 빠뜨릴 수 없는 중요한 발언인 것이다. 이러한 시조부흥운동은 1930년대를 고비로 프로문학이 퇴조하고 일제의 조선어 말살 정책의 강행으로 소강 국면에 접어든다.

그러나 8·15 해방과 한국 전쟁을 겪고 난 후에 다시 현대 시조의 창작과 부흥 논의가 전개된다. 이때부터 일간지 신춘 문예를 통해 시조시인이 등단하고, 시조선집, 시조 전문 잡지 등이 탄생한다. 이와 상응해 시조의 부흥에 관한 재론이 이어져 70~90년대를 지나 2000년대에도 여전히 논의가 진행되고 있다. 시조 부흥론을 지지하는 문인들은, 시조가 우리 민족 유일의 전통적인 장르로 현대시에 살아 있는 본격 예술로서의 가치를 부여한다. 나아가 자생적 장르인 시조가 시와 분리되어서는 안 된다고 강조한다. 이것은 우리 것의 찾는 소중한 논의라 할 수 있다.

4. 1930년대—휴머니즘론·네오휴머니즘론·모더니즘 시론

1) 비평 문학의 전개 양상

30년대의 사회는 일제의 한국 탄압이 더욱 강화되어 가던 시기이다. 더불어 세계적으로는 파시즘이 팽창해가던 시기이다. 1933년에 히틀러는 독일의 정권을 장악한다. 그리고 히틀러의 나치스당은 개인주의, 자유주의, 마르크스주의, 유대주의를 일체 배격하여 서적을 불태우는 한편 영웅 숭배, 신화, 국수주의를 내세웠고, 여기에 저항하는 문화인들을 국외로 추방하기에 이른다. 이에 대한 대응책으로서 서구의 지식층은 지성 및 문화 옹호, 인간성의 해방, 표현의 자유 등을 주장하기 시작한다. 따라서 이 시기의 분위기는 예술적 배경보다도 정치·사회적 배경, 문화·사상적 배경 등이 문학에 직접적인 영향력을 행사하였으며, 예술가라는 입장보다도 문화 옹호에 임하는 지식인의 입장이 우선적이었다.

독일을 중심으로 한 파시즘의 대두와 이로 인한 자유주의의 위협은 일본에서도 마찬가지 현상으로 나타난다. 일본의 군국주의는 동북사변(1931) 이후 결국 중일전쟁(1937)으로 치닫고, 마침내 제2차 세계대전으로 몰고 갔으며, 이 10년간 사상계의 동향은 파시즘으로 치우치게 되었다.

이와 같은 분위기는 한국에도 영향을 미쳤다. 곧 정치·문화적 불안으로 인하여 문학계에 불안한 사조가 심화되었으며, 파시즘에 대한 우려는 「조선문단에 파시즘 문학이 서지겠는가」(『삼천리』 74호, 1936.6)라는 설문 조사를 하기에 이르렀다. 또 유럽에서 개최된 反파시즘적 국제회의의 내용도 소개되어 문단의 관심을 불러일으켰다.

그러나 30년대 한국이 당면한 보다 직접적인 위험은 이러한 파시즘이 아니라 일본적 파시즘이다. 따라서 이 시기의 한국 비평계는 여러 가지 비평 문학이 나타났다 사라졌다 하는 현상을 초래하였다. 이러한 30년대를 일컬어 소위 일종의 전형기라고들 한다. 이 전형기의 시대 구분은 넓게 말해서 프로문학 퇴조로부터 시작하여 일제 말까지라고 할 수 있다. 비평사란 어디까지나 주체적으로 전개되어야 하는 성격을 지닌다. 탈이데올로기적인 전형기로서의 30년대 각종 비평 문학 형태는 거의 의미가 없다고도 말할 수 있다. 아니면 극히 작은 의미만이 인정된다고 할 수 있다. 따라서 이 시기의 비평을 주조 모색 비평[7]이라고도 한다.

20년대의 프로문학, 민족주의 문학의 강력한 이데올로기에 길들여졌던 한국 비평계가 전형기를 맞아 주조 탐색에 관심을 집중했다는 것은 자연스러운 현상이라고 할 수 있다. 주조 모색 비평에는 휴머니즘론, 지성론 혹은 주지주의 문학론, 고발문학론, 예술주의 비평론 등을 들 수 있다. 휴머니즘론은 파시즘의 위협 아래 놓인 서구 자유주의 사상의 문화 옹호론에 관련된 것이며, 지성론 혹은 주지주의 문학론은 한국 문학의 내적 성장에 관련되고, 고발문학론은 친일 문학론이다. 또한 예술주의 비평 논의는 프로파 문학에 대한 비판 문학론이라고 할 수 있다.

휴머니즘 논의는 백철, 김오성, 이헌구 등에 의해 주도되었는데, 백철의 인간 탐구 휴머니즘론, 김기림의 주지주의 비판으로서의 휴머니즘론, 이헌구의 능동 정신으로서의 행동적 휴머니즘론이 전개되었다. 이들에 의해 앙드레 지드(A. Gide) 중심의 문화 옹호 국제대회, 페르낭데스(Fernandez)의 이론이 소개되기도 하였다.

---

7) 김윤식, 「1930년대 비평」, 『한국현대문학비평사』, 서울대 출판부, 1999. p.146 참조.

지성론 혹은 주지주의 문학론이란 일반적으로 영문학의 경험주의 비평을 가리킨다. 사조상으로는 낭만주의 극복으로 나타난 신고전주의의 다른 이름이다. 시에서는 좁은 뜻으로 모더니즘이라 하며, 비평에서는 주지주의라고 불리운다. 이 주지주의 문학론은 소개 비평에 해당하기도 하지만 현대 비평의 한 형태인 분석 비평을 소개하는 출발이 되기도 하였다. 한국에서 이를 내세운 비평가는 김기림, 이양하, 최재서 등인데, 이들은 모두 영문학 풍토에서 성장한 인물들이다. 이 가운데 김기림과 이양하는 주로 시론에 관심을 기울였으며, 최재서는 비평론의 도입·소개, 비판 및 실제 비평에 활약했다. 이들에 의해 흄(T.E. Hulme), 엘리어트(T.S. Eliot), 리이드(H. Read), 루이스(W. Lewis) 등의 이론이 본격적으로 도입되었다. 이 문학론과 관련하여 비평계에서는 전문적 비평가라 할 수 있는 김환태, 김문집, 이원조, 백철, 이헌구 등이 등장하기에 이른다.

고발문학론은 주로 이원조, 김남천에 의해 창작과 관련하여 전개되었다. 프로문학자들이 더 이상 프로문학을 밀고 나갈 수 없는 상황에서 그 타개책으로 추구한 것이 전향론이라고 한다면, 이원조의 '포오즈론', 김남천의 '고발문학론' 등은 그러한 전향론의 일종이라 할 수 있다. 김남천이 고발문학론을 구상한 것은 「지식계급전형의 창조와 '고향(故鄕)' 주인공에 대한 감상」(『조선일보』, 1935.6.28~30)에서 이미 그 성격이 드러내고 있지만, 이원조의 '포즈론'이 직접적인 동기가 되었다고 할 수 있다. 「고발의 정신과 작가—신창작론의 구체화를 위하여」(『조선일보』, 1937.6.1~5)에서 본격화되는 김남천의 고발문학론은 작가로서의 창작 방법론 모색이라고 할 수 있다.

예술주의 비평 논의는 「평론계의 SOS—비평의 권위수립을 위하야」(『조선일보』, 1933.10)를 중점적으로 하여 反프로파 문인들의 프로파의 작가 및 독자의 비난이라는 성격을 띠고 출발한다. 평론계의 SOS에 대하여 나타난 비평가 측의 첫 반향은 백철이 쓴 「비평의 신임무—기준 비평과 감상 비평의 결합 문제」(『동아일보』, 1933.11.15~19)이다. 여기서 백철은 프로비평의 결함 문제를 과감히 들춰내고, 프로비평의 장점으로 인정되는 '기준'에 비평가가 파악한 시대적 진실 및 적극적인 태도를 제시함으로써 절충적 입장을 보인다. 이러한 예술주의적 비평은 백철, 김환태, 김문집 등의 비평 태도로 집약된다. 따라서 구인회 중심의 예술파를 옹호한 김환태의 인상주의 혹은 감상주의 비평 논의로 정립된다.

2) 백철의 휴머니즘론 · 풍류인간론 · 사실주의론

현대 비평사에서 30년대는 가장 다양한 방법론이 모색되었고, 그것에 대한 평자들의 관심 또한 어느 때보다 고조된 시기였다. 30년대 전반의 비평은 20년대의 연장선 위에서 프로문학파와 그것의 대타 의식 하에서 생겨난 민족문학파, 그리고 그 사이에 끼어든 해외문학파 간의 논쟁으로 파악될 수 있다. 그러나 카프가 해산된 1935년 이후부터는 문학에 대한 위기의식이 고조되어 비평가들이 작가들의 자세와 모랄 문제에 깊은 관심을 보인 결과, 비평계에서는 다른 어느 시기보다 풍성한 논의가 이루어졌다. 이러한 30년대 문학의 흐름을 잘 보여주는 비평가로는 박영희, 임화, 백철 등을 상정할 수가 있다. 그 가운데 백철은 프로문학 문제, 전향 문제, 국책 문학 문제 등 30년대 비평 문단의 핵심적 테마들과 깊이 관련을 맺고 있기도 하다.

백철의 휴머니즘 문학론은 크게 인간 탐구론과 휴머니즘론으로 나뉜다. 전자는 파시즘 치하에 처한 작가의 자세 문제와 관련된 것이고, 후자는 문단의 주류 문제와 관련을 맺고 있다. 프로문학에서 전향을 선언한 백철은 1936년부터 인간 탐구론을 펼쳤다. 그 주요 비평문은 「현대 문학의 과제인 인간 탐구와 고뇌의 정신」(『조선일보』, 1936.1.12), 「문예 왕성을 기할 시대」(『중앙』, 1936.3), 「문학의 성립 인간으로 귀환하라」(『조광』, 1936.4), 「인간 탐구의 문학」(『사해공론』, 1936.6) 등이다.

백철의 인간 탐구론은 다시 문단 주류로서의 휴머니즘론으로 확대된다.

백철의 휴머니즘 문학론은 30년대 중반의 세계정세 및 유럽 문단의 동향과 밀접한 관계가 있다. 1933년 히틀러가 정권을 장악하자 파시즘과 나치즘이 유럽 전역을 휩쓸게 된다. 이것에 대항해 유럽에서는 좌익 계파 간의 인민 전선이 형성되기도 했다. 한편 문화를 탄압하고 지식인을 학살하는 파시즘의 야만적 행위에 맞서 지식인들은 1935년 4월 니스에서 지적협력국제회의를 개최하였고, 같은 해 6월 파리에서 문화옹호국제작가회의를 개최하기도 하였다. 이러한 지식인들의 행동은 단순히 문화 옹호에 그치는 것이 아니라 인간 생명의 옹호와 직결되어 있었다. 이러한 배경으로 행동주의와 휴머니즘이 등장하였다. 일본에서도 일제의 압력에 대항하여 일본 프롤레타리아 작가동맹이 전개되기도 하였다. 이러한 행동주의와 휴머니즘은 일본을 거쳐 30년대 우리 문단에 즉각 수입되었다. 그리고 그 두 이론은 카프 해산 후 침체된 문단에 중요한 논점으로 부각되었다.

새로운 논점으로 부각된 휴머니즘론은 백철, 김오성, 이헌구, 김기림 등에 의해 전개되었는데 이 중에서도 백철의 휴머니즘론이 당시의 논의를 주도하였다. 백철은 「우리 문단과 휴머니즘」(『조선일보』, 1936.12.23～27), 「웰컴! 휴머니즘」(『조광』, 1937.1), 「지식 계급의 변호－휴머니즘의 명예를 위하여」(『조선일보』, 1937.5.25～30), 「휴머니즘 문학의 본격적 경향」(『청색지』, 1938.8) 등을 통해 휴머니즘론을 우리 문단에 본격적으로 수용해 나갔다.

이와 같이, 백철 비평론은 다양한 변모의 궤적을 보이면서 30년대 문단 주류와 관련을 맺고 있다. 따라서 그의 비평관은 식민지 치하의 상황 속에서 지식인의 정신사적 모습을 보여주고 있기도 하다. 30년대 한 비평가의 현실 대응 양상 및 비평 활동에 대한 면모는 30년대 비평가 전체의 문제로 확대될 수도 있기 때문이다.

카프가 해체된 30년대 후반, 평단과 문단은 문학의 위기 의식이 고조되었으며 뚜렷한 방향을 상실한 채 혼란에 처해 있었다. 평단에서는 전형기 주조 탐색의 과정에 있었고, 백철 또한 평단과 문단의 침체와 위기 극복에 지속적인 관심을 보였다. 그의 휴머니즘론, 리얼리즘론, 장편 소설론 등이 그러한 노력의 결과이다. 30년대 백철 비평관의 궤적을 검토해 보면 다음과 같다.

첫째, 카프 시대의 백철은 프로문학 비평의 정론성(定論性)을 차츰 극복하여 문학을 하나의 자율적 구조로 인식하려 했다는 점이다. 백철이 비평 활동을 한 30년대의 한국 평단은 시대적 현실의 극복과 문학 비평 장르의 독자성 확보라는 두 가지 과제를 동시에 안고 있었다. 이러한 것이 먼저 프로문학을 중심으로 한 과학주의 비평의 성행으로 나타나게 된다. 이것은 비평이 사회적 관점을 획득할 수 있는 계기를 마련했으며 비평 장르의 새로운 인식을 가져왔다. 그러나 프로문학 비평은 문학을 정치 도구화하고 사회 개혁을 위한 하나의 수단으로 전락시키는 오류를 범했다.

카프 비평가로서 30년대 문단에 모습을 드러낸 백철은 처음에는 이에 크게 벗어나는 비평문을 발표하지 못했다. 그러나 차츰 이념으로서의 문학보다 문학으로서의 이념을 택하게 된다. 카프 전향축으로서 프로문학에 대한 비판적 입장을 고수한 것도 그의 문학관이 카프의 공식적 입장과 맞지 않았기 때문이었다. 결국 백철은 인간 묘사론을 펼침으로써 전향의 논리를 드러낸다. 전향 후 그가 문학의 내적 구조와 자율성을 인정하는 예술주의 비평에 귀착한 것은 필연적 수순이라고 할 수 있다.

둘째, 백철이 프로문학으로부터 전향한 후 내세운 인상적 감상 비평은 창조적 비평으로까지 연결됨으로써 김환태, 김문집 등의 예술주의 비평의 선구가 되었다는 점이다. 백철은 프로문학 비평에서 중시되던 과학적이고 논리적인 것을 거부하고 개성적이고 감성적인 것을 부각시키려 했다. 이는 30년대 중반부터 일어난 예술주의 비평의 한 모습이라고 할 수 있다. 비평에 있어서 개성적인 인상과 감상을 중시한 백철은 결국 작품평을 자신의 사상과 의사를 써 가는 한 개의 창작이라고까지 보게 된다. 이러한 백철의 태도가 김환태, 김문집 등의 이상주의 비평에 깊은 영향을 미친 것이다.

셋째, 백철은 카프 해산 후 위기와 침체 속에 빠진 30년대 후반 평단에 뚜렷한 논점을 계속적으로 제공하였다는 점이다. 이것은 문학의 위기와 침체를 극복하려는 백철의 일관된 노력이기도 하다. 특히 그의 휴머니즘론은 주조 탐색의 과정을 거치던 전형기 비평의 첫 논점이 되었다는 점에서 비평사에 끼친 공적이 크다고 할 수 있다.

그러나 백철이 끼친 비평사의 이러한 공적에도 불구하고 몇 가지 문제점이 제기된다. 그것은 먼저 그의 문학론이 너무 외국의 이론에 기대고 있다는 점이다. 가령, 그의 휴머니즘론은 유럽 문단에서 논의된 것인데 한국 문단의 테마로 채택될 수 있을까 하는 의문이다. 파시즘이란 정치적 야만주의가 휩쓰는 시대적 현실 앞에 인간성 옹호 문제는 유럽이나 한국이나 모두 동질적인 것이 될 수밖에 없다는 관점이 있을 수 있다. 특히 식민지 지배하에 있던 한국 문단의 경우 인간 생명 옹호 문제는 유럽 문단보다도 더 절실할 수 있다. 그러나 여기에 문제가 되는 것은 유럽 문단의 휴머니즘 논의는 지식 계급의 문제에만 국한되어 있다는 점이다. 이러한 것을 백철은 그대로 받아들여 문단 주류로 삼으려 했다. 그렇게 될 때 식민지 민중의 대다수를 이루고 있는 하층민들의 삶은 도외시될 수밖에 없는 것이다. 참으로 인간 생명이 유린되고 처참한 삶을 살아가고 있는 계층은 하층민인데도 말이다. 따라서 백철이 그의 휴머니즘을 당대 식민지 민중 전체의 삶의 문제로 확산시키지 못한 것도 이 때문이다. 그리하여 백철은 유럽 지식인의 논의를 그대로 뒤쫓아 따르는 데 급급했고, 결국 이러한 한계의 타개책으로 내 놓은 것이 풍류 인간론이었던 것이다.

풍류 인간론은 휴머니즘을 서구 이론의 추수가 아니라 한국적 현실 속에서 전개시키려는 백철의 노력이다. 그러나 동양적 현실 속에 휴머니즘을 연결시켜 보려던 백철의 논리는 결국 동양 문화론과 그 맥을 같이 함으로써 커다란 한계를 드러낸다. 백철이 풍류 인간론을 제출할 당시는 일제가 중일전쟁을 유발하기 직전이었으며 한국의 정세는 불안과 암울로 가득 찼던 시기였다. 이러한 시기에 동양 문화를 부각시키는 자체가 일제의 대동아공영권의 논리에 부합될 가능성을 충분히 암시하는 것이라 할 수 있다.

이것은 백철이 전향 후 처음 인간 탐구론을 제창할 때와는 그의 휴머니즘 론이 상당히 변질되었음을 드러낸다. 그는 1938년에 들어서 휴머니즘의 본 격적 경향은 "금일의 불균형 모순의 인간에 대하여 새로운 조화의 인간을 추구하고 형성"[8]하는 데 있다고 보여주고 있다. 이전의 반역과 고뇌, 고투 의 정신이 조화의 정신으로 뒤바뀌고 있는 것이다.

다음은 백철의 친일 문학으로의 전향을 들 수 있다. 내선일체와 황국신 민의 길만이 강요되던 일제 비상시국에서 백철이 내건 비평의 논리는 사 실 수리론이었다. 그는 현세에 대한 이해와 애착과 시대를 거부하는 정신 을 내세우면서 일제의 대륙 침략 행위인 중일전쟁을 동양사가 크게 비약 하는 계기로 보았다. 지식인들이 이러한 동양적 현실을 수리할 것을 내세 운 백철의 사실 수리론은 백철 비평의 논리적 파탄을 의미할 뿐만 아니라 한국 정신사의 큰 상처로 인식된다. 가중되는 일제의 탄압 하에서 백철이 상황에 대해 어쩔 수 없이 굴복했으리라는 이해력 있는 견해가 제시될 수 있다. 그러나 이 문제는 정신사, 사회사, 문학사에 대한 포괄적인 검토 위 에서 규명되어야 할 것이다.

3) 김오성의 네오 휴머니즘론

1935년 5월 21일, 카프가 강제 해산을 당하면서 부각하기 시작한 휴머 니즘론은 국내외의 비판적 지식인으로 하여금 파시즘의 전횡에 맞설 수 있는 사유의 틀로서 인식되었다. 당시 문인을 포함하여 지식인들은, 자신 이 추구해왔던 이념 전개에 있어서 실현 가능성이 희박해지자 어떤 방법 으로든 탈출구를 모색하지 않을 수 없었던 것이다. 그리하여 백철의 인간 묘사론(1933)[9]으로부터 개진된 휴머니즘론은 30년대 후반 비평의 쟁점이

---

8) 백철, 「휴머니즘의 본격적 경향」(『청색지』, 1938.8)
9) 백철의 휴머니즘론은 프로 비평가의 모습이 스며 있는 인간묘사론에서 출발한 다. 그는 거의 같은 시기에 「인간묘사 시대」(『조선일보』, 1933.9.1), 「심리적 리얼 리즘과 사회적 리얼리즘」(『조선일보』, 1933.9.17~20) 등을 발표한다. 여기서 그는

되었다.

김오성의 「능동적 인간의 탐구―철학과 문학의 접촉면」(『조선일보』, 1936.2.23~29)에 의하면, 그의 비평 활동은 우선 당시 사회·문화가 위기와 불안에 처해 있어서 인류의 생존까지 위협하고 있다는 인식에서 출발한다. 그리고 그 원인으로는 세기말적인 파시즘의 횡행이라는 현실적이고 직접적인 조건을 제시하고 있다. 이러한 김오성의 비평을 관통하는 핵심은 바로 근대성 비판이다. 근대성은 근대 사회의 독특한 삶의 특징을 나타내는 개념이며 근대 정신의 핵심은 과학적 합리주의라고 할 수 있다. 그는 휴머니티 상실의 주된 원인으로 근대의 자연과학적 세계관과 인식 방법을 꼽았다. 이러한 김오성의 문화 위기에 대한 인식과 근대성에 대한 비판은 결국 네오 휴머니즘 주장으로 귀결된다.

이러한 비평의 동향 속에서 김오성은, 30년대 후반에 휴머니즘론에 대한 문제적 비평인 「네오 휴머니즘론―그 근본적 성격과 창조의 정신」(『조선일보』, 1936.10.1~9)을 발표한다. 이 비평문은 파리 국제작가회의에서 제창된 휴머니즘론에 기반하여 그 본질을 규명한 것이다. 이 비평문에서 김오성은, 요즘 휴머니즘의 문제는 이성과 법칙을 존중하는 주지주의에 반항하고 인간을 행동의 관점에서 통일적으로 파악하려는 경향을 보이는데 이는 극히 정당한 일이라고 말한다. 따라서 김오성은 네오 휴머니즘은 현실적으로는 온갖 객관적 법칙의 절박으로부터 인간의 생존을 옹호하며, 문화적으로는 온갖 법칙적 사유의 중압으로부터 인간의 창조적 자유를 확보하지 않으면 안될 것이라고 주장한다.

이상에서 살펴본 바와 같이, 휴머니즘론은 30년대 중반부터 전형기 비평의 큰 줄기를 이루면서 중간 문학파 및 프로문학파 비평가들이 대거 참여한 논의이다. 휴머니즘론의 구체적 내용 전개에 가장 큰 영향을 준 것은 행동주의이다. 행동주의는 유럽에서 제1차 세계 대전 이후 확산되었던 불

자유주의 문학의 대표자인 프루스트, 헉슬리 등이 인간론에 집중되어 있는 점을 들어 프로문학도 인간 묘사에 주력해야 한다고 주장한다.

안과 위기 사조로부터 벗어나려는 능동적인 정신 운동으로서, 주로 프랑스 지식 계급을 중심으로 일어났다. 행동주의의 인간성 회복, 자발적 정신 확립, 문화 옹호의 슬로건은 휴머니즘과 맥을 같이한 것이다. 우리 나라는 이헌구가 행동주의 이론을 도입·소개10)함으로써, 1936~1937년 사이에 그 절정을 이루었다. 이러한 행동주의 사조 유입은, 당시 휴머니즘 논의 전개에 큰 영향을 미쳤고, 나아가 그 논리가 휴머니즘론에 흡수되는 결과를 가져왔다. 따라서 우리 나라 30년대 전형기 비평에서 '행동적 휴머니즘'이라는 개념이 정립되기에 이른다. 그리고 이 행동적 휴머니즘 핵심에 김오성이 자리한다.

이 시기 김오성의 휴머니즘론의 주요 명제는 근대성 비판이며, 이를 대체로 역사 철학적인 측면에서 고찰하고 그 모순을 지적하였다. 그의 비평은 문화 위기론에서 출발한다. 그는 역사 철학적인 입장에서 당시 문화가 위기에 처했다고 진단하는데, 그의 이 같은 주장은 우리 나라에 현실 토대를 둔 것이라기보다는 당시 세계적으로 널리 퍼져 있었던 불안 사조와 위기 의식에 근거한 것이다.

김오성의 문화 위기론은 근대성 비판으로 이어진다. 즉, 문화가 위기에 처하게 된 것은 결국 근대의 이성적 합리주의가 모순을 드러냈기 때문이라는 것이다. 이러한 근대 합리주의는 인간성을 말살시켰고 인간 소외를 불러왔다고 진단한다. 그리고 마르크시즘도 인간의 사회적 제약성을 절대시하고 인간의 주체적 기능을 무시함으로써 결국은 근대의 과학적 합리주의의 한계를 완전히 극복하지는 못하고 새로운 인간 탐구라는 하나의 계몽적 역할밖에 못했다고 비판한다. 대체로 서구의 생철학, 실존주의 철학, 프랑스 행동주의 관점에 의지했던 김오성의 근대성 비판의 논리는 우리의 현실보다는 세계적인 보편성에 근거를 둔 것이라고 할 수 있다.

---

10) 이헌구, 「불문단사조의 동향」(『조선일보』, 1935.1.1, 1.6) : 여기에서는 「페르낭데스와 지드의 논쟁」(『N.R.F.』, 1935.3)을 소개함.
　　이헌구, 「행동정신의 탐구」(『조선일보』, 1935.4.13~19) : 여기에서는 페르낭데스의 「문학과 정치」(『N.R.F.』, 1935.2)를 소개함.

김오성의 비평에서 문화 위기론과 근대성 비판은 네오 휴머니즘론으로 귀결된다. 즉 근대성이 한계를 드러냄으로써 문화가 위기에 빠지게 되었는데, 이를 극복하기 위한 방안이 네오 휴머니즘이라는 주장이다. 그의 네오 휴머니즘론은 인간 주체성과 행동성의 강조로 요약된다. 그리고 이는 행동주의 문학의 주창으로 이어진다. 그의 네오 휴머니즘은 근대 합리주의에 의해 왜곡된 인간성을 재건하기 위한 능동적, 행동적인 인간 탐구를 중심 내용으로 한 것이다. 이런 점에서 그가 주장했던 휴머니즘은 '행동적 휴머니즘'이라고 부를 수 있다. 특기할 만한 것은 그의 행동적 휴머니즘론이 탈리얼리즘을 지향하고 있다는 점이다. 여기서 그는 리얼리즘의 정신과 원리를 이해하지 못하고 하나의 표현 기법으로만 파악하였는데, 이 점은 문학이론가로서 그의 한계라 하지 않을 수 없다.

4) 김기림의 모더니즘 시론

김기림의 모더니즘 지향적인 성격은 그의 과학에 대한 집착과 깊은 관련을 맺고 있다. 특히 그는 비평론에서 과학적 시학 및 과학적 비평의 확립이라는 확고한 문학관을 설정함으로써 과학 지향적 태도를 분명히 하고 있다. 곧, 비평은 가장 지적인 문학 활동이라는 전제가 김기림 비평의 출발점인 것이다. 따라서 그의 과학적 비평론의 핵심적 주제는 「과학과 비평과 시−현대시의 실망과 희망」(『조선일보』, 1937.2.24)에서 밝힌 바 있는, "비평은 실로 가장 진지한 과학적 태도와 방법 우에서만이 가능하다."라는 발언에 집약되어 있다. 김기림의 이론 비평의 또 하나의 주제는 과학적 시학의 확립이다. 과학적 시란, 시의 전모를 과학적으로 밝혀 체계를 세우는 것이다. 나아가 과학적 시학론은 시의 존재 자체가 아니라 시를 이해하고 해명하는 방법과 관련을 갖는다. 따라서 그의 과학적 비평론이 과학적 문학론으로 발전해 간 것으로 생각할 수 있다.

그가 비평가로서 비평의 주체성을 확립하고자 과학적 비평론을 전개했다면, 신인으로서는 모더니즘 시운동을 실천했다. 그는 30년대 문단에 등단하여 영미 문학의 이론을 유입·소개하면서 한국 모더니즘을 주도했다. 그의 모더니즘 시운동은 20년대의 감상주의와 퇴폐주의로 집약되는 낭만파 시운동과 카프가 주도했던 이데올로기 문학을 배격하고 건강한 일상적 삶을 바탕으로 한 생활의 시, 과학의 시학을 제창하고자 한 것이다.11) 따라서 그는 시창을 통해 모더니즘 운동을 실천하였고, 시론을 통해 모더니즘의 시창작 방법을 제시했다.

그의 「모더니즘의 역사적 위치」(『인문평론』, 1939.10)는 한국 모더니즘의 결산서라고 할 수 있는 글이다. 비록 이 비평문은 시론에 한정하는 성격이 강하지만 모더니즘 문학 운동의 역사적 배경과 위상, 그리고 모더니즘에 대한 공적을 다루고 있어, 그 동안의 모더니즘 운동에 대한 전체적인 윤곽을 드러내주고 있다. 나아가 김기림은 모더니즘을 옹호하는 입장에서, 이전 시대의 낭만주의와 상징주의 그리고 경향파의 편내용주의를 비판하고 있음을 본다. 그런데 김기림의 시론은 전적으로 영미 모더니즘의 이론가인 T.E. 흄이나 T.S. 엘리어트의 이론에 기대고 있음을 본다.

이와 같이 김기림의 30년대 초기 모더니즘 지향적인 비평은, 문학의 감상성과 퇴폐성을 극복하고 건강성을 회복하기 위한 방안으로 출발했다. 따라서 그의 논의는 단순히 서구의 물질 문명에 대한 동경과 예찬이 아니라 당대 문학 현실에 대한 인식을 토대로 하고 있다. 때문에 그의 비평 논의의 핵심인 근대성 추구는, 근대성의 반성과 비판을 내포하고 있다.

30년대 중반에 이르러 김기림은 근대의 파산이라는 인식을 바탕으로 모더니즘에 대한 반성을 시도한다. 그는 당시의 현실 위기의 국면을 극복하기 위해서는 지성을 바탕으로 한 비판 정신이 요구된다고 진단하고 과학적 비평론을 주장한다.

김기림의 「모더니즘의 역사적 위치」는 한국 모더니즘에 대한 종합적인 진단이며, 새로운 방향을 모색하고 있다는 점에서 의의를 찾을 수 있다. 그

---

11) 김기림, 「시작에 있어서 주지적 태도」, 『신동아』, 1933. 4월호, p.130 참조.

의 모더니즘 방향이 사회성과 종합을 기도한다는 것은, 자기 비판과 아울러 각각 유파의 독단적인 평향성을 극복하여 새로운 문학을 구축하려는 의지가 담겨 있는 것이다. 이로써 40년대에 들어서면서 김기림의 비평은, 전 시대와의 단절을 준비했다. 또한 그는 『시론』을 통해 전대 모더니즘을 '의장된 예술주의'라고 규정하고, 모더니즘의 미래 과제로 민족 집단의 재인식을 설정하고 있는 것이다. 이는 해방 당시 우리의 많은 모더니스트들이 민족과 역사의 문제를 집요하게 천착했던 것과 무관하지 않기도 하다.

5) 최재서의 모랄론

30년대 전형기 비평의 한 유형으로 대두된 모랄론은, 당시 문단의 주류를 형성해 왔던 카프의 붕괴와 프로문학의 퇴조로 인하여 문화계에 팽배했던 불안 사조와 위기 의식에서 출발한다. 최재서는 「풍자문학론－문단 위기의 일타개책으로서」(『조선일보』, 1935.7.14∼21)을 통하여 "현재에 있어서 비평의 임무는 문학의 나아갈 방향을 지시하고 아울러 창작 지대를 방어함에 있다."고 하면서 그 실천을 보여준다. 이렇게 제기된 최재서의 풍자문학론은 루이스(Wgndham Lewis)의 이론에다 헉슬리(Aldous Huxly)에 연결되는 자기풍자 방법을 접목시키고 있다. 그는 자아와 비자아의 자기 분열을 세심하게 표현하여 자신을 해부하고 비평하는 풍자의 방식이야말로 현대인의 모습을 드러내는 불가피한 방법이며, 당시대 한국 문학에 절실히 요청되는 방향이라고 판단했던 것이다.

최재서의 모랄론은 문학의 본질을 도덕성·윤리성에서 찾고 있다. 이런 점에서 모랄은 그의 문학관의 핵심 요소라고 할 수 있다. 또한 모랄론이 작가와 장인(匠人)을 구분하는 척도라고 할 때, 모랄의 기초는 작가적 자각이라고 할 수 있다. 즉, 작가적 자각의 바탕에는 작가의 직업적인 자각이 선행되어야 한다는 것이다. 최재서의 모랄론은 그의 비평론을 이루고 있는 한 부분에 지나지 않는다. 그러나 모랄론은 지성론, 주지주의, 풍자문학론

못지 않게 그의 비평 체계를 구축하는 데 중요한 몫을 담당하고 있다. 이 밖에 최재서의 모랄론은 「빈곤과 문학」(『조선일보』, 1937. 2.27~3.3), 「시와 도덕과 생활」(『조선일보』, 1937. 9.15~19), 『작가의 모랄 문제』(『삼천리』 창간호, 1938. 1), 「비평의 태도와 내용」(『동아일보』, 1938. 4.12~15), 「문학·작가·지성」(『동아일보』, 1938. 8.20~23) 등이 있다.

최재서가 내세운 문학에 있어서 모랄이란 선과 악에 입각한 인간 윤리 차원을 넘어선 것이다. 작가의 내면적 가치 의식과 조화를 이룬 인간의 삶과 사회에 대한 적극적인 태도와 신념이라고 볼 수 있다. 이는 비평에 있어서 도그마의 확립을 뜻한다. 도그마는 비평의 가치 평가를 전제로 하는 객관적이고 외적인 규범이다. 그런데 최재서의 비평은 우선 감성보다는 지성을, 감상보다는 가치 판단을, 감수성보다는 도그마를, 개성보다는 성격을, 낭만주의보다는 고전주의를 우위의 가치로 판단하고 있는 것처럼 보인다. 그러나 그의 비평은 결국 감성과 지성, 감상과 가치 판단, 감수성과 도그마, 개성과 성격, 낭만주의와 고전주의의 대립하는 두 극단 가운데 어느 하나를 선택하는 것을 삼가고 상호 변증법적으로 지양하는 조화를 권유하고 있음을 본다.

그러나 한편 그의 모랄론의 출발점이나 논리가 자기 자신의 학구적 이론의 바탕에서 얻어진 것이 아니라 서구적인 이론에 준거를 두고 있다는 점은 결함으로 지적될 수밖에 없다. 또한 그의 모랄론이 기존 질서에 도전하여 새로운 가치 체계를 제시하기보다는 현실의 혼란한 질서를 치유하기 위한 속성을 지닌다는 점에서 한계점을 드러내고 있기도 하다. 하지만, 그의 모랄론은 30년대 프로문학 퇴조 이후 정신적 공백기를 맞이했던 우리 문단의 위기의식 극복에 문학의 사회적 기능을 강조했다는 점에서 긍정적으로 평가할 수 있다.

6) 이원조의 태도문학론

30년대 모랄론은 넓은 의미에서, 이원조의 포오즈론, 김남조의 고발문학론, 최재서의 모랄론들을 포함시킬 수 있다. 그러나 이 가운데 최재서가 주지주의 내지는 지성론의 각도에서 모랄론을 내세웠다면, 김남천은 고발문학의 한 과제인 자기 고발론의 연장으로서 모랄론에 참여했다고 할 수 있다. 그리고 이원조는 주로 그 당시 처한 문학자의 포오즈 문제의 한 과제인 의무의 자각이란 면에서 모랄의 문제를 제시했다. 이처럼 이원조의 포오즈론에서 김남천의 고발 문학론으로 이어지는 일련의 모랄 논의는 자기 반성의 형태를 띠고 어느 정도 자생적인 모습을 보이며 전개된 것이라고 할 수 있다.

이원조는 「비평의 잠식(蠶食)－우리 문학은 어디로 가나」(『조선일보』, 1934.11.1～11)에서 과거 비평에 대한 반성을 통해 무엇인가 새로운 것을 비평에 도입하고자 한다. 그는 당시 비평계의 수정과 전환이라는 자구책으로 '태도의 문학'을 등장시킨다. 그는 프로문학론을 비판함으로써 '행동 문학'에서 '태도 문학'으로의 전환을 표명한 것이다. 계속해서 그는 「현단계의 문학과 우리의 '포－즈'에 대한 성찰」(『조선일보』, 1936.7.11～17)이라는 글에서, 행동 문학에서 태도의 문학으로 전환되어야 하는 이유로 객관적인 상황을 내세운다. 문학의 행동성은 사회 전체의 조직과 관련된 실제적이고 현실적인 문제에 대한 해결과 절충을 전제로 하는 정치적 실천을 의미한다는 것이다.

이원조의 문학관은 '문학은 생활의 표현이며 생활의 인식 수단'이라는 명제 속에서 선명하게 부각되고 있다. 그의 문학적 인식 체계는 행동의 문학 → 태도의 문학론(포－즈론) →지성론 및 교양론 → 상식 문학(제3의 논리) → 민주주의 민족 문학으로 전개된다. 이 가운데 그의 행동 문학과 태도 문학은 다같이 정치적 상상력을 바탕으로 하고 있다.

리얼리즘에 입각한 정치적 실천으로서 행동 문학은, 카프의 해산 직전

카프 맹원들의 검거 사건과 전향 등 당면한 시대에 대응하고 있다. 당시 이원조는 카프 조직 밖에 있었다. 이런 상황에서, 이원조 문학관이 프로문학에 기울어 있으면서도 급진적일 수 없음은 당연하다고 할 수 있다. 그래서 그는 당시의 중점적으로 전개되며 진보적 입장에 있었던 사회주의 리얼리즘 비평으로부터 비켜서서 리얼리즘의 초기 단계인 비판적 리얼리즘 비평에 머물고 있었던 것이다.

이후 이원조의 리얼리즘에 입각한 행동 문학은 태도의 문학으로, 혹은 시대 순응주의로 전환한다. 동시에 '갈릴레이의 몸가짐' 등과 같은 다양한 논리로 자신의 문학적 전환을 포장한다. 전주 사건에서 집행 유예로 석방된 문인들, 전향 문제를 일으킨 작가들, 그리고 프로파와의 긴장을 잃어버린 민족주의 문인들, 이런 혼동 상태를 극복하기 위해 이원조는 문학인이 진리에 순사하느냐 혹은 위장적 진술을 하면서 목숨을 부지해 나가느냐 하는 문제를 갈릴레오의 종교 재판을 예로 들어 가장자리까지 밀고 갔던 것이라고 해석할 수 있다. 그런 다음, 모든 장애물이 제거되는 해방 직후 그의 문학적 입장은 강도 있고 적극적인 정치적 행동성으로 기운다. 이 같은 변화의 과정을 더듬어 볼 때 이원조 비평의 전환 논리는 그 시대의 여건을 바탕으로 하고 있음을 알 수 있다. 이런 점에서 이원조 비평의 전환 논리는 문학 자체의 문제에 대한 천착을 통해 성립된 것이 아니라 문학 외적인 여건에 맞닿아 있는 상황 논리의 차원에 머물고 있다 할 것이다.

이원조의 포오즈론은 프랑스 혹은 일본에서 논의된 모랄론과 무관하지 않다. 이원조의 비평에 있어 전환의 이면에는 항상 'A. 지드론'이 따른다. 그는 지이드의 전환을 역사적인 진리를 바탕으로 하는 변증법적 발전으로 파악하고 그 논리를 자기화하고 있음을 본다. 이는 자신의 전환 논리가 단순한 것이 아닌, 변증법적 발전이라는 것을 주장하기 위함이다. 그런데 이원조의 포오즈론은 프랑스 혹은 일본에서 논의된 모랄론과는 달리, 그것이 계급 사상 혹은 민족주의 사상이라는 지동설을 내재한 포오즈라야 했던데 그 특수성과 어려움이 파생된다고 하겠다.

7) 김남천의 고발문학론

당시 프로문학 퇴조의 공백기를 극복하는 가장 중요한 과제는, 창작 방법으로서의 사회주의 리얼리즘을 어떻게 받아 들이냐 하는 문제였다. 이 문제는 당시 프로 작가와 비평가의 최고 관심사이기도 하였다. 이 문제 해결의 방법으로서 이원조는 포오즈론을 모색하여 전재하였다. 그런데 이원조의 포오즈론을 구체적인 창작 방법으로 발전・심화시킨 것이 김남천의 자기 고발의 문학론이다. 그의 고발문학론은 「지식 계급 전형의 창조와 ‘고향' 주인공에 대한 감상」(『중앙일보』, 1935.6.28~30)에서 그 구상의 출발을 드러내고 있지만, 직접적인 동기가 된 것은 이원조의 포오즈론이라고 할 수 있다. 이러한 김남천의 고발론은 창작 방법으로서는 비교적 독창적이고 공감대를 형성한 이론이기도 하다. 계속해서 그는 「고발정신과 작가-신창작론의 구체화를 위하여」(『조선일보』, 1937.6.1~5), 「문학사와 문예 비평-회의에 대한 해명」(『조선일보』, 1937.9.15), 「유다적인 것과 문학-소시민 출신 작가의 최후의 모랄」(『조선일보』, 1937.12.14~18), 「일신상 진리와 모랄-자기의 성찰과 개념의 주체화」(『조선일보』, 1938.4.17~24) 등을 발표하였다.

일반적으로 고발문학이란 정치・경제・사회・문화 등 주로 문학 외적인 모순을 문학 작품을 통해 지적하여 시정하도록 주장하는 소설이나 시의 총칭한 것이다. 30년대 유럽에서 유행하던 인민전선파의 반전(反戰)・반독재 사상이, 식민지 체제하의 우리 나라에 와서는 반제(反帝) 휴머니즘의 문학 사상으로 받아들여 현실 도피 문학이 아닌 고발정신의 문학으로까지 발전하였던 것이다.

김남천은, 모든 것을 고발하려는 높은 문학 정신의 과제로서 작가 자신의 속에 있는 유다적인 것을 박탈하려는 것이 고발문학이라고 한다. 따라서 애(愛)와 증(憎) 두 감정의 아름다운 통일위에 고발문학의 정신은 살아난다고 덧붙인다. 이런 그의 주장은, 당시 고발문학이 외부적 모순을 직접적으로 고발하기보다는 작가 의식의 근본적인 모랄을 비판하고 확립하는 데 중점을 둔 것으로 해석할 수 있다. 이는 당시 검열이 심하고 작가에 대한 탄압이 강화되어 자유롭게 현실을 고발할 수 없고 전향하는 작가가 늘어나 작가 의식의 모랄을 더 한층 중시한 데서 나온 것으로 이해된다.

이렇듯 김남천은 자기 고발을 통한 이데올로기의 극복에 대한 적극적인 의욕을 보이고 있다. 그러나 소시민성의 폭로를 통한 그의 상황 타개 노력은, 단지 문학 창작에서 예술적 주체의 실천과 관련한 세계관의 문제에만 국한되어 있다는 이론적 한계를 보인다. 그 결과 작중 인물의 소시민성 폭로를 곧바로 작가 자신의 소시민성 폭로에 일치시키는 잘못을 범하고 있다. 다시 말하여, 작가의 소시민성이 작품 창작 과정에서 어떤 역할을 하는가에 대한 아무런 해명이 없이 작가와 작중 인물을 동일시함으로써 예술적 실천의 특수성을 무시하는 오류를 보인 것이다.

이러한 한계점을 극복하기 위해 김남천의 고발문학론은 사회 고발의 문제로 넘어가게 된다. 여기서 그는 자신의 고발문학론을 사회주의 리얼리즘의 조선적 구체화라고 내세우고 있다. 김남천은 자신의 리얼리즘론을 당시 논의되던 마르크스 레닌주의 문학 이론에 기초하여 전개시키려 했던 것이다. 그러나 사회주의 이론의 강한 영향에서 벗어나지 못한 채 리얼리즘을 탈역사적인 개념으로 이해하는 한계를 드러내고 있다.

또한 김남천의 고발문학론은 다른 비평가들에게 주관주의적인 논리라는 비판을 받는다. 즉 고발문학론이 단순히 작가의 개인적 윤리의 차원에서만 제기된 것이라는 비판이다. 이에 그는 다시 모랄론을 도입하게 된다. 김남천이 처음으로 모랄론을 제기한 것은 「유다적인 것과 문학—소시민작가 출신의 최초 모랄」이다. 그는 여기서 고발정신에 객관성 및 과학성을 부여하기 위해 모랄론을 모색하게 된다. 그런데 그의 모랄론을 명백하게 문학론의 제기한 글은 「도덕의 문학적 파악」(『조선일보』, 1938.3.8~12)이다. 여기서 그는 문학적 표상이 진리를 반영하기 위해서는 과학적 개념이 지닌

합리성을 가져야 하는데, 이를 가능하게 해 주는 것이 모랄이라고 한다. 이러한 그의 모랄론은 이후 장편 소설론으로 나아가게 하는 계기가 되었다는 점에서 중요하다.

김남천은 자신의 고발문학과 함께 『소년행』(『조광』, 1937), 『요지경』(『조광』, 1938), 『처를 때리고』(『조선문학』, 1937), 『大河』(인문사, 1939) 등의 소설을 직접 창작했다. 또한 이기영의 『봄』(『인문평론』, 1940), 한설야의 『탑』(『매일신보』, 1941) 등도 고발문학에 속한 작품이라고 할 수 있다. 이러한 고발문학은 한국 사회의 부정부패를 문학을 통하여 끊임없이 고발해야 한다는 주장에 입각하여 1960년 4·19를 전후하여 절정기에 이르렀다. 그후 참여문학·민족문학과 리얼리즘문학 등으로 이론이 전개되고 발전되었다.

8) 김환태의 인상주의 비평론

김환태가 비평 활동을 시작할 무렵의 문단은 카프 자체 내의 분열로 인해 방향 상실의 국면에 처한 때였다. 따라서 문학의 목적성을 주장하는 프로파의 입장은 점차 지지를 잃어갔다. 이로써 나타난 문단의 동향은 우선, 비평의 권위에 대해 작가들의 비난과 불평을 표출된다. 따라서 비평의 권위가 크게 약화되고 결국은 '비평 위기론' 내지 '비평 무용론'이 문단 전반에 걸쳐 제기된다. 이에 조선일보에서는 「비평계 SOS―비평의 권위 수립을 위하여」(1933.10.3~5)라는 특집을 준비한다. 물론 평론계의 SOS는 프로문학에 대한 것이었다. 따라서 이러한 비평계의 권위 약화와 그 결과적 현상을 배경으로 김환태의 비평이 등장한다.

김환태가 자신의 비평관을 분명하게 드러낸 것은 「문예 비평가의 태도에 대하여」(『조선일보』, 1834.4.21) 등에서이다. 이 글에서 그는 스스로 자신이 인상주의자임을 분명히 밝힌다. 그리고 이러한 그의 인상주의 비평관은 첫째, '대상을 있는 그대로 본다'는 것이다. 대상을 있는 그대로 본다는 것은 아놀드(M.Arnold)의 글을 페이터(W.Pater)가 인용한 구절이다. 그리고 둘째, 대상으로부터 얻은 인상과 감동을 표출하여 암시된 방향에 따라 통일 종합한다는 것이다. 이러한 인상주의 비평은 그 인상이 심하게 변형되는 지점에 이를 경우, 창조적 비평으로 발전한다.

김환태의 인상주의 수용 제창은 1930년대의 변모된 현실 인식 구조와 밀접한 관련이 있다. 1930년대는 세계경제공황의 심화, 제국주의적인 침략의 위기, 만주사변으로 이어지는 일제의 식민지 확장 정책, 파시즘의 대두 그리고 세계 대전을 예고하는 불안한 분위기가 주된 흐름으로 전면에 나섰던 시기이다. 이러한 현실 인식에서 김환태는 프로파 비평관과 상반된 비평 태도를 보인다. 그의 비평 태도는 첫째, 문학 본래의 입장에서 둘째, 재판관의 위치가 아니라 겸손하게 임한다는 것이다.

첫째의 태도에서 전제가 되는 명제는, 비평 대상은 문학 자체라는 사실이다. 따라서 문학 이외의 영역들에 대해 논의한다고 할지라도 문학의 입장에서 논해야 한다는 것이다. 문학 이외의 것, 즉 어떤 목적이나 사명에 의해서 판단하는 것은 문학이 선전이나 교화의 수단으로 떨어지기 때문이다. 이는 곧, 문학의 효용적 기능을 부정하는 것으로 그의 예술 지상주의적 문학관을 잘 드러내고 있다.

둘째는, 당대 프로비평에서 흔히 자행하였던 것으로, 어떤 창작 방법과 기준을 제시하여 작가들로 하여금 그 창작 방법 내에서 창작하기를 강요하고 그 기준에 비추어 작품들을 판결[12]했던 비평 태도를 거부한다. 이러한 기준은 그릇된 것이거나 억측에 지나지 않으므로 이를 지킬 것을 강요한다는 것은 작가의 창작력을 고갈시킬 뿐이다.

그리하여 김환태가 주장하는 비평의 지도성은 '겸손'이다. 즉, 진정한 지도성이란 겸손에서 오는 것이며, 따라서 비평가의 권위는 그가 입법자나 재판관이 될 때가 아니라 작가의 좋은 협조가가 될 때에 확립된다는 것이다. 나아가 비평가의 권위는 한 작품에서 얻은 인상을 그의 암시된 방향에

---

12) 김환태, 「작가·평가·독자」(『조선일보』, 1935.9.6)

따라서 재구성하여 작품에 의존하면서도, 그것으로부터 독립하여 작품상(作品像)을 만들어 보여줄 수 있는 창작가가 될 때 비로소 확립된다는 견해다. 이것이 바로 김환태 비평이 창조적 비평과 연결되는 점이라 할 수 있다.

이와 같이 김환태 비평이, 문학의 효용성과 객관적 기준을 부정하며 감정과 표현 그리고 상상력 등을 중시하는 입장은 주관주의 비평의 성격을 띤다. 곧 비평가의 취미, 기질, 교양에 의해서 작품에서 받는 주관적 반응을 중요시하는 것이다. 한마디로 말하면, 문학 감상의 작업이다. 이러한 인상주의는 작품의 인상을 표현하되, 작품의 예술적 의의와 심미적 효과를 획득하여야 함을 주장할 때, 심미주의와 연결된다.

인상주의적 비평관은 일찍이 창조파의 김동인, 김유방 등 작가들에 의해 주장된 바 있고, 감상적 내지 설리적(設理的) 비평은 박종화에 의해 주장된 바 있다. 그러나 김환태는 이들과는 달리, 전문적 비평가로서의 비평관을 개진했다는 점에서 비평문학사적 의의가 크다고 할 수 있다.

9) 김문집의 예술주의 비평론

김문집은 「전통과 기교 문제」(『동아일보』, 1936. 1)를 발표하면서 비평 활동을 시작한다. 그런데 그의 등장은 『조선일보』 평단에 대립시키기 위해 이원조, 김기림 등이 끌어드린 데 기인한다. 이러한 사정에서 『조선문예』와 『동아일보』에 있던 이무영은 적극적으로 김문집을 초빙했다. 그리하여 조선일보에서는 이원조, 최재서가 '단평'란을 통해 촌철 비평에 임하게 되었고, 동아일보에서는 '화돈칼럼'난을 신설하여 여기에 당대의 신예 비평가를 대표하여 최재서, 김문집을 대립시켰다. 이것이 이른바 프로문학 퇴조 후의 전환기 모색 비평의 일환이다.

김문집 비평의 원점이며 회귀점은 그의 비평문 「전통과 기교 문제」에 드러나 있다. 그 가운데서도 '전통'과 '기교'라는 말로 집약시킬 수 있다. 그리고 이는 「전통과 기교 문제」의 부제인 '―언어의 문화적 문학적 재인식'에서 그 해답을 찾을 수 있다. 곧, 전통은 '조선어'이며 기교란 개인적인 '예(藝)'인 것이다. 따라서 김문집은 당시 한국 문학에 가장 결핍된 것이 전통이라고 단정하였으며, 한국 문학의 전통 결함에 대한 의욕적인 극복의 길을 모색하고, 이로써 문단을 해체시켜 다시 정리하려는 야심을 가졌던 것으로 생각할 수 있다.

김문집에 있어서 문학이란 언어에 의해서 표현되는 것만으로 그치지 않는다. 곧, 언어에다가 아름답다는 느낌 내지는 좋다는 느낌을 부여하는 것이다. 이것이 그의 방법론적 미학이다. 따라서 그는 '비평 예술'이란 말을 처음으로 사용하고 이를 실천하였으며, 탐미적 인상 비평을 방법론상의 자각 위에 세우려 했음은 주목할 만하다. 그 방법론은 「비평 예술론」(『동아일보』, 1937.12.7~12), 「비평 방법론」(『동아일보』, 1938), 「비평 예술적 우월성」(『동아일보』, 1938.7~10), 「성생리(性生理)의 예술론」(『문장』, 1권 10호), 「문학 비예술론자의 독백」(『조선문학』, 2권 6호) 등에 드러나 있다.

그러나 김문집은 언어학에 대해여 충분한 이론적 논의를 펼치고 못하고 있는 점에서 그 한계를 드러낸다. 즉, 그는 비평문은 문학에서 핵심적인 것이 언어이고 언어학에 의해서 문학을 연구해야 한다는 입장을 표현하고 강조한 데 지나지 않는다. 이러한 점은 그가 비평 예술론을 주장했으나 실제 그의 비평이 예술의 경지에까지 이르렀는가 할 때 회의적이라는 사실과도 일치된다.

그렇다면 그의 언어관 내지 언어학에 대한 논의는 깊이 있게 논해지거나 더 나아가지 않은 지점에서 조선 전통과 결부된다고 볼 수 있다. 따라서 김문집의 언어에 대한 관심 표명은 본질론에 접근하고 있으나 심화된 전개를 보지 못하고 단순히 전통 문제와 결부시키고 있다 할 것이다. 이러한 사실은 그의 비평적 지속력의 한계를 자명하게 보여주고 있기도 하다.

이렇듯 김문집의 실천비평은 이러한 이론을 뒷받침해 주지 못하고 있다.

실제로 전개된 그의 비평은 이론 및 분석을 거부한 결과 난해한 비유나 자기 허세, 과장과 치기(稚氣)[13] 등으로 이루어지고 있으며 인신 공격적 발언도 상당히 많음을 본다. 그리하여 그의 비평의 특성이라면, 감각적 표현 정도라고 말할 수 있다. 이러한 사실에서 그가 주장한 탐미적 문학관의 허실을 엿볼 수 있으며, 이에 대한 보완의 논지가 아쉽게 제기된다.

김문집 비평은 김환태가 끝맺음한 곳에서 출발하고 있다. 김환태가 작품평의 영역을 우직하리만큼 벗어나지 못했던 것과는 달리, 김문집은 「화돈문예춘추(花豚文藝春秋)」 같은 짤막한 수상문으로 비평 예술의 영역을 넓힌 것이다. 또한 30년대 후반기를 대표하는 비평가 가운데 김문집과 여러 가지 점에서 서로 대립되면서 얽혀 있는 인물로 최재서를 들 수 있다. 최재서의 거점이 '조선일보'라면 김문집의 거점은 '동아일보'였다. 최재서가 영문학의 주지주의 견해를 차용했다면, 김문집은 독문예학의 미학적 견해를 단편적으로 차용했다. 가령 최재서가 이상의 『날개』를 비평하면서 찬사를 아끼지 않았을 때, 김문집은 『날개』 같은 신심리주의는 수년전 동경 문단에서 신진들 사이에 흔히 사용되었던 수법이라고 혹평했던 것이다.

1938년 한국문단상 최초로 평론집이 두 권 등장했는데 그 하나는 6월에 간행된 최재서의 『문학과 지성』(인문사)이고, 다른 하나는 11월에 간행된 김문집의 『비평문학』(청색지사)이었다. 이 평론집은 단행본의 효시라는 점에서 신진 평단의 주목을 받을 만하다.

---

13) 김윤식, 「김문집의 향락주의적 비평」, 『한국근대문예비평사연구』, 1973, p.335.

5. 1940년대−세대−순수론 · 좌우익 민족문학론

1) 전반기 비평 문학의 양상

한국 문학사의 시대를 구분함에 있어서, 가장 널리 통용되고 있는 방법이 10년 단위로 문학사를 인식하는 것이다. 이는 한 시기를 편의상 일괄하는 차원만이 아니라 우리의 역사적 사실과 부합되기 때문이다. 말하자면 1910년의 한일 합방, 1919년의 3 · 1운동, 1931년의 만주 사변, 1945년의 8 · 15해방, 1950년의 한국전쟁과 분단, 1960년대의 4 · 19와 1961년대의 5 · 16 군사 정변, 1972년의 유신 체제, 1980년의 5 · 18 광주 민중항쟁, 90년 이후의 세계사적 변화 등이 거의 10년을 주기로 하고 있는 것이다. 10년 단위의 시대 구분에 약간 범위를 넓게 잡은 것이 개화기 문학, 일제 강점기 문학, 해방기 문학, 전후 문학, 산업화 시대의 문학, 현대 문학 등 정치 · 사회를 기준으로 하는 연대기적 역사 인식 방법이다.

그런데 이러한 문학사의 시대 구분 방법에 적용되지 않은 연대가 바로 1940년대이다. 그것은 우리 문학사의 커다란 분기점인 8 · 15해방이 40년대 중간인 45년에 자리하고 있기 때문이다. 그래서 40년대는 문학사에서 10년 주기의 단위나 연대기적 단위로 통일되기보다는 전 · 후기로 나누어 살피는 것이 보편 원리로 수용되고 있다. 또한 40년대를 전 · 후기로 나눈다고 해도 전기는 거의 30년대와, 후기는 거의 50년대와 동질성을 지니고 있기도 하다.

이와 같이 우리의 문학사나 비평사를 인식함에 있어서 8·15해방은 중요한 분기점이 된다. 해방을 기점으로 전·후기를 구분할 때, 그 차이를 각각 타율성과 자율성에서 찾을 수 있다. 해방 이전은 일제 식민지 시대와 맞물려 있었기 때문에 우리 문학은 주체적인 전통성과 무관하게 외래적인 것에 의존했다. 그러나 해방 이후에는 우리의 주체적인 자각과 실천을 지니게 되었다. 왜냐하면 식민지 시대 우리 민족의 인식이 민족 말살과 민족성 상실에 초점을 두고 있는 것이었다면, 해방 후 민족 이념의 지향은 민족 재건과 민족성 회복에 목표를 두고 있었기 때문이다.

그런데 40년대 전반기 문학사를 흔히들 '암흑기' 내지 '공백기'로 진단하고들 있다.[14] 그 성격은 친일문학론에서 규정지을 수 있을 것이다. 친일문학론이 본격적으로 전개되기 시작한 것은 1941년 11월 최재서가 주재한『국민문학』의 창간을 전후한 시기이다. 그러나 실제로 친일문학론의 뿌리는 1930년대 전형기 비평에서 그 모습을 찾을 수 있다. 당시 대두되었던 백철의「사실수리론」, 이원조의「제3의 논리론」, 전체주의 문학론, 전쟁 문학론 등이 그것이다. 30년대 말 우리의 비평 분야에서는 친일의 논리가 서서히 표면에 드러나기 시작했던 것이다. 이처럼 친일문학론을 기준으로 할 때, 40년대 전반기의 비평은 30년대 후반기 비평과 같은 흐름 위에 놓여질 수도 있다. 그러나 30년대 후반기 비평사 전체를 친일문학의 범주에 포함시킬 수는 없는 것이다. 즉 40년대 전반기 비평은 어용문학론이라는 한 가지 방향으로 초점을 맞추고 있었기 때문에 30년대 비평과 같은 연장선상에서 논의할 수 없는 것이다. 따라서 40년대 전반기 비평은 당연히 비평사 시대 구분에서 독립된 단위로 인식하여야 할 것이다.

---

14) 조연현,『한국현대문학사』, 성문각, 1969. p.585 참조.
　　오세영,『20세기한국시연구』, 새문사, 1989. p.237 참조.

2) 후반기 비평 문학의 양상

(1) 좌익 문단의 주도기

1945년 8월 15일을 기하여 우리의 문학사는 새로운 국면을 맞게 된다. 일제 식민지 치하에서 벗어난 조국 해방은 민족문학사의 정당한 회복이라는 계기를 만들어주었다. 그러나 해방과 함께 또다시 강대국들에 의해 우리의 국토가 양분되고 만다. 그리고 우리 나라 자체에서도 상반된 이데올로기의 대립으로 말미암아 체제 양극 상황의 분단사가 펼쳐지게 된다. 우리의 문학사나 비평사도 이러한 역사적 상황 속에서 분열과 갈등이라는 악순환을 거듭하게 되었다.

해방 다음날인 8월 16일 임화, 김남천, 이원조 등은 재빠르게 조선문학건설본부(약칭 '문건')라는 간판을 내걸었다. 그리고 조선문학건설본부를 토대로 다시 1945년 8월 18일 조선문화건설중앙협의회를 출범시키면서 조선문학건설본부를 그 산하 기구로 편입시켰다. 뿐만 아니라 조선미술건설본부, 조선음악건설본부, 조선영화건설본부, 조선연극건설분부, 아동문학위원회, 조선무용건설본부, 아동문학위원회, 극장관리위원회, 영화기술자본부 등을 산하 가맹 단체로 두었다. 그리고 조선문화건설중앙협의회는 좌익 문인들을 중심으로 기관지 『문화전선』을 발행하는 등 문단의 주도권을 선취하였다.

그러나 30년대 카프의 해소에 반대하며 강경노선을 유지했던 비해소파들은 이에 불만을 품고 1945년 9월 17일 이기영, 한설야, 박팔양, 송영 등을 중심으로 조선프롤레타리아문학동맹(약칭 '프로문맹')을 결성한다. 이어 1945년 9월 30일 조선프롤레타리아예술동맹(약칭 '예맹')을 조직하면서 조선프롤레타리아문학동맹을 그 산하 기구 가운데 하나로 편입시킨다. 이는 조선문학건설본부가 조선문화건설중앙협의회의 산하 기구로 편입되는 것과 동일한 양상이다. 또한 조선프롤레타리아예술연맹은 산하 가맹 단체로 조선프롤레타리아연극동맹, 조선프롤레타리아음악동맹, 조선프롤레타리아미술동맹, 조선프롤레타리아영화동맹 등을 두었다. 그리고 기관지『예술운동』을 간행하게 된다. '예맹'은 '문건'의 이념적 모호성을 이유로 이탈해 나온 사람들인 만큼 상대적으로 이념의 선명성을 표방했다. 그 이념은 '우리 민족의 절대 다수인 노동자 농민의 완전한 해방을 목표로 한 과감한 투쟁'이었다. 아울러 이 단체는 카프, 곧 조선프롤레타리아예술동맹의 맥을 잇고 있음을 천명했다.

'문건'과 '예맹'은 서로 공산당의 승인을 얻기 위하여 암투를 일삼았다. 그러한 가운데 장안파 공산당이 박헌영파에 흡수되는 것을 전후하여 임화 일파는 공산당의 재가를 얻어내게 된다. 어쩔 수 없이 예맹은 문건에 흡수당할 수밖에 없었다. 그리하여 문화 운동의 계급적 기반에 대한 큰 인식의 차이를 보이던 조선문화건설중앙협의회 산하의 조선문학건설본부와 조선프롤레타리아예술연맹 산하의 조선프롤레타리아문학동맹은 양 단체를 해소하고 1945년 12월 13일 조선문학가동맹을 결성하게 된다.

문학가동맹이 결성됨으로써 일단은 좌익 문단의 통합이 이룩된다. 그리고 이를 바탕으로 1946년 2월 8일~9일 전국문학자대회를 개최하여 그들의 기본 노선을 천명한다. 이후 얼마동안 문단은 '문맹'의 독무대가 된다. 그러면서『문학』,『문학전선』,『상아탑』등 모든 문학 기관의 대부분을 그들의 영향권 내에 두었다. 이태준, 김동석, 정지용, 양주동, 이병기 등 좌익에 반대하던 문인들이 일제히 '문맹'에 적극 가담하기 시작한 것도 이 무렵이다. 이들은 1946년 3월 해방 후 처음 맞는 3·1절에 기관지『문학』을 발행하면서 종합예술제전을 개최하기도 하였다. 한편 '문맹'의 구성원 가운데 '구문건'파가 득세함에 따라 '구예맹'파는 그들의 노선에 불만을 품게 되었다. 그리하여 주도권을 상실한 이기영, 한설야 등은 1946년 3월 1차로 월북하여 북조선예술총동맹을 결성하게 된다.

좌익이 '문맹'을 결성하여 전문단을 영향권 내에 흡수하자, 상대적으로 우익은 커다란 불안과 고립감을 느꼈으나 이에 굴하지 않고 그들도 '문맹'

에 대항할 단체를 만들고자 했다. 그것은 1946년 3월 13일 결성된 박종화, 김광섭, 이하윤, 오상순, 이헌구 등의 전국문필가협회(약칭 '전문협')로 처음 표면화된다. 또한 1946년 4월 4일에는 정태용, 조연현, 김동리, 서정주, 조지훈, 유치환, 김달진 등이 중심이 되어 조선청년문학가협회(약칭 '청문협')가 결성된다. '청문협'은 '전문협'의 이념을 살리고 적극적으로 행동을 전개시키기 위한 전위대의 성격을 지닌 조직체가 필요하다는 요청에 따라 창설되었다. '전문협'과 '청문협'은 이념과 목적에 의해서 큰 차이가 없었고 기본적으로 소장 문인 중심의 단체라는 특징을 가지고 있다. '전문협'은 주로 과거의 민족진영과 해외문학파 세력을 중심으로 결성한 것이고, '청문협'은 식민지 말기 신세대 논쟁에서 신인 측의 이론적 기수였던 김동리를 위시한 일단의 신진 그룹을 주축으로 형성된 것이었다. 이들 두 우익 단체는 서로 협력하여 『민주일보』를 창간하기도 하고 각종 문학 집회를 열기도 하는 등 노력을 다했지만, 문단의 대세는 좌익으로 기울기만 하였다. '전문협'과 '청문협'은 정부 수립 뒤인 1949년 12월 한국문학가협회로 통합된다.

해방 초기 평론의 주된 테마는 해방 문단의 당면 문제를 규정하고 미래를 전망하는 것이었다. 구체적으로는 제1회 조선문학자대회 석상에서 '결정서'로 천명된 바와 같이 인민 위주의 국가 건설과 이에 바탕을 둔 민족 문학의 수립, 일본 제국주의의 잔재와 봉건주의의 청산, 국수주의 그리고 이들의 비호 하에 재생을 기도하는 세력의 제거, 민중과의 연대 실현 및 대중화, 과학적인 국어 정책의 수립, 아동 문학 그리고 농민 문학의 육성 등이었다.

이 무렵의 중요 평론으로는 '문건'의 기관지에 실린 임화의 「현하의 정세와 문화 운동의 당면 임무」(『문화전선』 창간호, 1945.11), 김남천의 「문학의 교육적 임무」(『문화전선』 창간호, 1945.11), 당시 특집으로 꾸민 「건국과 문화 제언」(『중앙신문』, 1945.11) 및 「해방 후의 문화 동향」(『중앙신문』, 1945.11)에 실린 김남천과 이원조 등의 평론문들, 그리고 조선프롤레타리아

예술동맹의 기관지에 실린 한효의「예술운동의 전망」(『예술운동』창간호, 1945.12), 권환의「현정세와 예술운동」(『예술운동』창간호, 1945.12) 등이다.

계급주의에 입각한 민족문학 수립을 논의한 비평문으로는 권환의「현정세와 예술운동」(『예술운동』, 1945.12), 무유(無由)의「현단계의 정치 문화와 혁명 문제」(『예술문화』, 1946.1) 등이 주목된다. 이 글에서 권환은 당시 문단을 최우익적 부르주아 예술, 국수주의 예술, 이데올로기 무시 예술 등으로 구분하면서 정치 운동으로서의 예술운동을 논의하고 있다. 또한 무유는 공산주의를 반대하는 자는 조선 민중의 적이라고까지 역설하고 있음을 본다.

이어 시도된 전국문학자대회의 보고와 토론들은, 이렇듯 다양한 견해들이 하나의 목소리로 통일되어 조직적이고 집단적으로 나타난 양상이다. 1945년 12월 13일 '문건'과 '예맹'을 '문맹'으로 통합한 바 있는 좌익은 1946년 2월 8일~9일 제1회 조선문학자대회를 개최하여 국내외적으로 조직의 확대 강화를 과시하면서 비평, 시, 소설, 희곡 등 각 문학 장르 대한 보고를 통하여 방향 설정을 주도하였다. 또한 민족문학·농민문학·아동문학·창작 방법·계몽 방법 운동 등 당면 문제의 토론을 통해 과거 문학의 결산을 주도하였다. 이 대회에서 보고 연설을 한 문인들은 좌익의 대표적인 임화, 김남천, 이원조, 김기림, 한효, 권환, 이태준, 김오성, 박치우, 신남철, 박세영, 김영건 등이다.

그 가운데 임화의 민주주의적 개혁을 전제로 한 민족문화의 완성을 주장한「조선 민족문학 건설의 기본 과제에 대한 일반 보고」, 새로운 현실의 타개와 통일 전선에서 구심점 형성을 강조한「조선 소설에 관한 보고」, 그리고 이원조의 반일적·반봉건적 민족문학이 건설되어야 할 필연성을 논한「조선 문학비평에 관한 보고」등은 주목할 만하다. '문맹'은 이 대회에서 발표된 논의들을 모아『건설기의 조선문학』이라는 책을 발간하기도 했다.

전국문학자대회의 의의를 요약한다면 대체적으로 다음과 같이 정리할 수 있다. 첫째, 일본 제국주의 잔재의 소탕과 봉건주의적 유물의 제거하여 민족문학 건설의 중요성을 제기한 점이다. 둘째, 테러에 의한 독재로 시민적 자유를 말살하는 국수주의적 파시즘화의 위기를 지적하고 있다. 이러한 위기는 당시 일본의 잔재 청산과는 별도로 심각한 사회의 한 현상이기도 했다. 셋째, 민족문학 건설 이외에 국어 문제, 계몽운동 문제, 대중화 문제, 창작 방법론 문제, 농민 문학 문제, 아동 문학 문제 등 당시 당면한 주요한 문제들을 해결해 보려는 노력을 보였다는 점을 들 수 있다.

한효는 전국문학자대회의 이러한 문제점들을 하나의 초점으로 모아 파시즘의 배격이라는 과제로 집약시키고 있다. 즉 그는 「문학운동의 새로운 방향—팟시즘에의 항쟁」(『신세대』 1호, 1946.3)에서 일본 제국주의 잔재의 소탕과 봉건주의 잔재의 청산, 국수주의의 배격 등이 별개의 문제가 아니라 파시즘에의 항쟁이라는 하나의 초점으로 모아질 수 있는 문제라고 주장했다. 이어 일부 문인들은 해방의 감격 속에 조선적인 것을 그릇 강조하여 파시즘으로 치닫고 있다고 지적하면서, 모든 문화인이 당면한 최대의 과제로 인식할 것을 주장하였다.

(2) 좌 · 우익 문단의 논쟁기

앞 장에서 밝힌 바, '문맹'의 구성원 가운데 '구문건'파가 득세함에 따라 '구예맹파'에는 불만을 품게 된 문인들이 다수 있었다. 이들 '예맹'파 가운데 이기영, 한설야, 한효 등은 이미 월북하여 북조선예술총동맹을 결성하고 있었다. 그런데 여타 '문건'계의 임화, 이원조, 오장환 역시 월북하고 만다. 이에 좌익 진영이 약화되면서 좌익 문단의 위기가 도래한다. 그러던 중 남한만의 단독 정부 수립이 사실화되면서 '문맹'에 동참했던 문인들은 혼란의 양상을 빚었다. 이러한 상황에서 김기림, 정지용, 이무영 등은 전향을 선언하고 나섰다.

상대적으로 우익 문단은 강세로 돌아서게 된다. 우익 문단은 문필가협회와 청년문학가협회를 모아 1947년 2월 12일 민족진영 문화인의 총 결속을 목적으로 전국문화단체총연합회(약칭 '문총')를 결성하였다. '문총' 결성에는 '전문협', '청문협'을 포함한 29개 단체가 참여하였다. 또한 다음날인 2월 13일 문화옹호남조선문화예술가 총궐기대회를 개최했다. 이 운동은 김동리, 이헌구, 조연현, 최태응 등이 중심이 되어 전개했다. 이들은『민주일보』를 중심으로 모였던 문인들로,『동아』,『경향』,『민중』,『평화』등의 신문과『백민』,『문화』,『해동공론』등의 잡지를 바탕으로 좌익과 대결하여 강한 운동을 펼쳐나갔다.

갈수록 치열해진 좌·우익의 논쟁은 개인적인 논쟁과 집단 논쟁으로 전개되었다. 개인적 논쟁으로는 순수 논쟁을 들 수 있다. 순수 논쟁은 집단적인 이론 논쟁과 관련을 맺으며 1차, 2차에 걸쳐 전개되었는데 그 직접적인 발단은 김남천의「순수문학의 제태」(『서울신문』, 1946.6.30)에서 시작된다. 그는 이 글을 통하여 일부 문인들의 순수 문학론을 비판했다. 즉, 해방 뒤의 일부 문인들이 구체적 역사 내용도 모른 채 문학과 정치의 관계를 외면하면서 순수 문학을 들고 나오는 일은 슬픈 현상이라고 일침을 놓았다. 이에 김동리는「순수 문학의 정의」(『민주일보』, 1946.7.11~2) 및「순수 문학의 진의」(『서울신문』, 1946.9.14) 등의 비평문으로 김남천의 논의를 반박했다. 그 반박 내용은 두 가지로 요약할 수 있다. 그 하나는 김남천이 순수 문학에 대하여 소아병적인 인식 착오를 지니고 있다는 것이고, 다른 하나는 순수 문학이란 실질에 있어 민족 문학이란 점을 엄폐 중상하고 있다는 것이다. 또한 김동리의「순수 문학의 진의」에서는 문단의 일부 인사들이 순수 문학을 오해하고 있는데 순수 문학의 진의는 '민족 단위의 휴머니즘'이라고 한다. 즉, 문학 정신의 본령은 인간성 옹호에 있고 민족 단위의 휴머니즘이 바로 민족 문학이기 때문에 민족 문학은 순수 문학이어야 한다는 것이다. 이어 문학 동맹 산하의 대다수 문인들은 공식론적 유물사관 체계에서 벗어나지 못하여 세계사적 문화 창조에 방해가 되고 있다고 비판한다. 여기에 김남천 대신 김병규가「순수 문제와 휴머니즘」(『신천지』12호, 1947.1) 및「순수 문학과 정치」(『신조선』, 1947.2) 등을 통하여 김동리의 논의를 공격했다. 이에 다시 김동리는 「순수 문학과 제3세계관－김병규씨에 답함」(『대조』, 1947.8)의 글을 발표하였다.

2차 순수 논쟁은 1947년 김동석의 「순수의 정체－김동리론」(『신천지』, 1947.11·12 합병호)에서 시작된다. 여기에 대해 조연현은 「무식의 폭로－김동석의 '김동리론'을 박함」(『구국』, 1948.1)으로 응수한다. 김동석은 김동리의 『혼구』를 공격한다. 즉, 김동리는 변증법적으로 발전하는 역사를 표상할 세계관을 갖지 않았다고 지적한다. 그리고 문학에 있어서 순수라는 것은 일제에 반항하기 위하여 존재했으나 해방된 오늘날 순수란 존재할 수 없다는 것이다. 여기에 조연현은 김동리를 옹호하면서 등장한다. 김동리의 제3노선이라는 것을 김동석이 좌익도 우익도 아닌 제3의 방향으로 해석하고 있는데, 이것은 유물사관이나 합리주의 같은 것만으로는 해결할 수 없는 문제이며, 인간을 구제할 수 있는 새로운 세계를 향한 모색으로 평가할 수 있다고 말한다. 또한 김동석은 김동리가 해방 후 순수 속에 움츠러들었다고 하지만, 이는 김동리가 순수 속에서 꽃을 피워나가는 것이라고 옹호했다.

좌·우익의 집단적인 논쟁은 김영석의 「민족문학론」(『문학평론』 3호, 1947. 4.19), 박찬모의 「인민의 생활과 문학의 과제－리얼리즘의 확립을 위하여」(『문학평론』 3호, 1947.4.19) 등의 평론과 1947년 4월 17일에 개최된 「문화옹호남조선문화예술가 총궐기대회 특집」(『문학평론』 3호)에 실린 김남천의 「남조선의 현정세와 문화예술의 위기」, 임화의 「북조선의 민주건설과 문화예술의 위대한 발전」 등이 있다.

「민족문학론」에서 김영석은, 민족 개념이란 자본주의가 독재자들과 함께 자신들의 영역을 확대하고 시민 계급을 그럴듯하게 착취해나가려는 속셈에서 나온 것에 지나지 않음을 증명하고 있다. 이러한 민족이나 전통의 강조는 결국, 현실이란 끊임없이 혁신되고 개혁되어야 한다는 생각을 둔화시키는 결과만 가져오게 된다고 한다. 박탄노의 「인민의 생활과 문학의 과제」는 좌익 문학 이론들의 보편적 모습이라 할 노동 인민의 민주주의를 위한 문학을 천명하고 있는데 남북한의 당시 문단을 비교하고 있는 점이 주목된다.

김남천의 「남조선의 현정세와 문화예술의 위기」에서는, 근래에 들어 문단은 전혀 뜻하지 않았던 국면을 맞아 위기에 처해 있다고 하면서 그 위기 내용인 외래금융독점자본, 반동적 세력의 발호 등을 구체적으로 열거하고 있다. 임화의 「북조선 민주 건설과 문화예술의 위대한 발전」에서는 북조선의 문화 운동은 모범적으로 진행되고 있으며, 남조선까지를 북조선과 같이 만들기 위해 계속 투쟁해야 한다고 천명하고 있다.

좌·우익의 집단적 논쟁에서 우익의 논리를 가장 잘 드러낸 것이 김동리의 「문학운동의 2대 방향」(『대조』, 1947.5)과 조지훈의 「정치주의 문학의 정체-그 허망에 대하여」(『백민』, 1948.4)이다. 김동리의 비평문은 좌익 측의 문학 강령인 봉건 잔재 청산, 일제 잔재 소탕, 국수주의의 배격 등의 3개 항목을 거부하면서 우익 측의 민족정신의 확립, 문학 정신의 옹호, 자주 독립의 실현 등 3개 항목을 천명한다. 조지훈의 「정치주의 문학의 정체」에서는, 좌익 문학의 자체 모순을 지적하고 있는데 즉, 개성을 무시한 협동의 강요는 봉건성의 본질이며 침략적 군국주의는 일제의 본질이라고 주장하고 있다.

한편 이러한 좌·우익의 논쟁 속에서 중도적 입장을 취한 비평문도 적지 않았다. 홍효민의 「신세대의 문학-조선문학의 나갈 길」(『백민』, 1947.11), 백철의 「신윤리 문학의 제창-건국 과정의 문학 정신」(『백민』, 1948.3), 홍효민의 「순수 문학 비판」(『백민』, 1948.4) 및 「문학의 역사적 실천-조선적 리얼리즘의 제창」(『백민』, 1948.7) 등이 그것이다.

(3) 우익 문단 정착기

남한의 단독 정부가 수립되고 대부분의 좌익 문인들이 월북하자 몇몇 좌익 문인들은 전향할 수밖에 없었다. 이에 좌익 문단은 현저히 약화되었고 상대적으로 우익 문단이 강화되었다. 이에 우익 문화인들은 1948년 12

월 27일~28일에 민족정신앙양 전국문화인 총궐기대회를 개최하여 정부의 미온적인 좌익 견제에 항의를 표시했다. 이들은 이 대회에서 결정서를 작성했다. 그 내용은 유엔의 통일 정책을 환영한다는 것, 문화 진영의 궐기가 필요하다는 것, 좌익의 반통일적·비민족적 언론 출판 기념을 규제하여야 한다는 것 등이다. 이 대회를 출발로 하여 남한의 문단은 '문맹' 중심에서 '문총' 중심으로 정착해 갔다.

그러나 이 무렵부터 우리 문단의 비평 활동은 논쟁의 열기를 잃고 처음으로 되돌아갔다. 새로 진주한 외세 또한 이데올로기에 대한 거부 반응을 강압적으로 행사하기 시작했다. 문학은 시간적으로 현재가 아니라 과거로 거슬러 올라가게 되었고, 공간적으로는 '여기' 대신 '밖으로' 향하게 되었다. 그래서 문인들은 개인의 문단 회고록, 문단사, 문학사 또는 문학 원론, 문학 개론, 창작 방법 등으로 관심을 돌리게 되었다. 그리고 한국보다는 외국 문학으로 눈길을 돌리게 되었다. 1949년 8월에 『문예』가 창간되었고, 1949년 12월에는 한국문학가협회가 결성되어 새로운 시대의 시작을 경고했다.

이 당시의 비평문으로는 김동리의 민족 문학론 재론을 들 수 있는데, 그는 민족문학을 민족성, 세계성, 영구성의 세 가지로 정의하고 있음 본다. 다음 이헌구의 「문화 정책의 당면 문제」(『신천지』, 1949.9) 및 「반공 자유세계 문화인 대회를 제창한다」(『신천지』, 1950.1)에서는 문화적 최우선의 과제를 공산주의 박멸에 두고 그 구체적인 방안을 제시하고 있는데, 곧 선전 계몽 정책의 수립, 조직의 간소화, 법령의 정비 등을 그 내용으로 하고 있다. 또한 조연현의 「민족문학의 당면 문제」(『국도신문』, 1950.2.8~12)에서는 전향 작가의 처리 문제와 문학 상품설을 개진하고 있음을 본다. 조지훈은 비평문 「정치주의 문학의 정체」(『백민』 제1호, 1948.4) 및 「고전주의의 현대적 의의—민족문학의 지향에 관한 노트」(『문예』 3호, 1949.10)를 통하여 정치주의 문학의 한계성을 지적하는 한편, 전통에서 이론적 근거를 모색하려 꾸준히 노력하고 있음을 본다.

3) 김동리의 세대-순수론

'세대-순수' 논쟁은 세대 논쟁과 순수 논쟁이 결합된 개념이라고 할 수 있다. 당시 신인 작가와 기성 평론가들은 소위 '세대론'이라는 테마의 대결 구도를 띠고 있었다. 이 논쟁의 와중에서 김동리는 신세대 작가군의 문학 정신을 개념화시켜 대변하는 동시에 자신의 문학관을 정립하기에 이른다. 신인에 대한 관심과 비판을 구체적으로 제기한 것은 이원조의 「신인론-그 문학적 본질에 관하여」(『조선일보』, 1935.10.10~17)이다. 이원조가 신인론을 쓴 것은 신인 남조설(濫造說) 및 문단 숙청론과 관계가 있다. 곧, 저널리즘이 신인을 남조하느냐, 그리고 저널리즘을 타고 이들이 파렴치하게 문단 질서를 교란하느냐는 것이었다. 이원조는 이에 대하여 신인이 진정한 문학 정신을 특권으로 갖기만 한다면 바람직한 것이라며 옹호의 입장을 표명한다. 그러나 그는 1935년 이후 등장한 신인 가운데 재분(才分)을 갖춘 신인다운 신인이 없다고 말했다. 신인들의 문단을 향한 발언을 살펴보면 「신인들의 말」(『조선일보』, 1937.1)이라는 특집을 들 수 있다. 이 특집에서 최인준의 「'악렬'에 비견할 종생(終生)의 대작」(1937.1.22), 김소엽의 「생활 안정과 문학의 전업」(1937.1.26), 오장환의 「문단의 파괴와 참다운 신문학」(1937.1.28) 등이 실려 있다.

그러나 신인론이 본격화된 것은 1939년 1월부터이다. 39년 1월 『조광』은 「신진 작가 좌담회」를 기획하여 기성과 신인의 대립을 표면화시킨다. 당시 신인 측에 참여한 문인들은 박노갑, 허준, 김소엽, 계용묵, 정비석, 현덕 등이다. 이들 신인들은 이 좌담회에서 조선문단의 작가적 전통을 부인하고, 기성에게 배울 것이 없다고 기성 세대를 혹평했다. 특히 월평에 대한 폐해를 지적하면서 월평 폐지론을 주장하기도 한다. 이런 상황에서 임화는 「신인론」(『비판』, 105~6호, 1939.1~2)을 통해 기성 세대의 입장을 드러낸다.

이어 『조광』은 「신진 작가의 문단 호소」(1939.4)라는 기획을 마련한다. 여기에 신인 김동리, 정비석, 김영수 등의 주장을 담는다. 김동리는 「문자우상」

을 통하여, 기성 문인들은 단순히 문단의 화제에 오르기 위해서 잘 알지도 못하는 문자들을 써가면서 문단을 현혹시키는 '문자병'에 걸려 있다고 비판한다. 또한 정비석은 「평가의 진언」을 통하여, 기성 평론가에게 평필을 들려거든 작품을 두 번 이상 읽을 것, 사대주의적 관념을 버릴 것, 작가에 대해 체계적으로 고찰할 것 등을 제시한다. 여기서 주목해야 할 점은 신인들의 기성 비판이 구체적으로는 기성 평론가들에게 초점을 맞추고 있다는 점이다. 다시 말하여 세대 논쟁의 특징이 '신인 작가 대 기성 평론가'의 대립 구도를 지닌다는 점이다.

다시 『조광』은 「신진 작가를 논함」(1939.5)이라는 기획을 마련하여 반대로 기성 문인들인 장혁우, 유진오, 김환태, 김문집 등의 신인에 대한 평가를 수록한다. 유진오는 「신진에게 갖는 기대」를 통하여 우선 기성은 신인 가운데 도태되지 않고 살아남은 문인으로 문학적 재능을 인정받고 있지만, 매너리즘에 빠지기 쉽고 다수는 이미 재능의 한계를 드러내고 있다고 지적한다. 반면 신인은 잠재적 가능성을 가지고 있지만 작품 활동의 지속성을 신뢰하기 어렵다고 말한다. 유진오는 곧바로 「순수에의 지향」(『문장』, 1939. 6)에서 기성 문인들의 입장에 서서 신인들을 공격하는 전면에 나서게 된다. 유진오의 이 글은 세대론의 새로운 국면, 즉 '기성 대 신인'의 문학관의 대립인 '순수 문학 논쟁'으로 쟁점의 변모를 야기시키는 실마리를 제공하게 되었다. 유진오에 이어 임화도 「신세대론」(『조선일보』, 1939.6.29~7.2)을 통해 구세대와 비교되는 신세대의 문학적 성격의 차이점을 아이디얼리즘의 결여라고 진단한다. 이때 아이디얼리즘은 리얼리즘과 대립되는 창작 방법으로서가 아니라 정신으로서의 아이디얼리즘을 의미한다. 결국 신세대 문학은 이상이 결여된 '무이상성'의 문학으로 이를 비판하는 것으로 요약된다.

이처럼 기성 문인들의 공격에 대해 직접 대응한 대표적 신인은 김동리이다. 김동리의 「신세대 정신─문단의 신생면(新生面)의 성격·사명·기타」(『문장』 2권 5호, 1940)는 비평가로서 김동리의 개성적 면모를 본격적으로 드러낸

비평론이다. 여기서 '신생면'이란 신세대라 해도 될 것이다. 이 글은 「문자우상」(『조광』 5권4호, 1939.4), 「'순수' 의의」(『문장』 9호, 1939.10), 「신세대 문학정신」(『매일신보』, 1940.2.21~22)에서 개진된 그의 문학론이 총괄된다. 또한 이 비평문은 일제 시대 비평사의 마지막 이론 논쟁으로 간주되는 '세대-순수' 논쟁의 중심에 위치한 문제적 글이기도 하다.

이상과 같이 1940년을 전후해서 가장 활발히 전개된 논의가 세대론이다. 이 세대론은 40년을 앞뒤로 하여, 한국 문학이 제2의 전형기에 돌입했음을 의미하는 것이기도 하다. 세대론은 신세대와 30대 간의 문학 정신의 순수와 비순수의 시비가 그 중심 문제에 위치한다. 세대론은 어떤 각도에서는 『인문평론』파와 『문장』파의 암투로 볼 수 있지만, 더 정확하게 말하자면 유진오(兪鎭午)와 김동리의 '순수-비순수'의 시비이라고 할 수 있다. 따라서 김동리의 작가 정신과 리얼리즘론은 한국 문학사에서 최초의 개성 있는 논의라고 평가받고 있기도 하다.

'세대-순수' 논쟁의 특징과 의의를 정리해 보면 다음과 같다. 첫째, 세대론은 일제 말기 최후의 논쟁으로 신인 작가 대 기성 평론가 사이의 대결 구도를 지니고 있다는 점이다. 그러나 그 세대 갈등이 이면에는 경향 문학의 퇴조 이후 구카프 세력 중심의 경향 세대의 문학관과 순수주의 문학관의 미의식적 갈등을 내포하고 있다는 점도 간과해서는 안 된다. 둘째, 논쟁에 참여한 대부분의 이론가들은 인간성 옹호를 문학 정신의 본질로 규정하고 있다는 점이다. 유진오의 순수 개념이나 김동리의 인간성 옹호는 르네상스의 휴머니즘 정신과 맞닿아 있는 것이다. 물론 김동리의 인간성 옹호는 그 구체적인 내포가 명확하게 제시되지 않고 있다. 그러나 인간성 옹호론과 순수 문학론의 접맥이 시도되고 있다는 것은 해방 직후 우리 문학 상황에 큰 영향을 끼쳤다. 마지막으로 세대론은 단순한 세대간의 갈등에 그치지 않고 세대별, 개인별이라는 문학적 자의식을 확립해 가는 문학 본질과 연결되고 있다는 점이다. 특히 김동리는 이 논쟁을 통하여 그의 '개성과 생명의 구경 추구'라는 문학론을 정립했으며 다시 해방 이후 제3휴머니즘 내지 본격 문학으로 체계화했다.

이러한 '세대−순수' 논쟁은 일제 말기 최후의 논쟁이라는 면에서 보다는 한국 현대 문학사상 두 축의 원형을 성립시켰다는 점에서 더욱 의미가 있다. 세대 논의 속에는 당시 문단 3파전의 축을 발견할 수 있다. 하나는 임화, 김남천으로 대표되는 카프파들, 또 하나는 유진오, 백철, 최재서로 대표되는 현실주의파, 다음은 상허(尙虛), 김동리로 대표되는 순수파가 그것이다. 카프파와 현실주의파는 그 성격이 다르지만 사이비논리성에 있어서는 일치되어 신체제에 야합했지만, 김동리의 순수파는 주체 의식을 지켰다. 해방 이후 카프파는 재빠르게 문맹파로 등장했고, 현실주의파는 친일파로 거세되었다. 순수파는 민족문학파로서, 문맹파와 두 축을 이루며 대립 구도를 형성하였다.

그런데 '세대−순수' 논쟁은 『조광』, 『매일신보』 등 저널리즘의 영향력에 의해 가열되면서 다분히 감정적인 논쟁의 양상을 띠게 되는 문제점을 내포하고 있음도 간과할 수 없다.

4) 임화의 좌익 민족 문학론

임화는 해방 직후 조선문학건설본부와 조선문화건설중앙협의회 창설과 운영을 주도하면서 40년대 비평문학사에 있어서 많은 비평 활동을 하였다. 8·15 해방 직후 전개한 문학론을 구체적으로 이해하기 위해서는, 앞서 일제 시대에 펼친 임화의 문학론과 연속선상에서 살피는 것이 필요하다.

임화는 1937년 말을 전후하여 과거 자신 이 견지해 오던 프로문학을 상대적으로 부정하기 시작하면서 혼란에 빠진다. 그가 프로문학을 부정한 것은 우선 당시 일본 제국주의의 탄압 아래에서 프로문학과 그 이외의 문학을 포함한 조선 문학 전체의 위기를 구하기 위함이었다. 그리하여 그는 조선 문학 전체를 포괄할 수 있는 미학적 원리와 이념을 모색하고자 하였다. 한편으로는 프로문학과 그 밖의 문학간의 조화를 꾀하면서 새로운 문학을 모색하고자 하였다. 그러나 이러한 모색은, 과거 프로문학과 그 밖의 문학 사이의 질적인 차별을 없애버림으로써 프로문학이 가지고 있는 가능성과 한계성을 올바르게 지적하고, 그 연장선 위에서 새로운 문학을 모색하자는 것은 결코 아니다. 그리하여 그는 프로문학의 한계가 노정된 이후 그 이전 문학의 예술적 결함에 대한 반성을 담고 있는 세태 문학과 내성 문학을 지양한 본격 문학을 내세웠던 것이다.

8·15 직후 임화가 처음 쓴 글이 「현하의 정세와 문화 운동의 당면 임무」(『문화전선』 창간호, 1945. 11)이다. 실제 임화의 8·15 직후의 생각은 그가 기초한 '문건'의 선언서에 드러난 문화의 해방, 문화의 건설, 문화 전선의 통일이라고 할 수 있다. 그런데 이 선언문은 막연하게 단결하자는 추상적인 내용이다. 이렇게 해서 결성된 '문건'이 문제점을 드러내자, 이에 대한 비판으로 쓴 글이 「현하의 정세와 문화 운동의 당면 임무」이다. 이 글의 요지는, 과거 일본 제국주의적 문화 지배, 봉건적 문화의 잔재, 부패한 시민 문화의 침탈에서 벗어나기 위해서는 현단계에 있어서 문화 건설의 담당자일 수밖에 없는 노동자 계급을 위시한 인민에 의한 인민의 문학을 수립하는 길밖에 없다는 것이다. 이를 위해서는 문화 운동의 기본 방향으로 인민의 문학을 위한 통일 전선이 필요하다는 것이다. 다시 말하여, 이 글은 '문건' 조직의 문제점이 드러나면서 인민의 문화 수립이 통일 전선 운동의 목표와 기준이 될 수 있고 이를 뒷받침할 수 있는 새로운 조직의 결성을 촉구하면서 쓴 것이다.

임화의 다음 글인 「문학의 인민적 기초」는 실제 1945년 9월 29일의 강연을, 1945년 12월 8~14일까지 『중앙신문』에 발표한 것이다. 이 글에서 주목되는 것은 임화가 일제하 우리 문학 운동을 어떻게 파악하고 있으며, 그 연장선 위에서 8·15 직후의 우리 문학을 어떤 식으로 건설하려는가의 논의이다. 여기서 임화는 프로문학 이후의 문학적 경향을 그 이전 문학이 가지고 있던 사상적·예술적 결함에 대한 반성으로 보고 있다. 그는 그 이전의 문학에 대한 일정한 반성을 담고 있는 세태 문학적 경향과 내성 문학적 경향이 통일됨으로써 본격적인 문학이 될 것이라고 한다. 그런데 이러한 그의 견해는, 이미 중일전쟁 이후에 그 자신이 펼친 것이다. 그런 점에서 8·15 직후 임화의 논의는 중일전쟁 이후의 논의와 거의 비슷하다고 할 수 있다. 따라서 그가 제시한 문학적 이념으로서의 인민 문학은 당시 작가들을 전부 결집시키고 묶으려는 한 방법이라고 해석할 수 있다.

조선문학자대회에서 발표한 그의 「조선 민족 문학 건설의 기본 과제에 대한 일반 보고」(『건설기의 조선문학』, 조선문학가동맹, 1946.6)에서는, 앞서 보여준 혼란으로부터 다소 벗어나 정연한 논의를 펼치고 있음을 본다. 이 글의 요지는 첫째, 그 이전의 인민 문학으로부터 민족 문학으로 넘어왔다는 점이다. 그는 우리가 건설해야 할 문학은 민족 문학임을 명확하게 밝힌다. 그리고 민족 문학에 계급 문학을 대립시킨다. 그런데 여기서 임화는 민족 문학의 계급적 성격이나 민족 문학의 이념을 구체적으로 밝히지는 못 한다. 그의 이런 점은 민족 문학이란 것을 애매하게 만드는 원인이 되었고, 후에 다시 자기 자신의 비판의 초점이 되기도 한다. 둘째, 우리 문학사에 대한 정연한 파악이다. 여기서 그는, 프로문학과 민족주의 문학이 대립하여 오다가 중일전쟁을 전후하여 일제의 억압이 조선 문학 전체에 미치면서 프로문학과 민족주의 문학이 협동할 시기에 이르렀다고 한다. 그러다가 8·15 이후에 다시 계급적인 문학이냐 민족적인 문학이냐 하는 근본적 지점으로 돌아왔는데, 건설해야 할 문학은 민족 문학이라고 주장한다. 이 글에서도 왜 프로문학이 아니고 민족적인 문학이냐 하는 것에 대한 설명은 없다. 다만 당대의 반제 반봉건의 전선적 과제에서만 문학의 방향을 모색하고 있다.

이 글에서 제기되었던 문제점은, 이후 「민족 문학의 이념과 문학 운동의 사상 통일을 위하여」(『문학』 제3호, 1947.4)에서 극복된다. 이 글에서 임화는 민족 문학의 이념을 분명하게 제시한 것이다. 그는 우선 근대 서구의 경우와 현대 식민지의 경우를 각각 설명함으로써 우리 민족 문학의 이념에 접근한다. 그는, 봉건사회를 자신의 힘으로 무너뜨리고 근대 자본주의 사회를 구축한 서구의 경우 민족을 대표하는 것은 시민이었고, 따라서 시민의 이념이 곧 민족의 이념이라고 말한다. 반면 식민지 상황을 겪은 우리나라에서는, 노동자 계급이 민족을 대표할 수밖에 없고, 따라서 노동자 계급의 이념이 곧 민족의 이념이 될 수밖에 없다는 것이다. 그런데 임화는 민족 문학의 이념이 노동자 계급의 이념임에도 불구하고 그것이 계급 문학이 될 수 없다고 한다.

이러한 정리된 논의에도 불구하고, 「민족 문학의 이념과 문학 운동의 사상 통일을 위하여」에서는 과거 우리 문학의 발전 과정에 대한 파악이 불분명함을 볼 수 있다. 여전히 명확한 설명을 하지 못하고 막연하게 지나쳐 버린 부분이 있는 것이다. 이것은 임화가 내세운 민족 문학론의 논의와 맞물린다. 이 점은 이후 또 하나의 쟁점을 마련하기도 한다.

이처럼 임화의 비평문에 있어서, 당시 민족 문학의 건설이란 하나의 당위론적인 과제였음에도 불구하고 그 구체적인 실천 방안이 제대로 모색되지 못한 점은 문제점으로 지적된다. 또한 그의 논의는 지난날의 문학을 비판하고 반성하는 데 치우친 감이 있다. 그리하여 정작 새로운 민족 문학의 방향성을 제시하는 부분은 그냥 구호에 그치고 만 미진함을 보이고 있기도 한다. 가령 일제 잔재의 소탕, 봉건적 문화 청산, 외국 문화 섭취, 고전 계승 등을 내세웠을 뿐 새로운 세계에 대한 도식이 없는 것이다.

새로운 민족문학의 수립을 위해서는 우선 해방 공간의 문학이 직면해 있던 현실적 상황에 대한 명확한 인식이 전제되어야 한다. 그리고 문학 자체의 성격과 그 시대적 사명을 충분히 검토하면서 방향을 모색해야 한다. 그러나 당시의 문단적 분위기가 정치적 상황의 축소판이라고 할만큼 혼란을 거듭했기 때문에, 문학에 대한 욕구를 충족시킬 수 있는 여유가 없었을 것이다. 우리의 8·15 해방은 우리 민족의 노력에 의해 자주적으로 획득하지 못하고 결국 미군과 소련군의 외세에 의해 주어진 것임을 주지한다면, 임화의 비평문의 문제점을 이해할 수도 있다. 이러한 일련의 사태들은 결국 이후의 한국사 전개에 피할 수 없는 제약 조건으로 작용하게 된다. 그러나 한국 근대 문학이 국권 상실과 함께 시작된 문학, 곧 민족문학이라면, 해방 공간의 문학 역시 민족문학으로 규정해야 할 것이다.

5) 조연현의 우익 민족 문학론

한국 비평 문학의 흐름 속에서 조연현의 비평사적 위치는, 우선 이광수의 공리주의를 비판한 김동인의 예술지상주의적인 경향과 닮아 있다고 할 수 있다. 또한 카프문학의 계급주의 및 목적주의에 대항한 20년대 후반의 민족주의 내지 무목적주의와도 닮아 있다. 나아가 조연현은 30년대 하나의 순수주의 계보를 이어받은 비평가로고도 할 수 있다. 왜냐하면 8·15 직후 좌·우 대립기에 있어서, 그는 문학가동맹 쪽의 계급주의 내지는 목적주의 문학에 대항하여 민족주의 및 순수주의 문학을 옹호한 입장을 견지했기 때문이다.

해방 직후 결성된 여러 문학 단체들은 그것이 좌일 문학 단체이든 우익 문학 단체이든 간 에 모두가 회원들의 문학적 성향뿐만 아니라, 당시의 정치 노선에 따라 태동되었다는 성격을 지닌다. 좌익을 대표하는 비평가는 임화, 한효, 김남천 등이었고 우익을 대표하는 비평가는 조연현, 김동리, 조지훈 등이었다. 이들 우파와 좌파는 순수와 비순수의 비평론을 전개하였다. 당시 전개된 순수−비순수 문학론은 1930년대에 내재화한 두 이데올로기의 분출이라고 할 수 있다. 이 이론은 이미 1930년대 말 세대론에 내면화되어 있었기 때문에 본질적으로 새로운 것은 아니지만, 해방 공간의 정치적 소용돌이 속에서는 특수한 성격의 문학론으로 부각되었다.

조연현은 순수 문학을 옹호하는 입장에서 비평론을 개진한다. 그는 해방 직후 「문학자의 태도」(『문화창조』, 1945. 12)를 발표함으로써 주목을 받는다. 이어 조연현은 「새로운 문학의 방향」(『예술부락』, 1946.1)을 발표한다. 계속해서 그는 「문학의 위기」(『청년신문』, 1946.2)를 발표하여 임화의 문학 활동을 직접 비판·공격하였다.

이러한 조연현의 비평문을 살펴보면, 그는 우리 문학이 일제하의 기형적 형태를 벗어나 정통적 모습을 되찾아야 함을 강조한다. 그는 해방 직후 발표된 문학 작품들이 기형성을 지니고 있다고 말한다. 즉 당시 발표된 시의 전부가 조선의 해방이라는 민족적 감격을 노래하고 있는데, 민족적 해방이라는 커다란 감격에 젖어 저급하고 천박한 웅변 또는 절규하는 것과 다름 아니라는 것이다. 그는 문학의 기형성을 탈피하는 대안으로 독자 대중의 감흥이라는 측면에서 접근한다. 그리하여 문학의 창조성을 강조하며 정치와의 결별을 제안했다. 그렇게 함으로써 문학이 기형성을 극복하고 독자 대중에게 감흥을 가져다 줄 수 있다고 믿었기 때문이다.

조연현은 기형성 문제를 봉건적 속성과 자본주의적 속성의 혼합을 통해 설명했다. 좌파의 임화는 과거 우리의 문화 운동이 민족 문화 수립에 실패했기 때문에 기형적 모습으로 성장할 수밖에 없었다고 지적한 바 있다. 이와 달리 조연현은 과거 우리의 생활이 기형적이었다는 데서 그 원인을 찾으며, 거기서 표현된 문학은 독자 대중에게 감흥을 줄 수 없다고 언급하면서, 문학적 기형성을 진단했다. 결국 임화는 문학의 기형성 극복은 민족 문화 수립에 있다고 판단하고 민족 문화 운동을 위한 단체를 결성하고 민족 문학론을 제창한다. 반면 조연현은 문학의 기형성 극복을 위한 대안으로 문학의 창조성을 강조하고 문학의 정치와의 결별을 주장한 것이다.

조연현이 새롭게 내세웠던 프로 리얼리즘의 세계란 곧, 새로운 미가 존재하는 새로운 문학의 세계였다. 그 새로운 문학 세계는 신문학 초기 이광수 등 부르주와 리얼리즘이 해결하지 못한 완전한 반봉건의 자유주의 문학 세계와 통하는 것이기도 하다. 자유주의 문학에 대한 강조는 곧, 문학의 자유라는 명제로 이어진다.

이상 우파의 대표적 비평가 가운데 한 사람인 조연현은 일제하에서 해방 직후에 이르는 문화 상황을 진단함에 있어서 좌파의 비평가들과 일면 유사한 점을 보이기도 한다. 가령 프로 리얼리즘이라는 좌파의 용어를 사용하는가 하면, 문학의 기형성을 진단하고 있는 점, 부르주와 리얼리즘으로부터 탈피를 주장하는 것 등이 그것이다. 그러나 조연현은 좌파의 이론과는 달리, 문제에 대한을 제시하고 있으며 결론을 도출하고 있다. 이러한 조연현의 논의는 임화에 대한 공격으로 나타나기도 한다.

그러나 해방 직후 우파 문단 활동의 활성화를 감안할 때, 우파의 문학 활동은 현실 정치에서 자유로울 수가 없었을 것이다. 따라서 조연현의 민족 문학론은 실현 가능성이 희박한 논의에 불과하다고 할 수 있다. 또한 그는 우리 문학의 기형적 형태의 근본 이유를 봉건주의적 속성과 자본주의적 속성의 혼합을 통해 설명한다. 그리하여 우리 문학의 기형성 문제를, 문학이 사회·정치와 밀접한 관계를 맺고 있는 데서 찾고 있으며, 따라서 문학의 자율성을 강조하여 정치와의 결별을 제안한 논의에는 별 무리가 없다. 그러나 문학이 정치와 결별하여 우리의 정통적 모습을 되찾아야 한다는 대목에서는, 우리 문학의 정통성의 모습에 대한 언급을 구체적으로 제시하지 못하고 구호에만 그치고 있음을 본다. 또한 조연현이 새롭게 내세웠던 프로 리얼리즘이란 용어는 그것이 비록 문학의 순수성을 주장하는 우파의 이론을 좌파적 용어를 차용하여 표현했다 하더라도, 우파의 입장에서는 여과되지 않은 부적절한 용어가 아닐지 우려되기도 한다.

6. 1950년대―민족 문학론 · 신인론―신세대 문학론 · 모더니즘 문학론 · 실존주의 문학론

1) 비평 문학의 전개 양상

1948년 8월 15일 대한민국이 수립되었고 1948년 9월 9일 북한에서는 조선인민공화국 정부가 세워졌다. 이 역사적 사건에 관한 사실 인식 속에는 미국과 소련을 축으로 하는 세력 판도와 각각 그들이 내세우는 이데올로기의 상충된 이해 관계가 커다란 몫으로 자리하였다. 이와 병행하여 1947년 2월에 발족한 문화단체총연합회는 '분열에 직면한 민족 정신의 집중적 표현'과 '외래의 침해를 용인치 않으려는 민족 생명의 창조적 노력'이라는 두 강령을 내세우며, 1949년 8월에『문예』를 창간하고 10월에는 기관지인『민족문화』를 발간하는 등 새 출발을 준비하였다. 또한 1950년 4월에는 당시 경무대 경무 비서관으로 있던 김광섭의 도움으로『문학』이 간행되기도 했다. 바로 이런 무렵 1950년 6월 25일 한국전쟁이 발발한 것이다.

남 · 북한이 각기 단독 정부를 수립한지 불과 1년 10개월 여만에 한국전쟁이 일어난 것이다. 이로부터 1953년 7월 27일 휴전협정 조인이 있기까지, 만 3년 1개월 여에 걸친 전쟁은 한민족에게 민족 상잔이라는 뼈아픈 시련의 의미를 가져다주었다. 그리고 갖가지 아픔, 질병, 굶주림, 외로움, 분노, 원한, 고뇌, 절망 등이 고스란히 민중의 몫으로 던져졌다. 평단이나 문단의 정신 구조 상황도 전쟁의 포화에 잿더미가 되어버리고는 새로운 인식의 출발이라는 계기를 마련하게 하였다.

개화기이래 해방 공간에 이르기까지 한국의 비평은 계급주의 사상과 민족주의 사상이라는 두 이데올로기를 주축으로 하여 전개되어 왔다. 이 두 이데올로기가 창작 방법을 이끌어 왔으며, 민족문학을 지탱해 주었다. 30년대 중반 이후의 신·구세대 논의도 이 두 이데올로기의 변형에 불과한 것이다. 이 세대론을 분석해 보더라도 순수·비순수에 관한 논의로 일관하고 있다. 또한 해방 공간의 좌·우익의 논쟁 역시 두 이데올로기의 대결 구도와 다름 아니다. 이처럼 두 이데올로기를 떠나서는 비평의 핵심을 논하기 어려웠다. 그런데 전후 비평은 상당히 다른 면모를 갖고 있다. 무엇보다도 이 두 이데올로기가 함께 소멸된 자리라고 할 수 있다. 이를 김윤식은 '영도의 좌표'[15], 정현기는 '충격적 휴지기'[16]라고 말한다. 이런 진술은 동시에 새로운 비평이 열릴 가능성을 말해 주기도 한다.

50년대 문단 단체는, 우선 40년대의 연속선상에 있는 단체를 들 수 있다. 박종화, 오상순, 김광섭, 이헌구, 김진섭 등을 중심으로 한 조선중앙문화협의회(1945.9.18)와 정인보, 설의식, 박종화, 채동선, 이헌구, 김광섭, 이하윤, 오종식 등을 중심으로 한 전조선문필가협회(1946.3.13) 및 전국문화단체총연합회(약칭 '문총', 1947.2.12), 그리고 김동리, 조연현, 서정주, 유치환, 조지훈, 곽종원, 최태응 등 젊은 문인들로 구성된 조선청년문학가협회(1946.4.4) 및 그 보수적인 맥을 잇는 한국문학가협회(약칭 '문협', 1949.12.9) 등이 단일 형태로 존재했다. 그러나 이러한 단체도 예술원 발족(1954.7.17)과 피난 수도 부산에서 제정된 문화보호법(1952.8.7)에 의거한 문화인등록령(1953.4.14)의 공포로 인한 내부 분열로 다시 한국자유문학자협회(약칭 '자유문협', 1955.7)로 새롭게 발족했다. 회원으로는 김광섭, 백철, 이무영, 모윤숙, 김팔봉, 서항석, 이헌구, 이하윤 등 132명이었다.

---

15) 김윤식, 「1950년대-전후 세대의 비평」(『한국현대문학비평사』, 서울대학교 출판부, 1999, p.269.
16) 정현기, 「문학 비평의 휴지기」(『한국현대문학사』, 현대문학, 2000, p.361.

문학 잡지를 살펴보면 조연현, 모윤숙을 중심으로 한 월간지『문예』는 1949년 8월에 창간되었다(1954.4. 통권 21호로 종간). 이의 후신으로 조연현, 오영수를 중심으로 한『현대문학』이 간행되는데 1955년 1월에 창간되었다(2002년 현재까지 발간 중). 다음 오영진, 박남수, 원응서 등 월남 문인들을 주축으로 한『문학예술』이 1954년 4월에 창간되었다(1957.12. 통권 33호로 종간). 그리고 자유문협의 기관지인 순문예지『자유문학』이 1956년 6월에 창간되었다(1963.8. 통권 71호로 종간). 순문예지면서 종합지의 성격을 띤『신천지』는 1946년 1월에 창간되어 50년대의 한 몫을 담당했다(1954.10에 종간). 이어『사상계』가 1953년 4월에 창간되었다(1970.5. 종간). 이『사상계』는 1970년대 초까지 문학계에 많은 영향을 주었다. 그리고『신태양』이 1956년 6월에 창간되었다(1959.8. 종간).

전후 문학의 시대 구분을 1953년 휴전 이후부터 60년대의 시작까지로 설정한다면『사상계』(1953),『문학예술』(1954),『자유문학』(1956),『현대문학』(1955) 등의 잡지를 중심으로 전개되었다고 할 수 있다. 따라서 한국 비평사에서 해방 직후를 격동기라고 표현한다면 50년대는 전환기라고 할 수 있다. 이 시기는 개화기이래 해방 공간에 이르기까지 계속되던 좌·우 이데올로기 논쟁이 소멸되고, 다양한 문학의 논의가 시작되는 시기이다. 그 다양한 비평 논의는 다음 몇 가지로 정리될 수 있을 것이다.

첫째, 민족 문학론을 바탕으로 한 리얼리즘 논의, 세계 문학 논의, 전통 논의를 들 수 있다. 50년대의 민족 문학론은 40년대 논의의 성과를 이어가면서도, 동시에 전환기적 특색을 반영하면서 새로운 방향에의 논점들을 포괄하고 있다. 또한 민족 문학론은 순수 문학론 또는 휴머니즘의 연장선에서 논의되는가 하면, 세계 문학을 향한 민족 문학 논의 그리고 전통론으로 이어지고 있음을 본다.

둘째, 신세대론을 바탕으로 한 신인론의 전개를 들 수 있다. 50년대 문단에서는 신세대 문학에 대한 논의가 주요 관심사로 부상했다. 이 시기에는 우선 양적으로 많은 신인이 등장했고, 이 신세대들은 기성 세대들에게 부정적인 태도를 보였다. 이러한 전후 세대의 부정 정신은 필연적으로 기성세대와 신세대간의 간극을 확인하게 된다. 이로써 비평은 부정과 합리화의 강열한 대결로 논쟁을 야기하기도 한다.

셋째, 모더니즘 문학론을 바탕으로 한 뉴크리티시즘 논의를 들 수 있다. 이 시기 모더니즘은 1951년에 결성된 '후반기' 동인의 활동을 통해서 본격적으로 등장한다. 문학 작품의 내적 분석을 지향하는 형식주의 이론과 그 사상이 여기에 속한다. 뉴크리티시즘 논의는 그것이 모더니즘적 세계관에 입각한 비평 방법론이라는 점에서 모더니즘과 연속선상에서 다룰 수 있다.

넷째, 실존주의 문학론을 바탕으로 한 휴머니즘 논의를 들 수 있다. 모든 전쟁 문학이 그렇듯, 한국의 전쟁 문학도 넓은 의미의 휴머니즘을 기본으로 출발하고 있는 것이다. 다시 말하여 전쟁 속에서 인간이 처한 극한 상황을 드러내는 문제를 다루고 있거나, 후방에 남아 있는 사람들이 처한 피난민 문제, 양공주 문제 및 모랄 문제 등을 다루고 있거나, 또한 전쟁에서 돌아온 제대병들의 현실 적응 문제 등을 다루고 있다. 이러한 문제들은 심각한 실존 상황이면서 동시에 휴머니티를 제공하고 있는 것이다.

2) 민족 문학과 세계 문학 논의

휴머니즘론은 전환기의 문학 사상으로서 30년대 한 차례 논의된 바 있다. 백철은 30년대 혼란한 전환기의 문단 상황 속에서 방황하는 작가들에게 하나의 창작 방향으로 「인간묘사 시대 기(其) 2」(『조선일보』, 1933.9.1), 「인간탐구의 문학」(『사해공론』, 2권 6호, 1936) 등을 제시한다. 이후, 이를 다시 행동주의의 변형으로 세계 문단에 주조를 이루었던 휴머니즘 사상과 접맥시켜 당시 문학에 적극성을 발휘할 계기를 부여할 수 있는 문학론으로 내놓았다. 백철의 휴머니즘론은 프롤레타리아 문학론의 지나친 도식성에 대한 회의 과정을 거친 뒤, 당시의 고질적인 문단 침체의 타개를 위한 대안으로 제시되었던 것이다. 이러한 논의는 당연히 프롤레타리아적 입장에 서 있던 임화, 한설야, 이태준, 이원조 등의 반론을 받으면서 휴머니즘 논쟁은 활발히 전개되었다. 이 과정에서 백철은 자신의 휴머니즘론이 프랑스적 의미에서의 지식 계급의 휴머니즘으로 한정된 것이라고 말한다. 이 발언은 지식 계급의 역할을 강조하는 소위 '지성 논쟁'을 불러일으키게 되었고, 이로써 휴머니즘에 대한 논의는 30년대 말경에 일단락을 맺게 된다.

그런데 50년에 발발한 한국전쟁을 기점으로 리얼리즘론·휴머니즘론은 다시 제기되기에 이른다. 전쟁을 겪으면서 한국 문단은 그 방향성을 잃고 침체되어 갔으며 이러한 상황을 극복하는 것이 당시의 문학 비평가에게 우선적으로 부과된 과제였기 때문이었다. 그들은 문단으로부터, 전쟁 중에 필요한 올바른 문학적 방향을 제시하는 것, 지식 계급으로서 전쟁을 통해 만연된 위기의식과 불안 의식을 해명하고 이를 극복할 수 있는 방법을 제시하는 것, 그리고 이러한 시대 상황에 부합된 가시적인 창작 방법론을 제시해야 하는 것 등의 구체적 요구를 받아야만 했다. 이러한 과제를 해결하는 데에 기본 원리로 수용된 것이 바로 휴머니즘론이었던 것이다.

최일수는 서구의 주조적 정신을 '니힐'에의 초극에서 찾고 있음을 본다. 그는 현대의 불안과 동요를 극복하기 위한 하나의 방안으로 니힐의 극복을 내세운 것이다. 그는 비평문 「니힐의 본질과 초극 정신」(『현대문학』, 1955. 10) 이외에도 「비평의 문학성과 현실성」(『문학예술』, 1956. 2)에서도, 서구적 문학 현상을 사상적으로 검토하면서, 보다 한국적인 문학 정신을 탐색하고 있음을 본다. 최일수가 우리 문단에 구체적 대안으로 내어 놓은 휴머니즘의 방법은 민족 문학이었다. 그가 민족 문학론을 강조하게 된 이유는, 우선 "우리 문학이 일제의 민족지상주의에 대해 바르게 저항하던 민족의 전통을 토대로 자각 있고 의식 있는 주체성의 확립을 통해 세계 문학을 비판적으로 섭취할 수 있는 새로운 민족 문학의 형성기에 들어섰기 때문"이고, 또한 "6·25 동란을 겪은 우리의 문학에 현대 의식과 전통 의식을 밀착시켜야 하는 문제가 절실히 요구되기 때문"이라는 것이다.

최일수의 「우리 문학에 있어서 신인의 위치—민족 문학의 현대화를 중심으로」(『문학예술』, 1956.2)에서 보이는 논의는, "보편적 인간 옹호의 정신에 분단의 현실과 통일의 민족적 염원이 부가된 형태"로 휴머니즘을 우리의 문단 상황에 적합하도록 창조적으로 변형시킨 주체적 수용하자는 것이다. 그러나 이 글의 핵심적인 개념으로 보이는 인간 옹호 정신이나 현대적 민족정신에 대한 더 이상의 구체적 언급이 없음이 아쉽게 지적된다.

또한 김양수의 「한국 현대 문학의 지향점―속·민족 문학 확립의 과제」(『현대문학, 1958.1)에서도 역시, 그의 논의의 초점은 민족 문학과 리얼리즘의 상관관계에 주목하고 있으나 민족 문학에 있어서 리얼리즘이 구체적으로 어떤 역할을 해야 할 것인가에 대한 더 이상의 진전된 언급이 없다. 그에게 있어서 민족 문학의 전제는 우선 자율적인 근대 의식의 확립에 있다. 이를 기반으로 그는 "전인간적 감각과 정신의 소유자로서의 독창적인 개성을 살"려야 하며, "생명을 압박하고 구속하는 모든 기존의 질서나 사상에 저항"하자고 한다. 또한 젊은 세대로서 "새로운 인간 생명에의 애정과 탐구만이 미래의 참다운 인간을 창조할 수 있"다고 한다. 그런데 여기서 '생명'이란 구체적으로 무엇을 말하는지 그 의미가 불분명함이 한 계점으로 지적된다.

이러한 민족 문학의 리얼리즘·휴머니즘 논의는 자연스럽게 민족 문학과 세계 문학과의 논의로 발전된다. 왜냐하면 원래 리얼리즘과 휴머니즘은 서구에서 수입된 문학론이기 때문이다. 민족 문학을 리얼리즘 내지 휴머니즘에 관련하여 논의했던 최일수, 김양수, 염상섭, 김동리 등은 자연스럽게 그들의 논의를 세계 문학적 차원으로 확대시킨다.

김동리는 「민족 문학의 이상과 현실」(『문화춘추』, 1954.2)에서 '인간주의적 민족 문학론'에 초점을 맞추어 논의를 전개한다. 김동리의 인간주의적 민족 문학론의 핵심은 세계 문학이라고 말한다. 그리고 민족 문학과 세계 문학의 교섭이라는 문제를 현 문단의 가장 중요한 과제로 제시한다. 그러나 여기서 더 구체적으로 나아가지 못하고 있어서 설득력을 갖지 못한 감이 있다. 더구나 김동리 자신이 "이 문제에는 많은 이론이 필요하지만 여기서는 요지만 언급한다", "나의 인간주의적 민족 문학의 표준은 곧 세계 문학이라는 주장은 이상의 간단한 설명과 예증으로는 충분하다고 할 수 없을 것이다"라고 말하고 있다. 이는 김동리가 자신의 논의에 대한 한계를 스스로 인정한 발언이라고 할 수 있다.

다음, 조연현의 「민족 문학과 세계 문학」(『자유신문』, 1958.1.1~3)의 논의는, 민족 문학과 세계 문학의 관계를 개성과 보편성이라는 문제에 초점을 두고 접근하고 있음을 본다. 이 글에서 그는 한나라의 문학이 한 민족의 민족적 특성을 강조한 경우 민족 문학이 되며, 인류적 보편성을 강조할 때는 세계 문학이 된다고 전제한다. 그의 이 논의는, 민족 문학의 특수성과 세계 문학의 보편성의 관계를 바르게 파악한 것으로 주목된다. 세계 문학은 각 나라 민족 문학의 특수성을 반영함과 동시에 인류의 보편적 가치를 지닌 문학이어야 한다. 즉, 세계 문학은 지방적 특수성과 세계적 보편성이 조화를 이루면서 인류의 이상을 향해 나아가는 문학성을 보여 준다고 할 수 있는데, 여기에 세계 문학의 진정한 존재의의가 있는 것이다.

해방 공간의 민족 문학론은 좌익 문단에 의해 주도된다. 임화는 민족 문학의 '인민성'을 강조한다.17) 반면 우익 문단의 김동리는 민족이 당면한 위기를 극복하는 문학론18)으로 설명한다. 이후 60년대는 다시 백철 등의 민족 문학론으로 넘어가게 된다. 이처럼 민족 문학론은, 민족 문학이라는 이름으로 다양한 문학 논의들이 이루어진다. 이와 관련하여 50년대 민족 문학과 리얼리즘·휴머니즘 문학론 역시 몇 가지 유형으로 나뉘어 다양하게 논의된다. 그 다양한 논의들은 실제로 전쟁이 시작된 때부터 전쟁이 끝난 이후 서로 긴밀한 관계를 유지하면서 줄곧 50년대에 자리하고 있다. 또한 민족 문학과 세계 문학의 논의 역시 전쟁의 와중에서 무분별하게 수용된 외래 사조의 틈새에서, 우리의 문학의 주체성 확보와 우리 문학의 세계문

---

17) 임화, 「민족 문학의 이념과 문학 운동의 사상적 통일을 위하여」(『문학』 3호, 1947.4)

18) 김동리, 「민족 문학과 경향 문학」(『백민』, 1947.9)

학에로의 건전한 발전을 위해서 끊임없이 탐색 제기된 논의이기도 한 것이다.

3) 50년대 민족 문학과 전통론 논의

우리 현대문학사에서 전통론 논의가 비평론의 체계를 갖고 평단의 관심사로 떠오른 것은 50년대 중반 이후부터이다. 이러한 전통론 논의는 이후 60년대로 넘어가면서까지 연장되었던 중요한 논의이기도 하다.

50년대 후반 전통 문제가 제기된 배후에는 몇 가지 이유가 있다. 먼저 내적으로는 이어령, 유종호 등 해방 이후 대학 교육을 받은 신진들이 평단에 등장하기 시작했다는 점을 들 수 있다. 이들은 식민지 지식인으로서 선배 비평가들이 가지고 있던 민족이나 역사에 대한 부채감을 가질 필요가 없었고, 따라서 식민지 상황에서 국권 회복 운동의 방편으로 전통을 내세웠던 선배 비평가들의 주의 주장에 대해서도 부담 없이 반론을 제기할 수 있는 입장에 있었다. 이들 신진 비평가들의 등장은 일종의 세대론의 양상까지 띠면서 전통 단절론을 광범위하게 확산시켰다. 이에 대해 전통 계승론 측에서 반론을 가함으로써 전통론 논의는 활발하게 진행되었다. 다음 50년대 중반 이후 『사상계』, 『현대문학』, 『자유문학』 등에서 의도적으로 주도한 데서 역시 전통 논의가 활발히 진행되게 된다. 이들 잡지들은 전통 논의를 특집으로 다루면서 발표 공간을 열어 놓고 비평가들로 하여금 논의에 띠어들도록 경쟁적으로 유도한 것이다.

외적 요인으로는 해방 이후 6·25 전쟁을 치르면서 유입 확산된 외래 사상의 혼재, 특히 서구 문화의 영향을 들 수 있다. 서구의 문화가 급속히 유입되면서 우리의 전통에 대한 재검토와 각성이 촉구된 것이다. 주로 외국 문학 전공자들이 한국 문학 전통 논의에 참가하게 되었고, 이들은 대체로 자기 부정의 전제 조건으로 전통 단절론에 동조하는 논의를 내세우는 풍조를 낳았다. 그러자, 그때까지 막연하게 민족 문학에 대한 논의를 전개했던 비평가들 역시 민족 문학 논의를 재검토하면서 전통 계승론의 입장에서 논의를 전개하기 시작하였다.

제일 먼저 1955년 초 『사상계』에서 문예란을 준비하여 「한국 문학의 현재와 장래」라는 좌담회를 열고, 50년대 중반의 한국 문학 전반에 대해 점검하면서 전통 문제를 문단 전면에 부각시켰다. 이 좌담회에 참가한 백철은 전통의 계승론을 주장한 반면, 김팔봉은 전통 계승의 부정적인 견해를 제시했다. 여기에 이무영이 가담하여 백철의 입장을 지지하고 나서자, 손우성 또한 가담하여 김팔봉의 견해에 동조하면서 절충적인 입장을 표명한다. 이로써 우리의 문학 전통과 함께 외국의 것을 받아들여 외국의 것을 잘 소화시켜 우리 문학의 발전을 기하자는 것으로 끝을 맺었다. 이 좌담회는, 이후 10여 년 넘게 지속된 전통 단절론과 계승론 및 절충론의 단초가 되었다.

50년대 민족문학과 전통론 논의에서, 전통 부정론과 단절론의 입장에 선 대표적인 비평가는 이봉래와 전광용이었다. 이봉래의 「전통의 정체」(『문학예술』, 1956.8)는 모더니즘 계열에 선 전통 부정론의 대표적인 비평문이다. 그의 논의에 따르면, 젊은 세대 평론가들은 고정화된 형식적인 습관과 보수적 의식에 가득 찬 과거의 문화적 소산을 전통이라고 진단하고, 반면 보수적 경향을 띤 평론가들은 오랜 역사의 집적에 의하여 이룩된 민족 고유의 문화적 유산으로 지속될 특질과 함께 절대의 가치를 지닌 것을 전통이라 생각한다는 것이다. 계속해서 이봉래는 역사가 있고 과거가 있다고 해서 거기에 반드시 전통이 존재한다고 평가하는 것은 잘못된 생각이라고 말한다. 말하자면 이봉래의 견해는, 진정한 우리 것의 전통은 없다는 것이다. 이러한 전통 부재는 곧, 한국 문학 전체가 전통을 가지지 못했다는 것을 뜻한다. 그런데 이렇듯 극단적으로 전통을 부정하고 있는 이봉래도, 전통의 중요성과 전통의 확립을 필요성을 강조하고 있기도 하다.

전광용 역시 「유산 계승과 창작의 방향」(『자유문학』, 1956.12)을 발표하고 우리 근대 문학의 전통을 부정하는 입장을 표명했다. 전광용의 논의에 따르면, 우리 문학에는 서구의 것과 같은 전통이 없다는 것이다. 서구의 경우 전통의 발생과 소멸은, 한 문예사조가 발생하여 그 전통이 자리잡고 계속 성장 발전해 오다가 다시 다른 전통에 의해 쇠퇴되고 소멸되는 필연적인 역사 발전의 현상을 겪는다고 말한다. 그리고 한 전통이 자리잡기에는 문학 예술 전반의 투쟁적인 노력의 과정을 거쳐야 한다는 것이다. 따라서 전통이란 가만히 앉아서 상속받거나 전수받는 것이 아니고 쟁취하는 것이기 때문에, 우리도 전통을 원한다면 서구의 문학 예술인들처럼 투쟁적인 노력을 통해서 그것을 획득해야 한다고 말한다. 따라서 그의 논의는 한국 근대 문학을 서구 문학의 이식으로 진단하면서도, 한편으로는 우리 문학 작품의 내용과 정서 문제에 있어서는 전통 계승의 가능성을 내보이고 있음을 본다.

한편 전통 계승론의 입장에 선 대표적 비평가로는 백철, 최일수, 김양수 등을 들 수 있다. 백철의 「현대 문학과 전통의 문제」(『조선일보』, 1956.16~7)는 민족 문학과 전통의 문제를 관심 있게 개진한 글이라고 할 수 있다. 이 글에서 백철은, 당시 현대 문학을 우리 것 답게 만들기 위해서는 전통에 관심을 가져야 하며 그 구체적 방안으로 고전 검토 운동을 일으킬 필요가 있다고 언급한다. 그의 논의는, 고전 작품의 이해를 통해 현대 문학의 전통을 계승하려는 의지를 보인다. 그런데 백철의 전통 계승론은 60년대에 가서는 변질되고 있음을 발견할 수 있다. 그는 「세계 문학과 한국 문학」(『사상계』, 1962. 문예임시 증간호)을 통하여, 결국 한국적 전통의 허약성과 한국 문학의 후진성을 강조하는 것으로 끝맺음함으로써 전통에 대한 논의를 계속 변화시키고 있음을 볼 수 있기도 하다.

50년대 최일수의 민족 문학 논의는 전통 계승에 대한 논의로 이어진다. 그는 「우리 문학의 현대적 방향―전통의 올바른 계승을 위하여」(『자유문학』, 1956.12)라는 글을 통하여, 우리의 민족 문학이 서구의 현대 문학을 수용한다면 더욱 풍성한 문학 발전을 이룩할 수 있다고 말한다. 나아가 우리는 서구의 현대 문학을 주체적으로 수용해야 하며 그러기 위해서 우선 전통에 대한 올바른 계승 작업이 필요하다고 말한다. 또한 최일수는 「문학의 세계성과 민족성」(『현대문학』, 1957.12~1958. 4)에서, 어떤 나라 문학 작품이든 자기 민족의 고유한 의식과 전승을 토대로 한 그런 정신 적 특성을 지니지 않는 것이라고는 하나도 없다고 주장한다. 그런데 전통 이나 민족적 특성은 후대에게 강요되는 것이 아니라 역사의 내면적 필연 성에 의해서 이어지는 것이므로, 객관적 시각에서 전통에 접근하여야 할 것을 촉구하고 있기도 한다.

김양수의 민족과 전통의 관계에 대한 논의는 「민족문학 확립의 과제」 (『현대문학』, 1957.12)를 통해 출발한다. 그는 전통은 한 민족의 역사를 이루어 놓고, 한 민족의 역사는 전통을 재구성한다고 함으로써 민족의 역 사와 전통의 상호 불가분의 관계에 대해 설명한다. 이어 그는 역사의 끊임 없는 발전 속에서 전통 또한 끊임없이 파괴되고, 그것을 토대로 다시 새로 운 전통이 수립된다는 견해를 밝힌다. 이러한 김양수 논지의 핵심은 역사 와 전통은 고정된 것이 아니고 끊임없이 발전 변화한다는 것, 즉 전통의 파괴와 재구성이다. 그는 계속해서 「생명 제일주의의 문학−보유·민족문 학 확립의 과제」(『현대문학』, 1958.4)에서, 전통 논의를 확대하여 생명 제일 주의 문학을 지향하는 데서부터 우리 민족문학이 세계문학으로 발전할 수 있음을 주장하고 있다.

한국 현대문학사에서 전통의 문제가 표면에 등장한 것은, 이미 개화계몽 기 시대 춘원 이광수나 육당 최남선에 의해서 비판의 문제로 제시되었다. 이후, 프로문학이 대두하였던 1925년대 국민문학파의 민족주의 문학 운동 에서 시조를 부흥시키고 한글을 발굴하여 조선심을 제고하려던 조선주의 에서도, 전통에 대한 관심을 찾아볼 수 있다. 이러한 국민문학파의 민족주 의 문학 운동은 외래사조 특히 민족을 부정하는 계급주의 문학론과 일제 에 대한 반감의 요소가 강했다. 또한 1930년대에는 고전 부흥론이 제기되 어 일부 국문학에 업적을 남겼으나, 일제의 동양 문화론에서 대동아 공영 권과 신체제론으로 이어지는 식민지사관이 잠복되어 지식인들이 오도되는 현상을 빚기도 했다.

그러나 1950년대와 60년대에 걸쳐 논의된 전통론은 분단의 첨예화와 6·25라는 비극을 겪으면서 제기되었다는 데 특징이 있다. 개화기이래 우리 문학사는 계속 외래적인 것에 의해서 왜곡되었다. 특히 분단과 6·25는 민족의 동질성을 파괴하고, 전체주의 이데올로기, 나아가 냉전의 산물인 양대 진영까지 등에 업은 상태였기 때문에 민족의 동질성이나 전통성이 완전히 파괴될 위기에 처해 있음을 실감하게 된 것이다. 여기에 전후 비평의 전통론 문제가 의미를 갖는다.

우리의 현대 문학사에서 전통의 문제가 비평론의 체계를 갖고 평단의 관심사로 떠오른 것은 50년대 중반 이후부터이다. 50년대 논의를 종합해 볼 때, 당시 한국 문학의 전통 문제에 참가했던 논자들의 견해가 근본적으로 그렇게 큰 차이를 보이고 있지 않다. 가령 단정적으로 전통 부정론을 제기했던 이봉래는, 전통 부정에 대한 입장을 표명했음에도 불구하고 전통 확립의 중요성을 강조하고 있는 논지를 펴고 있다. 또한 전광용 역시 전통 부정론의 입장에서 한국 근대 문학을 서구 문학의 이식으로 보면서도, 우리의 고전 작품에 담긴 전통적 가치를 완전히 무시하지는 않는다. 나아가 그는 16세기 조선시대의 문인 송강 정철의 「장진주사」와 현대 시인 정지용의 「백록담」을 비교하면서 전통의 가능성을 진단한다. 이는 그의 전통 부정론의 입장을 모호하게 하고 있다. 어쩌면 그는 전통 부정론과 전통 계승론 사이의 절충론을 펼쳤는지도 모른다. 다시 말하여 전통 부정론을 펼친 논자들도, 우리 나라의 문학을 발전시키는 데 전통이 중요하며 그리고 그 전통이 계승되는 것 혹은 창조되는 것은 우리 문학사 발전 과정에 중요한 사실이라는 것에는 공감하고 있다는 것이다. 이런 점에서 50년대 전통 논의를 전통 부정론 혹은 전통 계승론과 같은 흑백 논리로 나누어 구별하려는 시도는 지나치게 도식적이라고 생각할 수 있다.

이에 비해 전통 계승론을 주장했던 백철은 현대 문학의 발전과 전진을 위한 고전적 토대의 활용이 필요하다고 제언한다. 이는 다분히 고전 문학 속에서 산견되는 정신적인 부분으로서 가령 '은근과 끈기', '맛과 멋' 등에서 전통을 수용하려는 방식을 취하고 있음이다. 이러한 이해에서 한 단계 더 나가 민족 문학적 관심과 연계하는 지점이 50년대 말 최일수, 김양수 등의 전통 논의이다. 그들의 논의는 모두 민족 문학 확립 과정에서의 전통의 중요성을 강조하고 있으며, 전통이 지닌 창조성을 중요시하고 있다는 점에서 공통된다.

그리고 최일수가 풍속과 전통의 차이에 주목하면서 풍속을 비판하고 전통을 수용한 점, 그리고 김양수가 습성과 전통의 차이에 주목하면서 습성을 비판하고 전통을 수용한 것도 비슷한 논점이기도 하다. 다만 최일수는 평민 문학의 성과를 통한 계승의 문제를 중점적으로 다루고 있다면, 김양수는 전통의 창조에 대한 문제를 중점적으로 다루고 있다는 데 차이가 있다. 이들의 민족 문학과 전통 논의의 기조는 60년대 여타 비평 담론에 영향을 끼쳤는데, 이점은 비평문학사의 한 성과로 남겨질 만하다.

결론적으로 50년대 중반 이후의 전통 논의는 전후 세대 비평가가 우리 문학 속의 전통과 현대화를 어떤 방식으로 모색하고 있느냐에 그 중심이 놓여 있다고 할 수 있다. 즉 전통론은 휴머니즘 대안으로 제시되기도 하고, 한국 문학의 현대화 혹은 한국 문학 자체의 철학을 발견하기 위해 제시되기도 했다. 그러나 이러한 논의는 대체로 한국 문학의 후진성에 대한 자기 반성을 전제로 하기 때문에 전통 부정론이나 고전의 현대화, 현대적 해석 이상을 넘지 못하고 60년대 전통 논의로 연장, 이월하게 된다.

4) 신인론-신세대 문학론

신인론·신세대론은 1940년을 전후하여 한차례 심도 깊은 논의가 전개된 바 있다. 당시는 주로 30대 중견 비평가와 신인 작가들 사이에서 문학 정신의 순수 비순수 시비를 중심 문제로 하여 펼쳐졌다. 이 세대 논의는 프로문학 퇴조 이후 등장하여 성장한 신세대의 역량 증대로 인해 문단의 새로운 질서가 조성되면서 필연적으로 등장한 것이다. 당시 신인들은 김동리, 최인준, 오장환, 정비석, 김영수, 박영준, 계용묵, 박노갑 등이었고, 신인들의 도전에 정면으로 맞선 비평가는 임화, 현민 등이었다.

50년대 신인론·신세대론 역시 문단의 주요 관심을 끌며 논의가 전개되었다. 전쟁으로 인하여 피난을 갔던 대부분의 중앙 문인들은 서울 수복과 함께 속속 상경하기 시작했다. 그들은 폐허가 되어버린 수도에 찾아들어 정착지를 찾고 1953년 7월 휴전을 맞이했다. 그리고 그들은 우선 문학 대열을 정비하기 시작했다. 우선 순문예지로 『현대문학』, 『문학예술』, 『자유문학』이 창간됨으로써 한국 문단은 신인추천제도에 의해서 많은 신인들을 배출하게 되었다. 그리고 또 1954년 7월에 예술원이 발족됨으로써 예술원은 일부 문인들의 활동을 뒷받침하게 되었고 각종 문학상 제도가 설정되어 문학 발전의 촉진제가 되었다. 이로 말미암아 한국 문단은 전쟁의 상처가 아물어 가는 가운데 차츰 활기를 띠기 시작했다. 그리하여 전후의 50년대 문학사를 활발하게 장식해 나갔다.

조연현 등 일부 문인과 평론가들은 50년대 초부터 신인들에 대한 기대를 표명하면서 훌륭한 신인 발굴과 소개에 주력했다. 가령 조연현은 「자라나는 신인군」(『신천지』, 1952.3)를 통하여 갓 등단한 신인들의 작품을 소개하고 미래를 전망한 가운데 장용학, 이형기, 천상병 등을 장래가 촉망되는 신인이라고 평가했다. 이후 백철, 조영암, 손우성, 최일수, 이봉래 등이 가담하여 신인론─신세대론에 관심을 표명하였다.

이후 1953년 2월 『문예』지에서는 특집을 마련하여 신인 몇 사람의 견해를 실었는데, 그 가운데 이형기의 「신인의 위치」(『문예』, 1953.2), 천상병의 「나는 거부하고 반항할 것이다」(『문예』, 1953.2) 등의 글이 주목을 끌었다. 이형기는 「신인의 위치」에서, 신인은 먼저 기성의 정신세계를 명백히 알고 난 후에 새롭게 자신의 세계를 규명해야 할 것임을 강조하고 있다. 또한 인간의 정신세계는 고정 체계가 아니고 꾸준히 변화하는 발전체이므로 기성이나 신인이나 간에 항상 탐구 정신을 지니고 있어야 한다는 것이다. 다시 말하여 이형기는 바람직한 문단 활동으로써 신인과 기성의 관계 및 역할을 이해하고 상호 보완적으로 협력하자고 한다. 이는 기성과 신인의 대립보다는 조화를 통한 새로운 문학의 창조라는 절충적 입장을 보이고 있는 것이다. 천상병은 「나는 거부하고 반항할 것이다」를 통하여 기성세대를 거부하고 반항하며 세대 교체를 주장한다. 곧, 기성세대가 이룩한 문학적 업적들에 대한 강력한 도전만이 새로운 문학 현실을 이룩하는 첩경이 될 것이라는 주장이다. 그러나 모든 기성세대의 문학을 거부해야 한다는 견해는 젊은 패기보다는 치기어린 반항이 우선하고 있음을 볼 수 있다. 이 밖에도 기성세대를 비판하고 등장한 신인으로 이어령을 들 수 있다. 그는 「우상의 파괴」(『한국일보』, 1956.5.5)를 발표함으로서 평단의 주목을 끌었다. 그는 이 글에서 해방 이후부터 한국 문단을 지배해온 순수 문학은 한갓 미망에 불과하다고 평가하면서, 그 순수 문학의 주역인 김동리와 조연현이 개진한 논의를 비판하였다. 즉, 김동리의 토속적 세계는 샤머니즘의 허위이며, 조연현의 비평은 일본의 아류에 불과하다고 비판한 것이다. 이 비판은 상당히 과격한 수사로 표현되었기 때문에 천상병의 비평 태도와 같다고 할 수 있다.

이렇듯 50년대에 제기되었던 신인론은 50년대 중반에 이르면, 신세대론으로 심화 확대된다. 백철은 「신세대적인 것과 문학」(『사상계』, 1955.2)에서 신진 작가들이 갖는 특질을 정리한다. 그리고 이어 「신인과 현대 의식」(『조선일보』, 1955.10.18)을 발표하여 신인들에게 반성을 요구하며, 조언을 곁들이기도 한다. 이어서 조연현은 「우리 나라의 비평 문학 ─그 회고와 전망」(『문학예술』, 1956.1)을 발표하여 신인들의 문학 활동을 기대하면서 신인들을 독려한다. 이어서 조연현은 「비평의 신세대」(『문학예술』, 1956. 3)을 통해 신인론에 대한 본격적인 정리 작업을 시도한다.

그 동안 한국 문학사를 살펴보면 세대 논의는 꾸준히 이어져 왔다. 육당 최남선과 춘원 이광수의 세대를 비판한 창조파와 폐허파가 있었고, 다시 이 세대를 비판한 프로문학파가 대두했다. 또 프로문학파를 비판하여 민족주의 문학 및 해외문학파가 성립했던 바 있다. 그런데 이들 프로문학을 비판한 세대는 프로문사들과는 동일한 세대에 속해 있었다. 1939년 경 집단적 세력을 형성한 신인들은 바로 이 프로 측 및 민족주의 문학파의 세대에 대립되는 신세대로서 등장한 것이고, 따라서 이들은 주로 프로문사였던 30대를 비판하게 된 것이다.

50년대 기성 문인이란 해방 전부터 문단 활동을 했던 문인들, 그리고 해방 후 약 5년 사이에 등단한 문인을 일컫는다. 해방 후 5년간 등단한 문인들은 실제로는 해방 직전 등단을 위한 습작 준비를 해오던 사람들이기 때문이다. 이와 같이 해방 후 약 10년간의 문학은 주로 기성세대 문인들이 담당해 왔다. 이러한 기성 문인들에 의해 주도된 문학은 해방 전 문학과 유사한 성격을 띨 수밖에 없었다. 문학 수준 역시 비슷했다.

그러나 신인－신세대들은 기성과는 생활 체험이 전혀 다는 조건에서 성장한 사람들이다. 물론 당시 우리 나라는 정치적·사회적으로 혼란스럽고 부패한 현상을 띠고 있었지만 그래도 일제 치하 36년간의 환경과 비교해 볼 때는 전혀 다른 세계이며 새로운 시기였다. 생활 체험의 환경이 다르다는 것은 기성과 신인의 문학 차이를 가져오는 기본 조건이 된다.

백철은 이러한 신세대 작가들의 특징을 다음과 같이 정리하고 있다.[19] 첫째, 신세대들은 기성적인 것만을 비판하는 데 주력하고 있으며, 그들 자신 세대의 문학을 체계적으로 설명하고 해석하는 데는 등한시하고 있다는 점이다. 이는 한국에 새로운 문학을 건설하려는 목적보다도 무조건 기성을 비판하는 것으로 일관된 인상을 주고 있는 당시 신인들의 문학관을 지적하고 있는 것으로 해석할 수 있다. 둘째, 신인들은 공통적으로 휴머니즘에 대해 열렬히 지지를 보내고 있음이 또 하나의 특질로 나타난다고 지적한다. 이러한 현상은 우리 인류의 역사가 시작된 이래 그 관념 형태나 수단 방법에 여러 가지 변형을 겪어왔지만 그 근저에는 항상 휴머니즘의 정신

---

19) 백철, 「신세대적인 것과 문학」(『사상계』, 1955.2), 참조.

이 흐르고 있음을 말하는 것으로 설명된다.

또한 백철이 신인의 부정적인 문학 태도에 대해 언급하면서 반성을 요구하고 있는 점도 주목된다.[20] 그는 우선 신인들이 현대적 인간 본질을 탐구하는 데 있어서, 서양 현대 문학의 흐름을 그대로 추종하고 있음에 대해 비판적 시각을 보낸다. 당시 신인들의 작품 세계는 외국 문학의 정신분석학적 경향을 무의식적으로 추종하는 경향이 있다고 말한다. 가령 손창섭이나 장용학의 최근작에서 이런 외국 문학의 영향을 받은 인간의 비정상적인 모습이 드러나고 있다는 것이다. 우리 문학은 반드시 서양 현대 문학과 같을 필요는 없다. 여기에서는 서양 현대 문학을 비판 없이 받아들이는 것보다 필요한 것은 잘 소화해서 수용하고, 또한 그 수용한 것을 우리의 것으로 표현할 줄 알아야 한다는 백철의 주장이 담겨 있다고 할 수 있다.

다음으로 백철은 신세대 문학의 근시안적 안목에 대해서도 비판하고 있음을 본다. 신세대들은 20세기 서양 문학의 경향과 작품의 이해, 해석은 상당한 수준에 있으나, 너무 근시안적으로 거기에 심취되는 집착을 보인다는 것이다. 그래서 올바른 역사의식이나 문학사적 위치의 혜안이 결핍되어 있다고 말한다. 이는 우리의 신문학을 바로 감상하고 이해, 평가하는 데 지장을 초래하고 나아가 미래 우리의 주체적 문학의 위상을 세우는 데도 걸림돌이 된다는 것으로 해석할 수 있다. 당시 우리 문학이 서양의 여러 문학 현상들을 추종하기보다는 그것을 넘어서려는 태도가 필요한 것은 당연한 과제였던 것이다.

그 동안 우리 나라는 사회·경제적 측면에서 왜곡된 근대화의 과정을 겪었다. 타율적으로 강요된 근대화 과정은 진정한 자아 확충을 어렵게 했다. 이로 인해 개인의 사고 형태와 현실 사이에는 부조화가 생길 수밖에 없었다. 여기서 한국의 정신적 편향성의 특수성 문제가 제기된다. 이렇듯 진정한 근대 정신을 확립하지 못한 채 전개되던 한국 문학이 바로 설 수

---

20) 백철 「신인과 현대 의식」(『조선일보』, 1955.10.18~28), 참조.

있는 기회가 온 것은 8·15 해방이다. 해방은 한국 문학의 전환점 혹은 현대 문학의 출발점이 될 수 있는 기회였다. 그러나 또 다시 6·25를 만나 격심한 역사적 시련을 겪게 된 것이다. 따라서 한국 문학은 주체 의식을 상실하고 정신적 혼란과 문학의 무력성 따위를 드러내게 되었다. 그리하여 50년대 말 한국 평단 및 문단은 한국 문학의 재건을 위하여 혼신을 경주하지 않을 수 없었다.

한국전쟁이 휴전으로 끝을 맺자, 문인들은 한국 문학계를 정리하는 가운데 신인들의 평단 및 문단 진출을 장려했다. 그 결과 많은 신인들이 등장했고 이들 신인 대부분은 기성 문인들에 대한 불신을 표명했다. 그리하여 50년대 초반부터 관심을 끌던 신인론은 50년대 중반에 이르러 신세대론의 문제를 야기한다. 즉 새로 등장한 신세대 작가들의 작품은 구세대의 그것과는 구별된다는 것이다.

평단과 문단에서는 신인과 신세대에 대한 관심이 매우 높았지만 정작 신세대 자신들은 신세대 문학의 특색에 대해 분명한 입장을 취하지 못하고 있었다. 그리하여 1956년 7월 『현대문학』에서는 신세대 소설가와 시인 그리고 평론가 11명을 초청해 「신세대를 말하는 신진 작가 좌담회」를 개최하였다. 여기에 참가한 문인들은 손창섭, 오상원, 이형기, 최일수, 김양수, 정창범, 천상병 등이었고, 신세대 작가 이외에 잡지사 측에서 조연현, 오영수, 박재삼 등을 참석시켜 좌담회를 진행하게 하였다.

이 좌담회에서 신세대의 특색으로 거론된 점 몇 가지를 살펴보면 다음과 같다. 첫째, 구세대가 사건 밖에서 인생을 관조적으로 다룬다면, 신세대는 인생을 행동으로 다룬다는 점이다. 둘째, 구세대의 문학 세계는 작품을 감상하고 나서 독자를 감동하게 한다면, 신세대의 그것은 독자로 하여금 감동을 넘어 생각하게 한다는 점이다. 셋째, 구세대의 것보다 신세대의 것이 더욱 수법이 우수하고 또한 인생관의 독창성을 구사하고 있다는 점이다.

50년대 평단의 신인·신세대론은 대체적으로 뚜렷한 쟁점을 가지지 못했다. 당시 신세대론이 잡지에 자주 등장하고, 그것이 새로운 세대 집단의 출발이라는 점에서 문단의 관심을 끈 것은 사실이다. 그러나 세대론이 개인의 문제가 아니라는 지적에도 불구하고, 신인들의 진출은 특정한 이념을 앞세운 문학 집단도, 그리고 특정한 창작 성향을 내세우고 등장한 유파도 아니었다. 50년대 신세대 문인들은 집단과 유파를 등에 업고 등장한 것이 아니라, 흩어진 개인 개인들의 문단 진출이었던 것이다. 따라서 그들의 문학 성향도 개별적일 수밖에 없었다. 이 점에서 신세대의 공통된 문학 특색을 일목요연하게 정리할 수 없었던 것이다. 따라서 50년대 세대론은 주로 그 특질 탐색과 아울러 앞으로 나아갈 향방에 대해서만 논의하는 것으로 일단락을 맺는다.

이처럼 50년대 신인·신세대론은 40년대를 전후하여 전개된 세대 논의와는 차이를 지닌다. 왜냐하면 40년대 전후 당시의 세대 논의는 당시 문학의 순수성을 주요 쟁점으로 하면서 세대 간의 논쟁 형태로 전개되었기 때문이다. 이후 60년대 신세대론 역시 50년대의 것과 유사한 방식으로 전개된다. 60년대의 세대 논의는 주로 기성세대의 문학론을 현실 도피순수 문학이라고 비판한다. 이러한 논의는 50년대 등장한 신세대 문학인들로 하여금 60년 초반 참여 문학의 주창자로 변모하게 만든다.

5) 전후 모더니즘 문학론

50년대 모더니즘은 1951년에 결성된 『후반기』 동인의 활동을 통해 본격적으로 등장했으며, 40년대 후반에 활동하던 『신시론』 동인의 활동과 연장선상에 있다고 할 수 있다. 『신시론』 동인들은 50년대 모더니즘 운동의 맥락을 30년대에서 40년대를 거쳐 50년대로 이월시키는 교량 구실을 하고 있기 때문이다. 또한 이들 동인들은 그대로 '후반기 동인'으로 이어지고 있기도 하다.

50년대 모더니즘 운동은 30년대의 모더니즘 이론을 계승하면서도 그를 극복하고자 하는 차원에서 전개되었다. 모더니즘 시단이 형성될 당시, 그 필요성에 대해서 김광균은 "언어의 신구사, 문명과 시대에 대한 과학적인 태도"[21]가 계승되어야 한다고 지적한 바 있기도 하다. 당시 김광균, 김기림, 오장환, 장만영, 정지용 등 30년대 모더니스트들은 창작 활동을 중단하고 있었던 것은 아니다. 그러나 50년대에 오면서 30년대의 모더니스트들의 시적 세계는 많이 변화된 양상을 띠고 있었다. 따라서 50년대 모더니즘 운동은 해방 후 새로이 등장한 신인들에 의해서 주도되기 시작하였다.

먼저 동인을 구성하여 집단적으로 모더니즘 운동을 일으킨 신인들로는 김경린, 김경희, 김병욱, 김수영, 박인환, 양병식, 임호권 등을 들 수 있다. 이들은 두 권의 사회집인 『신시론 1』과 『새로운 도시와 시민들의 합창』을 발행했다. 이들은 1949년 조향의 제안으로 새로이 동인을 결성하고 그 명칭을 '『후반기』 동인회'로 바꾼다. 그 이유는 '신시론'이라는 명칭이 일본식이며, '신시론' 동인이 실제로 일본에 있었기 때문이었다. 이들 '신시론' 동인들의 사상적 면모는 확실하지 않다. 김병욱이나 박인환의 초기 시들은 진보적 리얼리즘의 경향을 보이기도 하며, 김경린의 경우는 계급 사상에 대한 반항 정신을 보여주고, 김수영은 이데올로기에 대해서 전혀 무관심한 태도로 시를 창작하였다. 이들은 사상적 지향보다는 오직 새로운 시에 대한 의욕을 강하게 지니고 있다는 점에서 공통된다.

『후반기』 동인의 실질적인 활동은 한국전쟁으로 인하여 부산에서 이루어진다. 이 동인회에서 활동한 주요 시인들로는 김경린, 김규동, 김차영, 박인환, 이봉래, 조향 등을 들 수 있다. 이들 동인들은 1952년 6월 『주간국제』에서 마련한 특집에 시와 산문을 발표하고 그 이외에는 한 권의 사회집도 남기지는 못하였다. 그러나 자신이 주장하고 있는 모더니즘 시운동을 펼치기 위해 독자적으로 시론을 쓰고 시평 활동에도 참가하는 등 활발한 활동을 벌였다. 6·25를 전후한 모더니즘 시론은 김경린, 김규동, 이봉래, 조향

---

21) 김광균, 「30년대의 시운동」(『경향신문』, 1948.3.28)

등에 의해서 계속적으로 발표되었고, 이철범, 김호, 천상병 등이 그들의 이론에 동조하는 평론을 발표하였다. 이들 가운데 모더니즘 이론을 가장 활발하게 개진한 사람으로 김경린과 김규동을 들 수 있다. 김규동은 김차영의 안내로 『후반기』 동인에 가담하게 되었지만 실제 어느 다른 동인보다도 활발한 활동을 하였다. 김경린이 모더니즘의 기본 이념이나 원리에 치우친 글을 발표했다면, 김규동은 시의 형식, 주제, 수사, 운율 등의 세부 사항에 대한 논의와 실제 비평 작업을 통하여 모더니즘의 사고방식을 구체적으로 제시하였다.

『후반기』 동인 이외에 모더니즘 시인으로 간주되는 사람으로는 고원, 김구용, 김광림, 김호, 박태진, 송욱, 신동문, 이상노, 이인석, 이활, 전봉건 등을 들 수 있다. 50년대 중반 이후에는 많은 시인들이 새로이 등장하지만 이들의 시세계는 기존의 모더니즘 이론만으로는 해명할 수 없는 폭넓은 시세계를 보여준다고 할 수 있다.

『후반기』 동인들의 시적 논의는 주로 김경린에 의해서 펼쳐졌다. 김경린의 「현대시와 언어」(『경향신문』, 1949.4.23)의 주요 논지는 '새로움의 추구'로 초점이 모아진다. 또한 『후반기』 동인들의 사화집인 『새로운 도시와 시민들의 합창』(1949)에 실린 김경린의 선언서에서도 현대시의 세계적 동시성의 확보 문제와 시의 전진하는 사고라는 문제가 강조되어 있음을 본다. 이 글에서 '전진하는 사고'는 '사고의 새로움'과 동질의 내용이다. 따라서 그는, 시란 끊임없이 진보하는 사고이기 때문에 30년대 모더니스트와 50년대 모더니스트 사이에는 분명한 차별성이 있어야 함을 주장한다. 또한 '언어의 건축'이라는 용어를 통해서 언어에 대한 새로운 인식을 요구하고 있다. 김경린의 시 언어의 중요성은 「현대시의 원근」(『조선일보』, 1954.12.13)을 통해서도 계속 강조되고 있다. 계속해서 김경린은 「현대시의 제문제」(『문학예술』, 1957.3)을 발표하여 모더니즘 시 활동을 회고하면서 모더니즘 시의 기교 문제를 다룬다.

김규동도 계속적으로 모더니즘 시론에 관심을 표명했다. 『새로운 시론』

(1955) 등에서 펼쳐 보이는 그의 논지 역시 김경린과 크게 달라지는 것은 없다. 즉, 그가 이미지를 생성해 내는 언어의 능력을 확대시키는 것을 중시하는 것은 대체로 김경린과 같다. 그러나 그는 특히 시대 정신을 구체적으로 불안 의식으로 파악하고 있다. 이어 김규동은 「현대시와 사상－8·15 이후 우리 시단의 역사적 고찰」(『사상계』, 1955.3)을 발표하여 『후반기』 동인의 문학적 위치에 대해 평가한다. 이 글이 해방 이후 우리 시문학사를 간략히 정리한 것이라면, 그의 「현대시의 위치」(『사상계』, 1955.9)는 우리 시가 나아갈 길에 대한 생각을 밝힌 글이라 할 수 있다.

그러나 50년대 모더니즘 논의에서 이봉래는 자체 비판에 적극 뛰어든다. 그는 「서정의 변화」(『조선일보』, 1953.3.8), 「라아리즘의 좌절」(『경향신문』, 1953.11.6), 「언어의 개혁」(『조선일보』, 1955.9.28), 「한국의 모더니즘(하)」(『현대문학』, 1956.5) 등을 발표하면서 모더니즘을 철저히 옹호하고 초현실주의나 일본 모더니즘의 이론을 적극적으로 소개해 왔다. 그러나 한편으로는 모더니즘에 대한 자체 비판을 시도하기도 했는데, 그의 비판 논의들은 물론 모더니즘을 더욱 발전시키기 위한 철저한 자기 비판의 성격을 지닌다.

한편 모더니즘 논의에 대한 외부의 비판으로 구상의 「시단분포도」(『시와 시론』, 1952.11), 이형기의 「신인의 위치」(『문예』, 1953.1) 등의 『후반기』 동인과 그 창작 활동에 대한 비판을 들 수 있다. 이후 『후반기』 동인에 대한 비판적 시각을 드러낸 글들이 쏟아져 나왔는데, 그 대표적인 글을 들어 보면 전봉건의 「시의 비평에 대하여」(『문예』, 1953.12), 김동리의 「민족 문학의 이상과 현실」(『문화춘추』, 1954.2), 홍효민의 「젊은 세대의 심금」(『조선일보』, 1956.1.22), 김현승의 「인생파와 모더니즘」(『현대문학』, 1956.2), 최일수의 「현대시의 순수 감각 비판」(『문학예술』, 1956.4), 「우리 문학의 현대적 방향」(『자유문학』, 1956.12), 「모더니즘 백서」(『자유문학』, 1959.2), 홍사중의 「리리시즘의 영토」(『현대문학』, 1957.2), 서정주·이철범의 「피상적 경향의 모더니즘」(『경향신문』, 1959.1.21) 등을 들 수 있다.

해방 직후의 모더니즘은 1930년대의 모더니즘을 계승, 발전시키는 과정이었다고 볼 수 있다. 김기림은 「시의 방법」, 「시의 모더니티」 등에서부터 모더니즘 이론을 전개하고 시를 통해 실천하였으나, 결국 여러 비평가들에 의해서 '실패한 모더니즘'으로 인식 평가받았으며, 김기림 자신도 「모더니즘의 역사적 위치」에서 시대 상황을 무시한 모더니즘에 대해서 반성하고 있음을 본다. 따라서 50년대 모더니즘 운동은 30년대의 모더니즘 이론을 계승하면서도 그를 극복하고자 하는 차원에서 전개되었다.

50년대 모더니스트들의 주장은 첫째, 도시적 현대 감각과 지성적 이미지의 중시, 둘째, 새로운 언어관의 실현, 셋째, 실존적 사고의 도입, 넷째, 현실에 대한 적극적 응전 태도로 집약할 수 있다. 그런데 첫째와 둘째는 주로 김경린이 개진하고 김규동에 의해 보완되었다고 할 수 있다. 특히 김경린은 수시로 시에 있어서의 회화적 이미지를 강조하고 있다. 그러나 이미지의 결합에 의해 새로운 이미지를 창조해내는 것에 대해서는 이미 김기림이나 최재서의 논의가 있었다. 김경린의 논의가 설득력을 가지는 것은 순전히 30년대의 모더니즘이 우리 시단에서 충분히 실천되지 못했다는 관점에 때문이다. 또한 김규동은 모더니즘 시론을 정립하려 노력하고 있음을 본다. 그런데 그는 기존의 시적 전통을 무시하고 오직 모더니즘 시나 모더니즘적인 사고를 토대로 시를 다시 정의하려 하고 있다. 김규동의 모더니즘에 대한 관심은 영미의 이미지즘 이후의 시적 동태에 대한 관심으로부터 출발하고 있으며, 그의 주된 관심은 뉴컨트리파22)에 기울어진다. 그것은 일본의 모더니스트들이 자주 뉴컨트리파에 관심을 보였기 때문이라고 해석할 수 있다.

이봉래는 「한국의 모더니즘」을 통하여 전통 단절론과 모더니즘론을 연관지어 논의하면서, 30년대의 모더니즘과 50년대의 모더니즘 사이에 단절

---

22) 뉴컨트리파 : 오든(W. H. Auden)을 중심으로 시와 정치의 거리에 대해 친밀하게 생각하고 있는 파이다. 그들의 출발은 자본주의 사회의 병폐와 결함에 대한 지적, 반파시즘을 위한 투쟁에서부터 시작된다. 그들의 현실 참여적 태도는 우리의 모더니스트들에게는 상당한 매력으로 보였던 것이다.

을 강조하고 있음을 본다. 그가 30년대의 모더니스트들을 공격하고 그들의 업적을 폄하한 이유는 자신이 관여한 50년대의 모더니즘이 30대의 그것과는 전혀 관련이 없음을 시사하는 것이기도 하다. 그런데 이봉래 논지는 두 가지 점에서 생각할 바를 제공하고 있다. 첫째, 그는 한국에는 진정한 근대가 없었으며 따라서 전통도 없었다는 것이다. 둘째, 우리 시단에 30년대부터 40년대에 걸쳐 존재했던 모더니즘 문학은 현대에 대한 역사적 고찰이 불충분했기 때문에 관념적 특질을 드러내는데 그쳤고, 따라서 이후의 새로운 세대에 아무런 영향도 미치지 못했다는 것이다.

이봉래의 이러한 주장은 그대로 받아들일 수는 없다. 우리 나라가 일제 식민 상황에 봉착했다고 해서 근대가 없었던 것은 아니다. 우리의 근대는 취약한 역사적 여건으로 인해 일정한 제약을 받기는 했지만, 나름대로 근대적 특색을 드러내며 성장해갔던 것이다. 문학 부문에서만 보더라도 식민지 시대의 문학은 조선시대에 비교하여 상당한 변화를 보이면서 근대적 징후를 표출하고 있음을 볼 수 있다. 근대가 없기 때문에 전통이 없다는 주장 역시 지나친 독단이다. 한국 문학사가 근대를 거쳤는가 아닌가 하는 문제는 한국 문학에 전통이 있는가 없는가 하는 문제와 동일한 것이 아니기 때문이다. 또한 아무리 우리 나라가 중국의 사대주의를 거쳐 일본의 식민지 상황, 미국의 협조를 받아왔다고 하더라도 그 가운데 우리 고유한 전통은 맥을 이어왔다고 할 수 있는 것이다.

이봉래의 둘째 주장도 그대로 받아들일 수는 없다. 특히 그가 50년대 『후반기』 동인의 모더니스트로서 선구적 공적을 강조하기 위하여 30년대 모더니스트들의 문학 활동의 성과를 일방적으로 폄하하는 것은 옳은 태도라고 보기 어렵다. 30년대 모더니즘이 있었기 때문에 50년대 모더니즘이 발전할 수 있었던 것이다. 따라서 30년대 모더니스트들도 역시 시대에 대해 고민하고 나름대로 성실하게 이론과 작품들을 내놓을 것이라고 인정해 주어야 할 것이다.

우리 나라의 모더니즘은 서구 모더니즘의 발전 과정을 순차적으로 따를 수는 없었다. 우리의 정신사적 배경은 우리의 역사적 현실을 감당하면서 우리 나름의 변혁을 모색해야 했기 때문이다. 우리의 50년대 모더니즘은 난해성론, 전통론, 실존적 휴머니즘론 등에 의해 수시로 도전을 받았다. 그러나 대체로 50년대 모더니즘은 30년대의 모더니즘을 극복하려 했으며, 좌파나 우파 어느 한쪽으로 치우쳐 정치의 희생이 되는 이데올로기를 거부하면서도 당대의 현실에 대한 시대 인식을 요구하기도 했다.

우리의 모더니즘론과 그 연속으로서의 뉴크리티시즘에 관한 논의는 1960년대 비평사의 특색을 드러내는 중요한 논의이다. 이 논의들은 과거 한국 근대 문학 비평사가 문학 외적 요인들과 깊은 연관을 갖고 전개되어 온 것에 비하면 문학 내적, 곧 문학 작품 그 자체에 대한 관심을 드러냈다는 점에서 전혀 새로운 방향의 논의라고 할 수 있다. 그런 점에서 모더니즘과 뉴크리티시즘론은 한국의 근대 비평을 극복하고 진정한 현대 비평을 여는 논의라고 평가받을 수 있다.

모더니즘이라는 용어에는 서로 이질적이고 모순되는 개념이 많이 내포되어 있다. 때문에 현대시를 이해하는 데에 거의 의미를 찾지 못할 정도이기도 하다. 문예상으로는 모더니즘의 뿌리가 낭만주의나 고전주의에 뻗어 있다고도 지적되는 한편, 사실주의 전통의 맥락 속에서 파악되기도 한다. 철학적으로는 합리론과 경험론의 계속되는 갈등과 함께 20세기 초 언어적 전환, 그리고 후기 비트겐슈타인(Ludwig Wittgenstein, 1889~1951)의 생각들이 모더니즘의 사상적 배경이 된다고도 한다. 한국의 모더니즘이 그러한 세계성을 향해서 얼마나 열려 있는가는 쉽게 단정지을 수 없다. 모더니즘은 시대적인 구분의 소산이 아니라 문학관의 분류에 의한 개념이라는 울프(Virginia Woolf, 1882~1941)나 스펜더(Stephen Spender, 1909~)의 견해를 참조해 볼 때, 우리에게 있어서의 모더니즘도 하나의 양식으로서보다는 정신적인 태도로 인식되어야 함이 타당하다고 생각한다. 사실 일정한 틀을 거부하는 것이 모더니즘의 기본 정신이기 때문이다.

6) 실존주의 문학론

실존주의는 개인으로서의 인간의 주체적 존재성을 강조하는 철학 혹은 문예사조이다. 이는 19세기 합리주의적 관념론이나 실증주의에 반대하여 나타났다. 실존이라 함은 본질에 앞선 즉 '본질 존재'가 아니라 '현실 존재'라는 뜻이다. 이 새로운 말은 '실존(existence)'이란 실명사로부터 생겨났으며, 이후 '실존적, 실존론적(existential)'이라는 형용사가 생겨나고, 다시 '주의(ism)'라는 어미가 붙게 되었다. 대개 이 '주의'는 어떤 우위를 용인한다는 뜻인데, 예를 들면 사회주의가 이론상 개인 이윤보다 앞서 사회 이윤을 주장하는 것이라면, 이와 반대로 개인주의는 공중 권리를 끌어 잡는 중심에 서야 할 것이다. 따라서 실존주의도 실존의 우위와 탁월함을 수긍하는 이론이라고 할 수 있다. 이러한 실존주의는 하이데거(M. Hidegger)의 『시간과 존재』(1929)에서 처음 사용된 개념이기도 하다.

하이데거의 경우 실존은 존재자에서 분리된 존재이며, 사르트르(J. P. Sartre)의 경우는 사물 존재와는 달리 육체적·사회적 상황에 구속되어 있는 인간의 현실 존재를 의미한다. 플라톤(Platon) 이후 유럽의 철학은 인간을 눈에 보이지 않는 '본질'에서부터 이해하려고 하는 전통을 가지고 있었다. 이는 전통적 합리주의 철학이 말하는, 본질은 구체적 조건을 배제한 인간성 일반이라는 의미를 지닌다. 이에 반하여 실존주의는 개인이 처해 있는 현실적 세계의 상황 속에 단독으로 존재하는 현실 존재의 파악에서부터 출발한다. 그 일반적 특색은 주체적 관점에서 인간의 완전한 자유와 책임을 강조하고 고독, 불안, 절망 등의 한계 조건을 추구하는 것이다.

파스칼(B. Pascal), 키에르케그르(S. A. Kierkegard)에서부터 싹이 튼 실존주의는 후설(E. Husserl)의 현상학의 영향을 받아 하이데거, 야스퍼스(K. Jaspers), 사르트르 등에 의하여 비로소 철학 사상으로 확립되었다. 실존주의는 '본질'에 대하여 어떠한 태도를 취하느냐에 따라 기독교적 실존주의 혹은 유신론적 실존주의, 무신론적 실존주의, 행동적 실존주의 등으로 갈라진다. 첫째는 파스칼과 키에르케고르 계열의 실존주의로, 본질과 관계없이 인간이 실존하고 있다는 놀라움과 공포로부터 신을 향하여 비약함으로써 절망을 초극하려고 한 것이다. 둘째는 하이데거, 야스퍼스 계열의 실존주의로, 최고 원리로서의 신을 부정하고 인간의 존재를 거기에 있다는 사실로서 파악하려고 한 것이다. 까뮤(A. Camus), 블랑쇼(M. Blanchot) 등의 문학이 여기에 속한다고 볼 수 있다. 셋째는 사르트르를 중심으로 한 행동적 실존주의로, 무신론적이라는 점에서는 둘째와 같으며 제2차 세계대전 이후 사상계를 휩쓴 바 있다. 즉 행동주의 실존주의의 기본 태도는, 인간은 무(無)이며 '무'라는 인간의 존재 상황에서 절망이 아니라 미래를 창조하기 위하여 완전한 자유에 의하여 자기 책임으로 선택한다는 것이다. 사르트르에 있어서의 선택은 사회의 부정과 싸움이며, 결국 마르크스주의에 접근하였으나 공산당과는 일치하지 않는다.

주로 제2차 세계대전 이후에 나타난 문예사조로서 실존주의는, 일찍이 인간 존재의 불확실성 등 여러 가지 문제성을 지적한 뷔히너(G. Buchner), 릴케(R. M. Rike), 카프카(F. Kafka) 등의 문학 작품에서 확인할 수 있다. 즉 2차 세계대전 이후의 서구를 덮은 불안과 절망에서 형성된 것으로서 현재에도 계속되고 있지만, 인간 삶의 깊은 밑바닥에 가로놓인 허무성을 확인하여 존재에의 퇴락 현상을 그리는 것을 그 특징으로 하고 있다.

실존주의 문학론이 우리 문단에 등장하기 시작한 것은 40년대 후반부터이다. 그 후 50년대에 들어와서 활발하게 논의되었다. 서구에서 제2차 세계대전 이후 실존 철학과 그 사상에 바탕을 둔 실존주의 문학론이 관심을 끌었듯이, 우리 나라 역시 6·25 한국전쟁과 실존주의 수용에는 밀접한 관련이 있다. 그만큼 실존주의 문학론은 50년대 한국 문단 상황과 지식인의 고민을 가장 집약적으로 반영했던 문학론이라고 할 수 있다. 따라서 실존주의 문학론은 우리 나라의 경우, 50년대라는 특정한 시기에 활발히 논의되었다가 일시에 그쳐버린 문학론이기도 하다.

우리 나라에서는 1948년 『신천지』(10월호)에서 「실존주의 특집」을 마련했는데, 이것이 한국 문단에 실존주의를 소개하는 본격적인 계기가 되었다. 이 특집에서는 사르트르(Jean-Paul Sartre)의 이론과 작품을 중점적으로 다루고 있다. 여기에 양병식은 「사르트르의 사상과 그의 작품」을 발표했고, 박인환은 「사르트르의 실존주의」를 발표하고 있다. 양병식은 주로 외국에서 발행되는 신문과 잡지의 실존주의 관련 기사 등을 통해 실존주의를 소개하였고, 박인환은 사르트르의 실존주의를 설명하기 위해 그의 작품 『구토』를 실례로 들고 있다. 이후 양병식은 계속 「최근 불문학의 제문제」(『신천지』, 1952.1), 「사르트르의 철학과 문학」(『신천지』, 1953.4) 등을 발표하면서 50년대 우리 평단의 실존주의에 대해 관심을 표명하고 있음을 본다.

한국 현대비평사에서 실존주의 이론을 개진한 대표적인 비평가로는 김붕구, 손우성을 꼽을 수 있다. 김붕구는 「실존주의 해의」(『문예』, 1954.3), 「증인문학」(『사상계』, 1955.12), 「불문학 산책」(『신태양』, 1956.10), 「실존주의 문학」(『사상계』, 1958.8) 등을 발표하여 현대 문학의 실존주의 이론을 펼쳤다. 그는 「증인문학」에서, 실존주의 문학이란 행동의 문학, 현실 증언의 문학, 그리고 가식과 자기기만이 없는 문학이라고 말한다. 이어서 그는 사르트르, 카뮈, 앙드레 말로 등의 실존주의 문학의 특질을 지적하고 있다. 그는 말로의 행동주의는 넓은 의미의 실존주의 문학으로 설명하고, 카뮈의 기질은 종교적이며, 사르트르의 기질은 비종교적이라고 진단한다. 이렇듯 김붕구는 실존주의를 설명하면서 계속 행동주의의 중요성을 강조하고 있는데, 그가 강조하고 있는 행동주의 밑바탕에는 휴머니즘에 대한 인식이 자리하고 있음을 본다.

손우성은 「현대 불문학의 방향」(『문예』, 1953.2)을 통하여 실존주의 문학에 대한 관심을 표명했다. 이 글에서 그는 프랑스 문단에서 사르트르가 차지하는 위치에 대해 정리하고 있다. 이어 그는 50년대 후반 카뮈에 대한 관심을 표명하면서 「부조리 인간」(『자유문학』, 1958.1)을 발표한다. 그의 논지는 곧, 카뮈는 이성의 힘을 통해 존재의 부조리에 반항해야 함을 강조한다는 것이다. 부조리를 인식하고 그것을 바라보며 반항함으로써만이 부조리한 인간이 될 수 있다는 논지이다. 다시 말하여, 부조리는 인간 이성으로 하여금 자살이라는 결론에 다다르게 하는데, 인간은 부조리에 반역함으로써 인생을 세워나가야 한다는 것이다.

한국문학사에서 1950년대의 문학은 전시 문학 또는 6·25 문학기로 칭할 수 있으며, 이 시기는 허무 의식이 지배적이라고 할 수 있다. 대다수 우리 문인들은 한국전쟁의 처절한 전화로 폐허가 되어버린 도시에 정착하였다. 그리하여 주어진 기존 가치를 거부한 채 홀로 절대자인 신 앞에 고립, 절망하는 양상으로 극한적인 개인주의에 사로잡히게 된다. 이렇듯 사회 구조의 다양화, 전쟁으로 인한 국제 정세의 변모로 우리의 사회는 새로운 국면을 맞게 된 것이다.

우리 나라에 실존주의를 도입 소개한 논자들은 불문학 전공자들에 의해서이다. 그들은 우리의 50년대 전후 상황을 전후 프랑스 문단과 맞물려 소개하고 있다. 전후 프랑스는 여러 가지 사회 정세의 변화로 말미암아 인생과 세계에 대한 절망, 고뇌, 부조리, 반항 그리고 심리적 분열이 극도로 심각한 상황에 직면해 있었다. 이런 상황 속에서 작가나 지식인은 인류의 운명을 개척하기 위하여 정치적으로나 사회적으로 투쟁해야 한다는 새로운 휴머니즘을 위한 적극적 행동을 주장하게 되었다. 사르트르는 인간의 운명을 불합리한 것으로 인정하며 자기 스스로 일정한 사회적 입장에 서서, 인간의 운명을 향상시키고 개선하려는 방향을 설정하고자 하였다. 이렇게 사르트르는 인간과 세계와 정치 문제에 몰두하면서 문학도 같은 방향으로 나아갈 것을 주장한다. 여기에 사르트르의 행동 문학이 출발한다. 이러한 실존주의의 행동 문학은 형이상학적 문학 이론과 접맥될 수 있으며 당시 프랑스 문단을 지배하고 있었다.

한국의 불문학 전공자들은 이러한 사르트르를 중심으로 한 프랑스 실존주의 문학을 소개하면서 그것을 휴머니즘 문학 및 행동주의 문학과 연결시켰다. 나아가 프랑스 실존 문학은 전후 프랑스의 사회적·정치적 어려움을 타파하기 위한 해결책 가운데 하나였을 뿐만 아니라, 우리 나라가 처한 현실적 어려움을 타파하는 데도 적용될 수 있는 문학론으로 생각하여 소개하고 있는 것이다.

그러나 한국의 평단에서는 50년대 후반으로 갈수록 사르트르보다도 카뮈의 이론에 더욱 호감을 드러내고 있음을 본다. 그 이유는 첫째, 카뮈가 사르트르보다 이성적이라는 점에 있다. 그리고 카뮈의 부조리 인간은 인생의 목적을 거부하지만 인생을 체념하지 않으며, 인생의 불만족을 인식하지만 쓸데없이 불만에 빠져 있지 않기 때문이다. 또한 부조리 인간은 이성의 절대적 능력을 믿지 않을 뿐이지 이성의 한계 내에서 진리를 찾으려 노력하기 때문이기도 하다.

그러나 실존주의는 원래 이성 중심의 사상에 대한 반발에서 출발한 것이다. 이성이 인간의 자유로운 의식을 지배하고, 인간이 자신이 만들어 놓은 법칙에 지배당하는 상황에 반발해 실존의 중요성을 강조하고 있는 것이다. 카뮈가 자신이 실존주의가 아니라고 주장한 것도 이러한 이유 때문이다. 50년대 후반기 우리 문단에 카뮈의 견해가 지배적으로 받아들여진 것은, 이미 전후의 극한 상황이 어느 정도 완화되고 문인 자신들이 처한 상황을 좀더 객관적으로 보아야 하겠다는 욕구가 팽창되었기 때문이라고 할 수 있다. 이런 문단 분위기는 자유분방한 사르트르보다는 도덕과 이성을 강조하는 카뮈의 이론이 훨씬 설득력 있게 받아들여질 수 있기 때문이기도 하다.

둘째, 카뮈는 마르크스주의의 역사적 결정론을 전면적으로 부정한 데 반하여 사르트르는 마르크스주의를 전면적으로 받아들이는 입장을 취하고 있는 점 또한 우리 문단에 카뮈에 대한 관심의 폭을 넓혀주고 있다. 왜냐하면 당시 우리 문단의 상황은 좌파보다는 우파의 세가 더욱 우위를 점하는 문단 분위기를 조성하고 있었기 때문이다. 사회주의 이론이 이미 근대인이 반항한 절대자의 자리에 이념을 올려놓았다면, 카뮈는 절대자의 자리에 다른 무엇도 올려놓지 않고 인간 본연의 자세만을 올려놓았던 것이다.

그러나 사르트르 역시 마르크시즘이 또 다른 의미에서 인간을 억압한다고 비판한 바 있다. 그럼에도 불구하고 당시 우리 문단에서 사르트르의 이론을 비판한 것은, 그의 적극적인 사회 참여와 마르크시스트들과의 외형적 결탁에 선입견을 갖고 그의 이론을 대한 결과라고 할 수 있다.

문예사조상 실존주의는 본래 자연적 법칙 등이 과학성과 객관성을 부인하며 개인적 실존 개념과 개인의 주관적 의식을 강조한다. 휴머니즘이며 자유의 철학으로서 실존주의는 인간이 자아 의식적이고 책임적인 존재이기 때문에 인간의 실존은 사물의 존재와 다르다는 것이다. 어디까지나 인간은 미래적인 투사에 의해 현실 상황을 초극할 수 있는 초월성을 지닌다. 이와 같은 점을 감안할 때, 실존주의는 인간 중심의 인간 과학으로서 주관주의적인 개체로서의 주체성을 중시한 점에서 휴머니즘과 접맥된다.

그러나 실존주의는 과학성을 원칙으로 경시한 점에서 현대의 후기 산업 사회적 철학을 주도할 힘을 상실할 수밖에 없었다. 이처럼 실존주의는 이중 구조로 복합화되어 가는 사회적 구조를 과학적으로 설명할 수 없는 한계성에 부딪쳐 새로운 이념을 도출하는 결과를 가져오기에 이르렀다. 까뮤의 실존주의는 비교적 무의식 세계를 전면적으로 부정하여 고전적 정신분석학으로 대체시킴으로써 역사의 주체를 당연히 책임 있는 인간 실존 그 자체로 해석하였지만, 사르트르는 반변증법적 역사적 유물론을 긍정한 실존주의적 맑시스트였기에 이 점에서 카뮤의 그것과 다를 수밖에 없다.

사르트르의 실존 철학을 이해하기 위해서는 야스퍼스(Karl Jaspers)가 제기한 현실 개혁 의지가 강한 프로메테우스적 신화를 이해해야 한다. 그는 『자아의 초월』, 『상상력』 등 실존 철학을 연구하면서, 문학 작품에 등장하는 인물들로 하여금 인간 존재의 조건과 현실적인 상황을 파악하게 하여 그들로 하여금 정치에 적극적으로 참가하여 새로운 역사를 만들게 하려고 고심하였다. 그는 정치에 참여하면서 역사의 흐름 속에서 실패로 인한 자기반성을 거듭하며 깊이 통찰하고, 다시 지속적으로 인간과 사회의 근원적인 문제에 관심을 보였다. 그가 소설 『구토』 등에서 확증시키려고 노력한 명제는, 신은 존재하지 않으므로 인간의 존재 이유도 궁극 목적도 없는 부조리한 세계에서 생겨난다는 것으로, 인간은 자기 행위의 총계에 불과하다는 것이다.

카뮈의 부조리 철학을 이해하기 위해서는 『시지포스 신화』를 읽어야 한다. 그는 합리주의 철학을 신봉하는 낙천가들이 우주와 세계가 하나의 진리에 의해 지배되고 있기 때문에 갖가지 모순도 합리적으로 설명할 수 있다는 주장에 반대한다. 카뮈는 실제 우주를 지배하는 것은 혼란에 지나지 않는 것으로 이 세상은 생존할 가치가 없다는 것이다. 즉, 삶의 방법, 그 자체가 부조리하다는 것으로서 무신론적 사상에 바탕을 두고 있다. 그러나 카뮈의 사상을 계속 변전하고 있으며, 그 자신 역시 실존주의 작가임을 거부하고 있음에 주목해야 한다. 그는 작품 속에서 '모든 것이 부조리함을 의식하는 인간을 생략하여 부조리한 인간으로 지칭하고 있음도 주목된다. 나아가 부조리한 우주, 그것의 무의미 자체에 의해 나치의 폭력을 정당화하는 저항의 작가라는 이중 구조에 대해서도 생각할 점을 던져주고 있다.

50년대 논의되었던 실존주의 문학론은, 그 동안 철학의 빈곤을 지적 받아오던 한국 문학사에 사상적 토대를 제공했다는 점에서 비평사적 의의를 제공하고 있다. 또한 언제나 일본을 통해서 서구 문학론을 유입해 왔던 우리 비평문학사에, 실존주의 문학론은 일본을 거치지 않고 직수입되었다는 점에서도 자못 의의가 크다고 할 수 있다. 50년대가 지나면서 실존주의 문학론은 60년대의 참여 문학론으로 이어진다. 실존주의가 지나간 자리에 한국비평문학사에는 참여 문학론과 실존주의에 바탕을 둔 휴머니즘 문학론이 서로 만나고 있는 것이다. 이것이 곧, 순수 문학과 참여 문학의 논쟁이다.

7. 1960년대—전통 문학론·리얼리즘 문학론 ·순수—참여 문학론

1) 비평 문학의 전개 양상

전쟁의 폐허, 독재 정권의 수립, 이데올로기의 억압 등에 따른 절망, 고뇌, 불안이 지배했던 50년대를 잇는 60년대 문학은 4·19 혁명에서부터 시작되었다. 4·19는 당시 정당성을 잃고 독재 체제로 일관한 이승만 정권에 대항한 민중 운동으로서의 국민주권회복운동으로 출발했다. 그러나 4·19 민주화 운동은 이듬해 61년 정치군부에 의한 5·16 군사쿠데타로 반전하게 된다. 5·16으로 인해 4·19가 갈망하던 민족 통일, 정치의 민주화, 사회 개혁이라는 대중들의 꿈은 무산되기 시작하였다.

그러나 4·19의 좌절은 그 자체로 끝난 것만은 아니었다. 4·19 정신은 그대로 우리 문학사의 자극제가 되었고, 한편으로는 냉전 이데올로기로부터 탈피하는 계기를 마련해주기도 하였다. 그만큼 4·19는 당시의 많은 문인들에게 현실 인식과 역사의식을 심어주는 계기가 되었다. 따라서 혁명 이후 어느 나라에서나 발생하듯 언론 매체의 종류가 많아지고 문인이나 지식인들의 활동이 활발해졌으며 동시에 독자들도 증가 추세를 보여주었다.

특히 문학 활동의 무대가 종합지 혹은 동인지 중심으로 변모 확산되면서 문단과 문학 활동은 독립적인 별개의 것으로 인식되었다. 다시 말하여

60년대 동인지의 특성은 문학 이념이나 방법에 그 공통점을 발견할 수 없는 것이다. 그리하여 60년대 중반까지 문단에 나온 약 50여 종의 동인지들이 갖는 공통된 특징은 동인의 연령이 20~30대의 젊은 문인들로 문학적 경향이 다양화되었다.

60년대 문학 작품들을 싣고 있는 주요 잡지와 문예지의 들어보면 다음과 같다. 첫째, 50년대에 출발하여 60년대로 이어져 온 잡지로는『시와 시론』(1952년 창간),『사상계』(1953년 창간),『문학예술』(1954년 창간),『새벽』(1954년 창간),『현대문학』(1954년 창간),『자유문학』(1956년 창간),『시와 비평』(1956년 창간),『현대시』(1957년 창간),『한국평론』(1958년 창간),『문학평론』(1959년 창간) 등이 있다. 둘째, 60년대 새로 등장한 잡지로는『국어국문학』(1960년 창간),『60년대 사화집』(1961년 창간),『산문시대』(1962년 창간),『현대시』(1962년 창간),『한양』(1962년 일본에서 창간),『세대』(1963년 창간),『청맥』(1963년 창간),『신춘시』(1963년 창간),『비평작업』(1963년 창간),『문학춘추』(1964년 일본에서 창간),『신동아』(1964년 복간),『사계』(1964년 창간),『정경연구』(1965년 창간),『창작과 비평』(1966년 창간),『한국문학』(1966년 창간),『현대시학』(1966년 창간),『문학』(1966년 창간),『월간중앙』(1968년 창간),『월간문학』(1968년 창간),『68문학』(1969년 창간) 등 다수가 있다.

60년대에 들어와 처음 문단의 주목을 받은 동인지는『60년대 사화집』이다. 동인으로는 구자운, 박재삼, 박희진, 성찬경, 신기선, 이경남, 민재식, 박성룡 등 소위 전후 세대가 참가하고 있다. 이 동인들은 기성 문단과 유대 관계에 비춰 60년대적 새로움을 표방하고 있는 동인들은 아니다. 최초 60년대적 동인지로서는『산문시대』를 들 수 있는데, 동인으로는 김현, 김승옥을 중심으로 염무웅, 김치수, 곽광수, 강호무, 최하림, 김산초, 김성일, 서정인 등이 활동했다. 이 동인지는 시·소설·비평 등 모든 장르를 대상으로 작품을 실었다.『산문시대』의 정신은 그 후 황동규, 박이도, 김화영, 김주연, 김현 등이 동인을 형성한 66년『사계』라는 시 동인지와 맥락이 닿아 있으며, 69년의 『68문학』에까지 이어지고 있다. 또한 『비평작업』은 당시 유일한 비평 동인지로서, 이광훈, 임중빈, 조동일, 주일섭 등이 활동했다.

문학지 부분에서는 『사상계』, 『문학예술』, 『현대문학』, 『자유문학』 등 종합지들이 계속 창간된다. 이 시기의 문학 활동의 한 특징으로 자기의식이 분명하고 문학적으로도 일정한 훈련이 되어 있는 문인들이 등장하고 있음도 주목할 만하다.

60년대는 4·19 혁명이 발발한 연대로서, 혁명 이후 문학사에 나타나는 보편적 현상인 비평 이론이 문학의 주도권을 행사하였다. 60년대 전체에 걸친 비평론은 다음 몇 가지로 상정할 수 있다.

첫째, 전통 문학론을 들 수 있다. 60년대 전통 논의는 그 실상과 흐름에 따라 각각 전통 단절론과 부정론, 전통의 반성론과 극복론, 전통의 주체적 수용론 등으로 구분할 수 있다. 60년대 전통론은 50년대 전통 논의의 연장된 형태로 이월하여 왔는데 전통 단절론과 부정론은 주로 신세대 비평가들인 이어령, 유종호에 의해 논의된다. 그들은 주로 62년 『사상계』가 마련한 「문학 심포지움－신문학 50년」을 통하여 논의를 전개시키고 있다. 이러한 부정론을 반성·극복하려는 비평 인식이 계승론이다. 조동일의 전통 계승론은 전통 단절론 내지 부정론의 논리에 대항하면서 한편으로는 계승되어야 할 가치가 있는 '한국적인' 것을 찾으려는 노력으로 나타난다. 조동일의 논의는 주로 「전통의 퇴화와 계승의 방향」(『창작과 비평』, 1966. 3)을 통해 드러난다. 전통의 반성적 극복론이 단절론과 부정론에 대한 비판적 모색 과정이라면, 이를 심화 확대하여 나타난 것이 전통 주체적 수용론이다. 주체적 수용론은 정태용을 위시하여 임중빈, 일본 재일동포 장일우, 김순남 등에 의해서 제기된다. 정태용의 주요 비평문은 「전통과 주체적 정신－세대 의식 없이 옳은 전통 없다」(『현대문학』, 1963.8), 「주체성과 비평 정신」(『현대문학』, 1964.7), 「작가와 주체 의식－근대화를 위한 문학의 임무」(『한양』, 1964.8) 등이 있다. 또한 임중빈의 「문학의 위기와 주체성－무엇이 오늘의 문제인가」(『문학춘추』, 1965.6), 장일우의 「한국적인 것과 전통적인 것」(『자유문학』, 1963.6), 김순남의 「주체적 입장에서 본 전통 문제-본국 문단에 붙이는 말」(『현대문학』, 1964.1) 등이 있다.

둘째, 리얼리즘 문학론을 들 수 있다. 해방 이후 한국 현대 비평 문학사에서 리얼리즘론이 다시 핵심 논제로 떠오른 것은 1960년대 후반에서 70년대에 걸치는 시기이다. 물론 해방 직후 좌·우파 문학 이론의 대립 과정 속에서도 리얼리즘론에 대한 논의가 있었다. 그러나 당시 문학 활동 노선을 둘러싼 대립이 핵심 논제였기 때문에 리얼리즘 논의는 한 걸음 물러나 있었다. 60년대는 리얼리즘론은 우선 리얼리티라는 문제를 쟁점으로, 이어령과 김순남의 이견(異見)들이 하나의 계기를 이루며 출발한다. 이어 염무웅은 「풍속 소설을 가능한가-현대 소설의 여건과 리얼리즘」(『세대』, 1965.9)에서 소설이라는 문학 양식과 리얼리즘의 문제를 다룬다. 그 뒤를 이어 60년대 후반 백낙청이 「한국 소설과 리얼리즘의 전망」(『동아일보』, 1967.8.12)을 발표하면서 리얼리즘 개념이 본격적으로 확대된다. 그밖에도 조동일의 「'리얼리즘' 재고」(『현대문학』, 1967.10), 김윤식의 「풍자의 방법과 리얼리즘」(『현대문학』, 1968.10), 선우휘의 「근대소설·전통·참여문학」(『신동아』, 1968.7) 등도 60년대 리얼리즘론 확대에 한몫을 거들고 있다.

셋째, 순수-참여 문학론을 들 수 있다. 1950년대의 비평 문학이 마무리되고 60년대가 열리면서 문단의 상황은 변화하기 시작하였다. 이 무렵부터 점차 순수문학론에 대한 비판이 이루어지고, 이른바 순수·참여 핵심 논제로 부상한 것이다. 이리하여 순수·참여 논쟁은 60년대 초두부터 70년대 초까지 10여 년간 계속되어진다. 60년대 순수·참여의 핵심 논쟁으로는, 60년대 초반에 이루어진 이형기와 김우종의 논쟁, 서정주와 홍사중의 논쟁을 들 수 있고, 「작가와 사회」에서 마련한 김붕구와 임중빈의 논쟁을 들 수 있다. 또한 시의 불온성에 대한 것으로 김수영과 이어령의 논쟁을 들 수 있다. 60년대 한국 비평 문학사의 핵심을 이루던 순수·참여 문학에 관한 논의는 1970년대에 들어서면서 리얼리즘론, 민족문학론, 민중문학론 등으로 이어진다. 참여 문학을 주장하던 이론가들이 참여의 실천적 방법으로 리얼리즘 문학, 민족 문학, 민중 문학을 제시한 것이다. 반면 순수 문학을 주장하던 문학가들은 다시 반 리얼리즘 문학, 반 민중 문학의 계파를 형성하게 된다.

2) 60년대 전통 문학론

우리 문학사에서 전통론에 대한 논의를 찾아보면 20년대로 거슬러 올라간다. 즉 국민문학파의 고전부활운동이 그것이다. 이는 조선심 및 시조부흥운동으로 나타나고 있음을 본다. 이어 30년대에 전통론은 국학파, 국민문학파, 해외문학파 등을 통한 논쟁의 양상을 띠고 나타난다. 국학파는 이광수를 비롯한 초창기 작가들이 부정했던 전통을 다시 긍정하면서 문학에서 민족의 얼을 찾고자 했으며, 최남선이 주도된 시조부흥운동으로 구체화시켰다. 해외문학파는 우리의 경우에 전통이 없다고 주장하면서 서양 문학의 숭배 일변도로 나갔다. 국민문학파는 일본 정신을 통해 계승된 동양적 정신을 계승하는 것이 시국에 호응하는 마땅한 정신이라고 하였다. 40년대에는 해외문학파의 대표적 인물인 최재서, 국학파의 대표적 인물인 최남선도 군국주의 전통론을 들고 나섰으며 그 결과 전통론을 경계되는 과제로 남게 되었다.

이러한 전통의 문제가 비평론의 체계를 갖고 등장한 것은 해방 공간 이후이다. 50년대 후반 현대 문학에서 전통 논의가 활발하게 개진되어 소위 전통 부정론과 단절론, 전통 계승론 등의 논쟁을 일으켰던 것이다. 60년대의 전통론은 해외문학파의 주장에 대한 반론으로 시작되었다. 해외문학파는 우리의 문학을 고전 문학과 현대 문학으로 분리시키고 현대 문학 분야를 주도하면서 전통 단절을 주장하였다. 그러나 연구보다는 주장을 앞세운 결과를 빚었다.

전통 논의가 본격적인 논쟁의 성격을 띤 것은 1962년 5월 『사상계』에서 마련한 「문학 심포지움－신문학 50년」을 계기로 한다. 이 심포지움의 기획은 문학 일반에 걸친 여러 문제를 반성 검토하여 우리 문학 발전에 공헌하고자 의도한 것이다. 주지하다시피, 이 심포지움에서 전통 부정론 내지 단절론을 강하게 주장한 비평가는 이어령과 유종호이다. 그들은 대학에서 서구의 이론을 공부하고 강단 비평 혹은 실천 비평을 주도한 신진 비평가들이기도 하다. 이어령은 이미 「화전민 지역」(『저항의 문학』, 예문각, 1959)을 통하여 당대의 문학 풍토를 불모지로 간주하고 스스로 화전민임을 자처하면서 한국 문학의 전통은 단절되었다는 입장을 분명히 표명한 바 있다. 당시 그는 주로 김동리와 서정주의 순수 문학관을 공격의 표적으로 삼았는데 이는 「문학 심포지엄」에 그대로 나타난다.

유종호 역시 이어령과 같이 50년대 후반에 등장한 신진 비평가로서, 전통 단절론에 동조한 비평가이다. 그는 「문학 심포지엄」 토론회를 통하여, 우리의 고전 문학과 현대 문학 사이에는 극복할 수 없는 단절과 단층이 놓여 있다고 주장했다. 나아가 그는, 이러한 태도는 '역사의식'의 결여에서 온 것이라고 지적한다. 그러면서 그는 전통의 발원지로서 엘리어트의 '역사적 의식'을 예로 들고 있다.

「문학 심포지엄」의 토론회가 주로 전통의 단절론과 부정론을 통해 우리 것에 대한 계승 문제 그리고 서구 문학의 수용에 대한 문제에 초점을 맞추고 있다면, 한편으로 「한국적인 것」(『신사조』, 1962.11)의 특집은 전통 논의를 심화 확대시켰다. 또한 『사상계』(문예 임시 증간호)에서도 백철의 「세계 문학과 한국 문학」, 유종호의 「한국적이라는 것」을 실어 전통 문제를 더욱 구체화시키고 있다. 이 가운데 유종호의 논의는 단절론을 보완하고 있는데 반해 조동일, 문덕수, 정태용, 홍사중, 천이두 등은 논의의 초점을 계승론 쪽으로 모아지게 하면서 우리의 고전 문학 유산 속에서 '한국적인 것'을 찾고자 하는 노력을 보였다.

특히 조동일은 전통의 치열한 논의에서 전통 반성론과 극복론의 자세를 취한다. 그는 「전통의 퇴화와 계승의 방향—문학사에서 전통 문제를 어떻게 볼 것인가」(『창작과 비평』, 1966.3)에서 우선 전통의 개념을 정리하면서,

아무리 전통 계승론의 입장에 있다고 하더라도 일단 전통 단절론이나 부정론에 공감이 가는 면이 있으며 솔직하게 인정하는 태도야말로 반성과 극복이 가능해진다는 주장을 편다. 이어 조동일은 「고전과 전통 계승과 현대」(『문학』, 1966.9)에서 유종호와 대담을 벌이면서 전통의 반성적 극복, 반성적 수용이라는 계승론의 입장을 견지한다.

한편 정태용과 김순남은 전통의 주체적 수용론을 펼치고 있음을 본다. 정태용은 50년대에 「민족문학론−개념 규정을 위한 하나의 사고」(『현대문학』, 1956.11)에서 민족문학의 개념을 민족문학 주체, 창작 주체와 관련짓고 있는데, 60년대에서도 이러한 주체적 논의를 펼쳤다. 즉 전통이 현대적, 창조적으로 계승되려면 단순한 과거의 모방이나 답습을 해서는 안 되며, 그것을 계승하는 사람들의 앞선 세대, 앞선 시대와는 다른 자기 세대에 충실하고 주체성을 확립해야 한다는 것이다.

제일동포 비평가인 김순남 역시 기본적으로 정태용이 주장한, 자기 시대정신이 문학 앞에 제기한 역사적 과업을 올바르게 인식하고 파악하여 주체적 입장을 확보해야 한다는 것에 동조를 보이면서 전통 계승혼을 적극 지지하였다. 이러한 그의 견해는 「주체적 입장에서 본 전통 문제−본국 문단에 붙이는 글」(『현대문학』, 1964.1)에 잘 드러나 있다.

60년대 전통론 논의는 50년대적 논의가 연장된 형태로 이월되고 있다. 그것은 우선 전통 단절론 내지 부정론의 논리를 반복하고 있으며 주로 이어령, 유종호가 이전의 논리를 반복하고 있는 수준에서 전개된다. 이러한 부정론을 반성·극복하려는 비평 인식이 계승론이다. 조동일은 전통은 우리 문학 속에 직접 혹은 간접적으로 계승되어 오고 있으며, 설영 그렇지 않다고 하더라도 충분히 계승되어야 할 가치를 지닌다고 규정한다. 그의 전통론이 돋보이는 대목은 현재적 입장에서 전통이 단절되었다는 의견에 반대하고 이를 상실 혹은 퇴화하고 있다는 사실로 인정하고 반성과 극복을 통해 대안을 찾자는 데 있다. 전통의 계승이란 노력과 이식을 통해 이루어질 수 없다는 것이다. 그의 사실 수리와 갱신적 비평론은 이후 여러 비평가들로 하여금 반성적 계승론을 펼치게 만든 동기가 되고 있다.

정태용의 전통론은 조동일의 비평적 인식 체계와 그 궤를 같이한다. 그러나 조동일은 구체적인 고전 문학 작품을 통해 '퇴화'를 읽고 '계승'의 방향을 모색하고 있는 데 반해 정태용은 주체성 확립을 선결 과제로 내세우고 있는 데 차이점을 보인다. 요컨대, 정태용이 주장한 전통론의 논리는 주체성의 확보를 바탕으로 한 전통의 계승을 전제로 서구 문화의 이식이 뒤따라야 바람직하다는 것으로 귀결된다. 전통의 반성적 극복론이 전통 단절론과 부정론에 대한 비판적 모색 과정이라고 이해할 수 있다면, 주체적 수용론은 이러한 비판적인 입장이 자체적으로 심화되어 이에 조응하는 대항 논리를 수립하는 과정이라고 할 수 있다.

김순남은 전통 계승론의 입장을 적극적으로 지지하고 있다. 그런데 정태용은 주체적 정신의 발견과 이것의 현대적 수용에 관한 문제를 정확히 제기하고 있지만, 당대 상황을 바라보는 관점은 잘못되어 있으며 자신의 입장도 약화시키고 있다고 지적한다. 따라서 김순남은 주체적 입장에서 사리를 따져 좋은 것을 배우고 받아들이며 우리에게 맞지 않는 것은 버려야 한다고 주장한다. 주체적 정신이란 결국 배타주의가 아니며 또 그래서는 안 된다는 것이다. 그래서 김순남은 한국의 문화를 재검토할 시대가 왔으며 이 임무는 우리 세대에 의해 실현되어야 한다고 말하고 있는 것이다.

3) 60년대 리얼리즘 문학론

우리 나라에서의 리얼리즘은 1920년대 『창조』지를 중심으로 전개되었다. 창조파 작가들의 '있는 그대로의 인생이나 현실을 표현해 보려고 했다'(『창조』 2호)는 것은, 춘원 이광수의 계몽주의 문학을 거부하는 최초의 리얼리즘의 선언이었던 것이다. 또 김동인은 『조선근대소설고』에서 리얼리즘을 실현하는 것이 소설의 최고 흥미라고 했다. 그러나 이와 같은 리얼리즘에 대한 작가들의 이해는 아직 미숙한 것이었다. 그밖에 근대 문학 초기에 있어서 리얼리즘에 대한 논자들의 이해는 어느 정도 정확한 것과 미숙한 것이 거의 때를 같이하여 공존하고 있었다. 미숙한 경우는 리얼리즘을 자연주의와 구별하지 못하거나 리얼리즘 및 자연주의 본질을 제대로 파악하지 못한 것이었다.

한편 1920년대 중엽부터 1930년대 중엽에 이르는 프로문학 시대에는 사회주의 리얼리즘을 중심으로 하여 많은 논의가 있었다. 1920년대 카프를 중심으로 한 신경향파 문학인들은 창작 방법론에 관심을 갖고 리얼리즘의 문제를 거론하기 시작했다. 이에 대한 관심은 1930년대에 이르러 가장 활발히 전개되었다. 이 시기에 변증적 리얼리즘, 사회주의 리얼리즘 등 다양한 수식어가 동원한 리얼리즘 논쟁이 활발하게 진행되었음은 이미 잘 알려진 사실이다.

해방 직후에는 당시 좌우파 문학 이론의 대립 과정 속에서 노선을 둘러싼 대립이 주요 쟁점으로 부각했기 때문에 리얼리즘론은 핵심 과제로 부상하지 못했다. 그러던 것이 1960년대 후반에서 70년대에 걸쳐 다시 리얼리즘 문학론이 대두 확산되었다. 따라서 1960년대 리얼리즘 논의를 살펴보면 리얼리티의 개념론, 자연주의와 사실주의론, 사회주의 리얼리즘론 등 몇 가지 성격을 지니며 전개되고 있음을 본다.

1960년대 리얼리즘 혹은 리얼리티에 대한 논의는 주로 소설 분야에서 그 문제점을 들추며 활발하게 전개되었다. 이어령은 「한국 소설의 맹점-리얼리티의 문제를 중심으로」(『사상계』, 1962.11)에서, 한국 소설의 문제점을 리얼리티와 관련하여 논의하였는데, 그것이 계기가 되어 리얼리티 문제가 쟁점화 되었다. 그는 이 글에서, 한국 소설을 검토해 보면 전혀 리얼리티를 구현하지 못하고 있음을 발견한다고 주장했다. 이에 대해 김순남은 「사실과 리얼리티」(『한양』, 1963.9)를 통하여 이어령의 논의를 반박하면서, 이어령의 이러한 주장은 사대적(事大的) 관점과 민족 비하(民族卑下)적 사고 방식이라고 비판한다. 한편 백낙청의 「한국 소설과 리얼리즘의 전망」(『동아일보』, 1967.8.12)은 비평문학사에 리얼리즘의 본격적인 확대를 가져온 글이기도 하다. 그는 이 글에서, 결국 한국 소설의 고민을 집약하는 리얼리즘의 문제는 문학의 문제이자 사회 전체의 문제라고 주장한다. 그것은 우리 사회에서 만들어내고자 노력해야 하는 것인 동시에, 그러한 노력을 성취시켜 줄 수 있는 사회를 이룩하려는 노력이라는 것이다. 이러한 백낙청의 리얼리즘론은 시민문학론으로 이어지고 있음을 볼 수 있다.

이어령의 「한국 소설의 맹점」에서, 리얼리즘이 예술의 최소한 현실성에 바탕을 두어야 하지만 실재성을 구현했다고 해서 그것이 곧 리얼리즘 예술이 아님을 지적한 점, 그리고 문학의 상상력에 대한 중요성을 강조한 점 등은 주목할 만하다. 그러나 그가, 리얼리즘을 지나치게 기법의 문제로 이해하려고 한 점은 무리가 따른 논의이다. 나아가 이어령은 한국 소설이 상상력과 리얼리티가 부족하다는 논의의 근거로, 한국 소설의 평면적 인물에 대해 거론 점 역시 많은 문제점을 안고 있다고 지적한다. 그는 '흥부'나 '놀부' 그리고 '이도령'이나 '변학도' 같은 평면적 인물은 처음부터 끝까지 성격이 변화하지 않기 때문에 현실성이 떨어진다는 것이다. 이에 반해 『파우스트』나 『신곡』의 등장인물은 입체적이어서 삶의 실재성을 훌륭하게 구사하고 있다는 것이다. 때문에 한국 소설은 리얼리티를 결여하고 있는 맹점을 지니고 있다고 있으며, 서양 소설에 대해 열등하다는 것이다.

이러한 이어령의 지적은 전적으로 옳은 것은 아니다. 평면적 인물이 입체적 인물에 비해 리얼리티가 다소 떨어질 수는 있어도, 평면적 인물의 등장이 곧 한국 소설의 열등함을 보여주는 증거가 될 수는 없는 것이다. 소설의 인물 설정에 있어서, 작가의 중심 사상을 효과적으로 형상화하는 경우, 평면적 인물을 등장시킬 수도 있고, 입체적 인물을 등장시킬 수도 있다. 또한 『흥부전』에서 '흥부'가 변하지 않은 착한 성품을 통해, 그리고 『춘향전』에서 '변학도'가 변하지 않은 탐관오리의 성품으로 작품의 주제를 잘 구현해내고 있다면, 작품의 리얼리티를 얻어낸 잘 설정된 인물의 성격이라고 할 수 있을 것이다.

김순남은 「사실과 리얼리티」에서, 이어령의 기법으로서의 리얼리즘을 비판하고, 현실성을 바탕으로 한 문학 정신으로서 리얼리즘을 강조하고 있다. 그의 주장은 이어령 논의의 한계와 넘침을 잘 지적하고 있다고 할 수 있다. 그러나 김순남의 논의는 리얼리즘의 본질에 대해서는 충분한 설명을 하지 못하고 있어 역시 한계점을 드러낸다고 할 수 있다.

백낙청은 한국 소설의 고민은 곧 리얼리즘의 문제로 집약할 수 있다고 전제한 후, 현실에 대한 끊임없는 관심과 비판을 리얼리즘의 중요한 속성으로 설명한다. 그런데 그의 리얼리즘론은 시민 문학과 연관되며, 리얼리즘 소설의 성숙을 곧 시민 문학의 발전으로 파악하고 있음이다.

그 밖에 1960년대 리얼리즘에 대한 대표적 논의로는 염무웅의 「풍속소설은 가능한가－현대 소설의 여건과 리얼리즘」(『세대』, 1965.9), 조동일의 「리얼리즘 재고」(『현대문학』, 1967.7), 김윤식의 「풍자 방법과 리얼리즘」(『현대문학』, 1968.10), 선우휘의 「근대 소설·전통·참여 문학」(『신동아』, 1968.7) 등이 있다.

염무웅은 「풍속소설은 가능한가－현대 소설의 여건과 리얼리즘」에서, 이제 19세기적 리얼리즘을 요구하는 시대는 지났다고 말한다. 따라서 오늘날 한국은 19세기와 20세기를 함께 살아야할 수난의 땅이기 때문에, 한국의 작가는 전통적인 풍속을 묘사함으로써가 아니라, 역설적으로 그것의 소멸을 확인하고 해부함으로써만 풍속 작가일 수밖에 없는 것이라고 말한다. 따라서 풍속 소설이 불가능한 이 시대에 한국적 작가는 20세기 중반을 증언하는 데 있어서, 최인훈과 이호철 두 작가의 경우를 들어 의견을 제시한다. 즉, 자기 시대에 대한 문화사적인 규명과 그 시대를 살아가는 개인의 행동 윤리를 찾는 작업을 동시에 진행시키는 최인훈의 경우와, 여러 유형의 인간들을 포섭하면서 시대와 사회적 전모를 언어의 암시적 기능을 통해 포착하고자 하는 이호철에게서 그 답을 찾을 수 있다는 것이다.

조동일은 「리얼리즘 재고」에서, 자연주의란 19세기로 끝난 과학과 결부되어 점점 불필요하게 충실한 묘사로 기울어진 결과 리얼리즘을 배반하게 되었다고 한다. 그리고, 그는 1920년대 이후 한국 작가들이 자연주의적 성향을 짙게 나타냈기 때문에 그들의 작품이 낡았다는 비판을 받는 것은 당연하지만, 자연주의 비판이 곧 리얼리즘 비판으로 빗나가서는 안 되는 것이라는 사실을 강조한다.

김윤식의 「풍자 방법과 리얼리즘」을 통한 글의 목적은 리얼리즘 문학의 중요성을 강조하는 데 있는 것이 아니라 풍자 문학의 가치를 확인하는 데 있다. 그러나 그는 이 글에서 리얼리즘에 대한 개념을 정의하고 있다. 즉, 그는 리얼리즘에는 모사적(模寫的) 요소가 많이 내포되어 있지만 그렇다고 단순히 사실 모사를 리얼리즘으로 보아서는 안 된다고 한다. 이어 그는 리얼리즘이란 '작가가 언어로 존재의 질서를 재편성해 드러내는 과정에서 나타나는 어떤 것'이라고 정리한다. 따라서 그는 풍자 문학이 리얼리즘 문학의 정도를 가는 문학 가운데 하나라고 강조한다.

선우휘는 「근대 소설·전통 참요 문학」에서, 참여 문학론이 사회주의 리얼리즘의 동반자적 성격을 띠고 있다고 보고, 참여 문학론과 리얼리즘론을 함께 비판하고 있다.

4) 순수-참여 문학론

우리의 문학사에서 순수-참여 문학론은 30년대 이후 60년대 후반까지 줄기차게 전개되어 왔다. 따라서 20년대 후반 카프의 출발에서부터 '참여'라는 용어가 쓰이기 시작함과 동시에 그 대립 항목으로 '순수'라는 용어가 의미와 체계를 가지고 사용되었다. 이후 순수-참여 논쟁의 발단은 30년대 말 기성 평론가 유진오와 신진 작가 김동리도 대변되는 세대-순수 논쟁과 맞물려 있는 순수문학 시비로 집약된다. 이들의 논의 또한 바로 전단계에 있었던 휴머니즘 논쟁의 연장선상에서 이루어졌다. 당시 양자 모두는 인간성 옹호를 문학 정신의 본질로 규정하고 있음을 본다. 이어 해방 공간에서 벌어진 조선문학가동맹과 조선청년문학가협회 사이의 순수-참여 논쟁은 휴머니즘에 관한 이해와 인식의 차이에 의하여 두 조직의 문학적 이

넘을 수립하게 된다. 참여 측은 민족문학의 구성 요소에 관한 깊은 성찰을 전제로 하지 않았기 때문에, 문학이 미적 형상화 과정을 거친 창조적이며 자율적 인식의 산물이라는 점을 간과하였다. 마찬가지로 순수 측 역시 인간성 옹호에 대한 정확한 논리나 구체적 이론을 제시하지 못하고, 참여론에 대한 피상적 대응 논리만으로 응전하고 있음을 본다. 결국 순수−참여 양쪽 모두 자기가 주장하는 이론의 구체적인 논리를 찾지 못하고 대타적인 맞서기 논쟁으로 일관된 한계점을 노출하고 만다. 이러한 순수−참여 논쟁은 50년대 초반에 일시 잠잠해졌다가 다시 50년대 말 신세대 비평가들에 의해 논쟁의 심지에 불을 댕기게 되었다. 50년대 중반 이후 등장한 김우종, 이어령, 유종오, 윤병로, 이철범, 정창범, 천이두, 원형갑 등이 소위 신세대 비평가들이다.

60년대 순수−참여 문학 논쟁의 발단은 대략 세 가지 측면에서 그 원인을 제공하고 있다.

첫째, 기성 문인들의 문학 태도에 대한 신세대 문인들의 비판적 시각에 연유한다. 해방 이후 우리 문단의 주도권을 행사하여 온 대표적 문인은 김동리, 서정주, 조연현, 이형기 등과 청록파 시인들이었다. 이들은 문학의 기본 노선을 탈정치, 탈이념적인 순수 지향으로 삼고 우리 문단에 뿌리를 내리고 있었다. 이는 당시 정치적·사회적 여건 하에서 문인과 문학이 그 생명력을 지탱할 수 있는 태도이기도 했다. 그러나 신세대 문인들의 시각은, 기성세대의 이러한 문학 태도가 현실을 외면한 공허한 관념의 몸짓으로 비춰졌고, 이들에 대한 부정적 비판 의식이 확산되기 시작하였다.

둘째, 신세대 문인들에 의한 강단 비평 혹은 이론 비평의 확산에 연유한다. 당시 대학에서는 서구의 문학 이론을 전공한 새로운 세대들이 평단에 대거 진출하면서 그에 상응하는 성과들이 나오게 되어 주목을 끌기 시작했다. 이는 당시까지 한국 평단을 주도해 왔던 기성 비평가들 입장에서 볼 때 여간 불편한 국면이 아닐 수 없다. 따라서 문단의 주도권을 쥐고 있던 조연현, 서정주와 같은 문인들은 신세대와의 대결에서 그 논리적인 이론에

밀려 당혹감을 감추지 못한바 적지 않기도 했다.

셋째, 외국 문학 전공자들에 의한 실존주의 철학의 도입과 소개에 연유한다. 실존주의 사상은 50년대 한국 문학계의 중심에 위치했고, 그 가운데 실존주의의 전범이 되다시피한 사르트르의 이론은 우리 문학계에 참여론의 이론적 바탕을 제공한 앙가주망 이론을 도입하는 계기로 작용한다. 따라서 사르트르로부터 촉발된 사회 참여는, 60년대 외국 문학 전공자들에게 참여 문학에로의 많은 영향력을 행사했던 것이다.

순수-참여 문학론은 50년대 말부터 서서히 그 두각을 드러내기 시작한다. 먼저 50년대 말 순수 문학론이 대두된다. 김상일이 「순수문학론」(『현대문학』, 1958.5)을 써서, 김동리의 순수 문학론을 재정리하고, 나아가 현실주의자를 비판하고 순수문학자를 지지하는 입장을 표명한 것이다. 원형갑 역시 「앙가지망과 신비적 체험」(『현대문학』, 1959.3)을 통해 문학의 순수성을 옹호하면서 사르트르 문학관의 핵심은 사회주의에 근거를 둔 것이라고 비판하는 평문을 발표한다. 여기서부터 평단에는 순수 문학론에 대한 관심을 갖게 된다. 이렇듯 순수 문학론이 새롭게 대두되는 문단 분위기 속에서 참여 문학론이 대응하기에 이른다.

당시 신세대의 기수라 지칭된 이어령이 「작가와 저항」(『지성』, 1958. 겨울)을 발표하여 문학인의 현실 참여를 강력히 주장하면서 순수 문학론에 대응한 것이다. 이어 그는 「현대의 악마-오늘의 문학과 그 근거」(『신군상』, 1958. 12)를 통해 역사에 대한 관심과 책임, 그리고 인간에 대한 애정과 인위성에 대한 저항을 제안하면서 참여 문학을 옹호하였다. 유종호 역시 60년대 초반 문학인의 사회적 책임을 강조한 신세대 평론가 가운데 한 사람이다. 그는 「작가·창조·현실」(『현대문학』, 1959.3)을 통하여 문학인들의 현실 도피를 비판하면서 참여 문학론을 제기한다. 이어령, 유종호의 비평문은 사회 비판 내지 현실 인식의 중요성을 강조하고 있다는 점에서 60년대 참여 문학론의 전사로 이해할 만하다. 또한 그들은 참여에 대한 주요한 개념으로 '반항', '반역', '저항', '비순수' 등의 용어를 사용하고 있으며, 이 용어들은 60년대 초반까지 비평론의 주요 어휘로 등장하고 있음을 본다.

1960년대에 와서 문학의 참여 문제를 처음으로 제기한 평론가는 김양수였다. 그는 「문학의 자율적 참여」(『현대문학』, 1960.1)에서 "한민족의 역사는 이상만을 따라갈 수 있는 것이 아니다. 이상을 품고 희망을 거는 것은 오로지 민족마다의 의욕일 뿐이다. 어떠한 가난의 계절 속에서도 역사의 자율적인 참여를 할 수 있느냐가 중대사인 것이다."라고 하여 '자율적 참여론'을 제기한 것이다. 이 글에서 60년대에 있어서 '참여'라는 용어가 처음 사용된 것으로 추정되기도 한다. 이어 김우종이 등장하는데 그는 「문학의 순수성과 이데올로기-창작계가 답보하는 원인을 분석한다」(『한국일보』, 1960.2.7)에서 우리 문학계의 침체 원인으로 사상성의 부족을 지적한다. 그 뒤를 이어 이어령도 「사회 참가의 문학 -그 원리적인 문제」(『새벽』, 1960.5)를 발표하여 참여 문학론을 주장하고 순수 문학을 비판한다.

이와 같은 상황에서 문학 작품의 현실 참여에 대한 관심을 고조시킨 것은, 최인훈의 소설 『광장』이 발표되면서 이를 둘러싸고 벌어진 백철과 신동환 사이의 논쟁이다. 먼저 백철이 「하나의 돌이 던져지다-최인훈작 광장의 파문」(『서울신문』, 1960.11.27)을 통해 문학 작품에 등장한 여러 인물 유형들의 성격을 분석하면서 작품을 해설했다. 이에 신동환은 「확대 해석에의 이의-백철씨의 광장평을 박함」(『서울신문』, 1060.12.14)를 통해 백철의 『광장』에 대한 해설에 이의를 표명했다. 또 다시 백철은 「작품 의미의 콤플렉스-신동환군이 제기한 이의에 답함」(『서울신문』, 1960.12.18)으로 반론을 제기했고, 이어 신동환은 「문학의 지도성-백철옹에게 드리는 글」(『서울신문』, 1960.12.28)로서 응수했다. 물론 이들의 논쟁은 다분히 감정적 대립으로 번지고 있음을 본다. 그러나 이들 사이의 논쟁으로 인하여 문학의 참여적 성향에 대한 관심이 고조되었음은 사실이기도 하다.

순수-참여 문학론은 한국 근대문학사에서부터 한국 현대문학사에 이르기까지 끊임없이 제기되어 온 문학론이기도 하다. 구체적인 논쟁의 형태를 띤 것만 해도 1939, 40년에 있었던 세대-순수 논쟁과 해방기에 있었던 민족 문학 논쟁 내지 순수 문학 논쟁을 들 수 있다. 물론 1963, 4년의 순수−참여 논쟁은 앞의 두 논쟁과는 구별된다. 우선 앞의 두 논쟁은 사회주의 문학과 관련되어 있던 점에 비해, 60년대의 논쟁은 사회주의 문학과는 전혀 무관하게 전개되었다는 점에서 그 성격을 달리하고 있는 것이다. 또 앞의 두 논쟁이 당시의 정치적 상황에 의해 중단되어 문학의 사회성에 대한 관심이 위축되고 말았던 데 반해, 60년대의 논쟁은 이후 계속 이어지면서 문학의 사회성에 대한 관심이 점점 확산되는 결과를 가져왔다는 점을 들 수 있다.

그럼에도 불구하고 60년대 논쟁은 앞선 두 논쟁과 연장선에 놓을 수 있다. 왜냐하면 어느 시기의 논쟁이든 당시의 시대적 고민이 문학 논쟁으로 나타나고 있기 때문이다. 명시적이든 묵시적이든 시대적 중심 사상의 모색과 관련된 문제 의식이 결부되어 있다는 사실이다.

60년대 초반 순수−참여 논쟁에 있어서 핵심적인 참여론자로는 김우종을 들 수 있다. 그의 「유적지의 인간과 그 문학」(『현대문학, 1963.11), 「저 땅 위에 도표를 세우라」(『현대문학, 1964.5), 「순수의 자기기만」(『한양』, 1965.7) 등에서 펼친 참여 문학론은, 극도로 빈궁했던 당시의 현실에 대한 철저한 인식을 바탕으로 당시의 문학이 지니고 있던 문제점을 구체적인 작품 분석을 통해 밝히고 있다는 점에서 주목된다. 또한, 그러한 문제점을 극복을 위하여 새로운 방법론으로 의지의 인간 창조를 제시했다는 점도 주목할 만하다. 다시 말하여 김우종은 막연히 현실 참여의 당위성을 주장한 것이 아니라, 그 당위성을 뒷받침하는 구체적인 논의를 거쳤다는 점에서 설득력을 가진다고 할 수 있다.

이에 대립된 순수론자로는 김붕구를 들 수 있다. 그러나 김붕구의 「작가와 사회」(『세대, 1967.11)에 나타난 사회적 자아와 창조적 자아를 구분하는 논의는 설득력을 결여하고 있다. 왜냐하면 작가에게는 그 두 자아가 통일적 형태로 존재할 수밖에 없기 때문이다. 따라서 비록 논의를 위한 구분이라 해도, 상호 배타적인 것으로 구분하여 설정할 수는 없는 것이다. 그런데 김붕구는 두 자아를 구분하여 설정함으로써 창조적 자아와 사회적 자아의 관계를 무관한 것으로 만드는 결과를 빚고 있다. 이에 따라 그가 비판하고 있는 사회적 자아의 현실 참여란 사실상 작가가 아닌 한 개인의 현실 참여를 의미하는 것이 되고 만 셈이다. 즉 스스로 문학을 통한 현실 참여를 배제해버린 결과를 낳은 것이다.

또한 60년대 활발한 비평 활동을 사람으로서 이어령을 들 수 있다. 이어령은 50년대 중·후반부터 60년대 초반에 이르기까지 기성세대를 부정하고 그들과의 차별성을 부각시키며 저항과 반항, 부정과 도전의 목소리를 외치며 스스로 화전민임을 자처한 문인이다. 그러나 60년대 중후반에 와서 문학의 현실 참여를 부정하는 태도를 견지한다. 또한 김수영과 이어령의 '불온시 논쟁'은 두 논자가 여러 번 견해를 주고받으며 문단의 주의를 환기시켰지만, 중심 논점이 일관되게 전개되지 않았다는 점에서 큰 의미를 주지 못했다. 이 논쟁은 한국 문화의 침체 원인이 어디에 있는가 라는 견해 차이에서 출발하였다. 그러나 논쟁이 진행되는 과정에서 순수와 참여에 대한 논의로 번졌고, 다시 시의 불온성이란 무엇인가 하는 문제로 초점이 옮겨갔다. 그렇게 논점이 옮겨가는 과정에서 문제의 본질은 흐려지고, 논쟁의 지속이라는 외적 형식만 남게 되었던 것이다.

60년대 주요 쟁점으로 펼쳐졌던 순수—참여 문학론은 몇 가지 특질을 제공한다. 첫째, 논쟁의 가장 핵심적인 문제인 문학의 본질에 대한 논의가 제대로 이루어지지 못했다는 점이다. 순수 문학론자들은 순수 문학이야말로 문학의 본질에 충실한 문학임을 강조하였다. 반면 참여 문학론자들은 순수 문학이야말로 문학을 말살시키는 비문학적 태도라고 주장했다. 이 과정에서 문학의 본질이 무엇인가에 대한 논의가 충분히 이루어질 수 없었던 것이다. 둘째, 순수 문학론은 이론의 심화나 시대적 변화에 따른 문학론의 갱신을 이루지 못하고 참여 문학론을 비판하는 것에만 치중하고 있다는 점이다.

순수 문학론의 이론은 해방 직후 좌익 평단과의 논쟁에서 제시한 것과 크게 달라진 것이 없다. 그들은 문학과 현실의 관계 및 문학과 이데올로기의 관계를 통하여, 참여 문학론을 사회주의 혁명 문학론 혹은 프롤레타리아 혁명의 문학론으로 규정하고 공격하는 데 치중했던 것이다. 셋째, 참여 문학론자들은 문학이 왜 현실에 관심을 표명해야 하는가, 라는 이유를 구체적 창작 방법론을 통하여 설득력 있게 논의를 전개시켰다는 점이다. 그들은 오랫동안 우리 문단을 지배하는 순수 문학을 맹목적으로 추종하는 태도에 대해 저항했고, 휴머니즘을 주장하는 순수 문학론의 이율배반을 비판하였다. 그리하여 문학인의 사회적 책임에 관한 논의와 작품을 통한 사회 참여의 의미를 강조했다. 그리고 한편으로는 사회 참여의 문학이 곧 사회주의 문학으로 곡해되는 현실에 대한 대응책을 마련하기도 했다.

순수-참여 문학 논의는 60년대를 관통하여 70년대 초반에 마무리된다. 70년대에 들어서면서 순수-참여 문학 논의는 리얼리즘론과 민족 문학론 그리고 민중 문학론 등으로 이어지고 있다. 참여 문학론을 주장하던 이론가들이 참여의 실천적 방법으로 이러한 문학론을 제시했던 것이다. 이에 반하여 순수 문학 이론가들은 다시 반리얼리즘 문학, 반민중적 문학의 문단 세력을 형성하고 있음을 본다.

8. 1970년대-리얼리즘 문학론 · 민족 문학론

1) 비평 문학의 전개 양상

70년대 한국 사회는 경제 구조를 배경으로 한 독재 탄압이 가중되었다. 급격한 산업화의 과정에서 근로자들의 저임금과 노동력을 발판으로 산업화가 추진되었다. 경제의 급성장과 근대적인 산업체의 확립, 도시의 확대와 대중 문화의 확산, 사회 구조의 변화와 생활 양상의 다양화, 물질주의적인 가치관의 확대 등은 모두 산업화 과정에서 이루어진 새로운 한국 사회의 변모 양상이라고 할 수 있다. 더구나 산업화의 강력한 추진과 총력안보를 빌미 삼아 유신 체제라는 독재 체제가 지속되고, 통치 권력의 강화가 정치 · 사회적 통제로 확대되면서 여러 가지 사회적 갈등과 대립을 낳게 되었다.

이러한 현상들은 문학의 경우에도 상당한 영향을 미쳤다. 소위 산업화시대의 문학이라고 말할 수 있는 이 시기의 문학은 한국의 사회 변화와 그 갈등 양상을 곧바로 문학의 영역으로 끌어들였던 것이다. 그 가운데 비평 문학 활동의 양상은 우선 양적인 면에서만 보더라도 거의 폭발적이라고 할 수 있으며, 질적인 면에서도 많은 성숙함을 보여주었다. 또한 1960년대 중반부터 핵심 논제가 되었던 문학의 현실 참여 문제가 참여-순수의 양분법적 대응 논리를 벗어나, 당대 현실의 문제와 문학의 지향을 둘러싼 여러 가지 방향의 논쟁을 낳게 되었다. 그것이 바로 리얼리즘 문학론, 민족 문학론, 민중 문학론, 노동 문학론, 농민 문학론, 상업주의 문학론 등으로 이어졌다. 다시 말하여, 1970년대 한국 비평 문학사의 특징은 독재의 고뇌로부터 벗어나 문학의 새로운 지표를 찾으려는 리얼리즘 논쟁과 이것을 바탕으로 하는 민족 문학의 태동으로 집약된다.

70년대 왕성한 비평 활동을 한 사람으로는 우선 일찍이 문필 활동을 시작하여 70년대에는 이미 대가의 반열에 속한 송욱, 정명환, 천이두 등을 들 수 있다. 송욱의『'님의 침묵' 전편 해설』(1974), 정명환의『한국 작가와 지성』(1978), 천이두의『종합에의 의지』(1974) 등이 70년대 비평 문학계의 한 자리를 차지하고 있다. 그리고 50년대 젊은 기수로 등장한 유종호가『문학과 현실』(1975) 등을 출간하고 있다.

한편, 70년대의 비평은『창작과 비평』,『문학과 지성』두 계간지를 중심으로 활발한 움직임을 보이고 있음을 본다.『창작과 비평』의 경우, 민족 문학론, 민중 문학론, 제3세계 문학론 등 선명한 이념의 특징을 보이며 비평 문학사를 장식하였다. 이는 1966년『창작과 비평』을 창간한 백낙청의 공적이라고 할 수 있다. 로렌스의 문학과 하이데거의 철학을 깊이 연구한 백낙청은 주로 이념적 탐구를 위주로 하는 이론 비평을 보여주었다. 그리고 백낙청의 동반자라고 할 수 있는 염무웅은 60년대 후반부터 민중 문학론의 입장에 서서「한국 문학의 반성」(1976),「민중 시대의 문학」(1979) 등의 글을 발표하였다. 이어 70년대 말『창작과 비평』에 새로운 인물로 김종철과 최원규 두 사람이 등장한다. 그들은 백낙청과 염무웅의 이론을 계승하면서 70년대 비평 문학계를 장식했다.

『문학과 지성』은 1970년대에 창간되었다. 이 계간지에 모인 대표적인 평론가들은 김병익, 김주연, 김치수, 김현, 오생근 등이다. 이들 그룹은 주로 프랑스와 독일의 문학 이론을 수용하려는 자세를 보여주었다. 김병익의「분단 의식의 문학적 전개」(1979), 김주연의「민족 문학론의 당위와 한계」(1979), 김치수의「산업사회와 소설의 변화」(1979), 김현의「산업화

시대의 시」(1979), 오생근의 「한국 대중 문학의 전개」(1977) 등은 각각 70
년대의 대표적인 비평문들이다. 『창작과 비평』의 입장이 민족 문학론을 중
심으로 한 일련의 이념적 탐구를 통하여 우리 문학의 주체적인 위상을 확
립하고자 했다면, 『문학과 지성』의 입장은 서구 문학 이론에 대하여 상당
히 개방적인 태도를 보이면서 우리 문학 이론의 풍요화와 정교화를 위하
여 힘썼다고 할 수 있다. 또한 『문학과 지성』은 우수한 작가와 작품을 찾
아내어 설득력 있게 해명하고, 섬세한 분석을 통하여 창조적 능력을 고무
하는 실제 비평의 입장을 견지했다.

　70년대의 문학사 정리 작업도 비평 문학계의 큰 업적으로 평가할 수 있
다. 김윤식은 이 분야에서 단연 커다란 공적을 남기고 있다. 김윤식은 김현
과 공동으로 『한국문학사』(1973)를 냈고, 『한국 근대문예비평사 연구』
(1973), 『근대 한국문학 연구』(1973), 『한국문학사론고』(1973), 『한국 근대 작
가론』(1974), 『한국 현대시론 비판』(1975), 『한국 현대문학사』(1976), 『한국
근대문학사상 비판』(1978) 등의 저서를 계속 간행하였다. 또한 김용직은 뉴
크리티시즘의 방법론을 깊이 연구하고 그 이론을 토대로 실증적 연구를
실천함으로써 시사(詩史) 분야에 큰 업적을 남기고 있다. 70년대 그의 대표
적 저서로는 『한국 현대시 연구』(1974), 『한국 근대문학의 사적 이해』(1977)
등이 있다. 한편, 한국 현대 문학의 흐름을 조명해준 김우창의 비평 문학계
의 업적도 만만치 않다. 그는 『궁핍한 시대의 시인』(1977)을 통하여 구한말
에서 일제 시대까지 우리 문학의 흐름을 탐구하고 있으며, 「산업시대의 문
학」(1979) 등 많은 평론을 발표하였다.

　이처럼 70년대 비평계는 활발한 논의가 전개되었다. 참여 문학론, 리얼
리즘 문학론, 민족 문학론을 둘러싼 비평 논의들이 때로는 왕성한 논쟁을
수반하면서 펼쳐졌다. 그리고 70년대 후반에 들어서면서, 논자들은 전반기
의 논의·논쟁을 정리하고 있는 모습을 보이고 있다. 그리하여 76년 1월부
터 6월 사이에 출간된 비평가들의 저서만도 염무웅의 『한국 문학의 반성』,
김병익의 『한국 문학의 의식』, 이상섭의 『말의 질서』, 김현·김주연 편 『

문학이란 무엇인가』, 임헌영 편『문학 논쟁집』 등을 출간하고 있는 것이다.

70년대 끝날 무렵 서서히 주요 활동을 보이기 시작한 비평가군이 있었는데, 그들은 권영민, 김재홍, 조남현, 김인환 등이다. 그들은 80년대에 들어서면서부터 본격적 비평 문학 활동을 펼쳐나갔다.

2) 70년대 리얼리즘 문학론

70년대 초반 한국 문단에는 리얼리즘에 대한 관심이 확대되면서 이 문제를 둘러싼 논쟁이 일어난다. 논쟁의 시작은 리얼리즘의 개념과 그 적용 문제를 둘러싸고 출발한다. 대표적인 논쟁인 「4·19 혁명과 한국 문학」(『사상계』, 1970.4)이라는 좌담회에서는 먼저 구중서와 김현의 의견이 대립하면서 시작된다. 1930년대 염상섭, 채만식 등의 문학적 성과를 리얼리즘으로 볼 것인가, 자연주의로 볼 것인가에 대해, 구중서는 1930년대 문학을 리얼리즘이 아닌 자연주의 문학이라고 규정한다. 그는 4·19 이후에 본격적인 리얼리즘 문학이 시작되었다는 것이다.

구중서는 1930년대 염상섭이나 현진건의 문학은 사회와 인간을 객관적으로 묘사하는 데 그쳤고, 역사의식의 지향이라든지 이상주의적 요소를 작품 속에 담아내지 못했다는 것이다. 이는 그가 4·19의 의미를 적극적으로 인정하려는 태도이기도 하다. 이에 반해 김현은 1930년대 리얼리스트들은 자기 계층을 가졌기 때문에 4·19 이후의 리얼리스트보다 훨씬 박력 있는 작품을 내놓을 수 있었다고 주장한다. 따라서 70년대 당시 한국에는 리얼리즘을 주도하고 나갈 시민 계급 혹은 중간 계급이 형성되지 못했기 때문에 한국 사회의 구조적 모순을 리얼리즘적 수법으로 드러낸다는 것은 이중의 위험성을 지닌다고 경고한다. 하나는 소시민적 영웅주의에 빠질 위험성이며, 다른 하나는 소시민적 패배주의에 빠질 위험성이다. 나아가 김현은 한국 소설의 기술 형식에 대해 리얼리즘이라는 도식적 요구를 하지 말아야 한다고 주장하고, 상상력의 중요성에 대해 강조한다.

김윤식은 이러한 견해의 차이를 보이는 구중서와 김현의 주장 모두를 비판하기도 하고 동시에 긍정적으로 평가하기도 한다. 김윤식은 4·19 이전의 리얼리즘은 기법으로서의 리얼리즘이라는 김현의 입장을 인정하고, 또한 원칙적으로 자유가 보장되는 사회에서만 리얼리즘이 구현될 수 있다는 이유를 들어 우리 나라에서 본격적인 리얼리즘 문학은 4·19 이후라고 말함으로써 구중서의 견해에 동조하고 있는 것이다.

이후 구중서는 좌담회에서 밝혔던 견해를 보완하여 「한국 리얼리즘 문학의 형성」(『창작과 비평』, 1970. 여름)을 발표한다. 이 글은 1970년대에 들어 리얼리즘론에 대한 최초의 체계적인 견해 표명이라는 평가를 받기도 한다. 김현 역시 위의 좌담회 내용을 보완하여 「한국 소설의 가능성—리얼리즘론 별견」(『문학과 지성』, 1970. 겨울)을 발표함으로써 비판적 견해를 내놓는다. 이러한 구중서와 김현 사이에 거론된 논쟁은, 비평론 자체의 발전적 모습보다는 자기 나름의 문학적 입장을 천명하고 확인하는 수준에 머물렀지만 이 논의로 인해 70년대 리얼리즘론을 본격화시켰다는 데 의의를 찾을 수 있다.

구중서와 김현 사이의 리얼리즘과 자연주의에 대한 논쟁은 염무웅과 김병익의 ‘불꽃인가 거울인가’의 논쟁에 와서 완전한 답을 얻는다. 한국 문학의 리얼리즘을 진단하는 특집판 논제 「불꽃인가 거울인가」는 1972년 10월 『문학사상』의 쟁점이었다. 이 리얼리즘 논쟁은 앙케이트 형식으로 꾸며졌는데, 염무웅은 「리얼리즘의 역사성과 현실성」, 김병익은 「리얼리즘의 기법과 정신」이라는 각각의 제목을 달고 쟁점에 뛰어들었다.

염무웅은 「리얼리즘의 역사성과 현실성」을 통해, 30년대 염상섭의 소설에 대해 리얼리즘인가 자연주의인가를 구별하는 것은 무의미하다고 지적하고 있는 데 이것은 바람직한 견해라고 할 수 있다. 또한 염상섭의 작품을 놓고 사안에 따라 리얼리즘의 성취된 경우와 한계를 드러내는 경우를 분석·비판하는 일의 중요성을 말하고 있다. 염무웅의 이러한 방법론은, 단지 30년대 작가 염상섭에 대한 접근 방법으로서 뿐만 아니라 오늘날의 작가들에 대한 접근 방법으로서도 유용성을 지니는 합리적인 방법이라고 할 수 있다. 또한 김병익은 「리얼리즘의 기법의 정신」을 통하여 리얼리즘의 찬성과 반대의 입장 모두를 반영하면서 문단의 사회주의 리얼리즘에 대하여 객관적으로 정리하고 있다. 그는 우리 문단의 리얼리즘이 사회주의 리얼리즘으로 해석될 수 있는 가능성은 일부분 인정하지만, 궁극적으로는 사회주의 리얼리즘으로 진단하는 것은 잘못이라는 견해를 드러낸다. 아울러 그는 '민족적 리얼리즘'이라는 새로운 명칭에 대해서 내용도 정확하지 않고 구체적 설명이 없다는 이유를 들어 비판하고 있는데, 당시로서는 타당한 비판이라고 할 수 있다.

70년대 후반 문단에서는, 김동리의 「한국적 문학 사상의 특질과 그 배경 –한국 문학의 나갈 길」(1978.9.12)의 강연 요지가 『조선일보』(1978.9.13)에 「한국 문학 오도하는 일부 비평」이라는 제목으로 실린 것을 계기로 사회주의 리얼리즘 논쟁이 치열해진다. 이 글에서 김동리는 특정 계간지를 중심으로 한 일부 비평그룹의 문학 활동이 사회주의 사실주의 쪽으로 기울고 있다고 비판한다. 그는 문학에서 휴머니즘을 주장하려면 상황보다는 인간성에 대한 관심이 우선되어야 한다고 주장했으며, 문학을 목적의식의 도구로 만들려는 경향에 대해 끝까지 반대할 것이라고 천명한다. 김동리의 이와 같은 주장의 가장 큰 한계는 구체적인 논거도 없이 선동적으로 구사되고 있다는 점이다. 즉, 진정한 사실주의와 사회주의적 사실주의가 어떤 것인지에 대한 실제 작품의 입론이 무시되어 있는 것이다.

김동리의 주장에 대해 구중서, 임헌영 두 사람이 「현실 고발이 사회주의인가」(『조선일보, 1978.9.24)를 발표하며 즉각 반박한다. 구중서는 '서민 의식'이나 '현실 의식'을 갖는다고 해서 그것을 사회주의 내지 공산주의 사상을 지닌다고 보는 것은 논리의 비약이라고 반박한다. 임헌영은, 사회주의 리얼리즘은 사회주의 국가에서만 나올 수 있는 것이라고 김동리의 주장에 대해 비판한다. 임헌영의 반론 가운데 사회주의 리얼리즘이 반드시 사회주의 국가에서만 가능하다는 것은 사리에 맞지 않은 것이라고 할 수 있다.

또한 이 논쟁에서, 김동리가 주장하는 휴머니즘이란 사회성과 상황성이 배제된 휴머니즘으로 철저히 신비화되고 추상화된 휴머니즘이라고 볼 수 있다. 반면, 임헌영의 휴머니즘은 현실성을 근거로 한 것이어서 이들의 주장은 상충될 수밖에 없는 것이다.

김동리는 결국 염무웅을 표적으로 삼아 그의 문학관을 문제삼는다. 염무웅은 「인간 편에 선 진실의 증언 ―김동리씨의 논지에 대한 답신」(『조선일보, 1978.10.11)에서, 김동리와 자신이 서로 다른 문학관의 차이로 인해 서로 다른 의견을 펼칠 수는 있지만, 김동리가 자신의 논의를 좌파 계급 문학과 연관지으려 한 것은 잘못이라고 강경하게 반박한다. 나아가 염무웅은 오늘의 작가들이 물질의 편이 아닌 인간의 편에 서서 허위 아닌 진실을 위해 증언하려는 자각을 보다 분명히 가짐으로써 이 시대의 위기를 극복하는 데에 더욱 창조적으로 기여해야 한다고 말하고 있다.

1970년대 초반의 리얼리즘 논쟁은 주로 리얼리즘의 개념 확정과 그것의 한국 문학에 대한 적용 문제가 논쟁의 중심을 이루어 왔다고 할 수 있다. 또한 후반기 리얼리즘 논쟁에서는, 각 논자들의 문학관이 이론적 해명이나 진전보다도 사회주의적 사실주의를 중심에 두고 반복적으로 각 입장을 개진해 나갔다고 할 수 있다. 그러나 한편에서는, 문학의 본질이 무엇인가 하는 본질 논쟁이 시대 상황과 맞물리면서 증폭되기도 하였다. 이 논쟁의 중심 개념이었던 리얼리즘은, 그 후 70년대 후반에 들어 제3세계 문학과의 연대감을 확보하고 제3세계 문학의 일원으로서 우리 문학의 선진성을 자각하는 중요한 원리로 확인되면서 논의를 심화 확대시켜 나갔다.

3) 70년대 민족 문학론

민족 문학론은 리얼리즘 논쟁과 거의 같은 시기에 표면화되면서 1970년대 내내, 나아가서는 80년대에 이르기까지 부단한 모색과 발전의 길을 밟았다. 리얼리즘이 문학예술의 적절한 방법임을 논의하는 것과 시기를 같이

하여, 문학의 현실 연관성 여부의 명제인 문학이 지향해야 할 이념 문제를 논의하기 시작한 것이다. 즉 당대의 구체적인 현실의 모순을 어떻게 파악하고, 그것을 지향하기 위해 문학이 나아가야 할 목표를 규정하는 이념을 어떻게 결정지을 것인가 하는 물음이 방법의 문제와 동시에 제기된 것이다. 그 해결 방법으로 내세운 것이 민족 문학론이었음은 누구나 다 잘 알고 있는 사실이기도 하다.

이러한 70년대 민족 문학론의 대두는 60년대 후반부터 서서히 출발을 서두르고 있었다. 66년에 창간된 계간지 『창작과 비평』은 비평사에 하나의 획기적인 문제점을 제시하였다. 당시 『창작과 비평』은 작가의 사회적·역사적 책임을 강조하면서, 70년대 초에는 시민 문학론을 제기하고, 곧 이어 민중의 개념을 문학의 중심부로 끌어내는 등 진보적 문학의 중심에 놓여 있었다. 물론 『창작과 비평』은 50년대 이후부터 계속되어 온 민족 문학론을 총체적으로 수용하는 데는 미흡하였지만 참여-순수 논쟁의 발전적 계승을 통해 70년대 이후 리얼리즘론, 시민 문학론, 민족 문학론, 민중 문학론, 제3세계 문학론을 주도하는 바탕이 된 것이다.

『창작과 비평』이 활발하게 활동을 하는 가운데 이에 대응하여 1970년 8월 30일 계간지 『문학과 지성』이 등장하게 된다. 『문학과 지성』의 출발은 이미 그 전신인 『산문 시대』(1962), 『사계』(1966), 『68문학』(1969)에서 예고된 것이었다. 『68문학』은 김승옥, 김주연, 김치수, 김현, 박태순, 염무웅, 이청준 등이 편집 동인이 되어 1969년 1월 15일 창간된 문예 잡지이다. 『창작과 비평』이 사회학적 측면에서 문학에 접근해 나가려 했다면, 『문학과 지성』은 미학적인 태도에서 문학 작품에 접근해 나갔다. 따라서 이 두 잡지의 글쓰기 차이는 전자가 현실주의·민중주의 노선의 방향으로 나갔다면, 후자는 자유주의·지성주의 방향으로 나갔다. 그래서 전자를 진보주의 진영, 후자를 보수주의 진영이라고 개념화하기도 한다.

『창작과 비평』과 『68문학』의 대립 의식 및 이념의 갈림은 김주연의 「새 시대 문학의 성립 ―인식의 출발로서 60년대」(『아세아』 창간호, 1969.2)에서 발단되었다. 이 글에서 오상원, 이호철, 서기원, 송병수, 장용학 등 50년대 작가가 실패하고 있음에 비해 60년대 작가인 김승옥, 박태순, 서정인, 이청준, 홍성원 등의 소설과 김춘수, 마종기, 정현종, 박재삼, 황동규 등의 시는 '개인'의 존재를 그려내고 있어 성공하고 있다고 평가했다. 즉, 김주연은 60년대 문학의 새로운 감수성과 세대 감각 그리고 개인 의식과 관련하여 '소시민 의식'이라는 개념을 이끌어내어 60년대 문학의 지표로 설정한 것이다. 그의 '소시민 의식'은 이미 『68문학』 계열의 김현, 김치수, 김병익 등이 60년대적 특징으로 파악한 '개인의식'의 발전된 형태라고 할 수 있는 또 다른 표현이다. 김주연이 50년대 문학에 대해 실패론으로 규정하자, 백낙청은 「시민문학론」(『창작과 비평』, 1969. 여름)을 통해 반론을 제시한다. 그는 50년대 문학의 연장선에서 60년대 문학이 성립할 수 있었다는 계승론을 펼쳤다. 백낙청 역시 '소시민'이란 개념을 시민 의식의 결여라는 형태로 파악한다. 그는 서구 부르주와 소산으로서의 역사사회학적인 측면에서 시민을 정의한다. 건전한 부르주와가 주도하는 시민 사회를 지향하는 그의 「시민 문학론」은 우리 근대사의 과제로서 시민 혁명을 제시하고 있다는 데 의미가 있다. 반면, 김주연은 소시민 의식이란 시민 의식을 형성하는 계기로 진단하고 있다. 그리고 이후 소시민-시민의 양립된 개념은 「시민 문학론」으로 통일된다.

이러한 김주연의 '소시민'의 발견과 백낙청의 '시민 문학론'은 기본적으로 60년대 전반의 문학을 반성적 차원에서 점검하고 역사적 당위로서의 시대적 소명에 걸맞는 비평론의 수립을 기획한 것이었다. 따라서 논자들이 보여 주는 60년대 말 70년대 초기의 민족 문학론에 대한 관심은 주로 개념 설정에 그치는 단계였으며 그 마저도 미미한 상황이었다고 할 수 있다. 그러나 한편 시민과 소시민의 개념을 둘러싸고 벌어진 김주연과 백낙청의 두 차례 논쟁은 민족 문학론의 이론을 모색하는 단계에서 60년대 비평론이 70년대로 이월하는 탁월한 수준의 지도 비평이라는 의미를 지닌다. 아울러 70년대 초의 민족 문학론은 이러한 배경 하에서 대두된 것이라고 할 수 있다. 이후 민족 문학론의 방향은 70년대 중·후기로 접어들면서 민족사적 당위성을 확보하는 단계로 진전된다.

70년대 초기 민족 문학론의 전개는 1970년 10월 한국문인협회 기관지 『월간문학』이 마련한 민족 문학 특집에서 출발한다. 이 특집에는 문덕수, 이형기, 김상일, 김현 등이 참여하여 논의를 전개했다. 그 가운데 김현은 「민족문학·그 문자와 언어」를 통하여 민족 문학이란 용어가 국수주의적인 냄새를 풍기며 지나치게 복고적·교조적이라는 점을 비판한다. 그리고 민족 문학이라는 용어 대신 한국 문학이라는 용어를 쓸 것을 제안한다. 그러나 민족 문학이라는 용어 자체를 폐기하자는 김현의 주장에 대해 여러 사람의 비판이 뒤따랐다. 따라서 과거 민족 문학론에 부정적인 측면이 있다고 해서 민족 및 민족 문학이라는 개념 자체를 거부하자는 것은 정당화될 수 없는 주장이기도 하다.

1972년 10월 『월간문학』은 다시 「민족문학 재론」이라는 특집을 마련한다. 이 특집에는 김동리, 김현승의 설문과 윤병로, 김상일 등의 글이 실린다. 이 설문에서는 민족문학의 정의, 민족문학의 현황, 민족문학의 전망을 다루고 있다. 설문의 대답자 가운데 김동리는 「민족문학에 대하여」라는 글을 통해 민족문학이란 곧, 근대문학이라고 정의하고 있으나 그 구체적인 설명이 결여되어 있다. 이어서 『월간문학』은 1974년 4월 9일부터 11일까지 3일간에 걸쳐 「문예 중흥과 민족문학」이라는 심포지엄을 통해 민족문학 논의를 더욱 확대시킨다. 이 심포지엄에서는 백철의 「민족문학과 세계성」, 김동리의 「민족문학과 한국인상」, 구상의 「민족문학의 의의와 방향」 등 모두 9편의 글들이 발표된다. 이 가운데 김동리의 글은 이후 한국문인협회를 중심으로 한 보수적인 민족 문학론에 많은 영향을 미친다.

김동리의 「민족 문학에 대하여」, 「민족 문학과 한국인상」 등 70년대 민족 문학론의 논의는 해방 직후 좌익과의 갈등 속에서 제시된 인간성 탐구론과 대동소이하다. 해방 직후 청년문학가협회의 대표적 이론가로서의 주장이나 이후 70년대 한국문인협회를 대표하는 이론가로서의 주장 사이에 별다른 차이점이 없다는 것은, 그가 논리의 일관성을 보여주고 있다고 하기에 앞서, 시대의 흐름 속에 현실의 변화를 전혀 반영하지 못한 정체된 이론이라고 평가할 수 있다.

70년대 백낙청의 민족문학 논의는 「민족 문학 이념의 신전개」(『월간문학, 1974.7), 「민족 문학의 현단계」(『창작과 비평, 1975. 봄호) 등을 통해 정립된다. 그는 70년대 초반 민족 문학 논의의 상당수가 이른바 '어용론'으로 분류되던 것과는 달리, 70년대 중반 이후의 민족 문학 논의는 그와 정반대로 반체제론으로까지 이해되었다고 주장한다. 진보적 민족 문학론이 반체제론으로 이해되기 시작한 것은 무엇보다도 민주 회복이라는 과제를 내세웠기 때문이다. 당시 대북 관계에 대한 논의는 행정 당국이 독점 통제하고 있는 상황에 있었다. 이러한 상황에서 분단 극복에 대한 논의가 활성화되는 것 역시 행정 당국으로서는 쉽게 용인하기 어려운 것 문제점이었을 것이다. 이후 계속해서 발표되는 백낙청의 민족 문학론은, 제3세계와의 연대 의식을 강조하고 제2세계 문학으로서 우리 문학의 선진적 가능성을 모색한다. 「제3세계와 민중 문학」(『창작과 비평, 1979. 봄호)은 그의 이러한 논의를 잘 개진한 글이다. 따라서 그는 민족 문학을 제3세계 문학의 일환이라는 시각에서 접근하고 있다. 그리고 그 문학적 방법론에서 리얼리즘을 선택하고 있으며, 자주화의 노력을 통해 민족 통일을 이룩하려는 의지를 표명하고 있는 것으로 드러난다.

백낙청의 민족 문학론의 요지는, 우선 '민족 문학'의 개념을 정립하는 구체적 민족적 현실이 있어야 함을 주장함에 있다. 그는 민족 문학의 역사성에 대해 강조하고 있으며, 각 시대와 상황의 변화에 따라 민족 문학론을 새로운 차원으로 전이될 수 있는 가변적 개념으로 설명한다. 또한 민족 문학론의 초점을 대다수 민족 구성원들의 진정으로 인간다운 삶에 맞추고 있음을 본다. 그리고 백낙청은 민족 문학론의 과제를 민주 회복과 분단 극복 두 가지로 설정한다. 민족 문학은 일차적으로 민주 회복이라는 현단계 목표를 이룩하고, 그 다음으로 장기적 목표인 분단 체제를 극복할 수 있다는 것이다. 이와 같이 민족 문학론을 제3세계 문학론 가운데 위치시키고, 민족 문학의 이론과 실천 양면에서 그 핵심적 위치에 있는 리얼리즘론을의 틀을 마련했다는 점에서 백낙청은 70년대 우리 비평 문학사상 큰 성과를 올리고 있다.

9. 1980년대−민족·민중 문학론

1) 80년대 비평 문학의 전개 양상

80년대는 정치적·문화적 억압의 주체였던 신군부 정권과 그에 맞선 민중−시민의 연합 전선 사이에서 이루어진 역동적 주도권 다툼의 장이었다. 이러한 상황과 맞물려서 80년대 문학은 이전의 60년대, 70년대나 이후의 90년대와는 확연하게 구별되는 특징적 양상을 보인다.

80년대의 비평 문학은 70년대 말과 80년대에 들어서면서 국문학을 전공한 신진 비평가들이 현저하게 평단에 등장하면서 양적으로나 질적으로 풍성하게 펼쳐진다. 이러한 많은 비평가들의 출현 현상에는, 내적으로 국문학 연구의 심화 확대에 따른 요인이 있고, 외적으로는 무크(mook : 부정기 간행물)지의 대거 출현에 요인이 있었다. 왜냐하면 80년에 평단의 주요 발표매체인『창작과 비평』,『문학과 지성』이 강제 폐간되고, 이후 종합적인 문학지의 등록이 제한되자 공백을 메우려는 능동적 대처 방법으로 다량의 무크지들이 출간되었기 때문이다. 가령 70년대부터 시작되었던『반시』이외에도『실천문학』,『시와 경제』,『오월시』,『목요시』,『시운동』,『문학의 시대』,『우리 세대의 문학』,『언어의 세계』,『삶의 문학』,『분단 시대』등 많은 동인지, 무크가 등장했다. 무크라는 신개념은 신군부의 폭압적인 정치 행태와 그 문화적 표현인 검열에 대항하는 문인들의 자구책이자 문화적 저항의 방편이었다. 그에 따라 발표 지면의 여건과 폭도 확대되었던 것이다.

이러한 비평가들의 증대와 발표 지면의 확대는 자연스럽게 비평적 이념과 방법론의 확대를 가져왔다. 따라서 80년대의 비평론은 복잡하고 다양한 양상을 보였다. 60년대 비평론이 순수—참여의 두 이론으로 대표성을 띤다면, 70년대 비평은『창작과 비평』계열의 이론—『문학과 지성』계열의 이론으로 정리할 수 있었다. 그런데 80년대 비평론은 60, 70년대에 제기된 다양한 비평적 문제점들이 다양하게 갈라지면서 복잡하게 전개되었다. 다시 말하면 80년대 비평은 60, 70년대의 비평론을 이어서 다양하게 확산 심화되어 나가는 양상을 보여주었다고 할 수 있다.

80년대 민족 문학 논의의 중요한 변화는 무엇보다 '민중'에 대한 관심이 높아졌다는 것이다. 민족 문화론 내지 민족 문학론에서 민중의 중요성을 강조한 글로는 우선 채광석의「찢김의 문화에서 만남의 문화」(『마당』, 1983.11)를 들 수 있다. 이 글에서 그는 만남의 문학과 통일의 문화가 필요하다고 강조하였다. 채광석의 이러한 논의는 기존의 민족 문학론 위에 민중성을 특히 강조하고 있다는 점에서 민중적 민족 문학론의 초석을 마련한 논의로 평가받고 있다. 또한 성민엽은「민중 문학의 논리」(『예술과 비평』, 1984. 가을)에서 70년대 이후 민족·민중 문학론의 전개 과정을 정리하고, 80년대 중반의 민중 문학론은 70년대적 성과의 계승과 단절이라는 양면적 입장을 밝히고 있다. 그는 민중 문학이 모두 시민 문학의 테두리 안에 갇혀 있다고 지적하면서, 그리고 성민엽은 민중 의식을 지적으로 실천할 것을 제기하였다. 여기서 그가 주장하고 있는 '민중 의식의 지적 실천'이란 민중 문학의 운동 지향성과 관념성을 거부하고, 민중이 겪는 진정한 고통과 그러한 고통을 야기하는 사회의 제반 물적 조건을 드러내는 고차원적인 지적 행위를 의미한다. 즉, 성민엽은 80년대 중반 백낙청의 민족 문학론을 비판하면서 채광석 이후 자기 이론을 정립하게 되는데 그것이 소위 '운동으로서의 문학' 개념인 것이다.

김도연은 민중 문학론에서 장르 확산 문제를 다루고 있다. 그는 「장르 확산을 위하여」(『한국문학의 현단계』3, 1984. 6)에서, 70년대 문학 유산의 핵심적 명제를 민중 주체의 민족 문학이라고 정리하면서, 이는 80년대 우리 문학의 일차적 과제는 민중 주체의 민족 문학이라는 명제를 실현하기 위한 기반 조성의 과정이라고 했다. 또한 그는 이 글에서 문학의 민중 지향성과 운동 지향성을 강조하면서 보다 탄력적인 태도로 구비적 양식을 빌린 새로운 시(詩) 양식과 르포, 수기, 민중들의 선언문과 성명서 등과 같은 '전단 문학'들의 문학적 가능성을 진단하고 있다.

다음, 80년대 후반기 민족 문학 운동은 1987년 6월 항쟁을 거친 민주화 운동의 열기 속에서 결정적인 변화를 겪게 된다. 이에 따라 종래의 순수 문학이나 자유주의 문학이 힘을 잃고 대신 민족 문학이 다양하게 분화되었다. 이른바 민중적 민족 문학, 민주주의 민족 문학 혹은 노동 해방 문학, 민족 해방 문학 등의 분파가 그것이다. 80년대 후반에 접어들면서 점차 가시화되고 있는 민족 문학론의 분화는, 87년 출간된 『전환기의 민족 문학』에서 김명인을 중심으로 한, 일군의 민중적 민족 문학론 주창자들에 의해 이루어진다. 그리하여 그들의 민중적 민족 문학론은 소시민적 민족 문학론을 비판하면서 빠른 속도로 확산되었다.

김명인은 「지식인 문학의 위기와 새로운 민족 문학의 구상」(『전환기의 민족 문학』, 1987)을 통해, 백낙청의 민족 문학론이 소시민적 지식인의 관점을 지향하고 있기 때문에 생산 대중으로부터 제기되는 문학 및 예술 일반의 욕구를 수용해 낼 수 없다고 지적하였다. 그리하여 그는 소시민적 세계관을 버리고 민중의 각 부문이 문화적 주체가 되는 새로운 관점의 민중 문학론을 주장했다. 그는 민중 문학론의 구체적인 조건으로 문학의 엘리트주의와 개인주의 타파, 집단 창작 등을 제시하기도 하였다. 그의 논점은 문학에 대한 기존의 관념을 타파하고 문학의 운동성을 적극 주장한 점에 있다. 이러한 그의 문학론은 기존의 비평론에서 볼 수 없었던 급진적인 사회

과학 이론을 원용한 것으로서 매우 혁신적인 것이라고 할 수 있다. 김진경의 「민중적 민족 문학의 정립을 위하여」(『문학예술운동』1, 1987) 역시, 70년대식 민족 문학론을 소시민적 문학론이라고 비판하고 새로운 민중적 민족 문학론의 방향을 제안하고 있다. 그는 지식인 창작 중심의 민족 문학론에서 생산 대중 또는 민중 창작 중심의 민족 문학론으로의 전이를 주장했다. 이러한 점에서 그의 주장은 80년대 중반까지의 민중 문학론이나 소시민적 민족 문학론과는 구별되는 민중적 민족 문학론이라고 할 수 있다.

『우리 시대의 문학』을 거점으로 활약한 성민엽, 정과리, 홍정선, 진형준 등은 서로 강한 친족성을 보이면서 80년대 평단의 중요한 세력을 형성하였는데 이들은 소위 자유주의 문학론자라고 불렸다. 정과리는 「민중 문학론의 인식 구조」(『문학과 사회』, 1988. 봄)를 통해 백낙청과 김명인의 문학론을 모두 비판했다. 그는 특히 문학의 사회적 기능을 특히 중시하는 입장에서, 물리력과 이데올로기를 주입시키는 체계 보수 작용에 대해 문학이 대응해 나가는 방식을 주목했다. 정과리는 사회에 대한 문학의 대응 방식을 문학의 구조적 양식에서 찾고자 한 것이다. 그리하여 그의 비평은 매우 분석적이고 논리적인 특징을 지닌다. 홍정선은 『문학과 지성』, 『창작과 비평』의 비평 논리를 비판적으로 종합하면서 작품성을 중시하고 경직화된 민중 문학을 경계하는 범위 내에서 탄력적으로 민중주의를 표방하였다. 그는 한국 문학을 통시적으로 조망하면서, 20세기 전반기의 카프문학을 세밀하게 정리하고, 이를 80년대의 노동자 문학과 연계시키고 있다. 특히 홍정선의 「노동 문학의 생산 주체」(『노동문학』, 실천문학사, 1988)는 노동자 계급과 진보적 지식인 사이의 바람직한 관계 설정을 통한 대안적 전망을 제시하고 있다는 점에서 중요한 의미를 지닌다.

조정환은 시민적 민족 문학론과 민중적 민족 문학론을 전면적으로 비판하고 민주주의 민족 문학론을 제창한다. 그는 「80년대 문학 운동의 새로운 전망」(『서강』 17호, 1987) 등에서, 그가 추구하는 것은 철저한 민주주의적 계급의 전망에 기초한 민족 문학론이라고 말하고 있다. 이것은 이후 이른바 자기 비판을 거쳐 노동 해방 문학론으로 변모하게 된다.

백진기는 원래 김명인, 김진경 등과 함께 민중적 민족 문학론을 개진한 비평가였다. 그러나 1988년 그들과 결별하고, 주체 사상에 입각한 북한 문예 이론을 수용한 민족 해방 문학론을 주창했다. 이러한 백진기의 새로운 민족 해방 문학론은 박노해의 「노동의 새벽」(1984)을 비롯한 일련의 노동자 문학의 등장에 대한 이론적 전개로부터 촉발되었다. 그러나 이후 작품 생산의 빈곤을 겪으면서 작품론은 소홀히 한 채 사변적이고 공소한 이론 투쟁으로 나아갔다. 이러한 이론 투쟁만으로는 필연적으로 내외적인 사회·정치의 상황 변화에 따라 그 생명력을 잃게 마련인 것이다.

이와 같이 80년대 후반의 민족 문학 논의는 민중적 민족 문학론으로 촉발되어 민주주의 민족 문학론 혹은 노동 해방 문학론, 민족 해방 문학론으로 각각 활발한 논쟁을 벌이면서 이론과 실천이라는 두 측면에서 커다란 성과를 거두었다. 이들 논쟁은 철저하게 사회 변혁의 논리에 지배되고 시기마다 구체적으로 사회 운동과 관련되어 전개되었다. 이런 점에서 80년대 후반의 민족 문학론은, 1987년 6월 항쟁과 7, 8월 노동자 대투쟁에 의해 개별적으로 분산된 민족 문학론을 조직화하고 정치한 이론적 기초를 다졌다고 할 수 있다. 이러한 80년대 후반의 민족 문학 논의는 더 발전된 사회를 이룩하기 위한 사회적 실천을 도모했다는 데 의의가 있다. 또한 이들의 논의는 문학의 민주화와 대중화에 이론적 근거를 제공하기도 하였다. 따라서 문학사적 의의는 우파적 순수 문학과 중도적 자유주의 문학이 문단에서 주도권을 잃고, 대신 민중적 요구를 반영한 좌파 민족 문학의 성장에 기여했다는 데 있다.

2) 80년대 민족·민중 문학론

70년대 민족 문학론을 주도해 온 백낙청은 80년대에 들어와서 「민족 문학의 새로운 과제」를 통하여 민족 문학론에서 이론과 실천의 문제를 다룬다. 그의 이러한 작품적 실천에 대한 강조는 「민족 문학의 새로운 고비를 맞아」(『한국 문학의 현단계』 2, 창작과 비평사, 1983)로 이어진다. 이 글은 대부분 국토의 분단과 민족의 분열을 다루는 작품에 대한 실제 비평으로 채워진다. 가령, 황석영의 「한씨연대기」, 윤흥길의 「장마」, 이문구의 「관촌수필」, 현기영의 「순이삼촌」 등이 그것이다. 80년대 백낙청의 민족 문학론의 또 한 가지 특징은, 화해를 강조하고 있는 점이다. 그가 화해를 강조한 배경에는 80년 5월 광주 항쟁이 자리하고 있다. 그의 「민족 문학과 민중 문학」(『문학의 자유와 실천을 위하여』 2호, 1985. 3)에서는 민족 문학론과 민중 문학론은 상호 보완적 관계에 있음을 논의하고 있다. 그런데 민중 문학론은 민족 문학론 자체의 논리가 관철되는 과정의 일환으로 대두된 것이며, 당시 시점에서 민족 문학론을 버리고 민중 문학론을 해야 한다는 것을 아니라고 말하고 있다.

백낙청의 이러한 논의는, 새로운 세대가 주장하는 새로운 민중 문학론과 '운동으로서의 문학론에 대한 적극적인 대응이기도 하다. 그는 최근 등장한 새로운 세대의 민중 문학론자들이 현실을 거론하면서 운동성을 강조하고 있지만, 사실은 운동의 이론과 조직에 대한 현실적 검토가 결여된 채 진행되고 있다고 비판하고 있다. 이것은 당시 백낙청 등이 관여한 자유실천문인협회의 재출범으로 인해 진보적 민족 문학 운동을 위한 실질적 조직체가 갖추어지기 시작했음을 시사하는 발언이기도 하다. 따라서 70년대 이후 진보적 민족 문학론을 주도한 문인들이 이론과 조직의 구체적 겸비라는 성과와도 무관하지 않다.

채광석의 「찢김의 문화에서 만남의 문화로」에서 보여 주는 논의는 기존의 문학론 위에 민중성을 특히 강조하고 있다는 점에서 '민중적 민족 문학론'의 바탕을 마련했다고 할 수 있다. 그러나 채광석의 이러한 논의는 그동안 백낙청을 중심으로 전개되던 민족 문학 논의에 크게 벗어나지 못하고 있다. 백낙청이 사용하던 민족이라는 용어의 자리에 민중·민족이라는 용어를 바꿔놓고 있는 것뿐이다. 또한 채광석이 말하는 '찢김'의 문화 또는

'만남'의 문화는 백낙청의 '분단'의 문화 또는 '화해'의 문화와 크게 다를 바 없다. 따라서 채광석의 민중 문화론은 곧 백낙청의 민족 문학론에 대한 보완적 성격이 강하다고 할 수 있다.

그런데 「민족 문학과 민중 문학」(『문학의 시대』, 1984.12) 등에 나타난 채광석의 민중 문학론은 70년대 이후 진보적 민족 문학론이 거둔 성과를 바탕으로 하여, 민중성을 강화한다는 개성을 드러내주고 있다. 민족 문학의 실현 주체를 민중에 두고, 새로운 민중 문학론으로 넘어가는 전이 과정의 논리 역시 무리가 없다. 그리고 70년대에서 80년대에 걸치는 민중 문학적 성과를 인정하면서 유동수의 수기와 박노해의 시를 들어 논의하는 것역시 문단 현실에 대한 정확한 이해와 작품을 보는 높은 수준을 드러내준다. 또한 채광석은 현실 감각에도 뛰어나, 노동자나 지식인 모두에게서 나타날 수 있는 자기 이탈 문제를 거론하고 있으며, 소집단 운동 등을 통해 구체적인 대응 방안을 모색하고 있다는 점에서 성과 있는 논의라고 할 수 있다.

성민엽의 「민중 문학의 논리」는 70년대 식 민중 문학론에 대한 비판과 80년대 민중 문학론에 대한 전망, 운동 개념으로서의 문학, 그 결과로 제시되는 아지·프로에 대한 논의를 펼치고 있다. 그의 논의는 확고한 논리성과 일정한 민중적 시각을 갖추고 있다 할 것이다. 또한 김도연의 비평문 「장르 확산을 위하여」에서, 그는 시대의 요구에 맞는 새로운 장르 형태의 개발과 기존 장르 자체의 변형, 때로는 장르간의 만남을 통한 문학 양식의 실험이야말로 문학의 탄력성을 더하기 위한 능동적인 대처 방식이 될 수 있다고 말한다. 이 글에서 시, 소설, 희곡과 같은 중심 장르가 아닌 르뽀나 수기 등 주변 장르의 대두가 장르 개념에 대한 기존의 인식을 수정해야 할 만큼 큰 흐름을 형성하고 있다는 말은 주목된다. 김도연의 현실 분석에는 분명 일리가 있지만 호소문, 진정서, 선언문, 성명서 등 이른바 전단 문학에 대한 논의는 좀더 생각해볼 여지를 남기고 있다. 그리고 전단 문학이 전파 범위만 넓힐 수 있다면 단행본 활자 매체의 제약을 극복하고 민중 문학의 새로운 유형으로 발전할 것이라는 전망은 지나치게 주관적이며 낙관적인 생각이라고 할 수 있다.

80년대 후반에는 지식인 주도의 문학예술 운동이 명실상부한 민중 중심의 운동으로 바꿔야 한다는 주장이 대두되는데, 이는 문학예술 운동에서 소시민적 주도권의 해소와 민중적 주도권의 확립이라는 말로 표현된다. 김명인의 「지식인 문학의 위기와 새로운 민족 문학」은 민중적 민족 문학론의 길을 제안하면서, 80년대 후반 새로운 민족 문학 논쟁의 계기가 된 글이다. 그는 소시민 계급의 문학이 종래의 주도권을 포기하고 새로운 민족 문학의 지평에서 자기 재조정을 이루어내야 한다고 주장한다. 그의 민중적 민족 문학론의 핵심은 창작 주체 문제에 있다. 지식인 창작 중심의 민족 문학론에서 생산 대중 혹은 민중 창작 중심의 민족 문학론으로의 전이를 주장한 것이다. 그리고 소시민 계급의 몰락과 함께 거기에 계급적 기반을 둔 지식인 문학의 위기를 주장했다. 이 점에서 그의 논의는 80년대 중반까지의 민족·민중 문학론과 구별된 새로운 민중적 문학론이라고 할 수 있다.

정과리는 「민중 문학론의 인식 구조」를 통해 백낙청과 김명인의 문학론을 모두 비판한다. 그는 자신이 민중 문학론의 인식 구조를 살핀다는 것이 노동자·농민·도시 빈민 등의 의식과 문화를 살피는 것과는 분명히 다르다고 주장한다. 그는 백낙청을 중심으로 한 소시민적 민족 문학론에 대해서는 그 패권주의를, 민중적 민족 문학론 및 민주주의 민족 문학론에 대해서는 그 새로운 상징적 지배 질서 수립 기도를 비판한다. 이는 모두 민중을 내세워 새로운 억압 구조를 창출하려는 지식인·운동가들의 음모의 문학적 표현이라는 것이다.

홍정선의 「현단계 민중 문학의 반성」(『실천문학, 1987)에서는 민중 문학을 둘러싼 문학과 정치와의 관계, 문학 이론과 사회 과학 이론의 만남, 문학인의 전문성과 소인성, 편내용주의적인 작품 해설이 야기할 수 있는 문제점 등을 논의하고 있다. 이 글에서 그는 구체적인 예를 들어가면서 체계적으로 논의를 전개해나감으로써 당시 민중 문학에 대한 왜곡된 여론의 왜곡을 지적하고 있다. 또한 「노동 문학과 생산 주체」에서는, 김명인의 민중적 민족 문학론이 지닌 문제점이 무엇인가에 대해 정확한 견해와 근거를 갖고 비판한다. 홍정선은 민중적 민족 문학론자들의 입장에 대해서 소시민 계급의 몰락이라는 것이 충분히 설득력이 있는지, 소시민 계급의 몰락을 지식인 문학의 위기로 단정하는 판단은 생산 주체의 계급성과 예술성의 관계에 대한 지나친 도식적 단순화가 아닌지, 소시민 계급의 몰락을 승인한다 하더라도 노동자 주체의 새로운 민중적 민족 문학의 단계라는 것이 지금 현재 목전의 문제로 다가왔는가, 그렇지 않으면 문화의 변화라는 것은 다른 측면에서 독자성과 연속성을 지니고 있으므로 새로운 민족 문화의 단계는 가능태로 상정해 보는 것에 지나지 않은지가 분명치 않다고 의문을 제기한다. 따라서 현단계에서 필요한 것은 생산 주체로서의 노동자 계급의 문학과 진보적 지식인의 문학 차이를 서로 보완하는 유용한 장점을 사용하는 일이라는 다소 절충주의적 입장을 내어놓는다. 아울러 이 글은 노동자 계급과 진보적 지식인 사이의 바람직한 관계 설정을 통한 대안적 전망을 제시하고 있다는 점에서 중요한 의미를 지닌다고 할 수 있다.

그러나 이들 정과리와 홍정선의 논의는 그들의 세계관 자체가 자유주의적인 데다가 실천 이론으로서의 민족 문학론이라는 점을 간과함으로써 이후 별다른 논의의 진전을 가져오지 못할 수밖에 없는 한계점을 지니고 있기도 하다.

80년대 문학 운동사에서 조정환의 민주주의 민족 문학론은, 관념적인 노동자 계급의 당파성 실현을 자기비판하고 좀더 실천적인 정치 투쟁으로 나아가기 위한 노동 해방 문학론을 제창한 점에서 특히 중요한 의미를 가진다. 조정환에 의하면, 노동 해방 문학은 노동자 계급의 당파성을 분명히 하고 노동 해방 사상을 견지하며 노동자 계급 현실주의 방법에 의거한다. 또 민족 해방과 민주주의 변혁의 과제를 떠안으며 국제주의를 지향하고 있다. 실제로 조정환으로 대표되는 노동 해방 문학론자들은 사노맹을 조직화된 사회주의 당 건설의 전위로 자처했다.

그러나 조정환의 민주주의 민족 문학론의 자기비판과 노동 해방 문학론으로의 변모는, 80년대 문예 운동이 30년대 카프의 볼셰비키적 대중화에 비견되는 급진 변혁론으로 변모한 것과 다름이 없다. 따라서 30년대 볼세비키적 대중화론을 폈던 안막, 권환, 김남천 등 극좌 소장파처럼 주관주의적 오류를 범할 수밖에 없었다. 이처럼 객관적 정세가 악화된 처지에서 조정환의 주장은 다분히 관념적 모험주의에 빠져 있다고 할 수 있다.

백진기를 중심으로 한 민족 해방 문학론은 결국 당시 북한 김일성의 주체사상을 지도 사상으로 삼고 있다고 할 수 있다. 그리하여 그들이 승리했다고 주장하는 항일 빨치산의 전통에 따라 주체 문예 이론에 맞춰 우리 문학 운동을 주도하자는 주장이라고 해석할 수 있다. 이것은 이른바 주체 사상파의 사회 변혁 논리를 일방적으로 문예 운동에 관철시킨 예로, 후일 이 시기 민족 문학 운동 전체가 사회 운동에 끌려 다닐 뿐 독자적 논리나 창작 역량을 확립하지 못했다는 비판의 한 계기를 마련하게 된다.

이처럼 80년대 중반 이후 민족 문학 논의는 분화와 상호 비판 과정에서 다양한 민족·민중 문학에 대한 논의가 이루어졌다. 그런데 80년대 끝 무렵에 이르면 다시 새로운 세대의 신예 비평가들에 의한 평단이 형성되고 비평 전략을 세우게 된다. 포스트모더니즘 논의가 뿌리를 내리기 시작하고 해체 현상과 영상 매체의 압도적 위력으로 재래의 문학에 대한 근원적 회의가 제기되기도 한다.

제3부

세계 비평 문학의
         흐름과 양상

1. 고대 비평의 이론가와 이론

　서양의 고전 문학이라고 하면 그리스 문학과 라틴 문학을 뜻한다. 마찬가지로 비평 문학 역시 그리스 로마 비평을 대표로 하고 있다. 근대 서양의 어느 나라 비평을 논한다 하더라도, 그 본질적이고 결정적인 뿌리는 그리스·로마의 고전 시대 비평에 두고 있는 것이다. 유럽에서는 일반적으로 아리스토텔레스(Aristoteles, 384~BC)를 비평 문학의 아버지이며, 시조라고 인식하고 있다. 그러나 그 이전에도 문예 비평다운 이론이 있었다. 보상케 (Bernard Bosanquet, 1848~1891)에 의하면, 아킬레스의 방패에 대한 『일리아드』의 장구(章句) 즉 "그 땅은 쟁기에 가리워져 어둡고 이미 가꾸어진 땅과 같이 보였으나 원래 황금으로 된 것, 그것은 놀랄만한 가공의 일품이라"가 실제에 있어서 문예 비평의 효시라는 견해를 밝히고 있다. 또한 아리스토파네스(Aeistophanes, 444?~380? BC)의 희극 『개구리』는 유리피데스 (Eueipides, 480~406 BC)의 희곡을 조롱하기 위해 씌어진 것이므로 재단 비평의 효사라고 평가하기도 한다. 아리스토파네스는 유리피데스가 희곡 속에서 사랑에 괴로워하는 부인을 다루고 있으므로 비극을 타락시키는 것이라고 했다. 본래 그리스 인들은, 비극의 주인공은 지위가 있으며 선량하고 기품 있는 성격의 남성이 아니면 안 된다고 인식하고 있었다. 이를 대표하는 것이 처음에는 아리스토파네스, 후에는 아리스토텔레스의 유명한 비극론이기도 하다.

1) 플라톤의 「이온」과 『국가』

(1) 플라톤의 생애와 저술

플라톤(Platon, BC 428/427~BC 348/347)은 서양 문화의 철학적 기초를 마련한 고대 그리스의 최대 철학자이다. 논리학·인식론·형이상학 등에 걸친 광범위하고 심오한 철학 체계를 전개했으며, 특히 그의 모든 사상의 발전에는 윤리적 동기가 바탕을 이루고 있다. 또한 이성을 인도하는 것이면 무엇이든 따라야 한다는 이성주의적 입장을 고수했다. 이와 같이 그의 철학의 핵심은 이성주의적 윤리학이다.

플라톤은 아테네 귀족 명문가에서 태어났다. 아버지 아리스톤은 아테네의 마지막 왕인 코드로스의 후손이며, 어머니 쪽으로는 초기 그리스의 입법가인 솔론1)과 연결된다. 유년기에는 원래 할아버지의 이름을 따서 아리스토클레스(Aristocles)라 불리었는데, 워낙 몸집이 거대하고 어깨가 넓어서 플라티우스(platius: 넓은)라는 뜻에서 플라톤이라 불리어졌다고 한다. 그는 청년 시절에 정치적 야망을 품었으나, 공직에 들어오라는 보수파의 권유를 그들의 폭력적 행위 때문에 거부했다. 과두 정권(寡頭政權)이 몰락한 뒤 그는 새로 들어선 민주 정권에 기대를 걸었지만, 아테네의 정치 풍토에는 양식 있는 사람이 일할 자리가 없다는 사실을 깨달았다.

플라톤은 펠로폰네소스(Pelopnnesus) 전쟁2)의 혼란기에 성장하였다. 그의

---

1) 솔론(Solon)은 B.C. 640~558년 경의 아테네의 시인이자 입법자이다. 그는 채무와 저당을 무효화하여 농부들, 채무로 인해 노예로 팔렸거나 추방당한 사람들을 해방시켜주었다. 또한 인신 저당을 금지함으로써 아티카 지방에 대한 농노제를 폐지하기도 하였다. 그리고 화폐, 저울, 척도를 개혁하였다. 그 밖에도 그는 여러 가지 제도상의 개혁을 하였다. 그러나 그가 죽기 전, 그의 헌법은 전복되었고 페이시스트라토스(Peisistratos)에 의한 참주제(僭主制)가 성립되었다. (아리스토텔레스의『아테네 인들의 국가 조직』제1장~13장 및 플루타르코스의『솔론』참조.)

『제7 서간』(Seventh Letter)에 의하면, 그는 일찍부터 정치 무대를 동경하였는데 펠로폰네소스 전쟁의 종말기에 반데모크라시 혁명을 꾀했던 30인 참주 정치(僭主政治)의 잔인한 권력주의, 나아가서는 이에 대치된 데모크라시의 어리석음, 특히 스승 소크라테스를 처형(B.C 399)한 그 어리석음 등이 그를 좌절케 하였다. 그는 이러한 불신과 회의로 번민하는 과정에서 참다운 철학자가 정치적 권력을 잡든가, 정치적 권력의 소유자가 철학자가 되든가, 그 어느 조건이 충족되지 않는 한 혼란은 수습될 수 없다는 유명한 철인정치 사상(哲人政治思想)을 주장하게 되었다.

BC 387년경 플라톤은 철학과 과학의 교육 · 연구를 위한 기관으로, 아테네 교외에 학교를 설치하여 아카데미아(Academia) 학파를 창설하였다. 아카데미아는 좁은 의미의 철학에만 제한하지 않고, 수학이나 수사학과 같은 다양한 분야에 관해 광범위하게 탐구했다. 여기서 그는 제자들에게 풀어야 할 문제를 제시하고, 대중을 상대로 강연하면서 여생을 보냈다.

플라톤의 사상 발전을 정확히 이해하기 위해서는 대화편들이 씌어진 순서의 이해가 무엇보다도 중요하다. 그러나 플라톤의 저술 순서는 밝혀지지 않고 있다. 다만 후일 현대 학자들은 문체상 특징에 준거해서 다음과 같이 그 순서를 정하고 있다. 즉, 『소피스테스』(Sophistes), 『정치가』(Politikos), 『필레보스』(Philebos), 『티마이오스』Timaios), (그것의 속편 격으로는 『크리티아스』(Critias) 그리고 『법률』(The Laws) 순으로 후기 대화편에 포함시킨다). 『소피스테스』를 후기 대화편으로 처음으로 보는 이유는 그것이 『테아이테토스』(Theaitetos, BC 368경)』의 속편이라고 플라톤이 말하고 있기 때문이다. 전기 대화편의 마지막은 일반적으로 『테아이테토스』, 『파르메니데스』(Parmenides)라고 생각한다. 분명한 것은 플라톤의 극적인 열정이 최고로 나타나 있는 『향연』(Symposion), 『파이돈』(phaedon), 『국가』(Politeia) 등과

---

2) B.C. 5세기 후반 페르시아(Pesia) 전쟁 이후 아테네를 중심으로 하는 델로스(Delos) 동맹과 스파르타(Sparta)를 중심으로 하는 펠로폰네소스 동맹과의 사이에 일어난 전쟁. B.C. 431~404까지 두 진영으로 나뉘어 싸웠으나 페리클레스(Perikles)의 사후 아테네의 패배로 끝나 스파르타가 그리스 제방(諸邦)의 패자(覇者)가 되었음.

함께 『프로타고라스』(Protagoras)도 포함하여 전기 저술 활동의 정점을 이루고 있다는 것이다. 후기 대화편들은 문학적 가치는 떨어지지만 논증이 정교하다.

(2) 소크라테스의 영향과 이데아론

플라톤은 BC 404년의 과두 정권을 이끌었던 외숙인 크리티아스와 카르미데스를 통해 어린 시절부터 소크라테스를 알게 된다. 청년 플라톤에게 가장 중요한 영향을 끼친 사람은 소크라테스다. 플라톤은 소크라테스의 재판과 죽음이 갖는 의미를 되새겨본 뒤 일생을 철학에 바치기로 결심했으며, 그의 합리적 방법과 윤리적 관심을 이어받는다.

소크라테스(Sokrates, BC 469~399)는 그리스 아테네 평민 출신으로 한때 정치에도 직접 참여했고 전쟁에 출전하여 용맹도 떨쳤으나, 대화를 통해 젊은 사람들을 교육하고 시민들을 진리와 선으로 이끌려고 노력한 철학자이다. 그가 직접 쓴 저술은 없으나 그의 활동상이나 사상은 플라톤, 크세노폰(Xenophon), 아리스토텔레스(Aristoteles), 디오게네스 라에르티우스(Diogens Laèrtius)의 저술을 통해 알려져 있다. 그는 변증법 혹은 대화법, 문답법적으로 사색을 끌어갔는데, 그의 철학의 핵심적 내용은 사물의 본질을 규정하면서 동시에 그 밑에 놓여 있는 모순을 파헤치려는 데 있고, 특히 인간 삶의 모순에 관한 것이라 볼 수 있다. 그의 철학 내용대로 그는 공동체의 정의로운 운영을 역설했음에도, 청년들을 부패시키고 새로운 다이몬3)을 끌어들여 공동체의 존립을 위태롭게 한다는 죄목으로 사형을 받았다.

이후 플라톤은 아테네의 법정 진술의 형식으로 『소크라테스 변명』(Apologia Sokratus)을 써, 소크라테스를 3차례 변론하고 있다. 첫 번째 변론에서 플라톤은 소크라테스의 삶에 대해 말한다. 그의 삶은 반성적인 삶으로서 '무지의 자'로 요약될 수 있다고 한다. 그리고 대화의 삶은 소크라테

---

3) 다이몬(daimonion) : 소크라테스 자신의 신(神)임. 다이몬의 소리는 양심의 소리로 이해될 수 있는데, 이 소리는 금지 명령만을 내린다.

스가 신으로부터 명령받은 삶의 방식으로 나타난다고 한다. 또 소크라테스는 자신을 신이 아테네에 선물한 '아테네의 등에4)'로서 규정하고 있다고 밝힌다. 첫 번째 변론 후에 소크라테스는 유죄 판결을 받는다. 두 번째 변론에서 플라톤은, 당시 아테네의 최고의 영예인 프뤼타네이온(영빈관)에서 향응을 받는 일을 소크라테스가 적절한 형량으로 제안함으로써 사형 선고를 받기에 이름을 진술한다. 마지막 변론에서 플라톤은 소크라테스는 "착한 사람에게는 살아서나 죽어서나 나쁜 일이 일어나지 않는다"고 말함으로써 '선 자체를 위하여 선을 행하는 내적으로 자유로운 인간성'이라는 그의 복음을 우리에게 남기고 있음을 밝힌다.

그밖에 플라톤은, 현상 세계를 끊임없이 변화하는 대립 상태라고 본 헤라클레이토스(Herakleitos)와 형이상학적이고 신비적인 피타고라스(Pythagoras) 학파로부터도 철학적 영향을 받았다. 플라톤은 어린 시절에 데켈레이아 전쟁의 참혹함, 아테네 제국의 몰락, 그리고 과두파와 민주파 사이에 벌어진 BC 404~403년의 내란을 경험했다. 이 경험들이 뒷날 대화편 속에서 개진하고 있는 정치적 견해들을 형성하는 데 큰 도움을 주었다.

플라톤의 전기 대화편을 관통하는 철학적 학설의 핵심은 이데아(Idea) 이론이다. 이데아론은 물리적 사물들 이외에 아름다움과 올바름 같은 형상들이 존재하며, 최고의 단계로 선(the Good)의 형상이 존재한다는 가정을 기초로 하고 있다. 감각으로 지각되는 물리적 세계는 끊임없이 변화하기 때문에 감각적 지식들은 제한적일 수밖에 없지만, 지성으로 파악한 형상들의 영역은 영원하고 불변적이다. 따라서 개개의 형상은 이 세계 속에 있는 사물들을 특정 짓는 범주로서의 본(paradeigma)이며, 사물들은 이 완전한 형상들의 불완전한 모사에 불과하다는 것이다.

이데아론은 플라톤의 가장 순수한 철학적 논의이다. 그는 소크라테스와 함께 당시 부딪쳤던 소피스트(Sophist)들의 심각한 도전, 즉 지적 회의주의

---

4) 등에 : 파리보다 크고 온몸에 털이 많음. 마소에 붙어서 피를 빨아먹는 것과 꽃의 꿀을 먹는 것이 있다.

와 도덕적 상대주의를 극복하고자 하였다. 그 노력이 이데아론의 제시로 나타난 것이다. 이처럼 플라톤에게 있어서 무엇보다도 시급한 것은 인식 일반의 절대성 내지 보편성을 확보하는 것이었으며, 그는 이 절대성 내지 보편성을 초월적인 불변의 실재에서 찾고자 했던 것이다.

서양 철학사를 통해 이데아론은 플라톤 이후 중세를 거쳐 헤겔(Hegel)에 이르는 동안 끊임없는 철학적 논의의 대상이 되어왔다. 한편 그의 이 사상 은 20세기 공산주의자 및 파시스트(fascist) 같은 정치적 전체주의자들에게 그들의 정치 강령을 합리화시키는 데 이용되기도 하였다.

(3) 「이온」(Ion)과 『국가』(Politeia)

고전 비평은 근대와 현대의 비평사를 관류할 만큼 커다란 영향을 끼치 고 있다. 다시 말하자면 르네상스 시대 이래의 서양비평사는 고전 비평의 수용, 재해석, 변형, 심화 확대 등의 역사라고 할 수 있다. 그러므로 모든 비평적 논의는 고전 시대의 비평부터 시작되어야 한다. 따라서 그만큼 희 랍, 로마의 고전 시대 비평은 중요한 의의를 지니고 있다.

서양 비평 문학은 보통 플라톤에서 그 기점(起點)을 잡는다. 물론 플라톤 이전에도 몇몇 시인들의 비평적인 언급이 있었고, 철학 저서 중에서 단편 적인 견해를 찾아볼 수 있다. 그러나 참다운 문학 이론으로서의 비평 문학 은 플라톤에서부터 논해질 수 있다.

일찍이 페리클레스 시대에는 민주정치의 전성기를 이룩하였고 문화의 황금 시대를 이루었다. 그러나 펠로폰네소스 전쟁 이후 질병의 만연, 내정 의 부패, 외정의 실패 등으로 아테네는 붕괴의 와중에 처하게 되었다. 특히 소크라테스의 사형을 목격했던 플라톤은 정치에 절망하기도 했다. 플라톤 의 눈에 비친 아테네의 문화는 덧없는 악의 원천일 뿐이었다. 예술가들은 쾌락에 탐닉하여 선량한 국민을 악의 도가니 속으로 이끌고 있었으며, 국 민들은 거기에 자신들도 모르게 따라가고 있었다. 그리스인들이 추종하고 있는 신은 간통, 투쟁, 살인을 일삼고 있는 신들처럼 보였다.

따라서 플라톤은, 아테네인들에게 절실히 필요한 것은 모든 부정부패와 타락 속에서 그들을 헤어나게 해줄 주체성과 이성이라고 생각했다. 그리하여 플라톤은, 그의 이성 철학의 횃불을 높이 들고 현실의 불완전성을 초월하여 존재하는 최선최미(最善最美)의 아데아론을 전개했다.

「이온」을 비롯한 방법에 관한 대화편들은 특수한 윤리적 문제들을 다루는 '짧은' 글이다. 이 짧은 대화편들이 갖고 있는 전형적인 공통점은, 먼저 훌륭함(덕 : arete)을 올바로 정의하는 것과 같은 도덕 철학의 문제가 제기된다. 「이온」은 '이온'이라는 사람과 소크라테스가 대화하는 형식으로 짜여 있다. 말하자면, 플라톤이 이 대화를 통해 소크라테스의 철학 사상을 소개하고 있는 것이다. 「이온」에서 소크라테스는 올바른 도덕 철학을 세우기 위해 실험적인 많은 해결책들을 검토하지만, 결국 그 모든 것들에서 발견되는 제거할 수 없는 난점 때문에 그 해결책들은 모두 쓸모없이 된다고 말한다. 그리고 대화편을 읽는 사람들은 마지막에 가서 인간이라면 반드시 알아야 할 바로 그러한 것들에 관한 자신의 무지를 깨닫기에 이른다는 것이다. 따라서 독자들은 자신들이 배운 것은 자신이 지금까지 지식이라고 믿고 있었던 것들이 혼란과 오류에 불과했었다는 사실 이외에는 아무 것도 없게 된다고 주장한다.

이처럼 방법에 관한 대화편들은 해결책 없는 '난문들'(aporiai)을 던져 사람들을 궁지로 몰아넣는다. 소크라테스 방법의 핵심은 상대편이 제시하는 다양한 견해들에 대한 끊임없는 '논박'(elenchos)에 있다. 따라서 방법에 관한 대화편들이 노리는 효과는 "내가 다른 사람들보다 현명하다면 그것은 가장 중요한 문제에 관한 나의 무지를 통렬하게 깨달았다는 점이다."라고 말한 소크라테스의 정신을 따르게 한 것이다. 독자들은 삶의 가장 중요한 일이 혼(psyche)의 '보살핌'이며, '혼의 훌륭함은 선과 악에 관한 지식이라는 면에서 소크라테스의 원리가 함축하는 의미를 배우게 되는 것이다.

플라톤의 대화 「이온」에서는 '과학적 지식'이 아니라 불합리한 영감에 의존해서 창작하는 시인들에 대한 불신을 보여주려는 데 있다. 이온은 호메로스의 서사시를 여러 사람 앞에서 낭송하는 것을 직업으로 삼고 있는 사람 이름이다. 이온은 접신의 경지에 이르면 제 정신은 없어지고 신의 정신이 되어서 감동적으로 시를 낭송하여 청중까지 접신 상태에 빠지게 한다고 자랑한다. 이에 대해 소크라테스는, 낭송자 뿐만 아니라 시인도 보통 때는 특별한 지식도 능력도 없다가 신이 들어와 정신이 하나가 되면 비로소 자기도 알지 못하는 굉장한 소리를 하게 되는 것이라고 말한다. 다음은 소크라테스의 긴 설명이다.

> 왜냐하면 시인이란 가볍고 날개 돋친 성스러운 사람입니다. 그리고 그가 영감을 받아, 제 정신을 잃고 이성이 없어져 버리기 전에는 아무런 창작 능력도 없습니다. 시인이 이 상태에 도달하지 못했을 때는, 그는 무력하고 그의 신탁(神託)을 말할 수 없는 것이오. 그러니까 호메로스에 관한 자네의 말처럼, 시인들은 세상에 관해 고상한 말을 많이 하기도 합니다. 그러나 시인들의 여러 가지 멋진 말들은 예술의 기술에 의해서 말하는 것이 아닙니다. 그것은 시신(詩神)이 시인들에게 부여하는 창작력은 영감인 것이니, 모든 시인들은 시신이 시키는 것만 잘 지을 수 있을 뿐입니다. 그것은 디티램브스(酒神 박카스Bacchus에의 열광적인 사랑), 한 편의 찬미가, 한 편의 코라스 시가, 한 편의 서사시나 단장격(短長格)의 시 따위지요. — 그리고 한 종류에 능숙한 시인은 다른 종류의 시에는 능숙하지 못하지요. 왜냐하면 시인이란 기술(art)로서가 아니라 신의 힘에 의해 노래하기 때문입니다.

For the poet is a light and winged and holy thing, and there is no invention in him until he has been inspired and is out of his senses, and the mind is no longer in him: when he has not attained to this state, he is powerless and is unable to utter his oracles. Many are the noble words in which poets speak concerning the actions of men; but like yourself when speaking about Homer, they do not speak of them by any rules of art: the are simply inspired to utter that to which the Muse impels them, and that only; and when inspired, one of them will make dithyrambs, anther hymns of praise, another choral strains, anther epic of iambic verses—and he who is good at one is not good at any other kind of verse: for not by art does the poet sing, but by power divine.[5]

당시 자신의 이성을 과신하는 시인들은 플라톤에게는 바로 적이었다. 인용문에서 볼 수 있듯이 플라톤의 주장은, 시인은 거룩한 존재이며, 접신하여 제정신을 잃고 이성이 빠져나가 버리기 전에는 시를 지을 수 없다는 것이다. 시인은 제 정신을 잃고 신과 일체가 될 때 비로소 창조 능력을 갖게 된다는 것이 플라톤의 견해이다. 또한 시인이 시를 창작하는 것은 자신의 기술이 아니라 어디까지나 신이 부여하는 능력 때문이기에, 모든 시인은 신이 시키는 것만 잘 지을 수 있을 뿐이라고 말한다. 이처럼 신은 시인들의 지각을 앗아가 버리고 그들을 하인들처럼 부리기 때문에 한 주제에 관해서만 시적으로 말을 할 수 있다고 한다. 따라서 독자들은 시인의 말을 접하더라도 그것은 인간인 시인의 말이 아니라, 시인들을 통해 자기에게 말하고 있는 신의 목소리를 듣게 된다는 것이다. 이런 의미에서 플라톤은 시인이란 단지 신의 '통역관'이라고 주장한다. 다시 말하면, 시는 이성적 지식이 아닌 '신'이라는 절대의 힘이 개인에게 불어넣어 주는 기운이라는 말이다.

결국 플라톤은 「이온」을 통하여, 외견상으로는 시의 개념과 시인을 고상하게 제시하는 척하면서 실제로는 시와 시인의 비상식성, 비이성을 비판하고 있는 것이다. 중세와 르네상스 시대에서는 플라톤의 「이온」에 대하여 긍정적으로 평가하였다.

『국가』를 통해서 플라톤이 직접 다루는 문제는 '올바름'(정의 : dikaiosyne)이란 무엇인가, 올바름은 올바른 사람을 이롭게 하는가와 같은 윤리적 논의이다. 올바름은 전체를 구성하는 다양한 부분들이 자신의 고유한 기능을 수행하고 다른 부분의 기능에 간섭하지 않을 때 이루어지는 조화이다. 개인의 올바름은 그의 혼을 이루는 세 가지 부분, 즉 이성·욕구·기개 혹은 의지 등이 저마다 제 기능을 수행할 때 나타난다. 또한 공동체의 올바름은

---

5) Plato, Ion, *in PLATO SELECTION* (U.S.A.: Charles Scribner's Sons, 1972), p.240.

구성원 모두가 자신에게 할당된 역할을 수행할 때 나타난다. 특히 개인에서는 이성이, 공동체에서는 선의 형상을 통찰한 철학자가 지배할 때 조화가 달성된다.

플라톤의 『국가』에 나타나는 이상국은 세 가지 삶의 방식(역할), 세 가지 형태의 인간으로 이루어져 있다. 그것은 각각 제1은 쾌락을 추구하는 자, 제2는 명예를 바라는 자, 제3은 지(知)를 사랑하여 구하는 자이다. 제1의 사람은 경제 활동을 행하고 국가 전체의 영양을 관장하는데 그 보상으로서 부(富)는 그 손에 맡겨진다. 제2의 사람은 전사(戰士)로서 국가의 방위를 담당하는데 개별적인 재산도 가정도 인정되지 않으며 공동으로 식사, 부인, 아이를 소유할 것을 강요당한다. 그러나 전사로서의 명예를 얻을 수는 있다. 제3의 사람은 무엇이 선이며 무엇이 악인가를 알기 때문에 이상 국가로 만들 수 있으므로 최고의 권위 권력에 적절한 사람이다. 그러므로 이 사람은 통치를 맡는 정치가가 될 수 있다. 그러나 그의 생활은 금욕적인 수도사의 생활을 해야한다.

이상국이 이러한 세 계급으로 조직되면 지배자나, 피지배자 등이 각각 천성에 어울리는 직무를 다하며, 자신에게 적절한 욕구도 충족할 수 있으므로 구태여 남의 직분을 침해하는 일이 없다고 말한다. 또한 열등한 다수자의 욕망도, 우월한 소수자의 지혜에 복종하여 이상적인 올바른 나라가 될 수 있다는 것이다. 이 각각 구별은 개인의 세 가지 요소 또는 활동 원리, 즉 선에 대한 이성적 판단, 특수한 만족을 추구하는 욕구들의 충돌, 타인이나 자신의 욕구에 대항하는 기개를 반영한다.

플라톤은 예술 일반을 세 종류의 침대에 비유하여 비판하고 있기도 하다. 침대는 세 가지 종류가 있는데 첫째는, 이데아의 세계에 있는 신이 만든 불변의 침대이다. 둘째는, 목수가 만든 개개의 침대이다. 셋째는, 화가 혹은 시인이 목수가 만든 침대를 모방하여 그린 혹은 읊은 침대이다. 그런데 둘째는 이데아의 진리로부터 2단계나, 셋째는 3단계나 떨어진 가상(假象)의 모상(模象)이라고 말한다. 따라서 그는 예술이란 모방술이며, 모방술은 그 자신 열등한 것으로서 열등한 것과 결합하여 열등한 것을 낳는 것이라고 주장한다. 그래서 그의 이상적인 나라에서는 이러한 모방적인 것은 절대로 받아들일 수 없다는 것이다.

플라톤은, 시민들의 행복과 미덕을 증가시키기 위해서 정열은 이성에 의하여 통제되어야 한다고 주장한다. 그럼에도 불구하고 시인들은 인간들이 즐거워할 것 같은 저급한 것은 모두 다 보여준다고 말한다. 시인들은 시민들의 마음에 정열이 지배하도록 부추기며, 또한 신에 관하여 거짓말을 할 뿐만 아니라 인간들이 품위 없는 일을 하는 것을 묘사함으로써 올바른 교육을 시키지 못한다는 것이다.

다음은, 플라톤이 시인의 비도덕성에 대해 맹렬하게 비난하고 있는 한 부분이다.

도덕과 윤리로 말하면, 시민은 시인들보다는 오히려 다른 아무 곳에나 가는 편이 낫습니다. 호메로스에서는, 신을 도덕적으로 나쁜 짓을 하는 것으로 묘사되어 있지요. 제우스는 제멋대로 어떤 사람들에게는 행복을, 또 어떤 사람에게는 불행을 줍니다. 아테네와 제우스는 맹세와 조약의 파기자로, 다른 신들은 인간들 사이에 악과 싸움을 초래하게 하는 자로 묘사되어 있습니다. 신은 선해야 하므로, 악은 다른 원인을 갖지 않으면 안 됩니다. 그러므로 호메로스는 신들에 관해 거짓말을 하고 있을 뿐만 아니라, 그의 시가는 시민들을 악의 길로 이끌 수 있습니다. 시인이, 신은 악을 초래케 한다는 말을 못하도록 법으로 금지해야 할 것입니다.

For morality and ethics, the citizen had better go almost anywhere rather then to the poets. In Homer, God is represented as doing things which are morally wrong. Zeus arbitrarily assigns happiness to some, unhappiness to others. Athene and Zeus are represented as the violators of oaths and treaties, other gods as the causers of evil and strife among men. Since God is good, evil must have another cause. Thus, not only does Homer lie about the gods, but his poetry can lead the citizen into the paths of wickedness. The poet should be prevented by law from saying that God causes evil.[6]

플라톤에게 있어서 윤리와 정치는 분리될 수 없는 문제였다. 그는 이상적인 공화국의 미래를 지배하거나 관리할 사람들을 위한 교육을 설치하려는 의도에서, 시인들이 훌륭한 시민이 되도록 선도하지 못하고 있음을 발견한 것이다. 시인들은 신들에 관해서 거짓말을 할뿐만 아니라, 인간들이 품위 없는 일을 하도록 선동하고 있다고 생각했다. 또한 시인들은 정치가들이 뇌물을 받는 것이나 병사들과 지배자들의 부패한 점만을 보여준다는 것이다. 특히 플라톤은 시인들이 사후의 세계를 어둡고 불쾌한 장소로 묘사한 것에 대해 비판했다. 젊은이들로 하여금 사후의 보상을 약속 받고 조국을 위해 용감하게 싸우다 전사하는 영웅심을 가르쳐 주어야 하는 데도, 시인들은 부정적으로 지하계를 묘사함으로써 젊은이들로 하여금 죽음을 두려워하는 비겁자로 만들고 있다는 것이다. 이어서 그는 지배 계급의 통치자들, 관리자들은 국가의 자유 유지에 전적으로 자신을 헌신해야 하며, 어떤 비열한 일도 모방해서는 안 된다고 말한다. 이러한 의도에서 플라톤은 인용문에서처럼 시인을 맹렬히 비난했다. 그는 도덕과 윤리면에서 볼 때 국민들은 시인들을 따르는 것보다는 차라리 다른 어떤 것을 따라도 좋다는 극단적인 표현을 하고 있는 것이다. 그 예로 플라톤은 호메로스의 작품을 들면서, 호메로스는 신을 도덕적으로 나쁜 행동을 하는 것으로 묘사하고 있는고 한다. 그리하여 플라톤은 전차병(戰車兵, Charioteer)은 호메로스보다도 전차 경주에 관해서는 더 잘 알고 있으며, 모든 수공업자들은 시인이 수공업 기술에 관해 말하는 것보다도 자기의 기술을 더 잘 알고 있다고 말한다. 이것은 플라톤이 시인의 품격을 전차병이나 수공업자보다도 더 하락시키는 발언이라고 할 수 있다. 결론적으로, 『국가』에서 플라톤은 국민을 나쁜 방향으로 선동하는 시인을 추방시켜야 한다고 주장한다.

위대한 업적으로 빛나는 아테네의 문화가 퇴폐, 쾌락, 악정으로 들끓게

---

6) Vernon, Hall, Jr., *A Short History of Literary Criticism*(1963), p.3.

되자, 플라톤은 그것이 바로 국가 멸망으로 연결되고 있음을 명백하게 간파한 것이다. 당시의 시대적 상황으로 미루어 아테네 인에게 절실히 필요했던 것은 플라톤과 같은 철학자가 공급할 수 있는 이성이었음에 틀림없다.

이러한 플라톤의 예술에 관한 입장은 성 아우구스티누스를 비롯하여 20세기의 톨스토이에 이르기까지 예술보다 더욱 중요한 것이 있다는 것을 믿는 사람들에 의하여 면면히 이어져 내려왔다.

2) 아리스토텔레스의 『시학』

(1) 아리스토텔레스의 생애와 저술

아리스토텔레스(Aristoteles, BC 384~322)는 고대 그리스의 철학자이자 과학자였으며, 플라톤과 함께 그리스 최고의 사상가로 꼽히는 인물로 서양 지성사의 방향과 내용에 매우 큰 영향을 끼쳤다. 그가 세운 철학과 과학의 체계는 여러 세기 동안 중세 그리스도교 사상과 스콜라주의 사상을 뒷받침했다. 17세기말까지 서양 문화는 아리스토텔레스주의였으며 수백 년에 걸친 과학 혁명 뒤에도 아리스토텔레스주의는 서양 사상에 여전히 뿌리 깊게 남아 있다.

그의 아버지 니코마코스는 필리포스 2세의 아버지이자 알렉산드로스 대왕의 할아버지인 아민타스 3세의 시의(侍醫)였다. 당시 의술은 가업을 잇는 전통적인 직업이었기 때문에 아리스토텔레스도 의술을 배웠을 가능성이 크다. 훗날 아리스토텔레스가 세운 학교인 뤼케이온에서는 의술과 실제 의료 행위를 연구한 것으로 알려져 있다. 이와 같이 어릴 때부터 의술과 마케도니아 궁정 생활을 접한 탓에 아리스토텔레스는 생물학의 영향이 강한 철학 사상을 내놓았고, 왕자들과 궁정에 대한 깊은 혐오감을 여러 번 표현하기도 했다.

아리스토텔레스가 어릴 때 그의 아버지가 세상을 떠났다. 이후 친척으로 추정되는 프로크세노스가 후견인이 되었고, 프로크세노스는 BC 367년 그를 아테네에 있는 플라톤의 아카데미아에 보냈다. 아리스토텔레스는 그곳에서 20년 동안 지냈다. 이 기간은 그의 지적 성장의 제1기였으며, 플라톤과 그의 동기들의 영향을 크게 받은 시기였다. 그러나 BC 348(347 ?)년 플라톤이 죽자 그는 아테네를 떠났다.

BC 342년, 그는 정변을 통해 마케도니아의 강자로 부상한 필립포스(Philippos)왕의 초빙으로 당시 13세인 왕자 알렉산드로스(Alexandros)의 개인 교사가 되어 약 3년 간 가르치고 고향으로 돌아갔다. BC 336년에 왕이 된 알렉산드로스가 그 이듬해에 페르시아 원정에 나서자 아리스토텔레스는 알렉산드로스의 통치권 아래 놓인 아테네로 다시 돌아와 아폴로 신전과 체력 단련장이 있는 뤼케이온(Lykeion)이라는 숲에서 학생들을 가르치기 시작했다. 그의 학교는 오늘날처럼 교실과 교탁, 책상, 걸상이 있는 데가 아니라 나무 밑을 왔다갔다하면서 학생들과 대화를 하면서 가르치는 학교였다. 그렇게 왔다갔다 소요를 하였다고 해서 그의 학교를 '소요학파'(Peripatetic school)라고 부른다. 이러한 아리스토텔레스가 세운 학교가 그후 유럽 학교의 원조가 되었다.

BC 323년에 알렉산드로스 왕이 죽자 그는 마케도니아의 지배에 반감을 품고 아테네를 떠나 다음해에 칼키스(Chalkis)라는 곳에서 향년 62세로 세상을 떠났다. 현재 전하는 그의 유언으로 미루어 그는 다정하고 친절한 성격으로 학생들 사이에 우애가 넘치게 하는 사람이었다.

아리스토텔레스는 매우 부지런한 학자였다. 그는 생전에 약 400여 편의 저술을 남겼다고 하는데, 이는 실질적으로 당시 모든 주제를 총 망라한 것이 된다. 그런데 그가 죽은 지 얼마 안 되어 그의 저술들은 완전히 사라졌다가, 300년쯤이 지나서 다시 세상으로 나타났다고 한다. 전설에 의하면 아리스토텔레스 제자 중의 한 사람이 뤼케이온 학교의 내부적 교육 자료인 이 원고들을 외부에 알리지 않으려고, 원고 수집광들의 눈을 피해 지하 동굴에 숨겨두었다고 한다.

아리스토텔레스의 저작은 두 부류로 나누어진다. 첫 번째 부류는 아리스토텔레스가 발표했지만 지금은 없어진 저작들이고, 두 번째 부류는 아리스토텔레스가 발표하지 않았지만 다른 사람들이 모으고 편집하여 지금까지 남아 있는 저작들이다. 첫 번째 부류에는 그 자신이 '대중용'(exotenic)이라고 부른 저작, 즉 일반 대중을 위해 대화체 또는 그밖의 유행하는 문학 형식으로 쓴 책으로써 '기억용'(hypomnematic)이라고 부르는 노트와 연구를 위한 자료 모음이 포함된다. 이중 현재 남아 있는 것은 단편들뿐이다. 두 번째 부류인 '강의용'(acroamatic)이라고 부른 것은 현재 거의 완전하게 남아 있는 저작 또는 논문이다. 강의용의 저작들은 아리스토텔레스의 학교에서 사용하기 위한 것이었으며 간결하고 개성 있는 문체로 씌어 있다. 고대 후반기에 아리스토텔레스의 글은 수백 권의 두루마리였다고 하는데, 현재 남아 있는 것은 30권 2,000쪽 가량이다. 고대의 책 목록을 보면 아리스토텔레스의 저작은 총 170권에 달한다.

아리스토텔레스가 발표했으나 없어진 저작들로서 중요한 것은, 플라톤의 『파이돈』의 전통을 잇는 『행복론』, 나중에 『형이상학』(Metaphysica)에서 설명하는 주제들을 담은 일종의 철학 강령인 『철학에 관하여』, 철학적 생활을 권하는 『프로트레프티코스』(Protrepticus), 『그릴로스』(Gryllus) 또는 『수사학에 관하여』(Rhetorica), 『정치학』과 비슷한 주제를 다룬 『정의에 관하여』(On Justice), 플라톤의 형상론을 비판한 『이데아에 관하여』(On Ideas) 등이 있다.

남아 있는 저작은 대부분 그가 뤼케이온에서 오전에 제자들을 상대로 한 강의한 내용과 그 주석이나 요약들이다. 그가 직접 손으로 쓴 것들도 있고 제자들이 쓴 것도 있는데, 그는 이중 많은 것을 강의 노트로 사용한 것 같다. 이렇게 후세에 전해진 저작들 가운데 중요한 것은 삼단논법을 확립한 『전·후 분석학』(priora·posteriora Analytica), 우주의 본질론과 형식-재료 관계를 다룬 『형이상학』, 물질의 성질을 형식·재료·추동·목적의

네 원인과의 관련하여 다룬『자연학』(물리학: Physica), 개인과 사회의 윤리를 다룬『니코마스 윤리학』(Ethica Nicomachea)과『정치학』, 글쓰기와 말하기를 다룬『시학』(Poetical)과『수사학』등이 있다.

오늘날 아리스토텔레스는 실로 수많은 학문의 시조가 되었다. 물리학·심리학·동물학·천문학·논리학·수사학 등 그는 합리적으로 논의할 가치가 있는 주제면 으레 하나의 체계를 가진 학문으로 체계화하였다. 괴테는 아리스토텔레스의 저작을 읽는 방법으로써 '피라미드 방법'을 권유하고 있다. 그의 철학의 각 부분은 다른 부분을 이해하는 데 도움을 준다. 그러므로 그의 저작을 처음부터 확실히 이해하면서 읽을 수는 없다. 먼저 기본적인 개념과 방법을 알아내기 위해 되풀이해서 읽어야 한다.

(2) 플라톤과 아리스토텔레스의 논의

호메로스(Homeros)를 위시하여 헤시오도스(Hesiodos) 등 시인들은 예로부터 자기들의 시에는 어떤 신적인 힘이 관여하고 있다고 즐겨 말해 왔다. 플라톤도「이온」등을 통해 시인과 철학자의 차이점 말하면서, 시인은 자기의 행위에 관하여 알지 못하기 때문에 자기의 작품에 대하여 설명할 수가 없는 반면, 철학자는 자기의 행동을 명확하게 인식하고 있다고 말하고 있다. 시와 시인의 도덕적 가치를 부정하고 공격한 사람들 중 대표적인 사람은 플라톤이다. 예술에 대한 그의 주된 공격은『국가』제10권에서 전개되는데, 그곳에서 그는 이데아론에 입각하여 예술가들은 진실재(眞實在)인 이데아를 모방하는 것이 아니라, 그 모상(模象) 또는 영상(影像)을 모방하는 데 불과하므로 가장 위험한 존재들이라고 매도하고 있다. 그리하여 플라톤은 문학을 사회에서 근절시키고자 이상국을 세우고 시인 추방론을 주장하기에 이른다. 그리고 이데아야말로 실재며 진리라고 설득력 있게 주장했다. 이데아에 접근하는 자는 오직 철학자들뿐이며, 시인은 그러한 능력이 없는 단지 흉내쟁이일 뿐이라는 것이다.

아리스토텔레스는 플라톤의 이러한 견해에 대하여 직접적인 답변을 제시한 것은 아니다. 그리고 『시학』에서 직접 플라톤의 견해를 거론하지도 않았다. 그러나 그의 논의 도처에는, 플라톤의 논의에 대한 자신의 견해가 두드러지게 드러나고 있다. 가령 플라톤의 주요 논의인 이데아론, 모방, 영감, 감정에 대한 문제들이 그것이다.

그는 먼저 플라톤이 제시한 이데아론에 대해 말한다. 사실 아리스토텔레스는 플라톤의 이데아론을 받아들이지 않았기 때문에 이에 대하여 직접적인 답변을 할 필요를 느끼지 않았을 수도 있다. 아리스토텔레스는 "시는 역사보다 더 철학적이고 더 중요한 가치를 지닌다. 왜냐하면 시는 보편적인 것을 이야기하는 경향이 더 많고, 역사는 개별적인 것을 이야기하기 때문이다"라고 말함으로써 플라톤의 견해를 간접적으로 공격하고 있음을 본다. 다시 말하여 시란 '일어난 사건'을 다루는 것이 아니라 개연성 또는 필연성에 따라 '일어날 수 있는' 일을 대상으로 한다는 것이다. 개연성이 실제로 일어난 사건을 다루는 역사보다 더 철학적이고 보편적이라 논의한 점은 타당한 견해라고 할 수 있다.

아리스토텔레스는 실재와 진리가 이데아처럼 초월적인 것이 아니라 사람이 경험하는 사물과 사실들에서 발견할 수 있는 보편적 성질이라고 전제했다. 사람이 경험하는 사물과 사실들은 엄연히 실재하는 것들이며 보편성을 내포한다. 그것들에서 얻은 지식은 보편성을 띨 수 있으며 생산성이 매우 높을 수 있다. 따라서 그는 수사학·시·음악 등 인간이 열심히 추구하고 즐기는 행동은 물론이고 일상적인 물질세계까지도 플라톤이 생각했던 것만큼 경멸스러운 것이 아니라 철학적 사고에 의해 그 본질을 드러낼 수 있는 중요한 대상이라고 보았던 것이다.

다음 플라톤은 그의 이데아론에 입각하여 예술가들은 진실재(眞實在)인 이데아를 모방하는 것이 아니라, 그 모상 또는 영상을 모방하는 데 불과하므로 가장 위험한 존재들이라고 주장한다. 이에 대해서, 아리스토텔레스는 연극을 예로 하여 말한다. 아리스토텔레스는, 연극은 사람이 경험하는 사물과 사실들의 관련된 행위를 재현한 것이라고 주장한다. 그러므로 연극 행위는 실제 행위가 아니라 흉내낸 것, 곧 모방하는 것이다. 이러한 연극은 인위적이면서 기술적인 것이다. 인위적이며 기술적인 것은 근대적으로 말하자면 예술이다. 따라서 시인은 사람의 실제 행위를 모방하여 기술함으로써 특수한 효과를 내는 하나의 작품을 창작한다고 말한다. 즉 아리스토텔레스는, 지식과 판단력이 일정한 수준에 있는 독자들은 그러한 작품을 감상하고 사회적·심리적으로 좋은 효과를 얻어내기 때문에, 연극은 그것대로 특유의 본질을 가지고 있다고 주장한다. 덧붙여, 그는 그러한 작품의 원리를 파악하는 일은 정치학·수사학·심리학·물리학 등과 같이 사물의 원리를 규명하는 철학자가 할 만한 일이라고 말한다.

또한, 아리스토텔레스는 시를 합리적으로 설명할 수 있고 따라서 배울 수 있는 '기술'로 설명함으로써 플라톤의 영감론에 반박하고 있음이 주목된다. 당시 시인들은, 시를 영감의 소산으로 믿든가 주장하는 경향이 있었으며, 이에 반해 소피스트-수사학자들은 시를 교육의 목적에 사용하면서 가르치고 배울 수 있는 것으로 다루기 시작했다. 이러한 상황에서 아리스토텔레스의 '기술' 논의는, 시인이나 철학에서보다는 소피스트-수사학자들의 논의와 주장에 맞서고 있음을 본다.

아리스토텔레스가 『시학』을 쓴 목적은 당시 비극 경연과 관련해서 작시술에 대한 실용적인 교시를 주는 데 있다. 즉 연극 구성에 있어서 추구해야 할 점과 피해야 할 점, 연극의 효과는 무엇이며 목적은 어떤 수단에 의해서 달성되는가, 극작가가 무대상에서 실패하는 이유와 비평가들이 시인에 대하여 제기하는 비난은 어떤 것인가 등의 문제에 관하여 기술적으로 교시를 주고 있는 것이다. 이러한 기술적 문제는 후세와 와서, 시는 천재 혹은 영감에 의하여 씌어지는가, 아니면 숙련 혹은 작업에 의하여 씌어지는가 하는 문제의 발단이 된다. 예를 들면 아리스토텔레스 『시학』의 절대적인 영향을 받았던 로마의 시인 호라티우스(Horatius)의 「시의 기술」은 작시의 기술적 측면을 매우 강조하고 있음을 본다. 이는 아리스토텔레스가 시의 기술적 측면을 강조함으로써 플라톤의 영감론을 반박하고 있다고 볼 수 있다.

또한 플라톤에게 있어서 감정은 제거되어야 할 잡초와 같은 것이었다. 그래서 그는, 시는 사람들에게 감정의 고삐를 풀어줌으로써 자제력을 잃게 하여 감정을 부추긴다고 하면서 공격한다. 이에 대해 아리스토텔레스는 사람들의 감정을 계속 억압할 경우, 언젠가는 위험하게 폭발할 수밖에 없는데, 시는 이러한 인간들의 감정을 안전하게 그리고 일정한 간격을 두고 배출하게 함으로써 도덕적 기능을 충실하게 이행하고 있다고 주장한다. 이것의 해답은 아리스토텔레스의 카타르시스론에 있다. 아리스토텔레스의 비극의 목적은 연민과 두려움을 거쳐 카타르시스를 일으키는 데 있다는 것이다. 아리스토텔레스는 사람의 쾌감 그 자체는 선한 것도 악한 것도 아니며, 그것은 아무 방해도 받지 않고 순조롭게 전개되는 활동에 자연스럽게 수반되는 정신 상태라고 말한다. 나아가 활동의 선악에 따라 그에 수반되는 쾌감의 선악도 결정되는 것이라고 말한다.

그런데 아리스토텔레스에 의하면, 비극이 제공하는 특정한 쾌감은 우리의 감정을 좋은 의미에서 구제하여 주는 선한 활동에 수반되는 쾌감인 것이다. 왜냐하면 그렇지 않다면 우리의 감정은 위험하게 폭발할 수도 있기 때문이다. 이러한 감정의 배출은 빈번하게 행해지는 것이 아니라 비극을 관람할 수 있는 일 년에 한두 번씩, 즉 아테네인들에게는 디오니소스 제전에 비극을 관람할 수 있기 때문에 아주 숫자적으로도 이상적이라는 것이다. 이런 점에서 아리스토텔레스는 문학에 심미적 가치를 부여한 최초의 문예 비평가라고 할 수도 있다.

이밖에도 교육 문제 및 공연 문제와 관련하여 여러 가지 상이한 논의가 제시되고 있으며, 이러한 논의들은 직접 간접으로 시학의 배경이 되고 있다.

(3) 『시학』(Poetics)의 이해

아리스토텔레스는 그의 저서 『시학』(Poetics)에서 스승 플라톤이 제기했던 '시인추방론'의 의견에 맞서 문학을 옹호하는 입장을 취했다. 이것은 플라톤의 선입견에서 벗어난 문학 연구를 약속해 주는 것이다. 『시학』은 전 26장으로 나뉘어져 있는데, 핼리웰의 분석[7]에 의하면 1장부터 3장까지는 미메시스(mimesis)론으로서 시적 미메시스의 수단, 대상, 양식 등에 대한 견해를 제시하고 있다. 4장부터 5장까지는 시의 근원과 역사를 다룬 것으로서 예술의 기원과 모방적 본능, 시의 역사와 지향적 목적에 대한 견해를 제시하고 있다. 6장부터 22장은 비극론으로서 비극의 정의, 플롯, 일관성과 통일성, 시적 보편성, 성격, 언어와 문체 등에 대한 견해를 제시하고 있다. 23장부터 26장까지는 서사시론으로서 서사시의 플롯과 통일성, 서사시와 비극의 차이 및 비교 등 문학의 내재적 본질을 조사 연구하고 있는 내용을 담고 있다.

시의 기술적 측면을 제시하면서 아리스토텔레스는 미메시스라는 용어를 사용하고 있다. 이는 시와 시의 대상이 되는 사물과의 관계를 미메시스, 즉 모방의 차원에서 보고 있음이다. 아리스토텔레스는 즐거움이란 사람이 자기의 능력이나 지식을 본래 목적대로 사용하는 경우에 경험하는 것이라고 한다. 즉 즐거움은 자연의 잠재력을 실현하는 데 주어지는 것으로서, 그러한 실현을 위한 행동이 어떤 종류의 것이냐에 따라 즐거움의 종류도 구별된다. 그는 『시학』 4장에서 일반적으로 모방의 작품이 주는 즐거움에 대해 다음과 같이 말한다.

> 모방한다는 것은 어렸을 때부터 인간 본성에 내재한 것으로, 인간이 다른 동물들과 상이한 점도 인간이 가장 모방을 잘하며, 처음에는 모방에 의하여 지식을 습득한다는 점에 있다. 또한 모든 인간은 날 때부터 모방에 대하여 쾌감을 느낀다. 이러한 사실은 경험이 증명하고 있다. 아주 보기 흉한 동물이나 시체의 형체와 같은 것은 직접 실물을 볼 때 불쾌감을 느끼지만, 그러나 그것을 극히 정확하게 그려놓았을 때는 쾌감을 느낀다. 왜냐하면 무엇을 배운다는 것은 비단 철학자들뿐만 아니라 그밖

---

7) Stephen Halliwell, *Aristotle's Poetics*(Chicago UP, 1998). pp.29~30. 참조.

에 다른 사람들에게도 — 비록 그들이 배움의 능력이 적다 하더라도 — 최상의 즐거움이기 때문이다. 그림을 보고 쾌감을 느끼는 것은 봄으로써 배우기 때문이다. 말하자면 '이건 그 사람을 그린 것이구나' 하는 식으로 각 사물의 무엇인가를 추지(推知)하기 때문이다. 우리가 그 실물을 전에 본 일이 없는 경우에는, 모방의 대상이 아니라 기교라든가 색채라든가 그밖에 이와 유사한 원인에 의하여 쾌감을 느낄 것이다. 이와 같이 모방한다는 것과, 조화성과 율동에 대한 감각은(운율은 율동의 일종임이 명백하다) 인간의 본성으로써, 인간은 이와 같은 본성에서 출발하여 이에 점진적인 개량을 가함으로써, 즉흥적인 것으로부터 시를 창작해 낸다.

(1) Imitation is natural to man from childhood upwards. One of the things that make him superior to brute beasts is the fact that he is the most imitative of all animals, and begins to learn by way of imitation; and it is moreover natural for all human beings to delight in words of imitation. Experience demonstrates the truth of this latter point: though the objects themselves may be offensive to sight, we enjoy viewing the most realistic representations of them in art, e.g. the forms of the lowest animals, dead bodies, etc. The explanation is as follows. To be learning something is the greatest of pleasures not only to philosophers but also to the rest of mankind, even though the latter have only a limited capacity for it. The reason for the pleasure derived from looking at pictures is that one is at the same time learning—gathering the meaning of things, e.g. that the man there is soand—so; for if one has never before seen the object represented, one's pleasure will not arise fromthe picture as an imitation of it, nut form the workmanship, the colouring, or some such cause. Imitation then, being natural to us, as also is.

(2) the sense of harmony and rhythm(the metres being obviously species of rhythm), it was through their original aptitude and by successive improvements, for the most part gradual, on their initial efforts that certain men created poetry out of their improvisations.[8]

이와 같이 아리스토텔레스는 비록, 실제 대상이 무섭고 끔찍하고 혐오스

---

8) Aristotle, *Poetics*(London: J.M. DENT & SONS LTD., 1969), p.8.

러운 사물이라 할지라도 그것의 미메시스는 즐겁다고 말한다. 이 즐거움은 지적 이해인 일종의 학습을 수반하고 있는 경험이기 때문이다. 가령 뱀이나 귀신은 징그럽고 무섭지만 그 나름의 논리에 따라 전개시킬 경우, 뱀이나 귀신의 이야기는 그것들의 모습·성격·행동 방식 등 따위를 배우든가 알아보든가 깨닫는 즐거움을 준다는 것이다.

이어서 아리스토텔레스는, 그런데 뱀이나 귀신의 이야기는 언제라도 즐거운 것이 아니라 그 나름의 논리에 맞아야 즐겁다고 말한다. 이는 '기술'이 주는 즐거움과 다름 아니다. 그리고 시의 경우 듣기 좋아야 언어의 즐거움이 있고, 연극의 경우 무대의 온갖 시각적 장치들이 좋아야 관람의 즐거움을 준다고 덧붙이고 있기도 하다.

플라톤이 문학을 거부한 이유는 이데아설 때문이다. 시인은 구체적인 것, 감각적인 것을 다루나 철학자는 변증법을 시도하여 추상적인 것, 보편적인 것을 다룬다는 것이다. 또한 시인은 이미지의 이미지만을 제시하며, 시인과 그들의 청중은 사실과 실재의 세계와 동떨어진 세계 속에 살고 있다는 것이다. 따라서 이데아가 신적 본성의 본질이고 참된 핵심이기 때문에 신이 악의 창시자라는 신화적 사고는 배격해야 마땅하다는 것이 플라톤의 생각이다. 그가 목표로 한 정의로운 국가는 개개인을 교화할 수 있어야 했다. 그러므로 국가가 그의 자녀들을 아무렇게나 지어낸 신들의 우화에 기를 기울이게 놔둘 수 없다는 생각에서, 그는 이상국가에서 시인들을 추방하였다.

그래서 플라톤에게 있어서, 모방과 리듬에서 오는 쾌락은 위험한 동시에 시민의 미덕을 파괴한다. 그러나 아리스토텔레스는 모방과 리듬에서 오는 쾌락은 인간의 본능으로 극히 자연스러운 것이라 답하고 있다. 계속해서 아리스토텔레스는 시가 존재할 수 있는 것으로서는 두 가지 이유가 있다고 언급한다. 하나는 인간은 모방적 동물로 모방(mimesis)에 의해 쾌락을 느낀다는 것이고, 또 하나는 조화(harmonia)와 리듬(rhythmos) 때문이라는 것이다. 그러므로 문학 작품의 진가는 작가의 품격과 질에 달려 있다는 것이다.

단지 진지하지 못한 작가가 진지하지 못한 모방을 했을 때 저질의 작품을 낳게 되고, 그 작품을 읽는 독자들에게 나쁜 영향을 미친다고 언급했다. 나아가 아리스토텔레스는 시인의 개성에 따라 시를 두 가지 종류로 구분하고 있다. 고상한 시인들은 고상한 행동과 고상한 인물들의 행동을 모방한 데 반하여, 저속한 시인들은 비열한 자들의 행동을 모방한다는 것이다. 따라서 고상한 시인들은 찬가(hymnos)와 찬사(enkomion)[9]를 쓰고, 저속한 시인들은 풍자시를 쓴다고 덧붙이고 있다.

아리스토텔레스의 주된 관심은 비극에 있다. 그에 따르면, 비극이란 진지한 인물이 일정한 장소에서 완결된 행위를 모방(mimesis praxeos)하는 것이다. 그리고 언어는 여러 가지 다양한 예술적 장식으로 꾸며지며, 몇 가지 종류의 장식이 극의 각 부분에 삽입되고, 행위의 형식에 있어서는 설화체가 아니다. 따라서 비극의 목적은 연민(eleios)과 두려움(phobos)을 통해 이러한 정서들을 정화(淨化, katharsis)시키는 것이다. 이 정서의 정화라는 발언은 플라톤이 공격한 '시인들의 무절제한 정서는 극히 위험하다'는 견해에 대한 답변으로서, '참다운 비극은 우리의 정서에 형식을 주어 우리의 정서를 통제하는 것이다'라고 해석할 수 있다.

아리스토텔레스가 비평 문학에 끼친 가장 큰 공헌 가운데 하나는 형식이라는 개념을 설정한 것이다. 플라톤은 시를 주제와 동일시했으나, 그는 한 편의 비극에는 시작·중간·끝이 있고 각 부분은 모든 다른 부분가 서로 연관되어 있다고 보았다. 또한 비극에 등장하는 주인공은 소포클레스(Sophocles)의 『오이디푸스』(Oedipus)처럼 테베의 라이오스 왕의 아들이나, 아이스퀼로스(Aischylos)의 『아가멤논』(Agamemnon)처럼 사전(史前) 전설시대의 미케나이(Mycenae)의 왕으로서 전 그리스의 위세를 떨친 아가멤논 일가를

---

9) 찬가는 신을 찬미하는 노래이고, 찬사는 인간을 찬양한 노래이다. 찬사는 본래 '술찬치(komos)'에서의 노래였다. 이 점으로 보아, 원래는 연회의 주인에 대한 찬사를 의미하던 것이 차츰 일반을 가리키게 된 것으로 생각할 수 있다. 이러한 성격의 시에 처음으로 이름을 붙인 사람은 시모니데스(Simonides, BC556경~468경)라고 한다.

다룬다든지 해서 반드시 명문가의 인물이어야 했다.

또한 그러한 중심인물들은 비록 자기의 과오나 약점에서가 아니라 할지라도 어떤 판단의 결함(hamartia)을 가지고 있어야 했다. 그 판단의 결함으로 인하여 중심인물들은 운명이 뒤바뀌고(peripeteia)고 깨달음(anagnorisis)을 획득한다. 극의 이 부분이 바로 전환점(turning point) 또는 정점이라고 하는 것이다. 따라서 이러한 구조는 아리스토텔레스가 이상적 비극으로 본 '복합적' 비극의 구조이기도 하다. 이러한 판단의 결함·뒤바뀜·깨달음은 비극적 행동의 가장 중요한 여건이며, 플롯을 전개하는 데 결정적인 요인으로 작용하는 것이다.

관객의 연민과 두려움은 중심인물의 판단적 결함에 의하여 전혀 예상 밖의, 그러나 이해할 수 있는 운명의 변화로 뒤바뀜과 깨달음이 생김을 목도하면서 극대화된다. 뒤바뀜은 중심인물의 행동 방향을 완전히 예상 못한 방향으로 바꾸어놓는 것이지만, 원인과 과정의 결과의 일관성은 그대로 긴밀하게 유지된다. 여기서 예상이란 일반적으로 극중의 모든 인물과 극에 대한 관중의 예상도 포함된다. 이러한 깨달음을, 아리스토텔레스는 "무지에서 지식으로의 극적 변화"라고 설명한다. '극적'이란 말은 그러한 깨달음이 안타깝게도 너무 늦게 생겼다는 것이고, 그로 말미암아 중심인물에게 고통이 반드시 뒤따른다는 것이다.

다시 말하여 아리스토텔레스가 말하고 있는 이상적 비극 요건들은 첫째, 주인공은 매우 훌륭한 사람이다. 둘째, 주인공은 그만큼 대단한 지위와 행복을 누리다가 모두를 잃는다. 셋째, 그러나 주인공은 그러한 처참한 불행을 당할 만한 죄과가 있지 아니하다. 그래서 관객들은 연민을 보내고 또한 그가 보통 사람인 우리들과 비슷하므로 두려움을 일으킨다. 넷째, 그렇다고 해도 주인공은 우연한 사건으로 말미암아 불행한 일을 당하는 희생자도 아니므로, 그의 불행은 수긍할 수 있는 인과율적 요인에 온 것이다. 따라서 주인공의 무죄함은 보장되는 것이다. 넷째, 여기서 관객들은 주인공의 불행은 급작스러운 우연에 의해 초래되는 것은 아니므로 그 이유를 이해할 수 있다는 것이다.

그런데 14장에서 아리스토텔레스는 새로운 비극의 개념을 제시하고 있기도 하다. 즉, 주인공이 결정적인 판단적 오류를 저지를 뻔하다가 깨달음이 생겨 비극을 모면하는 극이 최고라고 말한다. 주인공의 깨달음이 판단적 결함을 저지르기 직전에 일어남으로써 행복한 결말을 향한 뒤바뀜이 일어난다는 것이다. 그 대표적인 작품으로는 에우리피데스(Euripides)의 『타우리 사람들 사이의 이피게네이아』를 들고 있다. 그리고 『이피게네이아』형 비극이 『오이디푸스 왕』형의 비극보다 더 효과적이라고 보았다.

『시학』은 고대 고전주의의 가장 중요한 비평서다. 『시학』이 비평사에 남긴 가치를 대략 세 가지로 요약해 보면, 첫째 비평 문학의 시초를 이루었다는 것이다. 비평적인 분석의 시초로서 후세의 학도들이 이러한 원리를 토대로 해서 개량, 발전시켜 비평문학사를 더욱 진지하게 장식해 나갈 수 있었던 것이다. 둘째로는 문예부흥기와 18세기 초기에 중요한 비평 문학의 지침서 역할을 담당했다는 점이다. 더욱이 신고전주의가 쇠퇴한 이후 오늘날에 이르기까지 『시학』에 대한 연구는 신중히 거듭되고 있다. 셋째로는 『시학』은 그리스 예술 일반의 성격과 목적을 연구하는 데 있어 가장 적절한 연구서라는 점이다. 아리스토텔레스는 그리스 문학의 기교상 특징을 기술하고 거기서 보편적인 목적과 원리를 추출해 냈을 뿐만 아니라, 예술이 지닌 도덕적 효과를 무시한 플라톤에 반하여, 이미 언급한 바와 같이 예술이 인간에게 주는 건전한 효과를 강조하였다. 그러므로 그는 일반 그리스 사람들이 갖고 있던 정신과 기질을 탐색해 냈다고 할 수 있다.

『시학』은 플라톤이 제시한 비평 문학의 여러 문제에 대한 답변서라고 할 수 있을 만큼 플라톤의 이데아론, 윤리학설, 정치학설을 비판하고 있음은 자명하다. 그러나 아리스토텔레스의 체계적이 사유 저변에서 스승 플라톤의 철학관의 영향이 엿보이고 있음을 또한 간과해서는 안 될 것이다.

아리스토텔레스의 연구는 형이상학·논리학·윤리학·정치학·심리학·예술학·생물학 등에 미쳤고, 각 분야에서 독자적인 방법과 내용을 편술하여 학문의 기초를 쌓는데 도움을 주었다. 따라서 그는 이들 여러 분야에 있어서 형이상학을 정점으로 하는 인식 체계를 구축하고 모든 존재를 통괄적으로 파악하려 노력했다고 볼 수 있다.

3) 호라티우스의 「시의 기술」

(1) 호라티우스의 생애와 저술

알렉산더 제국이 붕괴되자 아테네의 찬란한 문명도 사라지고 역사가의 관심은 로마로 향하게 된다. 로마의 가장 유일한 비평가는 호라티우스 (Horatius, BC 65~8)다. 그는 이탈리아 중부 산악 지방에 사는 사벨리 인이었을 것으로 추정하고 있다. 그의 아버지는 한때 노예였지만, 호라티우스가 태어나기 전에 자유를 얻어 경매인의 조수가 되었다. 그의 아버지는 토지를 조금 갖고 있었고, 아들을 로마로 데려가 같은 사벨리 인인 유명한 오르빌리우스(호라티우스에 의하면 체벌의 선봉자)의 학교에서 가장 좋은 교육을 받을 수 있게 할 만한 여유도 있었다. BC 46년경 호라티우스는 아테네로 가서, 아카데미의 강연을 들었다. BC 44년 3월 율리우스 카이사르가 살해된 뒤, 아테네를 포함한 제국의 동부 지역은 일시적으로 카이사르를 암살한 브루투스와 카시우스의 소유가 되었다. 그러나 이들은 카이사르의 동지인 마르쿠스 안토니우스 및 젊은 옥타비아누스(뒤의 아우구스투스 황제)와의 충돌을 피할 수 없었다. 율리우스 카이사르는 유언장에서 외종손자인 옥타비아누스를 개인 상속자로 지명했다. 호라티우스는 브루투스의 군대에 들어가 '군대 호민관'으로 임명되었는데, 이것은 노예 신분에서 해방된 자유민의 아들에게는 이례적인 명예였다.

BC 42년 11월 필리핀에서 안토니우스와 옥타비아누스를 토벌하기 위한 전투가 두 차례 벌어졌다. 이 전투에서 호라티우스와 그의 동료 호민관들은 계급이 그들보다 높은 장교가 없었기 때문에 브루투스와 카시우스의 연합 군단 가운데 하나를 맡아 지휘했다. 브루투스와 카시우스가 참패를 당하고 전사한 뒤, 호라티우스는 옥타비아누스가 지배하는 이탈리아로 달아났지만, 베누시아에 있는 아버지의 농장은 제대 군인들에게 정착지를 제공하기 위해 몰수된 상태였다. 그러자 호라티우스는 로마로 가서, BC 39년에 일반 사면령이 내리기 전후에 금고 서기 자리를 얻었다. 36명의 금고 서기는 비록 하급직이지만 매우 중요한 자리였다. BC 38년 초 그는 가이우스 마이케나스를 소개받았는데, 마이케나스는 이탈리아 중부의 에트루리아 출신으로 문인이자 옥타비아누스의 정치 참모 가운데 한 사람이었다. 그는 호라티우스를 그와 친한 작가들의 명단에 올려놓았다. 오래지 않아 호라티우스는 마이케나스를 통해 옥타비아누스의 주목을 받게 되었다. 이 무렵 호라티우스는 『풍자시』(Satires) 제1권을 쓰고 있었다. 이 10편의 시는 BC 35년에 발표되었다.

BC 30년대 중반에 그는 마이케나스에게서 사비니 구릉 지대에 있는 안락한 집과 농장을 받아 평생 동안 창작 생활에 몰두했다.

BC 30~29년에 호라티우스는 『서정시』, 8편의 시로 이루어진 『풍자시』 제2권을 발표했다. BC 27년에 승리자 옥타비아누스가 아우구스투스라는 칭호와 함께 확고한 지위를 굳히자, 호라티우스는 『송가』로 방향을 바꾸어 BC 23년에 88편의 짧은 시로 이루어진 3권의 시집을 발표했다. 그가 창작 생활을 하는 동안 가장 활발하게 시를 쓴 시기는 이때였다. 호라티우스는 『송가』에서, 그리스 초기 서정 시인들의 후계자임을 자처하고 시의 어휘를 섬세하고 절제 있게 구사하는 독특한 능력을 보여주었다. 그는 사랑과 포도주, 자연, 친구와 중용을 노래했다. 여기서 '자연'은 거의 낭만적이었으며, '친구와 중용'은 그가 좋아하는 주제였다. 『송가』의 일부는 마이케나스나 아우구스투스에 관한 것이다.

이후 그는 3편의 서간체 시를 쓰기 시작했는데, 그중 2편은 2번째 책으로 묶여 나왔고, 세 번째 서간시인 『피소 삼부자에게 보내는 편지』(Epistles to the Pisos)는 후세 사람들이 『시론』(Ars poetica)이라고 불렀다. 이 무렵 호라티우스는 황제 아우구스투스(Augustus)의 사랑을 받아 계관시인의 지위까지 획득한 바 있다. 당시 아우구스투스의 로마 통치는 세계적이고도 영속적인 평화를 시사해 주고 있었다. BC 17년 아우구스투스가 자신의 정권과 지난해에 주창한 도덕 개혁을 종교적으로 엄숙하게 승인할 목적으로 '100년제'(Secular Games)라고 부르는 고대 축제를 되살리자, 호라티우스는 이 축제를 위해 『세기의 찬가』(Carmen saeculare)를 지었다. 이 무렵 호라티우스는 서정시 형식으로 돌아가 있었기 때문에 이 찬가는 서정시 운율로 씌어졌다. 이어서 그는 15편의 송가로 이루어진 4번째 『송가집』을 완성했다. 이 시들 가운데 마지막 송가는 BC 13년에 씌어졌다.

지난 몇 년 동안 아우구스투스의 참모 자리에서 물러나 있던 마이케나스가 BC 8년에 세상을 떠났다. 그가 황제에게 마지막으로 요구한 것 가운데 하나는 "저를 기억하시듯 호라티우스를 기억해주십시오"였다. 그러나 그 후 1~2개월 뒤 호라티우스도 아우구스투스를 상속자로 지명한 뒤 세상을 떠났다.

(2) 「시의 기술」(Art Poetica)의 이해

호라티우스의 비평서 「시의 기술」은 피소(Piso) 가(家)[10]에 부치는 편지로서 피소와 그 두 아들에게 보낸 시에 관한 긴 서간이다. 즉 연극을 짓기를 원하는 피소라는 사람과 그 두 아들에게 시 창작법을 말하는 내용으로 되어 있다. 이 서간문을 1세기 후반의 유명한 로마의 변사학(辯辭學) 교수 퀸틸리아누스(Quintilianus)가 「시의 기술」이라고 명명했다. 「시의 기술」은 조직적인 문학론은 아니지만 시인으로서의 풍부한 경험의 결과에서 나온 흥미 있는 비평 문학을 이루고 있다. 그리하여 르네상스와 신고전주의 시기에 가장 큰 영향을 끼쳤던 명저가 되었다.

---

10) 로마의 유명한 가문. Lucius Calpurnius Piso Caesoninus(d. after B.C. 43)는 집정관으로 키케로를 추방하는 데 일익을 담당해서 키케로와는 반목의 사이였고, 그의 딸 율리우스 케사르(Juilus Ceasar)와 결혼했다. Caius Calpurnius Piso(d. A.D. 65)는 문학 후원자였는데 로마 황제 네로(Nero)에 대한 음모가 발각되자 자살했다.

호라티우스는 먼저, 시인 대부분이 각자 나름대로 시 창작의 관념을 가지고 있기 때문에 정도에서 벗어나고 있음을 우려하고 있다. 간략하게 하려고 최선을 다했는데 뜻이 소통되지 않고, 유창하게 하려고 했는데 열기와 힘이 모자란다고 지적한다. 또한 웅장하게 하고자 한 것이 그만 속 빈 허풍이 되어버리며, 지나치게 조심하려다가 날개를 제대로 펴지 못하고 땅바닥을 떠나지 못한다고 한다. 어떤 경우에는 단조로운 주제에 환상적인 다양함을 주려하다가 숲 속에 돌고래를, 바닷속에 멧돼지를 도입하기도 한다는 것이다. 이는 모두가, 기술이 모자랄 때 사소한 결함을 피하려던 것이 심각한 불완전의 결과를 초래하게 되는 것이라고 호라티우스는 우려하고 있는 것이다.

그래서 호라티우스는 각자 자신의 능력에 알맞은 주제를 택하라고 주의시키고 있다. 자신의 능력 안에 있는 주제를 택할 때, 모자라는 법이 없으며 작가의 생각이 분명하고 일관된다는 것이다. 낡은 주제를 다룰 때는 독창성을 발휘하기가 어렵지만, 지금까지 알려지지 않은 주제를 가지고 처음으로 창작에 뛰어드는 것보다는 낫다고 말한다.

호라티우스는 계속해서 다음과 같이 말한다.

> 그러나 이 때 화자의 말이 관객들의 처지와 일치하지 않는다면 관중석에 앉아 있는 모든 로마인들은 교양의 유무를 막론하고 야유를 보낼 것이다. 말하는 사람이 신이냐, 영웅이냐, 사려 깊은 노인이냐, 한창 때의 정열적인 청년이냐, 지체 높은 안주인이냐, 충실한 유모냐, 장돌뱅이냐, 부유한 농부냐, 콜키스 사람이냐 앗시리아 사람이냐,[11] 테바이 출신이냐 아르고스 출신이냐에 따라 큰 차이가 생길 것이다.

> But if actor play not to the life, If with his fortunes seem at strife, His knights and commons, hoese and foot, shall scoff, And tittering thousands hoot

---

11) 콜키스와 앗시리아는 각각 흑해 동부와 아시아 동부에 있던 지역으로 헬라 시대의 최변방 지역이었다.

the blunderer off, Each speaker let his speech characterize: For sure a broad and glaring difference lies, Whether a god or hero mount the stage: The brisk young spark or man mature in age: The dame of rank or nurse of prattling vein: The wandering seaman or the peaceful swain: One that Assyria or that Colchis fed: He that at Argos or at Thebes was bred.[12]

이는 시가 아름다움을 가지는 것만으로는 부족하다는 것을 말하고 있다. 청중을 사로잡으려면 매력 또한 있어야 한다고 말한다. 각각 신다운 신, 영웅다운 영웅, 노인다운 노인, 청년다운 청년 등등을 등장시키고 각각 그 인물의 형편과 처지에 맞는 말투를 쓰지 않으면 로마의 청중은 하나같이 야유를 보낼 것이라고 경고하고 있는 것이다. 이를 위해서는 어떤 낱말을 어디에 쓸까 조심하고 세심한 배려를 해야만 뛰어난 특징을 줄 수 있다고 말한다. 그러나 새로운 용어를 써야할 경우가 생기면, 신중하게 헬라의 원천에서 빌려올 것을 당부한다. 말하자면 남들이 늘 하는 방식을 따르거나 또는 그 자체로서 일관성이 있는 것을 창안하라는 것이다.

계속해서 호라티우스는 다음과 같이 말했다.

> 시인은 본래 염소 한 마리라는 보잘 것 없는 상을 타려고 비극 시합을 했다.[13] 얼마 안 지나 시인은 사나운 맨몸의 사티로스[14]들을 무대에 등장시켰고 위엄을 잃지 않은 채 조잡한 농담을 시도했다. (바쿠스[15] 축제 때문에) 술에 취해 무질서한 기분에 빠진 관중들은 어떤 신기한 볼거리가 없으면 붙잡아 둘 수 없었던 것이다.

The poet who competed in tragic verse for a paltry goat soon made the rustic satyrs doff their garments and ventured on coarse jests without loss of dignity,

---

12) Horace, *The Art of Poetry, in The Complete Works of Horace*(U.S.A: Random House, 1936), p.74.
13) 비극 즉 트라고디아(Tragodia)는 염소를 뜻하는 트라고스(tragos)와 관계가 있다.
14) 사티로스(satyrs)는 상체는 사람이고 하체는 염소인 괴물로, 초기 비극에서 이들이 등장했던 것은 사실로 이들이 후에 합창대가 되었다고 한다.
15) 바쿠스(Bacchus)는 술의 신으로 디오니소스(Dionysos)를 가리킨다.

sure that the spectator, fresh from the sacrifice, drunk and subject to no law, must needs be held by the charms and enticements of novelty.16)

당시는 정복 민족이 영토를 확장하고 도시들의 규모가 커져 축제 때에는 대낮에 술을 마셔도 질책을 면할 수 있게 되고, 시골 촌놈들이 도시 사람들과 그리고 빈민가 주민이 지체 높은 사람들과 어깨를 비비게 되었다. 그래서 연극도 이런 상황에 따라 전통적인 것에서 변질되어 엄숙함이 없어지고, 음란한 동작을 도입하게 되었고, 합창대도 새로운 가락으로 바뀌었으며, 급작스럽게 웅변이 도입되기도 하였다. 이를 우려하여 호라티우스는, 절제를 권장하고 법과 정의의 축복을 기리며 신의를 존중하는 전통적인 것을 고수하고 주장하였다.

그래서 호라티우스는 익살꾼, 광대, 사티로스 등이 무대에 등장하여 관중의 환영을 받는 가벼운 극에서는 절대로 신이나 영웅 같은 등장 인물을 등장시켜서는 안 된다고 말한다. 그리고 훌륭한 인물은 절대로 실없는 말을 지껄여서는 안 된다고 강조한다. 이렇듯 호라티우스는 사티로스 등이 등장하는 가벼운 연극을 지으려면 등장 인물들의 말투에 매우 신중을 가할 것을 당부한다. 호라티우스는 다음과 같이 말한다.

> 나는 낯선 말투를 사용하지 않는 문체, 곧 어느 작가라도 성취하고자
> 하나 피눈물 나는 노력을 해도 얻어내기 힘든 그런 문체를 목적으로 삼
> 을 것이다.

I try to bo terse, and end by being obscure; another strives after smoothness, to the sacrifice of vigour and spirit;17)

예문에서 보여주고 있는 것처럼, 연극에 나오는 인물들의 말씨는 각각

---

16) Horace, 앞의 책, p.76.
17) Horace, 앞의 책, p.76.

천한 사람, 고상한 사람, 악한 사람, 뻔뻔한 사람, 상스런 사람 등을 구별해서 사용해야 한다는 것이다. 올바른 관련 속에 사용된 말은 각각 그 부류의 사람들 누구에게라도 불쾌감을 주지 않으며 일상 언어를 발전시킬 것이라는 견해이다.

호라티우스에 의하면, 올바른 시창작의 원리와 근원은 분별력이다. 가령, 소크라테스에 관한 저술들은 시의 소재를 제시해 줄 수 있는데, 심사숙고된 소재에는 언어가 저절로 따르게 마련이다. 조국과 친구들에 대한 의무는 무엇이며 부모 형제와 손님들에 대한 예의는 무엇인가, 원로원 의원과 재판관의 의무는 무엇이며, 전쟁을 수행하는 장군의 과업은 무엇인가, 하는 것을 알고 있는 사람은 확실히 개개의 등장 인물들에게 적합한 것을 부여할 수 있다는 것이다. 이렇듯 심오한 사상과 탁월한 성격을 제시하는 작품은 설사 우아한 맛이 없고, 그 언어가 무게와 예술성을 결여하고 있다 하더라도 듣기는 좋으나 내용이 공허한 시구보다 청중을 더 즐겁게 해주고 더욱 매혹한다는 것이다.

호라티우스의 논의의 핵심은 전통을 고수할 것과 창작물의 일관성에 있다. 시인의 지나친 독창력은 시를 망칠 위험이 따르며, 미사여구는 시를 창작함에 있어 주제와는 동떨어진 비유를 삽입시킬 수 있다는 것이다. 이는 그가 극단을 반대하는 입장에 있음을 나타내주고 있다. 그래서 그는, 시인은 어디까지나 간결과 난해, 장엄과 과장 사이의 중간을 택해야 하며, 어휘의 선택에 있어 절제해야 할 것이라고 말하면서 '어휘를 만들려면 그리스 출처에서만 인용하라고 지시하고 있다. 이와 같이 그는 보수적으로 오랜 시간의 시련을 극복한 과거의 것들에 집착했던 것이다.[18] 그래서 그는 오래된 술과 희랍 문학을 좋아했다. 그는 시인을 희망하는 사람들에게 꾸준히 희랍 걸작을 되풀이해 읽을 것을 충고했던 것이다.

플라톤과 아리스토텔레스의 '모방은 자연의 모방을 의미했다. 그러나 위의 예문에서 볼 수 있듯이, 호라티우스에 와서는 모방이 다른 작가들의 모

---

18) Vernon Hall, Jr., 앞의 책, p. 53.

방을 의미하고 있다. 곧 우리 주위에 무엇이 있는가 보는 것이 아니라, 과거에 글을 썼던 시인들을 보라고 조언하고 있는 것이다. 그 결과, 서사시의 소재와 양식은 호메로스에 의해 영구히 결정짓게 되었다. 그는 희랍 문학을 꾸준히 읽으라고 충고한 것처럼 또한 호메로스의 글을 꾸준히 읽고 명상함으로써 좋은 글을 쓸 수 있다고 주장했다.

아리스토텔레스가 시작법의 소견을 제시했다면, 호라티우스는 규칙을 제시했다고 할 수 있다. 호라티우스는 호머의 서사시 양식을 그대로 본받을 것을 주장했다. 즉 호머의 서사시 『일리어드』와 『오딧세이』가 행위의 중간(in mediasres)에서 그의 서사시를 출발시키고 있음을 보고, 모든 서사시인들도 중간에서 시작할 것을 권고했던 것이다. 이러한 그의 주장은, 서사시의 소재와 양식을 호머의 방식으로 영구히 굳혀 버리게 하는 결과를 초래하기도 했다.

호라티우스도 아리스토텔레스처럼 비극에 대한 관심이 높았다. 그는 주인공으로는 보편적이 인물을 등장시킬 것을 주장했다. 즉 어린이다운 어린이, 젊은이다운 젊은이, 늙은이다운 늙은이 등을 등장시켜야 관객들의 좋은 반응을 얻을 수 있다고 말했다. 또 아리스토텔레스의 비극론에서는 무대 위, 관객들이 보는 앞에서 끔찍스럽고 공포감이 드는 비극이 직접 진행되었지만, 호라티우스는 그러한 비극의 장면을 무대 위에서 진행시키지 않고 사자를 내세워 관객들에게 사건을 전언하게 하였다. 따라서 아리스토텔레스의 희곡은 작가가 의도한바 이야기를 관객에게 전부 전달할 수 있을 만큼 충분히 내용이 길었지만, 호라티우스는 5막으로 제한하여 구성했다. 그의 이러한 규칙에서는 독단적인 면이 엿보이기도 한다.

이상에서 보여주는 것과 같이 로마의 비평 문학은 모두가 호라티우스의 주장대로 그리스의 것을 이어받아, 이를 유일한 모범으로 숭앙하였으므로 자국의 독창적인 성격을 지닐 수 없었다. 로마인의 민족적 특성을 논할 때, 원래가 창조적이거나 새로운 규범을 만드는 국민이 아니고 단지 실행하고 규칙을 지키는 국민이라고 할 수 있다. 마찬가지로 문학에 있어서도 로마인은 어떤 새로운 양식을 창조하지 않았으며, 비평 문학의 분야에 있어서도 주로 그리스인이 이미 만들어 놓았던 양식을 원칙으로 삼아 그대로 받아들였던 것이다. 로마인은 비극에 있어서는 그리스의 형식을 따랐으며, 희극에 있어서는 아티카(Attica) 인의 후기 양식을 따랐다. 로마 최대의 시성(詩性)이라고 존경받는 버어질(Virgil)도 호머나 아폴로니우스(Apollonius)의 방식을 따르고 있음을 보여준다.

이러한 로마의 분위기는 그들의 문학을 완전히 고전주의가 되게 함과 동시에 비평에 있어서는 철저한 정통 비평이 되게 하였다. 그리하여 이 비평의 표준에 부합되지 않는 문학은 이단(異端)이며 우수하지 못한 문학으로 취급했다.

이상, 「시의 기술」의 중심 개념은 모든 예술 작품은 '적격(適格, decorum)'을 이루어야 한다는 것이다. 호라티우스는 사람의 목에 말의 목을 그린 그림이나 아름다운 여인의 몸에 물고기 꼬리를 단 그림은 '맞지' 않기 때문에 '적격'에 어긋난다고 비판한다. 또한 문학의 두 가지 기능을 쾌락(dulce)과 교훈(utile)이라고 하는 그의 이론도 이 적격의 맥락 속에서만 이해될 수 있다. '완전한 미의 비전'인 이 적격은 때때로 아리스토텔레스의 자연의 모방이 아니라 관례에 맞는 모방의 의미를 지니고 있는 것이다.

이러한 「시의 기술」의 문학적 가치는, 과거에 입각하여 구성되었거나 과거의 이론을 총화(總和)했다는 데 있다기보다는, 문예부흥기에 고전주의의 여러 목적과 여러 가치를 재확인하게 해주었다는 데 있다. 따라서 호라티우스의 「시의 기술」에서 사용된 일반적인 논조와 그 견해가 비교적 한정되어 있다. 이것은 전통과 과거의 모범적인 작품을 날카롭게 인식하고 있다는 것이기도 하다. 그러므로 그러한 규범이 되는 작품과 관련된 여러 성질을 의식적으로 강조한 호라티우스의 비평 이론은 언제나 보다 더 자의식적이고 회고적인 상태에서 전개되고 있음을 볼 수 있다.

4) 롱기노스의 「숭고론」

(1) 롱기노스는 누구인가

일반적으로 그리스의 변사가(辯辭家)로 알려진 롱기노스(Longinus, 213~273)는 아직까지도 그가 누구였는지 확실히 밝힐 만한 자료를 찾지 못했고, 또한『숭고론』이 과연 그의 저서였는지도 의문으로 남아 있는 과제이기도 하다. 그는 3세기의 팔뮈라(Palmyra)의 여왕 제노비아(Zenobia)[19]의 비서였다고 말해지기도 하며, 최근의 연구는 그를 일찍이 1세기 후반으로 끌어다 놓기도 한다. 아무튼 인물, 저자, 저작 연대는 아직까지 미지수이나, 현존하는 최초의 고본(稿本)은 10세기 것으로 로버텔로(Robertello)에 의하여 1554년에 처음 간행되었으며, 저자는 디오니시오스(Dionysius), 또는 롱기노스로 되어 있다. 그런데 이 작품은 아우구스투스(Augustus) 시대에 활약한 그리스의 유명한 변사학자이며 문학비평가인 디오니시오스 할리카르나소스(Dionysius Halikarnasseus)의 저작이라는 근거는 전혀 없다. 이에 대한 해결책으로 나온 이름이 의사(擬似) 롱기노스(Pseudo-Longinus)이다.

그러나 「숭고론」은 확실히 1세기의 작품이라고 할 만하다. 왜냐하면 이 책은 그 당시 시칠리아의 수사학자인 칼락테의 카이킬리우스의 작품에 대한 응답으로 저술되었기 때문이다. 비유적 표현에 관한 17개의 장(章)으로 구성되어 있는 이 비평서는 그것이 씌어진 이래로 수많은 비평가와 시인들의 애독서가 되어왔다. 지금은 필사본의 약 1/3이 분실되고 없다.

이와 같이, 이 저서는 1세기 전반에 관한 것이고 그 이후의 작가에 대한 언급이 전혀 없다 것이 큰 특색이기도 하다. 그런데 중요한 문제는 「숭고론」

---

19) 제노비아(A.D. 266)는 역대 로마 황제의 보호 아래 있었던 도시국가 팔뮈라의 지배자였던 오데나투스의 아내였는데, 오데나투스가 죽자 계승자가 되었다. 그녀는 야심만만한 여자로서 로마에 적대적으로 소아시아 및 이집트를 침략했다. 마침내는 로마 아우렐리누스 황제에게 포로가 되었고(272) 팔뮈라는 완전히 파괴되었다.

을 둘러싸고 있는 주변의 풀리지 않는 미지수가 아니라 책에 담겨 있는 내용일 것이다. 롱기노스는 문학에 있어서 '숭고함'이란 '위대한 정신의 메아리', 즉 작품에 배어 있는 작가의 윤리적이며 상상적 힘이라고 정의했다. 따라서 그는 문학에 있어서 위대성이란 작가의 기술보다 오히려 내적인 재질에 있다는 최초의 주장을 한 것이다. 이 책은 실로 최초의 낭만주의의 저서이며, 또한 최초의 비교 문학 저서로 그리스 문학과 로마 문학의 긴밀성을 제시해 놓고 있다.

(2) 「숭고론」(On the Sublime)의 이해

「숭고론」은 롱기노스가 친구 포스투미우스 테렌티아누스(Postumius Terentianus)에게 보내는 편지 형식을 취하고 있다. 그 편지는 철학가, 분석가 혹은 문학 이론가의 입장이라기보다는 오히려 문학을 지도하는 교사, 문학 평론가의 입장에서 쓰인 최초의 논문 성격을 띠고 있다. 롱기노스는 먼저 제1장을 통하여 숭고에 관한 자신의 생각을 다음과 같이 피력한다.

> (테렌티아누스여, 당신은 학식이 있는 분이기 때문에) 숭고함은 표현의 탁월함과 우수함에 있다든지, 그리고 위대한 시인과 작가들이 바로 이것으로써 고명(高名)을 얻고 영원불멸의 명성을 얻었다든지 하는 긴 서론은 생략하고, 당신에게 글을 드립니다. 숭고한 언어의 효과는 듣는 사람을 설득시키는 데 있다기보다는 황홀케 하는 데 있습니다. 항상 그리고 모든 면에 있어서 우리를 경이로써 황홀케 한다는 것은 우리를 설득시킨다든가, 만족시킨다는 것 보다 우세합니다. 우리 자신이 어느 정도 설득당할 것인가에 대해서는 대개 우리 자신의 통제에 달려 있지만, 이 숭고한 구절은 불가항력적인 힘으로 위압해 오고, 그것을 듣는 사람은 누구라도 다 압도당하게 된답니다. 기발한 기교, 소재의 정연한 질서와 배열은 여기저기에서 한두 번 나타나고 마는 것이 아니라, 작품의 전체를 통해서 차츰차츰 나타나게 됩니다. 반면 적시(適時)에 쓰인 숭고한 필치는 마치 청천벽력처럼 모든 것을 흐트러 버리고, 작가의 모든 능력을 단숨에 드러내 보여준답니다.

He defines sublimity by shoving that it consists of a certain distinction and excellence in expression, and that it is from no other source than this that the greatest poets and writers have derived their eminence and 1gained an immortality of renown. The effect of elevated language upon an audience is not persuasion but transport. At every time and in every way imposing speech, with the spell it throws over us, prevails over that which aims at persuasion and gratification. Our persuasions we can usually control, but the influences of the sublime bring power and irresistible might to bear, and reign over every hearer, Similarly, we see skill in invention, and due order and arrangement of matter, emerging as the hard—won result not of one thing nor of two, but of the whole texure of the composition, whereas Sublimity flashing forth at the right moment scatters everythin before it like a thunderbolt, and at once displays the power of the orator in all its plentitude.[20]

이상의 정의에서 보여주는 바처럼 숭고성은 표현의 탁월성과 우수성으로 구성된다. 그래서 어떤 위대한 시인이나 작가들이 그들의 고명(高名)을 얻고 영원불멸의 명성을 얻는 것은 독자들에게 고양된 언어(elevated language)를 시사해서가 아니라, 황홀경(ekstasis)을 주었기 때문이라고 한다. 사실 이 책은 수사학에 관한 논문이지만, 수사학상의 기교의 단순한 분류보다는 정서적인 황홀감을 일으키는 수단으로서의 언어 사용에 관심을 두고 있음을 본다. 따라서 롱기노스가 흥미를 느끼는 문학은 그에게 기쁨을 줄 수 있는 문학이었다. 그는 아리스토텔레스와는 달리, 문학사나 비극이나 서사시보다는 그의 마음을 사로잡게 하는 문구나 구절들에게 흥미를 느꼈던 것이다. 다시 확대해서 말하자면, 롱기노스에게 있어서는 문학의 형식이 중요하지 않았고, 그보다는 근대적 비평가들처럼 개개의 짧은 시나 혹은 구절에 관심을 가졌던 것이다.

---

20) S.H. Monk, *The Sublime*; A Study of Critical Theories in Eighteenth—century England(New York, 1935), Chs. 1~6.

계속해서 롱기노스는 제5장을 통하여 진정한 숭고미를 어떻게 찾아낼 수 있을 것인가에 대해 다음과 같이 말하고 있다.

> 진정한 숭고는 천부의 능력에 의해서 우리의 영혼을 고양시킵니다. 우리가 들은 바가 바로 우리가 창작한 것이라도 되듯이 우리의 가슴은 부푼 희열과 뛸 듯한 기쁨으로 가득 차게 됩니다. 만일 총명하고 문학에 조예가 깊은 사람이 어느 구절을 여러 번 듣고도, 그의 영혼이 장중한 느낌으로 감동되지 않거나, 말들이 나타내주는 의미 이상으로 그의 마음에 명상의 양식을 남겨 주지 않고, 오랫동안 면밀히 관찰할수록 그 효능이 점점 감소한다면, 이것은 진정한 숭고의 예가 될 수 없습니다. (…) 일반적으로 모든 진리와 아름다움 속에 내재하는 숭고란 모든 사람을 언제나 즐겁게 하는 작품 속에 존재한다고 생각하십시오.

> Some inherent quality of the true sublime lifts up our souls; elevated with a sense of proud possession, we are filled with joy, as if we had ourselves produced what we heard. If a sensible and well－read man bears a passage several times and finds that it does not either touch him with a sense of sublimity or leave more food for thoughts in his mind than the mere words suggests; rather that the more carefully he considers it the less impressive he finds it, then it cannot really be an example of the true sublime (…) In general terms, you may consider that to be truly beautiful and sublime which pleases all men at all times.[21]

이상에서 롱기노스는, 진정한 숭고라는 것은 일생 생활의 부·명예·명성·권력 등 외면적인 것을 추구하는 것에 있지 않고, 이 외면적인 것을 가질 수 있지만 그것을 하찮은 것이라 여길 수 있는 내면적인 덕이 있고 인품이 고매한 사람들이 사용할 수 있다고 설명한다. 또한 숭고는 한 번 듣고도 오래 기억에 남지 않으면 숭고의 예는 결코 될 수 없다고 말한다. 한 편의 문학 작품이 반복되는 검토에 견디어낼 만큼 완벽하고, 그 작품의

---

21) 앞의 책, Chs. p.8.

매력을 물리치기가 불가능하고, 기억 속에 확고하게 자리잡고 남아 있어서 지워지지 않아야만 진정 숭고한 작품이라는 것이다.

롱기노스는 숭고성의 정의를 더욱더 명백히 하기 위하여 계속해서 숭고한 문체의 5가지 근원을 열거했다. 그는 이 다섯 가지의 근원 밑에는 공통의 근원인 언어의 구사력이 깔려 있다고 말한다.

> 첫째, 사상의 확고한 파악. (A firm grasp of ideas)
> 둘째, 맹렬하고 고양된 정서. (Vehement and inspired emotion)
> 셋째, 비유의 적절한 구성. (The proper construction of figures)
> 넷째, 주목을 끄는 언어. (Notable language)
> 다섯째, 위엄과 고양(高揚)의 전체적 효과. (General effect of dignity and elevation)[22]

롱기노스에게 있어서, 첫째로 가장 중요한 것은 위대한 사상(noeseis)을 형성하는 능력이며, 두 번 째는 결렬하고 영감을 받는 감정(pathos)이다. 그는 숭고의 이 두 요소는 대부분 선천적인 자질이고 그 나머지는 기교의 산물이라고 말한다. 그리하여 세 번째의 즉, 사고(noesis)의 수사와 언어(lexis)의 수사, 이 두 가지 수사법(schemata)의 적절한 형성, 그리고 어휘의 선택, 심상의 사용, 문체의 정교함 등으로 다시 세분되는 고상한 어법(phrasia) 등이 창조될 수 있다는 것이다. 그리고 이 네 가지를 모두 포함하게 되는 것이 다섯 번째의, 고상한 문체의 근원은 품위와 고상함에서 전래되는 전체적인 효과(sunthesis)라고 롱기노스는 말하고 있다. 다시 말하자면, 사상을 확고하게 파악해서 깊이 고양된 정서로 작품에 알맞은 비유를 구사하여 세련된 고상한 언어로 작품 전체에 품위 있고 고양된 효과를 주어야 한다는 것이다.

그런데 롱기노스는 숭고와 감정을 서로 구별하고 있음을 본다. 그는 번민·슬픔·공포 등과 같은 감정은 속된 것이며, 숭고한 구절에는 호메로스

---

22) 앞의 책, Chs, pp.41~42.

의 『오디세이아』에서 보여주는 것처럼 감정을 전달하지 않는 것도 많다고 말한다. 그가 속된 감정이라고 한 것은 아리스토텔레스가 그의 저서 『시학』의 비극론에서 보여준 주장, 즉 비극의 목적은 '공포와 연민을 통하여 카타르시스를 일으키는 것'이라는 정의와 비교할 때 판이하게 맞서는 주장임을 발견할 수 있다. 공포와 연민은 인간의 감정 중 천박한 감정에 속하고 있기 때문이다. 그러나 그는 웅변가들의 송사와 식사의 예를 들어, 감정이 돌풍처럼 겉으로 터져 나와, 연사에게 일종의 신적(神的)인 영감을 불러일으켜 준다면, 적절한 곳에서의 고상한 감정처럼 숭고한 문체에 결정적으로 기여할 것이라고 덧붙이고 있다.

롱기노스가 예술에 대한 정서적인 반응에 있어 표현·문체에 관심을 두고 있었다는 것은 18세기 비평가들에게 커다란 영향을 끼친 점이기도 하다. 그는 감정과 표현 사이의 유기적인 관계에 주의를 기울였던 것이다. 또한 그는 강력한 정서에 호소해 오거나 그 정서의 배출구를 마련해 주는데 있어서 은유가 차지하는 중요성을 매우 강조했던 최초의 비평가였다. 아리스토텔레스가 어떤 작품의 전체적인 구조에 관심을 가졌음에 반하여 롱기노스는 언어와 표현에 관심을 집중시켰다고 볼 수 있다.

롱기노스의 문학 비평론은 특히 18세기 후기의 비평에 강하게 나타나 있는데, 이 시기는 낭만주의적 인상주의가 경험과 존경을 강조하던 신고전주의의 사조와 병존하던 시대였다. 그의 정서와 규범, 상상력의 강조는, 규범이 작품의 질을 저하시킨다는 의견과 함께 18세기 문학비평에 영향을 주었던 것이다. 「숭고론」의 가치를 전부 소개하는 것은 불가능하지만, 이론의 중요한 교훈은 지성과 감성과 의지가 함께 반응을 보일 때 작가는 그의 위대성을 확신할 수 있다는 것으로 요약될 수 있을 것이다.

5) 단테의 「속어론」

(1) 단테의 생애와 저술

단테(Alighieri Dante, 1265~1321)의 집안은 이탈리아 중북부 토스카나의 피렌체(Firenze) 시를 개척한 로마인의 후손이다. 단테의 고조부 카치아구이다(Cacciaguida)는 단테 자신의 기록에 따르면 신성로마제국 쿠라도(Curado) 3세 때 벼슬하여 무공을 세워 기사가 되었고, 제2차 십자군 원정에 기사 자격으로 참전하여 성지로 원정 중에 죽었다. 그의 자손들은 산마리노 지역에 자리 잡고 살기 시작했으며, 여기에서 단테는 알리기에로 디 벨린치오네(Alighiero di Bellincione)의 아들로 태어났다. 우리에게 알려진 단테라는 이름은 성이 아니라 이름이다. 원래 세례명이 드란테였는데, 그것이 변해 어느 새 단테라고 간단히 부르게 되었다.

단테 시대의 피렌체는 피비린내 나는 정쟁(政爭)의 회오리바람 속에서 끝없는 싸움을 전개하였다. 그의 집안은 당시 피렌체 하층 귀족이나 기술자 계급 대부분이 그러했듯 교황을 지지하는 궬피(Guelfi) 당에 속해, 황제를 지지하는 기벨리니(Ghibellini) 당과 대립하고 있었다. 황제의 비호 아래 피렌체 행정의 주동력이 되어 온 것은 봉건 귀족들이었다.

단테의 나이 24세 1289년, 그는 궬피 당의 한 기병 장교로서 캄팔디노(Campaldino) 전투에 참가했다. 또 구이도 카발칸티와 같은 피렌체의 상류 귀족과 친교를 맺기도 했다. 1283년 단테는 아버지의 권유로 명문가의 딸인 젬마 도나티(Gamma Donati)와 결혼하였고, 피렌체의 석학이며 공증인인 부르네토 라티니(Brunetto Latini)에게 수사학을 배웠다. 이후 1925년 11월부터 이듬해 4월까지 반년 동안, 시의회 특별 위원에 뽑혀 일했고, 1930년 6월에는, 시 최고 행정직의 하나인 피렌체의 6인 행정 위원 가운데 한 삶으로 뽑혀 그 책무를 다하게 된다.

13세기 중엽 피렌체는 궬피 당과 기벨리니 당에 의해 세력이 양분되어 있었으나, 단테는 당파를 초월해서 피렌체 시 전체의 복지를 위해서 노력했다. 그러나 현실 정치는 이러한 중립을 허용하지 않았다. 어쩔 수 없이 단테는 관용과 정의와 인간성이 어느 정도 남아 있는 백당에 가담하게 되었다.23) 1301년 10월, 피렌체의 위정자는 흑당의 음모를 막기 위해 세 명의 사절단을 교황에게 파견했는데, 단테는 그 중 한 사람으로 로마에 가게 되었다. 그러나 백당의 정권이 흑당으로 넘어가게 되자, 단테는 갖가지 불명예스러운 죄명을 뒤집어쓰고 고향으로 돌아가지 못한 채 인근 도시들을 떠돌아다닐 수밖에 없었다. 그의 유랑 생활은 이때부터 시작되어 1321년 라벤나(Ravenna)에서 죽을 때까지 계속되었다.

1311년 마침내 피렌체 추방자에 대한 귀환이 허락되었지만, 단테의 과격한 정견이 문제가 되어 그와 그의 가족들은 귀환자의 명단에서 제외되었다. 그리고 1313년 하인리히 7세가 사망하자, 단테의 귀환 희망은 아주 끊어지고 말았다. 1315년, 피렌체 장관은 시의 법을 어긴 사람은 잡히는 즉시 사형에 처한다는 포고문을 발표했는데, 그 위반자의 명단에는 단테와 그의 아들들의 이름이 들어 있었다. 1316년 나폴리 왕 로베르토의 피렌체 대리인인 구이도 디 바티포를레 백작은 벌금을 물고 피렌체 시의 수호성자 조반니에게 죄를 뉘우치는 자에 한해 귀환을 허락한다는 사면령을 내린다. 이에 응한 사람도 많았지만, 15년 동안 유랑의 쓰라림을 맛보아 온 단테는 그렇게 하는 것이 오히려 더할 수 없는 치욕이라고 생각하고 이에 응하지 않았다.

단테는 구이도 노벨로(Guido Novello)의 초청을 받고, 라벤나로 옮겨, 그곳을 최후의 안식처로 삼은 채 창작에 몰두하면서 인생의 마지막을 장식

---

23) 원래 겔피당과 기벨리니당은 독일에서 패권을 다투던 두 왕가에서 나왔다. 즉 Guelfi당은 Saxon가의 Welf에서 유래했고, Ghibelini당은 Hohenstaufen가의 Weibelung에서 유래했다. 이 두 당은 결국 교황당과 황제당으로 불리면서 이탈리아의 정쟁을 주름잡았다. 그러나 플로렌스 자유시의 정권을 다투는 싸움에서 겔피는 세도있는 가문을 따라서 다시 Bianchi와 Neri로 나뉘었고, 단테는 결국 Bianchi에 끼어서 황제당과 한편이 된 것이다.

했다. 1321년 봄, 구이도의 사절로 베네치아에 간 단테는 그곳에서 말라리아에 걸렸다. 그리고 라벤나로 돌아온 뒤 병이 악화되어 그해 9월 14일, 56세의 나이로 삶을 마무리했다. 그의 유해는 라벤나 성 프란체스코(St. Francesco) 성당에서 후한 장례를 치른 뒤, 임종의 병상에서 자기 손으로 쓴 여섯 줄 묘비명을 새긴 석관 아래 누워 아드리아 해의 바닷소리가 들리는 곳에 묻혔다.

『신생』(La vita Nuova)은 단테가 생전에 만든 두 권의 시집 가운데 첫 번째 것이며, 두 번째 작품은 『향연』(Convivio)이다. 둘 다 운문과 산문이 혼합된 작품(prosimetrum)인데, 두 작품에서 산문은 약 10년의 기간을 두고 지은 시들을 서로 연결시키기 위한 방책으로 사용되었다. 『신생』은 1293년 이전부터 대략 1292~93년에 쓴 시들을 모은 것이고, 그보다 더 규모가 크고 야심적인 작품 『향연』에는 1294년 직전부터 『신곡』을 쓸 때까지 쓴 가장 중요한 시들이 실려 있다.

단테가 '작은 책'(libello)라고 부른 『신생』은 주목할 만한 작품이다. 이 책은 42개의 짤막한 장(章)으로 나뉘고 25편의 소네트, 1편의 발라드, 4편의 칸초네에 관한 주석이 실려 있다. 5번째 칸초네는 베아트리체(Beatrice)의 죽음 때문에 극적으로 중단된다. 이야기의 줄거리는 시 자체에 나오는 것이 아니라 산문으로 된 주석이 제공해 주는데, 그 이유는 일부의 시들이 실제로는 거기서 말하는 것과는 다른 시기에 씌어졌을 가능성이 있기 때문이다. 줄거리는 매우 단순한 것으로 단테가 9세였을 때 동갑인 베아트리체를 처음 만난 일, 18세가 되었을 때 그녀가 단테에게 건넨 인사, 그녀에 대한 사랑을 감추기 위해 단테가 강구한 여러 방편, 그녀가 그를 경시하고 있다는 생각으로 갖게 된 고뇌, 결국 그 고뇌를 초월해서 자신이 사랑하는 여인의 미덕만을 노래하기로 한 결심 등을 다루고 있다. 또 그녀가 죽을지도 모른다는 예감 끝에 마침내 베아트리체가 죽고, 슬픔에 잠겨 있는 동안 일시적으로 베아트리체를 대신하여 호감을 주는 젊은 여인 '고귀한 부인'(donna gentile)이 유혹의 손길을 뻗게 되며, 그녀를 영원히 찬양하게 된다는 이야기의 마지막 장에서, 단테는 시간이 좀 흐른 뒤 그녀에 대해서 '일찍이 어떤 여인에 대해서도 쓴 일이 없는' 시를 쓰리라고 결심한다.

단테가 생전에 만든 2권의 시집 가운데 두 번째 작품인『향연』은, 그가 모든 점에 있어서 원숙한 경지에 이르렀을 때인, 1304~1307년에 쓴 것이다. 단테가 계획한 것은 서문 이외의 14권이었는데, 4권의 산문과 우의적 성격을 띤 3편의 시밖에 완성하지 못했다. 그가 이 작품에서 의도했던 것은『신곡』과 마찬가지로 당대의 도전적인 도덕적·정치적 쟁점들을 적절한 윤리적·형이상학적 구조 속에 담아내려는 것이었다. 제목 '향연'이란 '정신적인 연회'를 뜻한다. 시는 음료이며 산문은 음식이다. 단테는 향연의 즐거움을 가능한 한 일반 대중들도 맛볼 수 있도록 하기 위한 배려에서 어렵고 한정적인 라틴어를 피하고, 오늘날 이탈리아어의 모체인 토스카나 방언으로 썼다. 이러한 정신은『신곡』을 집필하기 시작하면서부터 더욱 다져졌다.

『향연』제1권은 많은 부분이 감동적이며 체계적으로 속어를 옹호하는 데 씌어졌다. 미완성에 그쳤으나 이 책과 짝을 이루는「속어론」은 주로 품위 있는 시어를 바탕으로 하는 시작(詩作) 기술에 관한 소논문이다. 단테는 『향연』에서 속어의 사용을 강력하게 주장하며 마지막 문장에서 그 영광된 미래를 정확하게 예언한다.『향연』에서 엿보이는 단테의 성숙한 정치·철학 체계는 거의 완벽에 가깝다. 이 저서에서 그는 처음으로 제국의 전통, 특히 로마 제국의 전통을 옹호하는 감동적인 글을 썼다. 그리고 정치사상과 인간의 욕망에 대해 자신이 이해하는 바를 결부시켰다. 즉 교황이 세속 권력에 대한 욕망을 가진다면, 그 때는 인간의 욕망을 신에게 향하도록 하는 적절한 정신적 본보기가 존재하지 않을 것이며, 황제의 권한이 약해진다면, 그 때는 사람의 의지에 물리적인 제한을 가할 만한 법이 존재하지 않을 것이라고 설명한다. 단테는 이와 같은 요인이 이탈리아가 빠져들었던 혼돈을 설명해 준다고 생각했고, 결국 이런 상황을 치유하려는 기대를 품고『신곡』이라는 서사적 과업을 실행하기 시작했다. 특히 단테는『향연』

에서 영혼이 신에게 귀의하게끔 도와주는 인간 고유의 욕구, 즉 '오르메(Home)'라는 중요한 개념을 도입했다. 그리하여 사랑의 고귀함을 철학적으로 규명하려고 노력했으며, 사랑이란 선행을 이끌어내는 힘을 가지고 있어서 모든 덕성과 고상한 행동의 원천이라고 주장했다. 이어서 단테는 『향연』에서 다루었던 정치적 논쟁을 확장시켜 『제정론』(De Monarchia)을 썼다.

오늘날 『신곡』이란 이름으로 널리 알려진 이 웅장한 대서사시를 단테 자신은 단순히 『희곡』(Commedia)라고 불렀다. 이것은 비극(Tragedia)에 대응되는 말이다. 아리스토텔레스의 고전적 이론에 입각한 단테는 칸그란데 델라 스칼라(Cangrande della Scala)에게 보낸 서간문에서 그 이유를 밝히고 있다. 그는 이 이야기를 토스카나의 서민들이 누구나 읽어서 쉽게 알 수 있는 지방말로 썼으며, 무엇보다도 '슬픈' 시작에서 이어 '행복한' 결말에 이를 때 그것은 희극이라고 말했다. 무시무시한 지옥의 영원한 고통에 시달리는 사람들의 이야기로 시작해서 하느님의 섭리에 의한 구원을 받아 영원한 행복을 누리는 사람들의 이야기로 끝나기 때문에 희극이라는 것이다.

그러나 복카치오(G. Boccaccio)는, 이 희극을 단순한 희극으로 보지 않고 신성하고 신비스러운 희극이라고 평하여 형용사 Divina를 붙였다. 이 작품이 취급하는 시재(詩材)의 숭고함과 시형의 고귀함을 염두에 두고서 '신성한 희극(Divina Commedia)이라고 불렀던 것이다. 그리고 간행본에서 『신곡』이라고 한 것은 1555년의 베네치아 판이 처음인데, 사본이든 간행본이든 이 제목으로 정착된 것은 단테 자신이 '천국편'의 제23곡과 25곡에서 '이 신성한 시', '이 거룩한 시'라는 표현을 쓰고 있기 때문이다.

『신곡』의 구성은 단순하다. 일반적으로 단테 자신으로 추정되는 한 인간이 기적적으로 저승 세계로 여행할 수 있게 되어 지옥·연옥·천국에 사는 영혼들을 찾아가게 된다. 단테의 이승에서 저승으로의 순례는 1300년 성 금요일 저녁 황혼 무렵에 시작되어 다음 주 토요일에 끝나는 것으로 되어 있다. 그에게는 안내자가 둘이 있는데, 하나는 '지옥'과 '연옥'을 안내하는 베르길리우스이고 또 하나는 '천국'을 안내하는 베아트리체이다.『신곡』
의 구조를 이루는 기본 구성 요소는 곡(曲, canto)이다. 이 시는 100개의 곡
으로 이루어져 있으며, 이들은 크게 지옥편·연옥편·천국편의 3편으로 나
뉘어져 기법상 각 부마다 33개의 곡이 있다. 그러나 지옥편에서는 시 전체
의 서문 역할을 하는 곡이 하나 더 있다. 대부분의 곡은 136~151행 정도
의 길이이며, 시의 운율 체계는 삼위일체(三位一體)의 현의(玄義)를 상징하는
3운구법(韻句法, aba bcb cdc 등)이다. 이처럼 이 시기에는 신성한 숫자인 3이
라는 숫자가 이 작품 어디서나 나타난다.

　단테는『향연』을 라틴어 대신 오늘날의 이탈리아어의 모체인, 곧 토스카
나 방언으로 썼는데 이러한 정신은『신곡』을 집필하면서도 더욱 다져지고
있다. 단테의 모든 작품들이『신곡』과 연관되어 있다고 말할 수는 없지만
『신곡』의 완성을 위해 하나하나 준비되었다고 할 수 있을 것이다.

(2) 「속어론」(De Vulgari Eloquentia)의 이해

　중세기의 문학에 대해서는 그렇게 큰 관심들을 가지고 있지 않은 것이
일반적이다. 그것은 우리가 갖는 문학에 대한 관심이 고대 그리스 시대나
르네상스 이후의 문학에만 집중되어져 있기 때문이다. 또한 중세기를 암흑
시대라고만 보아 왔고 문화가 말살되어 없어져 버린 것으로 간주해 왔기
때문이기도 하다. 사실상 문학사적 입장에서 보더라도, 중세기를 다른 시
대에 비하여 암흑시대라 일컬을 만큼 로마 제국 분립 후 르네상스까지의
문학은 미미한 것이었다. 그러나 이 시대 즉 4,5세기부터 14,5세기에 이르
는 무려 천여 년 동안의 시대가 아무리 암흑 시대였다 하더라도 우리는 이
시대를 그냥 넘겨버려서는 안 된다. 이탈리아 시인 단테는『신곡』천국편
의 서론에서, 칸그란데 델라 스칼라에게 편지를 쓰고 있는데 그 글을 보면
다음과 같다.

　　　그러므로 만일 우리가 어떠한 작품의 일부에 대한 어떤 서론을 쓰고

싫어한다면, 전체에 대한 약간의 지식을 제공해야 합니다(서론은 전체의 일부분입니다). 그래서, 저도 역시 '신곡'의 서론으로서 무엇인가를 제공하고 싶은 욕망을 지니고 있습니다. 서론이란 전 작품에 관한 무엇인가를 전제해야 하고 또 부분에의 접근을 더욱 쉽고 더욱 완전하게 해야 한다고 생각해 왔습니다. 때문에 어떠한 교훈적 작품의 시작에서도 생각해야만 할 여섯 가지 즉, 주제·인물·형식·목적·작품의 제목, 그리고 그것이 관련된 철학의 분야가 있습니다. 그리고 제가 각하를 위해 계획하려 했던 이 부분이 전체와 다른 점은, 이중 세 가지, 즉 주제, 형식, 제목입니다만, 반면에 보시면 명백히 알 수 있듯이 다른 항목에 있어서는 다르지 않습니다. 그래서 이 세 항목에 관한 고찰이 작품 전체와 관련하여 특히 실시되어야만 합니다. 그리고 이것이 끝나면 그 부분에의 서론은 충분히 명백해질 것입니다. 그 후 우리는 다른 세 항목을 전체와 관련시켜서 뿐만 아니라, 또한 제가 각하에게 드리는 그 특별한 부분과 관련시켜 고찰할 것입니다.

Therefore if we desire to furnish some introduction to a part of any work, it behooves us to furnish some knowledge of the whole of which it is a part. Wherefore I, too, desiring to furnish something by way of introduction to the above—named portion of the Comedy, have thought that something concerning the whole work should be premised, that the approach to the part should be premised, that the approach to the part should be the easier and more complete. There are six things then which must be inquired into at the beginning of any work of instruction; to wit, the subject, agent, form, and end, the title of the work, and branch of philosophy it concerns. And there are three of these wherein this part which I purposed to design for you differs from the whole; to wit, subject, form, and title; whereas in the others it differs not, as is plain on inspection. And so, an inquiry concerning these three must be instituted speciailly with reference to the work as a whole; and when this has been done the way will be sufficiently clear to the introduction of the part. After that we shall examine the other three, not only with reference to the whole but also with reference to that special part which I am offering to you.[24]

---

24) Dante, *A Translation of Dante's Eleven Letters*, ed. by C.S Latham(N.Y: 1981).

단테는 일찍이 아리스토텔레스나 호라티우스가 창안한 용어 대신 스콜라 철학의 용어를 사용함으로써 고전 어휘가 아니고도 문학 비평이 가능함을 보여주었다. 즉 라틴어가 아닌 이탈리아어를 사용한 것이다. 그의 비평은 조금 생소하게 느껴지긴 해도 매우 정연하다. 위의 예문에서 보면, 첫째, 작품의 서론을 쓰는 요령으로 작품 전체에 대해 약간의 지식을 제공해야 한다는 것을 언급하였고, 둘째, 교훈적인 우수한 작품을 창작하려면 반드시 주제, 인물, 형식, 목적, 작품의 제목 그리고 그것이 관련된 철학의 분야가 명확히 준비되어져 있어야 함을 주장했다. 그는 이어서 디비나 코메디아(Divina Commedia)는 많은 뜻을 지니고 있다고 설명한다. 즉 문자 그대로의 뜻, 알레고리(Allegorie)적 의미, 도덕적 의미, 신비적 의미를 지니고 있다고 피력했다. 그래서 그의 『신곡』을 희극(Commedia)이라 이름하였다. 그 이유는 공포스러운 지옥에서 시작하여 천국으로 끝났다는 데 기인한 것이다. 여기서 우리는 비극과 희극의 개념에 대한 고전적 구별이 매우 단순하다는 것을 알 수 있다. 그것이 희극이기 때문에 표현 양식 또한 대중의 언어를 사용하고 있다는 것이다. 따라서 이 작품의 목적은 인간 구제에 두고 있음을 파악할 수 있다.

단테의 「속어론」은 라틴어 대신 자국어인 이탈리아어를 써야 한다는 정당성을 주장한 최초의 논저이다. 그 당시에 교육받은 사람들은 대개 라틴어로 글을 썼고 자국어는 적합치 않는 것처럼 천하게 여기고 있던 때였다. 이것은 마치 우리 나라 조선시대의 한문을 숭상하고 한글을 언문이라 하여 무시했던 경우와 흡사하다. 단테는 이 「속어론」에서 모국어를 사용하여 훌륭한 문학을 가질 수 있을 것인가 하는 문제를 고민했던 것이다. 당시에는 이탈리아어라는 것이 없었다. 단지 방언만이 존재하고 있었던 터였다. 그나마 방언은 발음에 있어서 뿐만 아니라 어휘에 있어서도 지방마다 서로 달랐다. 그는 적절하고 훌륭한 공통어가 창조되어야 한다는 신념을 갖고 있었다. 단테는 「속어론」에서 다음과 같이 말한다.

만일 우리가 시실리 방언을 즉, 평민이 말하는 방언을(그 평민의 말로부터 우리가 판단을 내려야 할 것 같은데) 받아들인다면, 우리는 그 방언을 선택할 가치가 전혀 없다는 것을 발견할 것이다. (…) 그 방언이, 우리가 앞으로 입증하겠지만, 가장 칭찬 받을 가치가 있는 그 언어와 조금도 다름이 없다는 것을 발견할 것이다.

(…)

그런데 우리가 그 언어를 궁정적(Courtly)이라 부르는 이유는 다음과 같다. 만일 우리가 이태리인들이 궁정(Court)을 갖고 있다면 그것은 황제의 궁정(Imperial Court)일 것이고, 만일 궁정이 나라 전체의 공통된 집이라고 한다면, 어떤 지방에 특이한 언어가 아니라 모든 지방에 공통된 그러한 성격을 가진 언어는 그 어느 것이나 이 궁정을 드나들고 거기서 거주해야 한다. 또 그처럼 위대한 거주자의 신분에 어울리는 주거도 딴 데에는 없다. 사실 우리가 말하고 있는 저 자국어란 것이 그와 같다. 그래서 모든 왕궁들을 드나드는 사람들은 언제나 걸출한 자국어로 말한다. 그런 까닭에 역시 우리의 걸출한 언어는 길손처럼 방랑하게 되고, 우리가 궁정이 없으므로, 초라한 초가집에서 환영받는다.

If we accept the Sicilian dialect, that, namely, spoken by the common people, from whose speech it appears our judgment should be drawn, we shall find that it is nowise worthy of preference… If however, we decline to accept this dialect but choose in preference that spoken by the highest Sicilians… [we shall find] that it differs in nothing from that language which is the most worthy of praise, as we shall show further on.

(…)

Now the reason we call it Courtly is as follows: if we Italians had a Court it would be an Imperial one, and if a Court is a common home of all the realm, it would be fitting that whatever if of such a character as to be common to all without being peculiar to any should frequent this court and dwell there: nor is there any other abode worthy of so great an inmate. Such in fact seems to be that Vulgar Tongue of which we are speaking; and hence it is that those who frequent all the royal palaces always speak the Illustrious Vulgar Tongue. Hence also it happens that our Illustrious Language wanders aboutlike a Wayfarer, and is welcomed in humble sheters, seeing we have no court.[25]

이상의 예문에서 단테는 시실리아의 평민들이 말하는 방언보다는 시실리아 귀족들이 말하는 방언이 가치가 있다고 말하고 있다. 또한 자기 고향 피렌체의 방언을 포함하여 여러 다른 방언들을 조사 논의해 본 결과 선택할 만한 가치가 없음을 표명하고, 그가 모색하는 언어는 걸출(傑出)하고 기본적이고 궁정적(宮庭的)이고 원로원적(元老院的)이어야 한다고 말하고 있다. 즉 어떤 한 지방의 언어를 선택하여 표준 언어로 삼는 것은 부적당하며, 적어도 이탈리아의 모든 지역을 총괄하여 사용할 수 있는 언어이어야 함을 주장한 것이다.

단테는 지역적이라기보다는 전국적 견지에서 작품을 쓰고 있었기 때문에 그의 목적에 가장 적합한 언어를 선택하기 전에 모든 언어를 조사했다. 그는 히브리어가 아담의 언어이기 때문에 히브리어를 가장 우수한 언어로 받아들였으나, 걸출한 국어의 모색은 유럽의 언어에 한정시켰다. 그리고 그 중에서도 라틴계 언어인 로만스 어(Romance languages)에 우선권을 부여했다.

이 어족은 '예 (yes)'를 나타내는 단어에 따라 구분된다. 가령 예를 들면 프로방스(Provence)인들은 '예'를 '오끄'(oc)라고 말하며, 프랑스(France)인들은 '위'(oil), 이탈리아(Italia)인들은 '시'(si)라고 말한다. 그 중 단테는 이탈리아어 '시'라는 용어는 라틴어의 긍정부사 '시크'(sic)에 가장 가깝고, 또 이 용어를 훌륭한 시인들이 즐겨 사용하고 있기 때문에 이탈리아 지방어들을 자세히 조사했던 것이다.

단테 「속어론」의 제1장은 언어에 관한 견해를 피력하고 있지만 제2장에서는 시에 관한 여러 가지 문제를 다루고 있다. 그는 시를 창작함에 있어서는 그가 주장한 걸출한 자국어를 사용하여 주제를 안전(Salus) · 사랑(Venus) · 미덕(Virtus) 세 가지 요소에 일치시켜야 한다고 말한다. 종래의 그

25) Hall, Vernon, 앞의 책, pp.24~25.

리스인들이나 로마인들은 주로 전쟁이나 미덕을 주제로 삼았었다. 그런데 단테는 주제로서 전쟁이나 미덕과 병행하여 사랑의 중요함을 강조한 것이다. 이는 그가 고전문학에 대한 지식이 없었던 것에 기인한다고들 이야기되어오고 있지만, 그가 강조한 사랑의 테마는 르네상스기의 어떤 다른 유식한 비평가보다도 그를 돋보이게 하는 테마이기도 하다.

중세문학을 난삽한 라틴어의 문학이라고 하지만, 실제로 중세 하반기에 이르러 이처럼 서민층의 일상적이고 평이한 용어가 사용되었고, 이러한 일상용어를 사용하여 칸초네(Canzone) 형식의 서정시가 탄생되었다. 이 시대의 서정시는 대부분 사랑을 테마로 노래한 것인데, 이제까지의 기사나 영웅을 노래했던 형태를 완전히 탈피해서 마리아의 거룩한 사랑을 숭앙한다든지, 또는 여왕의 아름다움을 찬미한다는 것으로 바뀌게 되었다.

단테는 또한 훌륭한 시 형식의 하나인 칸초네를 소개했다. 칸초네 형식은 걸출한 모국어의 비극적 문체를 사용하는 것이 가장 적절하다고 말했다. 그런 가운데 계속해서 이탈리아 시인들에게 흥미를 주었음직한 문체와 개개의 단어를 설명하였다.

단테는 방언으로 씌어진 시의 전형을 구이도 구니첼리(Guido Guinizelli)에게서 찾았다. 그는 라포, 구이토네 다레초(Guittone d' Arezzo)와 더불어 청신체[26](淸新體, Dolce stil Nuovo)의 거장이다. 이어 단테 자신도 타고난 시재(詩材)와 고전 연구가 무르익게 되자, 이탈리아 어와 토스카나 방언에 의한 작시법에 커다란 생명을 불어넣었던 청신체 창조에 열매를 맺었다.

당시로서는, 라틴어 이외의 어떤 지방어를 가지고 문학 활동을 한다는 것은 모험으로밖에 생각되지 않았다. 여기에 단테가 누구보다도 먼저 혁신을 감행하고 나왔다는 사실은 놀라운 일이다. 당시 지식인들은 철학이란 인간의 감정을 고상하게 해 주고 인간을 고귀한 삶으로 이끌어 올린다고

---

26) 단테는 토스카나 지방에서 발전되었고 그가 직접 참여했던 학파의 시인들에 의해서 실천되고 작품화된, 궁중적 사랑의 전통적 사랑의 전통에 의한 시풍을 '청신체 시'(dolce stil nuovo)라는 이름으로 포괄하였다.

믿으면서, 오로지 라틴어만이 철학에 맞는 언어라고 주장하였다. 그러한 사람들의 입장에서 볼 때, 단테야말로 철학과 문학을 가지고 매춘 행위를 하는 것이나 마찬가지였다. 그래서 힘든 비난의 대상이 되기도 했다.

단테는 「속어론」에서, 라틴어만이 유일한 문학어로 간주되던 시대에 속어의 중요성을 예언하고 있다. 그리고 유럽 각 지방의 언어들을 조직적으로 연구하여 이탈리아에서 참다운 문학어를 발굴하려고 했다. 「속어론」은 종래의 고전 비평의 장르를 완전히 무시하고 언어와 문체에 커다란 관심을 보였다는 점에서 오늘날의 현대문학 비평가들에게 깊은 주의를 기울이게 한다. 따라서 「속어론」은 오늘날의 최초의 언어학 사전으로 이해되고 있기도 하다.

2. 영미의 비평 문학

1) 르네상스 시대의 비평

서양의 르네상스는 이론적이거나 추상적 사고의 시대라기보다는 행동적이고 실천적인 사고의 시대였다. 따라서 문학 이론은 주로 효용적 측면에서 전개될 수밖에 없었으며 중세 휴머니스트의 문학 효용론이 더욱 보편화되기에 이른다. 중세 기독교 신비주의의 알레고리 문학은 쾌락적 수단을 이용하여 교훈을 준다는 소위 교훈주의 문학관을 낳는다. 알레고리의 특성을 고려해 볼 때 핵심이 되는 것은 물론 이야기 속에 감추어진 교훈이다. 이러한 극도의 교훈주의 문학관은 르네상스에도 그대로 계승되었다. 한편, 고전주의에로의 복귀를 부르짖은 이 시대의 문학 사상가들은 고전 시대로부터 내려온 호라티우스의 문학당의정설을 설득력 있게 재천명 하면서 문학 효용론을 전개하였다. 그리하여 그들은 호라티우스의 공식에 따라 문학 작품 속에 공존하는 즐거움과 가르침의 요소가 별개로 분리된 것이 아니라 상호 불가분의 관계로 결합되어 있다고 믿었다. 다만 이 시대의 계몽적 특성에 힘입어 가르침의 요소가 즐거움의 요소보다 더 큰 비중을 차지했을 따름이다.

영국의 비평 문학은 영국 자체 내에서 생긴 것은 물론 아니고 대륙 특히 르네상스 인본주의의 발상지인 이탈리아에서 연유하였다. 중세까지는 호라티우스의 문학 효용론을 주장한 「시의 기술」 내용이 비평의 전부였다. 그 이유는 중세에는 성 어거스틴(St. Augustine) 등이 시의 부도덕성을 주장하여 문학에 대한 일반적인 불신 풍조가 팽배하였기 때문이다. 이러한 경향은 인본주의적 사조가 대두되는 14세기가 되어서야 반격을 받게 된다. 대륙보다 반세기 정도 뒤늦게 문예부흥운동을 받아들인 영국의 르네상스 문학의 주요 문제는, 그리스 로마 고전은 물론 그 당시 문학적 선진국이었던 이탈리아와 프랑스의 문학적인 규범과 이상을 어떻게 영국적인 전통에 흡수하고 조화시키는가 하는 것이었다.

제프리 초서(Geoffrey Chaucer, 1340~1400)가 자가 성찰과 대담한 실험으로 『켄터베리 이야기』 등에서 진정한 영문학의 시대를 열었다면, 필립 시드니 (Sir Philip Sidney, 1554~1625)는 시가의 도덕적 옹호론으로 최초의 본격적인 비평 문학의 이론을 내놓았다. 그의 비평서 『시의 옹호』(An Apologie for Poetrie, 1583)의 내용은 크게 분류하여 시사(時史), 시의 목적, 시의 도덕적인 가치 등의 내용으로 구성되어 있다. 시드니는 르네상스 비평가들의 견해를 집대성하였으며, 아리스토텔레스의 『시학』을 많이 참조하였다. 시가 자연의 모방이라고 보는 관점, 역사와 철학과의 관련 하에 시의 가치를 상대적으로 규정한 점 등은 아리스토텔레스의 이론과 유사하다. 그러나 시드니는 아리스토텔레스의 모방론을 뛰어넘어 신플라톤주의의 이데아 이론을 표방하였다. 그는 시인이 단순한 자연의 모방자가 아니라 보편적 진리의 창조자이고, 시는 자연의 단순한 모방이 아니라 있는 자연을 더 아름답고 이상적으로 색칠해서 꾸며낸다고 주장했다. 또한 아리스토텔레스는 단지 정의하고 분석, 분류하였지만 시드니는 제정하고 법칙화했다. 시드니는 보다 엄격한 3일치법을 주장하고 단순히 개연성을 말한 아리스토텔레스와는 달리 호라티우스의 영향으로 '시적 정의'(poetic justice)를 요구하며 '가르치고 즐겁게'(teach and delight) 할 것을 주장했다.

시드니의 '시적 정의'는 사필귀정(事必歸正)의 논리로서 극단적인 교훈주의적 문학관이다. 또한 시인의 가르침은 독자로 하여금 배우고 싶은 충동을 저절로 느끼게 해 준다는 것은, 바로 호라티우스의 '문학당의정설'에서 설탕 성분을 가리키는 문학의 쾌락적 기능과 다름 아니다. 이로 미루어 시드니의 문학 효용론에는 쾌락과 교훈의 두 기능이 긴밀하게 융합되어 있다고 할 수 있다. 다시 말하여, 시드니는 문학 작품의 평가 기준을 그 가르침의 대상인 독자의 절실한 필요와 합당한 요구로부터 끌어낸 셈이다.

엘리자베스 1세가 죽고 제임스 1세(King James, 16031~1625)가 통치하기 시작한 17세기 벽두부터 근대적인 과학의 발달과 함께 사회 정치적인 변화가 시작되었다. 문학계에서도 고전풍의 문학이 싹트기 시작하였다. 이러한 고전풍의 문학은 당시의 과학적 합리주의와 강력한 관련을 맺으며, 베이컨(Francis Bacon, 1561~1626), 홉스(Thomas Hobbes, 1588~1679), 존슨(Ben Johnson, 1572~1637), 다브난트(Sir William D'Avenant, 1606~1668)로 이어져, 왕정복고 이후 드라이든(John Dryden, 1631~1700)에 의하여 시작되는 본격적인 신고전주의 시대의 길을 터 주었다. 이 시기에 가장 중요한 사람은 영국 최초의 진정한 고전주의자라고 할 수 있는 벤 존슨과 프란시스 베이컨이다. 이들은 모두 엘리자베스 시대의 시드니의 전통을 이어받았다. 즉 시드니의 상상력에 관한 이론은 베이컨에게 이어져 그의 시대의 역사적이고 과학적인 요소가 가미되었고, 시드니의 고전적인 측면은 존슨에 의하여 강조 발전되었으며 규칙에 대하여 보다 많은 비중을 부여하고 문학예술의 외적, 객관적인 측면에 대한 비평적 관심이 증대되는 결과를 가져왔다.

존슨은 그의 시대의 문학적 유행을 초월해서 항구적이고 믿을 만한 것을 추구하면서 예술적인 훈련과 장인 정신의 가치를 확인하여 주었고, 비평의 시대가 아닌 시대에 높은 비평적 기준 유지의 필요성을 강조하였다. 한편 그는 문체에 있어서의 적합성(decorum)과 명석성(perspicuity)의 개념을 제시하고, 문체는 주제와 어울려야 하고 명료하고 힘이 있어야 하며 가식과 무미건조하면 안 된다고 주장했다. 존슨의 주요 비평서인 호라티우스에 관한 주석은 화재로 소실되어 남아 있지 않으나, 그의 사후인 1641년 출간된 『목재』(Timber, or Discoveries)가 있다.

홉스와 다브난트가 활동하던 1650년대 영국의 비평 풍토는 홉스의 영향을 강하게 받고 있었다. 홉스는 데카르트가 프랑스 고전주의에 끼친 만큼의 영향을 영국 고전주의에 끼쳤다고 할 수 있는데, 그들은 모두 영감보다는 이성을, 상상보다는 판단력을 중요시했다. 그리하여 홉스는 신고전주의의 합리주의 미학의 아버지가 되었다. 또한 진정한 수사학적 비평가인 그는, 시를 독자들의 마음을 변화시키는 수단이라 믿고 심리학적인 문제를 다루기도 했다. 그리하여 시적 창조에 관련된 현대 심리학 이론의 시조라고 일컬어지기도 했다. 홉스와 다브난트는 모두 개연성을 강조했는데, 그 개념은 그 후 영국 비평에 있어서 박진성(verisimilitude)이라는 용어로 다시 등장하며, 홉스가 사용한 기타 용어들도 그대로 영국 비평 사상의 일부가 되어 로크(John Locke, 1632~1704), 템플, 애디슨 등으로 이어졌다.

2) 신고전주의 비평

1660년 찰스 2세(Charles Ⅱ)의 왕정복고가 이루어졌다. 이와 더불어 영국의 신고전주의 비평은 이미 존슨, 홉스, 다브난트 등이 닦아 놓은 길로 쉽게 진입했다. 영국은 이미 이탈리아 르네상스 시대의 비평가들에게 고전문학론을 받아들였고, 프랑스 17세기 비평가 브왈로(Nicolas Boileau, 1636~1711)의 『시론』에 영향을 받았다.

영국의 신고전주의 문학론을 대표하는 비평가는 우선 드라이든(John Dryden, 1631~1700)을 꼽을 수 있다. 극작가이며 시인이기도 했던 그는 모든 고전과 대륙의 비평적 조류들을 흡수하고 동화하여 일종의 문화적 민족주의와 셰익스피어적인 전통을 등에 없고 신고전주의를 창도했다. 그의 비평적인 글에서 사용된 명쾌하고 조리 있는 문체는 17세기 후반과 18세기 전체를 통하여 영국 산문의 틀을 결정해 놓았다. 그의 초기 비평서인 『극시론』(Essay of Dramatic Poesy, 1668)에서는, 고대와 근대 대륙과 영국의 극문학을 폭넓게 비교하여 영국 극문학이 불합리한 법칙에 얽매이지 않고 자유로운 인간 정신을 명백하게 보여준다는 설득력 있는 견해를 펼치고 있다. 그는 아리스토텔레스와 마찬가지로 모방이 즐거움과 직결된다고 믿고 끊임없이 변하는 인간성의 모습을 생생하게 모방할 것을 강조하였다. 그러나 이탈리아와 프랑스의 신고전주의자들이 금과옥조로 받아들인 삼일치 법칙인 '시간·장소·행동'의 일치에 대해서는 비판적이었다. 그는 엄격한 삼일치 법칙에 따른 프랑스의 편협한 플롯보다는 자연적인 인간 본성에 따른 영국의 다양한 플롯이 관객에게 더 큰 기쁨을 줄 수 있다고 확신한 것이다. 특히 그의 셰익스피어에 대한 언급은 훗날 셰익스피어 연구의 모범이 되었다. 그는 평가에 있어서 비교와 분석의 방법, 작품 제작의 문제점 등을 사용하여 능숙한 비평가로서의 자질을 드러내주었다. 그리하여 비평가 사무엘 존슨(Samuel Johnson, 1709~1984)으로부터 '영국 비평의 아버지'라는 평가를 받기도 했다.

조셉 애디슨(Joseph Addison, 1672~1719)은 에세이의 형식을 빌어 『상상력의 즐거움』(On the Pleasures of the Imagination, 1712)을 썼다. 이 비평서는 최초로 영국적인 경험을 바탕으로 연상 심리학과의 관련 하에서 '감식력'(taste)의 문제를 다루고 있다. 즉 그의 주된 관심사는 어떻게 상상력의 작용이 쾌락을 가져오는가 하는 문제였다. 그는 상상의 쾌락은 첫째, 위대한 것, 즉 장엄함 것을 볼 때, 둘째, 새롭거나 비일상적인 것을 볼 때, 셋째, 아름다움, 즉 부분들의 전체 속에서의 조화를 볼 때 등이라고 말했다. 그리고 시인은 우선 자연(country image)를 얻어야 하고, 다음에는 건축·조각·회화(courtly image)를 얻어서 그의 상상력을 형성해야 하며, 다음 많은 시인들의 작품을 읽음으로써 상상력을 훈련시킬 수 있다고 언급했다. 그리하여 그는 감수성(sensibility), 지각(sense), 기지(wit), 판단력(judgment) 등의 당시 유행하던 비평 용어를 즐겨 사용했다. 이런 개념들은 모두 본격적인 미학에 대한 문제에 접근한 것이며, 동시에 낭만주의 비평의 길을 열어주는 것이었다.

보수적인 신고전주의는 조나단 스위프트(Jonathan Swift, 1667~1745)와 알렉산더 포우프(Alexander Pope, 1688~1744)에서 사무엘 존슨(Samuel Johnson, 1709~1784)으로 이어졌다. 그 가운데 신고전주의의 가장 보수적인 정수를 담은 비평서는 포우프의 『비평론』(On Essay on Criticism, 1711)이다. 이 비평서는 근본적으로 시의 성격이나 가치의 탐구라기보다는 '훌륭한 심미안(good taste)을 일반적으로 기술한 글이다. 그는 독자가 훌륭한 심미안을 갖추고 있을 때만 실제 작품 속에서 정확하고도 생동감 있는 표현을 찾아내고 거기에서 나오는 즐거움과 교훈을 동시에 얻을 수 있다고 믿었다. 또한 그는 자연의 모방이 왜 고전의 모방이 되어야 하는지를 언급하면서, 문학의 법칙은 곧 방법화된 자연이므로 그것을 따르는 것은 자연을 따르는 것임을 주장한다. 나아가 부분이 아닌 전체의 균형을 따라야 함을 역설하는 등 신고전주의 정수를 펼치고 있다.

존슨은 드라이든의 '인간 본성'(human nature) 대신 '보편적 인간성'(general nature)이란 개념을 강조했다. 따라서 존슨은, 시인의 임무는 개체(individual)의 특이성이 아니라 전체(species)의 보편성을 다루어야 한다고 말했다. 일찍이 아리스토텔레스도 『시학』에서 시의 우수성을 논하는 가운데 보편성(universality) 개념을 강조한 바 있다. 이러한 보편성의 문학관은 「셰익스피어 희곡집 서설」(Preface to The Plays of William Shakespeare)에 잘 드러나 있으며, 『시인전』(Lives of the Poets 1779~1781)은 당대 시인들의 작품과 생애를 폭넓게 취급한 역사·전기주의 비평 방법의 효시가 되고 있다. 이처럼 존슨은 당시 불길처럼 일어나고 있었던 낭만주의적인 기운을 견제하면서 끝까지 신고전주의의 특질들을 보존하여 쇠퇴하기 시작하던 신고전주의 시대의 마지막을 지탱해 주었다. 그는 신고전주의의 가장 전형적인 특징인 이성, 질서, 경험적 유연성, 예술의 도덕적 기능을 강조하고, 영향력과 설득력을 가진 예술의 힘, 진리와 미덕을 위해서 예술은 일반적인 자연을 표현해야 한다는 관념을 주장하고 역설하였다. 그러나 신고전주의는 차차 존슨이 우려하던 보편성과 이성을 적대시하고 개인성과 감성을 강조하는 문학관 곧, 낭만주의에게 자리를 물려주었다.

이밖에 신고전주의 비평가로는 소설의 발생과 이론에 공헌한 다니엘 디
포우(Daniel Defoe, 1660~1731)와 헨리 필딩(1707~1754) 등이 있다. 당시 영
국은 초기 산업사회와 자본주의 초기 단계에 있었다. 그리고 18세기 초엽
부터 새로운 문학 장르로 나타난 소설은 기존의 이론이 없었다. 때문에 소
설가들은 자신의 작품을 옹호하기 위해 서문을 많이 이용하였다. 그 대표
적인 예로 디포우를 들 수 있는데, 그는 그의 소설『몰 플랑드르』(Moll
Flanders, 1722)의 서문에서, 소설의 도덕적 목적, 현실 묘사의 신뢰성, 재제
와 독자 사이를 중개하는 작가와 화자의 복잡한 역할 등의 문제를 다루고
있다. 덧붙여 디포우는, 자신의 소설은 있는 그대로 현실을 충실하게 그렸
기 때문에 믿을 만하며 도덕적으로 사악한 것이 아니고 독자가 이 작품에
서 무엇인가 배울 것이 많다고 소개하고 있다. 필딩 역시 그의 첫 소설인『
조셉 안드레우스』(Joseph Andrews, 1742)의 서문에서, 기존 신고전주의 범주
내에서 산문 소설의 위치를 정립하여 영국 최초의 소설 이론가의 면모를
보여주었다. 따라서 그가 내세운 '산문적 희극 서사시'(comic epic poem in
prose)는 소설 비평 사상 중요한 개념의 하나로 남고 있다.

또한 에드워드 영(Edward Young, 1683~1765)은 신고전주의 시대의 마지
막 세대로『독창적 창작론』(Conjectures on Original Composition, 1759)에서 천
재성과 창조성을 강조하고 있으며, 조수아 레놀드경(1723~1792)은 18세기
말의 대표적인 미학 원리를 천명하여『담론』(Discourses, 1770)에서 예술 비
평론을 펼치고 있다. 또한 리차드 허드(1720~1808), 윌리암 더프(1732~
1815), 데이비드 흄(1711~1776)과 알렉산더 제라드(1728~1795), 윌리암 호
가스(1679~1764), 그리고 에드먼드 버크(1729~1797) 등도 빠뜨릴 수 없는
신고전주의 비평가이다.

3) 낭만주의 비평

18세기 말의 영국 비평계는 쇠퇴하던 신고전주의 정신과 새로이 대두하

던 낭만주의적인 기운이 혼합되어 묘한 역동적인 조화를 이룬 시대였다. 따라서 18세기 후반기를 성급하게 전기 낭만주의로 간주하려는 일군의 움직임도 보인다. 낭만주의는 특히 독일에서 레씽, 헤르더, 괴테, 쉴러 등을 중심으로 하여 출발하였다. 프랑스에서는 데니스, 디드로, 루소, 위고, 스타엘 부인 등이 활동을 하였고, 그 뒤 영국에서 워즈워드와 코울리지, 미국에서 에머슨, 포우 등이 활동하였다.

일반적으로 갑작스럽게 시작된 듯한 영국의 낭만주의는 당대 최고의 시인이자 비평가인 윌리엄 워즈워드(William Wordsworth, 1700~1850)에 의해 본격적으로 출발하였다. 코울리지(Samuel Taylor Coleridge, 1722~1834)와 함께 편찬한 『서정민요집』(Lyrical Ballads, 1978)의 제2판 서문(1800)이 바로 그것이다. 그는 여기서 시작 태도의 주제를 밝히고 있는데, 대상은 일상생활 주변에서 찾되, 그곳에서 자연과 인간의 깊은 관계를 찾아내야 한다는 것이다. 그가 일상적인 소재와 언어 사용을 주장한 것은 사실상 독자가 느낄 수 있는 진솔한 쾌감을 위해서였다. 그는 일상적 언어 가운데 특히 시골 사람들, 즉 농부들의 언어를 사용하라고 충고했는데, 이것은 농부들이야말로 가장 자연과 친밀하게 소통을 하기 때문이다. 그리고 그는 시의 소재를 전시대 궁전이나 도시로부터 자연 속으로, 언어를 우아하고 세련된 시어로부터 농부의 언어로 전환시킴으로써 독자들로 하여금 우선 시 작품에 친숙할 수 있는 계기를 마련해 주었다. 그런 다음 그는 일상 사물들에 상상력의 색채를 가미하고 인간 본성의 법칙을 그 속에서 추적함으로써 흥미와 함께 미적 쾌감을 유발시킬 수 있다고 생각했던 것이다. 그는 루소가 『에밀』에서 전개시킨 것과 같은 고상한 야만인(the Noble Savage)의 관념을 그의 시적 언어에 결부시키고 이성보다는 감성, 상상력을 강조했던 것이다.

따라서 전시대의 시인은 기존의 규칙들만 잘 준수하면 그만이었는데 반해서 이 시대의 시인은 다른 무엇보다도 앞서서 천재가 되어야만 했다. 일찍이 알렉산더 포우프(Alexander Pope)도 천재적 능력을 강조한 바 있는데,

그것은 어디까지나 문학의 법칙 안에서 활동하는 판단력에 불과한 것이었다. 그러나 낭만주의 시대의 천재성은 문학의 어떠한 규칙도 초월하는 생동하는 에너지인 바, 이것은 곧 상상력과 다름 아니다. 말하자면 워즈워드가 관심을 집중한 문학의 기능은 근본적으로 호라티우스가 순수한 도덕적·현실적 이유에서 내세운 문학의 효용 공식과는 대립되는 것이었다.

사무엘 코울리지는 가장 철학적인 깊이를 지닌 영국 비평가 중 한 사람이다. 그의 대표적 비평서로 『문학적 자서전』(Biographia Literaria, 1817)이 있다. 그는 무엇보다도 시인의 상상력을 다른 어떤 정신의 기능보다 뛰어난 능력이라고 확신했다. 그래서 그는 상상력을 1차와 2차로 구분했다. 바로 제1차 상상력을 바탕으로 해서 얻어진 시적 열정을, 제2차 상상력을 통한 언어의 질서화 작용을 거쳐 한편의 시로 만들어낸다는 논지이다. 이러한 제1, 2차 상상력의 두 가지 유기체 형식 이론은, 한 작품을 하나의 유기적인 전체로 보는 것이며, 부분을 따로 떼어서 볼 수 없는 것이다. 이런 연유로 코올리지를 넓게 보아 '신비평'의 한 사람으로 보기도 한다. 다시 말하여 코울리지는, 예술 작품의 힘은 바로 질료와 형식을 융합시키고 생명을 주는 상상력이라는 것이다.

코울리지는, 이러한 시인의 상상력을 공상(fancy)과 명확히 구분함으로써 시가 독자에게 미치는 근원적이고도 항구적인 효과를 강조했다. 그는 공상이란 시간과 공간의 질서로부터 일시적으로 해방된 기억 상태라고 말한다. 그래서 그것은 창조 행위에 참여하기보다는 논리적 연결성을 벗어난 기억의 유희에 불과하다는 것이다. 따라서 공상을 통해 얻을 수 있는 쾌감, 안정감, 지혜 등은 순간적인데다가 그것조차도 허무맹랑하기 그지없다는 것이다. 즉, 코울리지는 시인이 근본적으로 공상이 아니라 상상의 작용을 통해 예술 활동을 하기 때문에 인간의 영혼 전체를 활동케 한다고 역설하고 있음을 알 수 있다.

그리하여 그는 18세기의 창조에 대한 기계주의적인 이론을 거부하고, 시의 본질론과 자율성의 토대를 세우는데 관심을 집중했다. 그의 이러한 논의는 영국내에서는 해즐리트에게, 대서양 건너 미국에서는 포우에게 영향을 주었고, 포우는 다시 프랑스의 보들레르 등 상징파 시인에게, 그것을 다시 시몬즈와 예이츠에게까지 영향을 주게 되었다. 또한 헨리 제임스(Henry James)도 코울리지의 영향을 받아 소설의 교훈적 도덕주의를 반대하고 형식과 내용이 분리될 수 없음을 주장하였다. 이밖에 엘리어트의 통합적 감수성이나 리쳐즈의 '포괄의 시'에서도 코울리지의 상상력 이론의 맥박을 느낄 수 있기도 하다.

토마스 러브 피콕(Thomas Love Peacock, 1785~1866)은 『시의 4세기』(The Four Ages of Poetry, 1820)에서 극단적인 낭만주의 혹은 감상주의, 정서주의, 막연한 형이상학에 대해 이성을 주장하면서 '시란 퇴락하는 가치와 사회적인 유용성에 대한 원시적인 관습 행위'라고 문학에 대한 반론을 폈다. 이에 대한 답변으로 퍼시 비쉬 셸리(Percy bysshe Shelley, 1792~1822)는 『시의 옹호』(A Defense of Poetry, 1821)를 썼다. 이 비평서는 플라톤의 영향을 받은 가장 공감을 주는 문학 옹호론이다. 이 글에서 셸리는 지식의 획득과 전달의 수단으로서의 문학은 이미 현대에는 알맞지 않은 구세대의 유물이라고 주장한다. 이는 새로운 과학주의에 대항한 이상주의적이고 열정적인 반박문이라고 할 수 있다. 셸리는 『시의 옹호』첫 부분에서 인간이 가지고 있는 내면적인 시적 능력을 역설하고 사회에 대한 시의 역사적인 영향력을 논하고, 마지막으로 예술에 대한 그의 신념을 펼치고 있다.

또한 셸리는 낭만주의자답게 도덕 함량의 도구로서의 시의 전통적 역할을 배격하고, 문학이 보다 더 근원적인 힘을 행사할 수 있다고 주장했다. 그는 문학의 지적 기능이 직접적인 교훈의 가르침에 있지 않고 모든 도덕적 행위의 원천이 되는 영원한 진리 위에 작용하고 있음을 시사한 것이다. 이처럼 셸리는 문학이 영원한 이데아를 반영한다고 주장함으로써 한편으로는 플라톤의 이론에 기대면서, 다른 한편으로는 보편적이어서 부분적이고 한정적인 역사보다 문학이 우월하다는 아리스토텔레스의 이론에 접근하기도 했다. 따라서 그는 다른 낭만주의자들과 마찬가지로 문학의 중요한 두 가지 효용인 즐거움과 유익함을 이원적으로 보지 않고 하나로 보는 이론을 펼치고 있음을 주목하게 하기도 한다.

시인 존 키츠(John Keats, 1795~1821)는 친구에게 보낸 몇 통의 개인적 편지를 통하여 자신의 문학론과 당시의 몇몇 시인들의 시를 평가했다. 그는 시의 교훈적인 기능을 거부했다. 그리고 1871년 12월 21일 동생들인 조지와 토마스에게 보낸 편지에서 '소극적 수용력' 혹은 '마음을 비우는 능력'(negative capability)에 대해 언급했다. 이것은 개성이나 의견에 의해 영향을 받지 않는, 자신의 정체성을 잃어버리는, 감수성이라고 볼 수 있다. 키츠는 이것을 '사실이나 이성을 성급하게 뒤쫓지 않고 어떤 불확실한 것, 신비스러운 것, 의심스러운 것에 몰입될 수 있는 능력'이라고 규정지었다. 이와 관련하여 볼 때 키츠의 낭만주의는 당시 다른 낭만파 시인들의 견해와 다르며, 오히려 20세기의 엘리어트 등의 '몰개성 이론' 등과 닮아 있다고 볼 수도 있다.

셸리, 키츠 등과 거의 동시대에 실천 비평에 활약한 여러 이론가들 있다. 그 가운데 많은 짧은 비평문을 발표하면서 셸리와 키츠의 천재성을 발굴한 리 헌트(Leigh Hunt, 1784~1859), 『셰익스피어 희곡의 등장인물』(Characters of Shakespeare's Plays, 1817) 등을 쓴 윌리엄 해즈리트(William Hazlitt, 1778~1830), 그리고 『포우프의 시』(The Poetry of Pope, 1847) 등을 쓴 토마스 드퀸스(Thomas De Quincey, 1785~1859) 등이 있다.

한편 미국에서는 에드가 알란 포우(Edgar Allan Poe, 1809~1849)가 활약하고 있었다. 포우는 독특한 단편 소설과 시편으로 유명하지만 몇 가지 특이한 문학론을 남겼다. 그는 『시적 원리』(The Poetic Principle, 1848~9)에서 시의 윤리성, 도덕성보다 음악성, 환상적 마력, 암시적인 신비성, 간결성, 부분들의 조화 있는 배열을 통한 완벽한 통일성, 직감적인 감동들을 시가 지녀야 할 특질로서 강조하여 낭만주의 시론의 폭과 깊이를 더했다. 그는 상상적, 정서적인 강렬성을 시의 평가 기준으로 생각했고 상상력을 시의 '영혼'(soul)이라고 까지 말한다. 또한 포우는 앞서 말한 시의 특질은 짧은 서정시에서 잘 나타난다고 말했다. 나아가 그는 소설에서도 힘과 아름다움을 가진 단일한 효과를 위해 단일한 주제를 다루는 단편 소설의 우월성을 주장하기도 했다. 그의 이러한 이론은 19세기 후반 대륙으로 건너가 프랑스 특히 보들레르에게 새로운 미학인 심미적 상징주의를 낳게 하였고, 다시 현대 영미시에까지 영향을 끼쳤다.

4) 빅토리아 시대 비평

19세기 중반 낭만주의가 퇴조할 무렵에 빅토리아조 비평가들은 문학의 기능을 사회 문화에 국한시켜 부르짖고 나섰다. 이것은, 인간이 사회적 동물이며 문학은 사회의 반영이라는 생각이 나타나기 시작한 때문이다. 그리하여 19세기 후반의 비평 경향은 크게 보아 두 가지로 대별되었다. 그 하나는 낭만주의적인 경향을 계속 발전시키고 나중에 등장하는 반낭만주의 세력에 더욱 반발하여 '예술을 위한 예술'(art for art'a sake)의 미학주의 쪽으로 기우는 경향이다. 여기에는 프랑스의 보들레르를 비롯한 상징주의 계열의 비평가들과 영국의 스윈버언(Swinburne), 페이터(Pater), 와일드(Wilde) 등이 속한다. 다른 하나는 초기 낭만주의적인 사고의 틀에서 벗어나 좀더 현실적이고 객관적인 경향을 띠게 되는데, 여기에는 프랑스의 플로베르(Flaubert), 졸라(Emile Zola), 미국의 윌리엄 하우얼스(William Howells), 헨리 제임스(Henry James), 영국의 매슈 아놀드(Matthew Arnold) 등이 있다. 영국의 아놀드와 러스킨(John Ruskin) 등은 문학에서 개인적인 환상을 찾지 않고, 사회・교육・문학적인 가치로서의 문학을 찾아 예술의 도덕 문제에 관심을 집중하기 시작했다.

이러한 경향을 주도한 이 시대의 대표적인 비평가는 매슈 아놀드(1882~1888)이다. 그는 시인으로 출발한 영국의 정통적 비평가의 한 사람으로서, 중년 이후에는 창작을 그만 두고 올바른 문화의 유지 발전 확충의 가장 중요한 방법으로서의 문학을 논하는 비평을 썼다. 그의 대표적인 비평서로는

『비평론집』(Essays in Criticism, 1865), 『켈트 문학의 연구』(On the Study of Celtic Literature, 1867), 『문화와 무질서』(Culture and Anarchy, 1869) 등이 있다. 특히 아놀드의 문화 비평서인 『문화와 무질서』는 당시 영국 사회가 빠져 있던 물질주의와 공리주의를 강렬하게 비판하는 이론의 틀로서 '문화'(culture)라는 개념을 사용하여 주목을 받았다. 또한 그는 헤브라이즘(Hebraism)과 헬레니즘(Hellenism)을 대비시키고, 의무와 노력을 중시하여 당시 영국 사회를 물질주의와 공리주의로 이끌었다고 본 히브리 사상을 배격하였다. 그리고 좀더 자유분방한 또는 쾌락을 중요시하는 희랍 사상으로 당시의 저속한 취미와 속물주의를 교정하려고 노력하였다. 그는 문학에 관한 해박한 지식과 폭 넓은 역사적 안목을 가지고 문학의 전통적 가치를 아리스토텔레스와 롱기노스에서 찾고자 하였던 것이다.

아놀드는 시를 연구함에 있어서, 초서(Geoffrey Chaucer)와 번즈(Robert Burns)의 시는 진리는 있으나 진지성이 없기 때문에 진정한 의미에서 고전이 아니라고 평가했다. 그리고 셰익스피어(Shakespeare), 밀턴(Milton), 그레이(Gray) 등은 두 요소를 다 가지고 있지만, 드라이든과 포우프는 그렇지 못하다고 지적했다. 이러한 방법은 객관성을 표방하기는 하나, 실제로는 주관적인 가치 판단을 할 우려도 내포하고 있다. 그래서 이런 면이 후일 노드롭 프라이(Northrop Frye, 1912~1991)의 『비평의 해부』(Anatomy of Criticism, 1957)에서 공격을 받게 된다. 그러나 그는 그의 시대에 있어서 군림한 큰 비평가였으며 그와 같은 한 시대를 결정짓는 대비평가는 영미비평사에서 나오지 않았다.

월터 페이터(Walter Horatio Pater, 1839~1894)는 아놀드의 헬레니즘적 이론을 극단적으로 계승한 비평가로서, 빅토리아조 비평가들의 전투적인 도덕주의와 문학의 실용적 · 교육적 효용 가치를 지나치게 주장하는 데 반발했다. 그리하여 그는 『르네상스』(The Renaissance, 1873) 등의 비평서를 통하여 문학에서 지적이고 비판적 가치를 제거하고 예술의 심미적 가치와 기능만을 주장하는 '예술을 위한 예술'(Art for Art's Sake)의 이론을 들고 나와 심미주의와 퇴폐주의(Decadence)의 예언자가 되었다. 오스카 와일드(Oscar Wilde, 1854~1900)와 스윈버언(Algernon Swinburne, 1837~1909) 등도 아놀드의 헬레니즘을 강조하고 페이터의 심미주의를 적극적으로 계승하여 소위 세기말 풍의 핵심 인물이 되었다.

헨리 제임스(Henry James, 1843~1916)는 소설의 셰익스피어라는 칭호를 얻고 있을 정도로 위대한 소설가이자 비평가이다. 그는 미국인이었지만 영국으로 귀화한 인물이다. 소설의 이론이 완전하게 확립되지 못했던 영미의 19세기에서 20세기로 넘어오는 길목에서, 그는 본격적으로 새로운 현대 소설의 방향을 결정하였다. 그는 『허구의 예술』(The Art of Fiction, 1884)에서 소설의 기법과 도덕적인 중요성을 명석하게 분석하고 통일성과 일관성을 강조했다. 즉, 그는 소설을 삶의 한 조각으로 보기보다는 하나의 예술로 보아야 한다고 주장하며 문체, 음조, 비전 등의 예술적 속성을 강조한 것이다. 따라서 그는 영미 소설사에서 최초로 형식과 구성에 대한 체계를 세웠으며, 예술적으로 좀더 자의식적인 프랑스 소설에 관심을 갖게 하여 영국 소설의 형식에 대한 문제를 제기하였다.

5) 20세기 비평

낭만주의라는 거대한 물결이 가라앉자 19세기 중반부터 영국의 문예사조는 한편으로는 극단적인 현실 참여 경향과 다른 한편으로는 쾌락주의 도피적 경향이 이원적으로 평행하는 가운데 20세기를 맞게 된다. 20세기의 첫 10여 년 동안의 비평은 전세기의 주요 경향이던 사실주의와 자연주의에 대한 관심을 지속하였다. 그러나 그것을 비평적으로 검토하려는 움직임은 별로 눈에 띠지 않았다. 영국에서는 월터 페이터를 중심으로 주도한 인상주의 비평과 감상 비평이 성행하였고, 미국에서는 제임스 허니커(James Huneker)가 주도한 역시 비슷한 인상 비평이 자리하고 있었다. 그런데 1910년 경에 이르면 미국의 스핀건(Joel Spingare)이 『신비평』(The New Criticism,

1911)을 통하여 문학의 미적 기준과 예술로서의 문학에 대한 이론을 내세우기 시작한다. 한편 영국에서는 미국 출신의 두 젊은 시인인 에즈라 파운드(Ezra Pound)와 엘리어트(T.S. Eliot), 그리고 영국인 윈덤 루이스(Percy Wyndham Lewis)와 흄(T.E. Hulme) 등 네 명의 비평가들이 유럽 문학 전통을 재평가하면서, 낭만주의적 표현주의를 비판하고 문학의 형식과 객관성을 강조하는 논의를 펼치게 된다.

(1) 신비평

신비평은 20세기 영미에서 가장 영향력 있고 활발한 비평의 움직임이었다. 1920년대 영국에서는 새로운 심리학과 미학, 그리고 의미론을 도입하여 이론적 기초를 세우려고 시도한 비평가가 출현했는데 그 대표적인 사람은 리처즈(I.A. Richards, 1893~1979)이다. 그는 제자 윌리엄 엠프슨(William Empson)과 함께 문학의 언어와 과학의 언어를 분명히 구별하고 독자의 마음속에서 일어나는 심리 작용의 정확한 기술을 비평의 목표로 설정함으로써 비평을 심리 과학으로 만들려고 노력했다. 리처즈는 우선, 페이터와 와일드가 미를 신비화하고 특수화하여 미적 경험을 최고의 예술 표현이자 인간 생활의 최고의 경험으로 여긴 유미주의적 사고에 반격을 가하고 나섰다. 그의 비평 체계는 가치 이론과 전달 이론이라는 두 개의 축 위에서 전개된다. 그리하여 시의 텍스트를 면밀하게 효과적으로 분석하는 방법론을 제시했으며, 이는 이후 30년대 후반에 미국에 대두한 '신비평'(The New Criticism) 계열의 비평가들에게 작품 분석의 실제를 제시하게 되었다. 엠프슨도 텍스트의 의미를 철저하게 분석하였으며 애매성(ambiguity)와 같은 중요한 문학 이론을 펼치기도 했다. 엘리어트의『성림(聖林)』(The Sacred Wood, 1920)과 함께 리처즈의『문학 비평의 원리』(Principles of Literary Ceiticism, 1924), 엠프슨의『애매성의 일곱 가지 유형』(Seven Types of Ambiguity, 1930) 등은 이 시기의 중요한 비평서이다.

그리고 미국에서는 소위 농본주의자들(the Agrarians)이라고 알려진 남부 출신의 비평가들이 문학의 객관적 가치를 주장하기 시작했다. 또한 이들은 랜섬(J.C. Ransom, 1888~1974)의 저서『신비평』(The New Criticism, 1941)이라는 이름 때문에 '신비평가들'(the New Critics)이라고 불리기 시작했다. 랜섬은 문학 작품을 해석하고 평가하는 데 있어서 객관적 또는 본체론적인 비평을 주장하였다. 또한 시를 형이상학시·물질시·관념시로 나누고, 물질시는 이미지즘시처럼 사상을 배제하고 사물만을 담고자 하고 관념시는 이미지를 배제하고 추상적인 사용만을 사용하기 때문에 바람직하지 못하다고 하였다. 따라서 형이상학시에는 여러 가지 이질적인 요소가 미해결의 상태에서 본체론적으로 존재하며 또한 전인적인 인간의 경험이 다루어지기 때문에 그것을 훌륭한 시라고 주장하였다.

랜섬이 다년간 주간을 맡았던『케니언 리뷰』(The Kenyon Review, 1939~1970)지를 중심으로 실제 비평과 이론 비평을 전개한 신비평가로서는 테이트(Allen Tate, 1898~1979), 워렌(R.P. Warren), 브룩스(Cleanth Brooks, 1906~) 등이 있다. 또한 이들과 가까운 비평가로서는 블랙머(Blackmur)와 윈터즈(Yvor Winters) 등이 있다. 신비평가들은 엘리어트와 에즈라 파운드의 이론을 흡수하여 문학의 형식 비평을 바탕으로 핵심 비평가로 등장했고, 40~50년대에 걸쳐 미국 문단과 대학에서 중요한 위치를 차지했다. 특히 브룩스와 워렌의 공저『시의 이해』(Understanding Poetry, 1938)와『소설의 이해』(Understanding Fiction, 1941)는 분석적 방법을 통한 신비평 문학 연구와 이해의 폭을 넓혀주었다. 또한 르네 웰렉(René Well다)과 오스틴 워렌(Austin Warren)의 공저『문학의 이론』(Theory of Literature, 1949)은 신비평 이론을 보다 체계화하고 있다. 그리고 윔서트(W.K. Wimsatt)와 비어즐리(Monroe C. Beardsley)의 공동 논문인「의도적 오류」(The Intentional Fallacy, 1946)와「감동적 오류」(The Affective Fallacy, 1949)는 신비평의 핵심 이론을 밝힌 중요한 이론서이기도 하다.

한편 같은 시기 영국의 케임브리지대학에서는 리비스(F.R. Leavis, 1895~1981)를 중심으로, 미국의 신비평에 견줄 만한 분석 비평이 펼쳐졌다. 랜섬 및 그가 열거한 이들 비평가들의 공통된 특색은 문학 작품에 대한 철저한 정독(close reading)과 분석이다. 그러므로 신비평을 또한 분석 비평 (analytical criticism)이라고 하기도 한다. 리비스는 『영시의 새 경향』(New Bearings in English Poetry, 1932)을 통하여 현대 영시를 비평했다. 또한 리비스는 자신이 간행한 계간지 『음미』(Scrutiny, 1932~1953)를 통해서 그의 제자들과 함께 문학 비평론을 열정적으로 펼쳐나갔다.

(2) 심리주의 비평

현대의 과학적 합리주의는 문학에도 반영되어 창작과 비평에 큰 영향을 주었다. 그 중에서도 프로이트(Freud), 융(Jung), 아들러(Adler) 등의 심리학은 새로운 실증적인 비평문으로서의 심리주의 비평을 탄생시켰는데, 이 비평의 이론적 기초는 프로이트의 심리학, 특히 정신분석학(psychoanalysis)이다. 문학이 인간과 인생을 탐구하는 정신의 소산인 만큼 정신분석학을 응용하여 비평 문학을 하는 것은 하나의 합리적 방법이라는 것이다.

영미 비평이 오늘날 독립된 문학 장르로서 확립된 것은 현대 과학 사상과 합리주의에 입각한 다윈설(Darwinism), 마르크스주의(Marxism), 프로이트 학설(Freudianism), 언어학 등의 영향이 지대한 데 있다고 할 수 있다. 그 영향의 결과로서 영미 비평에서도 재래의 인상비평과 심미비평에 대하여 사회비평, 신비평 등이 생겼는데, 그 중에서도 실증적 비평으로서 프로이트 이론을 응용한 심리비평은 획기적이며 앞으로 더욱 활발하게 전개될 상황에 있다.

심리 비평의 기본은 작가의 창작 심리와 작중 인물의 행동 심리를 프로이트의 정신분석을 응용하여 분석 해명하는 것이다. 이와 같은 관점에 입각한 영미의 주요 심리주의 비평가를 살펴보면 델(Floyd Dell), 프랭크(Waldo Frank), 크루치(Joseph Krutch), 리드(Herbert Read), 윌슨(Edmund Wilson), 루이슨(Ludwig Lewishn), 브룩스(Van Wyck Brooks), 버크(Kenneth Burke), 보드킨(Maud Bodkin), 트릴링(Lionel), 프라이(Northrop Frye) 등을 들 수 있다.

델(1887~1969)은 저널리스트 출신의 심리주의 비평가로서 선구적인 역할을 하였는데, 소설가이기도 했던 그는 노동자 출신이라 사회주의적 관점에서 비평을 시작하다가, 직접 정신분석적 치료를 받은 경험을 토대로 점차 프로이트의 비평 방법론을 지향하게 되었다. 따라서 델의 비평 태도는 마르크시즘에 두고, 그 방법을 프로이트 학설에 두었다. 그의 대표적 비평서로는 『기계시대의 사랑』(Love in the Machine Age, 1930) 등이 있다. 그의 프로이트적 이론은 앤더슨(Sherwood Anderson)에게 영향을 미쳤다.

프랭크(1889~1967) 역시 저널리스트, 소설가, 심리주의 비평가로서 활동하였는데 1920년대에 프로이트 정신분석의 영향을 받아 그것을 자기 작품에 응용하였다. 특히 프랭크는 구주(歐洲)와 중남미의 문화를 미국에 소개하고, 미국의 문화를 외국에 소개하는 데 큰 역할을 하였다. 그의 대표적인 논문 「미국의 재발견-미국의 생활 철학에 대한 서설」(The Rediscovery of America-An Introduction to a Philosophy Life, 1928)은 미국의 문화와 사상이 경제적 권력의 지배하에 있다는 사실을 넓은 시야에서 검토한 것으로, 프로이트 학설의 영향을 받은 탁월한 심리주의 논문이라고 평가받고 있다.

크루치(1893~1970)는 문화 비평가인 동시에 정신분석 비평가이다. 그는 정신분석 비평을 응용하여 『에드거 앨런 포우-천재의 연구』(Edgar Allan Poe-A Study in Genius, 1926), 『새무엘 존슨』(Samuel Jphnson, 1944), 『에이치 디 쏘로우』(H.D.Thoreau, 1948) 등을 발표하였다. 특히 『에드거 앨런 포우』에서는 복잡한 성격을 지닌 포우의 이상성(異常性)의 근원은, 잠재 의식 속의 어느 부인의 죽음이라고 해명하고, 또 포우의 개인 역사를 콤플렉스와 좌절로 진단하고 있다. 또한 크루치는 그의 심리주의 비평서 『현대의 기질』(The Modern Temper, 1929)을 통하여, 현대 지성인은 과학 때문에 소박한 신앙과 자존심을 상실하여 사회 현실을 떠나서 지식 속에서만 살게 되었다고 지적하기도 한다.

1920년 중반 영국에서는 허버트 리드(1893~1968)가 최초로 정신분석을 비평 문학의 방법론으로 실험하였다. 그의 비평은 철학적·심리학적·사회학적·문학적 요소가 주축을 이루는 넓은 사상 체계에서 유래한다. 그런데 리드는 철학에서는 베르그송(Bergson)과 흄(Hulme), 심리학에서는 프로이트와 융의 영향을 많이 받았다. 즉 리드는 베르그송으로부터는 유동하는 의식과 직관의 철학, 프로이트로부터 정신분석의 학설, 융으로부터 집단무의식의 영향을 많이 받았던 것이다. 그러나 리드는 프로이트의 정신분석을 원용하면서도, 창조적 개성(creative personality)에 관해서는 서로 견해의 차이를 보이고 있다. 즉 프로이트는 예술가를 '본질적으로 신경증적인 개성'(an essentially neurotic personality)이라고 보는 데 반해, 리드는 '잠재적 지력을 예술적 진실을 창조하는 데 활용하는 방법을 아는 정신적으로 정상적인 개성'(a psychologically normal individual who has learned who has learned how to utilize his subconscious knowledge in the production of artistic truth)이라고 생각한다.[27] 따라서 리드는 정신분석을 낭만주의 문학을 합리화시키는 과학적 근거로 삼았고, 정신분석이 문학과 비평 문학에 미치는 역할을 중시하였다.

윌슨(1895~1972)은 처음 프랑스의 생트-뵈브(Sainte-Beuve), 테느(Taine)의 역사주의적 방법의 영향을 받아 비평 활동을 하다가, 프로이트의 정신분석학, 융의 심층심리학, 마르크시즘까지 관심을 가졌다. 그의 심리주의 대표적 비평서 『상처와 활』(The Wound and the Bow, 1931)에서는 작가의 창조적 상상력을 탐색하고 있다. 그는 예술이 탄생하기 이전에 고뇌하는 예술가가 있어야 하며, 이 예술가의 고뇌와 신경증이 예술의 동인이 되고 재제가 된다고 주장했다. 또한 루이슨(1882~1955)도 정신분석적 방법론으로 『미국의 표현』(Expression in America, 1932)을 출간하였다. 이 저서에서 루이슨은 작가와 작품을 해명하여, 미국 문학의 병폐가 퓨리탄(Puritan)적 압박에 있다고 지적한 점은 문학사적인 의의가 크다고 할 수 있다.

비평가로서 브룩스(1886~1963)의 주된 관심은 미국의 문화적, 특히 문학

---

27) Donald Heiney, *Essentials of Contemporary Literature*, (N.Y:Barron's Educational Series, Inc.), 1954, p.495.

적 발전을 해석하는 데 있다. 그는 유미주의 비평, 사회주의 비평, 정신분석 비평에 관심을 가지고 활약했다. 정신분석적 방법론을 이용한 그의 대표적 저서는 『마크 트웨인의 시련』(The Ordeal of Mark Twain, 1920)과 『헨리 제임스의 행로』(The Pilgrimage of Henry James, 1925) 등이 있다. 특히 그가 전기적인 해명을 하는데 프로이트의 심리학을 원용하여 퍼스널리티(personality)의 직관을 해명한 것은 놀라운 업적으로 평가받고 있다.

버크(1897~)는 심리학, 사회학, 논리학, 언어학 등에 해박한 지식을 가진 비평가이다. 그의 비평서로는 『반박』(Counter-Statement, 1931), 윤리 사상의 진화론인 『항구와 변화』(Permanence and Change, 1935), 문학의 미학론인 『문학 형식의 원리』(The Philosophy of Literary Form, 1941), 언어 분석에 의한 인간 동기론인 『동기의 원리』(A Grammar of Motives, 1945), 심리학적 역사론인 『역사에 대한 자세』(Attitudes toward History, 1937) 등이 있다. 버크는 문학을 어떤 상징적 행동을 언어로써 형성한 것으로 보고, 문학 비평은 문학 작품 속에 표현된 상징적 구조물을 분석 해명하는 일이라고 주장했다.

영국의 보드킨(1875~1967)은 프로이트를 거쳐 융의 집단무의식 속의 원형(archetype)의 개념에 기대고 있다. 보드킨은 특별한 정서적 의의를 가지고 있다면, 어떤 시 혹은 예술이든 그 근원에는 원형이 있다고 말한다. 그리하여 그는 작가의 신경증이나 콤플렉스보다는, 작품이 정서적으로 어떻게 만족을 주고 있는가, 작품의 형식적 구성이 인간 심리의 기본 형태나 그 상징에 대해서 어떤 관계가 있는가에 초점을 둔 심리 비평을 전개하였다. 이 경향은 1950년대 후반에 들어와서 신화 비평 혹은 원형 비평의 명칭으로 대두되기 시작한다. 그의 대표적 비평서로는 『시의 원형적 형태 — 창작의 심리적 연구』(Archetypal Patterns in Poetry — Psychological Studies of Imagination, 1934) 등이 있다.

트릴링(1905~1975)은 프로이트의 이드(id)설에 관심을 집중하여, 이를 문학적 창조, 나아가서는 문화적 창조에 결부시키고 있다. 또 프로이트의 신경증론을 긍정하여, 작가는 신경증적인 것을 이용하여 환상을 그림으로 써 그것에 사회적 형식과 관계를 부여하는 것이라고 말한다. 그의 심리적 해석을 중심으로 한 대표적 저술로는 『매슈 아놀드』(Matthew Arnold, 1939), 프로이트적 성향을 보여주는 『자유 상상력』(The Liberal Imagination, 1950), 『상반되는 자아』(The Opposing Self, 1955), 『문화를 초월하여』 (Beyond Culture, 1964) 등이 있다.

프라이(1912~1991)는 캐나다의 문학 이론가인데, 그는 영미를 포함해서 영어권에 많은 영향을 미치고 있다. 그는 융의 원형 이론과 신화학을 바탕으로 새로운 원형 비평(Archetypal Criticism)을 출발시켰다. 그는 주저 『비평의 해부』(Anatomy of Criticism, 1957)에서, 신화는 인간 정신에 내재하는 사고의 형태를 표시하고 있다고 하면서, 기독교 신화와 고전적 신화를 활용하여 원형 비평의 기초를 만들었다.

작품을 사회라는 조직체로부터 떼어서 한 개인의 정신적 산물로 볼 수 있는데, 이런 입장에 설 때 비평가는 자연히 심리학적 방법을 선택하게 된다. 프로이트의 정신분석학이 나타난 이후 대부분의 비평 문학은 심리학적인 입장을 취했다. 심리주의 비평은 어디까지나 내면 세계, 즉 무의식을 분석함으로써 작가와 작품의 관계, 다시 말하여 창작 심리를 해명하려는 비평 방법인 것이다. 이른바, 인간의 무의식의 심리를 의식 세계의 잠재 작용의 원인으로 보려는 정신분석학적 방법인 것이다. 심리학 특히 프로이트의 정신분석학은 영미 비평 문학에 지대한 영향을 끼쳤던 것은 앞에서 이미 살펴 본 바와 같다.

(3) 신화비평

신화비평은 1930년대~80년대에 이르기까지 미국에서 관심을 집중한 비평적 관점이다. 신화비평의 이론서인 노드롭 프라이(N. Frye)의 『비평의 해부』가 1957년 출간하자, 이로 말미암아 당시 영미 비평계에 큰 영향력을 미치고 있던 신비평은 종말이 예고되었다.

신화와 문학은 관련짓는 데 결정적으로 공헌한 사람은 심리학자 융(C.G. Jung)이다. 그는 개인적 무의식의 밑바닥에 집단적 무의식의 발판을 마련해 놓음으로써 고대와 현대의 인간들이 표현해 놓은 작품 속에서 집단적인 이미지와 주제, 상징, 인물과 플롯을 찾아내는 데 크게 기여했다. 또한 헤르더(Herder)는 구전되어 온 문화적 양상에 민속 연구의 초점을 맞추었으며, 말리노프스키(Malinowski)는 1920년에 구전되고 있던 이야기를 전설·민담·신화로 구분한 다음, 전설은 진실하고 역사적인 가치가 있는 것으로, 민담은 진실성과는 상관없는 개인이나 집단의 오락거리로, 그리고 신화는 고대의 사회적·윤리적·정신적 가치를 구현한 것으로 설명하였다.28)

미국의 신화비평가들은 민속 문학과 신화와의 관계에 대해서 다양한 견해를 보이고 있다. 가령, 호프만(Hoffman)은 신화와 보편적 특성을 부정하면서 미국적인 특수성이 반영된 제례·민담·신화에 관심을 보였다. 그는 보편적인 신화가 미국의 문화에 유입되면 앞서 존재했던 민속 전통의 강력한 영향력에 의하여 변형의 과정을 겪게 된다고 주장한다. 그러나 미국의 다양한 견해들의 공통점은, 신화비평이란 결국 현대 과학에 의하여 생겨난 추상적이고 단절된 지식과 현실에 저항하여, 고귀한 진실과 공동체적인 삶의 형태 그리고 고대 지혜와 의의를 내포하고 있는 자료를 제공한다는 점이다.

영국의 보드킨(M.Bodkin)은 『시의 원형적 형태—창작의 심리적 연구』 (Archetypal Patterns in Poetry—Psychological Studies of Imagination, 1934)에서, 융이 주장한 집단무의식과 원형, 그리고 프로이트(Freud)의 정신분석학 등을 영국의 인류학에 접맥시키고 있다. 그리고 융의 신화에 대한 보편적인 관점을 부정하고 특정한 시대와 지리적 환경에 놓여 있는 특징에 관심을 집중했다. 보드킨은 시란 원형적 인물과 플롯, 주제를 공동체적인 지식의 형태로 정서적인 방법을 통해 전달하는 것이라고 주장했으며, 예술의 감화

---

28) Bronislaw malinowski, *Myth in Primitive Psychology*(N.Y : Norton), 1926, pp.20~30, 91~ 92.

적인 기능을 토대로 독자반응 비평을 개발하려고 하기도 했다. 또한 과학적인 언어 사용법과 시적인 언어 사용법을 구분하고 과학적 담론에서 찾을 수 있는 문자적 진실과 문학적 담론에서 찾을 수 있는 암시적이고 환상적인 진실을 구분하였다.

피들러(L.A. Fiedler)는 비평의 본보기를 과학이 아니라 신화 그 자체에서 찾았다. 그는 보드킨과 마찬가지로 집단무의식과 함께 개인적 무의식에도 관심을 표명했다. 그는 『원형과 표상』(Archetypel and Signature, 1952)에서, 원형과 표상의 개념을 구분하고 있다. 즉 원형은 초개인적이고 무의식적인 특성을 갖는 것이며, 표상은 개인적이고 의식적이며 사회적 집단의 특징을 반영하는 것이라고 구분했다. 따라서 원형에 표상이 부여되는 순간, 문학의 존재가 성립한다고 주장한다. 그는 문학의 신비한 원동력을 희생시키지 않고 문학과 비문학적인 분야를 결합시키는 데 주력하였고, 일반 독자들과 대중 문학에 대한 관심을 보였으며, 고대의 신화 대신 현대적인 신화를 발굴하는 데 노력하였다. 또한 문학의 사실적인 개연성의 가치보다 환상적인 가치를 높이 평가하였다.

버크(K. Burkre)는 『문학 형식의 원리』(The Philosophy of Literary Form, 1941)에서 비교적 절충적인 태도를 견지하면서 신화비평에 있어서 여러 분야의 연관성을 검토했다. 그는 특히 비평의 파괴력에 관심을 보였는데, 과학적인 호기심과 순수한 생각이 야기할 수 있는 위험한 경향을 우려하였다. 어떠한 한 견해가 사회적 필요성에 의해 지나치게 구속될 때 순수한 호기심은 해로운 결과를 초래할 수가 있다는 것이다. 그리하여 그는 사회의 개선과 치유에 관심을 가지고 순수한 호기심과 과학이 사회에 파괴적인 영향력을 미칠 때 그것을 근절시켜야 한다고 주장했다.

호프만은 『미국 소설에 나타난 형식과 우화』(Form and Fable in American Fiction)에서, 로만스 소설의 열 가지 형식을 검토하고 있다. 그에 관한 자료들은 17세기 이후의 미국에서, 그리고 원시시대부터 생겨난 전세계의 문화형태에서 발굴해 낸 것이다. 그는 로만스 문학에 관한 풍부한 이론과 미국 영웅의 원형을 능숙하게 형상화시키면서 탁월한 신화적 해석을 제시하고 있는 것이다. 그는 미국 영웅의 원형은 서양 신화에 나타나는 영웅의 원형 과는 달리, 아버지가 없는 독립된 특성을 내포하고 있다고 주장한다. 여기 서 호프만의 신화비평의 관점은 특수한 지역의 원형이 갖는 독자적인 특 성을 철저히 파악하려고 한다는 것이다.

한편 캠벨(J. Campbell)은 『천의 얼굴을 가진 영웅』(In the Hero with a Thousand Faces, 1968)에서, 세계적 차원에서 신화와 문학에 나타난 영원한 인간의 여러 가지 형상을 찾아내려 노력하고 있다. 이와 같은 연구 방식은 계보학(Genealogy)보다는 알레고리(allegory)적이다. 따라서 그의 방법론은 호 프만과 피들러의 사회적인 접근 방식과는 대립되며, 융과 보드킨의 연구 방법론과 닮아 있다. 영미적인 기질을 내세우는 비평가들이 원형에 대한 표상적 특징의 영향에 관심을 가진 반면, 캠벨과 및 종교적 비평가들은 표 상적 특징으로부터 자유롭고 순수한 원형에 관심을 기울였다. 캠벨은 모든 지역적 특징의 바탕에는 똑같은 신화적 원형이 존재한다고 주장한다. 모든 신화는 하나이며 모든 영웅들은 하나의 모습을 가진다는 것이다.

영국의 인류학의 영향을 받은 퍼거슨(F. Ferguson)은 『연극의 이념』(The Idea of a Theater, 1953)에서 신화비평의 이론에 입각하여 열편의 연극을 해 명하고 있다. 가령 소포클레스의 비극에서 오이디푸스왕은 사지가 찢긴 왕 과 희생양의 기능을 하며, 테베(Thebes)라는 나라는 생산을 못하는 식물과 가축, 여자들이 가득한 황무지를 의미한다고 말한다. 따라서 그는, 모든 연 극은 제도적인 문학과 텍스트로서의 모양을 뛰어넘는 고대의 제사 의식과 연관되어 있다고 주장하기도 한다.

1960년대에 이르러 신화비평은 영미의 가장 주요한 비평적 관점으로 부 상하게 되었다. 60년대 후반에 와서는 신화비평이 다른 비평적 관점에 의 해 도전을 받게 되었지만 노드롭 프라이의 『비평의 해부』만은 계속 강한 영향력을 유지해 오고 있다. 이처럼 오늘날 신화비평의 연구가 꾸준히 지 속되어 오고 있는 이유는, 무엇보다도 신화비평이 어떤 시대의 문학 장르라도 다룰 수 있는 유연성을 지니고 있기 때문이다. 그리고 또한 신화비평이 문학 작품들에 대한 기존의 규범을 크게 위협하지 않기 때문이다. 그리하여 신화비평은 미국학과 셰익스피어 연구, 낭만주의 문학에 대한 재평가, 비교 문학의 제도화, 본격적인 대중문학 연구 등에 기여하게 되었다. 그러나 한편으로는 사회적·역사적 현실을 탈피하여 초월적인 영감의 세계를 추구하며 비현실적인 사회·정치적 태도를 지향한다는 이유로 마르크시즘 문학이론가들의 공격을 받기도 하였다.

(4) 독자반응 비평

독자반응 비평은 형식주의의 텍스트 중심 비평에 반대하면서 독자 지향의 접근 방법을 지지했는데, 공간적 해석학과 유기체적 시학에 저항하여 독서의 일회성과 텍스트의 불연속을 중요시했다. 따라서 독자의 활동과 작업에 대한 인식론적·언어학적·심리학적·사회학적 압박들을 탐색했다. 반면 작품의 미학적 가치와 역사적 역할 등은 무시되었고, 이론 위주의 방법론이 갖는 규범과 독단에 반대하여 독자들의 권리를 옹호했다.

영미에서 독자반응 비평은 문학의 현상학·해석학·구조주의·해체비평·페미니즘 등 다양한 관련 속에서 강력하게 대두되었다. 영미에서 독자와 독서에 대한 연구에 관심이 집중되기 시작한 것은 1950년대 후반부터이며 1970년대 후반에 이르러 그 절정을 이루었다. 이러한 영미 독자중심 비평을 주도한 대표적인 비평가는 스탠리 피쉬(Stanley Fish), 노먼 홀랜드(Norman Holland), 데이비드 블레이치(David Bleich) 등이다.

60년대 독자반응 비평의 대표자 스탠리 피쉬는 『죄에 놀라서—'실락원' 에서의 독자』(Surprise by Sin—The Reader in Paradise Lost, 1967), 『독자 안의 문학—감정적 문체론』(Literature in the Reader—Affective Stylistics, 1970), 『자기소모적인 예술 작품들—17세기 문학의 경험』(Self-Consuming Artifacts—The Experience of Seventeenth-Century Literature, 1972) 등의 비평서를 썼다.

피쉬의 독자반응 이론의 핵심은 '영향론적 문체론'(affective stylistics)이다.

피쉬는 문학에 있어서 독자의 경험에 집중적인 관심을 보여 문학 작품을 독서 행위, 즉 수용의 과정을 통해 비평해야 한다고 주장했다. 문학은 결과가 아니라 과정이며 비평은 서서히 진행되는 일련의 결정, 수정, 예상, 반전, 회복의 과정 안에서 이루어지는 미세한 작품들을 필요로 하기 때문이다. 말하자면 그는 낱말이 문장 속에서 시간에 따라 연속되어지는 데 따라 발전하는 독자의 반응에 관심을 집중시킨 것이다. 가령, 밀튼이 천국에서 지옥으로 떨어진 타락한 천사들로 하여금 자신의 처지를 깨닫게 하는 장면을 묘사할 때 "그들은 그 불운한 처지를 눈치채지 못하지는 않았다"라고 한 것을, "그들은 그 불운한 처지를 눈치챘다"라는 진술과 동등하게 해석해서는 안 된다는 입장이다. 피쉬의 주장에 따르면, 낱말들의 배열이 일종의 긴장 상태를 자아내어 독자로 하여금 타락한 천사들의 깨달음에 대한 두 견해 사이에서 잠시 머뭇거리게 한다는 데 주목해야 한다는 것이다.

이후 피쉬는 『독자 안의 문학』에서 '학식 있는 독자'의 개념을 제시했다. 그에 따르면 학식 있는 독자란, 독자반응에 필요한 언어의 경험과 문학적 관습에 대한 지식을 모두 소유하고 있는 독자를 말한다. 그에 따르면, 학식 있는 독자들의 반응은 합리적인 토론을 방해할 만큼 서로 엉뚱하게 차이가 날 가능성이 없다는 것이다. 이에 대해 폴 드 만(Paul de Man)과 조나단 컬러(Janathan Culler)의 비판을 받기에 이르고, 결국 피쉬는 논문 「집주판을 해석하기」(Interpreting the Variorun, 1976)를 통해, 학식 있는 독자의 관점을 '해석의 공동체'(interpretive communities)라는 생산적 개념으로 개조한다. 그가 말한 해석의 공동체란, 서술된 텍스트에 대해 해석적 전략을 공유하는 사람들로 구성되어 나름의 특성과 의도를 구축하는 것이다. 이는 피쉬가 저자, 텍스트, 학식 있는 독자 등에 관한 이전의 개념들을 버리고, 제도권 속의 독자, 해석 전략들과 (다시) 글쓰기 전략, 해석의 사회학과 전문 정치학에 관한 새로운 개념들을 채택함이다. 그러나 피쉬의 독자중심 비평 이론은 80년대의 많은 이론가들로부터 '박제된 비평'으로 조롱을 받기에 이른다.

노먼 홀랜드는 '자아심리학을 이용하여 독자와 텍스트 간의 거래에 초점을 두고 작품 수용의 본질을 논했다. 본질적으로 홀랜드는 정체성 혹은 개성이 문학의 지각과 해석에 영향을 미치는 방식에 대한 심리학적 이론을 펼친 것이다. 그의 기본적 지침이 되는 이론서 『통일성・정체성・텍스트・자아』(Unity・Identity・Text・Self, 1975)에서는, '텍스트'를 책 속에 있는 단어들로, '자아'를 정신과 육체를 가진 개개 사람의 전체로서 지칭했다. 그리고 '통일성'이란 부분적인 것의 결합이나 살아있는 유기체를 닮은 구조적 전체와 같이 전통적인 방법이라고 생각했다. 또한 '정체성'은 생활에 종속되는 주제와 양식의 통일된 윤곽이라고 개념화했는데, 이는 전형적으로 '성격' 혹은 '개성'이라 불리는 불변의 존재이다.

그의 이론에 따르면, 어린이는 누구나 어머니로부터 '일차적 정체성'(primary identity)의 흔적을 얻는다는 것이다. 그리고 성인은 '정체적 테마'(identity theme)를 가지는데, 이는 마치 음악의 테마처럼 변화는 가능하지만 고정된 정체성을 가진 중심 구조는 그대로 유지되며, 텍스트를 읽을 때도 각자의 정체성 테마에 어울리게 읽어나가게 된다고 말한다.

홀랜드는 이러한 독자─반응 거래의 작용을 「새로운 패러다임─주관적인가 거래적인가」(The New Paradigm─Subjective of Transactive?, 1976)란 논문에서 방어(defenses), 기대(expectatins), 환상(fantasies), 변형(transfomation)의 과정으로 설명하면서, 자신의 모델을 위해 DEFT라는 두문자어를 만들어 내었다. 이 DEFT는 정체성 제창조의 과정으로 『독서하는 5인의 독자들』(5 Readers Reading, 1975)에서 상세히 기록된 실험주체들(학부 학생들)의 독서 연습에서 파생되어 나온 것이다. 이 논문의 주된 핵심은, 독자들은 그들의 내면적 생활을 형성하고 있는 심층적 공포나 소원을 극복하는 데 필요한 독자 자신의 독특한 방법을 발견하기 위해 그 작품을 다시 고쳐 읽는 다는 것이다.

데이비드 블레이치는 문학 비평과 교육학을 연결시켰다. 그는 『독서와 감정─주관 비평 입문』(Reading and Feeling─An Introduction to Subjective Criticism, 1975)에서 소규모 학급에서의 교사와 학생간의 개인적 상호 작용을 기초로 한 개별 지도 교수법의 효력을 주장했다. 그는 텍스트의 해석이 개인의 ①지각 ②감정 ③연상으로 구성되는 1차적 감정 반응의 해석과 그 후의 재창조를 필요로 한다고 보았다. 그리고 ④해석에는 주관적 경험의 객관화와 잠재적 왜곡 가령, 과장·생략·연상·삽입·오류 등이 포함된다. 결국 블레이치가 논증하고자 한 것은 객관적 형식화에 대한 주관적 근거였다. 독자가 어떤 형태의 사고 체계를 사용하든, 흔히 객관적으로 제시되는 특정한 텍스트의 해석이란 한 개인 반응의 주관적 개성을 반영하는 것이다.

블레이치에게 있어서 반응과 해석은 전혀 별개의 문제였다. 반응은 사적인 것이고 해석은 공적인 것이다. 그러므로 해석을 한다는 것은 사적 경험을 공적으로 전화시키는 것이다. 따라서 어떤 공동체의 주관적 경험을 다루기 위해서는 학생들 개개인의 토대가 선행되어야 한다. 피쉬가 공동체를 해석의 결정 요소로 상정한 반면 블레이치는 해석의 마지막 도달점으로 본 것이다. 그는 전 작품에 걸친 독자의 '최초'의 반응은 작품의 마지막 단어에 이르러서야 완전히 종결된다고 믿었다. 따라서 그는 비평을, 본문을 해독하는 조작이 아니라 개인의 중요한 감정과 연상을 개발시키는 하나의 경험으로 본 것이다.

독자중심 이론 분야에서 70년대에 가장 영향력 있는 여권주의적 저술은 주디스 페터리(Judith Fetterley)의 『반항하는 독자』(The Resisting Reader, 1978)이다. 페터리는 남성위주의 문학 작품과 그 주변에서 생장하는 성차별적 비평 등을 비판하고 나섰다. 그는 페미니즘 비평가의 첫 번째 행동은 동의하는 독자가 아니라 반항하는 독자가 되는 것이라고 주장한다. 여기에는 정신적·사회적·정치적 비평의 과제가 자연스럽게 포함된다. 페미니스트의 반항은 정체성·계층·힘의 문제와 관련되었기 때문이다. 이렇듯 여성의식의 최 전면으로서, 페미니즘적 독자반응 비평은 문화 속에 스며 있는 남성주도적 사상과 신화와 힘의 관계들을 폭로하고 노출시키고 의문시하는 데 중점을 두었다. 따라서 다른 독자반응 비평과 마찬가지로 페터리의 작업 역시 교육과 밀접히 관련되어 있다.

제인 톰킨스(Jane Tompkins), 메어리 루이스 프래트(Mary Louise Pratt) 등도 독자반응 비평에 참가하였다. 톰킨스는 『문학적 대화의 화행에 대하여』 (Toward a Speech Act Theory of Literary Discourse, 1977)에서 형식주의자들과 구조주의자들이 일상 언어로부터 문학 언어를 분리시켰다고 비판하고, 독자반응 이론과 화행 이론의 화합을 희망적으로 전망하였다. 또한 『해석의 전략/ 전략적 해석─영미 독자반응 비평에 관하여』(Interpretive Strategies/Strategic Interpretations─On Anglo-American Reader-Response Criticism, 1983)에서는, 미국적인 독자중심 이론과 비평을 비판하기 위하여 문화 연구 운동에 전형적인 이념 분석 방법을 사용하고 있음을 본다.

독자반응 비평은 수사학적·기호학적·현상학적 유형에서부터 정신분석적·해석학적·사회역사적·페미니즘적 유형에 이르는 다양하고 방대한 방법론을 시도했지만, 텍스트 비평, 원형비평, 주제비평 등은 수용할 수 없었다. 이러한 다원적인 접근에도 불구하고 독자반응 비평은 미국의 다원론자들로부터 비판을 면치 못했다. 왜냐면 독자반응 비평은 각 개인의 독자에게 비평의 특권을 부여하고, 각각의 독자가 그 나름의 유일하고도 타당한 해석을 얻게 하기 때문이다.

(5) 페미니즘 비평

20세기 영미 페미니스트 비평은 1960년대 초반에 시작된 광범위하고 새로운 여성운동의 일환이다. 이는 페미니즘 운동의 제2기에 해당하는데, 제1기는 남북전쟁 이전에 시작되어 제1차 세계대전 직후까지 계속된 수많은 여권주의적 활동과 계획들이다. 60년대와 70년대의 영미 사회는 인종 차별, 반빈(反貧) 반전(反戰) 운동, 민권운동, 경제 정의, 평화운동들과 함께 성차별에 대항하고 남녀평등권과 낙태 권리를 주장하는 여성운동의 새로운 기구들이 창립되었다. 이러한 여성운동 기구들은 선언문을 발표하고, 새로운 입법을 도입하고, 데모를 일으키고, 여성 문학에 초점을 맞추어 많은 서적과 논문들을 출판함으로써 넓은 독자층을 가지려고 노력하였다. 당시 창립된 주요 페미니스트 기구에는 전국여성연맹(1966), 흑인여성동맹(1973) 등이 있고, 선언문으로는 여성권리장전(1967), 붉은스타킹선언(1969), 암컷선언문(1969), 제4차세계선언(1971) 등이 있다.

20세기 제2차 페미니즘 비평 운동은, 가정주부와 어머니로서 성공한 행복한 미국 여성이라는 지배적인 문화적 영상을 해부하고 비판한 저서인 베티 프리단(Betty Friedan)의 『여성의 신비』(The Feminine Mystique, 1963)로부터 출발한다. 프리단은, 40년대~50년대에 특히 조장된 여성의 신비화는, 가정이라는 좁은 공간 안에서 청소와 빨래를 하고 아이를 키우는 여성이야말로 이상적인 여성상이라는 신념을 불어넣었다고 말한다. 이 체제에서는 여성은 다만 성적인 수동성, 남성 지배와 양육하는 모성상을 받아들여야만 했다는 것이다. 따라서 반혁명적이며 도처에 편재해 있는 여성적인 신비를 벗겨내기 위하여 강렬한 여성 해방 투쟁을 하는 것이 여성운동의 과업이라고 프리단은 말한다.

70년대에 케이트 밀레트(Kate Millett)는 『성의 정치학』(Sexual Politics, 1970)을 출간하였다. 이 책은 밀레트의 문학박사 학위논문인데, 그는 이 저서에서 로렌스(D.H Lawrence), 밀러(Henry Miller), 메일러(Norman Mailer), 즈네(Jean Genet) 등 네 명의 남성 작가의 작품을 분석하고 있는데, 여기에서 그는 남성 우위, 성폭력에 초점을 맞추고 가부장제라는 이념은 여성 억압을 영속화시키는 이념적 정치라고 비판하였다. 그녀는 또한 현대 대중 문화와 사회 과학 특히 프로이트의 정신분석학을 여성에 대한 성차별적인 평가 절하의 이론이라고 비판하였다. 이와 같이 밀레트는 존경받는 남성 작가들에 대한 반권위적인 탈신비화 작업의 길을 열었다. 이러한 밀레트는 자유주의적인 프리단보다 과격한 정치적 성향을 띠고 개혁보다는 사회 혁명에 선도적인 역할을 담당하였다.

70년대 중반에는 많은 페미니스트 비평가들이 여성 문학에 초점을 맞추고 성차별적 왜곡과 가부장적 고정 관념을 폭로하는 것만을 강조하던 태도를 버리고 여성중심적인 시각 쪽으로 방향을 돌렸다. 남성중심적인 작품에 대한 부정적인 분석에서 여성중심적인 작품을 긍정적으로 탐구한 것이다. 이것의 대표적인 저술로는 패트리시아 마이어 스팩스(Patricia Meyer Spacks)의 『여성의 상상력—여성의 글쓰기에 대한 문학적 심리학적 조사』(The Famale Imagination—ALiterary and Psychological Inuestigation of Women's Writing, 1975), 엘렌 모어스(Ellen Moers)의 『여류 문인』(Literary Women, 1976), 엘레인 쇼왈터(Elaine Showalter)의 『여성 자신의 문학—브론테에서 레싱까지의 영국 여성 소설가들』(A Literary of Their Own—British Women Nouelists from Bronte to Lessing, 1977), 산드라 길버트(Sander M. Gilbert)와 수잔 구바르(넌무 Gubar)의 『다락방의 미친 여자—여성 작가와 19세기 문학적 상상력』(The Madwoman in the Attic—The Woman Writer and the Nineteeth—Century Literary Imagination, 1979) 등이 있다.

엘렌 모어스의 『여류 문인』은 1780년대부터 1930년대까지의 위대한 여류작가들의 이력을 조사하여 영국·미국·프랑스 문학의 '서사시적 시대'(Epic Age)의 설화문학을 제공하려는 것이었다. 그는 특히 뛰어난 여성 장르인 소설 분야에 관심을 두어 주제, 이미지, 전통, 생활 등을 주의깊게 관찰하였다. 엘레인 쇼왈터는 『여성 자신의 문학』에서 이때까지 위대한 작가들에게만 관심을 집중함으로써 영국 여류 소설가들의 서열을 하나의 소그룹으로 격하시켜왔던 전통적 문학사의 단점을 수정하는 작업을 하였다. 그리하여 모어스의 사전 목록과는 달리 쇼왈터는 30페이지 되는 '생애 부록'(Biographical Appendix)에서 1840년대부터 1970년대까지의 실질적으로 알려지지 않은 수십 명의 여류 작가들을 소개하고 있다. 또한 길버트와 구바르는 19세기 여성문학 전통에 초점을 맞추고, 가부장적인 남성 전통의 시각을 본떠 역사적 여성 시학을 표명하고 있다. 『다락방의 미친 여자』에서 그들은 가부장적 사회가 여성을 신체적, 정신적으로 병들게 한다고 말하면서 그 질병의 사례를 작품 속에서 추적하고 있다. 일반적으로 취급된 병 가운데는 공간 공포증·건망증·식용 부진·실어증·밀실 공포증·히스테리·정신병 등이다.

이와 같이 1970년대 초반부터 80년대 중반까지 여성 문학론은 다양한 특성을 가지게 되는데 루스벤(K.K. Ruthven)은 『여성문학 연구 입문』 (Feminist Literary Studies-An Introduction, 1984)에서 여성문학론의 형태를 다음의 일곱 가지로 분류했다.[29]

첫째, 여성에게 주어지는 사회적 역할에 관심을 두고 문학 작품 속에 나타난 여성의 이미지를 연구한 사회학적 여성문학론자들(Sociofeminists)

둘째, 신호 과학인 기호학에서 시작하여 여성들이 사회 역할을 할당받도록 하기 위해 여성에게 기호를 부여하여 분류하는 의미 체계를 연구하는 기호학적 여성문학론자들(Semiofeminists)

셋째, 남성 규범과 범주에 속박되지 않는 여성의 성욕에 관한 이론 정립을 위해 프로이트와 라캉의 이론을 수용하여 성욕이 억압된 여성의 욕구나 흔적을 문학 작품에 나타나는 무의식적인 언어에서 분석·검토하는 정신분석학적 여성문학론자들(Psychofeminist)

넷째, 여성 억압이 사유재산제의 발생에서 기인한다고 파악하여 노동자계급의 입장에서 여성을 자신들의 담론에 이끌어 들이는 방법으로 문학 wrkvna을 분석 처리하는 맑시즘적 여성문학론자들(Marxistfeminists)

다섯째, 문제 발생시 모든 분야를 극히 일부분씩만 적용시키는 사회 －기호학－정신분석－맑시즘적 여성문학론자들(Socio－Semio－Psycho－Marxistfeminists)

여섯째, 글쓰기에 있어서 발기성과 사정 활동을 특징으로 하는 지배적 남근중심 신화를 반대하고 음순(Labia)을 여성 글쓰기의 근원으로 간주함으로써 성욕과 작품 사이의 관계를 탐구하여 체세포적인 작품 이론을 공표한 레즈비언 여성문학론자들(Lesbianfeminists)

일곱째, 백인 우월주의 사회에서 흑인으로, 가부장제 사회에서 여성으로, 자본주의 하에서 노동자로서 이중 삼중으로 압박받고 있다고 주장하면서

---

29) 최동호 편, 『새로운 비평 논리를 찾아서』, 나남, 1990, pp.313~314.

고도 기술 사회하에서 중산층 백인 여성 문제에 거의 독점적으로 집중된 최근의 여성문학론을 비난하는 흑인 여성문학론자들(Blackfeminists) 등이 있다.

루스벤은 위의 분류 형태에 다시 융의 신화비평, 제3세계 반식민주의 비평, 실존주의 비평, 독자반응 비평, 언어행동 비평, 해체 비평 그리고 후기 구조주의 비평을 첨가하여 다시 14가지 형태로 페미니스트를 분류하고 있다. 그리고 70년대 후반 미국 비평계에서는 페미니스트 14가지 유형의 비평을 따르는 비평가들이 속출했고 2000년대까지 계속되고 있다.

3. 프랑스의 비평 문학

1) 르네상스 시대의 비평

프랑스에서는 15세기 말에서 16세기 전반에 걸친 시기를 문화사상 르네상스 시대라고 일컫는다. 프랑스의 중세 역시 다른 나라와 마찬가지로 암흑의 시대였으나, 그리스·로마의 고전 문화 유산은 신학자나 수도자들을 중심으로 계승되어 왔다. 그리고 프랑스는 15세기 말 이후, 반세기 이상 반복된 이탈리아와의 전쟁과 원정으로 인해 두 나라 사이에 교류가 촉진되면서 이탈리아의 융성한 새로운 문화를 접하게 된다. 그리하여 프랑스 인들은 인문주의 운동, 문예부흥운동에 관심을 집중하게 된다.

이탈리아를 제외한 서유럽 제국은 인쇄술이 발명되기 전에는 실제로 문학이 존재했다고 할 수 없다. 16세기 이전의 프랑스 문단에서는 작자와 독자 그리고 비평가라는 이 세 부문의 출현을 거의 찾아볼 수 없었던 것이다. 그러다가 16세기 초두에 칠문성파(七文星派, Pleiade)의 탄생과 함께 신흥 프랑스 문예가 시작되었다. 그리고 인쇄술의 발명과 보급으로 인해 사람들은 텍스트를 보다 잘 인식하게 되었다. 과거의 작가들에 대한 출판물이 쏟아져 나왔고, 그들에 대한 주해, 주석, 다양한 독법 등은 곧 문헌학 비평의 탄생을 기약했다.

칠문성파 중에 뒤 벨리(Joachin Du Bellay, 1524~1560)나 롱사르(Pierre de

Ronsard, 1524~1585) 등은 일반에게 잘 알려진 시인이다. 뒤 벨리는 1549년 『프랑스 어의 옹호와 선양』(Léfense et Ilustration de la Langue Francaise)을 발표함으로써 프랑스 문학 사상에 새로운 기원을 열었다. 이 새로운 이론서가 간행되기 전까지의 비평계는 칠문성파마저도 형식 개조에 더 나아가지 못한 연구에 일관했다. 따라서 용어의 구성, 새로운 운율의 창조, 고전 문학의 모방이라는 범주를 벗어나지 못했다. 그러다가 뒤 벨리의 저서가 발표됨과 동시에 프랑스 문학 운동은 새로운 방향으로 진전되기 시작했다. 뒤 벨리는 그 표제에 나타나 있는 바와 같이 불란서 어를 옹호하고 어떻게 하면 보다 더 존엄성을 갖게 할 수 있을 것인가 하는 방법을 제시했던 것이다. 그리하여 후일 1840년 생트−뵈브로부터, 뒤 벨리의 비평서는 새로운 미를 야기하고 그 미의 창조 방법을 제시하는 '자극하는 비평', 그리고 이미 실현된 이상적 모델에다 새롭게 출현한 작품들을 비교하여 그것들의 결점을 '지적하는 비평'이라는 평가를 받기도 했다.

16세기 프랑스에서는 자신들의 재능과 독창성을 자각한 학식 있는 귀족 계층이 형성되었다. 이 계층의 몇몇 대표자들은 자유로운 분석과 검토를 통하여 자신을 고대인이나 근대인과 대조하였는데 바로 여기에서 비평의 휴머니즘이 출현했다. 그 대표적인 인물이 몽테뉴(Michel Montaigne, 1533~1592)이다. 그는 『수상록』(Essas, 1580)을 통하여 여러 작품을 성찰하고 자기 자신의 탐구를 시도했다. 이런 점에서 몽테뉴는 프랑스 비평에 새로운 유형을 제공했다고 할 수 있다.

2) 신고전주의 비평

부르봉 왕조의 초대 왕 앙리 4세가 왕위에 올라 내란을 종식시키고 국가 통일의 기반을 굳혔다. 그 뒤를 이은 루이 13세도 절대군주제로의 길을 닦아가면서 사회 질서가 회복되고 민심이 안정되자, 문화면에서도 정비 통일의 기운이 활발해져갔다. 프랑스어를 정비하고, 16세기의 무질서한 시작법을 개혁하여 고전주의 시대의 시형을 준비함으로써, 고전주의 문학의 탄생을 촉구한 비평가는 말레르브(Frncois de Malherbe, 1555~1628)였다.

17세기에 들어와 16세기를 지배해 온 비평을 꼬집고 비판하는 비평이 등장한다. 이러한 경향의 출발은 시인 말레르브를 대표로 하여 시작되는데, 그는 데포르트(Desportes)의 『시집』(Poésies)을 면밀하게 주해하면서 결함을 하나하나 지적해 나갔다. 그는 언어의 면에서 혼란된 16세기의 프랑스어를 정리하여 거칠고 천박한 말을 추방하고, 방언·기술 용어·고어·라틴어법·합성어 등의 사용을 배척했으며, 조화 있는 정확하고 명석한 표현을 제창했다. 특히 시어에서는 모음의 중복이나 어구끼리의 걸침 등을 금하고, 완전한 압운의 필요성을 역설하여 후일 고전주의 이론을 낳는 새로운 미학을 창조했다. 말하자면 말레르브의 주장은 소위 박학비평(博學批評)이라 칭해지고 있는데, 미래의 시인들에게 적합한 표현의 본보기를 주기 위함이었지만, 한편으로는 너무나 한쪽으로 치우친 엄격함과 완고함을 드러냈다. 그러나 말레르브가 1635~1660년에 걸쳐 프랑스 비평가들에게 길을 열어 주었다는 사실은 결코 가벼운 것이 아니다.

말레르브의 영향력이 급격히 퇴조하고 재상 리슐리외(Richelieu) 추기경 시대에는 사교클럽에서 비평이 행해졌다. 세상이 평화로워져 사교 생활도 점차 활발해졌는데 이때 이탈리아에서 세련된 언어, 예절을 보고 돌아온 랑브이예(Rambouilet) 후작 부인은 1610년경부터 상류 사회 사람들과 문인들을 초대하여 좋은 의미를 보급하려고 자택에 살롱을 열었다. 이 살롱 문인들은 박학비평을 추종하거나, 새로운 작품들을 비판 혹은 예찬하는 구두비평(口頭批評)을 하거나, 또한 즉흥적으로 작품을 평하거나 이론을 펼치는 즉흥비평 등을 했다. 랑부이예 부인이 사교계에서 은퇴한 후에도 다른 사람들이 속속 살롱의 문을 열어 그 곳에서 고전주의 정신의 중요한 요소인 품위와 절도가 생겨나고, 교양인이 배출되어 언어의 순화에 크게 기여하고 문학 예술의 질서까지 지배하게 되었다. 훗날 대비평가 생트-뵈브(Charles Augustin Sainte-Beuve, 1804~1869)는 이러한 사교 클럽 비평에 경의를 표했고, 티보오데(Albert Thibaudet, 1874~1936)는 『비평의 생리』(Physiologie de la critique, 1930)를 통하여 프랑스에서 행해진 세 가지 활발한 비평 가운데 하나로 이 사교클럽 비평을 꼽았다.

그 밖에 발자크의 서한비평, 샤플렝의 독단비평, 오비냑 신부의 극비평, 코르네이유(Pierre Corneille, 1606~1684)의 자기비평 등도 간과할 수 없다. 특히 코르네이유와 오비냑이 벌인 극을 둘러싼 비평 논쟁은 주목할 만하다. 또한 1960년대 후반 퓌르티에르(Antoine Furetiére, 1620~1688)의 양식(bon sens)론과 교양(honneteté)론, 메레(Antoine Gombud Mèré, 1607~1685)의 살롱 안에서의 신사의 언행 등을 언급한 부르주와 비평도 그냥 넘어갈 수 없다.

1660년 이후에는 고대에 많은 영향을 입은 비평가가 등장했다. 그 가운데 가장 대표적인 비평가는 브왈로(Nicolas Boileau Despréaux, 1636~1711)이다. 그는 말레르브의 신조를 이어 받아 그리스 로마의 모델의 신성을 주장하여 프랑스 문예계를 독주했다. 브왈로는 진실·양식(良識)·자연 등에 관심을 두면서, 나아가 대중의 취미를 바탕으로 진실과 자연을 표현하는 방법인 품위·절도·진실다움 등을 강조했다. 고전주의의 대교과서라고 불리게 된 그의 비평서 『풍자시』(Satires, 1660~1705), 『서간시』(Epîtres, 1669~1695), 『시의 기법』(L'Art poétique, 1674)에 이르기까지, 그가 거듭 강조하고 있는 것은 합리적이고 추론적인 비평 규율이었다. 당시 고전주의 문학의 2대 원리는 데카르트 철학에서 말미암은 이성에 대한 존중과 고대 작품에 대한 기준을 둔 미적 취향이었다. 브왈로는 이러한 원리에 입각하여 동시대의 대작가들의 사상을 이론화하고 작시법의 궤범(軌範)을 집대성하여 고전주의 문학의 미학을 확립하고 또한 대변한 이론가라고 할 수 있다. 라시느(Racine Jean, 1639~1699)를 비롯하여 코르네이유(Pierre Corneille, 1606~1684), 몰리에르(Moliére, 1622~1673) 등의 논의는 세부적으로 살펴보면 각기 특색이 있으나 고전주의의 특징을 대표하고 있는 점에서는 같다.

그런데 17세기 말 고전주의 균형이 깨지기 시작한다. 원래 고전주의 작가들은 모두가 이성을 존중하는 동시에 그리스와 라틴 문학을 모방하려고 했다. 이성의 존중은 합리주의에 대한 편향이어서 어떻게 보면 고대인에게서 미의 취미와 규범을 찾으려는 태도와는 모순되는 것 같으나, 프랑스 고전주의 문학을 말하자면 이러한 두 개의 이질적인 요소의 조화를 바탕으로 성립되어 있었던 것이다. 따라서 이 균형이 깨지면서 샤를르 페로 (Charles Perrault, 1628~1703)가 고대인의 권위를 의심하는 선언을 한 것이 신구논쟁(新舊論爭, LaQuerelle des Anciens et des Modernes)을 유발시켰다. 1687년 1월 27일의 학술대회에서 페로는 『루이 대제 시대의 시』(Poème du Siécle de Louis le Grand)라는 글을 통해 그들에게 극단적인 찬사를 보내는 한편 호메로스의 결점들을 지적했다. 이에 브왈로는 호메로스나 베르길리우스와 같은 인물들을 비판한 것은 야만적인 태도라고 반박했다. 말하자면 페로는 고대에 대한 새 시대의 우위를 주장하여 근대파로서의 논점을 전개한 것이다. 그리고 계속해서 페로는 『고대인과 근대인의 비교』(Paralléle des Anciens et des Modernes, 1688~89)를 통하여 그의 견해를 분명히 하였다.

이 신구 논쟁에서 신파의 대표 페로의 문학론을 지지한 비평가는, 데카르트 정신의 소유자인 퐁트넬(Bernard la Bovier de Fontenelle, 1657~1757) 등이고, 구파의 대표 브왈로의 문학론을 지지한 비평가로는 라시느, 라 퐁테느(La Fontaine), 라 브뤼예르(La Bruyére, 1645~1696) 등이었다. 이 논쟁에서 결국 근대파가 승리를 거두었다. 이 위기는 고전주의적 이상의 분해를 나타내는 것이다. 고전주의 이상은 두 가지 요소로 이루어져 있었다. 즉, 정신을 미래 쪽으로 끌고 가는 이성에 대한 기호와, 정신을 과거의 모방으로 몰아대는 아름다움에 대한 기호이다. 근대파가 승리를 거두었으므로 예술은 한 세기 동안 문학에서 배제되었다. 그러므로 18세기는 이 논쟁 속에 싹트고 있었던 셈이다. 18세기는 이미 라 브뤼예르와 페늘롱(Fénelon, 1651~1715)과 같은 마지막 고전주의 작가들의 작품 속에 여러 가지 형태로 나타나고 있었다.

18세기에 들어 재연된 제2차 논쟁에서 재정인(財政人)의 역을 떠맡게 된

페늘롱은 고대 문학에 대한 정당한 평가와 그 역사적 이해를 내세워 매우 자주적이고 현명한 판정을 내렸다. 대체로 근대파로는 데카르트의 합리주의 철학 신봉자들로서, 문학의 심판자로서는 불충분한 이성을 극단적으로 문학에 적용하려고 했다. 아베 뒤 보스(Abbé Du Bos)가 지금까지 고전주의자들이 주장하지 않던 문학 심판에서의 감성의 구실을 주장한 사실은 주목할 만하다. 이 논쟁은 겉으로 보기에는 유치한 것 같으나 그래도 상반되는 18세기의 양대 경향을 자각시켰다는 점에서는 수확이 있었다고 할 수 있다. 또한 근대파의 퐁트넬(Fontenelle), 고대파의 페늘롱과 아베 뒤 보스에게서 볼 수 있는 역사적 상대주의의 싹은 19세기에 가서야 결실을 보게 된다.

16세기의 무정부 상태의 고통으로 말미암아 17세기는 종교, 군주제, 국가 권력에의 만인의 복종 등 온갖 규율을 받아들였다. 그리고 문학 역시 철학 또는 개인적 도덕의 문제들만을 다루었으며, 무엇을 표현하더라도 예술 작품을 만들어 내려고 노력했다. 그런데 18세기는 반대로 모든 규율을 거부하는 경향을 나타냈다. 그만큼 17세기와 18 세기 사이에는 현저한 대조를 보여주었다. 또한 18세기 계몽 사상을 전파하는 데 기여한 것은 살롱이다. 17세기에 이어서 18세기에도 유행한 살롱은 17세기의 것이 문예를 육성하고 유지하는 기능을 가졌던 데 반해 일종의 문화 운동의 온상으로 학문적, 사상적 살롱으로 변질했다. 살롱에서의 학문과 사상을 교환했던 것들이 새로운 형태의 문학을 탄생시키는 데 크게 기여했다. 18세기 전반기의 계몽 문학의 대표자는 사회과학면에 치중한 몽테스키외(Montesquieu, 1689∼1755)이고 중엽 후반을 대표하는 자는 자연과학자 뷔퐁(Buffon, 1707∼1788), 디드로(Denis Diderot, 1713∼1784), 루소(Jean−Jacques Rousseau, 1712∼1778)이다. 그리고 볼테르(Voltaire, 1694∼1778)는 전후반에 걸쳐 장기간 활약했다.

18세기 문학계를 지배한 볼테르는 자신의 극작품에 대한 여러 헌시와 서문을 통해 하나의 시학을 구체화시킨다. 연극에 관한『오이디프스에 관한 편지』(Lettres sur OEdipe, 1719)로부터 출발하여 『서사시에 관한 시론』 (Essai sur la poésie épique, 1727), 『취미의 사원』(Temple du gout, 1731~33), 『풍습론』(Essai sur les Moeurs, 1745년 경), 『루이 16세의 시대』(Siécle de Louis ⅩⅣ, 1751), 『철학 사전』(Dictionnaire philosophique, 1764~72), 『라블레에 관한 편지』(Lettres sur Rabelais, 1767), 『호라티우스와 브왈로, 포우프의 비교』(Paralléle d'Horace, de Boileau et de Pope, 1761), 『코르네이유에 관한 주석』(Commentaire sur Corneille, 1764), 『아카데미 프랑세에즈에 보내는 편지』(Lettre àl Acadèmie francaise, 1776) 등의 많은 비평서를 남기고 있다. 이렇듯 다양하게 표명된 볼테르의 비평은 자기 취미의 반응이라고 할 수 있는데, 자신의 문학적, 예술적 체험을 간추려 그것을 취미의 선호도에 따라 글을 썼다. 그의 저술 『취미의 사원』은 취미 비평의 방법론이라고 할 수 있으며, 총체적으로 그의 비평은 임의비평(critique spontanèe)이라고 일컫는다. 또한 볼테르의 이론은 고전적 비평과 마찬가지로 이상주의 비평의 색깔을 띠고 있으나, 규칙과 도그마에서 벗어나 개인적으로 성립된 미적 이상을 담고 있다.

또한 볼테르는 비극을 시도하여 영속적으로 자신의 명예를 고수하려 했으며, 고전극 이론을 순화하려고 노력했다. 그러나 겨우 제재를 근대적이고 국민적인 것에서 취하고 망령, 포성, 대도구 등을 등장시켜 무대 효과를 변화시킴으로써 새로운 풍을 도입한 것에 그쳤다.

18세기 후반 보브나르그 후작(Marquis de Vauvenargues, 1715~1747)의 대표적인 저술 『사색과 잠언』(Penséés et Maximes, 1946)은 루소와 낭만주의보다도 훨씬 전에 정열의 힘을 찬양하고 있음을 본다. 그는 행동이야말로 진정 인간의 목적이라고 말한다. 정력은 그에 있어 영혼의 참다운 척도이다. 그는 대체로 정확하고 단순한 표현을 중요시했다. 따라서 훌륭한 산문에는 조화와 리듬이 있어야 한다고 주장한다. 이 리듬을 위해서 그는 흔히 잘 어울린 균형과 웅변투를 권유한다. 그가 중요시하고 있는 존호법, 의문형, 설교조 등의 문장은 루소에게 그 맥을 전달하고 있기도 하다.

달랑베르(Jean d'Alembert, 1717~1783)와 디드로(Denis Didetot, 1713~1784)는 『백과전서』(Encyclopédie, 1751~1772)를 펴낸다. 달랑베르가 '서문'(Discours préliminaire)을 썼는데, 이것은 과학의 기원에 관한 넓은 견해이며 이성과 진보의 세기인 18세기의 변호였다. 그러나 이 일에 전적으로 투신하고 '백과전서'에 철학적 성격을 부여한 인물은 디드로이다. 그는 이성의 진보와 그 힘을 천명하고 동시에 과거의 정신·신앙·제도를 무너뜨리기 위해 인간 지식의 일람표를 이용했다. 따라서 여기서 특히 디드로의 순수한 합리주의가 주목된다. 그들은 온갖 저항을 극복하고, 20년 이상의 진통 끝에 마지막 권인 제28권까지 간행하는 데 성공했다. 이 책이 출판되자마자 순식간에 프랑스에서는 절판이 되고 외국에서는 모조품이 나왔다.

또한 드니 디드로는 그의 『연극론』(1758)에서, 현재는 영웅적인 비극의 시대는 이미 지났다고 주장하면서, 지나간 역사에서 소재를 얻는 것을 지양하고 시민 생활에 있는 감동적인 여러 상황을 새로운 시민을 위한 연극으로 다루어야 한다고 말했다. 이것이 이른바 시민극을 탄생시켰는데, 이 시도는 당대에는 결실을 보지 못하다가 19세기에 와서야 낭만파 연극 이론으로 연결된다.

루소(Jean-Baotiste Rousseau, 1670~1741)는 18세기 프랑스 정신사에 강력한 영향을 미쳤다. 그는 종교적 감정과 도덕을 재건함으로써 사회를 혁신했다. 그는 민주주의의 이론을 세웠는데 그것은 항상 극좌(極左)의 당파들에게 영감을 주었다. 그는 또 웅변·서정·자연에 대한 사랑과 그 회화성·예술 관념 등을 문학에 도로 찾아다줌으로써 문학을 혁신했다. 루소의 주요 작품은 세 부류로 나뉘는데, 그것은 그의 사상 세 가지 시기에 대응한다. 먼저 부정적인 비판 작품으로 『학문 예술의 부흥론』(Discours sur le rétablissement des sciences et des arts, 1750), 『인간 불평등의 기원론 및 기초론』(Discours sur l'origine et le fondement de l'inégalité parmi les hommes, 1754), 『연극에 관한 달랑베르에의 편지』(Lettre á Dalembert sur les spectacles, 1758) 등이 있다. 다음 건설적인 작품으로 『누벨 엘로이즈』(La Nouvelle Héloïse, 1761), 『사회 계약론』(La Contrat social, 1762), 『에밀』(Emile, 1762) 등이 있다. 그리고 자서전적 작품으로 『고백록』(Confessions, 1765~1770), 미완성 작품인 『외로운 산책자의 몽상』(Reveries d'un Promeneur solitaire, 1776~1778) 등이 사후에 출판되었다.

루소 이론의 모든 체계는 하나의 기본적 개념 위에 서 있다. 즉, 자연은 인간을 선하게 만들었는데, 문명이 그것을 악하게 만들었다는 것이다. 그런데 문명의 기초는 소유권이므로 소유권은 하나의 악이라고 주장한다. 계속해서 루소는 문명의 표시는 학문과 예술의 발전이므로, 학문과 예술은 비난할 만한 것이라고 언급한다. 그러나 문명은 또 동시에 인간을 고귀하게 만들어 준다는 것이다. 그러므로 문명인을 고귀하게 만들어 주는 것을 버리지 말고, 우리들 속에 자연인을 재생시키지 않으면 안 된다는 것이다. 개인의 재건은 『에밀』과 『누벨 엘로이즈』 속에서 연구되고, 사회의 재건은 『사회 계약론』 속에서 연구되고 있다. 또한 『고백록』은 사회에 의해서 억압된 자연인의 한 예를 우리에게 보여주고 있다.

또한 18세기 말 프랑스 비평사에서 앙드레 셰니에(André Chénier, 1762~1794)를 빼놓을 수 없다. 그는 고대에의 복귀, 고전 예술의 재생을 위해 노력한 세기 최대의 시인이다. 그리하여 셰니에는 프랑스의 시에 회화성과 하모니를 되살렸다. 그는 프랑스 시를 라틴과 그리스의 시처럼 유연하게 만들려고 노력했다. 그리하여 그는 고전적인 리듬을 파괴하는데 공헌했으며, 19세기 낭만파 및 고답파 시인들에게서 선구자로 받아들어지고 높이 평가되었다.

3) 낭만주의 비평

대혁명의 혼란과 그 뒤를 이은 나폴레옹의 전제를 경험하면서 프랑스인들은 희망과 환멸을 반복해서 가지게 되고, 정치적인 상황에 직면하여 많은 귀족들과 저명인사들이 외국으로 망명의 길을 떠난다. 이들 인사들

중에서 이른바 이민 문학(移民文學)이 탄생하여 독일 문학, 영문학 등을 이입하게 되면서 낭만주의 태동의 원동력이 마련된다.

19세기 프랑스 문학은 스탈 부인(Mme de Staël, 1766~1817)과 샤토브리앙(Francois—René de Chateaubriand, 1768~1848)으로 시작되는데, 이 시대를 일반적으로 전기 낭만주의 시대라고 부른다. 대략 18세기 후반부터 시작하여 루소 등을 선구자로 하면서 감수성을 짙게 작품에 반영시킨 경향의 작가들을 일반적으로 전기 낭만파 또는 낭만주의 선구자라고 불렀다. 스탈 부인은 문학 이론 면에서 낭만주의를 준비한 것에 반하여 샤토브리앙은 주로 감수성 면에서 낭만주의의 선구자가 되었다.

당시 고전파는 제정 시대(帝政時代) 정부의 의사에 맹종함으로써, 관제 문학(官制文學)의 대표로 문단의 중심을 차지하고 있던 의고전주의 군소 작가들을 중심으로 세력을 유지하고 있었다. 그런데 스탈 부인의 『독일론』(De l'Allemagne)을 둘러싼 논쟁 과정에서, 이러한 고전파에 대항하는 방법으로서 낭만파의 자각이 촉구되었다. 반고전주의를 목적으로 한 낭만주의는 고전주의로 인해 여러 가지 규범이나 제약에 억압되고 있던 인간의 자아나 감정, 또는 관능을 해방하고 본래의 자리에 되돌려 놓으려는 것을 목적으로 하고 있었다. 따라서 자아의 해방, 억압된 감정 및 관능의 복위는 서정의 분출이며, 서정시가 중심이 되는 것은 당연한 일이다.

열광적인 반향을 일으킨 라마르틴(Alponse de Lamartine, 1790~1869)의 『명상시집』(Les Méditations poétiques, 1820)의 발표를 신호로 개막된 낭만주의의 시대는 1850년경까지 전성기를 이루면서 빅토르 위고(Victor Hugo, 1802~1885), 알프레드 드 비니(Alfred de Vigny, 1797~1863), 알프레드 드 뮈세(Alfred de Musset, 1810), 데오필 고티에(Théophile Gautier, 1811~1872) 등의 시인이 앞을 다투어 걸작을 발표하였다. 또한 낭만주의자들은 주의 주장을 선언하거나 논의를 통하여 활발한 비평 활동을 했다. 생트—뵈브는 위고에 끌려 처음에는 시로 낭만주의를 경험하지만, 곧 그 영향에서 벗어나 비평 문학계에서 활약했다. 그는 브왈로 일파의 시학을 배척하고 일체

의 표준을 버리고 오직 자기의 인상과 감정에 뿌리를 내렸다. 때문에 생트
-뵈브는 낭만주의 비평이 흔들리지 않는 지위를 차지하기까지에는 고전
비평과의 사이에 처절한 항쟁을 해야만 했다. 그렇지만 위고와 같은 유력
자가 생트-뵈브의 곁에 있었기 때문에 19세기 전반 중에 낭만주의 비평은
그 지위를 확립했다. 그리고 고전주의의 기둥이 연극이었으므로 고전, 낭
만 양파의 문단 패권 다툼은 특히 연극 부문에서 치열했다. 낭만주의 통솔
자로 나선 위고는, 종래 고전주의 작품과는 정 반대되는 희곡 『에르나니』
(Hernani, 1830)를 써서 젊은 시인, 화가들을 응원대로 배치한 극장에서 공
연하여 성공을 거두었다. 이는 소위 '에르나니 싸움'이라는 유명한 일화를
남기고 있기도 하다.

4) 자연주의 · 실증주의 비평

19세기 중엽, 사회의 동향은 문학을 떠나 과학으로 옮아간다. 동시에 정
치적 사건들은 사람들의 정신을 물질주의 쪽으로 기울게 한다. 그리하여
낭만주의적 이상에 대한 반동이 시작된다. 이것이 이른바 자연주의 · 실증
주의 시대이다. 비평 문학은 이러한 시류에 부응하여 생트-뵈브 및 테느
(Hippolyte Taine, 1823~1893)와 더불어 크게 신장한다.

생트-뵈브는 『16세기의 프랑스 시 개관』(Tableau de la Poésie au xvlᵉ
siécle, 1828)을 씀으로써 비평계에 모습을 드러냈다. 이 작품 속에서, 그는
낭만주의의 시를 롱사르(Ronsard)의 전통에의 복귀처럼 소개하려고 노력하
였다. 그후 1848년부터는 전적으로 비평 활동을 했다. 생트-뵈브의 주요
비평서는 『포르-르와얄의 역사』(Histoire de Port-Royal, 1840~1860), 『월요
한담』(Causeries de Lundi, 1851~1870) 등이 있다. 그의 비평은, 문학 방법론
이란 자료에 의거해서 진실을 찾아 분석, 판단하는 것으로서 정신에 대한
박물학을 세우는 것을 목표로 삼는 데 있다. 즉 박물학에 있어서 종(種)과
변종(變種)이 있듯이, 인간의 정신에도 족(族)이 있다고 생각한 것이다. 그러

나 그의 정신의 족을 설정하자는 주장은 이론만 있을 뿐 실제는 보여주지 못했다.

19세기 프랑스의 대사상가 테느는 자연주의 이론가였으며, 일반적으로 과학적 의도 또는 주장을 가진 문학의 이론가였다. 그의 영향은 1865년 무렵부터 막대한 것이었다. 그의 주요 작품은 『지성론』(De l'Intellingence, 1870), 『영국문학사』(Histoire de la Littérature anglaise, 1863), 『예술 철학』(Philosophie de l'Art, 1865~1869) 등이 있다. 『지성론』은 심리학을 과학으로 만들려고 노력한 것으로, 심리학적 사실을 생리학적 사실에 결부시키면서 자신의 주장을 펼치고 있다. 그리하여 테느는 『영국문학사』에서 심리학적 가설을 실험적으로 증명하기 위해 노력했다. 그는 비평가의 주관성을 없애기 위해 '관찰—가정—검정'의 객관적 방식을 주장함으로써 실증주의적 경향을 체계화시키려 했다. 그리고 한 작가의 특성이 종족(race)·환경(milieu)·시대(moment)라는 세 요소에 의해 결정된다고 주장하고, 문학을 결정하는 결정론적 메카니즘을 밝히려 했다. 그러나 그의 극단적인 자연주의 이론의 전개는 실증적 유물론자라는 비난을 면치 못했다.

자연주의 시대에는 소설이 서정시를 밀어내고 대신 그 자리에 들어앉았다. 그것은 소설이 비아(非我)의 표현에 알맞기 때문이며 심지어 비아를 전제로까지 하기 때문이다. 대표적인 소설 작가로는 귀스타브 플로베르(Gustave Flaubert, 1821~1880), 에밀 졸라(Emile Zola, 1840~1902), 에드몽 드 공쿠르(Edmond de Goncourt, 1822~1896), 알퐁스 도데(Alphonse Daudet, 1840~1897), 기 드 모파상(Guy de Maupassant, 1850~1893) 등이 있다. 플로베르는 『살랑보』(Salammbo, 1862) 등에서 몰개성, 면밀한 관찰과 고증, 찬란하면서도 간결한 형식의 특징을 보여주었고, 졸라는 『루공—마카르 총서』(Rougon—Macquart, 1869~1893) 속에서 유전 법칙을 증명하려고 했다. 공쿠르는 인간 기록의 사용, 병리학과 사실주의적 주제에 대한 취미 등을 확산시켰고, 도데는 치밀하고도 예리한 분석의 특징을 보여주었다. 모파상 역시 감수성을 억제하고 치밀한 연구로 작품을 창작함으로써 자연주의의 가장 순수한 표현법을 찾으려고 노력했다.

5) 상징주의 비평

1880년 이후 프랑스 문학계에서는 무표정함과 비속함 속에서 자연주의를 떠나보낸다. 그리고 작가들은 스스로 심리 분석, 신비의 의식, 공감의 본능에 관심을 집중한다. 이는 물론 유럽 여러 나라의 영향을 크게 받은 것으로, 영국의 여류 소설가 조지 엘리어트(George Eliot, 1819~1880), 러시아의 도스토예프스키(Dostoïevski)와 톨스토이(Tolstoï'), 스칸디나비아의 입센(Ibsen), 독일의 니체(Nietzsche), 이탈리아의 다눈치오(d'Annunzio) 등의 작품과 영향이 흘러 들어온 때문이다. 이 모든 작가들은 개인적 성격도 국민적 기질도 전혀 달랐으므로 프랑스에서 어떤 예술상의 학설을 세우는 데 협력하거나 어떤 유파의 지배를 돕지는 못했다. 그러나 프랑스 자연주의에 마지막 타격을 가했다는 점에서는 공통적 힘을 발휘했으며, 자연주의가 허물어지자 소위 상징주의 시대가 도래했다. 프랑스의 상징주의 운동은 주로 시를 중심으로 하여 이루어졌다. 시의 선구자들은 베를레느(Verlaine, 1844~1896), 랭보(Rimbaud, 1854~1891), 말라르메(Mallarmé) 등이다.

상징주의 비평가 페르디낭 브뤼느티에르(Ferdinand Brunetiére, 1849~1906)의 대표작은 『비평 연구』(Etudes critiques, 1880~1907) 8권, 『불문학사 개론』(Manuel d' Histoire de la Littérature francaise, 1898), 『자연주의 소설』(Roman naturaliste, 1883), 『프랑스 연극의 여러 시기』(Epoques 여 théatre francais, 1892), 『19세기 서정시의 진화』(Evolution de la poésie lyrique au xlxᵉ siécle, 1894) 등이 있다. 브뤼느티에르는 박물학에서 확인되는 종의 진화와 비슷한 장르의 진화를 문학 속에서도 찾아낼 수 있다고 믿고 문학사의 방법을 창조하는 데 크게 공헌했다. 그리고 17세기 문학 속에서 존중하고 있었던 전통과 권위를 다시 높이 평가했으며, 자연주의를 저속하게 평가했다. 그의 비평을 흔히 독단주의라고 말하기도 한다.

소르본느 대학 교수 에밀 파게(Emile Faguet, 1847~1916)는 여러 신문에 비평 문학을 썼는데, 대표적 비평서로는 『16, 17, 18, 19 세기의 연구』(Etudes sur le xvlᵉ le xvllᵉ, le xlllᵉ, le xlxᵉ siécle, 1885~1891) 등이 있다. 파게는 종합이나 방법적인 조사 같은 것에는 거의 관심이 없고, 온갖 문제에 호기심을 가졌다. 그는 일반적인 명제도 전문적인 연구도 다 같이 무시했다. 문학에 있어서 그는 특히 개인에게 관심을 갖고 있었으며, 이 개인에 관해서 지극히 예리한 초상을 그렸다. 그는 특히 18세기 문학을 폄하했다. 이러한 그의 비평은 정신주의로 평가받고 있다.

쥘르 르메트르(Jules Lemaitre, 1853~1914)는 『현대 작가론』(Contemporains, 1885~1899), 『극의 인상』(Impreaaions de théatre, 1888~1898) 등의 비평서를 대표적으로 남기고 있다. 그는 오랫동안 독단주의를 피하고 심미학적 원칙은 허망한 것이라고 주장했다. 따라서 우리의 직접적인 인상만을 중요시했다. 그리하여 그의 비평은 또 하나의 주관적인 유형으로 구분되었으며 인상주의 대표적인 비평가로 인식되어 왔다. 인상주의 비평은 대략 1885년부터 1차대전 전후까지 언급되고 논의된 것인데, 이것은 과학 만능주의자와 독단론자의 객관적인 인식 태도에 반발하여 주관적 반응을 내세운 것이다. 르메트르는 과학적인 객관주의로 문학을 설명하려는 사람들의 현학적인 태도와 위선적인 태도를 비판하며, 자기의 글은 '성의를 다하여 적어 놓은 솔직한 인상일 뿐'이라고 말한다. 그를 포함하여 아나톨 프랑스(Anatole France, 1844~1924) 등의 인상주의 비평가들은, 비평가가 남의 책에 관하여 이야기하고 있을 때에도 자기 자신으로부터 빠져 나올 수 없다는 것, 그리고 어떤 종류의 확실성도 없는 것이므로 비평적인 판단은 객관적인 기반을 세울 수 없다는 것을 주장했다.

귀스타브 랑송(Gustave Lanson, 1857~1934)은 브뤼느티에르의 독단주의, 파게의 정신주의, 르메트르의 인상주의와도 다른 비평의 입장을 보여주었다. 그는 20세기 초, 브뤼느티에르를 계승하여, 감수성의 직접적인 반응을 설명하고 검토하고, 보충하는 문학사의 원칙을 확립했다. 이 원칙들은 작품의 해석에 있어서 독단과 부정확이 차지하는 비중을 현저하게 줄이고 있는 것이다. 그의 대표적인 작품은 『불문학사』(Histoire de la Littérature francaise, 1894)이다.

랑송은 테느의 방법이 지나치게 자연과학적인 것에 비판적 자세를 취하며 경험주의적 고증 방법을 사용하여 문학사를 썼다. 그는 문학 작품을 평가하고 분류하기 위해 역사적이고 비개인적인 요소뿐 아니라, 작품의 감상과 개인적 요소에도 비중을 두었다. 랑송의 문학사는 기념비적이나, 내재적인 작품 해석을 지향하는 소위 신비평에 의해 역시 반론이 제기되었다. 테느를 거쳐 랑송으로 이어지는 문학사적 비평은 작품 외적인 전기적 요소에 치중한 나머지 작품의 특수성을 놓치고 있다는 비판을 받은 것이다. 즉 예외적인 작품까지도 문학사적 시대 안에 압축시킴으로써, 작품이 시대를 초월하는 게 아니라 시대에 이끌리게 하는 비평으로 평가받은 것이다.

6) 20세기 비평

세계 대전은 기성 작가들에게는 영향을 미치지 않았으나 젊은 작가들에게는 전통적인 규율을 해제시켰고 폭력과 무질서의 정신을 퍼뜨렸다. 세계의 현저한 부조리로 말미암아 방향을 잃고 반항심을 품은 젊은 세대들은 처음에는 모든 것을 맹렬히 거부하는 다다이즘 운동을 펼쳤고, 이어서 영감을 직접 잠재 의식 속에서 끌어냄으로써 초현실주의 운동을 펼쳤다. 그 후 얼마간 지나서 1925년 경, 젊은 작가들은 그들을 둘러싸고 있는 세계에 다시 흥미를 갖기 시작했다. 그러나 초현실주의 운동은 은연중에 계속 영향을 미쳤다. 1930년부터 프랑스에는 숱한 위협이 쌓인 나머지 도덕적 가치를 공고히 하고 공황, 혁명, 전쟁, 갖가지 형태의 전체주의 등으로 땅에 떨어진 인간의 존엄성을 옹호하는 것이 시급해진다. 문학은 새로운 휴머니즘을 내세우려고 노력하는데, 1939∼1945년간 온갖 사건은 문학을 더욱더 그 방향으로 밀고 나가게 했다. 양차 대전간은 그러므로 두 시기를 포함한다. 즉 1920~1930년에 이르는 불안의 시기와 1930~1939년에 이르는 재건의 시기이다.

두 대전 사이에 가장 중요한 비평가는 알베르 티보데(Albert Thibaudet, 1874~1935)이다. 그는 모든 것이 상대적이라는 신념을 가진 역사가로서, 그리고 창조적 진화가 모든 것을 설명한다는 확신을 가진 철학자로서, 판단을 내리기보다는 설명하고 서술했다. 그의 대표적 저서로는 『말라르메의 시』(La Poésie de Mallarmé, 1912, 결정판 1926), 『플로베르』(Flaubert, 1923, 결정판 1935), 『비평의 생리학』(Physiologie de la critique, 1930) 등이 있다.

프랑스의 20세기 비평은 하나의 방향을 향해 중점적으로 펼쳐지기보다는, 다양한 철학과 방법론에 의한 여러 갈래를 포괄하고 있다. 작품의 외적인 요소에서 텍스트의 내재적 요소에로의 전환이라는 큰 흐름 속에서 상상력 비평, 의식 비평, 정신분석 비평, 문학 사회학 비평, 언어학 비평, 문체 비평, 문학 기호학 비평 등이 그것이다.

(1) 상상력 비평

가스통 바슐라르(Gaston Bachelard, 1884~1962)는 문학 텍스트를 자료로 하여 물질적 상상력을 중요한 연구 주제로 도입했다. 그는 모롱(Ch. Mauron)처럼 무의식을 심리 깊숙이까지 확대하지는 않고, 꿈이 아닌, 깨어 있을 때의 몽상의 구조를 밝히려 했다. 그는 물·불·공기·대지의 네 가지 원소에 따라 시적 기질을 분류하며, 상상력에서 현존과 연결되는 구조를 찾는다. 그의 연구 중심을 이루는 이미지는 자연의 힘인 동시에 인간 본성의 힘을 쫓으며, 심정적·역동적 관계에 의해 연결된 이미지군(群)을 이룬다. 바슐라르는 네 가지 원소에 관한 이미지를 연구하는 가운데, 시공을 초월하여 상이한 작가들에게 되풀이해서 나타나는 이미지들이 있음을 발견하게 되는데, 그것이 곧 원형적 이미지다. 이 원형은 어떤 의미로는 인간 상상력의 보편적인 궁극성 자체를 가리키고 상상력의 가치 판단의 기준이 되는 미학에 관계된다. 따라서 창조적 상상력은 재현적 상상력과는 전혀 다르며 오히려 원형의 승화이다.

바슐라르의 상상력 이론은 그의 저서『공간의 시학』이후로 '상상력의현상학'으로 발전해 나간다. 상상력의 현상학이란 이미지가 인간의 가슴과 영혼, 내면적 존재에서 직접적으로 의식 속에 솟아오를 때의 이미지의 현상을 연구하는 것이다. 그의 현상학은 그러므로 대상을 분석하는 것이 아니라, 반향을 분석하는 것이다. 따라서 바슐라르의 상상력 비평은 하나의 이미지로부터 출발하여 예술가의 혼이 살고 싶어했던 하나의 세계를 발견해 내는 것이다. 이렇듯 그의 비평은 상상의 원형과 현상을 기술하는 이미지의 철학을 담고 있는 것이다. 그리고 그의 비평은 1970년대 문학 언어학 비평이 출현하기 전까지 신비평의 흐름을 주도했다. 또한 바슐라르의 논의는 프랑스 현상학적 비평을 탄생시키는 데 선구적이며 결정적인 역할을 했다.

그의 대표적 저서로는『불의 정신분석학』(La Psychanalyse 여 feu, 1938),『로트레아몽』(Lautréamont, 1939),『물과 꿈』(L'Eau et les Reves, 1943),『공기와 꿈』(L'Air et les Songes, 1943),『대지와 휴식의 몽상』(La Terre et les Reveries du repos, 1948),『대지와 의지의 몽상』(La Terre et les Reveries de la volonté, 1948),『공간의 시학』(La Poétique de l'espace, 1957),『몽상의 시학』(LaPoétique de la reverie, 1960),『촛불의 불꽃』(La Flamme d'une chandelle, 1961) 등이 있다.

장 피에르 리샤르(Jean-Pierre Richard, 1922~)는 질베르 뒤랑(G. Durand)과 함께 바슐라르의 영향을 가장 많이 받은 신비평가이다. 그의 첫 번째 저서『문학과 감각』(Littérature, 1954)은 의식 비평과 연결되어 있다. 그는 각 작품에서 '내면 언어'를 탐색하는데, 이 언어는 무의식 속에서 사고가 형상을 갖추어 가는 과정에 상응한다. 리샤르는 사상의 내용을 묘사하려는 것이 아니라, 사상을 통일시키는 원칙을 찾고자 했으며, 창조 행위 그 자체를 포착하고자 노력했다. 이리하여 그는 바슐라르와 마찬가지로 한 작가가 쓴 여러 작품들을 구별하지 않는다. 작가의 여러 작품을 총체적으로 재구성하여, 창조자의 개성을 드러내 보이는 하나의 구조로 간주하는 것이다.

『시의 깊이』(Poésie et Profondeur, 1955)에서 리샤르는 문학 창조의 첫 순간, 그 순간은 쓰는 행위에 선행한다고 말한다. 작가가 자기 스스로를 인지하고 세계와 접촉하여 침묵으로부터 작품이 태어남을 천착하는 것이다. 이와 같이, 문학은 존재를 이해하려고 노력하는 의식을 읽을 수 있게 해주는 공간이라는 것이 리샤르의 견해이다. 그리하여 시인들에게서 몽상에 의해 내면화된 순수 감각을 파악하자는 것이다. 다시 말하여 이 저서는 '심연의 경험'으로서 '깊이'의 관점을 파헤치고 있는 것이다. 그는 랭보(Rimbaud)의 작품 해설함에 있어, 그는 '아래쪽'이 없는 세계를 세우기 위해 폭발, 비상, 분출, 변신, 반항을 하면서 깊이를 부전하고 있다고 말한다. 그리고 베를레느(Verlaine)에게 있어서의 깊이는 순전히 불확정적인 공백으로 나타난다고 평가했다.

또한 그는 『말라르메의 상상적 세계』(L'Univers imaginaire de Mallarmé, 1961)에서 주제 비평의 방법론을 제시한다. 주제란 작가가 그것을 중심으로 세계를 구성하며 전개하는, 어떤 고정된 대상, 도식 또는 구성의 구체적 원칙이라고 말한다. 그리고 그것은 반복적으로 작품에 관류하게 되는데, 하나의 주제가 여러 단어로 표현되기도 하며, 의미는 경우에 따라 변하기도 하는 다의적, 총체적인 방식으로 존재한다는 것이다. 따라서 그는 주제는 여러 층위의 경험 사이를 누비며, 전체 안에서 다른 주제와 결합하기도 하고, 반명제적 짝, 가령 '열림과 닫힘'과 같은 복수적 체계와 균형을 이룬다고 한다. 주제는 상징으로 포착될 수 있으며, 또한 하나의 상징은 다른 상징으로 전이될 수 있다고 말한다. 리샤르는 이러한 주제·상징·신화가 작가 이전에 이미 존재할 수 있으나, 그것을 작가가 어떻게 자신의 방식으로 흡수하여 구성, 표현하느냐가 중요하다고 덧붙인다. 바슐라르를 이은 상상력 비평 또는 주제 비평의 이론을 펼친 리샤르는 70년대 언어학적 비평이 대두하기 전까지의 문학계에 큰 영향력을 행사했다.

질베르 뒤랑(Gilbert Durand, 1921~) 역시 리샤르처럼 바슐라르의 영향을 많이 받은 비평가이다. 그는 처음 『상상적인 것의 인류학적 구조』(Les

Structures anthropologiques de l'imaginaire, 1960)와 『파르므의 승원의 신화적 장치』(Le Décor mythique de La Chartreuse de Parme, 1961)라는 두 권의 저서를 출간했다. 이 저서에서 그는 철학적 토대를 구성하여 물질적 상상력의 체계를 세우고 있다. 그러나 그는 점차로 물질적 상상력의 영역을 떠나, 에쎄 모음집 『신화적 형상과 작품의 모습－신화 비평에서 신화 분석까지』(Figures mythiques et visages de l'oeuvre－de la mythocritique á la mythanalyse, 1979)에서 찾아볼 수 있듯이 신화 비평의 체계를 세우게 된다.

(2) 정신분석 비평

프랑스에서는 프로이트(Freud)나 융(Jung)의 정신 분석에 대한 관심이 성행했다. 상상력 비평은 정신분석 비평과 밀접한 관련하에 있다.

사르트르(Jean－Paul Sartre, 1905～1980)가 처음으로 사용한 '실존적 정신분석'이라는 용어는 비평 문학의 중요한 용어 가운데 하나로 영향을 끼친다. 실존적 정신분석의 원칙은, 인간을 집합적으로 보지 않고 전체성 안에 통일된 존재로 본다. 따라서 모든 인간의 행동은 그 인간성의 근본적인 구조를 읽을 수 있게 해주는 계시적인 기호의 망에 연관된다. 사르트르에 의하면 존재한다는 것은 세계 속에 통일성을 이룬다는 것을 의미하며, 실존적 정신분석은 '원초적 기획(projet)', 곧 '원초적 선택'을 규명하는 일이다. 이러한 사르트르의 실존적 정신 분석은 인간의 다양한 행위 속에서 상징작용의 망을 판독하려고 하는 점에서 프로이트 학파의 정신 분석과 닮아 있다.

사르트르는 『존재와 무』(l'Etre et le Néant, 1943)에서 그의 실존적 정신분석의 이론을 정립했고, 그것을 『보들레르』(Baudelaire, 1947)의 작품에 적용했다. 또한 사르트르는 자신의 이론을 보들레르, 쥬네(Jean Genet), 플로베르(Gustave Flaubert)에게 적용하여 작가의 기획을 분석하고 있기도 하다. 그리고, 사르트르의 『문학이란 무엇인가』(Qu'est－ce que la littérature?, 1947)는 크게 세 부분으로 되어 있으며, 두 번째에 해당하는 부분에서 사르트르는 문학의 본질을 검토하며 '왜, 작품을 쓰는가'를 질문한다. 여기서 사르트르 작가와 독자 사이의 공동 가치에 의한 존재로서의 문학 작품에 대한 논의를 현상학적 관점에서 전개시키고 있다. 그리고 '작품을 쓴다는 것은 무엇인가'에서는 시와 산문을 구분짓고, 이어서 산문이 갖는 필연적인 속성으로서의 참여와 작가가 어떤 방향으로 참여해야 하는가에 대한 당위적인 명제를 내건다. 이러한 주장은 그의 생성의 윤리학에 기인하는 것이라고 할 수 있다. 그는 적절하면서도 심오한 그리고 유창한 논법으로 참여 문학의 범주를 넘어서서 개인적 참여의 경험과 정신을 객관적으로 이론화시키고 있는 것이다. 이 책에 나타나는 사르트르의 언어관도 주목해 볼 만하다.

샤를르 모롱(Charles Mauron, 1899~1966)은 『말라르메의 정신분석학 입문』(Psychanalyse de Mallarmé, 1950), 『라신의 생애와 작품 속의 무의식』(L'Inconscient dans l'oeuvre et la vie de Racine, 1954) 등을 발표하여 프랑스 비평에서 심리비평 장르를 구축한 비평가이다. 그는 작품 속에서 여러 이미지들을 연결하여 무의식적 의미를 표출하는 작업을 하였다. 그가 창안해 낸 중복법(superposition)이란 어떤 시인의 시에서 자살, 재난, 매장이라는 세 이미지가 나왔을 경우 그것들을 '죽음'이라는 공통 분모로 나눌 수 있다는 것이다. 이처럼 한 작가의 여러 작품을 서로 겹쳐 봄으로써 각 작품의 무의식적인 구조를 살펴보는 것이다. 무의식적인 구조를 모롱은 연상 조직(réseau d'association) 혹은 강박적인 메타퍼(métaphore obsédante)라고 부른다. 이렇게 나타난 여러 개의 연상 조직은 서로 어울리어져 극적 상황(situation dramatique)을 보여주는데, 그것의 원형을 모롱은 개인적 신화(mythe personnel)라고 부른다.

(3) 의식 비평 · 주제 비평

의식 비평의 온상은 '주네브 학파'(E'cole de Genéve)였다. 마르셀 레이몽(Marcel Raymond, 1897~1984), 알베르 베갱(Albert Béguin, 1901~1957), 조르주 풀레(Georges Poulet, 1902~), 장 루세(Jean Rousset 1910~), 장 스타로뱅스키(Jean Starobinski) 등이 그들이다.

의식 비평의 창시자인 레이몽은 『보들레르에서 초현실주의까지』(De Baudelaire au Surréalisme, 1933)에서 작품을 해독하는 데 있어 문학사적·전기적 요소를 배제하고 '정신의 역사'(Geistesgechichet)에 관심을 집중했다. 따라서 이전의 방법론을 모방하는 것이 아니라 하나의 독창적인 이론을 찾고자 노력했다. 그가 찾아낸 이론은 시인 각자와 각각의 시편이 드러내는 구조화된 언어 조직을 면밀하게 천착하여 부분의 전체, 전체의 부분과의 관계를 정립하는 방법이다. 나아가 시의 기능을 정의하기 위하여 레이몽은 시인 각자가 지니고 있는 개념과 문학적 원칙, 그리고 시에 대한 철학을 개진하였다. 그리하여 그는 프랑스 시의 84년간의 독트린과 주제를 정리해 놓고 있다.

알베르 베갱에 있어서 비평이란 과학이라기보다는 문학이다. 그는 묘사된 우주, 서로 어우러진 세계관들 속에서 의식을 탐구했다. 그의 대표적 저술인 『낭만주의 혼과 꿈』(L'Ame romantique et le Reve, 1937)에서는 프랑스 시와 독일 시를 비교하고 있는데, 그는 여기서 다른 무엇보다도 꿈의 세계를 탐험하고 있다. 또한 레이몽과 마찬가지로 그는 문학사와 기술(記述)된 여러 학문의 법칙인 객관성을 배제하고 있기도 하다. 또한 그는 작가들을 연속적이고 열려 있는 총체 안에 결합시킴으로써 개개의 작가, 그의 작품, 그의 운명이 구성하는 세목의 구조들을 모아 커다란 구조를 창출해내고 있다. 그는 모든 예술 작품 안에서 인간 운명에 대한 증언을 찾았던 것이다.

조르주 풀레는 『인간의 시간에 대한 연구』(E'tudes sur le temps humain, 1950), 『내적 거리』(La Distance intérieur, 1952), 『원의 변형』(Les Métamorphoses ducercle, 1961) 『파열된 시』(La Póesie éclatée, 1980) 등에서, 진정한 비평은 작가와 비평가의 두 의식 사이의 동화가 이루어져야 한다는 것을 기본으로 주장하고 있다. 그리고 그는 작품 속에서 작품 세계의 창조적 정신과 그 정신을 실현시키는 내재적 원칙을 찾으려 했다. 그리고 작품 세계를 이루는 시간·공간·구조는 작품을 탄생시키는 정신의 변이형에 불과하다고 주장하면서, 작품의 개별적 형식을 중요시하는 레이몽과는 논쟁을 나누기도 했다. 그의 이론에 따르면, 시인은 시를 짓는 것이 사명이라기보다는 존재하는 것과 우리로 하여금 존재하게 하는 것을 사명으로 한다는 것이다. 그리고 그 존재는 일상적인 존재가 아니라 내적인 삶의 절정, 곧 사상적 세계에 관계된 것이라고 말한다. 그리하여 그는 고금의 작가를 대상으로 시간과 공간 관념의 중요성을 새로운 관점에서 포착하여, 작품의 중요한 조건이 되는 이미지를 탐색하면서 작가의 의도를 존재론적인 관점에서 해명했다. 풀레는 때때로 구조주의자로 지칭되지만, 그의 구조주의는 어떤 언어, 예술 작품의 구조나 유형을 연구하는 문학 이론가들의 그것과는 다르다.

장 루세는 의식 비평가이면서도 형식에 대한 관심을 아울러 가지고 있는 비평가이기도 하다. 『프랑스의 바로크 시대 문학』(1954), 『형태와 의미』(Forme et Signification, 1962), 『내면과 외면』(l'Intérieur et l'Extérieur, 1968), 『소설가 나르시스』(Narcisse romancier, 1973), 『돈 후안의 신화』(Le Mythe de Don Juan, 1978), 『내면의 독자』(Le lecteur intime, 1986) 등의 저술을 발표하면서 활발한 비평 활동을 했다. 그는 무엇보다도 작품 속에서 창조적 상상력의 근본적 구조를 드러낼 수 있는 구조를 포착하려고 노력했다. 『형태와 의미』에서는 작품의 형식을 통해서 의미를 파악하는 이론을 펼쳤다. 그에 따르면, 경험은 형태에 의해 전개되고 형태는 또한 의미를 부여한다는 것이다. 그리고 형태적 지표들은 일탈로서 계시적 구실을 할 수 있고 해석상의 실마리를 제공할 수도 있다고 말한다. 이러한 형태적 독서는 표현 기술, 수사법 등과 같은 좁은 의미의 형식 목록에 환원되어지는 것이 아닌, 역동적이고 총체적인 독서이어야 한다고 덧붙이고 있다. 루세의 독창성은 다른 의식 비평가들처럼 철학적이고 서지학적인 경험에서 출발하고 있는 것이 아니라, 예술사와 미학에 근거를 주고 있는 점도 주목해 볼 만하다.

장 스타로벵스키는 자의적으로 의식과 정신 분석, 그리고 언어학과 같은 과학 분야 등 다방면에 관심의 폭을 넓히고 있다. 그는 『장자크 루소-투명성과 방해물』(Jean Jacques Rousseau—La Transparence et l'Obstacie, 1957), 『살아 있는 눈』(L'oeil vivant, 1961), 『1789 이성의 상징들』(1789 Les Emblémes de la raison, 1973), 『세 가지 분노』(Trois Fureurs, 1974) 등의 저술을 내놓고 있다. 『장자크 루소』에서는, 루소의 투명성 다시 말해서 인간의 심령끼리의 교류를 탐구하고 있는데, 이 교류가 반발에 부딪치면 자신의 내부에 주관적인 장애물을 세워 놓는다고 기술함으로써 심리학적 연구 방법론의 면모를 보여주고 있다. 『살아 있는 눈』에서는 '시선의 미학'을 펼치는데, 그는 두 가지 극단 사이의 비평적 시선을 설정하고 있다. 하나는 작품을 통해 펼쳐지는 지적이고 감상적인 경험에 참여하며 의식을 파헤치는 것이다. 다른 하나는 멀리서 작품에 유기적으로 관련된 주변을 한눈에 내려다보는 시선, 즉 파노라마적 조망이다. 말하자면 창조 주체와의 내면적인 동화 관계와 전체를 한꺼번에 보는 시선, 이 두 가지가 장 스타로벵스키의 비평적 시선인 것이다. 또한 그의 『살아 있는 눈』에서는 루소, 코르네이유, 라신, 스탕달 등 여러 작가에 대한 시선의 주제를 연구하고 있음을 본다.

(4) 문학 사회학 비평

문학 사회학은 사회와 문학 작품 간의 관계들을 구축하고 기술하는 데 있다. 사회와 문학간의 관계는 이미 19세기에 스타엘 부인, 테느를 포함한 비평가들과 헤겔, 마르크스 같은 철학자들의 등장 이후로 제시된 바 있다. 또한 20세기 초 랑송의 비평에서도 나타나고 있다. 그러나 본격적인 문학 사회학의 비평 선구자는 루카치(Georges Lukács, 1885~1971)와 골드만(Lucien Goldmann, 1913~1970)이다.

루카치는 항가리 인이지만 독일어로 글을 쓰고 독일과 프랑스의 논제를 다루고 있기 때문에 프랑스 비평사에서 빼놓을 수 없는 인물이다. 그의 대표적 저서 『소설의 이론』(La Théorie du roman, 1914~15)은 베를린에서 출판되었으며, 1963년 프랑스어로 번역되었다. 그는 마르크스주의 철학에 의거한 미학 이론을 수립했는데, 소설을 역사의 반영으로 보고 이데올로기의 구현이라는 관점에서 작품을 비평했다. 즉 예술가는 현실에 충실하고 진정한 반영을 추구함으로써만 자신의 개별성으로부터 미적 일반화에 도달할 수 있다는 것이다. 그는 발자크의『인간 희극』을 이 원리의 탁월한 모범으로 제시하고 있다. 루카치는 소설의 가치를, 역사적 진보의 특수한 단계를 반영하면서 인간의 총체성에 도달하기 위한 이념적 투쟁으로 인도해 주는 데 두고 있는 것이다. 또한 소설은 과거의 역사를 표현하면서 미래를 향한 방향을 설정하면서 현대에 위치하고 있다고 본다.

골드만은 루카치의 영향하에 문학의 변증법적 사회학이라는 방법론을 제시한다. 그는 루카치의『소설의 이론』을 발전시켜『소설의 사회학을 위하여』(Pour une sociologie de roman, 1964)를 발표하여, 문화적 창조의 진정한 주제는 독립된 개인이 아니라 개인이 일부를 이루는 사회 집단이라는 것을 재확인한다. 즉, 그는 사회학적 관점으로 문학 작품과 문화 현상을 분석하고 있는 것이다. 그런데 그는 전통적인 마르크시스트 비평이 작품 속에 반영된 프롤레타리아의 의식만을 중시하는 데 반해, 작품의 구조와 작품을 창조하는 요인들의 어떤 구조 사이의 관계를 파악하려고 했다. 그런 점에서 그의 비평을 구조 발생론적인 비평이라고 한다.

골드만의 비평 방법은 '이해'와 '설명'인데, 이해는 작품에 내재하는 비교적 단순한 '의미 있는 구조'를 조명하는 것으로, 그 구조란 제한된 수의 요소로 구성되어 있으면서 텍스트 전체를 파악하고 해석할 수 있게 해준다. '이해'가 텍스트에 내재적이라면, '설명'은 작품을 작품 외적 현실과 관련하게 한다. 골드만은 이렇게 작품과 집단 의식 사이의 구조적 상응 관계를 밝혀 작품의 발생을 관류하는 세계관을 설명하고 있다. 그는,『숨은 신』(Le Dieu caché, 1956)에서 그의 방법론을 파스칼의『팡세』(Pensée)에 적용하고 있음을 본다.

(5) 문학 기호학 비평

20세기 후반 비평의 중심을 이룬 것은 작품을 구성하는 의미와 표현 가운데서 분석의 출발점을 언어 표현에 위치시키는 작업이다. 즉 문학 작품은 언어 표현을 통한 작품 형식과 내용의 상호적 상승 작용에 의해 문학성을 나타낸다는 것이다.

구조주의 언어학의 개념을 원용하여 비평을 시도했던 롤랑 바르트 (Roland Barthes, 1915~   )는 먼저 『영도(零度)의 글쓰기』(LA Degré zéro de l'ecriture, 1953)를 통하여 마르크스주의적 역사관을 배경으로 근대 언어 표현의 위기적인 상황을 표현한다. 이후 그는 대표적인 비평서 『기호론 요강』(l'Aventure sémiologique, 1964)을 발표한다. 이 논문은 바르트가 소쉬르, 야콥슨, 특히 예름슬레우(Hjemslev), 마르티네(Martinet)로부터 빌려온 개념들을 분명하게 분류해 놓고 있다. 그는 이 글에서 네 개의 커다란 항목을 설정하고 있는데 첫째, 랑그와 파롤(Langue et Parole) 둘째, 시니피에와 시니피앙 (Signifié et Signifiant) 셋째, 체계와 통합(Systéme et Syntagme) 넷째, 외연과 의미 함축(Dénotation et Connotation)이 그것이다. 랑그와 파롤의 쌍은 야콥슨의 약호(Code)와 전언(Message)과 같은 개념이며, 이 범주는 모든 의미 작용의 체계로 확대가 가능하다. 그것은 곧, 언어학적 분석의 요체인 것이다. 시니피에(기호 의미: 내용의 층위)와 시니피앙(기호 표현:표현의 층위)의 쌍은 소쉬르에 따르면 기호를 이루는 구성 요소이다. 바르트는 거기에 마르티네가 강조한 바 있는 '이중 분절'(double articulation)의 원칙을 도입하는데, 그는 의미 단위(낱말들이나 기호소:monémes) 와 변별적 단위(음성이나 음소)로 구분했다. 바르트는 의미 작용이란 시니피에와 시니피앙을 결합하는 행위로서, 기호를 구성한다고 말한다. 세 번째 쌍인 통합(기호들의 조합)과 체계(연상 작용의 축)는 언어의 두 축에 상응한다. 이는 야콥슨의 인접성과 유사성, 환유와 은유에 해당한다. 다시 『이야기의 구조 분석 입문』 (l'Introduction á l'analyse structurale des récits, 1966)에서 바르트는 『기호론 요강』을 보충하고 있다. 그는 이야기를 기능 단위 층위, 해당 단위 층위, 서술의 층위로 나누어 분석하는데 이러한 분석적 개념은 프로프(Propp), 그레마스(Greimas), 토도로프(Todorov)에게서 빌린 것이다. 그는 이 세 가지 층위가 점진적 통합의 방식으로 서로 관계됨에 주안점을 두어, 이야기의 구조를 밝히고 있다.

그레마스(A.J. Greimas)의 문학 기호학은 러시아의 프로프의 『민담의 형태론』(Morphologie du conte, 1928)이 프랑스에 소개되면서 이 이론과 접목된 것이다. 그레마스는 『구조 의미론』(S'emantique structurale, 1966)에서 이야기를 구성하는 인물의 행위를 분석하는 행위자(actant)의 개념을 채택하여 이론적으로 구조화시키고 있다. 또한 표현과 의미 사이의 상응 관계에서 잉여적 표현으로 어떤 일관된 독서의 방향을 유도해 주는 동위성(isotopie)의 개념을 제시한다. 그의 연구는 담화의 의미 작용 연구에 이론적 근거를 제시해 주는 많은 분석적 개념을 제공해준다.

토도로프(Tzvetan Todorov)는 바르트와 프로프의 영향을 많이 받은 비평가이다. 『문학과 의미 작용』(Littérature et signification, 1967), 『데카메론 문법』(Grammaire du Décaméron, 1969) 등을 발표하면서 이야기의 시학을 제시했다. 또한 『구조주의란 무엇인가』(Quést-ce que la structuraism?, 1973), 『산문 시학』(Poétique de la prose, 1971) 등에서, 그는 문학 텍스트의 분석에 관계되는 용어를 명확히 규명하면서 이론과 적용의 실제를 보여주고 있다. 토도로프는, 시학은 문학적 담화의 기능을 기술하여 문학성을 밝히는 것을 목표로 해야 한다고 주장했다. 문학 연구를 과학화하고자 하는 그의 이러한 노력은, 문학 작품이 내포하고 있는 '뜻'을 존재의 상태로부터 의미 작용의 상태로 옮김으로써 작품의 구조를 밝히려는 것과 다름 아니다. 토도로프의 이러한 분석적 개념은 쥬네트(G. Genette)가 『문채 Ⅲ』(Figures Ⅲ, 1972)에서 더욱 체계적으로 발전시켜, 프루스트의 작품을 분석하면서 서술적 담화의 분석적 방법을 제시하고 있다.

4. 독일의 비평 문학

1) 인문주의 비평

독일은 고대 게르만 문학을 거쳐 중세 문학에 이른다. 초기 중세 문학의 카롤링 왕조 시대의 고고독일어(Althochdeutsch) 문학, 오토 왕조 시대의 라틴어 문학, 성직자 문학과 연희지 문학 등을 거쳐, 전성기 중세에 이른 것이다. 전성기 중세에는 궁정 문학과 기사 문학이 화려하게 꽃을 피었다. 중세 후기에는 기사 신분의 귀족 세력이 쇠퇴하고 궁정의 영향력이 위축되면서 문화의 주체가 점점 신흥 세력의 시민 계층으로 옮아가는 추세가 역력해진다. 따라서 문학도 새로운 경향을 보이면서 전과는 다른 모습을 보이기 시작한다. 기사 문학이 쇠퇴하고 신비주의적 경향이 대두되기도 한다. 14~15세기 독일 문학은 다양한 문학 양식의 혼합 시대라고 할 수 있다. 그러나 오직 신비주의에 물든 시문학만큼은 예외였다.

저물어 가는 중세는 다양하고 혼란 속에 분열된 시대상을 보여 준다. 이 시기는 16세기로 두 개의 커다란 운동을 포괄한다. 르네상스 혹은 인문주의와 종교 개혁이 그것이다. 인문주의는 정신과 형식에 있어서 자유 분방하고 폭넓은 문화를 잉태시키며 또 한편으로 종교 개혁은 종교적 삶에 깊이 관여한다. 새로운 시대의 문화는 정신적인 동시에 정치적 운동이라고 하는 두 가지 측면을 가지고 있었다. 처음으로 중세의 억압적인 폭정을 부

수려고 시도하였는데, 종래 '기독교적'으로 이루어진 세계관이 이제 '세속적'으로 이루어진 세계관으로 대치되었다는 것이다. 따라서 인간의 개성, 인간의 존엄, 인간의 자유, 인간의 활동력 등이 관심의 중요한 대상이 되었다. 이러한 운동을 소위 문예부흥기-인문주의(Humanismus-Renaissance)라고 부른다. 독일에서는 뒤늦기는 하지만 새로운 미술·문학·학문이 그 때까지 결코 체험할 수 없었던 새로운 시대 각성의 표현으로 나타난다. 미술 부문에서는 뒤러(Dürer), 홀바인(Holbein), 그뤼네발트(Grünewald) 등이 활약했다.

중세의 종교적 투쟁의 주역이었던 마르틴 루터(Martin Luther)와 함께 에라스므스 폰 로테르담(Erasmus von Rotterdam(1466~1563)은 기독교 인문주의의 대변자로 등장했다. 프랑크(Sebastian Franck)는 신비주의자 및 역사 철학자로서의 면모를 보여 주었고, 츠빙글리(Ulrich Zwingli)는 스위스 인문주의적 및 민족적 개혁 사상을 보여 주었다. 파라첼주스(Paracelsus)는 의학과 자연 과학에 대한 신비주의자로서의 면모를 무르너(Thomas Murner)는 낡은 교회 전통에 대한 열정적 투쟁자로서 그리고 내면적 종교 개혁의 설교자의 면모를, 피샤르(Johann Fischart)는 언어적으로 힘찬 해학 작가의 면모를 보여주고 있다. 이들과 더불어 한스 작스(Hans Sachs)는 중세 시민 계급의 전형적 대변자의 면모를 띠며 아직도 중세적 잔영을 보여주었다.

인문주의자들은 라틴어를 사용하였다. 라틴어는 인문주의 사상의 근간이 되는 서양 고대를 다시 깨닫자는 것을 강력히 부흥시켰다. 그리하여 그리스·로마 작가 연구를 인문학(humanitatis studia)이라고 일컬었다. 이것은 인간의 교육과 완성을 뜻했다. 이탈리아는 고대 세계 가운데서 낙천적이고 삶에 개방적이며 모든 인간 정신력을 북돋우는 세속의 현실 문화를 발견하였다. 그러나 독일인은 이들 남국인들처럼 살 수는 없었다. 독일인의 사회적·문화적 상황 그리고 종교적 내면성 속에는 아직도 중세의 유산이 남아 있었다. 따라서 독일의 인문주의는 이탈리아의 르네상스와는 구별된다. 독일인이 찾은 것은 갈등으로부터의 구원에로의 형식이었으며 인식에

의 길로서의 학문을 갈망했던 것이다. 그리하여 뷜레(N.v.Wyle), 슈타인회벨(H.Steinhöwel)과 같은 초기 인문주의 번역가들은 라틴어를 독일의 예술적인 산문 교육을 위한 모범으로 삼았다.

콘라드 첼티스(Conrad Celtis, 1459~1508)는 독일에 대한 백과 사전인『그림으로 본 독일』(Germania illustrata)을 섰으며, 1500년경에 타키투스(Tacitus)의 『게르마니아』(Germania)를 편찬하였다. 그의 제자 요하임 폰 바트(Joachim von Watt)는『시와 합리적 노래에 관하여』(De poeta et carminis ratione)라는 최초의 문학사를 썼으며, 요한 트르마이어(Johann Turmair)는『갈리아족 연대기』(Annales Boiorum, 1517~1521)를 써 인문주의의 가장 위대한 역사 기술자가 되었다.

이와는 다른 경향의 인문주의자로 울리히 폰 후텐(Ulrich von Hutten, 1488~1523)은 뷔르텐베르크 공작에 저항하여 개인적으로『독재』(Phalarismus, 1517)를 썼고, 자신의 가난과 질병에 대하여 대화체로『운명』(Fortuna, 1519)과『열병』(Febris, 1519)을 섰다. 또한 독일의 자유를 구하기 위해 옛 민족 영웅을 불러일으키는『아르미니우스』(Arminius, 1529)를, 교황과 그 시대의 정치에 반대하는 입장에서『관찰자』(Inspicientes, 1520)를 썼다. 이후 이 모든 저술을 모아『대화집』(Gesrächbüchlein, 1521)을 펴냈다. 그리고 그는 자신의 생각을 보다 널리 전파시키기 위해 민중 작가(Volksschriftsteller)로 투신했다.

고대 그리스어의 번역가 요하네스 로이힐린(Johannes Reuchlin, 1455~1522)은『유명인사 서한집』(Epistolae clarorum virorum, 1514)을 발간하여, 자신을 변호하고 연구의 자유를 부르짖었다. 이어 이에 대한 답신으로 크로투스 루베아누스(Crotus Rubeanus, 1480~1539)의『무명인사 서한집』(1515~1517)이 나왔다. 이 저술은 변질된 스콜라 철학에 대한 가장 날카로운 인문주의적 풍자를 담고 있다. 이를 계기로 구교회와 인문주의자들은 적대적인 관계에 놓이게 된다.

2) 바로크 시대의 비평

일반적으로 반종교개혁과 절대주의 시대의 교회 및 궁정 건물에서 확인할 수 있듯이, 바로크는 17세기 유럽 건축 양식의 대명사로 통한다. 이탈리아에서 유래하여 음악·문학·회화·무용의 결합으로 이루어진 종합 예술로서의 오페라도 바로크 예술의 대표적인 현상이다. 문예부흥기에 유행한 직선과 소박성이 사라지고, 그 자리에 화려한 곡선, 격정적인 동작과 웅장한 장식이 들어섰다. 그러나 건축 중심의 조형 예술과 바흐(J.S.Bach) 및 헨델(G.F.Händel)의 음악이 지닌 위대함에 비해 당대의 문학은 왜소하였다. 그것은 독일의 본격적인 국민 문학과 통일된 문학어가 이 시기에 비로소 형성되기 시작했기 때문이다. 독일문학사에서 바로크 문학이 경시될 수 없는 이유도 바로 여기에 있다.

독일 바로크 시대는 독일문학사에서 문예부흥에 이어 후기 인문주의가 끝나고 계몽주의가 시작되기까지 약 1세기간을 가리킨다. 이 시기에는 문학사조상 매우 다양한 주제와 형식의 문학 작품이 등장했다. 곧 바로크 문학의 특징 가운데 가장 두드러진 것이 바로 다양성이이라고 할 수 있는 것이다. 바로크 문학은 그만큼 사고 방식, 세계 체험, 예술 행위 등에서 양극성과 내면의 긴장을 파생시켰다. 또한 보편주의와 국가주의, 시민적 계몽 의식과 궁정 문학, 세속적인 쾌락 추구와 죽음의 공포 및 내세에의 동경이 양립 혹은 대립했다. 이러한 기본 구조가 문학에서는 비기독교적 고대 형식과 기독교적 내용, 규범의 강요와 사상의 유동성, 궁정의 과시욕과 현세 무상(無常)이라는 대립 현상으로 표출되었다.

독일의 바로크 문학이 국민 문학으로 발전한 시초는 1600년경 프랑스와 이탈리아의 영향을 받은 서정시에 있었으나, 본격적인 돌파구는 1624년에 간행된 마르틴 오피츠(Martin Opitz, 1597~1639)의 『독일시』(Teutsche Poemata, 1624)와 『독일시학서』(Buch von der Deutschen Poeterey, 1624)에서 마련되었다. 오피츠는 이탈리아 문예부흥기 시학의 대가 스칼리거(Julius Caesar Scaliger(1484∼1558)의 『시학 7서』(Poetices libri septem, 1561)를 시학의 규범으로 삼아 독일 바로크 문학에 최초의 이론적 토대를 마련한 것이다. 그의 『독일시학서』의 권위는 18세기에 이르기까지 절대적이었다. 오피츠 스스로 단 5일 만에 완성했다고 밝힌 이 이론서는 주로 스칼리거에 의존한 이탈리아 르네상스 시학의 번역과 응용에 불과하지만, 우선 독일어로 씌어진 최초의 시학이고 독일 문학이 유럽의 르네상스 문학에 접목되는 토대를 마련했다는 점에서 큰 의의가 있다.

한편, 오피츠의 시학은 운문 체계에 지나치게 인위적인 제한을 가하기도 했다. 이것은 규제된 운율의 예술사와 자연어에 충실한 민요 사이의 경계를 분명히 함을 뜻했다. 이러한 운율상의 제한은 비텐베르크(Wittenberg)의 문학 및 수사학 교수이자 '열매맺는학회' 회원이었던 구스트 부흐너(August Buchner)의 『독일시 입문』(Anleitung zur Deutschen Poeterey, 1665)에서 부분적으로 극복되었다. 부흐너는 독일어에 있는 강약약격(Daktylus)을 도입하여 운문의 정통 구성 요소로 인정했다. 그의 이론서는 오피츠에 근거하지만 한층 더 조직적이고 철저하며, 장르의 규정에서도 내용상의 기준 대신 주조상의 관점을 중시했다. 부흐너의 운율론은 비록 그가 소속해 있는 '열매맺는학회'에서 인정받지 못했으나 작가들 사이에 급속도로 전파되었고, 체젠(Phillip von Zesen)의 시가 그 당위성과 가능성을 입증했다.

체젠의 저서 『독일 헬리콘 1부』(Deutschen Helicons Erster Teil, 1640, 1647∼1656)는, 오피츠의 『독일시학서』에 이어 가장 성공적인 바로크 시학인데, 오피츠보다는 부흐너를 귀감으로 삼아 시와 희곡을 취급했다. 이밖에 중요한 바로크 시대 이론가 쇼텔(Justus Georg Schottel)은 간어(幹語) 개념을 도입하여 독일어의 가치를 강조했고, 문화애국적인 문필가 클라이(Johann Klaj)는 독일어를 자연어로 선언하여 다른 민족들의 언어와 동등한 차원에서 취급하였고, 비르켄(Sigmund von Birken)은 1669, 1679년에 '역사물'(Historien)이란 개념 아래 소설 장르를 고찰하여, 최초로 소설을 학문적으로 상세하게 다루었다. 또한 노이키르히(Benjamin Neukirch)는 후기 바로

크의 가장 중요한 시선집 『호프만 스발다우와 다른 독일인들의 미발표 시선(詩選)』(Herrn von Hofinannswaldau und anderer Deutschen auserlesene und bisher ungedruckte Gedichte, 1695~1727) 7부 가운데 첫 2부를 편집하면서 절제와 이성을 결정적인 척도로 삼았다. 이로써 그는 이미 18세기 계몽주의로 이행하는 면모를 보여 준다.

이와 같이 독일의 바로크 시학은 인문주의 전통에 크게 의존했으며, 모든 이론가들은 해박한 지식의 습득을 전제 또는 촉구했다. 오피츠의 선구적인 활동과 외국 문학과의 접촉으로 이후 독일에서 활발한 문학 활동이 전개되었다.

3) 계몽주의 비평

일반적으로 1713년 스페인 계승 전쟁을 종결짓는 유트레히트 조약의 체결로부터 1789년 프랑스 대혁명에 이르는 시기가 계몽 사상의 시대로 불린다. 계몽주의는 어느 한두 나라에 국한된 이념적 운동이 아니라 르네상스 이후 지속적으로 전개되어 온 사회적·사상적 변화에 기초한 범유럽적 운동이다. 그것은 중세 봉건 체제를 극복하는 과정에서 성립된 하나의 세계관인 동시에 그러한 세계관을 창출할 만한 객관적인 역사적 조건의 반영이기도 하다. 세계적으로 위대한 학자와 사상가들의 여러 세대에 걸친 독창적인 업적들이 축적됨으로써 계몽주의는 유럽 전체를 이끄는 운동으로 성장했다. 가령 데카르트(Decartes, 1596~1651)의 인식론적 합리주의, 베이컨(Bacon, 1561~1626)으로부터 뉴턴(Newton, 1643~1727)까지의 자연과학적 경험주의 등이 계몽주의의 정신적 기초가 되었다. 또한 홉스(Hobbes, 1588~1679), 로크(Locke, 1632~1704), 스피노자(Spinoza, 1632~1677), 라이프니츠(Leibniz, 1646~1716) 등은 그 기초 위에 세워진 사상적 건축물의 다음 단계 작업을 맡았다.

독일의 계몽주의는 18세기 초 영국과 프랑스로부터 건너 받는다. 독일 계몽주의의 선구자는 고췌트(Johann Christoph Gottsched, 1700~1766)이다. 그의 이론서인 『독일인을 위한 비평 문학 시론』(Versuch einer Critischen Dichtkunst vor die Deutschen, 1737)에서는 봉건적 바로크 문학을 거부하고 이성의 원칙에 입각하여 폭넓은 시민적 독자층에 접근할 수 있는 문학을 요구하고 있다. 고췌트 시학의 중심을 이루는 것은 아리스토텔레스의 자연 모방 원칙과 호라티우스의 유익함과 즐거움(prodesse et delectare)을 주는 것이 문학의 과제라는 이론이다. 따라서 그는 규칙의 준수를 자연의 모방과 동일시했다. 근본적으로 고췌트는 궁정 문학에서 시민 문학으로 넘어가는 과도기의 문인이었다. 그러므로 1740년대에는 벌써 그의 기계론적 합리주의에 대한 비판이 거세게 일어나, 만년의 그는 젊은 세대의 문인들로부터 크게 공격을 받았다.

이성과 법칙을 지나치게 강조한 고췌트의 독단론은, 스위스 취리히 대학 교수들인 보드머(Jakob Bodmer, 1698~1783)와 브라이팅어(Beritinger, 1701~1776)의 영향을 받은 대부분 고췌트의 제자인 젊은 세대들에 의해 반격을 받는다. 고췌트의 제자인 15명 가량의 젊은이들은 『오성과 기지의 만족을 위한 새로운 기고』(Neue Beiträge zum Vergnügen des Verstandes und Witzes, 1745~1748)라는 문학 잡지를 창간하고 많은 글을 발표하였다. 그리하여 독일의 계몽주의는 소시민적 범용성의 한계를 넘어서 새로운 인간의 문학적 형상을 창조하게 된다.

레싱(Gotthold Ephraim Lessing, 1729~1781)은 1740년대 말 20대의 약관으로 독일 문단을 혁신하는 데 결정적인 역할을 하였다. 그는 당시 독일 문단에 절대적인 영향력을 행사하며 군림하던 고췌트와 그의 추종자들뿐만 아니라 스위스파에게도 정면 도전을 감행하여, 마침내 그들을 침묵하게 하였다. 신진 비평가로서 레싱의 새롭고 미래지향적인 점은 법칙을 보는 시각에 있다. 그는 문학과 예술의 법칙을 선험적으로 주어진 것이라 생각하지 않고, 예술 작품들의 관찰을 통해 귀납적으로 얻어진 것으로 보았다. 물론 이것은 새로운 견해가 아니다. 그러나 이 법칙을 실제로 적용하는 데 입장이 갈라진다. 고췌트와 스위스학파가 법칙을 절대적인 것으로 창작에 임했을 때 반드시 준수해야 한다고 강요한 반면, 레싱은 문학 작품을 평가할 때 그 작품이 외적 법칙들, 가령 희곡에서 삼일치(三一致)의 법칙을 지켰느냐를 따지지는 대신 그 작품의 문학적 질, 즉 그 작품이 설정한 목표에 도달했는가를 기준으로 삼았다. 그리하여 고췌트가 희곡의 절대적 법칙 중의 하나라 내세웠던 삼일치의 법칙은 레싱 이후에는 그 이전과 같은 구속력을 갖지 못하게 되었다.

레싱의 대표적 비평서로는 『라오코온』(Laokoon, 1766)과 『함부르크 연극평』(1767~1769) 등이 있다. 『라오코온』은 부제 '미술과 문학의 경계에 관해서'가 말해 주듯 미술, 조형 예술과 문학의 차이를 규명하는 예술 서론이다. 인접 분야를 각각의 특성에 따라 명확히 구분하여 이해와 인식을 증진시키는 것이 레싱의 뛰어난 비평 방법 중의 하나이다. 그리스 신화에 등장하는 라오코온은 트로이아의 사제이다. 이 이론서에서 레싱은 그리스의 조각 '라오코온 군상(群像)30)에 대한 요한 빙켈만(Johann J. Winckelmann, 1717~1768)의 해석을 반박하고 있다. 라오코온이 뱀에 감기어 있는데도 외치고 있지 않는 것에 대해서 빙켈만은 '윤리적인 위대성'을 말하고, 레싱은 '미적 균형'을 말한다. 또 레싱의 『라오코온』은 공간 예술과 시간 예술을 구별하는데 전자는 조형 예술을 뜻하고 후자는 문학을 뜻한다. 이처럼 『라

---

30) '트로이아 전쟁'에서 그리스 군은 아무리 공격해도 트로이아 성을 함락할 수 없자, 최후의 계책으로 거대한 목마를 만들어 그 속에 병사를 숨겨 놓고 거짓으로 퇴각한다. 트로이아인들은 그 목마의 처리를 놓고 논란을 벌이는데, 그때 트로이아의 사제 라오코온은 그리스 군의 간계가 들어 있음이 분명하니 그 목마를 파괴해야 한다고 주장하면서 목마 옆구리에 창을 던진다. 그러자 바다에서 커다란 뱀 두 마리가 나타나 라오코온과 그의 쌍둥이 아들을 감아 죽인다. '라오코온 군상'은 그가 아들과 함께 뱀에 감겨 있는 광경을 서기전 50년경 그리스 인인 아게잔드로스, 폴리도로스, 아테노도로스 등 세 사람이 조각했다. 현재 바티칸에 소장되어 있는 라오코온 조각의 얼굴에는 고통이 적나라하게 표현되어 있지 않은 데 반해, 베르길리우스의 서사시에서 라오코온은 고통을 참지 못하고 단말마의 비명을 지른다. 따라서 베르길리우스는 미의 법칙을 위반하였으나, 조각가는 그리스 예술의 정신인 '고귀한 단순성과 조용한 위대성'을 구현하였다는 평가가 일반적이다. 이것은 나중에 독일 고전주의의 예술상이 된다.

오코온』은 당시에 만연되던 문학의 서술 풍조를 비판하고 문학의 본질로 행위를 내세웠다. 레싱은 대상 그 자체로부터, 그리고 소재와 수단의 독특성으로부터 원리를 도출했다. 레싱의 이런 논리 전개 방식은, 그 당시 지배적이던 추상적인 연역에 의한 논리 전개 그리고 그렇게 해서 얻어진 법칙체계를 타파하여 다음 세대인 슈트름 운트 드랑(Sturm und Drang) 시대의 천재를 중심 개념으로 하는 미학 이론의 길을 열었다. 또한 레싱의『함부르크 연극평』은 프랑스 고전주의 문학의 원칙과 아리스토텔레스의『시학』과의 논쟁을 전개시키기도 하였다.

4) 슈트름 운트 드랑 시대의 비평

슈트름 운트 드랑(질풍노도문학 : Sturm und Drang)은 미이마르 고전주의가 꽃피기 이전의 독일문학사 시대를 지칭하는 개념으로서, 일반적으로 헤르더(Johann Gottfried Herder, 1744~1803)의『신독일 문학에 대한 단편』(Fragmente über die neuere deutsche Literatur, 1767)이 출간된 후부터 괴테와 쉴러가 고전주의로 넘어가는 1785년까지를 일컫는다. 그리고 괴테의 드라마『괴츠』(Gütz von Berlichingen)와 쉴러의『간계와 사랑』(Kabale und Liebe)가 발표된 1773~1784년 사이를 보통 이 시기의 클라이맥스로 규정하고 있다. 이 문학기의 명칭은 클링어(Friedrich Maximilian Klinger)가 1776년에 발표한 같은 이름의 희곡 제목에서 따 붙여진 것인데, 이 드라마는 본래 '뒤죽박죽'(Wirrwarr)이라고 이름했다가 한때 헤르더, 괴테, 라바터(Johann Kasper Lavater, 1741~1801), 메르크(Johann Heinrich Merck, 1741~1791) 등과 친분이 있던 스위스 천재적 사도 카우프만(Christoph Kaufmann)의 의견에 따라 당시 젊은 문학 운동가들의 유행어였던 두 개념을 결합시켜 '슈트름 운트 드랑'이라고 개칭한 것이다. 그리고 이 문학기를 보통 천재 시대(Genieperiode od. Geniezeit)라고도 한다.

계몽주의가 절대적인 이성에 바탕을 두고 중세 및 바로크 문학 시대의 교회 권력이나 전제 군주의 절대권으로부터 자아를 해방시켰다고 하지만, 자아는 다시 자기 내부에서 자신을 억압하는 이성 만능의 지배를 받게 되었다. 이에 반항하여 슈트름 운트 드랑의 젊은 사상가들은 일체의 속박으로부터의 해방과 자유를 부르짖으며 전통과 권위, 인습과 도덕 등 모든 기존 질서에 도전하였다. 또한 계몽주의가 자연의 신성(神性)을 과학적으로 박탈하며 인류 문화의 발전을 믿었던 반면, 슈트름 운트 드랑의 새로운 생활 감정은 자연을 신성시하고 전통과 문화를 무시하였다.

슈트름 운트 드랑이 외국의 다양한 자극과 영향을 받았다 할지라도 이는 어디까지나 독일의 현상이며 독일의 민중 운동이다. 사상가 하만(Johann Georg Hamann, 1730~1788)은 대표적인 저서 『소크라테스 회상록』(Sokratische Denkwürdigkeiten, 1759)에서 이성과 합리적 사고를 물리치고 직관과 믿음을 강조하였으며, 소크라테스를 어떤 법칙이나 명제를 필요로 하지 않고 오로지 감정에서만 살아가는 천재의 역사적 본보기로 해석하였다. 『문헌학자의 십자군』(Kreuzzüge des Philologen, 1762) 등에서는 새로운 언어관을 전개시키며, '시가 인류의 모국어'라는 유명한 말을 남겼다. 하만은 신플라톤적이며 신비적인 사상을 취하는 한편, 본원적 자연성과 천진난만성의 부흥을 요구하였다.

하만의 친구요 제자이며 슈투름 운트 드랑의 선도자인 헤르더(Johan Gottfried Herder, 1744~1803)의 『신독일 문학에 관한 단편』(Fragment über die neuere deutsche Literatur, 1759~1765)은, 당시 독일의 의고전주의, 이른바 문학적 식민지 상황을 비판하고 있어 주목된다. 그는 레싱의 『문학 서간』지를 비판하면서, 자연의 품에 살아 있는 인간의 싱싱한 감동을 파악하고 작품화할 것을 주장하고 노력했다. 이 논문들을 모은 것이 『신독일 문학에 관한 단편』이다. 계몽주의의 심미학자들은 미(美, das schöne)를 오로지 18세기의 호화로운 사교 사회의 취미에 맞게 체험하고 분석하였으며, 아름다움 자체를 즐기는 데에는 관심이 없었다. 이에 반하여 헤르더를 비롯한 슈투름 운트 드랑 사상가들은 아름다움을 생생한 경험의 원천으로 이해하고,

예술 작품이란 구체적인 인격으로 존재하며 감정에 특정한 작용을 불러일으켜 준다고 생각했다. 모든 예술은 강렬한 생활 감정을 야기시켜 준다고 주장함으로써, 이들은 종교적으로나 도덕적으로나 이제까지의 전통적 예술관과 교의적이고 심미적인 사고방식으로부터 해방되었다.

독일의 슈투름 운트 드랑은 여러 가지 분야에서 독일 낭만주의(Romantik)를 준비했으며, 사실적이고 사회 비판적인 특성을 보임으로써 19세기 젊은 세대의 반항에서 출발한 청년 독일파(Das junge Deutschland)와 자연주의(Naturalismus) 문학 운동에도 지대한 영향을 주었다.

5) 고전주의 비평

독일의 고전주의를 둘러싼 토론은 지금까지 계속되고 있다. 어떤 주장은 독일 고전주의를 바로크, 낭만주의, 근대 문학의 반대편에 서 있는 한 극단으로 보며, 어떤 주장은 고대적인 것과 근대적인 것, 세계 시민적인 것과 민족적인 것, 자연과 정신이라는 대립의 종합으로 본다. 한편에서는 고전주의가 유산으로 살아 아직도 계속 작용한다고 주장하며, 다른 한편으로는 보편타당성이라는 막강한 힘으로 다른 문학적 발전을 방해했다고 평가한다. 그러나 독일 고전주의도 '고전적'이라는 어의의 스펙트럼을 벗어나 규정할 수 없다. 18세기 초 이래 고대적 내지는 고전적 예술의 중요한 개념 규정들인 객관성, 자연스러움, 조형적 형상, 사실적인 것에 상응하는 의미, 절도와 조화 등이 예술적 실천과 세계관과 인생관에 얼마만큼 침투했었는지가 고전주의의 형성을 가늠한다면, 앞선 '슈투름 운트 드랑'의 극복이 가장 큰 시대 구분의 기준이 될 것이다. 그것은 바로 1786년 괴테의 이탈리아 여행이 계기가 된다. 이후 괴테(Johann Wolfgang Goethe, 1749~1832)와 쉴러(Friedrich von Schiller, 1759~1805)의 '고전적' 문학이 성행하였다.

그러나 이후 몇 십 년간의 독일 문학을 고전주의라는 통일된 시대 개념으로 묶을 수는 없고, 동시적인 여러 문학 성향의 흐름 가운데의 하나에 적용할 수 있다. 18세기의 90년대와 19세기 첫 몇 해에 걸쳐 고전주의자들의 작품과 함께 장 파울(Jean Paul)의 소설, 횔더린(Hölderlin)의 시문학, 초기 낭만주의자들의 저술 그리고 수많은 오락 문학, 잡지, 전단 문학(Flugschriftenliteratur), 정치적·사회적 상황의 급격한 변화를 노리면서 괴테와 쉴러와는 전혀 다른 관점에서 문학의 기능을 규정하려 했던 작가들의 작품들도 있다. 그럼에도 불구하고 고전적 사고와 문학관은 이 시대에 있어서 주도적 위치를 지니고 있다. 사회적 안정, 문화적 성숙, 지적 공통감과 그 통일성이 고전주의의 시대 개막을 위한 전제적 토양이라고 할 것 같으면, 독일의 고전주의는 척박한 토양으로부터 생성되었다. 18세기 중엽 이후 1832년까지 독일이 처한 역사적 환경은 독일을 정치적·경제적으로 후진성을 면치 못하게 하였다. 그것은 문화 일반의 전개에도 그대로 반영되었다.

독일 고전주의 문학의 핵심인 자율적 예술론은 계몽주의라는 거대한 역사적 배경에서 탄생했다. 정신사적으로는 이성을 절대적 가치의 척도로 삼는 비판 철학의 대두가, 사회사적로는 역시 계몽주의적 합리성을 근본으로 하는 자본주의적 시민 사회의 발전이 자율적 예술론 생성의 직접적인 원인이 된 것이다. 그러나 고전주의 자율적 예술론은 계몽주의적 세계관과의 합일에서가 아니라 이 세계관에 대한 철저한 부정을 출발점으로 해서 태어난 이론이다. '자율'은 계몽주의적인 시대적 상황으로부터의 '격리'를 의미했고, '격리'는 다시금 이 상황의 '부정'을 전제로 했다. 고전주의의 시인들과 이론가들은 계몽주의적인 그들의 시대를 예술이 존재할 수 없는 불모의 시대로 파악한 것이다.

고전주의 시인들과 이론가들은 이상적이며 완전한 균형과 조화와 합일을 예술의 본질적 성격으로 체계화하려 했다. 정신과 물질, 주체와 객체, 보편적 원칙과 개별적 체험, 자유와 필연 등 서로 근원적으로 대치되는 개념들간의 화해와 합일을 지향하는 이상주의 문학을 펼친 것이다. 비판적 이상만이 세계와 삶에 대한 정확한 인식을 가능하게 하고, 따라서 이성적 사유만이 주관적 자의로부터 자유로운 과학적 성격을 지닐 수 있다는 주장에 대해, 감상적인 예술의 과학적 성격을 누구보다도 강조한 사람은 괴테였다. 그는 이른바 철학적이며 학문적인 이성 위주의 사고가 초래할 수 있는 위험을 그 시대의 어느 누구보다도 정확하게 뚫어 본 시인이었다. 그는 『자연의 단순 모방·수법·양식』(Einfache Nachahmung der Natur · Manier · Stil, 1789)에서, 자연을 있는 그대로 모사하는 단순한 자연 모방과 대상을 눈으로서가 아니라 영혼으로 파악하고, 이를 정제해서 표현하는 수법에 대해 다 같이 긍정적인 태도를 보인다. 전자를 통해 높은 진리에 도달할 수 있으며, 후자의 산물을 통해서는 개별성의 희생 가운데 위대한 대상의 보편적인 표현과 개성 있게 표현되는 말하는 자의 정신을 만나게 되기 때문이다. 괴테에 있어서 '단순한 자연 모방은 계몽주의에 의해 권장되었던 예술 원리이고, 수법은 헤르더의 이상에 가장 닮아 있으며, 양식은 주체의 본질이라기보다는 객체의 가장 심오한 의미, 신성(神性)을 표현하는 사물의 본질이라고 할 수 있다.

쉴러의 예나(Jena) 대학 교수 취임 연설인 「범역사란 무엇이며 무슨 목적으로 우리는 이를 탐구하는가?」(Was heiBt und zu welchem Ende studiert man Universalgeschichte?, 1789)와 이후 이에 관련해서 쓴 몇 편의 논문들은 칸트(Immanuel Kant, 1724~1804)의 정신을 담고 있다. 칸트의 『판단력 비판』(Kritik der Urteilskraft, 1780)의 논의를 바탕으로 전개하고 있는 쉴러의 미학에 대한 저술은 『우아와 품위』(Über Anmunt und Würde, 1793)에 나타나 있다. 그러나 의식적, 자의적인 운동 가운데서의 가상적 자유로서의 '우아' 개념은 염세적 칸트로서는 도달하기 어려웠던 도덕적인 최고의 선(Optimum)으로 연결되고 있다. 쉴러에 따르면, 인간의 의무와 기호(嗜好, Neigung)를 조화로 이끌고, 그런 가운데 의무를 수행하며 제2의 천성이 되도록 함으로써, 자신의 도덕적 본성의 표현에 미의 특성을 구현하는 것은 습득 가능하다. 이러한 도덕적·심미적 이상을 쉴러는 '아름다운 영혼'(schöne Seele)이라는 말로 요약한다. 따라서 도덕성과 감각 사이의 갈등의 필연성을 부정하는 칸트의 엄숙주의는 깨진다. 또한 쉴러는 이러한 삶의 태도는 그리스인에게서 그 흔적이 증명될 수 있다고 믿는다. 쉴러는 이러한 이상에 대해 고대 문화에의 결합을 통해서뿐만 아니라 자연스러운 종합, 정서적 소질과 윤리적 요구의 조화라는 전제를 통해서도 고전성을 부여하고 있다.

쉴러의『숭고에 대해서』(Vom Erchabenen, 1793),『격정에 관해서』(Über das Pathetische, 1793)는 비극의 이론을 펼쳐 보인다. 또한『소박 문학과 성찰 문학』(Über naive und sentimentalische Dichtung, 1795~1796),『인간의 미적 교육론』(Über die a:sthetische Erziehung des Menschen, 1795) 등은 칸트의 비판 이념에 따라 정치적・문화적 문제들과 예술의 연관성을 추구하고 있으며, 고전주의 특징을 잘 나타내 주고 있다. 이러한 쉴러의 미학과 역사 철학은 횔더린(Friedrich Hölderlin, 1770~1843)의 시학 형성에 영향을 주는 한편, 훔볼트(Wilhelm von Humboldt, 1767~1835)의 인간관과 국가관에도 접맥된다.

6) 낭만주의 비평

낭만주의가 계몽주의와 고전주의의 세계관, 문학관에 대립하여 독자적 문예 사조를 형성하는 과정에서 가장 중요한 영향을 끼친 철학은 피히테(Johann Gottlieb Fichte, 1762~1814)의 주관적 관념 철학, 셸링(Friedrich Wilhelm Joseph von Schelling, 1775~1854)의 자연 철학, 슐라이어마허(Friedrich Schleiermacher, 1768~1834)의 낭만적 종교 철학이다. 독일의 낭만주의 시대 구분은 예나의 낭만파 기관지『아테네움』(Athenäum, 1798~1800)이 발간된 첫해부터 시작하여 파리 7월 혁명의 여파로 자유주의 운동이 전개되기 시작한 1830년까지 또는 청년독일파의 문학 활동을 금지한 독일연방의회의 결의가 발표된 1835년까지로 상정하는 것이 일반적이다.

낭만주의는 18세기 말에서 19세기 전반에 걸쳐 유럽 각국에서 전개되었던 미적 정신 운동이다. 이 운동은 특히 독일에서 성행하였고 낭만주의는 독일 기질에 가장 적합한 정신 운동으로 간주되고 있다. 유럽 각국의 정신사적 전성기를 대별하면, 우선 16세기는 영국의 정치적·문화적 전성기이다. 17세기는 스페인 문화의 절정기이며 또한 프랑스의 고전주의와 계몽주의 시대이다. 독일에서는 18세기 말엽 1790년대부터 고전주의와 낭만주의가 서로 겹치다가 쉴러 사망 후부터 낭만주의가 주도적 정신 운동으로 이어지면서 독일의 세기가 시작되어 근 한 세기 동안 유럽 정신사 발전에 기여하였다.

슐레겔 형제는 초기 낭만주의 문학 예술 이론 발전에 지대한 공을 세웠다. 형인 아우구스트 빌헬름 슐레겔(August Wilhelm Schlegel, 1767~1845)은 『아름다운 예술과 문학에 관하여』(Über schöne Kunst und Literatur, 1801~1804)와 『극예술과 문학에 관하여』(Über dramatische Kunst und Literatur, 1809~1811) 등의 강의에서 낭만주의 이론을 전개하여, 고전적인 것과 낭만주의적인 것을 명백하게 구분지었다. 그에 따르면, 유한한 현실을 완벽하게 표현한 그리스 예술에 대하여, 낭만주의는 무한한 것에 대한 동경을 표현하는 새로운 예술이라고 정의하였다. 동생 프리드리히 슐레겔(Friedrich Schlegel, 1772~1829)은 형과 '공문학'하면서 낭만주의 이론의 대부분을 창안했다. 그는 '단장'(Fragment)이라는 독자적인 예술 이론 표현 양식을 통해서 낭만주의 예술론, 윤리관을 비롯하여 잡다한 사상을 실험적으로 종합하여 『아테네움』지에 발표하였다. 그의 「문학에 대한 담화」(Gespräch über die Poesie, 1800)는 F. 슐레겔의 문학사상 가장 체계적인 것으로 높이 평가되고 있다.

중기 독일의 낭만주의는 철학이나 문학 이론보다는 시인의 직접 체험, 곧 역사적·민족적 체험, 자연 풍경과 종교의 체험, 역사에로의 복귀와 재생의 의지가 문학의 중심 개념이 되었다. 초기 예나 낭만파의 천재적 주관주의가 자아와 가장 어둡고 역설적인 정신 영역을 배제하려고 시도한 것에 반해, 중기 낭만파는 문학에 있어서 대체적으로 평온하고 명석하였다. 이와 같은 새로운 경향은 독일의 역사·문화·자연 등 객관 세계로 관심을 돌린 데 기인한다. 문학의 영향은 한층 확대되고 대중적이며 민족적 색채를 띠고 있어서 설득력이 강하고, 독일인의 교양 의식 속에 깊이 부각되었다.

요제프 괴레스(Josef von Görres, 1776~1848)는 독일인으로서는 최초로 하이델베르크 대학에서 '독일학'(Germanistik)을 강의하여 하이델베르크 낭만파의 정신적 중심 인물이 되었다. 그는 중세 문학과 역사를 연구하면서 이미 오래 전에 소실된 중세와 16세기의 전설, 신화를 수집하여 『독일 민중본』(Die teutschen Volksbücher, 1807)을 발간하고, 중세 말기의 산문 이야기로 다시 돌아갈 것을 촉구하였다. 따라서 브렌타노(Clemens Brentano, 1778~1842)와 아르님(achim von Arnim, 1781~1831)이 가세함으로써 하이델베르크 낭만파가 형성된다.

브렌타노와 아르님의 가장 큰 업적은 공동으로 600여 편에 달하는 독일 중세의 민요를 수집하여 발간한 세 권의 민요집 『소년의 신기한 뿔피리』(Des Knaben Wunderhorn, 1805~1808)이다. 이 민요집은 헤르더 이래의 전통을 이어받아 독일 국민에게 자기 나라의 문화적 유산을 소개할 목적으로 발간되었다. 따라서 민속학적 의미를 넘어 모든 계층과 여러 세기에 걸친 민중의 소리, 한결 같이 소박하고 서민적이고 기독교적인 깊은 정감에서 울려 나오는 생생한 민족의 문학, 옛 독일 민족정신의 근원적 문학을 수집한 귀중한 문화재이기도 하다. 이 민요집에 의해 독일 서정시의 새로운 장이 시작되었다. 아르님은 브렌타노를 비롯하여 야콥 그림(Jakob Grimm, 1785~1863)의 협조를 얻어 『은자의 신문』(Zeitung für Einsiedler)을 간행하고, 『고독의 위안』(Trösteinsamkeit, 1808)라는 표제의 책을 출판하였다. 『아테네움』이 예나의 초기 낭만주의파를 대표한 것과 같이 『고독의 위안』은 하이델베르크 중기 낭만파를 대표하는 발표지 역할을 하였다.

학자 형제인 그림 형제는 필생의 '공문학' 활동에 의하여 직접 시를 쓰지는 않았다 하더라도 독일의 언어·문학·전승 학문 발전에 지대한 공을 세웠다. 형인 야콥 그림은, 한 민족의 정신은 그 언어에서 찾아볼 수 있다 하였고, '국민'의 개념은 지역적인 구분에 의한 인간의 집단이 아니라 동일

언어를 사용하는 인간의 총체를 뜻하며, 언어가 국민간의 유일한 경계선을 이룰 수 있다고 보았다. 따라서 독일 민족정신은 독일 고유의 어문학, 법, 관습을 비롯해 신화, 전설, 민간 신앙 등 모든 정신사 속에 반영되어 있다는 관점에서 민족정신 추구를 학문의 목표로 설정하고 독일학 연구에 전념하여 많은 업적을 남겼다. 형제 공동 작업으로 『어린이와 가정 동화』(Kinder und Hausmärchen, 1812~1815), 『독일 전설』(Deutsche Sagen, 1816~1818) 등이 있고, 야콥 그림의 단독 저술로 『독일의 신화』(Deutsche Mythologie, 1835) 등이 있다. 또한 동생 빌헬름 그림(Wilhelm Grimm, 1786~1859)은 『독일 영웅 전설』(Deutsche Heldensage)을 발간하였다.

독일의 슈바벤 지방에서는 울란트(Ludwig Uhland, 1787~1862), 케르너(Justinus Kerner, 1786~1862)를 중심으로 한 문인권 내에서 낭만주의가 뒤늦게 성행하여 낭만주의 후기를 장식하였다. 슈바벤 낭만파는 지나치게 주관주의에 빠지거나 열광적 민족 감정을 폭발시키는 바 없이 낭만적 정감을 시민적이고 목가적인 안락한 생활 감정과 결합시켜 소박하게 향토의 아름다움을 시화하여 향토 문학을 발전시켰다. 그러나 지방 색채나 토착성에도 불구하고 하이델베르크 낭만파에서 보는 바와 같은 전체적인 독일 문화 의식만은 보존되어 있었다. 그들의 공통점은, 그들이 튀빙겐 대학에서 수학하였고 향토에 머물며 담시를 쓴 점이다.

19세기 독일 정신사의 가장 뚜렷한 존재는 독일 이상주의 철학을 완성한 프리드리히 헤겔(Georg Wilhelm Friedrich Hegel, 1770~1831)이다. 그러나 헤겔이 1831년에, 괴테가 1832년에 죽고 또 이어서 낭만주의 신학자 슐라이어마허(Friedrich Ernst Daniel Schleiermacher, 1768~1834)가 1834년에 죽자, 고전주의에서 낭만주의로 연결되어 온 독일 이상주의 사상이 거의 끝나게 되었다. 이후 소위 비더마이어 문학이 고개를 든다. '비더마이어'라는 말은 루트비히 아이히로트(Ludwig Eichrodt, 1827~1892)의 풍자 소설집 제목 『슈바벤의 교장 고틀리프 비더마이어와 그의 친구 호라티우스 트로이 헤르츠의 시들』(Die Gedichte des schwäbischen Schulmeisters Gottlieb Biedermeier und seines Freundes Horatius Treuherz, 1850)에서 최초로 등장한다. 비더마이어 문학은 독일 고전주의뿐만 아니라 낭만주의의 영향을 받았으며 또한 오스트리아의 바로크적 전통에 그 뿌리를 둔다. 고전주의 시대의 문화의 중심지가 궁정이었고, 낭만주의 시대에는 귀족 계급이 문화의 담당 계층이었던 반면에, 비더마이어의 문학과 문화는 시민 계층에 의해 이루어진 것이었다. 따라서 비더마이어는 시기적으로 볼 때 후기 낭만주의 및 청년 독일파와 거의 일치하고 있다. 낭만주의가 삶의 현실을 경원했거나 사고의 비약을 통해 간과해 버렸으며, 청년 독일파는 이상주의를 거부하고 진보와 혁명을 신봉했던 반면에, 비더마이어는 양자 간의 합일을 추구하였으며 그러한 점에서 사실이상주의라고도 지칭된다.

한편 1830년대~1850년대 사이에 청년독일(Jungrs Deutschland)파가 활약하기도 하였다. 이들 유파는 의도적으로 결집된 문학 동인이 아니라 1830년 이후의 시대적 상황과 더불어 부상한, 혁신적인 작품 경향을 보인 일단의 문인들에게 붙여진 집합 명칭이다. 청년독일탄생에 선구적 역할을 담당했던 작가들은 유태인으로서 기독교로 개종한 뵈르네(Ludwig Börne, 1786~1837)와 하이네(Heinrich Heine, 1797~1856)를 비롯하여 구츠코(Karl F. Gutzkow, 1811~1878), 라우베(Heinrich Laube, 1806~1884), 문트(Theodor Mundt, 1708~1861), 빈마르크(Ludwig Wienbarg, 1802~1872) 등을 들 수 있다.

7) 사실주의 · 자연주의 비평

독일의 사실주의는 1848년 3월 혁명 이후부터 빌헬름 시대의 개막을 알리는 1890년까지의 기간으로 설정하는 것이 일반적이다. 그리고 사실주의는 1890년경에 이르러 자연주의가 대두함에 따라 서서히 퇴조하기 시작했다. 비스마르크의 현실 정치에 입각한 독일 통일, 자연 과학과 기술의 발전에 따른 산업화 그리고 산업화 과정에서 표출된 사회 계층간의 갈등은 당시 사람들의 정신세계에 커다란 영향을 끼쳤다. 갑자기 바뀌어진 현실에 직면하여 종래의 관념주의적 철학 체계는 그 권위를 상실했고, 그 대신 현실에 바탕을 둔 유물론적 사고방식이 널리 퍼지기 시작했다.

마르크스(Karl Marx, 1818~1883)와 엥겔스(Friedrich Engels, 1820~1895)는 『독일 이데올로기』(Die deutsche Ideologie, 1845), 『공산당 선언』(Manifest der Kommunistischen Partei, 1848)을 통해서 '의식이 삶을 규정하는 게 아니라 삶이 의식을 규정한다'는 유물론적 명제를 내세워 인류 역사를 계급투쟁의 역사로 규정하고 프롤레타리아에 의한 혁명을 부르짖었다. 그것은 이성적인 절대 정신에 의해서 역사가 진보하고 있다는 헤겔의 논리를 정면으로 부정하는 주장이었다. 이와 같은 사상은 그 후 마르크스의 『자본론』(Das Kapital, 1권, 1867)에서 더욱 구체화되었다. 따라서 이러한 유물론적 내지는 인류학적 세계관은 당시의 실증주의에 입각한 자연 과학적 인식에 힘입어 더욱 확고해 졌다. 루트비히 뷔히너(Ludwig Büchner)의 『힘과 질료』(Kraft und Stoff, 1855)가 출판되자마자 독일어로 번역된 다윈(Charles Darwin, 1809~1882)의 『종의 기원』(Über den Ursprung der Arten 역초 natürliche Zuchtwahl, 1859) 등은 모두가 결정론적인 자연관을 표방한 것으로서, 이 세상의 사물은 그보다 더 큰 자연의 힘에 의해서 규정된다고 보았다.

사실주의를 표방한 문학 이론도 그와 같은 의식의 변화 가운데서 전개되었다. 당시의 문학 비평가들로는 슈미트(Julian Schmidt, 1818~1886), 마르크그라프(Hermann Marggraff, 1809~1864), 고트샬(Rudolf Gottschall, 1823~1909), 프루츠(Robert Prutz, 1816~1872), 헤트너(Hermann Hettner, 1821~1882) 등이 활약했다. 이들은 3월 혁명 직전의 문학이 관념주의적 이상주의에서 벗어나 일상적인 현실에 눈을 돌리고 있다는 점을 긍정적으로 평가하면서도, 비더마이어 작가들은 낭만주의 유산을 완전히 청산하지 못하고 있으며, 그리고 청년 독일파 작가들은 정치적 경향을 지나치게 노출시켰다고 주장하면서 이들을 다 같이 비판하였다. 즉, 그들이 내세운 사실주의 강령은 현실을 있는 그대로 충실히 묘사하되 그것은 어디까지나 문학 본연의 창조 정신을 전제로 해야 한다는 것이다. 말하자면 작가의 주관성과 현실의 객관성을 동시에 충족시켜야 한다는 주장이다. 이 때 핵심적 문제로 등장하는 것은 문학의 대상인 '사회 현실'과 문학의 방법인 '충실한 묘사'이다. '사회 현실'이란 특수 상황하에서 파악된 현실이지만, 그것은 어디까지나 당시 사회가 총체적으로 안고 있는 모순적인 현실이 아니라, 시민 계급의 '건전한 현실'을 가리킨다. 그리고 '충실한 묘사'란 카메라와 같은 현실 복사를 의미하는 것이 아니라, 현실을 예술적인 상으로 끌어올리되 그 상이 이 세계와 현실의 모사로 남아 있어야 하는 묘사를 말한다. 이러한 묘사 기법은 현실을 복사하는 것처럼 자세하게 묘사하되 그 속에 작가의 정신이나 의도를 은밀하게 내재시키고 있는 수법으로서, 이는 오늘날 대부분 사람들이 독일 사실주의를 '시적 사실주의'라고 부르는 근거가 되고 있다.

이러한 사실주의 문학 이론과 함께 슈토름(Theodor Storm, 1817~1888), 켈러(Gottfried Keller, 1819~1890), 폰타네(Theodor Fontane, 1819~1898), 마이어(Conrad Ferdinand Meyer, 1825~1898), 라베(Wilhelm Raabe, 1831~1910)와 같은 사실주의 대가들이 나타나 작품 활동을 개시하였다.

자연주의는 사실주의를 보다 더 발전시킨 결과로 볼 수 있다. 문학사적으로 독일 자연주의는 19세기 후반을 지배하던 '시적 사실주의'를 계승하고, 이것의 사실주의 경향을 보다 더 극단화시킨 현상이다. 1885년경 폭발적인 기세로 대두된 자연주의는 문학 혁명적 성격을 띠었고, 이와 더불어 '현대'라는 새로운 문학 시대가 전개된 것이다. 독일의 자연주의는 1895년까지 약 10년 동안 독일 문학의 주류를 이루었다.

자연주의 예술 이론의 첫 설립자인 프랑스의 졸라(Emile Zola, 1840~1902)의 소설은 독일 자연주의에 큰 영향을 미쳤다. 졸라의 저술인 『루공 마카르총서-제2제정시대 어느 집안의 자연적·사회적 역사』(Rougon Macquart-histoire naturelle et sociale d'une famille sous le Second Empire 1871~1893)은 자연주의 미학을 체계적으로 전개시켰다. 여기에서 졸라는 콩트(Auguste Comtes, 1798~1857)의 실증주의 및 테느(Hippolyte Taine, 1828~1893)의 환경설, 심리학자인 베르나르(Claude Bernard, 1813~1878)의 실험적 방법에 영향을 받아 예술, 특히 소설에 과학적 실험의 과제를 부여하였다. 졸라의 핵심 논리는, 인간은 어떤 관점에서나 자연 법칙적인 인과율의 지배를 받는다는 것이다. 때문에 그는, 예술가는 현실을 정확히 관찰한 근거를 바탕으로 현존의 조건들이 갖는 상호의 필연적 연관을 제시함으로써 참된 형상을 창조할 수 있다고 주장한다. 그는 소설 속에는 일련의 과학적 분석에서 찾아볼 수 있는 인식의 가치가 내재되어야 하며, 이를 위해서 소설 속의 사건 및 그것의 진행은 사실에 근거해야 하고, 그 서술은 사실의 증거가 되도록 해야 한다고 말한다. 또한 그는 예술 작품은 '개체의 기질'(Temperament)을 통해 본 한 조각의 자연으로서, 작가는 그 속에 인간을 포함한 모든 자연 현상들 간의 인과적 연관을 드러내주어야 한다고 언급한다. 이 점에서 졸라의 논리는 과학적 실험과 유사한 관련을 갖는다.

졸라가 언급한 개체적·사회적 삶의 기본 조건은 환경과 유전이다. 이 두 조건은 인간 행동의 동인으로서 의지와 자유로운 수행을 방해하고 제약한다. 자연주의는 심리적인 사실까지도 생리적으로 해명하려 했기 때문에 유물론적이고 기계론적인 기본 태도를 보여 주고 있다. 이러한 과학적 예술론은 편협적 일방성에도 불구하고 당시 광범한 호응을 얻을 수 있었다. 그 이유는 형이상학적이고 이상주의적인 사유에 실증을 느껴, 오로지 현실적인 이 세상에만 집착한 당시의 시대정신에 자연주의 예술론이 일치했기 때문이다. 자연주의의 가장 핵심은 유물론이다. 유물론의 형성 배경에는 콩트, 테느, 다윈 이외에도 스펜서(Hebert Spencer, 1820~1903), 밀(John Stuart Mill, 1806~1873), 마르크스와 엥겔스 등 여러 정신적 지주들이 있다.

블라이프트로이(K. Bleibtreu, 1859~1928)는 그의 자연주의 선언인 『문학의 혁명』(Die Revolution der Literatur, 1886)을 통하여, 지역적 음색의 참다움, 자기 관찰의 흙냄새, 표현의 생기찬 대상성을 사실주의(자연주의)의 기본 조건으로 제시했다. 또한 『현대의 작가 성격들』(Moderne Dichtercharaktere, 1885)에서는, 문학은 우리 국민의 모든 고통, 동정, 노력, 투쟁을 독특하게 구현해야 한다고 말하고, 문학의 정신은 다시 깨어난 민족정신이어야 하고, 문학의 목적은 예술가적 개성을 자유롭고 절대적으로 형성하는 데 있다고 말한다. 자연주의 초기에는 이렇듯 현재의 현실에 연관된 소재와 내용의 혁신에 대한 요구가 지배적이었다.

뷜셰(W. Bölsche)의 『문학의 자연과학적 기반』(Naturwissenschaftliche Grundlagen der Poesie, 1887)을 살펴보면, 그의 예술 관찰 역시 졸라를 따르고, 특히 '실험 소설론'을 수용하고 있음을 본다. 또한 그는 1888년 잡지 『관철』(Durch)지에 독일 자연주의 초기의 다양한 양상을 10개의 논제로 요약하고 있다. 여기에서 자연 과학과 기술이 독일 관념 철학과 더불어 새로운 세계관의 기반으로 지칭되고 있음을 본다.

초기 자연주의자들은 자연주의를 구속력 있는 형식 법칙으로 파악한 것이 아니었다. 그들은 미학적 규범의 강요에서 해방되려면 새로운 소재 영역을 정복해야 한다고 생각했던 것이다. 그런데, 처음 서정 시인으로 등장한 홀츠(Arno Holz, 1863~1909)에 와서 보다 엄격한 형식적 요구가 문제되었다. 홀츠는 그의 이론서 『예술, 그 본질과 법칙』(Die Kunst, ihe Wesen und ihre Gesetze, 1891~1892)에서 자연주의 이론을 전개하고 있다. 그는 예술 작품에 대한 졸라의 개념 규정에서 주관적인 '개체의 기질'을 제외시켰다. 그리고 그는 자연 및 삶은 언어 예술의 수단으로 직접 포착할 수 있을 것으로 믿었다. 이는 자연주의가 자체의 독특한 양식을 창출한, 소위 '철저 자연주의'(Konsequenter Naturalismus)의 원칙이기도 하다. 그리고 자연의 대상적 서술을 지향한 19세기 제반 문학 사조는 여기에서 그 정점을 이룬다. 홀츠는 새로운 자연주의 양식의 설립자로서 드라마 분야에서 독일 자연주의의 안내자 역할을 담당했다.

자연주의는 독일 문학에 묘사 수단을 풍부하고 섬세하게 하는 데 기여했다. 이것은 주로 일상 통용어의 요소들을 통해 문학 언어를 확장하고 참신하게 한 데에서, 대화를 활성화하고 세련시킨 데에서, 상황 묘사에서의 단어 선택의 정확성 등에서 찾아볼 수 있다. 또 자연주의에 뒤따른 시대에서도 자연주의가 처음으로 개발한 소재 영역, 특히 사회적 소재는 문학의 중요한 역할을 했다. 사물의 현상에 근거를 둔 자연주의의 유물론적 세계상과 인간상은 역사적 배경과 긴밀히 연관되어 있다. 그 때문에 그러한 세계상 및 인간상은 그 동안 근본적인 변화를 겪게 되었다.

8) 전환기 비평
― 상징주의 · 인상주의 · 신낭만주의

한 세기가 끝나고 새로운 세기가 열리는 역사적 대변환의 시점에서는 문학사적 변천도 그 어느 때보다 심하게 이루어지기 마련이다. 1900년을 전후한 전환기에서의 독일 문학의 상황도 한마디로 정의하기 어려운 복합적인 양상을 띠고 있다. 그러나 그 가운데서도 공통적인 요인은 미적 현대성 (ästhetische Moderne)의 출발로서의 '전위적'(avantgardistisch) 실험 예술성이다. 이 전위적 현대성은 문학사에서 보면 자연주의 이후 표현주의, 초현실주의, 다다이즘 등으로 이어지는 20세기 전반 전체의 사조적 흐름을 관류한다. 그것은 자연주의와 이에 대립되는 일련의 반 자연주의 사조, 즉 인상주의, 낭만주의, 신고전주의, 상징주의와의 연속적인 대치 관계로 나타난다.

독일 상징주의 서정시는 게오르게(Stefan George, 1868~1933)에 의해 대표된다. 그는 '게오르게권(圈)'(George—Kreis)이라는 문학 모임을 만들고, 12권의 『예술 책자』(Blätter für die Kunst, 1892~1919)를 출간한다. 이 잡지에서 게오르게는 '예술을 위한 예술로서의 정신 예술'을 표방하고 자연주의의 천박함을 비판한다. 즉 자연주의란 인간의 심리, 사회적 상태를 모사하는 복사 문학에 불과하며, 예술이란 이와 반대로 형식의 기적이나 말의 창조를 통해 스스로의 고귀하고도 엄숙한 가치를 발휘해야 한다는 것이다. 여기에 반자연주의자로서의 게오르게의 상징주의 문학관이 엿보인다.

호프만스탈(H.v.Hofmannsthal, 1874~1929)은 유미적인 성향에 기울고 있는 게오르게의 상징주의보다는 인상주의에 더 가깝다고 할 수 있다. 그의 초기 문학을 이루는 서정 작품은 대부분 세기말의 몇 년 동안 씌어진 것으로 『선시집』(Ausgewählte Gedichte, 1903)에 수록되어 있다. 그의 작품들은 모든 사물이 언어의 마술을 통해 꿈과 기적으로 변화된다. 당 시대 상징주의 및 인상주의 대표적 시인으로는 릴리엔크론(D.V.Liliencron, 1844~1909), 데멜(R.Dehmel, 1863~1920), 다우텐다이(M. Dauthendey, 1807~1918), 도이블러(Th.Däubler, 1876~1934) 등을 들 수 있다. 반면 여류작가 후우(R.Huch, 1864~1947)는 신낭만주의 이념을 펼친다. 그녀는 문학사 서술인 『낭만주의 유파』(Romantische Schule, 1870) 등을 통해 거의 잊혀진 과거 독일 낭만주의를 새로이 인식시켰다. 토마스 만(Thomas Mann, 1875~1955)의 산문 작품과 함께 독일 현대 문학을 20세기 세계 문학의 정상 자리로 올려놓은 릴케(R.M.Rilke)의 시 예술은 그들을 게오르게 및 호프만스탈과 함께 상징주의의 대표적 세 시인으로 추앙받게 하였다.

9) 20세기 비평

독일문학사조뿐만 아니라 서구 문예사조에 있어서 19세기 말에서 20세기 초에 이르는 소위 '세기 전환기'의 문학을 논하기란 그리 간단한 일이 아니다. 한 세기가 막을 내리고 새로운 시대의 막이 열리는 이 역사적 대변환의 시점에서 문학사적 변천도 과거의 그 어느 때보다 심한 격동을 일으키기 때문이다. 따라서 1900년을 전후한 전환기에서의 독일 문학의 상황은 한마디로 정의하기 어려운 복합적인 양상을 띠고 있다. '양식다원주의'(Stilpluralismus)라는 특수 용어에서도 나타나듯이 이 시대의 문학계의 상황은 19세기 전반의 독일 낭만주의나 후반의 사실주의와는 달리 어떤 하나의 공통된 '주의'로 묶여지지 않는다. 그것은 미국, 영국, 프랑스, 소련 등의 다양하고 잡다한 문예사조가 한꺼번에 밀어닥치는 사조 공존의 현상이기 때문이기도 하다. 그러나 시대적인 끝맺음과 시작을 동시에 포함하는 전환기 문학의 다양한 양식 스펙트럼을 통일되게 만드는 공통 요인이 있다. 그것은 다름 아닌 미적 현대성의 출발로서의 전위적 실험 예술성이다. 모든 예술의 전면에 등장한 이 전위적 현대성은 문학사에서 보면 자연주의 이후 표현주의, 초현실주의, 다다이즘 등으로 이어지는 20세기 전반 전체의 사조적 흐름을 관류한다.

(1) 표현주의 비평

표현주의는 1910년부터 1920년대에 걸친 문학 및 미술의 새로운 흐름일 뿐 아니라, 모든 분야에 있어서 야기된 일종의 위기감과 관련된 운동적 성격을 띠고 있다. 표현주의 태동의 배후에는 산업 사회, 기술 문명, 정치주의의 압도적인 팽배가 지배한 19세기 말적 분위기 속에서 이를 비판하고 규탄한 니체의 사상과 같은 것이 자리 잡고 있다. 또한 게오르게(Stephan George, 1868~1932), 릴케(Maria Rainer Rilke, 1875~1926)의 문학 사상도 젊은이들에게 큰 영향을 미쳤다. 따라서 정신사 혹은 문학사적으로 볼 때 표현주의가 지향하고 있는 것은 자연주의, 인상주의, 신낭만주의의 극복이라고 할 수 있다.

표현주의라는 용어가 처음 등장한 것은 1901년 파리의 '독립 살롱'(Salon des Indépendants)의 카탈로그에서다. 화가인 에르베(Julien Auguste Hervé)가 '표현주의'란 이름으로 그림 여덟 점을 전시했는데, 사실에 있어서 이 작품들은 전혀 표현주의적이지 않았다. 독일에서 표현주의라는 개념이 처음 사용된 것은 보링어(Wilhelm Worringer)에 의해서이다. 그는 「독일 예술가들의 항의에 대한 대답」(『폭풍』(Der Sturm, 1911)에서 열린 전시회 명칭으로 '표현주의'라는 용어를 썼다. 이 말이 회화로부터 문학으로 넘어온 것은 1912년 힐러(Kurt Hiller)가 하르데코프(Ferdinand Hardekopf)를 가리켜 '가장 응축된 독일 산문의 작가이며 표현주의자, 작은 크기의 미켈란젤로'라고 불렀던 때부터이다. 그리고 오늘날 독일의 표현주의라고 하면 이탈리아 미래주의, 프랑스의 야수파, 영국의 '소용돌이주의'(Vortizismus)가 창간한 잡지『폭풍, 위대한 영국의 소용돌이 평론지』(Blast, Review of the great English vortex,

1914~1915)를 중심으로 한 일종의 미래파 문학 및 미술 운동의 변주라고 생각할 수 있다. 그리고 표현주의의 전반적인 특징은 체제에 결렬하게 반대함으로써 표현주의자라고 할 수 있는 인물들 대부분이 사회주의자였고, 개중에는 공산주의자가 된 사람, 나치가 된 사람도 있다는 데 있다.

따라서, 표현주의는 1930년대 나치즘의 집권에 들어서서 논쟁 형태로 발전했다. 나치즘 집권 이후 독일은 정치적·문학적·예술적으로도 나치즘에 동조하는 세력과 이에 반대하는 세력으로 크게 양분되었다. 반나치즘계 계열의 문학적 지식인들은 대부분 망명길에 올랐고, 그들의 망명지에서 문학적 활동을 계속하였던 것이다. 토마스 만(Thomas Mann), 브레이트(Bertolt Brecht)와 같은 작가들이 주로 미국에서 창작 활동을 계속하였다면, 루카치(György Lukács)를 위시한 좌파적 비평가들은 주로 모스크바에서 비평 활동을 계속하였던 것이다. 그리고 1930년대의 리얼리즘과 표현주의 논쟁은 주로 좌파적 비평가들에 의해 주도되었다. 그들은 나치즘 등장 이전에 이미 독일에서 시작되었던 일련의 문학 논쟁을 모스크바라는 새로운 무대에서 계속하였다. 그러나 이들의 문학 논쟁은 어디까지나 1930년대 소련에서 전개되었던 사회주의 리얼리즘 논쟁이라는 커다란 테두리 속에서 이루어졌다. 표현주의 논쟁은 소련의 이러한 문학 논쟁 속에서 '독일적' 문학 논쟁의 성격을 띠고 있는 것이다. 그들은 독일의 문학적 전통에 대한 재반성과 재평가를 하기 시작하였다. 때문에 표현주의 논쟁은 리얼리즘 논쟁과 불가분의 관계를 갖는다. 표현주의 논쟁의 직접적 계기를 마련해 준 사건은 표현주의 대표적 시인인 벤의「표현주의에 대한 고백」(1933)이라는 나치즘에 동조하는 정치적 발언이었다.

고트프리트 벤(gottfried Benn, 1886~1956)의 초기 시는 현실 부정과 격정성 그리고 후기 시의 '절대시'(das absolute Gedicht)와 '정시'(das statische Gedicht)의 추구에 있다. 그의 『시체공시장 및 기타』(Morgue und andere Gedichte, 1912)라는 연작시는, 시체에 나타나는 죽음의 현실, 죽음 의식과 그 속에서 시인이 발견한 관능성을 통한 심리적 형상물의 인식으로서 기묘한 분위기를 자아내고 있다. 말하자면, 벤의 초기 시는 암담한 현실을 폭발적으로 표현해 내면서, 동시에 피상적인 현실 파악으로서는 드러낼 수 없는 현실 극복의 가능성을 심리 형상물을 통해 추구하고 있는 것이다. 그 결과 벤은 환상을 통한 새로운 현실을 발견해 내는데, 이것이 그의 '새로운 현실'(Neue Wirklichkeit)라는 개념이다.

게오르크 하임(Georg Heym, 1887~1912)은 벤과는 매우 대조적으로 새로운 형식에 대한 의식적인 추구가 없다. 그는 원초적인 체험에 억눌린 시간 상실 상태가 지닌 일종의 개성적 역동성 그리고 이에 기초한 문학적 상상력의 시인이었다. 그리하여 그는 자연스럽게 인습적인 묘사와 분위기 표현으로부터 능숙하게 표현주의를 구사하였다. 그에게 있어서 공시적 무시간성은 통시적 시간적 공존을 통해 극복되는데, 문학 표현에 있어서 그것은 복합적인 인상과 메타포 등을 통해 나타나게 된다. 하임의 시작품 전체를 통해서 가장 빈번하게 나타나는 이미지는 구름이다. 구름은 그의 『구름』(Die Wolken, 1910)이라는 시집 제목이기도 하다. 구름의 이미지는 또 도시 이미지에 관한 연상으로 이어져 일종의 '구름 도시'(Wolkenstadt) 이미지로 발전한다. 하임의 또 다른 명제는 죽음이다. 말하자면 그는, 자신의 삶과 문학의 형이상학적 중심으로 삼았던 이러한 모티프의 형상화를 통해, 즉물성 위주의 자연주의적 죽음 묘사를 넘어서 죽음에 관한 경건한 예배의 경지까지 보여준 것이다. 현 존재가 죽음에 이르는 존재이며, 때문에 근본적으로 불안하다는 그의 현대 실존주의 철학의 사고를 엿볼 수 있다.

베르톨트 브레히트(Bertolt Brecht, 1898~1956)는 원래 서정시인으로 출발했지만, 『아우크스부르크 최신 뉴스』(Augsburger Neueste Nachrichten, 1914)지(誌) 문예란을 중심으로, 시의 대상을 고독한 병사의 죽음에 둔 전쟁시를 많이 썼다. 이후 인간과 자연, 특히 물·숲·하늘·바람 등을 통해 지배적인 시적 분위기를 형성해 나갔다. 특히 나무를 근원적인 존재의 육화로 보고 뿌리 뽑힌 사회적 존재와 현실성 있게 병치시키는 의식은, 그의 표현주의의 핵을 이루는 뛰어난 의식이라고 할 수 있다.

여류 작가 엘제 라스커-쉴러(Else Lasker-Schüler(1869~1945)는 표현주의적인 특징을 많이 가지고 있었던 인물이며, 고통으로부터 가슴을 빨아들이는 작가라고 평가받고 있다. 특히 그녀는 시에서의 운을 추구함에 있어서 독창적인 수법을 보여주었다. 그밖에 게오르크 트라클(Georg Trakl, 1882~1914), 프란츠 베르펠(Franz Werfel, 1890~1945), 아우구스트 슈트람(August Stramm, 1874~1915), 하인리히 만(Heinrich Mann, 1871~1950) 등도 표현주의 계열에 들 수 있는 작가들이다.

(2) 바이마르 공화국제3제국 시대 비평

바이마르 공화국 시대는 계급투쟁과 정치·사회 구조상의 위기로 점철되며, 문학 성향은 어떤 단일한 개념으로 특징짓기 어렵다. 이 시대에는 표현주의, 다다이즘, 신즉물주의 등 문학적 경향이 급속히 교체되면서 단명하게 끝을 맺고 있다. 바이마르 공화국이 정치적으로 변혁의 시기였다면, 문학적으로도 많은 변화가 일어났으며 문학의 생산 조건도 달라졌다. 말하자면 문학 작품은 상품으로서 생산 및 분배 조직에 의존하게 되었고, 시장의 다른 상품과 마찬가지로 가치가 결정되었던 것이다.

발터 벤야민(Walter Benjamin(1892~1940)의 평론은 망명지의 문학 공공영역에서 거의 주목을 받지 못했고, 표현주의 및 리얼리즘 논쟁이 활발히 전개되던 1933년에서 1939년까지 아무런 영향력을 행사하지 못했다. 그러나 1960년대 이후의 비평 문학 논의에서는 중심적인 위치를 차지하게 되었다. 그가 망명 기간에 쓴 『기술적 재생산 시대의 예술 작품』(Das Kunstwerk im Zeitalter seiner technischen Reproduzierbarkeit, 1936)은 전혀 새로운 예술의 이해와 개념을 보여주는 획기적인 비평 논문이다. 이 논문에서 벤야민은 사회적 생산력이 근본적으로 변하고, 또 이와 함께 새로운 대중매체가 혁명적 변화를 거듭함에 따라 예술적 지각을 구성하는 체계가 변모함으로써 예술 개념에 혁명적 변화가 도래했다고 주장하였다. 그리하여 그는 전통적인 작품 개념을 배제하고 기능적인 예술 분석의 새로운 길을 개척했으며 예술적 자각 이론의 단초를 마련하였다. 그는 역사유물론적인 역사 분석의 토대를 바탕으로 해서 루카치와는 전혀 다른 예술의 개념과 기능 모델을 세우려고 노력하였다.

그런데 1928년 독일에 프롤레타리아·혁명작가연맹(Bund Proletarisch-Revolutionnärer Schrift)이 결성되고, 프롤레타리아 혁명 문학이 태동되었다. 그리고 공산당은 표현주의와 다다이즘(dadaism)과 같은 아방가르드(avant-garde)의 문학 경향을 단적으로 거부했다. 그들은 예술이란 계급 투쟁에 있어서의 계급의 무기로 간주했다. 그러나 바이마르 공화국의 안정기(1924~1929)에는 공산당 프롤레타리아 문학관도 변화하였다.

이 시대에 사회 비판적 경향이 두드러진 작가는 토마스만(Thomas Mann, 1875~1955)과 하인리히 만(Heinrich Mann, 1871~1950) 형제, 알프레드 되블린(Alfred Döblin, 1878~1957) 등의 소설을 들 수 있고, 희곡 분야에서는 에른스트 톨러(Ernst Toller, 1893~1939), 에리히 뮈잠(Erich Mühsam, 1878~1934), 게오르크 카이저(Georg Kaiser, 1878~1945), 발터 하젠클레버(Walter Hasenclever, 1890~1940) 등을 들 수 있다. 그리고 시분야에서는 벤(Gottfried Benn), 베허(Johannes R.Becher), 바이네르트(Erich Weinert) 등을 들 수 있다.

바이마르 공화국 말기의 여러 혼란한 위기 상황을 교묘하게 이용하여 성장을 거듭하던 독일 국가사회주의 노동당(나치당, Nationalsozialistische Deutscher Arbiterpartei)은 1933년 1월 30일 당 총재격인 히틀러(Adolf Hitler, 1885~1945)가 공화국 대통령인 힌덴부르크(Paul von Hinden burg, 1847~1934)에 의해 수상에 임명됨으로써 정권을 장악하게 된다. 이 나치당의 이념인 국가사회주의(Nationalsozialismus) 이데올로기는 반자본주의와 반사회주의라는 집합 개념으로써, '지도자 원칙'과 권위주의적인 통치 체제를 찬양하고, 그들이 이제는 퇴폐의 지경에 빠졌다고 간주한 의회민주주의 대신 국수적·인종차별적인 군국주의에 바탕을 둔 '민족 공동체' 이념을 앞세우는 이데올로기이다. 그리하여 나치가 목표하였던 공산당원 외에 많은 문인들이 체포되었고 언론 기관과 문인 단체도 공격했다. 나아가 간접 살인이라고 할 수 있는 분서(焚書) 조치를 취했다. 그 밖에 문학 활동을 통제하고 검열을 위한 제도적 장치도 마련하였다.

나치 선전 예술로 '팅 연극'(Thingspiel)이 있다. 팅 연극의 최우선적인 테마는 '나치스 혁명'의 사전 역사로서의 1918년부터 1933년 사이의 역사였다. 벤야민은 독일 파시즘 예술은 선전 예술이라 규정하면서, 그런 예술이 지닌 인간 정신의 마비 기능을 언급하기도 하였다. 팅 연극 이외에도 정치의 미학화로 집약되는 '민중·민족 문학'(Völkisch−nationale Literatur), '내부 망명'(innere Emigration)의 문학, '반파시즘 지하저항문학'(Untergrundliteratur) 등의 흐름이 나타났다.

망명 잡지 『신독일지』(Neue Deutsche Blätter, 1933∼1935)가 창간되어 망명 작가들이 집결되었는데, 그 중심 인물은 그라프(Oskar Maria Graf), 제거스(Anna Seghers), 헤르츠펠데(Wieland Herzfelde) 및 독일 제국 내의 지하저항문학 대표자였던 페터젠(Jan Petersen) 등이었다. 이들은 파시즘이 우연의 산물이 아니라 죽음의 병이 든 자본주의의 유기적 배태물이라 인식하고, 자유주의·민주주의적 제 관계를 회복시키려는 시도는, 결국 파시즘 내란의 뿌리를 완전 절멸시킴을 포기하는 것이라 주장하였다. 그리고 파시즘의 폭정에 대해 궁극적인 승리를 할 수 있는 세력은 프롤레타리아뿐이라는 입장에 서 있었다. 그런 그들의 명료한 파당성에도 불구하고 그들은 이를 뒷전에 미룬 채 신념이 다른 여타의 망명 작가들에게 공동 투쟁의 장을 제공하고 참여를 촉구하였다. 또한 토마스 만의 아들 클라우스 만(Klaus Mann, 1906∼1949)이 주관한 『모임』(Sammlung) 역시 망명 잡지이다. 이 두 망명 잡지는 뒤에 올 인민전선운동(Volksfrontbewegung)의 소규모적인 선취 형태 그리고 그 첫걸음이었다는 데 의의가 있다.

(3) 로망스 문헌학 비평

앞에서 살펴 본 바와 같이 독일 비평은 1915년부터는 대학 자체 내에서 그리고 나치하에서는 망명지에서 중요한 저작물들을 내놓았다. 그 저술들은 독일 문학 연구의 전망을 새롭게 했다.

군돌프(Friedrich Gundolf, 1881~1931)는 『셰익스피어와 독일 정신』(Shakespeare et l'esprit allemand), 『괴테』(Goethe) 등에서 작품 내부에 일관되게 흐르는 정신적이며 유형적인 통일성에 대해 관심을 집중시킨다. 비평가 또는 문화사가는 사상을 재료로 삼고, 창작자는 언어를 통하여 삶을 재료로 삼는다는 것이다. 이는 마치 괴테가 언어를 사용하여 이미지로 표현했던 것처럼, 언어를 통해 사상으로 옮기는 것이 비평가의 임무라고 주장한 것이다. 또한 군돌프는 고대 작가와 현대 작가의 장르를 비교한다. 소재를 형성하는 방식은 서정적인 것, 상징적인 것, 우의적(allégorisme)인 것 등 세 가지가 있다고 말한다. 이 가운데 서정적인 것은 시인의 실존과 경험이 시인의 소재를 구성하고, 상징적인 것은 낯선 소재를 자기의 것으로 삼아 그 소재를 조직하고 변형시키는 것이며, 또한 우의적인 것은 문화의 경험이 우세한 작품으로 세계의 분리된 조각들을 다시 이어 붙이는 것이라고 말한다. 군돌프의 이러한 비평 논의는 독일뿐만 아니라 마르셀 레이몽(Marcel Raymond)과 조르주 풀레(Georges Poulet)에게도 커다란 영향을 미쳤다.

반나치주의자인 에르스트 로베르트 쿠르티우스(Ernst Robert Curtius, 1886~1956)는 비평과 학문을 연결시키고 있다. 그의 『유럽 문학과 라틴어 중세 문학』(Europäische Literatur und lateinisches Mittelalter, 1932~1952)은 나치의 독재와 전쟁으로 인하여 많은 참고 문헌 없이 쓴 20년간의 고독한 작업이다. 유럽 문학 전통에 대한 폭넓은 이해를 바탕으로 씌어진 이 저서의 서문에서 쿠르티우스는, "나의 저서는 단지 학문적 목적에서뿐만 아니라 서구 문화의 보존을 위한 우려에서 씌어졌다"고 말한다. 나아가 그는 "유럽 문학은 하나의 전체로서 간주되어야 하며, 그것을 탐구할 수 있는 것은 문학사가 아니라 사실들의 목록일 뿐"이라고 말한다. 왜냐하면 대상을 분석하고 그 표면 밑으로 파고들고, 내용으로부터 그 구조를 드러내기 위해서는 역사적이고 문헌학적인 방법론을 결합하면서 다양한 문학들을 비교하여야 하기 때문이라는 것이다. 이 저술은 오늘날 역사에 대한 명상이며 동시에 정치적·문화적·문학적 선언이라는 평가를 받고 있다. 그는 고전 문헌학과 독일 낭만주의자들의 유산을 받아들이고, 공시적인 연구에 의하여 동시대인들의 연구를 준비시켰다. 이러한 쿠르티우스의 엘리트주의적인 문화와 문학 개념은 방향 감각을 상실한 전후 서독의 비평계에 큰 영향을 끼쳤다. 그의 저술들은 독일 독자들을 대상으로 하는 프랑스에 관한 것이 대부분이고 나머지는 유럽에 관한 것이다.

20세기 가장 위대한 독일 비평가 아우어바흐(Erich Auerbach, 1892~1957)의 주요 저서 『로망스어 문헌학 입문』(Introduction aux études de philologie romane, 1944)은 일종의 개론서이다. 이 입문서는 네 부분으로 구분되어 문헌학의 여러 형식들, 로망스어의 기원, 각 문학 시대의 일반적인 학설 등을 각각 다루고, 서지학 안내서를 제공하고 있다. 그리고 프랑스어, 프로방스어, 이탈리아어, 에스파냐어, 포르투갈어, 카탈로니아어, 루마니아어, 사르디니아어, 레토로만어 등을 탐색하고 있다. 아우어바흐 역시 쿠르티우스와 같이 국경을 초월하여 유럽 문학을 새로운 연구 대상으로 정의하고 있음을 볼 수 있다. 또한 『서양문학에 나타난 현실 묘사에 관한 시론, 미메시스』(Mimésis, essai sur la représentation de la réalité dans la littérature occidentale, 1946)은 성경과 호머로부터 버지니아 울프(Virginia Woolf)에 이르기까지 수많은 내용을 담고 있는 걸작이다. 제기된 문제의 중요성, 질문의 엄정함, 방법의 생명감과 독창성, 이야기라고 부르고 싶어지는 것에 대한 끊임없는 관심 등이 이 비평적 서사시의 특징을 이루고 있다.

레오 슈피처(Léo Spitzer, 1887~1960)는 『언어학과 문학사』(Linguistics and Literary History, 1948)에서 언어학과 문학사를 접근시키는 데 관심을 집중한다. 그는 순서에 따라 여러 다양한 영역에 대한 그의 연구를 계속해서 소개했다. 그리고 한 단어의 역사를 만든다는 것은 살아서 움직이는 한 민족의 심리적이고 문화적인 진단학을 수립하는 것과 마찬가지이며, 문학 속에서 한 민족의 정신을 만날 수 있다는 논의를 펼쳤다. 따라서 그는 문체론이야말로 문학사와 언어학 사이의 다리가 된다고 주장했다. 그리하여 그는 모든 차이의 공통 분모를, 그리고 어원학에 대한 뿌리의 지적 등가물인 어근을 찾으려 노력했다.

쿠르티우스는 천 년에 걸친 라틴 문학 또는 발자크의 작품을 하나의 전체로서 다루고, 아우어바흐는 그 체계들을 시대별로 비교하면서 구조적 역사를 『미메시스』에서 실현하였다. 그리고 슈피처는 귀납에 의해서 전체를 되찾았다. 이러한 독일의 로망스어 문헌학 비평은 천 년에 걸친 서양의 문학을 대상으로 삼으면서 역사와 문헌학의 기원을 탐색하였다고 평가할 수 있다.

□ 찾아보기

ㄱ

갈릴레이의 몸가짐　144
감식력　303
감정적 오류　80
강의용　261
강호무　206
개체의 기질　378
객관론　75, 79
객관적 기준　22
객관주의 비평　22, 31
갱신적 비평론　211
거세 콤플렉스,　57
『게르마니아』　360
게스탈트(Gestalt)　64
게오르게　382
게오르게권(圈)　380
「계급을 위함이냐」　119
계몽주의 문학　212
계몽주의 비평　363
계몽주의적 문학관　114
계용묵　163

고고독일어 문학　358
고귀한 부인　289
고답파　340
고발문학론　130, 131, 145
『고백록』　340
고양된 언어　283
고은　89
고전주의 비평　32
고전파 경제학　41
『공간의 시학』　348
공백기　153
공상적 사회주의　41
과두파　251
과학과 문학비평』　36
과학의 인문주의화　90
과학적 비평론　139
과학적 시학론　139
곽광수　206
관념시　314
관념주의적 이상주의　376
관념주의적 철학　376

관제 문학(官制文學) 341

『관찰자』 360

「관촌 수필」 240

『괴테』 388

교시적 69

교훈주의 문학관 299

구두비평(口頭批評) 334

구름 도시 384

구자운 206

『국가(Politeia)』 252

국민문학론 117, 126

국민문학파 122, 123

군돌프 388

궁정적(宮庭的) 296

권환 115, 116, 157

귀스타브 랑송 345

그뤼네발트(Grünewald) 359

그리스어 13

그림으로 본 독일』 360

「극계량론」 99

『극시론』 302

근금국문소설저자의 주의」 102

근본적인 도기(道기) 101

글로벌 자본주의 93

기계주의적인 이론 307

기독교적 359

기성 대 신인 164

기억용 261

『기호론 요강』 356

기호학적 여성문학론자들 330

김경린 192

김광균 80, 192

김광섭 156, 173, 174

김기림 80, 130, 131, 139, 140, 157

김기진 115

김남조 143

김남천 115, 122, 131, 161

김동리 159, 163, 178, 194

김동인 106, 111, 114, 116, 119

김두용 115, 117

김명인 237, 238

김문집 149

김병익 225

김붕구 200

김산초 206

김상일 232

김성일 206

김소엽 163

김소월 120

김수영 208

김순남 214

김승옥 206, 231

김양수 182, 190

김억 106, 109, 110

김영건 157

김영랑 80

김영수 163, 186

김오성 130, 137, 157

김옥균 101

김용직 225

김우종 208

김우창 225

김우철 117

김윤식 101, 174, 215

김인환　　　　　226
김재홍　　　　　226
김주연　　　　　206, 224
김춘수　　　　　231
김치수　　　　　206
김팔봉　　　　　174, 181
김현　　　　　206
김현승　　　　　194
김형원　　　　　119
김홍집　　　　　101
김화영　　　　　206
김환태　　　　　132, 147

ㄴ

나도향　　　　　116
나쉬　　　　　63
나치스 혁명　　　　　387
난해성론　　　　　197
남성위주의 문학 작품 326
남효온　　　　　16
낭만주의 비평　　　　　45, 340, 371
낭만주의의 선구자　　　　　341
내부 망명　　　　　387
내재적 비평　　　　　23
네오 마르크스주의　　　　　44
네오 휴머니즘론　　　　　136
노동 해방 문학　　　　　237
노동 해방 문학론　　　　　239, 243
노드롭 프라이　　　　　311, 322
노자영　　　　　118
논리학　　　　　248

농본주의자　　　　　313
뉴컨트리파　　　　　195
니체(Nietzsche)　　　　　344
『니코마스 윤리학』　　　　　262

ㄷ

다눈치오　　　　　344
다다이즘(dadaism)　　　　　385, 386
다윈설　　　　　315
단테　　　　　287, 294
대중용　　　　　261
대중화론　　　　　116
『대한학회월보』　　　　　98
『대화』　　　　　75
도그마(dogma)　　　　　25
도스토에프스키　　　　　344
독월남망국사」　　　　　99
「독이태리삼걸전」　　　　　99
독일 낭만주의　　　　　368
독일문학사　　　　　361
『독일시』　　　　　361
『독일시학서』　　　　　361
『독자 안의 문학』　　　　　324
독자반응 비평　　　　　323
독자반응비평　　　　　80
동도서기론(東道西器論)　　　　　100
뒤러(Dürer)　　　　　359
디지털사회　　　　　93

ㄹ

『라란부인전』　　　　　98

라신 354

『라오코온』 365

라이프니츠 78

라틴어 13

랑브이예 334

레닌(Lenin) 42

레싱 364

레오 슈피처 389

레오나르도 다 빈치 27

레이몽 352

레즈비언 여성문학론자들 330

로렌스 84

로망스 문헌학 비평 387

『로망스어 문헌학 입문』 389

로망스어의 기원 389

로크 78

롱기노스 281

롱기누스(Longinus) 77

루소 339, 354

루이스 141

루이슨 317

루카치 44

루크레티우스(Lucrtiuse) 78

룻소 78

『르네상스』 311

르메트르의 인상주의 345

리비스 315

리슐리외(Richelieu) 334

「리얼리즘 재고」 215

리얼리즘론 208

리얼리티의 개념론 213

리이드 131

리처즈 63

릴케 199, 382

ㅁ

마르크스 32

마르크스주의 비평 41

마르크스주의 42, 129, 315

마종기 231

『말라르메의 시』 347

말레르브 334

말리노프스키(Malinowski) 320

맑시즘적 여성문학론자들 330

매스미디어 82

매체사회 93

모더니즘 문학론 191

모더니즘 시론 139

「모더니즘의 역사적 위치」 140

모랄론 142

모방론 75

모사적(模寫的) 216

모윤숙 174

모파상 16

『목로주점』 40

몰개성 이론 309

『몽배금태조』 104

몽테스키외 78

『무명인사 서한집』 360

무이상성 164

『무정』 114

문덕수 210, 232

문맹파 166

문예부흥기 359
「문예비평가의 태도 기타」 117
「문예시평」 120
문자병 164
문학 기호학 비평 355
문학 비평 13
문학 사회학 비평 354
「문학 심포지엄」 210
문학 예술 운동 242
문학 옹호론 308
문학 효용론 299
『문학』 230
문학과 민족성 107
문학당의정설(文學糖衣錠說) 78
문학당의정설 301
『문학예술』 207
문학의 미학론 318
「문학의 위기」 170
『문학의 이론』 37
문학의 죽음 87
『문학의 혁명』 378
『문학이란 무엇인가』 350
「문학이란 하오」 107, 108
『문학적 자서전』 307
문학파 120
문헌학 비평 332
문화 옹호론 130
문화 위기론 138
『문화』 159
『문화를 초월하여』 319
문화옹호국제작가회의 133
『문화와 무질서』 311

문화인등록령 174
문화적·개량적 민족주의자 127
『문화전선』 154
물질시 314
미이마르 고전주의 366
미학적 취향 72, 73
미학주의 310
민재식 206
민족 공동체 386
민족 단위의 휴머니즘 159
민족 문학론 222
민족 해방문학 237
민족·민중 문학론 90
민족문학 비평 122
「민족문학 재론」 232
「민족문학론」 160
민족문학론 208
민족주의 문학파 120
민주주의 민족문학 237
민주파 251
민중문학론 208, 222
민중적 민족문학 237
밀수입의 포장 78

ⓗ

바로크 시대의 비평 361
박노갑 186
박노해 239, 241
박성룡 206
박세영 157
박영준 186

박영효 101

박영희 116, 118, 119, 120

박용철 80

박은식 101, 104, 106

박이도 206

박인환 200

박재삼 190, 206, 231

박제된 비평 324

박종화 118

박진성(verisimilitude) 302

박치우 157

박태순 231

박학비평(博學批評) 334

박희진 206

반낭만주의 310

반데모크라시 혁명 249

반사회주의 386

반성적 계승론 212

반일적·반봉건적 민족문학 157

반자본주의 386

반파시즘 지하저항문학 387

발터 벤야민 385

백낙청 231, 242

「백록담」 184

『백운소설』 16

『백조』 118

백조파 118

백철 122, 130, 132, 174

버크 63

범주로서의 본 251

베르그송(Bergson) 317

베르톨트 브레히트 384

베를레느 344

베이컨 77

변증적 리얼리즘 213

보드킨(M.Bodkin) 318, 320

보편적 인간성 304

보편주의와 국가주의 361

복카치오 291

본질 존재 198

볼셰비키적 대중화론 244

볼셰비키화 116

볼테르(Voltaire) 34

뷜셰 379

「부르니 프로니 할 수는 없지만」 120

부르주와 리얼리즘 171

「부조리 인간」 200

분석 비평 315

『불교유신론』 104, 105

불꽃인가 거울인가 227

『불문학사』 346

불온시 논쟁 221

붉은스타킹선언 328

뷔히너 199

브나로드(Vnarod) 운동 79

브룩스 63, 314, 317

블라이프트로이 378

블랑쇼 199

비어즐리 314

비트겐슈타인 197

비판적 리얼리즘 144

비평 문학 14

비평 무용론 147

비평 위기론 147

『비평의 본성』　62
『비평의 생리학』　347
비평의 창시자　352
『비평의 해부』　311, 319, 322
빅토르 위고　16, 83
빅토리아조 비평가　311

(ㅅ)

『사계』　206
사랑방　17
사르트르　56, 202, 218
「사르트르의 실존주의」 200
사무엘 존슨　303
『사상계』　207
『사색과 잠언』　338
「사실과 리얼리티」　214
사실수리론　136
사실주의·자연주의 비평　375
사실주의론　125, 132, 213
사이버사회　93
사회 현실　377
사회역사적　327
사회주의 리얼리즘　117, 144, 213
사회주의 리얼리즘론　213
사회학적 여성문학론자 330
산문적 희극 서사시　305
『살로메』　29, 30
『살아 있는 눈』　354
『삼천리』　130
상대적 기준　22
상대주의 비평　22, 44

상상력 비평　347
상상력의 현상학　348
『상아탑』　155
상업주의 메커니즘　91
상용 일기　125
상징주의 비평　344
상징주의론　107
상징주의적 시각　110
「색상곡(塞上曲)」　98
생애 부록　329
생트−뵈브　36, 37, 333, 341
샤르코　56
샤토브리앙　341
『서간시』　335
서구의 생철학　138
서구적 사상　101
서구지향적 논리　101
서기원　231
서머셋 모옴　82
서문시(西文詩)　111
서발비평　97
『서사건국지』　98
서사시적 시대　329
서양철학사　252
『西友』　106
서재필　101
『서정민요집』　46
서정인　206, 231
서정주　208
서항석　174
설리적(設理的) 비평　149
성민엽　236, 238

『성의 정치학』 328

성차별적 비평 326

성찬경 206

성현 16

세기 전환기 381

세대-순수론 163

세속적 359

세속적인 쾌락 361

소극적 수용력 309

『소년』 98

『소년한반도』 106

소비사회 93

「소설가의 추세」 102

『소설의 이해』 314

「소설작법」 114

소시민 231

소시민적 민족 문학론 237

소요학파 260

소용돌이주의 382

『소크라테스 변명』 250

소크라테스 250

「속어론」 287, 294

손우성 200

손진태 123

손창섭 189, 190

솔제니친 42

송병수 231

송영 120

송욱 224

송학(宋學) 100

『수사학』 262

『수상록』 333

「수선화」 54

순수 문학 논쟁 164

「순수 문학의 진의」 159

순수 행위 15

순수-비순수 165

순수-참여 문학론 216

「순이삼촌」 240

「숭고론」 281

슈트름 운트 드랑(질풍노도문학) 366

슈트름 운트 드랑 367

스윈버언 310

스타로벵스키 354

스탈 부인 341

스탈린(Stalin) 42

스탕달 354

스펜더 197

시니피앙 356

시니피에 356

『시론』 273

시먼즈 26

「시민 문학론」 231

시민 문학론 231

시민적 계몽 361

시선의 미학 354

시의 기술」 272, 274, 280

『시의 깊이』 349

「시의 모더니티」 195

「시의 방법」 195

『시의 옹호』 308

『시의 이해』 80, 314

시인추방론 18, 19, 266

시적 사실주의 377

시적 용어　45
『시적 원리』　309
『시적 정신』　62
시적 정의　300
시조 부흥론　127
「시조에 관하여」　122
『시지포스 신화』　204
『시학 7서』　362
『시학』　19, 20, 271
「시형의 음률과 호흡」　110
「시화(詩話)」　110
『시화총림(詩話叢林)』　15
신고송　117
신고전주의 문학론　302
신고전주의 비평　302, 333
신고전주의 시기　274
신고전주의파　34
신곡　289
신구논쟁(新舊論爭)　336
신기선　206
신남철　157
신낭만주의의　382
『신비평』　62, 312, 313
『신생』　289
「신세대론」　164
신즉물주의　385
신채호　101, 113
신프로이트주의　56
신플라톤　367
신화비평　319, 322
『실락원(Paradise)』　34
실사구시론(實事求是論)　100

실사구시적 사상　101
『실제 비평』　79
실존분석(Existenzanalyse)　56
실존적 휴머니즘론　197
실존주의 문학론　198
실존주의 철학　138
실증주의 비평　36
『실증철학』　36
실천비평　97
실패한 모더니즘　195
실험 소설론　379
심리주의 비평　315
심미비평　315
심미적 취향　72, 73
심연의 경험　349
사르트르　198
쌩트-뵈브　26

◎

아나키즘 운동　114
아나키즘(Anarchism)　114
아놀드　26
아담 스미스　41
아데아론　253
아름다운 영혼　370
아리스토텔레스(Arisoteles)
　　19, 34, 247, 259, 264
아리스토텔레스주의　259
아리스토파네스　247
아우어바흐　389
아테네의 등에　251

안막 115

안함광 115, 117

안확 108

알레고리 문학 299

알레고리 322

알렉산더 포우프 306

알베르 베갱 352

알베르 티보데 347

『암병동』 43

암컷선언문 328

암흑기 153

앙드레 셰니에 340

앙드레 지드 40

애디슨 34

야스퍼스 203

양건식 106

양백화 120

양병식 200

양식다원주의 381

양주동 117, 120, 123, 155

어네스트 조운즈 61

어용론 233

어윤중 101

에르나니 싸움 342

『에르나니』 342

에이브람스 69, 74

엘렌 모어스 329

엘리어트 34, 68, 131, 344

엠프슨 63

『여류 문인』 329

「여름의 유언서」 63

여성권리장전 328

『여성의 신비』 328

『역대시화』 16

역사유물론적 386

역사적 의식 210

『역옹패설』 16

「연극계 이인직」 99

『연극의 이념』 322

열림과 닫힘 349

열매맺는학회 362

『열병』 360

염무웅 206, 224

염상섭 116, 226

영국 비평의 아버지 303

『영국문학사』 343

영도의 좌표 174

영미비평 315

『영시의 새 경향』 315

영향론적 문체론 323

예술 지상주의 30

『예술 책자』 380

「예술가로서의 비평가」 29

『예술운동』 155

예술을 위한 예술 310, 311

예술주의 비평론 130, 149

예술지상주의 115, 118

예술지상주의적 문학관 148

『오딧세이』 279

오락 문학 369

오르메(Home) 291

오상원 190, 231

오생근 225

오영수 190

오이디푸스 콤플렉스 57

『오이디푸스왕』 58

오장환 186

오천국 120

와일드 310

완전한 미의 비전 280

요하네스 로이힐린 360

『용재총화』 16

우익 민족 문학론 170

우주원자설 78

운동으로서의 문학 240

『운명』 360

위렌 37, 314

워즈워스 45, 54

원초적 기획 350

웰렉 37

위정척사론(衛正斥邪論) 100

위화 관계 21

윈터즈 63

윔서트 314

유길준 101

유대주의 129

유리피데스 247

『유명인사 서한집』 360

유미주의론 107

유미주의적 문학론 114

유미주의적 사고 313

유미주의적 태도 111

유종호 180, 224

윤리 사상의 진화론 318

윤리적인 위대성 365

윤병로 217, 232

윤흥길 240

「의도적 오류」 80, 314

의식 비평 351

의식과 궁정문학 361

의장된 예술주의 141

20세기 비평 381

이갑기 117

이경남 206

이광수 107, 108, 113

이광훈 207

이규보 16

이기영 122, 147, 155, 158

이념적 모호성 155

이데아(Idea) 251

이동원 120

이론비평 97

이무영 174, 181

이문구 240

이미지즘시 314

이민 문학(移民文學) 341

『이반 데니소비치의 하루』 43

이병기 120

이봉래 181

이상섭 225

이상화 120

이성주의적 윤리학 248

이양하 131

이어령 180, 208, 210, 213

「이온(Ion)」 252

이원조 131, 143, 144, 157, 177

이익상 120

이제현 16

이철범	217	
이청준	231	
이태준	155, 157, 177	
이하윤	156, 174	
이해조	102, 109	
이헌구	130, 156, 174	
이형기	186, 190, 194	
이호철	231	
「인간 묘사론」	134, 176	
「인간 탐구론」	132, 136, 176	
인문주의 사상	359	
인문주의	359	
인문주의와 종교 개혁	358	
인민성	179	
인민전선운동	387	
인민전선파	145	
인상 비평	25, 315	
인상주의 비평론	147	
인상주의	382	
인식론	248	
인텔리겐차(intelligentzia)	43	
일렉트라 콤플렉스	57	
『일리어드』	279	
일문시(日文詩)	111	
일차적 정체성	325	
임의비평	338	
임중빈	207	
임헌영	226	
임화	116, 157, 164, 177	
잉여가치설	41	

ㅈ

자극하는 비평	333	
자보적 민족주의	98	
자설적(自說的)	80	
자아심리학	324	
자연주의・실증주의 비평	342	
자연주의	382	
『자유 상상력』	319	
『자유문학』	207	
자유연상법	56	
『자전적 문학』	46	
작은 책(libello)	289	
「장마」	240	
장만영	80, 192	
장용학	186, 189, 231	
장지연	101	
「장진주사」	184	
적・해석학적	327	
『전・후 분석학』	261	
전광용	181	
전단 문학	369	
전봉건	194	
전자사회	93	
전차병(戰車兵)	258	
전통 계승론	180, 181	
전통 문학론	207, 209	
전통론	197	
전통적 사상	106	
전형기	130	
전환기 비평	380	
절대시	383	

정과리 238

정명환 224

정보화 사회 93

정비석 163, 186

정신분석 비평 350

정신분석적 방법론 318

정신분석적·해석학적 327

정신분석학 315, 320

정신분석학적 비평 56

정신분석학적 여성문학론자들 330

정신의 역사 352

정지용 80, 155, 184

정창범 190, 217

정체적 테마 325

『정치경제학 비판』 41

『정치학』 262

정태용 210

정현기 174

정현종 231

『제1원』 43

제3휴머니즘 165

제4차세계선언 328

제정 시대(帝政時代) 341

『제정론』 291

제프리 초서 300

조남현 226

조동일 207, 210, 215

조명희 120

조선문화건설중앙협의회 154

「조선의 문학」 108

조선프롤레타리아미술동맹 155

조선프롤레타리아영화동맹 155

조선프롤레타리아예술동맹 154

조선프롤레타리아음악동맹 155

「조선혁명선언」 114

조연현 179, 190

조운 123

조정환 243

조지훈 162

존 키츠 309

『존재와 무』 350

『종합에의 의지』 224

좌우파 문학 213

좌익 민족 문학론 166

주관적 기준 22

주관주의 비평 22, 25

주네브 학파 351

주요한 120

주일섭 207

주자학 100

주지주의 문학론 130, 131

주험적(主驗的) 감정의 만족 25

쥘르 르메트르 345

「증인문학」 200

지도자 원칙 386

지성 논쟁 177

『지성론』 343

「지옥순례」 120

『진화론』 36

질베르 뒤랑 349

ㅊ

창조 비평 28

창조적 개성　　　317

「창조적 비평」　　28

창조파　　　118

채광석　　　240

채만식　　　226

『채털리 부인의 사랑』84

『천로역정』　　98

천상병　　　186, 190

천이두　　　210, 217, 224

『천희당시화』　　98

「철야」　　　120

철인정치 사상(哲人政治思想)　　249

철저 자연주의　　379

청년 독일파　　368, 371, 375

「초원의 빛」　　　　　56

최고의 선(Optimum)　370

최남선　　　105, 123

최선최미(最善最美)　253

최인준　　　186

최일수　　　182, 190

최재서　　　131, 141

최하림　　　206

『추강냉화』　　16

충격적 휴지기　　174

충실한 묘사　　377

츠빙글리　　　359

『친목회회보』　　106

친일 문학론　　130

칠문성파　332

ㅋ

카타르시스(Catharsis)　33

카타르시스론　　265

카프카　　　199

카프파　　　166

칸트　　　72

캠벨　　　322

케이트 밀레트　　328

코르네이유　　354

코울리지　　306, 307

콘래드 첼티스　　360

크루치　　　67, 316

클라르테운동　　115

「클라르테운동의 세계화」　　　115

클라우스 만　　387

키에르케그르　　198

카뮈　　　199, 202

콩트　　　36

ㅌ

『탄금대』　　98

탈산업사회　　93

『태극학보』　　106

태도문학론　　143

테느　　　23

토마스 만　　381, 387

톨스토이　　344

톰킨스　　327

「통속소설소고」　116

트릴링　318

팅 연극(Thingspiel)　387

ㅍ

파스칼	198
파스테르나크	43
파시스트(fascist)	252
『파이돈』	261
『팡세』(Pensée)	355
페러프레이즈	69
페르낭데스	130
페미니즘 비평	327
페미니즘적 독자반응	326
페미니즘적	327
페이터	26, 28, 310
펠로폰네소스(Pelopnnesus) 전쟁	248
「평가의 진언」	164
폐허파	118
포괄의 시	308
포스트모더니즘 시대	93
포오즈론	131
표현론	75, 76
표현주의 비평	382
풍류인간론	132
「풍자 방법과 리얼리즘」	215
풍자문학론	141
『풍자시』	335
프랑스 문학	341
프랑스 행동주의	138
프레스코트	62
프로문학 비평	117
프로문학도 문학	121
프로문학론	126

프로문학파	116
프로이트(Freud)	56, 320
프로이트학설	315
프롤레타리아(Proletarian)	41, 386
『플라상스의 정복』	39
플라톤	18, 248, 258
『플로베르』	347
피들러	321
피라미드 방법	262
피쉬	324
「피투성이 된 프로 혼의 표백」	119

ㅎ

하이데거	198
하이테크사회	93
학식 있는 독자	324
한국자유문학자협회	174
한설야	122, 147, 155, 158, 177
「한씨연대기」	240
한용운	104, 106
한효	115, 157, 158
『해동공론』	159
해석의 공동체	324
해외문학파	188
<햄릿>(Hamlet)	58
행동적 휴머니즘	138, 139
『행복론』	261
『향연』	289
허구의 예술』	312
허버트 리드	316
헉슬리	141

헤라클레이토스(Herakleitos) 251

헤레니즘(Hellenism) 311

헤시오도스(Hesiodos) 262

헬브라이즘(Hebraism) 311

혁명작가연맹 386

현기영 240

『현대문학』 207

「현상소설고선여언」 108

현실주의파 166

현존재분석(Kaseinanalyse) 56

현진건 118, 226

「협률사비판」 99

형매 콤플렉스 58

『형이상학』 261

형이상학시 314

호라티우스(Horatius) 264, 272

호메로스(Homeros) 258, 262

호색 문학과 외설 84

호프만(Hoffman) 320, 321

호프만스탈 380

홀랜드 325

홀바인(Holbein) 359

『홍길동전』 72

홍만종 16

홍사중 208, 210

홍성원 231

홍영식 101

홍정선 238, 242

홍효민 161, 194

화돈컬럼난 149

『화의 혈』 98, 102

황동규 206, 231

황석영 240

황석우 106, 110

회화체의 용어 45

효용론 75, 77, 107

후기자본주의 시대 93

훌륭한 심미안 304

휴머니스틱 44

휴머니즘론 130, 132

흄(Hulme) 34, 131, 317

흑인 여성문학론자 331

•비평 문학의 이해

초판 발행 2003년 8월 15일 2판 발행 2015년 8월 15일

지은이／김 혜 니
펴낸이／한 봉 숙
만든이／김 윤 경
펴낸곳／푸른사상사

출판등록 제2-2876호
주   소 서울시 중구 충무로 29 아시아미디어타워 502호
전   화 02) 2268-8706~8707 •팩시밀리 02) 2268-8708
홈페이지 prun21c.com
이메일 prun21c@hanmail.net

ⓒ 2003, 김혜니
ISBN 89-5640-133-0-03810

정가 21,000원

□ 저자소개

김혜니(金曂抳)

현재 경문대학 문예창작과 교수.

이화여자대학교와 대학원에서 학사·석사·박사학위를 받음.

박사학위 논문으로『박목월 시공간의 기호론적 연구』외, 기타「김명배 시의 상상구조 연구」,「김명배 시의 신화원형 구조」,「'바위'의 공간기호 연구」,「욕망의 이론으로 읽어본 '저녁의 게임'」,「한용운시의 대모 여성 원형」등 다수가 있음.

저서로는『세계의 글·생각』,『동양 고전의 글·생각』,『대입 논술의 이론과 실제』,『비평문학론』,『한국근대시문학사연구』,『한국 현시대문학사연구』,『한국 근현대비평문학사연구』,『김혜니교수 세계문학 에센스』(총16권), 등 다수가 있음.